Hermes
Hand
Lexikon

ETB

Das Biedermeier

Kultur zwischen Wiener Kongreß
und Märzrevolution

Hermes
Hand
Lexikon

Von Marianne Bernhard

ECON Taschenbuch Verlag

Hermes Handlexikon

1. Auflage 1983

Redaktion: Elisabeth Blay
Bildredaktion: Angelica Pöppel
Umschlagdesign: Ludwig Kaiser
Satz: Georg Appl, Wemding
Reproduktion: Kodweiß & Fröhlich, München
Druck und Bindung: Georg Appl, Wemding
Printed in Germany
ISBN 3-612-10010-6

Die Reihe »Hermes Handlexikon« wurde von Bodo Harenberg begründet

Inhalt

Einleitung

Biedermeier ist eine kleine, überschaubare Epoche, fest eingegrenzt von den Jahren 1815, dem Ende der Napoleonischen Kriege, und 1848, dem Jahr der europäischen Revolutionen. Der Epochenname wird erst später erfunden, und zwar zunächst als Spottbezeichnung. Adolf Kußmaul (1822–1902) ein Landdoktor, entdeckt eines Tages im Bücherschrank eines Freundes die Gedichtsammlung eines alten Dorfschullehrers, Samuel Friedrich Sauter (1766–1846), geschrieben 1845. Kußmaul überarbeitet diese ungemein komischen, vom Autor aber ernstgemeinten Verslein, vermischt sie mit Selbstgeschriebenem und veröffentlicht sie 1855–1857 in der Zeitschrift »Fliegende Blätter«. Aus »Biedermann« und »Bummelmaier« setzt er sein Pseudonym »Biedermaier« zusammen und hat damit riesigen Erfolg. Der Dichter Ludwig Eichrodt (1827–1892), mit dem Herausgeber befreundet, publiziert die Sache in einem Buch mit dem Titel *Biedermaiers Liederlust*, und dieser Name wird Jahrzehnte später zum Stilbegriff.

Biedermeier ist eine »Enklave« im 19. Jahrhundert, liegt noch im Klassizismus, z. B. auf dem Gebiet von Baukunst und Bildhauerei, und schon im Lebensgefühl der Romantik, was Dichtung, Musik und Malerei betrifft. Fast alle romantischen Maler haben ihren »Biedermeierwinkel«, z. B. Moritz von Schwind, Georg Friedrich Kersting oder, mit einigen Interieurbildern, sogar Caspar David Friedrich. Andere wieder, so Ludwig Richter, beginnen als Romantiker und enden in einer Idyllenform, in der sich das Biedermeier leicht spießig manifestiert. Zur Biedermeierzeit lebt und dichtet Goethe in Weimar als unbestrittener »Olympier«; von Gottes Gnaden herrschen die Könige, Klein- und Vielstaaterei zerreißen Europa; die Welt ist streng in Reich und Arm, mächtig und machtlos geteilt.

Wer mit dem Begriff Biedermeier »behagliche Beschaulichkeit« verbindet, irrt und hat zugleich recht. Biedermeier ist Flucht, gewollter Rückzug in eine kleine, geordnete Welt, weil die Zeiten zerrissen sind, große Umwälzungen auf allen Gebieten der Technik, Industrie, Medizin und der Wissenschaften, und auch im Verständnis von Justiz und Religion den Bürger erschrecken, beunruhigen, und der Bürger ist der »Held« auf der Bühne der Epoche.

1830 erschüttert die Julirevolution in Frankreich fast schon das konservative Gefüge, das die Zensurbeschlüsse von Karlsbad und die Schlußakte des Wiener Kongresses als Restauration gebildet hatten, aber es trägt noch, bis es 1848 endgültig zerbricht. In der Aus-

Ludwig Eichrodt

Klagelied des Schulmeisters Jeremias Birkenstecken um den hingegangenen Freund Gottlieb Biedermaier

O Spektakel, welch' ein
Schrecken!
Das ist Trauersiegellack.
Jeremias Birkenstecken,
Bürste deinen schwarzen Frack!

Welche Botschaft! Biedermaier,
Dieser Edle, lebt nicht mehr!
Bindet Flor an meine Leier,
Denn der Vorgang schmerzt mich
sehr.

Bindet Flor an Hut und Hauben,
Daß die Träne besser fließt,
Niemand wird die Nachricht glauben,
Wenn er's nicht im Blättle liest.

Gott! hätt' ich das können ahnen,
Daß der große Mann verschied,
Als wir eben in dem Schwanen
Sangen sein Kartoffellied!

O muß Alles denn von hinnen,
Was da schön und edel ist,
Dieses bringt mich schier von Sinnen,
Solch ein Dichter, Mensch und
Christ!

Darf der Bürger denn nicht klagen,
Wo selbst die Regierung klagt,
Die ihm erst vor wenig Tagen
Die Medaille angesagt!?

Klaget, klaget, liebe Leute,
Denn das Klagen ist erlaubt,
Wenn der Tod als seine Beute
Einen Biedermaier raubt.

einandersetzung zwischen Kapital und Arbeitern zeigen sich neue Strukturen, Gewerkschaften werden gegründet, der soziale Aspekt beginnt sich zu manifestieren, zaghaft melden sich erste Verfechterinnen der Frauenbewegung, aber noch haben die Frauen keine Rechte. Im Biedermeier leuchten die ersten Gaslaternen, fährt die erste Eisenbahn, selten werden in einer Zeit so viele Zeitungen gegründet wie zwischen 1815 und 1848, Kindergarten, Schulwesen, Universitäten entwickeln sich in raschem Tempo. Vor diesen Turbulenzen, man muß es immer wieder betonen, retirieren die kleinen Leute in die gute Stube, den Salon, ins Gärtchen. Man sammelt seine Freunde um sich, kümmert sich liebevoll um die Details der Garderobe, überhäuft seine Kinder mit Spielzeug und versenkt sich in Romane, die zu fernen Ritterzeiten spielen, als noch keine Dampfhämmer schlugen.

Wer sich den Auseinandersetzungen der Zeit stellt, muß umdenken. Philosophie und Staatswissenschaften halten sich am längsten an die alten Traditionen. Hegel bezeichnet noch 1821 die Monarchie Preußens als vollendetste Staatsform *(Grundlinien der Philosophie des Rechts);* Karl Ludwig von Haller gesteht dem König alle Rechte zu und entbindet ihn zugleich von sämtlichen Pflichten. Wer so denkt, für den muß z. B. das Begehren der standhaften »Göttinger Sieben«, der König von Hannover möge sein Verfassungsversprechen halten, Rebellion, fast schon Revolution sein: Die Professoren der Hochschule, Jakob und Wilhelm Grimm, Friedrich Christoph Dahlmann, Georg Gottfried Gervinus, Heinrich Ewald, Wilhelm Albrecht und Wilhelm Eduard Weber, erinnern König Ernst August an seine Pflicht – die Partie geht zu ihren Ungunsten aus – diesmal noch. 1848 muß sich der König von Preußen vor den in Berlin gefallenen Barrikadenkämpfern verbeugen.

Während der Biedermeierepoche sterben die Großen, zerbricht das »Urgestein« der Politik: Joseph Fouché, der Polizeiminister unter Napoleon und den Bourbonen, fast eine legendäre Gestalt; Napoleon selbst, der verbannte Kaiser; Franz I., der letzte römisch-deutsche Kaiser. Die »Architekten« des Wiener Kongresses, Alexander von Rußland, Friedrich Wilhelm III. von Preußen, erleben den Zerfall ihres Staatsgebäudes nicht mehr; Ludwig I. von Bayern muß abdanken; Metternich wird mit Schimpf und Schande aus dem Lande verjagt; Hegel, den »Vor-Denker des Marxismus«, rafft die Cholera dahin, ebenso die Helden der Freiheitskriege Gneisenau und Clausewitz. Im Biedermeier endet die große Zeit der deutschen Klassik, die Goethezeit, stirbt mit Wilhelm von Humboldt eine Ära des Humanismus, wird am Ende mit der Erschießung des Mitglieds der Nationalversammlung, Robert Blum, im Jahr 1848 ein Teil der Hoffnung auf wirkliche Erneuerung begraben.

Nur sehr wache und aufgeklärte Menschen des Biedermeier schauen über Europas Grenzen hinaus und erfahren, wie sich dort die Welt bewegt. Reiseberichte erweisen sich als die sicherste Quelle aus erster Hand. Neben das Buch treten bald schon die Zeitung, das Journal, auch das Kinderbuch; sie berichten von Indianern und Negern, schlitzäugigen Chinesen und orientalischen Wundern – freilich immer mit selbstbewußteuropäischer Didaktik und Betonung des Skurrilen, Wundersamen, ganz und gar Ungewöhnlichen, das sich dort, »jenseits des Meeres«, begibt.

Kaum jemand dagegen wundert es, daß in der Epoche noch Inquisition herrscht auf dem alten Kontinent, die Todesstrafe und ihre Berechtigung nur zaghaft diskutiert werden und Menschen auswandern müssen, weil die Heimat sie nicht ernähren kann oder will. Es ist Zufall, daß die revolutionären Unruhen des Jahres 1848 zusammenfallen mit dem »Lockruf des Goldes« aus Übersee. Viele verkaufen Hab und Gut und suchen ihr Glück als Goldgräber auf den kalifornischen Nugget-Feldern. Der große europäische Exodus in den Schmelztiegel Amerika wirkt im Rückblick wie ein Aufbruch aus der Enge eines Zeitalters in die neue, unbekannte Freiheit.

Eine Epoche alphabetisch, lexikalisch aufzuschlüsseln, ist immer problematisch; es mit einer derart heterogenen, zersplitterten, vielschichtigen Zeit wie der des Biedermeier zu versuchen, muß sicherlich in vielem kursorisch, in manchem unvollständig, in Randgebieten vielleicht sogar mit Zweifeln behaftet bleiben, Folge wohl dessen, daß hier von einer Epoche die Rede ist, die (anders als etwa Rokoko, Klassik oder Romantik, die sich selbst definieren konnten) in ihrer Zeit keinen Namen gefunden hatte.

Adel

Die Adelsstände sind Zielscheibe des Hasses während der Großen Revolution (1789) in Frankreich und Opfer des anschließenden Blutrausches der Gironde. Der bereits im Laufe des 18. Jh.s erwachsene Gegensatz zwischen A. und → *Bürgertum* konnte wohl nicht mehr größer werden; nach den Freiheitskriegen aber kommt er stärker und offener zum Ausdruck. »Bürgertum« heißt das Glaubensbekenntnis der Stunde nach dem Motto: »Was ist der Dritte Stand bisher gewesen? Nichts. Was soll er sein? Alles!«

Bürgerlich ist auch das Biedermeier, aber der A. schlägt sich begeistert auf die Seite der → *Restauration* und versucht, oft mit Erfolg, seine alten Privilegien wiederzuerlangen. Die Führer der Freiheitskriege, Gebhard Leberecht Fürst Blücher von Wahlstatt (1742–1819), August Graf Neidhardt von Gneisenau (1760–1831), die Staatsmänner Karl Reichsfreiherr vom und zum Stein (1757–1831), Karl August Fürst von Hardenberg (1750–1822), die gelehrten Gebrüder Wilhelm (1767–1835) und Alexander (1769–1859) von Humboldt (→ *Berlin*), sind liberale oder zumindest tolerante Männer; der legendäre Freiherr Adolf von Lützow (1782–1834), unter dessen Fahnen das Freicorps der Napoleonischen Kriege seine »wilde verwegene Jagd« gestellt hatte, wird zum Idol. Nur »Väter« der Restauration sind → *Klemens Wenzel Fürst von Metternich* (1773–1859; → *Wiener Kongreß*) und → *Friedrich von Gentz* (1764–1832), Nutznießer die Kleinfürsten, Ausübende die Repräsentanten der → *Obrigkeit*, Wächter die Amtswalter der Zensur, und als Profiteure erweisen sich jene »Personen von Stand«, denen es nur um Erschließung von Pfründen, Ämtern, Vorrechten geht. Die → *Justiz* beugt sich dieser allgemeinen Zeittendenz rasch. Der Dichter Ernst Moritz Arndt (1769–1860; → *Universitätsleben*) klagt 1819: »*Die vornehme Junkerei der geborenen Junker legt sich dick und frech vor, damit nichts mit Mäßigung und Besonnenheit sich vollenden könne.*« Beim → *Militär*, in der Administration, in der Kirche, in allen einflußreichen Positionen drängen sich die Edelgeborenen, und sie berufen sich nicht auf die Männer der großen Taten, sondern ausschließlich auf Besitz und Privileg. Sie meinen nicht jenen moralisch legitimierten »besseren« Menschen, den Schiller postuliert: »*. . . gemeine Naturen / Zahlen mit dem, was sie tun, edle mit dem, was sie sind*«; ihre gesellschaftliche Autorität formuliert sich in der Anrede, im Devotionsritual der Umgangsformen, sie gründet in der Vorstellung von »oben« und »unten«, die der bürgerliche Historiker Barthold Niebuhr (1776–1831) 1824 resignierend beschreibt: »*Viele sehr redliche Edelleute haben keinen Begriff davon, daß auch wir und ihre Bauern überhaupt Rechte haben, daher sie denn, wenn sie etwas für sie sor-*

Oben: *Der preußische Staatsmann Karl August Fürst von Hardenberg. Gemälde von Johann Heinrich Wilhelm Tischbein (1751–1829).*

Unten: *Karl vom und zum Stein betrieb mit Hardenberg den Übergang Preußens vom Absolutismus zum Verfassungsstaat und setzte tiefgreifende Reformen durch. Zeichnung von Julius Schnorr von Carolsfeld (1794–1872).*

Gegenüberliegende Seite:

Der preußische Generalfeldmarschall Gebhard Leberecht Fürst Blücher von Wahlstatt. Kolorierter Kupferstich von J. C. Bock aus dem Jahr 1815.

Feldmarschall Gneisenau zu Pferde. Lithographie nach dem Gemälde von Franz Krüger.
August Graf Neidhardt von Gneisenau erwies sich in den Befreiungskriegen als genialer Heerführer und war neben Stein und Scharnhorst Erneuerer der preußischen Armee und des Staates nach 1807. 1818 wurde er zum Gouverneur von Berlin, 1825 zum Generalfeldmarschall ernannt.

gen, eine rechte rührende Verehrung für sich selbst fassen.“

Besitz und Bildung allein sind Vorzüge, die das Bürgertum anerkennt, ein Vorrecht der Geburt wird nicht mehr ohne weiteres akzeptiert. An Besitz wie an Bildung aber ist das Bürgertum dem A. weit überlegen, der sich in seiner dünkelhaften Mißachtung des Wissens die gelehrten Berufe als nicht standesgemäß selbst verschließt. Der schärfste Spott der Bürgerlichen gilt immer der Unwissenheit des A.s »*Eine handvoll Junker*« so → *Heinrich Heine* (1797–1856; → *Literatur*), »*die nichts gelernt haben, als ein bißchen Roßtäuscherei, Volteschlagen, Becherspiel oder sonstige plumpe Schelmenkünste, wähnen, ein Volk betören zu können, und zwar ein Volk, welches das Pulver erfunden hat und die Buchdruckerei und die Kritik der reinen Vernunft.*«

Lit.: R. Vierhaus (Hg.), *Der Adel vor der Revolution.* Göttingen 1971.

Alexander I.

(* 23.12.1777 St. Petersburg; † 1.12.1825 Tagaurog), Kaiser von Rußland (1801–1825)

Unter Aufsicht und Anleitung seiner Großmutter, der großen Kaiserin Katharina II. (1729–1796) wird Alexander nach den Idealen und dem Ideengut der Aufklärung erzogen. 1793 heiratet er die siebzehnjährige Prinzessin Luise Marie von Baden. 1801 wird sein Vater, Paul I. (1754–1801), ermordet, Alexander folgt ihm auf den Thron und bemüht sich zunächst um eine liberale, auf wirtschaftlichem Gebiet reformfreudige Politik, gründet oder reformiert die Universitäten von Dorpat, Kasan, Charkow, Moskau, Wilna und Petersburg, außerdem Schulen und wissenschaftliche Institute, beginnt mit der Aufhebung der Leibeigenschaft in Estland, Livland und Kurland, lockert das Strafrecht und weist die Willkür des → *Adels* in Schranken und fördert vor allem den russischen Handel.

Nach Napoleons Sturz tritt er als »Retter Europas« beim → *Wiener Kongreß* auf, ist Mitbegründer der »Heiligen Allianz« und Verfechter der Anerkennung des mit Rußland verbundenen polnischen Königreiches. – Später verfällt Alexander der Revolutionsfurcht, er setzt in seinem Land Zensur- und Spitzelwesen durch, vergißt alle Verfassungsideen und gehört zu den entschlossensten europäischen Restaurationspolitikern. Der Freiheitskampf in Griechenland 1821 erschreckt ihn zutiefst, 1824 stirbt seine einzige Tochter, der Kaiser wird schwermütig, seelisch und körperlich krank, gibt sich mystischen Ideen, Verfolgungs- und Todesgedanken hin und beargwöhnt selbst den eigenen Bruder, der als Zar Nikolaus I. (1796–1855) Nachfolger Alexanders wird. Kurz vor seinem Tod erfährt er von einer Verschwörung gegen Nikolaus, kann aber nur noch die Verfolgung der Attentäter anordnen. Nach Alexanders Tod kommen Gerüchte auf, er sei nicht gestorben, sondern lebe als Eremit in Sibirien.

Auch der »Herrscher aller Reußen« blieb vor dem Spott Heinrich Heines nicht verschont. In seiner Schrift *Geständnisse* mokiert sich der Dichter:

Wie Henri IV. einst lachend sagte: »Paris vaut bien une messe« [Paris ist eine Messe wert], so konnte ich mit Fug sagen: »Berlin vaut bien un prêche« [Berlin ist eine Predigt wert], und ich konnte mir, nach wie vor, das sehr aufgeklärte und von jedem Aberglauben filtrierte Christentum gefallen lassen, das man damals sogar ohne Gottheit Christi, wie Schildkrötensuppe ohne Schildkröte, in den Berliner Kirchen haben konnte. Zu jener Zeit war ich selbst noch ein Gott, und keine der positiven Religionen hatte mehr Wert für mich als die andere; ich konnte aus Courtoisie ihre Uniform tragen, wie z. B. der russische Kaiser sich in einen preußischen Gardeoffizier verkleidet, wenn er dem König von Preußen die Ehre erzeigt, einer Revue in Potsdam beizuwohnen.

Porträt des Zaren Alexander I. von Rußland. Miniatur von Jakob von Reichel (1778–1836) in feuervergoldetem Bronzerahmen.

Alexander ist eine tragische Figur seiner Zeit. Voll Ideen und gutem Willen, Reformen durchzuführen, sein Land der Neuzeit näherzubringen, bleibt er auf halbem Weg in einer totalen Umkehr aller ursprünglichen Absichten stehen und flüchtet sich in eine rückwärtsgewandte, restriktive Innen- und Außenpolitik.

Lit.: N. Michailovic, *Imperator Alexander*. 2 Bde., St. Petersburg 1912.

Den Alltag (in der Stadt Kassel) zum Beispiel beschreibt Otto Bähr in seinem Buch *Eine deutsche Stadt vor 60 Jahren* (Lpzg. 1884):
»Als Morgentrank war Kaffee (der noch im vorigen Jahrhundert selten und mancherorten sogar verpönt war) schon allgemein üblich, wenn auch öfters mit Zichorien oder ähnlichen Ersatzmitteln gemischt. Auch nachmittags wurde in den meisten Familien Kaffee getrunken. Tee am Morgen zu trinken, war ganz unbekannt. Er wurde überhaupt nur wenig getrunken; meist nur in Abendgesellschaften. Auch trank man allgemein grünen Tee; der schwarze Tee wurde erst in späterer Zeit als der gesündere empfohlen. Das Mittagsmahl war um 12 oder 1 Uhr. Ein späteres »Diner« kannte man nicht. Die Abendmahlzeit ward meist um 7 oder 8 Uhr eingenommen.... Man hielt sich an die einfacheren Speisen und verschmähte die kostspieligeren. Fleisch wurde mittags in den besseren Familien durchweg gegessen. Für die Wochentage bildete jedoch gekochtes Fleisch (Suppenfleisch) die Regel. Dann und wann wurde auch ein Braten aufgetischt. Beefsteak kannte man noch nicht. Als Gemüse mußte dienen, was der Garten bot. Es durfte nichts umkommen.«

Alltag

Der Alltag des Biedermeier ist nur schwer auf einen Nenner zu bringen. Am überschaubarsten jedenfalls ist der häusliche Bereich, der mit allen Kompetenzen und Begrenzungen deutlich gegliedert erscheint. Die Frau ist Ehefrau, Hausfrau und Mutter, Ausnahmen (→ *Emanzipation*) bestätigen die Regel. Allerdings waltet in bürgerlichen Häusern die Hausfrau eindeutig als Herrin des Hauses; sie führt die Wirtschaft, verfügt im besten Fall über → *Gesinde* in Fülle: Küchenmädchen, Hausmädchen, eine persönliche Zofe, Kindermädchen, Näherin und Büglerin. Sie verwaltet das Budget, bestimmt die täglichen Speisen, beaufsichtigt mehr als sie selber tut, sie »delegiert« und bewacht Speisekammer und Keller, → *Küche* und Kinderzimmer, plant die Vorratshaltung und kauft wichtige Posten selber ein oder bestellt doch wenigstens nach eigenem Ermessen.

Der Mann verdient, er ist Familienoberhaupt und Mittelpunkt; er beansprucht die Häuslichkeit, bestimmt wohl auch als Patriarch, aber gestaltet nicht den Alltag, denn tagsüber, zur wichtigsten Zeit für Alltägliches, ist er außer Haus, im Comptoir, Bureau, als Staatsdiener oder Handwerker, Gewerbetreibender, Arzt, vielleicht auch Künstler; als Arbeiter sieht seine Häuslichkeit wesentlich anders aus (→ *Wohnkultur*); ebenso als Bauer.

Kinder sind gänzlich auf das Didaktische eingestimmt. Das »gute« Kind ist folgsam, lernbegierig, spielt mit nützlichen Spielsachen (→ *Spielzeug*), die belehren, liest Bücher, die wohl auch erbauen, vor allem aber erziehen (→ *Kinderbücher*); schon deren Titel sind Programm, die Illustrationen ebenfalls. Als Friedrich Fröbel (1782–1852), Gründer der ersten Kindergärten (→ *Erziehung*), ein ganzes Buch der Bedeutung des »Balls« widmet und in mehreren Varianten mobile Bausteine aus Holz anbietet, ist das schon Fortschritt.

Der A. jenseits der biedermeierlichen Häuslichkeit ist erfüllt vom Rattern der Fuhrwerke und Kutschen auf holperigen Straßen, vom Lärm aus den Werkstätten der Handwerker, dem Geschrei spielender Kinder und reisender Händler – musikalisch bereichert durch Leierkastenmänner und Hinterhofsänger (→ *Straßenszenen*).

Lit.: K. Uhde (Hg.), *Alltagsidylle in der Malerei*. Mchn. 1980.

In seinem Aquarell Das Abendgebet *(1839) hat Peter Fendi (1796–1842), der Maler volkstümlicher Alltagsbegebenheiten, die friedliche Welt biedermeierlicher Häuslichkeit dargestellt.*

Architektur

Die Architektur der Biedermeierzeit ist atypisch für den eigentlichen Stil der Epoche, sie dokumentiert ihn kaum oder überhaupt nicht, wo es um Gesamtentwürfe und Planung im großen, wie z. B. städtebauliche Konzeptionen, geht. Zwischen 1815 und 1848 sind vor allem die Klassizisten am Werk.

Seit 1816 baut → *Leo von Klenze* (1784–1864) in → *München* die Glyptothek (1830 fertiggestellt); → *Karl Friedrich von Schinkel* (1781–1841) arbeitet 1817/18 an der Neuen Wache, baut 1819 die Schloßbrücke, 1818–1821 das Neue Schauspielhaus am Gendarmenmarkt und beginnt 1822 mit der Errichtung des Alten Museums (1828 vollendet) in → *Berlin.* 1826/27 baut er die Schlösser Charlottenhof im Park von Sanssouci und Klein-Glienicke bei Potsdam sowie 1830–1837 die Nicolaikirche; 1834 vollendet er Schloß Babelsberg bei Potsdam. Ab 1826 entstehen Klenzes Alte Pinakothek (1836 vollendet) und das Odeon in München; seit 1830 wird bei Regensburg an seiner Walhalla (1842 vollendet) gebaut.

Die genialen Lösungen, die beide Künstler für ihre Aufgaben gefunden haben, scheinen den Klassizismus als den allein gültigen und zulässigen Stil der Zeit zu bestätigen und Klenze recht zu geben, der einmal schrieb: »*Die griechische Baukunst, aus der Notwendigkeit der*

Friedrich von Schinkel erbaute die Schloßbrücke, die in Fortsetzung der Straße Unter den Linden den Spreearm zum Lustgarten hin überquert. Charakteristisch für das Bauwerk sind die Marmorgruppen von Siegesgöttinnen auf Granitsockeln und das Geländer, das in fünfzehn gußeisernen Rahmen stilisierte Seepferde und Meeresgötter zeigt. Im Hintergrund Bildmitte das Alte Museum.

Sache entwickelt, ist wie eine andere Natur, die menschlichen Zwecken dient. Deshalb war und ist die griechische die Architektur aller zivilisierten Völker geworden.«

Ein ausgesprochener Anachronismus der Zeit ist der Kölner Dombau. Das gotische Bauwerk aus dem späten Mittelalter steht bis ins 19. Jh. als Torso, 1842 wird ein neuer »Grundstein« gelegt. Die Vollendung des Domes (1880) wird zum Streitpunkt und Politikum, denn einerseits finden viele Arbeiter dadurch Brot, andererseits verschlingt das Unternehmen nahezu unermeßlich große Summen.

Biedermeierarchitektur manifestiert sich im Kleinen, in einzelnen, mit Walmdächern, Mansarden oder Dachgauben versehenen Bürgerhäusern, die ruhig und bescheiden gelegen und meist mit einem → *Garten* verbunden sind. Sie zeigen klar und schmucklos gegliederte Fronten und Geschoßeinteilungen, Fassaden mit zarten, flachen Ornamenten, geraden Fensterfluchten – ohne das Schnörkelbeiwerk des Rokoko, aber auch ohne die Eleganz des Empire. Vor allem in den Außenbezirken und Vororten großer Städte (→ *Wien*) entstanden in den ersten Jahrzehnten des 19. Jh.s ganze Straßenzüge und Wohnviertel dieser Art.

Lit.: K. Lankheit, *Revolution und Restauration.* Baden-Baden 1965, S. 31–78.

Bettina von Arnim

(* 4.4.1785 Frankfurt am Main; † 20.1.1859 Berlin)

Bettina von Arnim gehört zu den interessantesten Frauengestalten der deutschen Romantik; sie ist eine Tochter der schönen Maximiliane von La Roche, Goethes Jugendfreundin, der Werthers »Lotte« die schwarzen Augen verdankt. Bettina gilt als »Emanzipierte« (→ *Emanzipation*) im positivsten Verständnis des Wortes: gebildet, herzlich, mutig und couragiert auch da, wo sie sich selbst bloßstellt oder gefährdet. »*Ein Wesen, das in seiner Jugend ein Elfenkind war, kann im Alter nur eine Zauberin, eine Norne werden*«, sagt Karl Gutzkow (→ *Literatur*) nach einem Besuch bei ihr, und Bettina ist als junge Frau hübsch, schillernd, geistreich und von schnellem Verstand. Ihren Bruder, den romantischen Dichter Clemens Brentano (1778–1842), liebt sie mit zärtlichster Vertrautheit (»*Sieh, so übertrifft meine Liebe immer Deinen Schmerz!*« tröstet sie ihn beim Tod seines ersten Kindes.) Seit 1806 besucht sie in Frankfurt häufig die Mutter Goethes, Rätin Elisabeth (1731–1808), und beginnt deren großen Sohn aus der Ferne zu verehren. »*Frau Aja*« erzählt ihr »*die Geschichte von Goethes Mai in herrlichen Worten mit jedem kleinen Umstand*« in »*Anekdoten hundertfältig*«. 1807 begegnet sie dem Dichter persönlich und macht keinen Hehl aus ihrer stürmischen, oft geradezu aufdringlichen Zuneigung. »*Weischt Du*«, schwärmt sie gegenüber Ludwig Tieck (→ *Literatur*) anläßlich eines Besuchs in → *Dresden* in bestem Frankfurterisch, »*vom Goethe muß ich um jede Preis ein Kind hawe – das muß ein Halbgott werde!*«

Bettina von Arnim, geb. Brentano, Schwester von Clemens Brentano. Zeichnung von Ludwig Emil Grimm. Nach dem Tod ihres Mannes, des Dichters Achim von Arnim, wandte sie sich aufgeschlossen und couragiert politischen und sozialen Zeitfragen zu.

Dennoch heiratet sie 1811 den Dichter Achim von Arnim (1781–1831; → *Literatur*) »... *ich will durch Deine Liebe in allem bleiben und setze die Hoffnung meines Lebens auf Dich*«, bekennt sie ihm. Im selben Jahr provoziert sie einen spektakulären Skandal, der Goethes Gefühle für sie empfindlich trübt: sie zankt sich mit Christiane Goethe, als sie sich zufällig in einer Kunstausstellung begegnen, auf das handgreiflichste. »*Eine tollgewordene Blutwurst hat mich gebissen!*« beklagt Bettina sich in der Weimarer Gesellschaft mit hämischer Anspielung auf die Leibesfülle der Frau ihres Angebeteten. Erst 1814 ist das freundschaftliche Verhältnis zwischen ihr und Goethe, wenn auch in kühlerer, eher distanzierter Form, wieder hergestellt.

1831 wird Bettina Witwe, und seither nimmt sie ihre Tätigkeit als Schriftstellerin, später besonders als Anwältin der Unterdrückten, der Armen, auf. Seit 1835 publiziert sie *Goethes Briefwechsel mit einem Kinde*, ein sehr subjektiv autobiographisches Vermächtnis »*Seinem Denkmal*« – mit »*Dein Kind*« sind viele ihrer Briefe an den Dichter unterschrieben. 1840 erscheint die Gedächtnisschrift *Die Günderode* (Karoline von Günderode, 1780–1806, eine empfindsame Dichterin der Frühro-

1844 erschien *Dies Buch gehört dem König* von Bettina von Arnim, dem folgendes Zitat aus einem Brief an Friedrich Wilhelm IV. entnommen ist:
»... Dem Volk Genius sein, es umfassend stärken und erleuchten zur kühnen Tat, das ist des Königs Beruf; aber er achte der falschen Politik nicht, die Steine in den Brunnen wirft, um den Widerschein zu trüben einer höheren Erleuchtung. Die echte Politik muß Erfinderin sein, sie muß die Bedürfnisse wecken durch neue höhere Begabung, und jedem Reiz muß sie zuvorkommen mit Fülle und dem Volke lehren, alle Geisteselemente furchtlos durchdringen und seine Kräfte grenzenlos ausbreiten.
Der Genius nur kann Fürst sein! Und unser König – wollte der unumschränkte Genius sein! Stieg' das Ideal der Zeiten in seinem Geist uns auf! All dies ist mir durch den Kopf gegangen, als ich mein Buch schrieb. Wollte es Euer Majestät huldvoll aufnehmen, wie könnte ich es dankbar genug anerkennen!

In untertänigster Ehrfurcht
Bettine Arnim.«

mantik, hatte Selbstmord begangen). Mit der sozialen Anklageschrift in Briefform *Dies Buch gehört dem König* fordert Bettina 1843 den preußischen Monarchen Friedrich Wilhelm IV. zornig heraus. Zur selben Zeit entwirft sie ein *Armenbuch.* Am 15. Mai 1844 kündigt sie in Zeitungen den Plan dazu an und erhält daraufhin aus allen Teilen des Landes Dokumentationen und Beweise der bittersten Not. Ihr Unternehmen muß scheitern, denn die → *Obrigkeit* verfolgt die Sache mit Argwohn. Seit ihrem offenen Appell an den König ist Bettina verdächtig. »*Allein den Hungrigen helfen wollen, heißt jetzt Aufruhr predigen*«, notiert sie traurig.

Der Weberaufstand in Schlesien fordert ihr soziales Engagement noch einmal heftig heraus: Auf Hilfe »*und göttliche Eingebung*«, schreibt sie, »*harren die armen Schlesier schon lange und sind vor Harren schier ganz vertrocknet*«. Dann handelt sie, wie viele Menschen von Geist sich im Biedermeier verhalten: sie »verinnerlicht« ihren Zorn, ihre Kritik und veröffentlicht 1844 *Clemens Brentano's Frühlingskranz, aus Jugendbriefen ihm geflochten,* ein sehr persönliches Werk. Dennoch beobachtet Bettina mit Intensität und ungebrochenem Scharfsinn die Verhältnisse ihrer Zeit. In einer Notiz über Probleme der Justiz z. B. schreibt Sie: »*Wenn ich frage: Ist die Todesstrafe gerecht, deutet dies nicht auf die Möglichkeit, sie sei ungerecht? Wenn diese Möglichkeit meinem Gewissen vorschwebt, ist es ihr dann nicht verpfändet, bis dieser Zweifel zur absolutesten Wahrheit geworden ist?*«

Lit.: W. Oehlke (Hg.), *Bettina von Arnim. Sämtliche Schriften,* 7 Bde., Bln. 1920–1922. – I. Drewitz, *Bettina v. Arnim. Romantik – Revolution – Utopie.* Düsseldorf/Köln 1969; ern. Mchn. 1980.

Bad

Badekultur zur Gesundheitspflege kennt man schon seit dem Mittelalter (→ *Hygiene*). In der Biedermeierzeit jedoch reist man auch aus gesellschaftlichen Gründen ins B. 1815 veröffentlicht der Arzt Christoph Wilhelm Hufeland (1762–1836) eine *Praktische Übersicht der vorzüglichsten Heilquellen Teutschlands* und empfiehlt darin das B. als »*eine durch Jahrhunderte bestätigte Kraft*«, die etwas Großes sei und besonders in der Medizin in Ehren gehalten werden solle. Um 1815 ist öffentliches Baden fast noch tabu, es gibt noch keine Badeanzüge, Männer, Frauen und Kinder baden in Nachtkleidung und schützen ihr Haar mit einem Tuch bzw. der Nachtzipfelmütze.

1816 wird das Nordseebad Cuxhaven eröffnet, auch Helgoland gewinnt als Seebad schon an Bedeutung. Dort stehen, wie in allen großen öffentlichen Seebädern, Badewagen; deren Kabinen, rund 2 qm groß, sind auf zwei Rädern von 1,5 m Durchmesser montiert. Ein

Der Neubrunn in Karlsbad *um 1812. Kupferstich von Ludwig Graf Buqnoy. Die Erschließung dieser Quelle, die lange Zeit der beliebteste Brunnen des Weltbads war, wurde von dem Kurarzt Dr. Springsfeld veranlaßt.*

Pferd zieht den Wagen ohne Deichsel möglichst weit ins Meer hinaus. Auf der Rückseite des Wagens führt eine abnehmbare Treppe ins Wasser hinunter. Doch so ein Badeaufenthalt ist sehr teuer und nur für Begüterte erschwinglich.
Preisliste aus dem Jahr 1819
(1 Hamburger Schilling = 1 Mark):

Badezimmer mit Kabinett	28 Schl.
Dampfbad	24 Schl.
Regenspritz- oder Tropfbad	16 Schl.
Clystierdusche	16 Schl.
Bad im Badewagen	14 Schl.
Gebrauch eines Badehäuschens in offener See	6 Schl.
Gebrauch der Krankenschaukel	8 Schl.
Großes Zimmer im Logierhaus pro Tag	32 Schl.
Zwei Wachslichter	12 Schl.
Mittagstisch Table d'hôte	24 Schl.
Franz. Wein, die Bouteille	16 Schl.
Guter Medoc	20 Schl.
Schlafplatz für einen Bedienten oder Kutscher	4 Schl.
Stallgeld pro Pferd	2 Schl.
Bund Heu, 5–6 Pfund	2 Schl.

Ins B. reist man nicht nur der Gesundheit wegen; als Hauptanziehungspunkt gilt z.B. ein angeschlossenes Spielcasino. So blüht Baden-Baden im Schwarzwald in der Biedermeierzeit auch wegen der Möglichkeit, Roulette, Baccarat und Klondyke zu spielen, zum Modebad

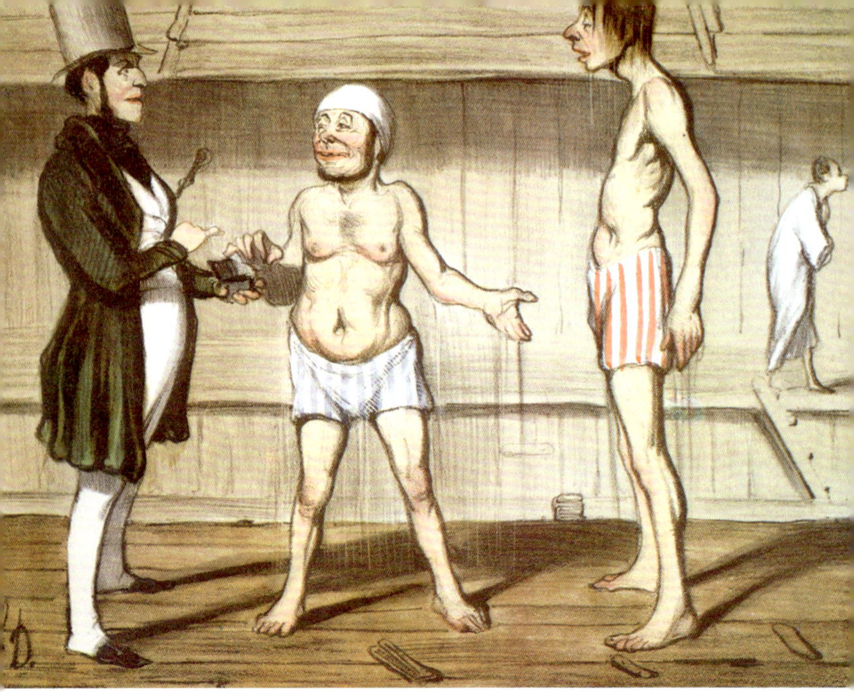

Unter dem Motto »Badefreuden« zeigt der Karikaturist Honoré Daumier den Bürger in besonders grotesken Situationen: Spindeldürr und untrainiert wird er als Gast einer Badeanstalt vorgestellt: »Der Mensch muß schwimmen können . . . man möchte sagen wie ein Fisch . . ., wenn man ihn an der Leine hält! Es kann ja noch kommen; er ist noch so jung.«

auf. 1816 entstehen dort Dampfbäder, seit 1822 das Kurhaus, die Trink- und Antiquitätenhalle, 1843 die neue Trinkhalle, seit 1846 weitere Dampfbäder. Hier trifft sich die große Welt und die Demimonde; vor allem die französische Gesellschaft hat in Baden-Baden Rendezvous. Norddeutsche sind so wenig beliebt, daß man 1833 am Kursaal folgenden Anschlag lesen kann: *»Es wird gebeten, keine Hunde mitzubringen und keine Preußen.«*

Eine Badereise (→ *Reisen*) etwa der ganzen Familie kommt jedoch erst nach der Jahrhundertwende auf. 1821 vermerken die *Jahrbücher der Heilquellen Deutschlands: »Man geht dorthin, wo die Mode will, daß man gesunde.«* Entsprechende Bedeutung kommt neben der Heilkraft der Quelle der Promenade zu. Damen und Herren kleiden sich nicht etwa leger, sondern putzen sich auf, fast, als ginge es zum Ball (→ *Mode*). Promenieren um den Brunnen, Plaudern, Kurkonzert und »Gesehenwerden« scheint oft wichtiger als die Kur selbst. Dabei drängt man sich nach Möglichkeit um die vornehmen Kurgäste. 1819 besucht Louis Napoleon, der Bruder des Kaisers, Marienbad, 1820 kommt König → *Friedrich Wilhelm* von Preußen und 1835, im Jahre ihrer Königskrönung in Böhmen, reisen Ferdinand I. und seine Gemahlin Anna Caroline von Österreich an. Fürsten und → *Adel* Europas prägen in dieser Zeit das

Badeleben und seine Gesellschaftsformen, daneben die Künstler, Dichter und Literaten. 1820 und 1821 steht Goethe in der Liste der Brunnengäste in Marienbad, seine *Marienbader Elegie* (1823) trägt den Namen des Badeortes in die Welt.

Der Kurpark, in dem der Brunnen liegt, wird in allen Bädern als kunstvolles Areal angelegt, mit gezirkelten Wegen, Kutschenzufahrten und weitläufiger Kolonnade zum Lustwandeln bei schlechtem Wetter. So präsentiert sich z. B. die Franzensquelle in Franzensbad um 1825. Das Brunnenhäuschen steht oft in einer riesigen Wandelhalle, so in Karlsbad 1827 – fast ebenso berühmt wie Marienbad –, wo neben der österreichischen Aristokratie vor allem Russen und Polen den Ton angeben. 1816 »kurt« hier Fürst Blücher (→ *Adel*, → *Wiener Kongreß*) und wird am Jahrestag seines Sieges bei Waterloo mit einem Ball geehrt.

Der beliebteste Kurort der Biedermeierzeit ist Baden bei → *Wien*. Hier absolviert seit 1823 → *Ferdinand Raimund* (1790–1836) seine Sommer-Stagione und gastiert selber als Schauspieler in *Aline*. Ludwig van → *Beethoven* (1770–1827) hält sich von 1804–1824 häufig dort auf und komponiert Teile der 9. *Symphonie*, aber auch einen Kanon *Gedenket heut' an Baden*. Franz Herzog von Reichstadt, König von Rom (1811–1832), der jung verstorbene Sohn Napoleons und der Kaiserin Marie-Luise

Unten: *Im Jahre 1839 wurde der Grundstein zur neuen Trinkhalle von Baden gelegt: »Die Colonnade, die wir auf der Ansicht erblicken, ruht auf einem hohen Sokkel von starken Quadersteinen, und hat eine Länge von zweihundert und siebenzig Fuss. Sechzehn schlanke korinthische Säulen von weißem Sandstein stützen die gewölbte Decke, und drei steinerne Treppen führen auf drei Seiten in das Innere. Hier wird man durch die reiche, prachtvolle Ausschmückung wahrhaft überrascht, die indessen weit entfernt ist von aller Überladung, und sich nur durch geschmackvolle Abwechslung auszeichnet.«*
C. L. Frommel, *Baden und seine Umgebung in malerischen Ansichten*, Karlsruhe 1823–1828.

Adolf Glassbrenner
Karlsbad

Daß schlimme Kranke sich in dir versammeln;
Das hört' ich lesen, sprechen, seufzen, stammeln;
Doch daß du uns von Übeln auch befreist,
Ist eine Lüge, das behaupt' ich dreist.

aus dem Hause Habsburg, wird 1828 in Baden gefirmt. 1835 ist dort schon ein Wohltätigkeitshaus für arme Badebedürftige in Betrieb, das bereits 1805 gestiftet und 1826 neu erbaut wurde. 1841 erhält der Ort Anschluß an die → *Eisenbahn*, und Reisende gewinnen damit die Möglichkeit, das Bad für nur einen Tag zu besuchen, was dem Badebetrieb mächtigen Aufschwung bringt. Bald spielt die Kurkapelle eigene Bademusikstücke und -märsche. 1846 kann man in Karlsbad das erste Symphoniekonzert gegen Entrittsgeld hören.

In Kissingen, wo der Badebetrieb gerade erst anläuft, gestalten sich die Verhältnisse noch so leger, daß der Oberkellner des Kurhauses die Hauptuhr nach persönlichem Ermessen vor- oder zurückstellen kann.

Für eine Badereise müssen vom Hof Abhängige oft eigens Gesuche einreichen, so der Maler → *Ferdinand Georg Waldmüller* (1793–1865; → *Malerei*). Er bittet 1831 den Erzherzog Franz Joseph, nach Ischl reisen zu dürfen, »*um zur Herstellung seiner Gesundheit die Bäder gebrauchen zu können*«.

Eine Besonderheit biedermeierlicher Badekultur ist die Mineralwasserversendung in speziellen Steinflaschen. Niederselters z. B. verschickt 1832 bereits 1 033 683 große und 261 521 kleine Flaschen, die Arbeiter an der Abfüllanlage fügen sich harten Bedingungen. Ihre Arbeitszeit beginnt um drei Uhr früh und endet um sieben Uhr abends, den Gottesdienst ausgenommen.

Die Badegläser am Kurort selbst sind zum Teil sehr reich geschliffene und bemalte Kunstwerke; man findet z. B. die Darstellung des Badeortes selber oder des Brunnens im besonderen, oft auch Motive aus der Umgebung (→ *Glas*).

Lit.: *Große Welt reist ins Bad.* Katalog der Ausstellung. Schloß Grafenegg bei Krems, Niederösterreich 1980. – J. Göres, *Was ich dort gelebt, genossen ... Goethes Badeaufenthalte 1785–1823.* Königstein 1982.

Ballett

Ebenso wie für → *Theater* oder → *Musik* empfindet man im Biedermeier Begeisterung, fast Enthusiasmus für das Ballett: eine Vorliebe, die nicht frei ist von Voyeurismus (→ *Ehe*) und in der sich der Geschmack aller Klassen verbündet. – Gute Tänzerinnen gelten mehr als gute Minister, dennoch sind eigenständige Ballettkompositionen der Zeit beinahe rar: 1830 erscheint von Daniel François Auber (1782–1871) *Der Gott und die Bajadere,* 1832 *Faust* von Adolphe Adam (1803–1856). 1841 kommt Adams *Giselle,* 1845 *Pas de Quatre* von Cesare Pugni (1802–1870) heraus – meist greift man auf Ballettstücke des 17. und 18. Jh.s zurück oder choreographiert Instrumental-Kompositionen. Eine Hauptanziehungskraft der Oper liegt in den eingestreuten Ballettszenen,

Gegenüberliegende Seite:

Fanny Elßler, Primaballerina assoluta der Biedermeierzeit, Genie des Balletts, Botschafterin Wiener Charmes. Die Neuartigkeit ihres Tanzstils, der dem Charaktertanz neue Ausdrucksmöglichkeiten eröffnete, sowie ihre Schönheit machten sie zur gefeiertsten Tänzerin des 19. Jh.s.

Die schönen Tänzerinnen und Ballettmädchen genossen nicht nur den Beifall des Publikums, sondern auch »allerhöchste« Zuneigung. Karl August Varnhagen von Ense berichtet in seinen *Blättern aus der preußischen Geschichte* (Lpzg. 1868/69): »Der König [Friedrich Wilhelm IV. von Preußen] hat eine Anzahl schöner Ternaux-Schals gekauft, sie bei Timm [dem königlichen Kämmerer] auslegen und als Geschenke unter die Tänzerinnen verlosen lassen. Der König, sagt man, hat eine besondere Neigung für die Tänzerinnen, überhaupt für die jungen Mädchen vom Theater; sie erfreuen sich seiner Gunst, die aber in allen Ehren verbleibt; er will, sie sollen tugendhaft sein, und schon um des Vorzugs willen, den sie von seiten des Hofverhältnisses haben, keinen Liebhaber dulden. Dagegen bekommen sie dann durch Timm alle schönsten Kleider und andre Gaben zur Belohnung ihres guten Wandels, den dieser ihnen bestens einschärft. ›Eine sonderbare Art von Harem‹, sagte neulich ein General, ›in welchem Timm das Haupt der Verschnittenen spielt.‹«

für deren Ausstattung ungeheure Summen investiert werden. Gasparo Spontinis (1774–1851; → *Berlin*) *Alcidor* allein kostet 30 000 Taler. Die Ausgaben für ein neues Schauspiel nehmen sich im Verhältnis dazu äußerst bescheiden aus: etwa 500 Taler. Ähnlich verhält es sich mit den Gagen des Ballettpersonals bzw. der Schauspieler. Im Jahre 1827 werden an der Berliner Bühne für Opern- und Ballettmitglieder (ohne Chor und Orchester) 45 000 Taler gezahlt, während die Gagen der Schauspieler und Schauspielerinnen nur ca. 28 000 Taler betragen.

Die bedeutendsten Tänzer sind z. B. der Italiener Philipp Taglioni (1778–1871), Solotänzer und Ballettmeister an fast allen großen europäischen Bühnen und Schöpfer des B.s *Die Sylphide*, oder Paul Taglioni (1808–1884), der als Ballettmeister an der königlichen Oper Berlin arbeitet und Schöpfer mehrerer Ballette, u. a. *Satanella*, ist. In hoher Publikumsgunst stehen jedoch vor allem die Tänzerinnen. Carlotta Grisi (1819–1899), von der → *Heinrich Heine* schreibt, daß sie bei ihren Auftritten in Paris unter ihren Kollegen *»gar wunderlieblich hervorstrahlt wie eine Apfelsine unter Kartoffeln«;* oder Maria Taglioni (1804–1884), die an der Pariser Oper auftritt und einen natürlichen Tanzstil kreiert; sie führt das Trikot als Kostüm ein.

Die absolute Primaballerina der Epoche ist die Wienerin Fanny Elßler (1810–1884), Meisterin des Spitzentanzes, die ihrer Anmut und ihres Lächelns wegen geliebt und verehrt wird. Sie vor allem verhilft dem neuen Stil, der die gemessene Feierlichkeit der bis dahin herrschenden französischen Schule ablöst, und dessen Betonung in der natürlichen Bewegung liegt, zum Durchbruch. 1830 hat sie ihre ersten Erfolge in Berlin – »Sie tanzt Weltgeschichte«, behaupten die Berliner – und wird dann mit den größten Ballettrollen der Zeit in Europa und Amerika gefeiert; Oxford verleiht ihr sogar den »Ehrendoktor der Tanzkunst«.

Ihre Darstellungskunst wetteifert mit ihrer Begabung für den Tanz und führt zu einer langjährigen Rivalität mit Maria Taglioni (deren Stärke ebenfalls in der Pantomime liegt), sowohl in der Publikumsgunst als in bezug auf die Gagen: die Taglioni erhält 1832 in London für drei Monate Gastspiel 70 000 Francs, die Elßler für eine Amerikatournee 300 000 Francs und für einen kurzen Auftritt in Havanna 51 000 Dollar.

Der bekannteste Choreograph ist Salvatore Vigano (1769–1821); er arbeitet in seiner Heimat Italien und in Wien, ein Meister des Körper- und Raumgefühls vor allem in der Führung des Corps de Ballet in Massenszenen.

Lit.: J. Gregor, *Kulturgeschichte des Balletts. Seine Gestaltung und Wirksamkeit in der Geschichte und unter den Künsten.* Wien 1944.

Ludwig van Beethoven

(* 16. 12. 1770 Bonn; † 26. 3. 1827 Wien)

Beethoven ist der letzte große Vertreter der klassischen Musik, dessen späte Werke wie »Urgestein« unzeitgemäß in der Welt des biedermeierlichen Kulturlebens stehen.

Sein Vater, der Kapellmeister Johann van Beethoven, wird Ludwigs erster Musiklehrer. Früh schon zeigt sich die Virtuosität des Sohnes auf dem Klavier, bereits vor 1787 komponiert er ein »Ritterballett« und eine große Kantate. Eine Studienreise nach Österreich, während der er Mozart flüchtig kennenlernt, muß wegen des Todes der Mutter abgebrochen werden. 1792 ist Beethoven als kurfürstlicher Musikstipendiat erneut in → *Wien* und erhält unregelmäßigen Musikunterricht, unter anderem bei Joseph Haydn. 1795 tritt er mit eigenen Kompositionen hervor, Gönner und Mäzene sichern sein finanzielles Auskommen und Pension durch Protektion. Bereits um 1800 macht sich ein schweres Gehörleiden bemerkbar, das den Künstler in die verzweifeltsten Depressionen stürzt: »*Nur hat der neidische Dämon*«, klagt er, »*meine schlimme Gesundheit, mir einen schlechten Stein in's Brett geworfen, nämlich: mein Gehör ist seit drei Jahren immer schwächer geworden . . .*« Seit 1818 verschlimmert sich das Übel bis zur völligen Taubheit, was totale menschliche Vereinsamung und

Oben: *Beethoven-Porträt von Ludwig Waldmüller aus dem Jahr 1823.*

Unten: *Beethovens Geburtshaus in Bonn, Bonngasse. Gartenansicht nach einer zeitgenössischen Zeichnung, um 1880.*

Ludwig van Beethoven, Ausschnitt aus dem handschriftlichen Original der Missa solemnis *D-Dur op. 123 (1819–1823).*

natürlich auch mangelnde Aufträge mit sich bringt, Beethoven verkehrt fast nur noch über gekritzelte *Konversationshefte* oder brieflich mit seiner Umwelt.

Düsteren Gemüts, mißtrauisch, mit neuen Unannehmlichkeiten behelligt, als er 1815 auch noch für die Erziehung eines früh verwaisten Neffen aufkommen muß, gestaltet sich die materielle Lage des Komponisten immer schwieriger. 1823 wendet er sich schließlich an Goethe um Hilfe, erhält aber keine Antwort, als er darum bittet, der Weimarer Hof möge seine *Große Messe* subskribieren: »*Ich habe so vieles geschrieben, aber erschrieben beinahe gar nichts … Mein Gehalt ist ohne* Gehalt – *meine Kränklichkeit seit mehreren Jahren ließ es nicht zu, Kunstreisen zu machen und überhaupt alles das zu ergreifen, was zum Erwerb führt.*«

Die Zeit, in der Beethoven lebt, die Biedermeierepoche, hat ihn nie anerkannt und nie erkannt. Nach seinem Tod kursieren Zeichnungen und Anekdoten über einen abwesend durch die Straßen schweifenden, verwahrlosten Mann in abgetragenem Frack und schiefem Zylinderhut, der durch seine schroffe Art die Sympathie aller Auftraggeber und Theaterprinzipale, potentieller Mäzene und ausübender Musiker verspielt hat, der rastlos von Wohnung zu Wohnung zieht und die Gehälter seiner Dienstmädchen addiert. »*Wieviel Pfund Fleisch rechnet man auf drei Personen?*« steht in einem der Konversationshefte. »*Für eine jede Person rechnet man ½ Pfund, macht für drei Personen 1½ Pfund Fleisch.*« Und: »*Die Haushälterin bekommt täglich Brotgeld*

Beethoven lebte in *Wien und komponierte* für *Wien; so fanden sich zu seinem Leichenbegängnis am 29. März 1827 alle Musiker Wiens und eine nahezu unübersehbare Menschenmenge ein. Aquarell von F. Stöber.*

zwölf Kreuzer, auch so die Küchenmagd.« Anders der Dichterkollege → *Grillparzer*, dessen Nachruf am Grabe am 29. März 1827 schließt: »*Und wenn euch je im Leben, wie der kommende Sturm, die Gewalt seiner Schöpfungen übermannt, wenn euer Entzücken dahinströmt in der Mitte eines jeden noch ungeborenen Geschlechts, so erinnert euch dieser Stunde und denkt: wir waren dabei, als sie ihn begruben, und als er starb, haben wir geweint.*«

Lit.: E. Orlandi (Hg.), *Beethoven und seine Zeit*, 6. Aufl. Wiesbaden 1978.

Berlin

Berlin ist zur Zeit des Biedermeier eine lebendige, glanzvolle, moderne Metropole; es gehört zu den europäischen Weltstädten und Hauptzentren geistigen, politischen und kulturellen Lebens. Sämtliche Künste und Wissenschaften wetteifern, die Stadt zieht die berühmtesten Gelehrten und Dichter, Musiker, Maler, Forscher und Wissenschaftler an. Dabei bleibt B. Bürgerstadt *und* Königsstadt mit höfischem Leben sowie der Präsenz von → *Adel*, Diplomatie und → *Militär*. Allerdings stellt sich mit der Ansiedlung erster → *Industrien* auch rasch das Problem der Elendsviertel, die Schönheit des Umlandes wird beeinträchtigt durch häßliche Fabrikgebäude in der Bannmeile.

In solchem Schmelztiegel aller Zeitströmungen blüht »des deutschen Reiches Streusandbüchse« (liebevoll-ironisch so genannt wegen der Lage in der sandigen

»Berlin ist gar keine Stadt, sondern Berlin gibt bloß den Ort dazu her, wo sich eine Menge Menschen, und zwar darunter viele Menschen von Geist, versammeln, denen der Ort ganz gleichgültig ist, diese bilden das geistige Berlin.«

Heinrich Heine, 1828

Berlin, Unter den Linden, im Jahre 1838. Im Hintergrund das Schloß. Gemälde von Wilhelm Brücke d. J. (1829–1870), der nach einem Romaufenthalt seit 1834 in Berlin als Architektur- und Landschaftsmaler wirkte und zahlreiche Berlin-Ansichten schuf.

Mark) nach den Freiheitskriegen mächtig auf. Die Stadt hat den Usurpator Europas, → *Napoleon*, siegreich in ihren Mauern dulden müssen, aber auch General Blücher, den »Marschall Vorwärts«, im Triumph heimkehren sehen. Jetzt will man leben, genießen, Gäste begrüßen und sich an Geist und Schönheit erfreuen. Und dazu ist das beste Forum vorhanden. Die Universität, gegründet durch den Gelehrten Wilhelm von Humboldt (1767–1835), existiert seit 1810 (→ *Universitätsleben*), zu ihren prominenten Professoren gehören der Philosoph Georg Wilhelm Hegel (1770–1831), der Rechtsgelehrte Karl von Savigny (1779–1861; → *Justizwesen*) oder der Theologe Friedrich Schleiermacher (1768–1834; → *Religiöses Leben*).

Am Ende der Prachtstraße Unter den Linden stehen Andreas Schlüters (um 1660–1714) königliches Barockschloß mit seinem Gegenpart im Westen, dem Brandenburger Tor von Carl Gotthard Langhans (1732–1808), das Opernhaus von Georg Wenzeslaus von Knobelsdorff (1699–1753), das mächtige Zeughaus mit Schlü-

ters Masken sterbender Krieger. Der Tiergarten lädt die elegante Welt ein zu lustwandeln und die neueste → *Mode* zu präsentieren, → *Kaffeehäuser*, → *Gastwirtschaften*, Tanzlokale und Weinstuben gibt es in Fülle.

Nach dem Krieg nun prägt ein neuer Architekt entscheidend das Gesicht der Stadt: Karl Friedrich → *Schinkel* (1781–1841; → *Architektur*). Er baut, der Oper gegenüber, die Neue Wache (1818 vollendet), am Gendarmenmarkt das Neue Schauspielhaus, die Neue Schloßbrücke, die Singakademie und den Säulenbau auf der späteren Museumsinsel, die Anlage des Potsdamer Tores – um nur einige zu nennen. Zahllose Umbauten (die Kirchen am Gendarmenmarkt, Schloß Tegel) kommen hinzu, außerdem Denkmäler und Innenausstattungen, und die Menge der unausgeführt gebliebenen Entwürfe übertrifft noch die fertigen Bauwerke. Die gesamte Stadt trägt am Ausgang des Biedermeier deutlich die Handschrift Schinkels.

Das geistige B. lebt besonders in den → *Salons* und auf den Bühnen: → *Rahel Varnhagen* und → *Bettina*

Unter den Linden

Ja, Freund, hier unter den Linden
Kannst du dein Herz erbau'n,
Hier kannst du beisammen finden
Die allerschönsten Frau'n.

Sie blühn so hold und minnig
Im farbigen Seidengewand;
Ein Dichter hat sie sinnig:
Wandelnde Blumen genannt.

Welch' schöne Federhüte!
Welch' schöne Türkenschals!
Welch' schöne Wangenblüte!
Welch' schöner Schwanenhals!

Heinrich Heine

Der »Stralauer Fischzug« war das größte Volksfest Berlins zur Biedermeierzeit. 1841 zählte man bereits 50 000 Menschen, die sich bei Glücks- und Schaubuden, Puppen- und Kasperltheater, bei Karussells, Wurst- und Kaffeezelten vergnügten.

»Wie konnte bloß jemand auf die Idee kommen, mitten in all dem Sand eine Stadt zu gründen! Dabei soll dieses Berlin 159 000 Einwohner haben!«
Stendhal, 1806

»Dies ist vielleicht die einzige Stadt, wo die sogenannten genialen Menschen nicht für Narren gehalten werden.«
Clemens Brentano, 1809

von Arnim (→ *Emanzipation*) halten Zirkel und zählen eine lebhaft debattierende Gästeschar von Dichtern, Künstlern, Gelehrten und Musikern aus aller Herren Länder zu ihrem Kreis. Die Sprechbühne regiert der Intendant Karl Moritz Graf von Brühl (1772–1837), der bevorzugt große Ausstattungsstücke spielen läßt, die Oper der Italiener Gasparo Spontini (1774–1851), der sich mit Feuereifer gegen das Vordringen der deutschen Oper wehrt und mit dem gewaltigen Erfolg des *Freischütz* von → *Carl Maria von Weber*, 1821 am Gendarmenmarkt uraufgeführt (→ *Musik*), eine herbe Niederlage hinnehmen muß. Die berühmtesten Solisten gastieren an B.s Theatern (→ *Ballett*, → *Theater*) oder beginnen hier ihre Karriere. Bei den bildenden Künsten sieht es dürftiger aus. Der Bildhauer Gottfried Schadow (1764–1850; → *Plastik*) arbeitet in gemäßigt realistischer Manier, der Genre- und Pferdemaler → *Franz Krüger* (1797–1857) ist vor allem seiner Tier- und Militärbilder wegen beliebt, aber auch der Maler, Zeichner und kritische Zeitchronist Adolph von Menzel (1815–1905; → *Malerei*) spricht gegen Ende der Epoche bereits mit. Die einfachen Bürger erfreuen sich an den humorvollen Milieuzeichnungen Theodor Hosemanns (1807–1875) und den volkstümlichen Dichtungen Adolf Glassbrenners (1810–1876); sie besuchen mit Vorliebe das 1824 eröffnete Königstädtische Theater am Alexanderplatz, wo

Der Grunewald war auch schon zur Zeit des Biedermeier eines der beliebtesten Ausflugsziele der Berliner Familien, wie das Gemälde Verregnete Grunewaldpartie *von August von Rentzell zeigt.*

man Possen und komische Opern spielt. Sonntags vergnügen sich Herr und Frau Biedermeier in den Kaffeegärten, bei Picknick und auf Landpartien (→ *Geselligkeit*), winters beim Schlittschuhlaufen, sommers beim Pferderennen (→ *Sport*). Besondere Volksfeste, etwa der alljährliche »Stralauer Fischzug« (→ *Volksbelustigung*) oder der Weihnachtsmarkt vor dem Schloß (→ *Markt*), bringen die halbe Stadt auf die Beine. Friedrich Saß, ein Schriftsteller der vierziger Jahre, schildert: »*Sehr angesehen bei dem Berliner Bürgerstande sind auch die Konzertmusiken, welche im Sommer regelmäßig in den Lokalen des Tiergartens, im Odeum und Hofjäger stattfinden. Sie versammeln immer ein großes Publikum. Den größten Ruf aber haben die Militärmusiken ... Wenn ein solches Konzert angekündigt wird, so schlägt jedes Preußenherz vor Freude, und es ist auf den ungeheuersten Zudrang zu rechnen. Der Berliner fühlt sich geehrt und sein Preußentum verherrlicht. Bei diesem erweckt die Gewalt der Töne Erinnerungen aus den Freiheitskriegen, bei jenem aus dem Gamaschendienste der Garnisonstadt ...*«

Die Stadt wirkt bis Ende der dreißiger Jahre zugleich nüchtern und weltoffen, bürgernah und äußerst elegant, gemütlich und kunstbegeistert, preußisch-königstreu, aber im Ansatz bereits revolutionär oder zumindest nicht sehr obrigkeitshörig. Mit dem Regierungsan-

»Alles hat hier einen Anstrich von Großartigkeit, Geistigkeit und Liberalität.«

Franz Grillparzer, 1826

»Berlin, wenn ich so sagen darf, ist eine Conglomeration aller Weltexistenzen, alle europäischen Weltstädte sind hier repräsentiert und nebeneinander aufgeschichtet.«

Friedrich Gustav Kühne, 1843

tritt Friedrich Wilhelms IV. (1795–1861) im Jahr 1840, der sich als »letzten Romantiker« auf dem Königsthron versteht und entsprechend reaktionär gesinnt ist, wandelt sich das Klima, es wird sachlicher, kälter; auch das Stadtbild verändert sich. Seit 1838 fährt zwischen B. und Potsdam die → *Eisenbahn*, 1841 nimmt die Anhaltische, ein Jahr später die Schlesische Bahn den Betrieb auf, Industrien werden gegründet, Arbeiterviertel wachsen allenthalben. »*Draußen vor dem Hamburger Tor*«, schreibt Ernst Dronke 1846, »*ist es düster und unheimlich. Hier sind die Hütten des Elends und der Verzweiflung. Mitten unter den erbärmlichsten Hütten stehen einzelne große Häuser, im ganzen sieben, in welchen sich zusammen zweitausendfünfhundert Menschen in vierhundert Gemächern befinden.*«

Die im selben Jahr eingeführte Gasbeleuchtung (→ *Straßenbeleuchtung*) einiger weniger Straßen gilt zwar als unerhört modern, doch die Preise für die Bedürfnisse des → *Alltags* steigen. Die Teuerung der Viktualien für den Lebensunterhalt ärgert die Berliner Hausfrauen so sehr, daß sie ein Jahr vor der → *Revolution* auf dem → *Markt* am Oranienburger Tor ihren eigenen »Kartoffelkrieg« vom Zaun brechen, die feilbietenden »Höker« verprügeln und bei einem Protestmarsch durch die Straßen das Gemüse verstreuen.

Nach der Revolution von 1848 ist B.s Glanz und Charme zunächst dahin, mit den »Märzgefallenen« stirbt ein guter Teil der Weltoffenheit und biedermeierlichen Unbeschwertheit. »*Es ist*«, notiert der Dichter Gustav Kühn nachdenklich, »*kühl und frostig im Brennpunkt deutscher Gesittung, Kunst und Wissenschaft.*«

Lit.: P. Weiglin, *Berliner Biedermeier. Leben, Kunst und Kultur in Alt-Berlin zwischen 1815 und 1848*. Bielefeld/Lpzg. 1942. – M. Bernhard, *Es gibt nur ein Berlin. Chronik einer Hauptstadt*. Mchn. 1980.

Die Schauspielerin Karoline Bauer erzählt in ihren Memoiren *Aus meinem Bühnenleben* (Bln. 1871):

»Das gesellschaftliche Leben des alten Berlins vor einem halben Jahrhundert war das animierteste und fröhlichste. Man suchte und fand in der Geselligkeit Ersatz für das fehlende öffentliche Leben einer politischen Residenz. Und die damalige Kleinstadt Berlin gestaltete dies gesellige Leben zu einem intimen und familiären, wie in einem Provinzstädtchen. Man kannte alle Welt und kam mit aller Welt an allen Orten immer wieder zusammen. Und diese rege Geselligkeit wurde dadurch möglich, daß sie bescheidener auftrat als heute. Man machte gegenseitig keine kostspieligen Ansprüche auf üppige Bewirtung, luxuriös ausgestattete Salons, glänzende Toiletten. Man konnte unkritisiert immer wieder in denselben Gesellschaftskleidern erscheinen – und wir waren bei der Beleuchtung von einigen mageren Talglichtern, die fortwährend Ansprüche an die »Lichtputzschere« machten – an birkenen oder »kienenen« Tischen und bei einer Tasse Tee und den berühmten oder berüchtigten dünnen Berliner Butterbrödchen seelenvergnügt.«

Bilderbogen

Bilderbogen waren immer und sind auch im Biedermeier Gebrauchsgraphik im wörtlichsten Sinn: Sie gehen lose von Hand zu Hand und sollen zunächst vor allem erbauen. In der Frühzeit, bis ungefähr in die dreißiger Jahre des 19. Jh.s, sind sie noch ganz für Erwachsene bestimmt und dienen der Kurzinformation. Die meisten erscheinen als Holzschnitte, unsigniert, und erreichen oft sehr hohe Auflagen. Die Kolorierung erfolgt mittels Schablonen aus Pappe, »Colorierstuben« der führenden Offizinen beschäftigen oft mehr als hundert Personen, vielfach auch Kinder, Heimarbeiter oder Gefängnisinsassen. Die *Münchner Bilderbogen* datieren ihr Erscheinen knapp nach dem Biedermeier, 1849, herausgegeben von dem Graphiker Caspar Braun (1807–1877; → *Fliegende Blätter*) und dem Buchhändler Friedrich Schnei-

Gegenüberliegende Seite:

Der Alltag von Alt-Berlin. Ein Dokument biedermeierlicher Wirklichkeit überlieferte Eduard Gärtner (1801–1877), der große Meister Berliner Stadtansichten mit der 1831 entstandenen Ansicht der Parochialstraße: Da raucht der Kesselschmied vor der Werkstatttür seine Pfeife, da wird mitten auf der Straße Holz gesägt, da trinkt der stets durstige Eckensteher neben der Destille sein Bier, da tratschen die Nachbarinnen, und die Hunde knurren sich an.

Auch die Neuruppiner Bilderbogen *halten die Ereignisse des Revolutionsjahres 1848 fest. Nach blutigen Straßenschlachten zwischen Arbeitern, Studenten, Revolutionären und Militär ist der König bereit, Preußen in eine konstitutionelle Monarchie umzuwandeln. Am 21. März 1848 reitet er hinter einer schwarz-rot-goldenen Fahne durch Berlin* (Abb. oben).

Die Bürgerwehr soll für Ruhe und Ordnung sorgen. Uneinigkeit zwischen »rechten« und »linken« Revolutionären führt erneut zu Unruhen, im Herbst marschieren die Soldaten des Königs wieder in Berlin ein, am 11. November 1848 wird die Bürgerwehr unter Belagerungszustand entwaffnet (Abb. gegenüberliegende Seite), *der König löst die Preußische Nationalversammlung auf; die Revolution in Preußen ist zu Ende.*

der (1815–1864). Bekannte Künstler wie → *Moritz von Schwind* (1804–1871), Otto Speckter, Franz Graf von Pocci (1807–1876; → *Fliegende Blätter*) oder Wilhelm Busch (1832–1908) sind Mitarbeiter, die ihre Arbeiten auch mit Namen zeichnen.

Nach und nach nehmen die B. den Charakter einer Bildzeitung mit Aktualitäten an. Auch die Kirche bedient sich ihrer in Form von Heiligen- und Mariendarstellungen oder Sakramentsfolgen. Neuruppin, eine der berühmtesten Offizinen, bringt z. B. 1835 einen *Himmelsbrief* heraus, »*welcher mit goldenen Buchstaben geschrieben*«, mit einem »*schönen Gebet, alle Tage und Stunden zu beten*«. Exempel für die Zeichen der neuen Zeit ist ein *Dampfwagen* (um 1830), für die Welt der Arbeit ein Spottbild *Der blaue Montag* (1840). Ein frühes Beispiel aus der Epoche zeigt die *Ständepyramide* (um 1820, süddeutsch) mit »Rollenverteilung«; »*Der Papst – Ich lehr euch alle; der Kaiser – Ich regier euch alle; der Soldat – Ich beschütze euch alle; die Dirne – Ich verführe euch alle; der Händler – Ich betrüge euch alle. Und ganz unten der Teufel – Hütet euch, oder ich hole euch alle.*« – Das Kriegsende wird in patriotischer Verpakkung durch B. verherrlicht: Um 1813–1815, *Deutschlands Rettung aus dem Fremdenjoch durch die dreitägige große Volksschlacht bei Leipzig;* oder, um 1815, *Der erhabene Augenblick*, Blücher und Wellington umarmen sich nach der Schlacht bei Belle-Alliance (Waterloo, → *Wiener Kongreß*).

B. werden auch in England, Frankreich (Épinal ist eine der frühesten Offizinen), Rußland *(Lubock)* und Österreich *(Mandelbogen)* publiziert. In Deutschland entwickelt sich Neuruppin, eine Kleinstadt in der Mark Brandenburg, zum Zentrum. Dort gründet Gustav Kühn 1775 eine Buchbinderei, und bei ihm erscheinen die ersten Blätter. 1791 erhält er die Konzession für eine

Buchdruckerei mit Buchhandlung; 1822 führt der Sohn das Unternehmen selbständig, 1823 stellt die Firma 3815 B. her, und danach steigt die Anzahl von Jahr zu Jahr, 1833 überschreitet sie die Millionengrenze. 1835 erwirbt Kühn eine Lithographenpresse, die große Auflagen zu niedrigem Preis und enorme Verbreitung ermöglicht, damit werden vor allem Kinder als Konsumenten angesprochen. Teure → *Kinderbücher* bleiben außer Konkurrenz. Neben Gustav Kühn hat sich bald die Druckerei Oehmigke & Riemschneider auf B. spezialisiert; die Blätter finden reißenden Absatz, auch in Nürnberg, Magdeburg und Stuttgart.

Typisch in diesem Zusammenhang sind noch die *Malbücher* der Biedermeierzeit: Auf der einen Seite steht jeweils die Umrißzeichnung eines Bildes, gegenüber ist das gleiche Bild koloriert als Ausmalvorlage für Buntstift oder Wasserfarbe zu sehen. In dieselbe Gruppe gehören schließlich »lebende« Bilderbücher, das sind Bücher mit Hebelzügen, die man, fast wie Theaterkulissen, mittels eines Papierhebels aufklappen kann, und Anschauungstafeln für Kinder, ähnlich dem Guckkasten oder Diorama (→ *Daguerre*, → *Papiertheater*).

Die wichtigsten B.-Offizinen der Biedermeierzeit:

Esslingen – J. F. Schreiber (gegr. 1831);

Frankfurt a. M. – Bernhard Dondorf (1833–1872), Philipp Jacob Döring (ca. 1806–1841), Eduard Gustav May (1845–1849);

Halle – Johann Carl Dietlein (ca. 1800– ca. 1830);

Karlsruhe – Creuzbauer und Hasper (ca. 1835– ca. 1855);

Köln – Jodocus Schlappal (ca. 1820–1837);

Magdeburg – Eduard Robrahn (1823–1828);

Mainz – Joseph Scholz (gegr. 1793 in Wiesbaden, 1829 bis heute);

München – J. C. Hochwind (ca. 1820– ca. 1860);

»Die Geschichte des Bilderbogens – sie beschäftigt die Zeitungswissenschaft mehr als die Kunstgeschichte – reicht bis zum Ausgang des Mittelalters zurück. Daß sie im Volksmund noch ›Helgen‹ oder ›Hilligen‹ (Schweden), ›Zantjesblaars‹ (Flandern) oder ›Santos‹ (Spanien) hießen, als sie schon längst nicht mehr die Legende der Heiligen illuminierten, läßt ihre Herkunft erkennen. Man kann die frühen Einblattdrucke als billige Volksausgabe der gotischen Bildhandschriften bezeichnen. Mit minuziösem künstlerischem Luxus ausgestattet, dienten dieselben der fürstlichen Erbauung, dem Augengenuß wohl mehr als der frommen Kontemplation. Die gesellschaftliche Klassifizierung des Bilderbogens ist eine andere: er gehört auf die Straße, in die Stube, über das Bett. Ist auch die anfängliche Bemühung, die kalligraphische Feinheit der Illuministen im Holzschnitt nachzubilden, bald wieder aufgegeben worden, so wurde doch an einem festgehalten, das den Blättern einen Schein von Pracht und Kostbarkeit gibt: man malte sie bunt an.«

G. Böhmer, *Ewiglich lieb ich dich. Bilderbogen aus dem Biedermeier.* Mchn. 1961

Moralische Ratschläge zu Nutz und Frommen der heranreifenden weiblichen Jugend erteilten die Nürnberger Bilderbogen *um 1835:*
»Ey seht die große Assemblee,
Da trinkt man Kaffee und auch Thee,
Klatscht und verleumdet; wärs nicht fein
Dafür zu warten Kinderlein? –«

Neuruppin – Gustav Kühn (gegr. 1701; 1815–1939); Oehmigke & Riemschneider (1835– ca. 1915);

Nürnberg – Joh. Andreä Endtersche Handlung (1746–1854), Schneider & Weigel (1779–1844), Friedrich Campe (1805–1846), Christian Martin Trummer (1818–1828), Conrad Riedel (1813–1842), Johann Benedikt Wunder (ca. 1820–1830), Georg Nikolaus Renner (1826–1837);

Stuttgart – Friedrich Gustav Scholz (1820–1865); Wien – Matthias Trentsensky (1832–1879);

im Elsaß – Gustave Silbermann in Straßburg (ca. 1845–1872); Jean-Frédéric Wentzel (1835–1869) in Weißenburg;

in Frankreich – Jean Charles Pellerin (ca. 1810–1822) und Nicolaus Pellerin (1822–1851) in Épinal.

Lit.: G. Böhmer, *Ewiglich lieb ich dich. Bilderbogen aus dem Biedermeier.* Mchn. 1961. – W. Brückner, *Populäre Druckgraphik Europas. Deutschland vom 15.–20 Jh.* Mchn. 1969.

Bürgertum

Das Bürgertum des Biedermeier bedeutet nicht, wie oft behauptet wird, nur → *Spießbürgertum.* Es respektiert wohl Sittlichkeit (→ *Moral*) und die Macht der → *Obrigkeit*, schätzt Tradition und friedvolles Gleichmaß, hat dazu aber auch allen Grund. Biedermeier ist eine kurze

Epoche des Ausruhens. Die Freiheitskriege sind zu Ende, das Vaterland ist restauriert; von Frankreich her drohen bereits 1830 wieder → *Revolution* und Veränderungen, Studenten rebellieren (→ *Burschenschaften*) und technische Neuheiten in beängstigender Fülle überraschen den Bürger, der angesichts all dessen Mühe hat, »auf dem laufenden« zu bleiben, sich ein kleines Glück zu sichern. Der Rückzug in die Häuslichkeit, das Beharren in der selbstgeschaffenen Idylle des → *Gartens*, des → *Salons*, der Soirée (→ *musikalische Soirée*), er bedeutet Flucht, innere Emigration, Suche nach Oasen, nach Halt und Orientierung in einer Zeit, in der sich äußerlich die Ereignisse überschlagen. Es gibt ja, mit Ausnahme zahlreicher Journale (→ *Pressewesen*), noch keine »Massenkommunikation«.

Die erste → *Eisenbahn*, all die bahnbrechenden Erfindungen auf dem Gebiet der Technik, → *Industrie*, der → *Medizin*, selbst die Neuheiten im Bereich des Haushalts, in → *Mode* oder Möbelstil, setzen sich nur langsam durch und sind erst nach längeren Zeitabständen wirklich zu benutzen. »Ruhe ist jetzt des Bürgers erste Pflicht!« hatte man in den Napoleonischen Kriegen (1803–1815) dem Bürger eingeschärft, nun will er seine Ruhe als Recht und verteidigt sie. »Tue recht und scheue niemand« heißt eine Losung, und Hunger nach Bildung, nach → *Theater*, → *Ballett*, gefälligen Bildern

Beschauliches Glück des Bürgertums in trauter Häuslichkeit, zufrieden mit sich und stolz auf die Seinen, bestätigt Eduard Gärtners Gemälde von Familie und Wohnzimmer des Schlossermeisters Hausschild in der Stralauer Straße in Berlin.

Ein junges Bürgermädchen unterwegs zum Einkaufen auf dem Markt. An Wochentagen ist man wesentlich einfacher gekleidet als zum sonntäglichen Kirchgang. Szene aus dem biedermeierlichen München.

und Lebenshilfe spendender Zeitungslektüre, beruhigender Dichtung herrscht überall. »*Doch in der Mitten liegt holdes Bescheiden*« → *Eduard Mörikes* (1804–1875) Maxime.

»*Eines nur ist Glück hinieden,*
eins, des Innern stiller Frieden
und die schuldbefreite Brust«

erhofft sich → *Franz Grillparzer* (1791–1872; → *Literatur*) in seinem Märchenspiel *Der Traum ein Leben* – nur zu begreiflich, daß sich der Bürger für den → *Alltag* solche tröstlichen Botschaften sichert und vor den harten Trommelklängen des »Jungen Deutschland« (»*Michel! fallen dir die Schuppen / von den Augen? Merkst du itzt, / daß man dir die besten Suppen / vor dem Maule wegstibitzt?*« spottet → *Heinrich Heine*) sorglich die Ohren verstopft.

Man schließt sich enger aneinander, nicht in Parteien, in großen Organisationen, sondern im Kleinen, im Bund, am Stammtisch, in freundschaftlichen Kreisen. Der Salon ist bereits »upper class«; die bürgerliche Mehrheit sucht den → *Verein*, den Zirkel vertrauter Freunde, die kleinen Tanzereien, Schwärmereien für eine Theaterdiva, eine Ballettgöttin. Picknick im Grünen, Besuch der Volksfeste, der Dult (→ *Volksbelustigung*), des → *Kaffeehauses*, Rausch bei → *Walzer* und Polka, Promenieren in Frack und Redingote auf dem Ball machen den Charme der Epoche aus, der erst in der Rückschau, durch die Analyse der Ereignisse im Umfeld, über die Herr und Frau Jedermann damals nur unklar informiert waren, als »spießig«, »untertänig«, »borniert« denunziert worden ist.

Lit.: F. Pietzcker (Hg.), *Deutsches Bürgertum im 19. Jh.* Ffm. 1973.

Burschenschaften

»Die allgemeine teutsche Burschenschaft ist die freie und natürliche Vereinigung der gesammten, auf den Hochschulen wissenschaftlich sich bildenden teutschen Jugend zu Einem Ganzen, gegründet auf das Verhältnis der teutschen Jugend zur werdenden Einheit des teutschen Volkes.«

Erster Paragraph der Verfassungsurkunde der allgemeinen deutschen Burschenschaften.

Nach den Wirren der Napoleonischen Kriege sind Ruhe und Sicherheit erstes Staatsgebot, und das ruft rasch Opposition hervor. Die Deutsche Burschenschaft, in Jena, 1815, im Jahre von Waterloo gegründet, wird unruhig (→ *Restauration*); am 18. Oktober 1817, dem Jahrestag der Völkerschlacht bei Leipzig, feiert sie ihr Verbrüderungsfest. Einige hundert Studenten von dreizehn deutschen Universitäten verbrennen auf der Wartburg Schriften »unteutscher« Autoren und, nach gemeinsamen Turnübungen und Gesängen, Symbole der restriktiven Politik → *Metternichs*: einen hessischen Zopf, die Schnürbrust der Uniform eines preußischen Ulanen und einen österreichischen Korporalstock. Unter den Farben Schwarz-Rot-Gold feiern sie die Einheit Deutschlands.

1819 dringt der Student → *Karl Ludwig Sand* (1795–1820) in die Wohnung des Dichters und Staatsrats → *August von Kotzebue* (geb. 1761) ein und erdolcht ihn (auch seine *Geschichte des deutschen Reiches* wird auf der Wartburg ins Feuer geworfen); Kotzebue gilt als Erzreaktionär, zudem ist er nicht grundlos zaristischer Spionage verdächtig. Der Täter wird zum Tode verurteilt und 1820 geköpft. Als Folge des Kotzebue-Mordes ergehen die »Karlsbader Beschlüsse« – die Anordnung strenger Überwachung aller Universitäten – und zwar der Studenten und der Lehrer –, mit ihrem System aus Verboten, Zensur und Bespitzelung, das jede politische Bewegungsfreiheit einschränkt. Die Allgemeine B., 1818 in Jena gegründet, wird strengstens verboten, für die Presse eine Vorzensur eingeführt (→ *Pressewesen*); alle Schriften unter 20 Bogen unterliegen ihr. Die Bundesregierung kann ohne Appellation jedes Druckwerk von sich aus unterdrücken, und kein Redakteur einer verbotenen Schrift darf innerhalb von fünf Jahren in einem Bundesstaat wieder bei einer Redaktion zugelassen werden.

1830 brechen in → *München* heftige Studentenkrawalle aus. Aus Protest gegen diese harten Maßnahmen laden 1832 der ehemalige Staatsbeamte Philipp Jakob Siebenpfeiffer (1789–1845) und Johann Georg August Wirth (1798–1848) am Geburtstag der bayerischen Verfassung auf Schloß Hambach bei Neustadt ein. Rund 25 000 Menschen kommen zu diesem »Hambacher

Zug der Demonstranten zum Hambacher Schloß am 27. Mai 1832. Zeitgenössische Lithographie.
Am Jahrestag der Bayerischen Verfassung versammelten sich rund 25 000 Republikaner unter der Devise »Einheit macht stark« zum sogen. »Hambacher-Fest«.

Wir hatten gebauet . . .

Von A. Binzer nach Unterdrükkung der Burschenschaft. Jena, 26. November 1819.

Wir hatten gebauet
ein stattliches Haus,
und drin auf Gott vertrauet
trotz Wetter, Sturm und Graus.

Wir lebten so traulich,
so einig, so frei;
den Schlechten ward es graulich,
wir hielten gar zu treu.

Sie lugten, sie suchten
nach Trug und Verrat,
verleumdeten, verfluchten
die junge, grüne Saat.

Was Gott in uns legte,
die Welt hat's veracht't,
die Einigkeit erregte
bei Guten selbst Verdacht.

Man schalt es Verbrechen,
man täuschte sich sehr;
die Form kann zerbrechen,
die Liebe nimmermehr.

Die Form ist zerbrochen,
von außen herein;
doch was man drin gerochen,
ist eitel Dunst und Schein.

Das Band ist zerschnitten,
war schwarz, rot und gold,
und Gott hat es gelitten,
wer weiß, was er gewollt!

Das Haus mag zerfallen –
was hat's denn für Not?
Der Geist lebt in uns allen,
und unsre Burg ist Gott!

Fest«, das in eine Revolte ausartet. Siebenpfeiffer beschließt seine dramatische, aber keineswegs demagogische Rede mit dem Ausruf: »*Es lebe das freie, das einige Deutschland . . . Hoch lebe jedes Volk, das seine Kette bricht und mit uns den Bund der Freiheit schwört! Vaterland – Volkshoheit – Völkerbund hoch!*« Er, Wirth und andere Teilnehmer werden für Jahre eingekerkert oder müssen außer Landes fliehen. Als Konsequenz folgt die Aufhebung von Presse- und Versammlungsfreiheit. Am 3. April 1833 stürmen Studenten die Hauptwache in Frankfurt am Main unter Führung des Arztes Gustav Bunsen und des Anwalts Georg Körner; es sind nicht mehr als fünfzig Verschworene mit etwas unklaren Zielen; sie wollen die »*Konstablerwache stürmen und das daneben liegende Zeughaus öffnen, um die zwei Kanonen und Flinten herauszuholen . . . den Pfarrturm zu öffnen . . . und verschiedene Herren der städtischen Regierung und Polizei zu arretieren*«. Statt dessen werden die Teilnehmer am »Wachensturm« entdeckt und festgenommen, denn »die Frankfurter Behörden« hatten schon zuvor von dem geplanten Vorhaben »Wind bekommen«.

Die Burschenschaftler bleiben militant und als Demagogen verfolgt. 1836 wird der spätere niederdeutsche Mundartdichter Fritz Reuter (1810–1874) dreiundzwanzigjährig wegen Hochverrats verhaftet, zum Tode verurteilt, begnadigt und bis 1840 in Haft gesetzt. Die schrecklichen Bedingungen der Untersuchungshaft und des Strafvollzugs überhaupt schildert er 1862 in *Ut mine Festungstid* (→ *Obrigkeit*).

La Caricature

Charles Philipon (1802–1867) gründet 1830 das wöchentlich erscheinende satirische Blatt »La Caricature«, eine Kampfpostille, gezielt bösartig gegen den allgemein gefeierten Bürgerkönig → *Louis Philippe* (1773–1850). Das Blatt lebt von der Satire, genauer: der antiroyalistischen Satire. Die gefeiertsten Zeichner der Zeit arbeiten daran, z. B. Grandville (eig. Ignace Isidore Gérard, 1803–1847) oder Honoré Daumier (1808–1879), beide Meister der → *Karikatur*, mit der sie Politiker der Lächerlichkeit preisgeben, Mißstände, besonders der Justiz, anprangern und das Leben des Bürgertums humorvoll, oft aber auch mit beißendem Spott, schildern. Für den Textteil der Zeitschrift schreibt neben Philipon selbst u. a. auch der ständig von seinen Gläubigern bedrängte Honoré de Balzac (1799–1850; → *Literatur*) unter dem Pseudonym »Comte Alexandre de B.«.

Philipon ist es, der zuerst die Ähnlichkeit der königlichen Kopfform mit einer Birne erkennt und in seinem Blatt den Begriff »roi poire« prägt. *Poire* (frz. Birne) ist zugleich eine ironische Bezeichnung für Dummkopf.

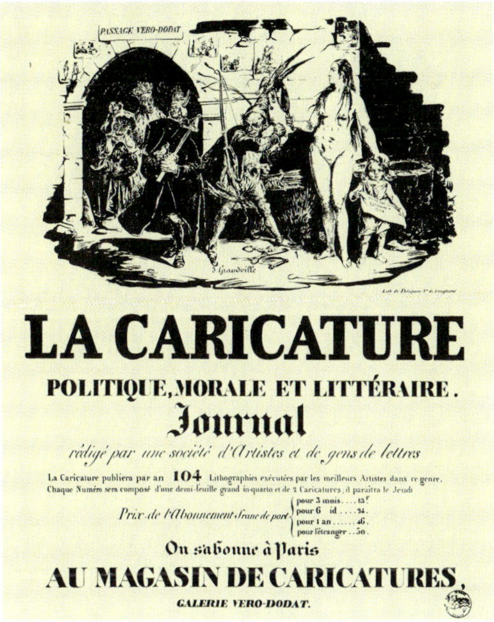

Ankündigungsblatt der Caricature *vom 31. 10. 1830 von Grandville. Die erste Nummer des Blattes kam am 4. 11. 1830 heraus. Das wöchentlich erscheinende Blatt umfaßte jeweils vier Seiten Text sowie in der Regel zwei lithographierte und teils kolorierte Einzelblätter. Voraussetzung für die Gründung der* Caricature *war die Konstituierung der Julimonarchie. Mit der Verfassung von 1830 hatte der Bürgerkönig Louis-Philippe die völlige Freiheit der Presse und den Verzicht auf jegliche Zensur garantiert.*

Die Folgen bleiben nicht aus: Schärfster Druck der Zensur, Prozesse wegen Beleidigung der Majestät (insgesamt 60 Verfahren); hohe Bußgelder sollen das Blatt ruinieren, aber Freunde sammeln Geld und retten es. Mit dem Sturz des Königtums ist die Zeitschrift – mit einer durchschnittlichen Auflage von ca. 1 000 Exemplaren – ihres Wirkungsfeldes beraubt und muß 1835 ihr Erscheinen einstellen. »*Wir haben die Komödianten der fünfzehn Jahre, die Abtrünnigen der Freiheit demaskiert, wir haben sie an den Pranger unseres Blattes geschmiedet, wir haben ihre Gesichter dem Volke, das sie ausbeuteten, unerbittlich zum Hohn preisgegeben.*« Mit diesem Fazit verabschiedet sich der Herausgeber von seinen Lesern.

Lit.: Katalog der Ausstellung *La Caricature, Bildsatire in Frankreich 1830–1835*. Westfälisches Landesmuseum, Münster, Kunstsammlung der Universität Göttingen, Gutenberg-Museum, Mainz, 1981.

Le Charivari

Seit 1832 erscheint »Le Charivari« (*charivari* = Katzenmusik), herausgegeben vom Gründer der → *Caricature* Charles Philipon, täglich und ebenfalls als Instrument gegen das Königtum → *Louis Philippes*. Wie *La Caricature* belegt man auch diese satirische Zeitung mit Geld-

27 février 1834. Troisième année N° 58 — Jeudi

Le Charivari,

JOURNAL PUBLIANT CHAQUE JOUR UN NOUVEAU DESSIN.

Nous donnons ci-dessous, conformément à la volonté de nos juges, le dispositif et l'arrêt du jugement en dernier ressort qui a frappé le *Charivari*. Le jugement de nos derniers juges est absolument pareil à celui de nos seconds juges, lequel était lui-même la reproduction de celui de nos premiers juges. Tant il est vrai que les beaux esprits se rencontrent. Comme ce jugement, tout spirituel qu'il soit, risquerait d'offrir peu d'agrément à nos lecteurs, nous avons tâché de compenser du moins par la forme, ce qu'il pourrait y avoir d'un peu absurde au fond.

Louis-
Philippe, roi
des Français, à
tous présens et
à venir salut. La
cour d'assises du
département de Sei-
ne-et-Oise, séant à Ver-
sailles, a rendu l'arrêt sui-
vant. — La cour, etc. — Con-
sidérant que l'opposition est
régulière, — Reçoit Cruchet op-
posant à l'arrêt par défaut du 20
mars dernier. — Faisant droit sur
son opposition, et statuant par arrêt
nouveau. — Considérant que la question
de compte rendu ne pourrait être examinée
par la cour sans remetire en question la com-
pétence irrévocablement fixée par l'arrêt de la
cour d'assises de Seine-et-Oise du dix août dernier
et celui de la cour de cassation le 19 octobre suivant.
— Considérant d'ailleurs, que les articles incriminés re-
latant les interrogatoires des prévenus et et les dépositions
des témoins entendus dans les audiences de la cour d'assises
de la Seine, des onze et douze mars dernier, renfermant ainsi, un véri-
table compte-rendu de ces audiences. — Considérant que de la compa-
raison des deux articles incriminés avec le procès-verbal dressé par les mem-
bres de la cour d'assises de la Seine le dix-neuf mars dernier, il résulte que le compte
qu'ils contiennent, des audiences de ladite cour des onze et douze mars dernier, dans le
procès, concernant Bergeron et Benoist est infidèle, qu'en effet les interrogatoires des ac-
cusés, les dépositions des témoins, les paroles prononcées par le président et par le procureur-
général y sont pour la plupart tronquée et dénaturés, que même on y prête au président, au procu-
reur-général et à plusieurs des témoins des paroles qui n'ont pas réellement été proférées. — Considé-
rant que ces infidélités ont pour motif de jeter le ridicule soit sur l'accusation, soit sur le président, et que
d'ailleurs les deux articles dont il s'agit sont remplies de réflexions et de qualifications offensantes pour le prési-
dent et le procureur-général; d'où il suit que le compte-rendu l'a été de mauvaise foi, et qu'il est injurieux pour le
président et le procureur-général. — Considérant que Cruchet a de son aveu signé lesdits articles comme gérant respon-
sable. — Déclare Cruchet coupable d'avoir, dans le journal le *Charivari*, dont il est gérant, imprimé, vendu et distribué, rendu
de mauvaise foi un compte non seulement infidèle des audiences de la cour d'assises de la Seine des 11 et 12 mars dernier, mai[s]
encore injurieux pour le président et le procureur-général, ce qui constitue le délit prévu par les articles 7, 1[0]
de la loi du 25 mars 1822; 26 de la loi du 26 mai 1819; 11 de la loi du 9 juin 1819, et 14 de la loi du 18 juille[t]
1828, lus à l'audience par le président. — Faisant application de ces dispositions de lois. — Condamne Isidore Mathias
Cruchet, en un mois d'emprisonnement et en 5,000 fr. d'amende. — Interdit pendant un an aux éditeurs du journal dit
le *Charivari* de rendre compte des débats judiciaires. — Condamne ledit Cruchet aux frais du procès. — Ordonne en exé-
cution dudit article 26 de la loi du 26 mai 1819 la destruction desdits numéros du journal le *Charivari*, qui pour-
raient être ultérieurement saisis. — Ordonne que dans le mois, à partir de ce jour, le gérant du journal le *Chari-
vari*, sera tenu d'insérer dans l'une des feuilles dudit journal qui paraîtront, un extrait contenant les motifs et le
dispositif du présent arrêt. — Ordonne que le présent arrêt sera exécuté à la diligence du procureur du roi,
conformément à la loi. — Fait et jugé à Versailles en audience publique au Palais-de-Justice le lundi 9 dé-
cembre 1833 en présence de M. Salerai, procureur du roi, par MM. Antoine Aimé Marie Lefebvre, con-
seiller à la cour royaye de Paris, président de la cour d'assises, Louis
Claude Mirofle, vice-président du tribunal de première instance de l'arrondissement de Ver-
sailles, et Arnould Teissier, juge au même tribunal composant la cour d'assises du dé-
partement de Seine-et-Oise, qui ont signé avec Jean Ma-
rie Fontaine, commis greffier assistant. — En foi de quoi la minute du
présent arrêt a été signée par le président et le commis greffier
ainsi signé Lefebvre Mirofle, Tessier et Fontaine.

strafen, Verbotsandrohungen, Zensur (→ *Pressewesen*); die Mitarbeiter sind fast identisch, die königliche »Birne« dient auch hier als Zielscheibe des Spottes. Die Pariser auf der Straße fragen sich nicht: »Haben Sie schon den neuen Charivari gelesen?« sondern »Haben Sie schon die neueste ›Birne‹ gesehen?«

Um Prozessen und Strafen zu entgehen, flüchtet sich das Blatt in allegorische Verkleidungen mit einer immer deutlicher erkennbaren Neigung zum Anekdotisch-Unterhaltenden. Nach den September-Gesetzen und dem Ende der *Caricature* bleibt Philipon nur noch der Ch. Er muß die satirische Grundkonzeption ändern, seine Schärfe mildern, kann das Blatt aber bis zur endgültigen Einstellung 1893 halten. Weiterführungen gibt es in Frankreich von 1929 bis 1937 und seit 1957.

Der mit dem Ch. geschaffene Typ der satirischen Zeitung, der sich nicht mehr nur auf politische Satire beschränkt, sondern alle Bereiche des gesellschaftlichen Lebens einschließt, findet Nachahmung in ganz Europa.

In Deutschland erscheinen satirische Zeitschriften unter diesem Namen 1847/48 in → *Berlin* sowie 1842–1848 und 1850/51 in Leipzig.

Lit.: Grandville. *Das gesamte Werk.* Bd. I, Mchn. 1969, S. 222 f.

Gegenüberliegende Seite:

Charles Philipon, wegen seiner zahlreichen Angriffe gegen die Königliche »Birne« unter anderem auch einmal dazu verurteilt, den Urteilsspruch zu veröffentlichen, tat dies in Form einer Birne. Entsprechend typographisch angeordnet, mit einem ironischen Vorwort, wurde das Urteil »birnenförmig« als Titelblatt von Le Charivari *am 27. Februar 1834 publiziert.*

Louis Jacques Mandé Daguerre

(* 18. 11. 1787 Corneilles; † 12. 7. 1851 Corneilles)

Louis Daguerre arbeitet zunächst als Steuerbeamter, wendet sich aber rasch der Malerei zu und läßt sich unter Leitung des Theatermalers Ignace-Eugène Degotti als Dekorationsmaler ausbilden. Schnell zeigt sich seine besondere Begabung im Umgang mit Lichteffekten und der wirksamen Ausleuchtung der Bühne. Viele Opern, die in Paris aufgeführt werden, verdanken ihre Erfolge zum Teil den Dekorationen Daguerres. Daneben liefert er Veduten und Panoramen. Außerhalb Frankreichs wird sein Name zunächst durch das von ihm erfundene Diorama (→ *Papiertheater*) bekannt, an dem sich zwischen 1822 und 1839 die Pariser ergötzen. Neben solchen künstlerischen Arbeiten beschäftigt sich Daguerre mit der Physik, vor allem mit dem Licht und dessen Wirkungen. Unter anderem macht er Versuche, Bilder in der Camera obscura zu fixieren. 1838 gelingen ihm die ersten »Daguerreotypien«, ein Jahr später werden sie an der Pariser Akademie öffentlich vorgelegt. Seine Erfindungen publiziert Daguerre 1829 selbst in der Schrift *Historique et description des procédés du diorama.*

Auf den Ruhm seiner Erfindung fällt als Schatten die Rivalität seines Landsmanns Joseph Nièpce (→ *Photographie*), der unabhängig von ihm zu denselben Ergebnissen kommt. Durch einen Gerichtsbeschluß werden

Jacques Maudé Daguerre. Daguerreotypie um 1845. Eigentlich wollte Daguerre die Photographie als Hilfsmittel für seine künstlerischen Arbeiten als Maler verwenden und wurde so im Jahre 1838 zum Erfinder einer ersten brauchbaren Aufnahmetechnik.

beide Erfinder anerkannt, dürfen beide das Verfahren nutzen und weiterentwickeln; Daguerre und Nièpce bzw. ihre Erben erhalten von der Akademie jährlich wohldotierte Pensionen, wofür sie die Erfindung dem Institut zur Veröffentlichung überlassen.

Lit.: H. und A. Gernsheim, *Louis Jacques Daguerre.* Cleveland/ Ohio 1956.

Anastasius Grün
Die Poesie des Dampfes

Ich will indes hinab die Bahn des Rheines
Auf schwarzem Schwan, dem Dampfschiff, singend schwimmen,
Den Becher schwingen voll des goldnen Weines,
Dir, Menschengeist, den Siegeshymnus singen!
Schon seh ich dort entlang des Gaues Straßen
Die dampfgetriebnen Wagenburgen fliegen,
Wie scheu gewordne Elefantenmassen,
Türm und Geschwader tragen fort zu Siegen!
Der schwarzen Rüssel Schlöte hoch erhoben,
Dampfschnaubend, rollend, wie die Wetterwolke!
Die Mannen, siegestrunken, jauchzen oben!
Weithin gelichtet alle Bahn dem Volke!

Dampfschiffahrt

Während der Biedermeierzeit kommt auch in Europa die Dampfschiffahrt auf, die in Amerika bereits weit entwickelt war. Schon 1812 sind dort mehr als 50 Dampfschiffe in Betrieb. Auf dem europäischen Kontinent fährt 1816 das erste Schiff »aus eigener Kraft« auf der Seine zwischen Paris und Rouen, im selben Jahr sieht man die ersten Dampfer auf Rhein und Elbe, 1819 bewältigt der Raddampfer »Savanna« als erstes Dampfschiff in 26 Tagen die Atlantikroute zwischen den Vereinigten Staaten und Europa.

Am 1. Mai 1827 wird auf dem Rhein zwischen Köln und Mainz die erste regelmäßige Dampferlinie eröffnet. 1829 wird die Donau-Dampfschiffahrts-Gesellschaft gegründet, der erste Donaudampfer verkehrt 1830. 1815 sind in England 20 Dampfschiffe in Betrieb, 1823 bereits 60, 1830 sind es 315; 1833 bauen die Engländer die ersten Kriegsdampfer. 1838 fährt der erste britische Dampfer nach New York. 1841 beginnt die Main-Dampfschiffahrt, 1845 eröffnet Rhein-Main, 1847 die Dampfschiffahrtslinie Bremen–New York (ab 1857 »Norddeutscher Lloyd«). Im selben Jahr nimmt HAPAG, die »Hamburg-Amerika-Packetfahrt-Actiengesellschaft«, den Verkehr auf. Doch nicht nur die Reisezeiten zu fernen Küsten und Ländern verkürzen sich, auch im Binnenverkehr erweist sich die D. als äußerst nützlich; so verkehren 1846 auf deutschen Flüssen bereits 180 Dampfer auf festen Routen.

Die Kehrseite der Binnen-D., z. B. auf dem Rhein, bejammert der kulturhistorische Schriftsteller Wilhelm Heinrich Riehl (1823–1897): »*Tausende sehen sich jetzt im Vorüberfahren an den schönen Städten satt, in welchen sich früher Hunderte Reisende satt zehrten.*« König → *Ludwig I.* von Bayern beklagt sich 1838 über die D. auf dem Starnberger See, er fürchtete, daß die Fischerei darunter leiden könne und dichtete eine Ode mit dem traurigen Fazit:

»*Aufgehn wird die Erde in Rauch, so steht es geschrieben,*
Was begonnen bereits, überall raucht es schon.
Jetzo lösen in Dampf sich auf die Verhältnisse alle,
Und die Sterblichen treibt jetzo des Dampfes Gewalt,
Allgemeiner Gleichheit rastloser Befördrer. Vernichtet
Wird die Liebe des Volks zu dem Land der Geburt.

Überall und nirgends daheim, streift über die Erde
Unstät, so wie der Dampf, unstät das Menschengeschlecht.
Seinen Lauf, den umwälzenden, hat der Rennwagen begonnen
Jetzo erst, das Ziel lieget dem Blicke verhüllt.«

Lit.: R. Sonnemann (Hg.), *Geschichte der Technik.* Lpzg. 1978.

Ludwig Devrient

(* 15. 12. 1784 Berlin; † 30. 12. 1832 Berlin)

Einer der umschwärmtesten und genialsten Schauspieler der Epoche ist Ludwig Devrient (→ *Theater*). Vom Vater als Kaufmann ausgebildet, läuft er aus dem Elternhaus davon, um sich einer wandernden Schauspielertruppe anzuschließen. 1804 steht er unter dem Pseudonym »Herzberg« zum ersten Mal in Gera auf der Bühne, er spielt eine kleine Rolle in Schillers *Braut von Messina.* 1805 bekommt er in Dessau ein festes Engagement, zwei Jahre später heiratet er, wird aber 1808 schon Witwer (später schließt er zwei weitere Ehen). Devrient macht Schulden, begibt sich heimlich nach Breslau und lernt hier den Dichter und Schauspieldirektor August Wilhelm Iffland (1759–1814; → *Theater*) kennen, der seine Karriere fördert und ihn nach → *Berlin* holt. Seine erste Rolle am königlichen Schauspielhaus ist der Franz Moor in Schillers *Räuber.* Devrients Bruder Eduard berichtet von diesem Auftritt: »*Die durchaus dämonische Gewalt in Ludwig Devrients künstlerischer Persönlichkeit machte es möglich, dem Charakter des Franz Moor in seiner Darstellung eine bis dahin nicht geahnte hochpoetische Anziehungskraft und individuelle Wahrheit zu verleihen. Diese Rolle muß als die Spitze seiner tragischen Meisterschaft betrachtet werden; die ganze Kühnheit seiner Phantasie, die ganze Unfehlbarkeit des Griffes bis in die grauenvollsten Tiefen der menschlichen Natur hat er in dieser Schöpfung dargetan.*«

Devrient wird zum gefeierten Liebling des Publikums, sein kühngeschnittenes Gesicht mit der scharfen Nase und den riesigen schwarzen Augen, seine große, muskulöse Gestalt und die markante Mimik und Deklamation prädestinieren ihn zunächst zum jugendlichen Helden, zum Darsteller der Jünglinge Schillers und Shakespeares; später spielt er auch den Shylock, den Falstaff und Richard III. Devrient wird der engste Freund und Vertraute des Dichters → *E. T. A. Hoffmann* (→ *Literatur*), aber sein Lebenswandel, vor allem seine Trunksucht, bewirken frühen Verfall und führen schließlich zum Tod. 1830 gibt er noch ein glänzendes Gastspiel am Wiener Burgtheater, aber »*sein Gedächtnis, schon immer treulos, ließ ihn jetzt zuzeiten ganz im*

Ludwig Devrient. Zeitgenössische Lithographie. Wilhelm Iffland, Generalintendant der Königlich Preußischen Schauspiele, engagiert Devrient 1814 nach Berlin, wo er zum gefeierten Liebling des Publikums und als Darsteller großer dramatischer Charaktere wie Falstaff, König Lear, Shylock und Franz Moor berühmt wird.

Folgende Doppelseite:

Ankunft des Dampfers Amsterdam am Donaukanal *nannte Leander Ruß sein Aquarell aus dem Jahr 1845. Im Hintergrund die Stadt Wien, im Vordergrund festlich gekleidetes Volk aus Stadt und Land.*

Über die Auswirkungen der Julirevolution von 1830 in Paris, die auch in der sächsischen Metropole ihr Echo fand, berichtet die Zeitschrift »Janus oder Dresden und Leipzig, von seinem öffentlichen Treiben, vorwärts und rückwärts beschaut«:

»Das Werk der Zerstörung hatte einige Stunden gedauert, als eine Abteilung des Schützenkorps und ein Reiterhaufen herbeieilten. Das Fußvolk drang vom Markte in die Scheffelgasse, während vom Eingange und Ausgange der Gasse Reiterei nachrückte, wodurch die Volksmasse immer näher gegen das Feuer gedrängt wurde. Vergebens suchten die Soldaten in das Haus zu dringen; sie wurden mit Feuerbränden und Steinwürfen empfangen, und die herabgeworfenen Geräte machten den Nachrückenden jeden Angriff unmöglich. Eine blutige Metzelei schien unvermeidlich zu sein, aber der Volkshaufe unten in der Straße wurde kühner, als die Bewegungen der Soldaten verrieten, daß sie nicht Befehl hatten, ihre Waffen zu gebrauchen und Feuer zu geben. Kein Schuß fiel. Während das Fußvolk von der wütenden Masse gegen den Eingang der Gasse getrieben ward, eilte ein Haufen am Ausgang derselben nach der Wallstraße, auf den Ruf einiger Anführer, zu dem Verschlage bei der Baustelle des neuen Posthauses und riß die Bretter los, mit welchen man den neuen Ausgang der Straße verrammelte, um die Reiterei aufzuhalten. Als nun die Reiter hinausdrangen, wurden sie von allen Seiten mit Steinen geworfen ... Die Pferde stolperten aus den Verrammungen oder stürzten, wenn kräftige Arme ihnen Bretter und Steine auf die Beine warfen. Das Fußvolk war indes aus der Scheffelgasse auf den Markt gedrängt worden, wo man Budenwände auf die Vorüberfliehenden stürzte oder hinter den Buden Steine hervorschleuderte. Jeder Widerstand war vergeblich. Die Soldaten zogen sich . . . zurück.«

Stich«. 1831 spielt er in einer Aufführung des *Wallenstein* die Rolle des Buttler und bleibt wiederholt stekken; das Publikum hat »*die alles vergessende Rücksichtslosigkeit, den hochgerühmten Meister auszuzischen*«. In der nächsten Aufführung übernimmt ein anderer Schauspieler den Part und wird demonstrativ gefeiert.

Die »*wilden Weinnächte in Gesellschaft des genialen Hoffman und seines Kreises*« hatten ihn noch beflügelt; nach dem Tod des Freundes aber sieht man Ludwig Devrient »*in wenig besuchten Weinhäusern brütend im Winkel sitzen oder gegen ganz untergeordnete Personen einen Drang, seine Phantasiegebilde mitzuteilen, befriedigen*«.

Lit.: E. Devrient, *Geschichte der deutschen Schauspielkunst*. 2 Bde., Dresden 1848 (neue Ausg. Bln. 1967).

Dresden

Vor allem als Barockstadt bekannt und von Johann Gottfried Herder (1744–1803) mit dem Ehrennamen »deutsches Florenz« belegt, wird D. nur sehr zögernd Biedermeierstadt und ist eigentlich Zentrum jener »inneren Emigration« als Folge der vergangenen Kriegsgefahren. Sachsen, D.s nächste Umgebung und Schauplatz vieler Gefechte, kapituliert 1813, Generalgouverneur wird der russische Fürst Nikolai Repnin (1778–1845), Graf Detlev von Einsiedel (1773–1861) leitet die Verwaltung, kümmert sich als Oberaufseher um die Kunstsammlungen der Stadt, gibt sich aber pietistisch-frömmelnd, reformfeindlich und unpopulär. Kurfürst Friedrich August I., der Gerechte (1750–1827, seit 1806 als Friedrich August III. König), der im Krieg geflohen war, kehrt zurück, allmählich wird auch wieder gebaut und geplant. Repnin hatte den »Großen Garten« für die Öffentlichkeit freigegeben; der Architekt Thormeyer baut 1815 die vom Schloßplatz aufsteigende, breit ausladende Treppe zur Brühlschen Terrasse an der Elbe. In den Jahren 1815–1817 werden die alten Festungswälle abgetragen, so können die Vorstädte über das Weichbild D.s hinauswachsen (bis 1835 hat sich die neustädtische Seite derart erweitert, daß man den sogenannten »Neuen Anbau« zur »Antonstadt« erklärt).

Carl Maria von → *Weber* (→ *Musik*) wird 1817 zum Leiter der Oper berufen – er hat diese Position bis 1826 inne –, und damit beginnt für die Stadt eine neue, glänzende Musikära. Bisher hatte das italienische Repertoire dominiert, jetzt kommt die große Zeit der deutschen Oper. Aber der neue Chef des Hauses macht sich nicht eben beliebt, als er jedes Aufmucken dagegen barsch bescheidet: »*Ich erwarte*«, sagt er kurz in seiner Antrittsrede an das Orchester, »*als Ihr Vorgesetzter Ih-*

Ansicht der Stadt Dresden mit Elbbrücke und Altstadt von Neustadt aus gesehen. Farbige Aquatinta-Radierung von Carl G. Täubert, um 1825.

ren unbedingten Gehorsam. Ich werde gerecht, aber auch ohne Ansehen der Person gegen jeden, am meisten gegen mich selbst, unerbittlich sein.«

Im selben Jahr gründet Theodor Hell (1775–1856), Schriftsteller, Übersetzer und Vizedirektor des Hoftheaters sowie der Hofkapelle, zusammen mit Johann Friedrich Kind (1768–1843), dem Librettisten von Webers *Freischütz*, die »Abendzeitung«. Von 1822 bis zu dessen Einstellung 1843 redigiert Hell das viel gelesene, später vorwiegend literarisch ausgerichtete Blatt allein. Als Leitgedicht der ersten Nummer steht ein fingierter Dialog zwischen einem Ehepaar: – Der Mann

»Wenn ich von der Arbeit müde
Heimwärts gehe, auszuruhn,
Pflegt sich dann die Zuckertüte
Einer Zeitung aufzutun.
Meine Frau muß mir dann lesen
Was in Ost und West geschieht,
Ob es wahr, ob falsch gewesen
Man aus dem Erfolg doch sieht.«

1818 brennt der Renaissancebau des Schlosses Pillnitz an der Elbe ab und wird durch das Neue Palais mit Fliederhof (1818–1826) ersetzt. 1820 etabliert sich der »Liederkreis« (→ *Salon*). Seine Teilnehmer sind eine Mischung aus Adel, Bürgertum und Geistesgrößen. Kein Fremder, der in die Stadt kommt, versäumt einen

Besuch; die Mitglieder finden sich alle 14 Tage von sechs bis zehn Uhr abends zusammen. Der Philosoph Arthur Schopenhauer (1788–1860) macht sich über die »*literarische Clique*« lustig, und alle sind froh, als er 1818 die Stadt verläßt. Auch → *Heinrich Heine* (→ *Literatur*) mokiert sich:

»*Zu Dresden, in der schönen Stadt der Elbe,*
Wo's gibt Tabak-, Stroh- und Versfabriken
Erhebt sich, um die Köpfe zu berücken,
Ein Liederkränzlein und ein Liedgewölbe.«

1825 gründet der Schriftsteller und Archäologe August Böttiger (1760–1835) den Kunstverein (→ *Museen*); zwei Jahre später kommt König Anton (1755–1836) auf den Thron, ein leutseliger Mann, der nach den Unruhen von 1830 seinen Neffen Prinz Friedrich August zum Mitregenten ernennt und ein neues Ministerium akzeptiert. 1828 geht die Verwaltung der Kunstsammlungen vom königlichen Hof an den Staat über. Die Öffnungszeiten der berühmten Galerie sind damals auf die Sommermonate beschränkt; wer außer der Zeit zwischen neun und zwölf Uhr eintreten will, muß an den Direktor einen Dukaten und an den Diener ein Trinkgeld entrichten; erst 1836 wird die Galerie allgemein zugänglich.

1830 brechen Unruhen aus; der Sturm auf Rathaus und Polizeigebäude wird durch Militär und Bürgerwehr

Dresden, die Brühlsche Terrasse. Farblithographie, um 1855. Hier treffen sich selbst Minister und Gesandte, um die Abendpromenade, die kaum ihresgleichen hat, zu genießen.

Innenansicht des Hoftheaters in Dresden. Kolorierte Lithographie. Carl Maria von Weber wird, kaum dreißigjährig, zum Kapellmeister der Oper berufen und hat es nicht leicht, den durch vorzügliche Kräfte der italienischen Oper verwöhnten Geschmack des Hofes und des Publikums zufriedenzustellen.

niedergeschlagen. Wie überall sonst fürchten die Biedermeierbürger Krieg und Gewalt. In einer Bekanntmachung der Kommission zur Aufrechterhaltung der öffentlichen Ruhe heißt es: »*Die Bürger und Einwohner Dresdens haben die in sie gesetzten Erwartungen auf das vollständigste erfüllt! Durch ihre rege Tätigkeit, durch ihre musterhafte Dienstleistung ist die Ordnung ohne die geringste Unterbrechung aufrechterhalten und die sichere Hoffnung begründet worden, daß sie nicht wieder gestört wird.*« Bis 1849 – in Sachsen braucht man ein Jahr länger für eine Revolution – bleibt es dabei.

1831 wird die Ständeordnung eingeführt, und das Land erhält eine Verfassung. Im selben Jahr entsteht, nach → *Schinkels* (→ *Architektur*) Entwurf, die Neue Hauptwache mit ionischer Säulenfront; 1838–1840 erbaut → *Gottfried Semper* (1803–1879) eine Synagoge in orientalischem Stil. Das wichtigste Werk dieses Baumeisters in D. wird zunächst das Hoftheater, ein moderner Theaterbau, der nicht, wie meist bisher Saaleinbau, Anhängsel eines Schlosses ist, sondern ein selbständiges, monumentales Bühnenhaus in den Stilformen der Frührenaissance, das Bühne, Garderobe, Zuschauerraum und Foyers einheitlich und schön gegliedert zusammenfaßt. Der Ruhm des Hauses verbreitet sich schnell in ganz Deutschland, sein Schöpfer bleibt jedoch bei der Eröffnung (gegeben wird Goethes *Torqua-*

»Auf! Sachsen, zum Liede! mit heiterem Klang
Ertönet ihr goldenen Saiten!
Wir wollen mit fröhlichem Lied und Gesang
Die lustige Dampffahrt begleiten.
Der Bau ist vollendet, der Sieg ist errungen
Und Deutschlands Riesenwerk herrlich gelungen.

Der Wagenzug eilet in glänzender Pracht
Durch Sachsenlands blumige Auen,
Wird schnellen Schwunges nach Leipzig gebracht,
Wo Freud' und Entzücken zu schauen.
Und viele Nationen und vielerlei Stände
Reichen sich herzlich und freundlich die Hände.

Es schwinden die herrlichsten Gruppen dahin,
Die lieblichsten Mädchen und Frauen
In Schleier und Masken, mit heiterem Sinn,
Sind hier nur im Fluge zu schauen,
Und mancher Herr, dem seine Holde entschwunden,
Er findet sie wieder in wenig Sekunden.«

Aus einem Flugblatt zur Eröffnung der Leipzig-Dresdener Eisenbahn am 8. April 1839

to Tasso) beleidigt zu Hause, einige wenige abfällige Kritiken hatten seinen Unmut erregt. Dennoch gilt er fortan als der erste Baumeister am Platz. Nach seinem Entwurf baut man 1843 auf dem Postplatz den Cholerabrunnen mit einer 18 Meter hohen gotischen Spitzsäule und Sandsteinstatuetten, ganz im Stil jener Anhänger der Neogotik, die seine Oper bemäkelt hatten. Daneben arbeitet er an den Entwürfen für ein neues Galeriegebäude, denn die Bilder sind nur notdürftig in einem alten Stall untergebracht und somit Temperaturschwankungen in unbeheizbaren Räumen, eindringendem Staub und Rauch, Feuersgefahren und Moder infolge Nässe auf das gefährlichste ausgesetzt. Ein Gremium von Chemikern und Künstlern wird berufen. 1842 ist der Entschluß für den Neubau reif, es dauert jedoch noch weitere vier Jahre, bis die sächsischen Stände 350 000 Taler bewilligen. Semper vollendet nur einen Flügel; 1849 wird er beim Barrikadenbau in den Straßen der Stadt gesehen und muß fliehen. Ebenso ergeht es seinem Mitstreiter → *Richard Wagner* (→ *Musik*), der in den Jahren zuvor schon die sehr erfolgreichen Uraufführungen seiner ersten Opern in D. erleben kann: 1842 *Rienzi;* 1843 *Der fliegende Holländer;* 1845 *Tannhäuser.*

Neben den Musikern versammeln sich auch bald die bildenden Künstler, die Dichter und Gelehrten in der Stadt: → *Ludwig Richter* (→ *Malerei*) wird 1836 Lehrer, 1841 Professor der Akademie. Caspar David Friedrich (1774–1840), der Maler und Kunsttheoretiker Carl Gustav Carus (1789–1869), Königlicher Leibarzt, Philosoph und Naturforscher, der norwegische Maler Johan Christian Claussen Dahl (1788–1857), der Pädagoge Friedrich Fröbel (→ *Erziehung*), der Dichter Karl Gutzkow (1811–1878; → *Literatur*) leben und arbeiten hier. 1845 malt der Historienmaler Eduard Bendemann (1811–1889) die Fresken im Thron- und Bankettsaal des Schlosses.

Und nicht nur die Künste, auch → *Industrie* und Technik breiten sich aus. Um 1840 hat der Ausflugsverkehr auf der Elbe stark zugenommen; zur Hauptattraktion aber wird die seit 1839 verkehrende Leipzig–Dresdener → *Eisenbahn.* Die Lokalpresse überschlägt sich in der Schilderung der »*reichbekränzten Lokomotive, die den Namen ›Edward Bury‹ trug.... So klirrte der Zug hinaus, angestaunt und begrüßt von Tausenden, die sich längs der Bahnlinie aufgestellt hatten. Allgemeines Hurra ertönte unter dem Schwenken der Hüte und Tücher. Väter hoben ihre Kinder empor, damit sie noch in späterer Zeit sich des Tages erinnern sollten, wo in Sachsen der erste Dampfwagen gegangen.*«

Lit.: *Das alte Dresden. Bilder und Dokumente aus zwei Jahrhunderten,* gesammelt und herausgegeben von E. Haenel und E. Kalkschmidt. Mchn. 1925.

Ehe

Im *Lied von der Glocke* hat Schiller jenen Maßstab formuliert, nach dem sich in aller Regel der biedermeierliche Ehealltag gestaltet:

»Der Mann muß hinaus
Ins feindliche Leben,
Muß wirken und streben
Und pflanzen und schaffen,
Erlisten, erraffen, . . .«
». . . Und drinnen waltet
Die züchtige Hausfrau,
Die Mutter der Kinder,
Und herrschet weise
Im häuslichen Kreise, . . .«

Die Mutter erzieht die Tochter, der Vater jedoch vergibt ihre Hand. Aus dem jungen Mädchen soll, nach Unterzeichnung der Heiratskontrakte, plötzlich die umsichtige Verwalterin der Häuslichkeit mit dem Schlüssel am Rockbund und klarem Sinn für die Notwendigkeiten des → *Alltags* werden, die nun ihre eigenen Kinder großzieht, damit der Kreislauf neu beginne. Nach Standesunterschieden streng getrennt, wird das Kind besserer Kreise eine Dame, die Handwerkerstochter Frau Meisterin, und das Dienstmädchen heiratet nur selten den jungen Herrn. Die Proletarierin vor allem hat kaum Chancen, dem »Vierten Stand« (→ *Proletariat*) durch die E. zu entrinnen; allein schon materieller Auflagen wegen nicht. In Bremen z. B. muß, wer (in der ersten Hälfte des 19. Jh.s) vor dem Pfarrer heiraten will, nachweisen, daß er 300 Taler bar besitzt und imstande ist, für 50 Taler das Bürgerrecht zu kaufen. Wer über diese Summe nicht verfügt, kann nur in sogenannter »wilder Ehe« leben; für so viel Geld muß man lange arbeiten, und so wird oft erst in den späteren Lebensjahren geheiratet.

Ein Mann, der werben will, hat als wichtigste Auskunft zur Person sein Vermögen offenzulegen. Hab und Gut sind sogar Legitimation, um die Hand eines Mädchens zu erbitten, das nicht mehr frei ist; nachzulesen in einem anonymen Brief der Zeit: ». . . *Ich habe ein eigenes Vermögen und Geschäft. Aber was hat der? Nichts, gar nichts!*« Von den Emanzipationsbestrebungen der Epoche abgesehen (→ *Emanzipation*), gilt die Unverheiratete wenig, auch der Hagestolz, sogar der Witwer, wird zur komischen Figur; ein beliebtes Thema für die → *Bilderbogen*, die mit ihrem unverblümten Witz und beißenden Humor meist ins Schwarze treffen. Allein, selbständig, lebt man nicht, sondern zieht ins Haus der Eltern, der Geschwister; die »arme Verwandte« hat Anspruch auf Unterstützung, damit aber auch die Pflicht zur Ehrbarkeit.

Der sprachgewandte junge Mann bringt seine Werbung schriftlich an; viele Briefe aus der Biedermeierzeit

»Ehret die Frauen! Sie flechten und weben
Himmlische Rosen ins irdische Leben,
Flechten der Liebe beglückendes Band,
Und, in der Grazie züchtigem Schleier,
Nähren sie wachsam das ewige Feuer
Schöner Gefühle mit heiliger Hand.
Ewig aus der Wahrheit Schranken
Schweift des Mannes wilde Kraft;
Unstät treiben die Gedanken
Auf dem Meer der Leidenschaft.

Gierig greift er in die Ferne,
Nimmer wird sein Herz gestillt;
Rastlos durch entleg'ne Sterne
Jagt er seines Traumes Bild.
Aber mit zauberisch fesselndem Blicke
Winken die Frauen den Flüchtigen zurücke,
Warnend zurück in der Gegenwart Spur.
In der Mutter bescheidener Hütte
Sind sie geblieben mit schamhafter Sitte,
Treue Töchter der frommen Natur.«

Friedrich Schiller

mit wohlformulierten Bitten um die Hand einer ehrsamen Tochter sind überliefert (→ *Glückwunschkarten*). Gewöhnlich trägt er seine Sache jedoch mündlich vor, im Wohnzimmer am runden Tisch, falls der Vater – nach Vorabsprache – schon einverstanden ist. »Heimliche Liebe« sucht Einverständnis beim Spaziergang, beim Wegschleichen vom Picknick oder Blindekuhspiel (→ *Geselligkeit*). Die Braut sieht ihren Zukünftigen als »*Beschützer, Lehrer, Vorbild*« (so Friederike Hartmann, spätere Gemahlin des Arztes Johann Nepomuk Ringseis (1785–1880; → *Medizin*), der Bräutigam das Mädchen als angebetetes Wunschbild und künftige Garantin der Familie, die, wie es »Turnvater« Friedrich Jahn (1778–1852; → *Sport*) recht ungehobelt reimt: ». . . *Söhne stark dem Vaterland / Zuführt stolz an Mutterhand*«.

Im Sinne des Dichterwortes (»*Ehret die Frauen, sie flechten und weben / Himmlische Rosen ins irdische Leben*«, Schiller) bleibt die verheiratete Frau ein fast überirdisches Wesen. Wie rasch sich aber das reizende junge Fräulein in Musselin und Schutenhütchen zum gefürchteten Hausdrachen verwandelt, zeigt z. B. eine kolorierte Federlithographie des Zeichners Hans Geuder (1814–1842) um 1835/1837. Die Szene: Der Mann sitzt am Spinnrad, die Frau beim Kaffeetrinken, mit einem Stock in der Hand; darunter der Vers:

»*Betet, ihr Männer!*
zum heiligen Stoffel,
Daß ihr nicht schmachten müßt unterm Pantoffel,
Süß ist der Weiber holdseliger Kuß,
Zentnerschwer ihr bepantoffelter Fuß.«

Was der Gatte an der Gattin auszusetzen haben kann, verraten Bilderbogen mit *Sieben Bitten der Ehemänner an ihre Ehefrauen*, u. a.: »*Lies den ganzen Vormittag nicht in den Mode-Journalen, sondern thue etwas für die Wirtschaft.*« Und: »*Wenn du mit anderen Männern scherzest, vergiß nicht, daß du schon einen Mann hast!*« Umgekehrt heißt es von ihr an ihn: »*Brumme nicht jedesmal, wenn der Schneider oder die Putzmacherin kommt*«, oder: »*Vergib mir meine Schulden, wenn ich einmal nicht ausgereicht habe.*« – Wenn sich der Ehemann einen Fehltritt leistet, verweist er die Angetraute höchstens: »*Sey nicht eifersüchtig* . . .« Im umgekehrten Fall pflegt er (was er auch darf) zur Rute zu greifen oder den modischen Spazierstock als Züchtigungsmittel zu mißbrauchen, denn Schläge bekommen im Biedermeier – selbst bei simpleren Vergehen – nicht nur Kinder ab.

Ein für vergeßliche Ehemänner in der Bilderbogenstadt Neuruppin bei Oehmigke & Riemschneider hergestelltes »Memoire«. Symbolisch ist Schillers Mahnung drapiert über der Minneburg des Mittelalters, barocken Amouretten und biedermeierlichen Blumengirlanden.

Ehescheidungen sind tabu, wenngleich → *Napoleons* »Code civil« auch nach seinem Sturz in Kraft bleibt; und demzufolge gelten als Scheidungsgründe: ». . . *Untreue des Mannes, falls er sich derselben im eigenen Hause schuldig macht, Untreue der Frau, Mißhandlungen und grobe Injurien, Verurteilung zu entehrenden Strafen und beiderseitige Einwilligung*«*;* der Mann muß

Ein weithin sichtbares und wirksames Beispiel ehelicher Tugend und glücklicher Häuslichkeit gab Königin Luise, die Gemahlin Friedrich Wilhelms III. Als sogenannte »Luisenbräute« ließen sich junge Mädchen, die es ihr gleichtun wollten, am 19. Juli, dem Todestag der Königin, in der Potsdamer Garnisonskirche trauen. Dies erbrachte im übrigen den Vorteil, daß der »Luisenbund« – eine im Gedächtnis an die Verstorbene begründete Stiftung – die Beschaffung der Aussteuer übernahm.

über 25, die Frau über 21 Jahre alt sein, die Ehe wenigstens zwei Jahre gedauert haben.

Erotik blüht im Biedermeier in aller Heimlichkeit (→ *Moral*). Die Frivolität des Rokoko ist aus der offiziellen → *Malerei* und → *Literatur* verschwunden, die → *Mode* hat nichts Pikantes, die Kokotte ist nicht gefragt, große Mätressen gibt es nicht mehr. Das »Verhältnis« bleibt schamhaft verborgen, und wenn ausgerechnet Fürst → *Metternich* (→ *Wiener Kongreß*), der »Architekt der europäischen → *Restauration*«, eine außereheliche Liebschaft pflegt, seufzt er resigniert: »*Die Menschen heiraten, um Kinder zu haben, nicht aber, um das Verlangen des Herzens zu stillen.*« Unter der Hand freilich kursieren obszöne Witze, werden pornographische Szenen gemalt und gezeichnet – oft von Künstlern, die sonst für sittsame Damenporträts und Kinderbilder zuständig sind. Sexuelle Neugier manifestiert sich in den gewaltigen Operngläsern, mit denen die Herren vom Parkett aus die Damen des → *Balletts* beäugen (ihre Frauen sitzen zurückgezogen in der Loge!). Eine Ballerina, Lola Montez, umgarnt den König (→ *Ludwig I.*) und verschuldet, fast am Ende der Epoche, seinen Sturz. Und ein erzkatholischer Dichter und Laienprediger, Zacharias Werner (1768–1823; → *Theater*), beschämt von der Kanzel herab seine lüsternen Zuhörer: Er wettert gegen »*das kleine Stückchen Fleisch*«, das trotz seiner

Kleinheit so viel Unglück in die Welt gebracht hat. Das Publikum senkt geniert den Blick; Werner fährt fort: »*Soll ich euch das kleine Stückchen Fleisch zeigen?*« Stummes Entsetzen in der Kirche; der Prediger: »*Seht her. Da ist es!*« und streckt – seine Zunge heraus.

Lit.: D. Schwab, *Grundlagen und Gestalt der staatlichen Ehegesetzgebung in der Neuzeit bis ins 19. Jh.* Bielefeld 1967.

Eisenbahn

Eine bahnbrechende Neuerung des Biedermeier, zunächst entsetzt als Teufelswerk gescholten und zugleich hoch gelobt und bestaunt, die E., bringt eine wichtige Veränderung im Leben der damaligen Menschen: den hohen Grad von Mobilität, verglichen mit vorhergehenden Jahrhunderten. Als Vorläufer der E. verkehren zwar schon Linienomnibusse, Pferdefuhrwerke, die einer vorgegebenen Schiene folgen. In der Zeit von 1820–1830 stehen Pferd und Dampfmaschine noch in Konkurrenz, ab 1829 fährt die Pferdelokomotive.

1825 wird in England die erste Eisenbahnstrecke der Welt für Personenverkehr – auf der 41 km langen Strekke zwischen Darlington und Stockton – mit einer »Locomotion Nr. 1« von George Stephenson (1781–1848) in Betrieb genommen. 1826 bereits unternimmt der Oberstbergrat Joseph von Baader (1763–1835) in Münchens Nymphenburger Schloßpark Eisenbahnmodellversuche. Die Inbetriebnahme der Eisenbahnlinie Manchester, 1830, mit einer Stundengeschwindigkeit von rund 45 km, gilt als Beginn des modernen Eisenbahnwe-

Ferdinands-Nordbahn, Abfahrt des Wagenzuges vom Bahnhof in Wien. Gezeichnet und lithographiert von Joseph Folwarczny. Der Bau der Bahn ging dank des Einsatzes von mehr als 10 000 Arbeitern so zügig voran, daß bereits im November 1837, nach erst halbjähriger Bauzeit, auf der Teilstrekke Florisdorf–Wagram Probefahrten unternommen werden konnten. Die Eröffnung der Strecke von Wien nach Brünn fand am 7. Juli 1839 statt.

sens. Die erste Dampfeisenbahn auf dem Kontinent wird 1835 zwischen Brüssel und Mecheln eingeweiht.

In Deutschland fährt am 7. Dezember 1835 die erste E., die »Ludwigseisenbahn«, mit einer Stephenson-Lok vom Typ Adler, auf der 7 km langen, schnurgeraden Strecke zwischen Nürnberg und Fürth; Kanonendonner und Musik begleiten die Jungfernfahrt. Anwohner beklagen sich bitter, daß die glühenden Kohlenstückchen, die die Lokomotive ausstößt, ihre Kleidung beschädigen und auch Flur- und Brandschaden anrichten. Man begegnet der neuen Erfindung ganz allgemein mit einer gewissen Skepsis. Manche Ärzte befürchten sogar, der menschliche Organismus könne die rasende Geschwindigkeit dieses neuen Verkehrsmittels nicht aushalten. Auf dem Oktoberfest in München rühmt 1837 ein Schausteller ein Eisenbahnmodell: »*Die Wagen durcheilen in 1¼ Minuten eine Strecke von 438 Schuh* [etwa 140 Meter] *in unbegreiflicher Schnelligkeit.*«

Von 1838 an verkehren E. auf den Strecken Paris – St. Germain und Berlin – Potsdam. Die erste deutsche Lokomotive baut 1837–1839 Johann Andreas Schubert (1808–1870). Am 24. April 1837 wird die Eisenbahnfernstrecke Dresden – Leipzig, 1839 die erste Teilstrecke der Linie München – Augsburg eröffnet; in diesem Jahr nimmt der Reiseverkehr des → *Bürgertums* bereits deutlich zu. Eisenbahnen erscheinen jetzt beispielsweise dekorativ auf Andenken- und Badegläsern, um 1840 sind Henkelkrüge mit derartigen Darstellungen sehr beliebt. Die Firma Borsig liefert 1841 in → *Berlin* die ersten deutschen Lokomotiven (→ *Industrie*). 1842 ereig-

Schlimmer Gast

Mitten durch den grünen Hain,
Ungestümer Hast,
Frißt die Eisenbahn herein,
Dir ein schlimmer Gast.

Bäume fallen links und rechts,
Wo sie vorwärts bricht,
Deines blühenden Geschlechts
Schont die rauhe nicht.

Pfeilgeschwind und schnurgerad,
Nimmt der Wagen bald
Blüt und Andacht unters Rad,
Sausend durch den Wald.

Nikolaus Lenau

net sich auf der Strecke Paris – Versailles die erste Eisenbahnkatastrophe, die rund hundert Reisenden das Leben kostet.

Mit dem Aufkommen der E. blüht auch der Bahnhofsbau; der Nürnberger Bahnhof, 1845 noch ein großer Holzschuppen, ebenso der in München (1839) und in Potsdam (1840) werden bald durch repräsentative, massive Bauten ersetzt, die z. T. aussehen wie Paläste mit Zinnen, Türmen und riesigen Hallen. 1840 und 1849 entsteht die Great Western Station in Bristol, eine der ersten Hallen, die Bahnsteige und Gleise in einem Raum zusammenfaßt. Zu den ersten massiven Bahnhöfen in Deutschland gehört der Bahnhof der Braunschweigischen Staatsbahn in Braunschweig (1838); der Nürnberger Bahnhof zeigt sich um 1850 mit gotischen Spitzgiebeln, Fialen und Bogen. In London dagegen weist Euston Station klassizistische Tempelformen auf.

Der schwäbische Volkswirtschaftler Friedrich List (1789–1846), der sich bereits 1833 für die Einrichtung eines deutschen Eisenbahnnetzes einsetzt, jubelt zu Beginn des Eisenbahnzeitalters: »*Die Eisenbahn ist ein Herkules in der Wiege, der die Völker erlösen wird von der Plage des Krieges, der Teuerung und Hungersnot, des Nationalhasses und der Arbeitslosigkeit, der Unwissenheit und des Schlendrians, der ihre Felder befruchten, ihre Werkstätten und Schächte beleben und auch den Niedrigsten unter ihnen Kraft verleihen wird, sich durch den Besuch fremder Länder zu bilden.*« Und der Philosoph, Arzt und Maler Karl Gustav Carus (1789–1869) notiert in seinen *Lebenserinnerungen:* Bald werde man vergessen haben, »*wie sonderbar fremdartig und geradezu dämonisch dieses große Verkehrsmittel damals ins Leben trat*«. – König Ernst August von Hannover grollt dagegen: »*Ich will keine Eisenbahn in meinem Land. Ich will nicht, daß jeder Schuster und Schneider so rasch reisen kann wie ich!*«

Lit.: W. Schadendorf, ... *von Europas Eisenbahnen.* Mchn. 1963.

Die Schriftstellerin Ida Gräfin Hahn-Hahn. Lithographie um 1835. Sie begründete den deutschen Frauenroman und vertrat – beeinflußt von George Sand – in Gräfin Faustine *(1841) mit schwärmerischen Zielen die Frauenemanzipation.*

Emanzipation

Erst nach der Jahrhundertmitte wird die Frauenbewegung breite Schichten der Bevölkerung erfassen und beschäftigen. Im Biedermeier gelten emanzipierte Frauen noch als Ausnahmen und geben, als »Biederweib« bespöttelt, Anlaß zu scharfer Karikatur. 1814 schon hatte Betty Klein sich für die Befreiung und Selbständigkeit der Frau engagiert. Zum Postulat eines Buches über die *Bildung der Frauen* erhebt sie die Behauptung der weiblichen Würde in den wichtigsten Verhältnissen ihres Lebens. Nicht alle Frauen heiraten. Wenn also nur ihrer Bestimmung zur Frau und Mutter Wert beigemessen wird, bedeutet das die Diskriminierung jeder Unverheirateten; deshalb müssen Institute zur Frauenbewegung gegründet werden, um Frauen zu bilden und auf Berufe wie Lehrerin, Kinderwärterin usw. vorzubereiten.

Zu Beginn der Epoche, 1817, stirbt die couragierte französische Schriftstellerin Anne Louise Germaine de Staël (geb. 1766), die in Paris einen der ersten → *Salons* unterhält, mit Goethe und Schiller, Wieland und Fichte Freundschaft pflegt und als Feindin → *Napoleons* ihres Vaterlandes verwiesen wird. Ihr Buch *De l'Allemagne* (1813) gestaltet und prägt noch lange das Deutschlandbild in Frankreich. Eine Attraktion ist 1820 im Wiener Prater die Ballonfahrt der jungen Wilhelmine Reichard. Diese vielbestaunte Episode legt → *Adalbert Stifter* (1805–1868; → *Literatur*) seiner Emanzipationsstudie *Der Condor* zugrunde, die er 1843 in den *Studien I* veröffentlicht. Seit 1830 wird die Frauenfrage militant. Im Vorfeld der → *Revolution* von 1848 trifft man den Typ der engagierten Frau bei den sogenannten »Freien« in → *Berlin*. Sie rauchen in aller Öffentlichkeit Zigarren, trinken dazu Bier, Wein oder sogar Schnaps und versuchen durch provozierendes Verhalten oder Mißachtung der guten Sitten die Aufmerksamkeit auf sich zu lenken. In Paris erschreckt »George Sand«, eig. Lucile-Aurore Dudevant (1804–1876), die Mitwelt. Sie nimmt einen Männernamen an, trägt Männerkleidung, debattiert mit Künstlern, raucht öffentlich Tabak, setzt sich in ihren Romanen für den sozialen Fortschritt und die E. der Frauen ein und wird die Geliebte berühmter Zeitgenossen, z. B. des polnischen Komponisten und Klaviervirtuosen Frédéric Chopin (1810–1849; → *Musik*). Im → *Berlin* der zwanziger Jahre blühen die literarischen → *Salons*. Bei → *Rahel Varnhagen von Ense* (1771–1833; → *Salon*) verkehrt, wer in der Stadt Rang und Namen hat, Dichter, Komponisten, Staatsmänner, Personen vom Hof, aber auch Schauspieler und Reisende. → *Bettina von Arnims* (1785–1859) Haus ist ebenfalls Schauplatz regelmäßiger geistreicher Zusammenkünfte mit nahezu denselben Gästen. Zu den früh emanzipierten Frauen gehört auch die weltgewandte Gräfin Ida von Hahn-Hahn (1805–1880), die 1826 einen reichen Verwandten heiratet, sich drei Jahre später kurzerhand wieder scheiden läßt, halb Europa sowie Syrien und Palästina bereist, ein großes Haus in Berlin und → *Dresden* führt und frauenrechtlerische Romane schreibt.

1834 verfaßt J. A. Werner eine *Gymnastik der weiblichen Jugend;* 1835 erscheint Friedrich Schlegels (1772–1829) »Emanzipationsroman« *Lucinde* und erregt Skandal, ebenso Karl Gutzkows (1811–1878) Roman *Wally, die Zweiflerin* – eine romantische Absage an die Bürgerlichkeit –, dessen Heldin in religiöse Gewissenskonflikte gerät. Als Vorlage für die Titelfigur gilt Charlotte Stieglitz, eine junge Frau, die wegen Unstimmig-

Die französische Schriftstellerin George Sand nach einem Gemälde von Charpentier aus dem Jahr 1832. Ihrem Eintreten für die Gleichberechtigung der Frau und die freie Liebe folgen Jahre des politisch-sozialen Engagements, in denen sie unter anderem Consuelo *(1842/43) und* Der Müller von Angibault *(1845) veröffentlicht.*

Es ist »weder notwendig noch gerecht, die Frauen zu zwingen, entweder Mütter zu sein oder gar nichts«, polemisierte der englische Philosoph John Stuart Mill. Es ist ihnen nicht zuzumuten, daß sich alle »freiwillig dazu entschließen sollten, ihr Leben *einer* animalischen Funktion und ihren Folgen zu opfern. Sehr viele Frauen sind Gattinnen und Mütter nur deshalb, weil ihnen keine andere Laufbahn offensteht, keine andere Betätigung für ihre Gefühle oder ihren Tätigkeitstrieb sich bietet.« Mill fordert Bildung für sie – schon im Interesse des Ehemannes, damit dieser nicht auf die Stufe einer geistig niedriger stehenden Frau herabgezogen wird – und er verlangt, sie nicht von beruflicher Arbeit und vom öffentlichen Leben auszuschließen.

keiten in ihrer Ehe Selbstmord verübte. 1841 gründet in Stuttgart Friedrich Weidle das spätere »Evangelische Töchterinstitut«, 1844 schreibt Bettina von Arnim ihre unverbrämte, kämpferische Anklage gegen die sozialen Mißstände und die Unterdrückung der Frauen: *Dies Buch gehört dem König.* 1848 beginnt die Frauenbewegung im eigentlichen Sinn, als deren leitende Persönlichkeit später Helene Lange (1848–1930) auftritt; im selben Jahr gründet Luise Otto-Peters (1819–1895) die erste deutsche »Frauenzeitung«.

Die Männer allerdings, auch die gebildeten Männer und Schriftsteller, begegnen den Emanzipationsbestrebungen noch lange halb mißtrauisch, halb amüsiert. Karl Immermann (1796–1840; → *Literatur*) tut den nonchalanten Spruch: »*Sind die Männer verliebt oder nur galant, so denkt keine Frau an Emanzipation.*«

Lit.: *Emancipatie. Emancipation. Emanzipation.* Katalog des Goethe-Instituts Amsterdam. 1980. – G. Jäckel u. M. Schlösser, *Das Volk braucht Licht. Frauen zur Zeit des Aufbruchs 1790–1848 in ihren Briefen.* Darmstadt 1970.

Erziehung

Friedrich Fröbel, der Begründer des ganzheitlichen Denkens in der Pädagogik. Kolorierter Holzstich nach einem zeitgenössischen Bildnis von Adolf Neumann. Seine pädagogische Arbeit stellt Fröbel unter das Motto: Kommt, laßt uns den Kindern leben!

Das Kind im Biedermeier, vor allem das bürgerliche, besitzt nach äußerem Augenschein alles, was sein Herz begehrt: Den strengen, aber gerechten Papa als Familienoberhaupt, Großvater, Großmutter –, mindestens zwei Geschwister leben in engem Verband. Die Mutter besorgt das Häusliche, ein Kindermädchen das Gröbste, es gibt einfaches, nahrhaftes, jedenfalls reichliches Essen; im Kinderzimmer findet sich eine phantasievolle Fülle an → *Spielzeug.* Bücher bieten Unterhaltung und Belehrung (→ *Kinderbücher*), das Schulwesen ist geordnet (→ *Schule*); Kinder gehen nicht mehr steif wie Miniatur-Erwachsene gekleidet, sie tragen jetzt fußfreie Kleidchen und bequeme Hosen (→ *Mode*).

Dennoch machen all diese Beweise der Zuneigung die »schönen Kindertage« nicht nur zu einem fortgesetzten Vergnügen. Der biedermeierliche Nachwuchs ist einem immensen erzieherischen Eifer und einer Flut neuer pädagogischer Erkenntnisse ausgesetzt; und – es setzt auch Prügel. Der Vater, meist mit »Sie« angesprochen, schlägt, und ebenso der Lehrer. Peinliche Schulstrafen sind an der Tagesordnung: Zwicken, Tatzen, der Stock, sogar Brandmarkung durch Halsring oder ein umgehängtes Täfelchen, auf dem ein Esel (Sinnbild für den kleinen Delinquenten) zu sehen ist, sind Alltäglichkeiten. Heinrich Hoffmann (1809–1894), der Erfinder des *Struwwelpeter* (1845/46; → *Kinderbücher*), schreibt und zeichnet sein pädagogisches Werk in Ermangelung eines passenden Weihnachtsgeschenkes für seinen Sohn. Das Erziehungsmodell, das er propagiert, ist drakonisch, ja grausam: Bösen Taten folgen bitterböse

Strafen, sogar die Strafe des Todes oder äußerster körperlicher Peinigung. Im Biedermeier scheint die Erziehungswelt keineswegs so heil, wie das zunächst vermuten läßt. Niemand kümmert sich mehr um Johann Heinrich Pestalozzis (1746–1827; → *Schule*) liberale Pädagogik; häufig werden seine Ideen sogar mißbraucht.

Kurz nach dem Krieg konstituiert der thüringische Hauslehrer Friedrich Fröbel (1782–1852), Pestalozzis Schüler, die Idee des Kindergartens. 1816 gründet er in Griesheim/Thüringen eine pädagogische Einrichtung, nennt sie »Allgemeine deutsche Erziehungsanstalt« und unterrichtet dort sechs Buben; ein Jahr später verlegt er sein Unternehmen nach Keilhau. In Blankenburg eröffnet er 1839 eine »Pflege-, Spiel- und Beschäftigungsanstalt« und richtet 1840 dort den ersten »Allgemeinen deutschen Kindergarten« ein. Die Bezeichnung »Garten« wählt Fröbel in dem Bestreben, darin die Kinder »*als Pflanzen Gottes zu pflegen*«, er will nicht nur beaufsichtigen, sondern auch entwickeln, bereits beim Kleinkind die »*Pflege der Ahnungen*« fördern und es zum Spiel anleiten: »*Spielen ist die frühe Form der geistigen Bildung; durch das Spiel wird die Welt entdeckt und erobert.*« Fröbel erfindet einfaches → *Spielzeug* aus Holzsteinchen; Würfel und Walze, Kugel, Rechteck und Pyramide sind seine Elemente; er veröffentlicht ein Buch über die *Theorie des Spiels* und widmet einen anderen Band ganz dem Spiel mit dem Ball. Er lehrt neue Spiele, entwickelt die Idee der Beschäftigungsspiele, dem Alter der Kinder angepaßt: rhythmische Bewegung, Singen, Sprechen; Spiel ist ihm ein »*Spiegel des Lebens*«. Gleichzeitig sollen auch die Mütter für die E. ihrer Kinder geschult werden, durch praktische Anleitung in Kinderpflegeanstalten. Fröbel kreiert im Grunde den Vorschulunterricht unserer Zeit. Doch mit der Begründung, er erziehe die Jugend zum Atheismus, wird sein Kindergarten 1851 von der preußischen Regierung verboten.

1833 gründet der evangelische Theologe Johann Heinrich Wichern (1808–1881) in Hamburg-Horn das »Rauhe Haus«, ein Institut zur »*Erziehung und Rettung verwahrloster Kinder*«; allerdings werden hier nur Knaben aufgenommen; eine Ausbildungsanstalt für Erzieher ist angeschlossen. Im selben Jahr öffnet in München die erste Kinderbewahranstalt.

Eine wesentliche Rolle im Rahmen der »häuslichen« E. spielt auch die → *Musik*. Die Beherrschung eines Instrumentes wird fast zu einer Prestigeangelegenheit und gehört auf jeden Fall zum Ausbildungsprogramm der höheren Töchter. Klavierspielen, Singen, gemeinsames Musizieren (→ *Familie*) sind ebenso pädagogische Mittel wie auch Lesen oder das Spiel mit Soldaten für Jungen, mit Puppen für Mädchen.

Lit.: D. Hoof, *Handbuch der Spieltheorie Fröbels*. Braunschweig 1977.

Aus den »Jugenderinnerungen eines alten Berliners«.

»Die Prügel, deren ich oft gedacht, waren ein zwar häufiges Zuchtmittel (und einigen Lehrern . . . schien das Prügeln förmlich Vergnügen zu machen), doch gab es noch andere Strafarten, welche eigentlich die Regel bildeten. In der ersten Zeit fanden sich einige Täfelchen vor . . ., welche sehr saubere Bilder eines Schweines und eines Esels zeigten, zur Auszeichnung für unreinliche und faule Knaben um den Hals zu tragen; doch erinnere ich mich kaum, daß dieselben zur Anwendung gekommen wären. Desto häufiger war die Strafe des Ringumhängens. Anfangs gab es eine Anzahl von solchen Holzringen, wie man sie beim Reifenspielen benutzt; diese wurden dem Verbrecher als ein Zeichen der Ausgeschlossenheit aus der menschlichen Gesellschaft umgehängt, oft . . . mehrere Tage lang.

Wer einen solchen Ring um hatte, durfte mit keinem Mitschüler reden; tat er es dennoch, so wurde er und auch der Angeredete, der sich mit ihm in ein Gespräch eingelassen, noch besonders bestraft. Der Lehrer, der den Ring umgehängt hatte (und das geschah wegen der geringsten Kleinigkeit), hatte allein das Recht, ihn wieder abzunehmen. Als schwerstes Verbrechen galt die Lüge. Wer absichtlich frech gelogen hatte, bekam auf fünf Tage einen schwarzen Ring um und mußte an abgesondertem Platz bei Tisch sitzen. Das alles war nicht dazu angetan, ein feines Ehrgefühl bei den Knaben zu entwickeln, und hier liegt einer von den großen Fehlern, die in der Anstalt begangen wurden. Kam eines von den Eltern der Kinder oder auch ein Fremder zu Besuch, während wir im Garten waren, so mußte ihm sogleich der Halsschmuck auffallen, den allezeit einer oder der andere trug: das veranlaßte Nachfragen, Beschämung und zuletzt Abstumpfung gegen die Schande. Mußten diese Ringe doch sogar bei Spaziergängen umbehalten werden!«

Familie

Wie das Biedermeier völlig auf das → *Bürgertum* (→ *Wohnkultur*, → *Möbel*) und dessen Bedürfnisse zugeschnitten ist, steht die Häuslichkeit ganz im Zeichen der F. Das Familienbild bestätigt das beschauliche Glück, das der Bürger, zufrieden mit sich und den Seinen, genießt. Oft ist es das Bild einer Großfamilie, jüngstes Mitglied, das Baby, auf dem Arm der Mutter, ältestes, der Großvater im Lehnstuhl; auch Verwandte und alleinstehende Angehörige (→ *Ehe*) leben in diesem Familienverband und erfreuen sich seines Schutzes und seiner Zuwendung. Der Kindersegen ist groß, auch deshalb, weil die Säuglings- und Kindersterblichkeit hoch ist und medizinische Vorbeugung (Impfung; → *Medizin*) und hygienische Verhältnisse noch sehr im argen liegen (→ *Hygiene*). Es gibt noch kein fließendes Wasser, das muß vom Pumpbrunnen geholt werden, auch existiert noch keine Kanalisation.

Die Wohnung ist einfach, aber hübsch, manchmal auch kindgerecht eingerichtet, jedoch ohne größeren Komfort. Meist sitzt die F. um einen runden Tisch, in dessen Mitte für den Abend eine Kerze aufgestellt wird; selbst in wohlhabenden Häusern sind nicht mehr als zwei Lichter üblich (→ *Wohnkultur*). Beliebter Ort für familiäre → *Geselligkeit* ist auch der → *Garten* – und in der Regel ist er gut bestellt.

In der F. verfügt der Vater über die absolute Autorität, ist höchste und letzte Instanz, unumschränkter Herr über Angehörige und → *Gesinde*. Er allein verdient das Geld, erwartet schon deshalb respektvolle Anerkennung und genießt entsprechende Privilegien, wie z. B. das größte Stück Fleisch am Mittagstisch. Gehorsam ist selbstverständlich; liberale Perspektiven der → *Erziehung* sind kaum in Ansätzen vorhanden. Friedrich Schleiermacher (1768–1834), Philosoph und protestantischer Theologe, definiert: »*Jede Familie soll ein trauliches, niedliches Kabinett sein in dem großen Palast Gottes, ein liebes, sinniges Ruheplätzchen, von wo aus man das Ganze übersehen kann, aber doch sich recht vertiefen kann in das Enge.*«

Diesem Programm integriert man in der Biedermeierzeit ganz obligatorisch auch den musischen Bereich, vor allem die → *Musik*, die gemeinsame Hausmusik. Sie wird im bürgerlichen Familienkreis ganz besonders gepflegt. Das Klavier, der Flügel, löst das Spinett der Großväter ab und wird das meistgespielte Instrument (→ *Erziehung*), Familiengesang – vor allem das einfache Lied, in der Romantik mit der Sammlung *Des Knaben Wunderhorn* (→ *Kinderbücher*, → *Kinderlieder*) eben erst wiederentdeckt – ist die Vorstufe zur Liedertafel und musikalischen Zusammenkünften im Freundeskreis. »*Unter den Klavieren war das tafelförmige Pianoforte vorherrschend*«, erzählt Gustav Parthey

Wie sparsam damals in einem bürgerlichen Haushalt gewirtschaftet wurde, vermerkt auch Gustav Freytag in seinen Lebenserinnerungen: ». . . obgleich die Eltern, nach den Verhältnissen jener Zeit, in mäßigem Wohlstande lebten. Die Papiertapete galt für einen Luxus, den wir in keiner Wohnstube hatten, die Wände waren mit bunter Kalkfarbe blau, rosa, gelb getüncht, eine kleine gemalte Rosette an der Decke der ›guten‹ Stube wurde sehr bewundert. Auch das Streichen der Fußböden war noch ungebräuchlich, und zur großen Beschwer der Familie und der Dienstmädchen blieb ein ewiges Scheuern der weißen Dielen notwendig; die Möbel standen gradlinig und einfach, kaum ein altes Stück in Rokoko darunter; zu Mittag nur ein Gericht, am Abend erhielten die Kinder selten ein Stück Fleisch, häufig Wassersuppe, welche die Mutter durch Wurzeln oder einen Milchzusatz anmutig machte. Wein wurde nur aufgesetzt, wenn ein lieber Besuch kam. Dabei wuchsen wir gesund und rotbäckig heran . . .«

(1798–1872) aus der frühen Biedermeierzeit. Und: »*Der Bau der Klaviere war unvollkommen und ihr Ton meist klimperhaft.*« Dafür spielt man damals noch gerne Flöte und Gitarre, Instrumente, die mit dem Siegeszug des Klaviers auf der Höhe der Epoche fast völlig verschwinden.

Zu den beliebtesten Motiven der Porträtmalerei (→ *Malerei*) der Zeit gehört das Familienbild, alle Mitglieder fein herausgeputzt und um den Vater geschart. Gemalt werden solche Szenen vor dem Hintergrund des bürgerlichen Wohnzimmers, im häuslichen Garten oder beim beliebten Sonntagsausflug der F., draußen vor der Stadt, im Grünen. Diese biedermeierlichen Familienporträts sind Vorläufer ähnlicher Gruppenbilder nach der Erfindung der → *Photographie.*

Lit.: B. Beuys, *Familienleben in Deutschland.* Neue Bilder aus der deutschen Vergangenheit. Reinbek 1980.

Familienkonzert. *Gemälde von Sebastian Gutzwiler. Im häuslichen Kreis, umgeben von biedermeierlicher Wohnkultur und in familiärer Harmonie vereinen sich die Generationen zum gemeinsamen Musizieren.*

Fliegende Blätter

Im Jahre 1844 gründet der Graphiker Kaspar Braun (1807–1877) in München die satirische Zeitschrift »Fliegende Blätter«, ein politisch ausgerichtetes Karikaturenblatt, das im Charakter bayerisch-münchnerisch liebenswürdig bleibt und »zwanglos« monatlich zwei- bis dreimal herauskommt. Die erste Nummer der F. B. er-

Folgende Seite:

Die erste Seite der ersten Nummer der Fliegenden Blätter *vom 7. November 1844. Wegen der nur einmal gebrachten Titelvignette, die als zu aggressiv empfunden und wieder zurückgezogen wurde, gilt diese Ausgabe als besondere Seltenheit.*

München,
Verlag von Braun & Schneider.

Nro. 1.

Erscheint zwanglos.
Preis der Nummer 9 kr. R. W. od. 2 ggr.

Das Heidelberger Fass.

Also geschah es in dem gesegneten Weinmonate des Jahres ein tausend acht hundert und zwei und vierzig, und die Hitze war gar gewaltig in allen deutschen Gauen. Da wanderten zween Handwerksbursche von Darmstadt nach Heidelberg, die Bergstraße entlang. Der Jüngere, ein Leineweber von Profession, war in Memmingen daheim, und hatte vor kaum vier Wochen durch bayerisch Schwaben und Franken seinen ersten Ausflug in die Welt begonnen. Mit den Schwalben war er flügge geworden, und wollte sein Glück versuchen in anderer Herren Ländern. Nun ist es aber nicht Jedermanns Sache, sich behaglich zu fühlen unter wildfremden Menschen, die unsere liebgewordenen Gewohnheiten belächeln und unsere Ansichten bekritteln, denen der Ton unserer Rede nicht so zu Herzen dringt, als den Leuten in der Heimath. So ging es denn auch dem ehrlichen Leineweber mit jeder Meile Weges, die er weiter schlenderte, tiefer zu Gemüthe, daß im deutschen Reiche nicht alle eines Sinnes seien mit seinen Landsleuten, und als er vom Main herüber kam gegen den Rheingau, dünkte ihm selbst die Sprache nicht mehr recht just. Da überfiel ihn scheint am 7.11. 1844 mit einer »*kriegerischen, von Schüssen, berstenden Sonnen, Dampfwolken und Säbelhieben umschwirrten*« Titelvignette und hat einen Umfang von acht Seiten.

Noch lange vor dem »Simplicissimus« sind die F.B. die erste satirische Zeitschrift von Rang in Deutschland, deren Inhalte der frühen Jahrgänge neben politischer Satire, Gesellschaftskritik, zwanglose Späße und zeitgemäß gefühlvolle Novellen, Erzählungen und Gedichte ausmachen. Namen wie → *Carl Spitzweg* (1808–1885), Franz Graf Pocci (1807–1876; → *Volksbelustigung*) und → *Moritz von Schwind* (1804–1871) – Mitarbeiter der ersten Stunde, sowie später Wilhelm Busch (1832–1908), der 1854, nach Ende der Biedermeierzeit, nach München kommt und für die Jahrgänge 1859–1863 je zwanzig bis dreißig Beiträge liefert – bezeugen das hohe Niveau der künstlerischen Ausstattung.

Obwohl der Anteil des Zeichnerischen in den F.B. den des Literarischen qualitativ und quantitativ immer übertrifft, begegnet man doch von Anfang an Autoren wie Emanuel Geibel (1815–1884), Victor von Scheffel (1826–1886) oder Ferdinand Freiligrath (1810–1876; → *Literatur*).

Spitzweg, der in seinen Bleistiftskizzen vormärzliches Kleinstädtertum und Beamtenengstirnigkeit zielsicher aufs Korn nimmt, scheint selbst seinen Figuren geähnelt zu haben, wie Hermann Schlittgen, ein späterer Mitarbeiter der F. B. in seinen Lebenserinnerungen über den alten Spitzweg schreibt: »*... ein kleines, lebhaftes Männchen mit langer Nase und klugen, listigen Augen, er war ganz Biedermeiergepräge und erzählte mit großer Liebe von seinen Blumen und Vögeln und der wundervollen Aussicht aus seinem Atelier auf die Häuser und Dächer der alten Stadt. Er war mir als Künstler noch nicht bekannt, als ich später seine Bilder sah, war ich erstaunt über die Ähnlichkeit des Künstlers mit seiner Kunst.*«

Franz Pocci (→ *Schattenrisse*), Sohn eines italienisch-bayerischen Generals, Dichter, Zeichner und Musiker, Zeremonienmeister am Hof König → *Ludwigs I.*, zeichnet für die F. B. vor allem den *Staatshämorrhoidarius*, den Aktenfuchser und Bürokraten par excellence, über den sich die Leser vieler Jahrgänge amüsieren.

Geschickt umschiffen Braun und seine Autoren die Klippen der strengen Zensur (die seit 1846 auch in der liberaleren Metropole Bayerns wieder strenger wird), indem sie durch heiteren Spott über die Verhältnisse in Deutschland ins humoristisch Unverbindliche ausweichen oder Satire und → *Karikatur* so »verkleiden«, daß die kritische Attacke nicht beweisbar ist. Berühmtes Beispiel dafür liefert Moritz von Schwind, als er das skandalöse Verhältnis zwischen König Ludwig I. und der Tänzerin Lola Montez (eig. Maria Dolores Porrisy

Der Teufel und die Katz

Es war einmal ein schönes schwarzes Kätzlein Mausbeißia geheißen, das hat eines düstern Abends ein Mäuslein gefangen. »Ich bitte dich gar schön du holdes Katzenangesicht«, hat das Mäuslein rührend gebeten, »du wollest dich nicht vergreifen an meinem schwachen Dasein, denn ich verspreche dir mein Lebelang dienstbar zu sein, dir in allen Fällen geziemende Obedienz zu leisten und mit allerlei Kurzweil und Allotrien die Zeit zu vertreiben.«

Da hat Mausbeißia dem Thierlein das Leben geschenkt und schon des nächsten Tages hat sie ihm ein blechern Laternlein gekauft und ist mit ihm auf den Mausfang gegangen; Mäuslein hat gar zierlich geleuchtet und Mausbeißia war unmaßen froh über ihren Sklaven.

Es ist nur eine kurze Zeit vergangen, da war das Mäuslein schon mächtig in der Gunst seiner Gebieterin gewachsen, und es mochte schwer zu unterscheiden sein, wenn Mäuslein anmuthig die stolze Mausbeißia über die Straße geleitete, ob es Diener oder Cavalier seiner Dame sei.

Montez; 1820–1861), die 1846 nach → *München* kommt, ins Visier nimmt. Die ganze Stadt entrüstet sich ob dieser Liaison, Ministerien und endlich auch der König selber stürzen darüber und aus ihren Ämtern. Schwind nennt seine Schwarz-Lithographienfolge (sechs Szenen, 1847) *Der Teufel und die Katz;* das Kätzchen Mausbeißia ist der Monarch, den ein zunächst harmloses Mäuslein tyrannisiert, welches sich am Schluß als Teufel entpuppt und die Katz' zur Hölle schleppt. Fazit und Warnung in den F. B., die von jedem Leser verstanden, durch Zensoren aber nicht »dingfest« gemacht werden kann: »*Nimm keinen Teufel ins Haus, auch wenn er noch so klein wäre, denn er wird dir über den Kopf wachsen und dich verderben.*«

Die F. B. erreichen nie etwa die Schärfe des → *Kladderadatsch*, sind auch nicht kosmopolitisch wie die französischen Schwestern → *Caricature* oder → *Charivari* und erreichen auch wohl deshalb als einzige satirische Zeitschrift das hohe Alter von 100 Jahren. Braun und seine Mitstreiter geben sich konzessionsbereit, setzen ihre Kritik nicht als Fanal, sondern schmuggeln sie lieber als Konterbande. So nehmen sie auch ihr erstes Aushängeschild, die fliegende Banderole, auf der eine grimmige, dreschflegelschwingende Besatzung Platz genommen hat und von der aus der deutsche Michel gnadenlos einen angeklammerten Juden fortstößt, wieder zurück; von der zweiten Nummer an wird diese aggressive Vignette durch das Bild einer friedlich seifenblasenpustenden, musizierenden und plaudernden Gesellschaft ersetzt. Mit Ausnahme gelegentlicher routinemäßiger Beschlagnahme, der sich kaum ein politisches Blatt satirischer oder seriöser Natur in den fünfziger Jahren des 19. Jh.s entziehen konnte, ist den F. B. tatsächlich auch nichts Entscheidendes geschehen.

Lit.: E. Zahn (Hg.), *Facsimile Querschnitt durch die Fliegenden Blätter.* Bern/Mchn. o. J. – *Fliegende Blätter.* 1844–1854. Eine Auswahl, hg. von Marianne Bernhard. Dortmund 1979 (Die bibliophilen Tb., 74).

Bald herrschte der frühere Sklave im Hause, und Mausbeißia mußte oft die Ausbrüche seiner Launen und Ränke dulden, die namentlich jeden Morgen, wo er der zum Schatten gewordenen Gebieterin regelmäßig den Schweif auskämmte und dabei rupfte, zupfte und kratzte, schon unerträglich waren.

Düstere Ahnungen durchbebten Mausbeißias Busen; sie sah bald, aber zu spät ein, daß sie einem Ungethüme das Leben geschenkt, welches jetzt offen die Larve wegwarf, grinsend die Peitsche über ihr schwang und sie in Netze zog, aus denen kein Entrinnen mehr war.

In einer finstern stürmischen Nacht erscholl aus Mausbeißias Hause ein entsetzliches Wehegeschrei, und man will gesehen haben, daß ein grauenhaftes Gespenst, so einige für den Teufel selbst gehalten, die Katze durch die Luft davon geführt habe.

Moral

Nimm keinen Teufel in dein Haus, auch wenn er noch so klein wäre, denn er wird dir über den Kopf wachsen und dich verderben.

Franz I.

(* 12. 2. 1768 Florenz; † 2. 3. 1835 Wien), Kaiser von Österreich (1804–1835), als römisch-deutscher Kaiser (1792–1806) Franz II. genannt.

Seine ersten Jahre verbringt Franz I. in Florenz bei seinem Vater, Kaiser Leopold II. (1747–1792). Seit 1784 bildet ihn sein Onkel Joseph II. (1741–1790) in → *Wien* zum Regenten heran. Mit 21 Lebensjahren, kurz nach seiner Vermählung mit der Prinzessin Elisabeth von Württemberg, begleitet er den Oheim auf dem Zug gegen die Türken; 1789 übernimmt er selbst den Oberbefehl über das Heer. Nach dem Tod Josephs II. im Jahr 1790 regiert Franz als Regent, bis sein Vater in Wien an-

Kaiser Franz im Staatsornat. Gemälde von Leopold Kupelwieser (1796–1862). Nur selten zeigte sich der Kaiser in prachtvollen Gewändern, »Pflanz« und Prunk waren ihm verhaßt, lieber ließ er sich im schlichten Bürgerkleid darstellen.
Die Maske des Biedermanns, mit der er die Legende vom guten Kaiser Franz um sich aufbaute, trug er mit soviel Geschick, daß auch Napoleon davon getäuscht wurde. Mit Ausnahme Maria Theresias war kein Habsburger bei den kleinen Bürgern so beliebt wie Franz, wenn er leutselig grüßend durch die Straßen fuhr.

kommt, dann begleitet er ihn zu den Verhandlungen mit dem König von Preußen Friedrich Wilhelm II. (1744–1797; König seit 1786) und dem Kurfürst von Sachsen nach Pillnitz. 1792 stirbt Leopold II., Franz wird am 14. Juli in Frankfurt am Main als Franz II. zum römisch-deutschen Kaiser gekrönt.

Im selben Jahr erklärt Frankreich Österreich, das von Preußen unterstützt wird, den Krieg. Franz selbst steht 1794 an der Spitze der Armee, die die Franzosen in der Endschlacht von Tournai besiegt. Als der Krieg eine ungünstige Wendung nimmt, kehrt er nach Wien zurück; der Abfall seiner Bundesgenossen (Preußen und Frankreich schließen 1795 den Baseler Frieden) und das Vorrücken der Franzosen unter → *Napoleon* zwingen ihn 1797 zum Frieden von Campoformio, in dem Österreich die Lombardei und Belgien an Frankreich abtreten und ihm auch noch die Rheingrenze zugestehen muß. 1799 bereits tritt Franz zusammen mit Rußland und England zum neuen Krieg gegen Frankreich an; Preußen bleibt neutral. Aber die Franzosen schlagen die Österreicher bei Marengo. 1801, im Frieden von Lunéville, erhält Frankreich das linke Rheinufer und die Vorherrschaft in Italien. 1805 erhebt sich der Krieg noch einmal, England, Rußland und Österreich schließen ein Bündnis gegen Napoleon, der Österreich und Rußland bei Austerlitz besiegt. Wien wird zum ersten Mal besetzt, Franz

»Sein Familienleben war ein ausgezeichnetes; bürgerlich-einfach, patriarchalisch. Den Patriarchen spielte er auch seinen Brüdern gegenüber, die alle begabter und menschlicher waren als er und von ihm rücksichtslos unterdrückt wurden. Erzherzog Karl, der volkstümliche Sieger von Aspern, wagte sich gar nicht mehr ins Burgtheater, weil dem Kaiser von seinen Spitzeln berichtet worden war, daß der Applaus, der ihn dort begrüßte, größer war als jener, der dem Kaiser selbst zuteil wurde. Von vier Gattinnen starben Franz drei sozusagen unter den Händen. Zwei davon waren bestimmt zu feinfühlig für ihn gewesen, wie er denn auch, als er die vierte und letzte zum erstenmal erblickte, schmunzelnd zu seinem Vertrauten, dem Oberstkämmerer Grafen Wrbna, meinte: ›Gott sei Dank, die sieht aus, als ob sie einen Puff vertrüge; sonst hab' ich in vierzehn Tagen wieder eine Leich'.‹ Ohne Frau auszuhalten, war für ihn schwer; da er streng katholisch war, erlaubte er sich selten ungesetzliche Seitensprünge. Seine vier Ehen folgten einander daher auf dem Fuße, und die frische Trauer um die letzte Gattin beeinträchtigte nicht die Erwartung auf die nächste. Sein Mutterwitz war bissig. Nach der ersten Begegnung mit Napoleon, seinem zukünftigen Schwiegersohn, meinte er: ›Jaz, weil i'n g'segn hab, kann i'n scho gar nimmer leiden.‹ Trotzdem gab er ihm kurz nachher die Tochter, denn Metternich wollte es so.«

A. T. Leitich, *Wiener Biedermeier. Kultur Kunst und Leben der alten Kaiserstadt vom Wiener Kongreß bis zum Sturmjahr 1848.* Bielefeld u. Lpzg. 1941.

handelt mit Napoleon persönlich die Bedingungen des Waffenstillstands aus; im Frieden zu Preßburg, 1805, muß Österreich noch einmal Land abtreten.

Nach der Errichtung des Rheinbundes, 1806, in dem sich die deutschen Fürsten, darunter auch das neue Königreich Bayern, unter Napoleon gegen Preußen und Österreich verbünden, erklärt sich Franz I. zum ersten Erbkaiser von Österreich (Einrichtung des Erbkaisertums Österreich 1804 als Antwort auf die Selbsternennung Napoleons zum Kaiser von Frankreich) und legt die Regierung des Deutschen Reiches nieder. In den preußisch-russischen Kriegen gegen Frankreich 1806/1807 bleibt Österreich neutral. 1809 zieht das österreichische Heer zum vierten Mal gegen Napoleon zu Felde und siegt bei Aspern, wird aber bei Wagram entscheidend geschlagen. Napoleon zieht als Sieger in Wien ein und wohnt zum zweiten Mal in Schloß Schönbrunn. Im Frieden zu Wien (1809) müssen Land und Kaiser die größten Opfer bringen und neue Gebiete an Frankreich abtreten. Der Kaiser muß auch in die Heirat seiner ältesten Tochter Marie Louise mit dem Usurpator einwilligen. 1812 zieht Franz I. zusammen mit Napoleon in den Rußlandfeldzug. Nach dem Untergang der Großen Armee bleibt Österreich zunächst neutral, 1813 stimmt der Kaiser einer Koalition gegen Frankreich zu – Preußen, Österreich und Rußland tragen in der Völkerschlacht zu Leipzig einen entscheidenden Sieg davon – in den Kämpfen nimmt er bis zum Ende persönlich am Kriegsgeschehen teil.

Franz I. ist Gastgeber und einer der bedeutendsten Teilnehmer der Verhandlungen beim → *Wiener Kongreß* 1814/15 und in der Folgezeit ein strenger Vertreter der → *Restauration.* Innenpolitisch fördert er das Gewerbe, die Wissenschaften, die Künste und vor allem die Erweiterung der Universität in Wien.

Lit.: H. Drimmel, *Kaiser Franz.* Mchn. 1981.

Friedrich Wilhelm III.

(* 3. 8. 1770 Potsdam; † 7. 6. 1840 Berlin), König von Preußen (1797–1840).

Als Sohn und Nachfolger Friedrich Wilhelms II. (1744–1797) ist Friedrich Wilhelm III. konservativ von Gesinnung, wenig engagiert in geistigen und kulturellen Fragen, skeptisch gegenüber den Strömungen, welche die französische Große Revolution über den Rhein gebracht hat, und unentschlossen in der Einschätzung Napoleons. Er verliert die Schlacht bei Jena und Auerstädt 1806, im Frieden von Tilsit (1807) muß er die Hälfte seines Staates abtreten, beruft zur Reform von Staat und Heer allerdings so universale Köpfe wie Gneisenau, Stein, Hardenberg und Scharnhorst (→ *Adel*). Inneren

Friedrich Wilhelm III., König von Preußen. Gemälde von Christian David Gebauer. Er war ein sehr bürgerlicher, sehr nüchterner König, Mustergatte der schönen, klugen und äußerst beliebten Königin Luise. Als geschichtliche Gestalt wäre er sicher eine blasse Erscheinung geblieben – vor allem auch, weil er dem Volk die lange erwartete und versprochene Verfassung vorenthielt –, hätte er nicht durch sein radikales Vorgehen gegen die Demagogen und die strengen Maßregelungen für Presse und Universitäten bei allen freiheitsliebenden Bürgern größten Unmut erregt.

Anteil an deren Bestrebungen nimmt der König kaum. Seine Kriegserklärung an Napoleon, 1813, wagt er nur zögernd (»Als alle riefen, kam der König.«), auf dem → *Wiener Kongreß* wird ihm die Hälfte Sachsens zugesprochen, dazu das Rheinland und Westfalen. Seine Verfassungszusage hält er nicht *(»Ich werde bestimmen, wenn die Zusage einer landständischen Verfassung in Erfüllung gehen soll und Mich durch unzeitige Vorstellung im richtigen Fortschreiten zu diesem Ziele nicht übereilen lassen. Der Untertanen Pflicht ist es, ... den Zeitpunkt abzuwarten.«)* und spielt 1815 eine dominierende Rolle bei der Schaffung der »Heiligen Allianz« zwischen Rußland, Österreich und Preußen. Friedrich Wilhelm befürwortet die Politik der → *Restauration*, die Karlsbader Beschlüsse (→ *Burschenschaften*, → *Pressewesen*), die Demagogenverfolgungen, ist einer der Väter des Wiener Kongresses und dessen Folge-Verträgen.

Als er nach 42 Regierungsjahren 1840 stirbt, richten sich viele Hoffnungen auf seinen Nachfolger, Friedrich Wilhelm IV. (1795–1861), und sehen sich bestürzt und enttäuscht, als dieser sein Amt als König noch rückwärtsgewandter und verklärender als »Gottesgnadentum« begreift.

Lit.: W. Hubatsch, *Hohenzollern in der deutschen Geschichte.* Ffm. 1961.

Frisur

Im frühen Biedermeier, um 1820, besteht die »*coiffure à la mode*« der Dame aus einem glatten Scheitel auf dem Mittelkopf, die Haarsträhnen werden zu einem hochstehenden Dutt gewirbelt und zur Zierde und zugleich Stütze große Kämme, Blumen oder kleine Zweige hineingeflochten. Das Nackenhaar wird stramm nach oben gekämmt und endet in um den Dutt gewundenen Zöpfchen; die Seitenpartien liegen in vielen kleinen Löckchen, oft mit künstlichen Haarteilen ergänzt, an den Schläfen an, auf der Stirn bleibt das Haar glatt. Die Herren frisieren ihr Haar so sorgfältig wie die Damen und kämmen es zu einem lockigen Schopf auf. Das Gesicht wird glatt rasiert, höchstens ein schmales Bärtchen ziert die Oberlippe; ansonsten bleiben Schnurrbärte bis 1830 dem Militär vorbehalten. Die Gesellschaft gewöhnt sich nur sehr langsam an den bärtigen Herrn. Der Vollbart ist bis 1848 als Kennzeichen für revolutionäre Gesinnung verpönt. Ab ca. 1834 verzichten die Damen auf den Dutt, tragen den Mittelscheitel noch immer glatt, aber mit langen, seitlich auf die Schultern fallenden Korkenzieherlocken. Die Flechten am Hinterkopf werden mit Nadeln und Kämmen aufgesteckt. Schnecken und dichtgeflochtene Zöpfe, die beide Ohren bedecken, bringen Abwechslung in die Frisurenmode der Damenwelt. Um entblößte Schultern zur Geltung zu bringen, wird das Haar hinten hochgekämmt, nach vorne gescheitelt und zu Löckchen gedreht, die über die Stirne fallen oder seitlich herabhängen.

Der Biedermeierherr scheitelt sein Haar jetzt glatt, trägt seitwärts gebauschte Locken und bevorzugt einen Kinnbart. Bei den mühsam und mit viel Geduld zu pflegenden Frisuren wird die Kopfbedeckung zum Problem. Neben dem eleganten Röhrenhut und der zierlichen Schute kommen bequeme Hauben in Gebrauch, die dem Gesicht der Dame etwas Kindlich-Mädchenhaftes verleihen. Für den Herrn ist der Zylinder obligatorisch.

Der Aufbau, die Anordnung der Frisur ist für alle Damen, vom Dienstmädchen bis zur Prinzessin, im Prinzip gleich; selbst die Emanzipierteste weicht kaum vom Schema ab; daß sich etwa jemand das Haar kürzen würde, ist undenkbar. »Haarabschneiden ist Ehrabschneiden.« Die Verbrecherin, die Übeltäterin, die an den Pranger muß (ihn gibt es noch im Biedermeier), wird so gebrandmarkt. Die Fabrikarbeiterin (→ *Proletariat*) allerdings muß sich das Lockenbrennen, die raffinierte Feinheit von Scheiteln und Flechten und das Einbinden von Blumen oder Bändern versagen; sie steckt das lange Haar mit Nadeln oder schlichten Kämmen auf. Auch wenn man zum Ball geht – Reichtum oder Stand signalisiert ausschließlich der Putz, und da ist alles erlaubt. Eine Karikatur der Zeit z. B. zeigt eine Dame mit so ge-

waltiger Haube und Bändern von so ausladender Menge, daß sie die Tür zum Festsaal nicht passieren kann und wie der »Ulmer Spatz« querseits eintreten muß.

Der → *Schmuck* der Frisur reicht von Schleifen, Rüschen und Bändern, künstlichen oder echten Blumen, als Kränzchen oder in einzelnen, dekorativen großen Blüten über die Ohren gesteckt, bis zum Diadem aus Perlen oder Halbedelsteinen. Auch der Hut ist oft nur »Träger« des Aufputzes, und da wählt die Dame Straußenfedern und Bänder, Spitzen und Pelze, Blumengirlanden, gerüschte Schleier oder kühne »Spiralen« aus auf Draht gezogenen Stoffarrangements.

Lit.: M. v. Boehn, M. Fischel, *Die Mode. Menschen und Moden im 19. Jh.* 2 Bde. Mchn. 1905.

Oben: *»Schönheit muß leiden.« Die große Toilette erfordert eine komplizierte, zeitraubende und Schmerzen verursachende Frisur.*

Garten

Der Garten des Biedermeier-Bürgers ist die ins Freie hinausverlegte, »verlängerte« Wohnstube (→ *Wohnkultur*); er wird ebenso liebevoll gepflegt und geschmückt, man lebt darin fast zu allen Jahreszeiten und gestaltet ihn zu einem Schmuckkästchen. Oft wird er durch eine Veranda unmittelbar mit dem Wohnbereich verbunden.

Gegenüberliegende Seite:

Die beiden oberen Abbildungen zeigen eine Ballfrisur mit Blumengirlande aus goldfarbener Gaze, die unteren eine hochgekämmte Ballfrisur mit Zierkamm und Blütenschmuck.

ABC der Blumensprache

Allemande:	*Stelle Dich nicht spröde*
Aprikosenzweig:	*Engel Deines Geschlechts, Dich bet' ich an*
Birkenzweig:	*Bei der Kürze unsers Erdenglücks säume nicht länger*
Bleiwurz:	*Du schmollst? habe ich Dich beleidigt?*
Christröschen:	*Unaufhörlich umschwebt mich Dein weibliches Bild*
Cypresse:	*Dem meine Asche einst deckenden Grabhügel weihe eine Thräne der Erinnerung*
Distel:	*Deine spitzen Reden durchschneiden das Herz*
Dost:	*Soll ich nie der süßen Minne Glück genießen?*
Endivien:	*Mein Glaube an Deine Treue wankt*
Epheu:	*Keine irdische Macht soll mich von Dir trennen*
Farrenkraut:	*Fein langsam*
Flieder:	*Eilen wir zum Altare, ehe die Jugendzeit verstreicht*
Georgine:	*Du bist so stolz, daß ich Dich kaum anzublicken wage*
Grünkohl:	*Erkläre Dich näher, wenn ich Dich verstehen soll*
Heliotrop:	*Kommst Du heute zum Stell-Dich-ein?*
Hollunder:	*Du wirst immer kälter*
Jelängerjelieber:	*Fest, rein und treu ist meine Liebe*
Johannisbeere:	*Wie kannst Du Dich nur so verstellen?*
Kaiserkrone:	*Liebenswürdigste Deines Geschlechts, als Göttin bet' ich Dich an*
Kreuzblume:	*Sei nicht so grausam gegen mich*
Lavendel:	*Du sprichst rätselhaft*
Lupine:	*Stille meine Seufzer*
Mohn:	*Warum bist Du so müde?*
Moos:	*Dein Eigensinn führt mich bis zur Verzweiflung*
Narcisse (weiß):	*Schrecklich! Willst Du mich ganz vernichten?*
Nelke:	*Glühende Sehnsucht nach Dir durchbebt meinen Busen*
Ölzweig:	*Auch im Überfluß muß man sich mäßigen können*
Oleaster:	*Du lügst!*
Pfeffermünze:	*Wer wird um Kleinigkeiten so viele Umstände machen*
Platane:	*Weißt Du noch, daß Du mir einst Liebe schwurst?*
Quittenblüthe:	*Willst Du mir meine Bitte nicht versagen?*
Rose:	*An Deinem Busen, Du Blühende, laß mich ruhen*
Rübenblüthe:	*Die Natur hat Dich sehr vernachlässigt*
Schneeglöckchen:	*Reinheit des Herzens strahlt aus Deinen Blicken!*
Silberkraut:	*Du bist ein Schalk*
Tabacksblüthe:	*Du weckst süß schlummernde Gefühle in mir*
Ulmenblatt:	*Unsere Liebe muß noch ein Geheimnis bleiben*
Ulmenreis:	*Mir reißt die Geduld*
Vergißmeinnicht:	*Höre wohl, was dies Blümchen flüstert*
Weinrebe:	*Rücke mir näher und sei mir treu*
Zwiebel:	*Du bist mir zuwider*

Seine Buntheit, der Reichtum an Blumen und Inventar zur persönlichen Bequemlichkeit (Lauben, Pergolen, geißblattumrankte Bänkchen, Gewächshäuser für feine Küchenkräuter und empfindliche Zierpflanzen) sind vielfältig.

Der G. dient dem Genuß seiner Bewohner, ist ganz auf Zierde und Nutzen angelegt, wobei auch das Gemüse »zierlich« angeordnet wird, um das Auge wie später den Gaumen zu erfreuen. Auf kurzen Pfählen stehen Glaskugeln und Prismen, die die Sonnenstrahlen in glitzernde Effekte umsetzen und so die Wirkung des Tageslichts noch steigern. Phantasievoll angeordnet sind Blumenarten und Beete: Niedrigwachsende Blumen kombiniert man mit Sträuchern zu interessanten Perspektiven, auf den Rasenflächen vereinen sich Blütengruppen zu geschlossenen Farbpartien, Gartenplastiken werden spielerisch und frei verteilt und keinem architektonischen Schema unterworfen.

Die Freude am G. findet ihr Echo in der Kunst, in der »Gartenlust« als beliebtem Thema der → *Malerei*. Blumensträuße, Bouquets und Arrangements verlegen umgekehrt auch den G. in die Wohnung zurück. Der »Biedermeierstrauß«, aus bunten, kurzgeschnittenen Blumen gebunden und von einer Papierrüsche, die durch feinsten Scherenschnitt wie Spitze wirkt, umschlossen, lebt noch in heutiger Zeit – als einzige Epoche hat das Biedermeier einem Blumenstrauß seinen Namen verliehen. Dieser Strauß ist symbolisch für die Anlage des ganzen G.s. Der sorgfältig geschnittene Rasen bildet den gleichmäßigen Hintergrund für die leuchtende Blütenfülle; Nelken, Veilchen, Margariten und vor allem Rosen werden bevorzugt; um 1845 kennt man rund 2500 Gartenrosenarten. Die farblich gut abgestimmte, und für das ganze Jahr durchdachte Komposition der Pflanzen macht den G. zu einem einzigen großen Bouquet; Bogen und Grüngürtel umschließen die Beete wie die Papierrüsche den Strauß und begrenzen auch die ganze Anlage.

Auch für → *Erziehung* und → *Geselligkeit* spielt der G. eine wichtige Rolle. Dort vergnügen sich die Kinder, für sie werden Wippen und Schaukeln, Bänkchen und kleine Laubengänge zum Verstecken angelegt. Hier ist auch der Platz für Bewegungsspiele im Freien: Fangen, Verstecken, Kreiselschlagen, Seilspringen und, wenn genügend starke Bäume zur Verfügung stehen, Schaukeln mit Seil oder Brett. In den Gewächshäusern haben die Kinder ihre eigenen kleinen Beete und erlernen so spielerisch die Gartenarbeit. Im G. empfängt man Kaffeegäste oder Nachbarn zur sommerlichen Bowle; Geburtstage, Verlobungen, kleine Tanzereien werden »draußen« gefeiert. Die Dame liest in der Laube, man trifft sich zu literarischen Gesprächen; für den Besucher wird der Tisch mit den schönsten Blumen geschmückt, und man serviert ihm selbstgezogenes Obst und Gemüse.

Aber auch die Anlage öffentlicher Gärten wird mit Eifer betrieben. 1827 z. B. entsteht der »Botanische Garten« in → *München*, 1839 der Königliche Privatgarten »Rosengarten« in Stuttgart. In den dreißiger Jahren wird der Münchner »Englische Garten«, der erste systematisch in die Stadtplanung einbezogene Garten und »Volksgarten«, von Gartenbaudirektor Friedrich Ludwig von Sckell (1750–1823) seit 1812 entworfen, künstlerisch ausgeschmückt: 1837 entstehen auf einem aufge-

»Die Gartenluft wurde wie von Bienen genossen. Aber bei der Freude am Laufen und Rennen in den symmetrischen Wegen, unter hohen Rosenbüschen, Stachelbeer- und Himbeerhecken hin durfte auch die wirkliche Pflege der Blumen und Beete nicht fehlen. Man pflanzte und säete, man führte die Gießkanne, wenn die Sonne sich senkte, man half ernten und arbeitete nach bestimmten, von dem mathematischen Herrn Cleanth gestellten Aufgaben. Da war ein Salatbeet von Unkraut auszujäten, da waren Stökke für die Nelken zu schneiden und aufzustecken, da waren die zerstreuten Blätter der abgeblühten Zentifolien zu sammeln, eine Arbeit, die dadurch belohnt wurde, daß man diese Rosenblätter den Apothekern korbweise verkaufen durfte. . .
Wie frucht- und blumenreich war dieser Garten! Wie malerische Sträuße von weißen und roten Lilien, von Rosen und Nelken, von Holunder und Maiblumen in erster Frühlingszeit wurden zusammengestellt! Und dies Leben mit den Fröschen in einem kleinen Bewässerungstümpel, mit den Maikäfern, die je nach der Farbe der Halsschilde und der Fühlfäden in mehr Gattungen eingeteilt wurden, als Buffon klassifiziert hat, mit den Goldkäfern, die so träg und duftberauscht in der Mittagssonnenhitze auf Blumenkelchen in allen Regenbogenfarben schillerten!«

K. Gutzkow, *Aus der Knabenzeit.*

schütteten Hügel der Monopteros, ein Säulentempelchen nach Plänen → *Leo von Klenzes* (→ *Architektur*), und eine halbkreisförmige, klassizistisch gehaltene Ruhebank. Der Park soll, so schreibt Sckell 1818, »*zum traulichen und geselligen Umgang und Annäherung aller Stände dienen, die sich hier im Schoße der schönen Natur begegnen*«. In dieser Absicht wird auch der Schloßgarten von Nymphenburg erweitert, arbeitet der Gartenarchitekt Peter Joseph Lenné (1789–1866) in den königlich preußischen Gärten um Berlin und Potsdam, plant der »Meister der Gartenarchitektur« Hermann Fürst von Pückler-Muskau (1785–1871) seine Anlagen.

Lit.: M. L. Gothen, *Geschichte der Gartenkunst.* 2 Bde. Jena 1926.

Gegenüberliegende Seite:

Innenansicht des ehemaligen Palmenhauses auf der Pfaueninsel bei Potsdam. Gemälde von Karl Blechen (1798–1840), entstanden 1832/34.

Die Gartenlaube

»Illustrirtes Familienblatt«, gegründet 1853 als wöchentlich erscheinende, illustrierte Unterhaltungszeitschrift von dem Buchhändler und Journalisten Ernst Keil (1816–1878), der das Blatt bis zu seinem Tode auch redaktionell leitet. Den Titel hat Keil aus eigenen Gefühlsassoziationen gewählt. Er hätte jedoch keinen ansprechenderen, volkstümlicheren finden können, denn die Gartenlaube ist zur Zeit des Biedermeier ein idyllischer Ort des Zusammenseins, der ruhigen Beschaulichkeit, an den sich besondere Gemütswerte knüpfen.

In einer bürgerlichen Zeit, die von einer nahezu uneingeschränkten Wissenschaftsgläubigkeit und einem überschwenglichen Fortschrittsoptimismus bestimmt ist, wendet sich die G. an die kleinste Einheit des → *Bürgertums* – die → *Familie.* Der bald einsetzende sehr große Erfolg der G. (Aufl. 1861: ca. 100 000 Exemplare) – zunächst spärlich illustriert, aber schon mit dem später so weithin bekannten Titelkopf des traulichen Familienkreises in der Laube – beruht auf ihrem an den Bedürfnissen der liberalen bürgerlichen Familie des 19. Jh.s orientierten Redaktionsprogramm: Es reicht von gemütvollen Romanen, Geschichten und Gedichten über praktische Lebenshilfe bis zu aktuellen Reise-, Theater- und Veranstaltungsberichten, wobei gerade im Bereich der Tagesreportagen oft ein kritischer, sozial engagierter Ton auffällt, der andererseits mit dem patriotischen Pathos und dem poetisch-romantisierenden Stil der Illustrationen zusammengeht. Insofern ist die G. ein getreuer Spiegel dieses heterogenen Jh.s; obgleich erst nach dem eigentlichen Biedermeier entstanden, wird der als Titel benutzte Begriff geradezu ein Synonym für die Geschmackskultur der Epoche.

Zu den berühmtesten Autoren der G. gehören der Lyriker Friedrich Rückert (1788–1866; → *Literatur*), der Erzähler Paul Heyse (1830–1914), der Zoologe Alfred

Ernst Keil, Buchhändler und Journalist, Gründer und redaktioneller Leiter der Gartenlaube. »Erste Plannotizen zur Gartenlaube, niedergeschrieben in meiner Zelle Nr. 47 im Landesgefängnis Hubertusburg, Anfang Oktober 1852« fand man im Nachlaß dieses demokratischen Patrioten. Das Konzept der Gartenlaube entwickelte er, als Umstürzler verdächtigt und zu einer neunmonatigen Haftstrafe verurteilt.

Gegenüberliegende Seite:

Die Gartenlaube, *Titelblatt der ersten Nummer (Januar 1853). In den siebziger Jahren hatte das Blatt die für damalige Verhältnisse ungewöhnliche Auflage von 400 000 Exemplaren erreicht: die »geradezu exemplarische Verkörperung des Typs Familienblatt« (E. Zahn).*

Brehm (1829–1884), der bekannte Reiseschriftsteller Friedrich Gerstäcker (1816–1872), der dazu beiträgt, die G. zum Lieblingsblatt der im Ausland lebenden Deutschen zu machen, und die Unterhaltungsschriftstellerin Eugenie Marlitt (eig. E. John, 1825–1887), deren Bestseller in der G. als Fortsetzungsabdrucke erscheinen. Mit seinen Artikeln *Aus den Sprechstunden eines Arztes* und seinen Ratschlägen *An die Dummen, welche nicht alle werden*, ist Prof. Dr. Carl Ernst Bock (1809–1874) sozusagen als »medizinisches Hausfaktotum« vertreten.

1863 wird das Blatt eines ungeschickten Artikels wegen in Preußen verboten. Auf Anraten eines Freundes schreibt Keil an Ministerpräsident Otto von Bismarck und bittet um dessen Fürsprache beim König. Noch auf dem Schlachtfeld von Königgrätz unterstützt Bismarck das Gesuch um Zurücknahme. König Wilhelm willigt ein, und am 9. Juli 1866 ergeht der Befehl zur Wiederfreigabe.

Die G. gelangt 1884 an den Verlag Adolf Kröner, wird seit 1938 unter dem Titel »Die neue Gartenlaube« weitergeführt und geht 1904 an den Berliner August Scherl Verlag über. Sie erscheint bis 1944, zuletzt allerdings nur noch in monatlicher Folge. »Über Land und Meer«, »Illustrierter Hausfreund«, »Der Familienfreund« sind einige der sehr zahlreichen Nachahmungen der G., als deren Blütezeit etwa das Jahr 1880 angesehen werden kann.

Lit.: W. Haacke, *Die Zeitschrift – Schrift der Zeit.* Essen 1961. – *H. Klüter (Hg.), Facsimile Querschnitt durch die Gartenlaube.* Bern/Mchn. 1963 (mit einem Essay von Eva Zahn). – *Herzensangelegenheiten. Liebe aus der Gartenlaube.* Mit einem Nachwort von Marianne Bernhard. Dortmund 1978 (die bibliophilen Tb., 26).

Unten: *Der Küchenchef des Gasthofes »Zur Stadt London« empfiehlt am 7. Juni 1839 »Lungenbraten ordinär« als einfaches Gericht und für gehobene Ansprüche »Rehrücken mit Trüffeln, Eistorte, Grand Vin de Château Lafitte und Cognac de France.*

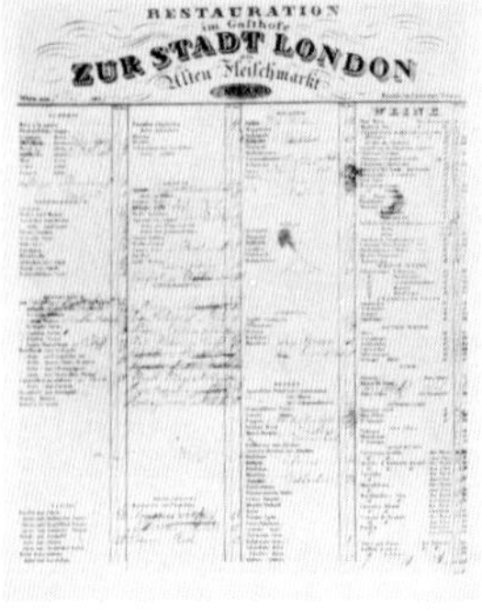

Gasthaus

Gastgewerbe und Hotellerie prosperieren im Biedermeier, denn mit dem Aufkommen von → *Eisenbahn* und Schiffsverkehr (→ *Dampfschiff*) wird es Mode zu reisen. Man fährt ins → *Bad*, besucht, um sich zu bilden (→ *Reisen*), fremde Länder oder auch nur, um die vielbestaunten Neuheiten selbst auszuprobieren. Der Gasthof wird Stätte der → *Geselligkeit*, man schließt leicht Reisebekanntschaften, die unterschiedlichsten Stände begegnen sich. Als auch das Kleinbürgertum zu reisen beginnt, sondern sich die »besseren« Herrschaften ab und werden exklusiv, so entstehen ausgesprochene Nobelherbergen. Sonst aber ist die »table d'hôte«, der große, allgemeine, jedem Gast gedeckte Tisch, für die vielfältigsten Begegnungen gut. Entlang landschaftlich schöner Reiserouten, in den Städten, vor allem in der Umgebung von Bahnhöfen, überall entstehen neue Gasthöfe, die eines gemeinsam haben: Es sind geräumi-

No. 1. 1853.

Beiblatt zum Illustrirten Dorfbarbier. — Verantwortlicher Redakteur **Ferdinand Stolle.**

Wöchentlich ein ganzer Bogen mit Illustrationen.

Durch alle Buchhandlungen und Postämter für 10 Ngr. vierteljährlich zu beziehen.

An unsere Freunde und Leser!

Grüß Euch Gott, lieben Leute im deutschen Lande!

Zu den vielen Geschenken, die Euch der heilige Christ bescheert hat, kommen auch wir mit einer Gabe — mit einem **neuen Blättchen!** Seht's Euch an in ruhiger Stunde. Was wir wollen und bringen — das Alles können wir Euch freilich nicht im Voraus sagen und aus der ersten Nummer werdet Ihr's auch nicht ganz ersehen können; wir hoffen indeß, es soll Euch gefallen.

Wenn Ihr im Kreise Eurer Lieben die langen Winterabende am traulichen Ofen fitzt oder im Frühlinge, wenn vom Apfelbaume die weiß und rothen Blüthen fallen, mit einigen Freunden in der schattigen Laube — dann leset unsere Schrift. Ein Blatt soll's werden für's Haus und für die Familie, ein Buch für Groß und Klein, für Jeden, dem ein warmes Herz an den Rippen pocht, der noch Lust hat am Guten und Edlen! Fern von aller raisonnirenden Politik und allem Meinungsstreit in Religions- und andern Sachen, wollen wir Euch in wahrhaft guten Erzählungen einführen in die Geschichte des Menschenherzens und der Völker, in die Kämpfe menschlicher Leidenschaften und vergangener Zeiten.

Dann wollen wir hinauswandern an der Hand eines kundigen Führers in die Werkstätten des menschlichen Wissens, in die freie Natur, zu den Sternen des Himmels, zu den Blumen des Gartens, in die Wälder und in die Eingeweide der Erde, und dann sollt Ihr hören von den schönen Geheimnissen der Natur, von dem künstlichen Bau des Menschen und seiner Organe, von Allem, was da lebt und schwebt und kreucht und schleicht, was Ihr täglich seht und doch nicht kennt. Und was außerdem noch von Interesse ist im Thun und Treiben der Menschen — Ihr sollt's finden in unserm Blättchen, das zu alle den Dingen, die wir Euch bieten, auch noch verzierende und erklärende **Abbildungen** bringt von anerkannten Künstlern.

So wollen wir Euch unterhalten und unterhaltend belehren. Ueber das Ganze aber soll der Hauch der Poesie schweben wie der Duft auf der blühenden Blume und es soll Euch anheimeln in unsrer **Gartenlaube**, in der Ihr gut-deutsche Gemüthlichkeit findet, die zu Herzen spricht.

So probirt's denn mit uns und damit Gott befohlen!

Ferdin. Stolle, Redakteur. **Ernst Keil,** Verleger.

Die **Gartenlaube** erscheint wöchentlich mit vielen **Illustrationen** und kostet für die Abonnenten des Dorfbarbiers vierteljährlich nur 10 Ngr. Alle Buchhandlungen und Postämter nehmen Bestellungen an.

Leipzig, Ende December 1852.

Die Verlagshandlung.

ge, stattliche, einladende Häuser an belebtem Platz, die über mehrere Säle, rund 40 Zimmer, Remisen für Wagen und Ställe für die Pferde der Gäste verfügen, denn die konventionelle Reisekutsche bleibt noch lange Konkurrenz der Bahn.

Berühmt werden die »Krone« in Aßmannshausen am Rhein, in der 1844 der Dichter Ferdinand Freiligrath (→ *Fliegende Blätter*, → *Literatur*) sein *Glaubensbekenntnis* schreibt:

»In Aßmannshausen in der Kron',
Wo mancher Durst'ge schon gezecht,
Da macht ich gegen eine Kron'
Dies Büchlein für den Druck zurecht.«

In Baden-Baden entsteht mit dem »Konversationshaus« ein typischer Biedermeierbau (heute abgerissen), vornehmstes Logis am Platz sind das »Hotel de France« und der »Badische Hof« (1807–1830). In → *Berlin* wohnt man nobel im »Hotel de Russie« (1837) an der Schloßbrücke, im »Stadt Rom« oder im »Hotel de Petersbourg« (1837) Unter den Linden, das als Dorado der Feinschmecker gilt; 1845 wird das Bierhaus »Siechen« gegründet. In Bremen steigt man im »Uekermannschen Gasthof« (1818–1838) ab, in → *Dresden* verkehren um 1835 → *Ludwig Richter* (1803–1884; → *Malerei*) und viele andere Künstler mit Vorliebe im »Mutterwitz«, draußen in Loschwitz. In Hamburg sind 1836 »Die alte Stadt London«, das »Hotel de Petersbourg« und das »Hotel de Russie«, alle am Jungfernstieg, erste Adressen, in Heidelberg das vornehme »Prinz Carl« (1830) am Markt und der 1836 eröffnete »Holländer Hof«. → *München* besitzt im Jahr 1820 bereits 62 Brauereien, denen meist eine Gaststätte angeschlossen ist, die in der Regel zwar höchsten Ansprüchen bürgerlichen Appetits, nicht so sehr aber dem Gaumen des Feinschmeckers genügt. Auch König → *Ludwig I.* vermißt in München ein erstklassiges Hotel, und erst der Minister Karl von Abel (1788–1859; → *München*) erfüllt dem König diesen Wunsch mit dem Bau des »Bayerischen Hofes« am Promenadeplatz.

Das Stuttgarter »Eberhardt« (1838) ist als erstes Hotel gleich mit dem Bahnhof verbunden, man gelangt unmittelbar von der Halle in die Gasträume. Wohnkomfort, → *Geselligkeit* und die Bequemlichkeit, die Stätte der Übernachtung mühelos zu erreichen, werden gleichgestellt mit der Qualität des Essens, das dem Gast gereicht wird. Für beides muß dieser oft tief in seinen Geldbeutel greifen. Die meisten G. servieren allerdings einfache Kost, es gibt Suppe und Braten, Gemüse, Wein, Bier – Gerichte, die leicht zuzubereiten und aufzutischen sind, anspruchslos wie das Essen, das Herrn Biedermeier zu Hause vorgesetzt wird. In einfachen Kreisen scheint man auch mehr Wert auf große Mengen als auf geschmackliche Finessen zu legen.

Auszüge aus dem Gedicht *An Hoffmann von Fallersleben*, in dem Ferdinand Freiligrath nach einer Zusammenkunft im »Riesen« in Koblenz das Hotelleben zur Zeit der Talgkerzen und das Dichterleben am Rhein schildert.

». . . Denk ich wieder, wie im Traum,
Jener Nacht im Riesen,
Wo wir den Champagnerschaum
Von den Gläsern bliesen;
Wo wir leerten Glas auf Glas,
Bis ich alles wußte,
Bis ich deinen ganzen Haß
Schweigend ehren mußte.

Also ward es rasch zwei Uhr!
Trocken die Pokale,
Und der jüngste Kellner nur
Harrte noch im Saale!
Schnarchend lag der kleine Mann
In des Sessels Hafen,
Und wir sagten: »Der Géant,
Wahrlich, ist entschlafen!«

Endlich stand der Junge wach,
Nahm das Licht verdrossen;
Wirr aus seinem Schlafgemach
Kam ein Lord geschossen;
Du doch stiegst die Trepp' hinauf,
Derb und nagelschuhig;
Schriebst noch in mein Stammbuch drauf:
»Cobelenz ist ruhig!«

Wieder hat seit jener Nacht
Herbes dich betroffen!
Strom und Frühling sind erwacht –
Hoffmann, wolle hoffen!
Hoff' und laß der Marken Sand!
Mach dich auf die Beine!
Deutscher Männer deutsche Hand
Wartet dein am Rheine. . . .«

Im Münchner Bockkeller 1830. *Gemälde von Franz Xaver Nachtmann. Mit dem beliebten Maifest öffnet der Bockkeller seine Hallen und übt eine magnetische Anziehungskraft auf die Münchner Bürger aus, die den Genüssen des Lebens – mit Ausnahme der gebotenen Fast-Freitage und Quatember – durchaus zugetan sind.*

Aus Frankreich verbreitet sich bald schon die Art des feinen Speisens außerhalb der eigenen Häuslichkeit, das Gastgewerbe für den Gourmet. 1833 veröffentlicht Marie-Antoine Carême (1784–1833) seine *Kunst der Französischen Küche im 19. Jahrhundert;* sein berühmter Kollege, der »Küchenpapst« Jean Anthelme Brillat-Savarin (1775–1826), hat bereits 1825 *La physiologie du goût* herausgebracht (in deutscher Sprache 1865 unter dem Titel *Physiologie des Geschmacks* erschienen) und die Maxime erhoben: »*Sage mir, was du ißt, und ich sage dir, was du bist.*«

Berühmtes Beispiel eines Vielschreibers und Vielessers gibt zu Beginn der dreißiger Jahre der Dichter Honoré de Balzac (1799–1850; → *Literatur*): er verschlingt auf einen Vorschuß seines Verlegers hin in einem Pariser Restaurant »*100 Austern, 12 Lammkoteletts, 2 Rebhühner, eine gebratene Seezunge frisch aus Ostende*« hintereinander zu einem einzigen Mahl.

So bescheiden man zu Hause tafelt, manche »besseren« G. und Restaurants überbieten sich oft mit dem Feinsten: mit Fischen (Aal, Steinbutt) und Saucen (Kapern, Burgunder), Suppen (Schildkröt, Geflügelcreme) und Fleisch (Filet, Hammelkeule, papriziertes Reh, Haselhühner), Gemüsen (Artischocken) und Desserts (Buttercremetorten, Plumpudding, Fruchtspeisen aus Maraschinokirschen, für besondere Feinschmecker der

Rumtopf als Abschluß des Essens). All dies speist man, während anderswo nackte Not und Hunger herrschen und erste Ansätze zur Einrichtung von Volks- und Armenküchen über Versuche nicht hinauskommen.

Die »table d'hôte« der meisten G. gibt sich einfacher; ein vielfältiges Publikum soll dort zufrieden satt werden, und deshalb orientiert man sich noch über die Jahrhundertmitte hinaus am Durchschnittsgeschmack, der auch dem eilig Durchreisenden gerecht wird.

Lit.: F. Rauers, *Kulturgeschichte der Gaststätte.* 2 Bde. Bln. 1942.

Friedrich von Gentz

(* 2. 5. 1764 Breslau; † 9. 6. 1832 Weinhaus bei Wien)

Der spätere Publizist und Staatsmann studiert zunächst in Frankfurt und Königsberg, schwärmt für Rousseau und Kant, wird 1786 geheimer Sekretär beim Generaldirektorium, der obersten preußischen Verwaltungsinstanz in Berlin, 1793 Kriegsrat und gilt als Wortführer der → *Restauration.* Zu Beginn ist er überzeugter Anhänger der Französischen Revolution, begeistert sich für die großen Ziele von Freiheit, Gleichheit und Brüderlichkeit. Als das Geschehen in Frankreich jedoch immer blutiger und chaotischer wird, wandelt sich Gentz in einen fanatischen Gegner. Ab 1795 beginnt er zwar seine konservative Haltung wieder zu mäßigen, gelangt zu liberaleren Ansichten, setzt sich bei König → *Friedrich Wilhelm III.* von Preußen für Pressefreiheit und auch für ein geeinigtes Deutschland, allerdings in der Staatsform der Diktatur, ein. 1801 erscheint seine Schrift *Über den Ursprung und Charakter des Kriegs gegen die Französische Revolution*, 1801/1802 *Über den politischen Zustand von Europa vor und nach der Revolution.*

Der Publizist und Staatsmann Friedrich von Gentz. Gemälde von Thomas Lawrence.
Seiner alten Herzensfreundin Rahel Varnhagen vertraut der 65jährige Hofrat, politischer Handlanger und Intimus Metternichs, in einem Brief mit größter Aufrichtigkeit das Geheimnis seiner späten, jeglicher Vernunft entbehrenden Leidenschaft zu Fanny Elßler an: »Daß ich mich noch verlieben könnte, hielt ich für unmöglich und fühlte doch, daß ich zuletzt auf diesen Punkt noch einmal gelangen müßte, um meiner [durch eine Kur in Badgastein] *erneuerten und verjüngten Existenz recht froh zu werden . . .«*

Auch Gentz' anfängliche Verehrung → *Napoleons* kehrt sich bald ins Gegenteil: je mächtiger Bonaparte wird, als desto glühenderer Verfechter des Kampfes gegen ihn tritt er auf. 1802 wechselt er in den österreichischen Staatsdienst, 1809 wird er Berater und Vertrauter → *Metternichs* und seine Gesinnung von da an gänzlich reaktionär-konservativ. Für die Freiheitskriege bringt er keine Begeisterung mehr auf, beim → *Wiener Kongreß* spielt er eine wichtige Rolle bei der Formulierung restaurativer Grundsätze, ebenso 1815 auf dem Aachener Kongreß und 1819 in Karlsbad. Ein liberaler Mann wie der Freiherr vom Stein nennt ihn einen Menschen »*von vertrocknetem Gehirn und verfaulten Herzen*«. 1819 schreibt Gentz an Adam Müller, »*nicht bloß das revolutionäre System, sondern jedes auf dem Prinzip der Teilung der Gewalten beruhende Repräsentativsystem, insoweit dies durch von oben herab ausgesprochene Grundsätze bewirkt werden kann*«, sei durch die Wiener

Ministerkonferenzen »*für Deutschland unwiderruflich gestürzt*«. Gentz ist Protokollführer und erster Sekretär auch der Kongresse von Troppau (1820), Laibach (1821) und Verona (1822), er formuliert die Beschlüsse, redigiert alle Deklarationen und Manifeste anderer und erweist sich vor allem als Fürsprecher der Zensur (→ *Pressewesen*) und Gegner der Pressefreiheit. Sein Haß gegen das Pressewesen treibt groteske Blüten. »*Es bleibt*«, schreibt er an Müller, »*bei meinem Satze: ›Es soll zur Verhütung des Mißbrauchs der Presse binnen Jahren gar nichts gedruckt werden. Punktum.‹ Dieser Satz als Regel, mit äußerst wenigen Ausnahmen, die ein Tribunal von anerkannter Superiorität zu bestimmen hätte, würde uns in kurzer Zeit zu Gott und zur Wahrheit zurückführen.*«

In hohen Jahren faßt Gentz noch eine heftige Neigung für die junge, kaum neunzehnjährige Tänzerin Fanny Elßler (→ *Ballett*), ganz → *Wien* zerreißt sich den Mund über diese Affäre, aber die kleine Tänzerin liebt auch den alternden Politiker. ». . . *ein himmlischer Abend; anderthalb Stunden brachte ich mit ihr im Bette zu*«, schreibt dieser in sein Tagebuch und schwärmt von »*ihrer ganzen himmlischen Schönheit*«. Metternich bemerkt dazu bissig: »*Die romantische Liebe bei Greisen nützt den Geist bald ab und führt das Ende herbei.*«

Lit.: G. Mann, *Friedrich von Gentz. Geschichte eines europäischen Staatsmannes.* Zürich und Wien 1947.

Geselligkeit

Die Häuslichkeit, die Geselligkeit in Familie und Freundeskreis spielt im Biedermeier eine sehr große Rolle und wird zur seelisch-geistigen Grundlage biedermeierlicher Kultur. Man findet sich zusammen, um gemeinsam zu singen und zu musizieren, geht ins → *Theater*, ins Konzert und besucht die Oper, trifft sich zur Diskussion und Konversation im → *Salon*, am Stammtisch oder im Bürgerverein und vergnügt sich im Casino, beim Tanz und auf Redouten (→ *Musik*, → *Musikalische Soirée*, → *Verein*). Das Volkslied wird gepflegt, beim Lieblingsgetränk der Zeit, der Bowle (im Winter Punsch), werden Scherzgedichte vorgetragen, Rätsel aufgegeben, Scharaden gespielt, lebende Bilder gestellt. Die Bewirtung ist einfach: Nachmittags gibt es Tee oder Kaffee, abends Bier und für junge Leute Braunbier, für ältere Bitterbier; Wein wird nur selten zu besonders festlichen Gelegenheiten gereicht. Das Miteinandersingen hebt die Stimmung jeder Tischgesellschaft.

»*Freut euch des Lebens,*
Weil noch das Lämpchen glüht,
Pflücket die Rose,
Eh' sie verblüht«,

Eine beliebte Form der Pfandauslösung beim Pfänderspiel, die Gelegenheit zu zarter Annäherung bot, hieß »Den Hasenkuß geben«:

»Man bittet eine Person entgegengesetzten Geschlechtes, das Ende eines ziemlich langen Fadens in den Mund zwischen die Zähne zu nehmen, thue selbst desgleichen, spanne den Faden aus und ziehe ihn dann, mittelst der Lippen, in den Mund hinein, so lange, bis sich beide mit dem Munde so genähert haben, daß sie sich umarmen und küssen können.«

Die Wasserfahrt auf der Spree, *Gemälde von Wilhelm Schütze (1814–1878). Der Berliner Genremaler des Biedermeier findet die Motive für seine Gemälde meist im bürgerlichen Milieu.*
Im geselligen Umgang, der Art, wie man sich mit Spiel, Scherz und Unterhaltung die Zeit vertreibt, äußert sich im sogen. Reaktionszeitalter, das zugleich das Zeitalter des Biedermeier ist, eine Einfalt, nahezu schon Anspruchslosigkeit des Gemütes, der man heute ziemlich verständnislos gegenüberstehen dürfte.

ist das nahezu programmatische, jedenfalls meistgesungene Gesellschaftslied. Man besucht einander ganz spontan in der Alltagskleidung, die Allzweckkleidung ist (→ *Mode*), keine Hausfrau geniert ein unerwarteter Gast.

Als Hauptattraktion jeder Geselligkeit erweist sich das gemeinsame Spiel. Im Café spielen die Herren Schach, Skat, Karten, Boule oder Billard, das mit den napoleonischen Truppen nach Deutschland kam, aber erst 1827, als der Franzose Meugand die für Effet-Stöße unumgängliche Lederkuppe am Queue einführt, viele Anhänger findet. In vornehmeren Salons gehören L'hombre oder Whist zu den bevorzugten Partien. In Frankreich kommen als eine Errungenschaft der französischen Juli-Revolution und des Regime des »Roi égalité« Spieltische für alle Klassen in Mode: Der kleine Mann kann 20 Sous setzen oder der Reiche 10 000 Francs.

In Bürgerkreisen, zu Hause, liebt man es einfacher. Jedoch dienen Gesellschaftsspiele auch dazu, sich zu bilden oder fremde Sprachen anzueignen. Eine geistreiche Unterhaltung aus dem Jahr 1820 z. B. sind *20 deutsche Bilder-Rätsel, Hieroglyphen, Calembours und Rebus*, in Form von kolorierten Bild-Karten mit einem Heftchen zur Spielanweisung. Aus der ersten Hälfte des Jh.s stammt ein Frage- und Antwortspiel in deutschfranzösisch mit Themen aus Geschichte und Geographie. *Das Lustige Hanswurstspiel* – mehr zum Spaß und zur Unterhaltung – setzt sich aus dreisprachigen Bildkarten mit komischen Hanswurstiaden, Würfel- und Spielanweisung zusammen, die in einem Papeteriekästchen mit koloriertem Titelblatt aufbewahrt werden. *Groteske Erzählungen* heißt ein Spiel aus dem Jahr 1835, das aus Textkarten mit Satzteilen besteht, die beim Zusammensetzen komische Texte ergeben. In der ersten Hälfte des Jh.s »spricht« bzw. spielt man *Die Blumensprache* mit gedruckten Karten, welche die Bedeutung einzelner Blumen und Zweige haben und beim Spiel zu passenden »Sträußchen« zusammengestellt werden. *Der Wanderer nach allen Welttheilen* heißt ein Gesellschaftsspiel um 1820/30 mit Textkarten und der Beschreibung einzelner Länder in deutsch und französisch auf jeweils handkolorierten, gestochenen Bildkarten. *Petite Galerie d'Histoire Naturelle* nennt sich ein zierliches, kleines Büchlein über einzelne Sachgebiete wie Blumen, Schmetterlinge u. a., ebenfalls im Papeteriekästchen. In die Kategorie beliebter Gesellschaftsspiele gehören auch Zusammensetzspiele, Prägebilder mit einer Anzahl von Bildteilen, die nach Vorlage zusammenzusetzen sind, Domino und Puzzles (um 1830) mit Motiven wie Christabend oder Kirchweih.

Bei schönem Wetter fährt man mit Sack und Pack

Die mannigfachen Gesellschaftsspiele des Biedermeier sind eine Art aktiven Zeitvertreibs. Noch bequemer ist es, sich unterhalten oder etwas vormachen zu lassen. Die Fahrt auf der Achterbahn bietet willkommenen Anlaß, sich zu amüsieren, zu zerstreuen, aber auch sich zu zeigen und zu promenieren.

und Picknickkörben aufs Land, spielt im Freien Blinde Kuh, Pfandauslöse, Fangen und in behaglicher Runde dieselben Spiele wie im Zimmer. Vergnügungen wie Schwimmen und → *Sport* sind noch lange tabu, Kahnpartien sehr populär. Zu besonderen Erlebnissen werden Ausflüge an beliebte Orte, zu festlichen Ereignissen oder Volksfesten (→ *Volksbelustigung*).

Lit.: A. von Gleichen-Russwurm, *Geselligkeit. Sitten und Gebräuche der europäischen Welt 1789–1900*. Stg. 1909.

Gesinde

In einer Epoche, in der die Ärmsten – der »Vierte Stand« – (→ *Proletariat*) unter härtesten Bedingungen arbeiten müssen und dabei oft nicht einmal den minimalsten existenznotwendigen Lebensunterhalt verdienen, scheint das Hausgesinde fast privilegiert. Es lebt in der geordneten Gemeinschaft des bürgerlichen Hauses, die »Gesindestube« oder »-kammer« ist sicher nicht luxuriös möbliert, aber immerhin mit dem Nötigsten wie Bett, Schrank, Stuhl und Licht ausgestattet: Magd und Knecht, Zofe, Kindermädchen oder Köchin gehören zum Haushalt (→ *Alltag*, → *Familie*), wohnen mit den »Herrschaften« und werden von ihnen bezahlt, verköstigt, gekleidet – wenn auch einfach, so doch regelmäßig. Einfarbige Schürzen, Kattunkleider und -häubchen

Dresdner Hausgesinde in floribus *nannte Peter Lyser sein Sittengemälde, das die Emanzipation des Dienstpersonals demonstriert: Ratlos nimmt die überraschend eintretende Hausfrau das lässige Tun und Treiben in den eigenen vier Wänden ihrer Küche zur Kenntnis. In einer Zeit, in der der »Maulkorb« zum ständigen Begleitutensil der öffentlichen Meinung gehörte, zählten die »Küchenmenscher« zu den wenigen, die ungeniert den Mund aufmachten.*

gehören zum Besitzstand des G.s, der Anspruch auf Lohn und Verpflegung bietet eine gewisse Sicherheit; da jederzeit und unangemeldet Besuche kommen können (→ *Geselligkeit*, → *Wohnkultur*), kann es sich niemand leisten, seine Bedienerin verwahrlosen oder gar hungern zu lassen. Ein Ratgeber für den Umgang mit dem Personal aus dem Jahr 1817 beweist, welche Ansprüche die Hausfrau gegebenenfalls zu befriedigen hat: »*An Wochentagen gibt man den Dienstboten zwei Teller voll Suppe, ebensoviel Zukost und ein Pfund Fleisch. Zur Nacht Suppe und Zuspeis, bleibt von mittags Fleisch übrig desto besser für sie, wo nicht, so können sie keinen Anspruch darauf machen. – Man gibt ihnen Braten alle Sonntag und Feiertag. Man kann aber auch jeder anstatt dem Braten fünf oder sechs Groschen geben.*« Dieser »gute Rat« dürfte angesichts der Bescheidenheit, die in der biedermeierlichen Küche und auch bei Tisch herrschte, wohl zumeist Theorie geblieben sein.

»Gottgefälliges Betragen und Reinlichkeit sowie an Pflichten gegenüber der Herrschaft: Ehrfurcht, willigen Gehorsam, Bescheidenheit, Verschwiegenheit, Ehrlichkeit« heißen die Tugenden, die im *Lesebuch für dienende Mädchen*, 1830 im Königlichen Zentral-Schulbücherverlag zu München erschienen, von einer Magd als Köchin, Kinder- oder Stubenmädchen verlangt werden.

1840 entlohnt man ein Dienstmädchen mit 96 bis 100 Taler im Jahr, von den Geschenken zu Festtagen abgesehen. Die Herrschaft andererseits kann – weil »Dienen« sozusagen ein privilegiertes Dasein im Arbeitsleben bedeutet – beliebig wählen, unbillige Befehle erteilen, entlassen, auch einfach wegschicken; sie ist allerdings auch nicht gefeit gegen den Klatsch, den das Dienstpersonal aus dem Haus trägt. Private Freiheiten werden wenig gebilligt; für grobe Fehler gibt es kein Pardon, ein uneheliches Kind z. B. hat sofortige Entlassung zur Folge, denn Gesetze zum Arbeitsschutz sind mehr als dürftig oder kaum in Ansätzen vorhanden.

Der Tag Mariae Lichtmeß, der 2. Februar, gilt als Termin für Ein- und Ausstellung; zu diesem Datum kündigt man oder stellt neu ein. »*Machen wir Lichtmeß zusammen!*« heißt es bei Magd oder Knecht, wenn sie der Hausfrau ihren Dienst aufsagen wollen. Im Zeugnis steht dann: »*. . . hat bis Lichtmeß treu gedient.*« Stichtag im Herbst ist der 29. September, der Michaelitag.

Lit.: Th. Vormbaum, *Politik und Gesinderecht im 19. Jh.* Bln. 1980

Glas

Der Übergang vom Klassizismus zum Historismus, der sich im Biedermeier vollzieht, spiegelt sich vor allem in der Glaskunst jener Zeit. Bis in die Mitte der dreißiger Jahre fertigt man kunstvolle und reich geschliffene Kristallgläser, farblos, dickwandig, und verziert sie, vor allem Geschenk- und Andenkengläser, mit zum Teil sehr kompliziert gestalteten Mustern. Gläser für den Alltag werden allerdings kaum oder überhaupt nicht geschliffen, sie sind massiv und haben eine gefällige Gebrauchsform. Seit 1840 produzieren vor allem die böhmischen

Hütten gefärbte Gläser und farbige Überfanggläser (Hohlgläser aus zwei oder mehr verschiedenen dünnen farbigen Schichten, oft mit phantasievollen Durchschliffen), die besonders bezeichnend für das Biedermeier sind, und stellen außerdem geschliffene, reich und bunt bemalte Gläser mit prächtigem Goldschmuck, Gravierungen, Bemalungen und eingelassenen Medaillons her. Beliebt sind Gläser, die reliefartige Darstellungen ganzer Landschaften, Städteveduten, Porträts, Schlachtenbilder und den schwierigen Überfangreliefschnitt als Verzierung zeigen.

Als Besonderheit aus Wien kommen Geschenkgläser mit Transparentmalerei, einer Maltechnik mit lichtdurchlässigem Farbenemaille. Erfinder dieser Veredelungstechnik ist der Porzellanmaler Samuel Mohn (1762–1815), der seine Gläser hauptsächlich für gesellschaftlich wie finanziell gutsituierte Kreise bemalt; der Wiener Anton Kothgasser (1769–1851) hat diese Technik weiterentwickelt und verfeinert.

Böhmen wird für die Produktion des Biedermeierglases zu einer Domäne schlechthin; in böhmischen Hütten und Werkstätten fertigt man Gläser in einer Vielzahl von leuchtenden Farben und Schliffen und in den verschiedenartigsten Formen: Becher mit breiten Füßen, Tulpen, Pokale mit und ohne Deckel, Zylinderformen, konische Becher mit ausgeschliffenem Fußteil, Tafelaufsätze, glockenförmige Becher und Fußbecher. Hauptmeister des böhmischen Glasschnitts ist Dominik Biemann (1800–1857), Porträts und Jagdszenen gehören zu seinen häufigsten Motiven, der sich 1829 und 1831 an der Prager Industrieausstellung beteiligt und 1834/35 nach → *Berlin* reist, um die Königliche Familie in G. zu porträtieren.

Zu Trinkgläsern kommt eine Fülle sonstiger Gebrauchsgläser, Parfumflacons aus weißem Alabasterglas, Tafelaufsätze, Schüsseln und Ziergegenstände aus G. Besonderer Beliebtheit erfreut sich der »Ranftbecher« – auch Kothgasser verwendet ihn als bevorzugtes Objekt –, der sich nach oben weitet, graviert, bemalt und vergoldet wird und einen dicken, facettierten oder kannelierten Fuß hat. Häufig schmücken senkrechte Kerbschliffe den Rand (Ranft) des Gefäßbodens, die Standfläche wird mit einem mehrteiligen Bodenstern verziert. Aus dem Jahre 1828 stammt die erste Nachricht über Friedrich Egermanns (1777–1866) Erfindung des »Steinglases« mit Halbedelstein- oder Marmoreffekt.

In keiner anderen Stilrichtung zuvor lösen sich beim G. soviele verschiedene Geschmacksrichtungen ab wie im Biedermeier, die untereinander zwar durch den modischen Stil der Zeit verbunden sind, sich aber nicht zwingenden Stilgesetzen unterwerfen lassen.

Lit.: W. Spiegel, *Biedermeier-Gläser*. Mchn. 1981.

Glückwunschkarten

Die Glückwunschkarten, 1786 von dem Graphiker und Verleger Hieronimus Löschenkohl in → *Wien* eingeführt, stehen symbolisch für biedermeierliches Gesellschaftsleben und Unterhaltung wie auch für die Umstände, die bewirken, daß sich der Bürger an solchen Dingen freuen kann.

Die Idee zur G. leitet sich von der Visitenkarte ab, die ein Besucher zurückläßt, wenn die Herrschaften nicht zu Hause sind. Solche Visitenkarten, zuerst sehr nüchtern gehalten, wandeln sich bald zu kostbar gestalteten Besuchskarten, diese wiederum zu Wunschbilletts, die anstelle eines persönlichen Glückwunsches übersandt werden.

Herr und Frau Biedermeier entfalten einen üppigen, blühenden Freundschaftskult mit den vielfältigsten Bezeugungen ihrer Gefühle. Während des ganzen Jahres gibt es zahlreiche Anlässe, sich zu beglückwünschen und der gegenseitigen Freundschaft und Zuneigung zu versichern. Man besucht sich (→ *Gesellschaft*), schreibt ins Album oder → *Stammbuch* empfindsam-moralisierende Verse, meist holprig selbstgereimt und gut gemeint, schmückt sich mit Andenkenringen (→ *Schmuck*) und sendet Briefchen mit Grüßen und Wünschen: Zu Neujahr, Geburtstag, Hochzeit, Taufe, Weihnachten, aber auch ohne äußeren Grund, nur um Glück zu wünschen, Mut zuzusprechen, Liebe zu beteuern, eine Werbung anzukündigen oder treues Gedenken zu bestätigen. Und weil nicht jedermann so wortgewandt wie mitteilungsbedürftig ist, erwächst daraus bald ein gesundes Gewerbe, die Industrie der G.

Zentrum zu Beginn des Jahrhunderts ist → *Wien;* mehr als vierzig Fabriken nehmen Künstler, Reimeschmiede, auch als Heimarbeiter, in Brot und Lohn, der Erfindungsreichtum ufert aus. Einfach bemalte, beschriftete Karten weichen bald kompliziertem Raffinement. Die Transparent- oder Vexierkarten z.B. verändern ihr Bild, je nachdem, wie sie gehalten werden, erlauben auch Frivolitäten, und die hat man gern. Faltkarten sind für Heimlichkeiten geeignet, ebenso Klappkarten und die mit viel Geschicklichkeit geschaffenen zahlreichen Varianten der Hebelzugkarten, die Bild und Botschaft erst freigeben, wenn man die Mechanik betätigt, oder mit plötzlich aufstehenden Figürchen, Püppchen oder Panoramen überraschen. Die »Wiener Kunstbilletts« schließlich gelten als Erzeugnisse von höchstem Luxus.

Der Liebende sendet zarte Spitzenkarten, der Einfallsreiche wählt Collagen, aus feinsten Papieren zusammengeklebt, mit Flitter, Goldstaub, gepreßten Blumen oder Glasperlen besetzt. Der Sammelleidenschaft der Zeit entsprechend werden die bunten Blättchen und Billettchen bald auch beliebter Sammelgegen-

Gegenüberliegende Seite:

Becher, *um 1820, mit silbergelb geätztem Bodenschliffstern und Lanzettschliffborte am unteren Rand. Die Transparentmalerei zeigt das Brustbild Kaiser Franz I. im Ovalmedaillon, das von silbergelb geätzten, am Rand vergoldeten Palmetten bekränzt wird. Lippenrand mit Goldblattdekor, darunter geschnittene Blatt- und Blütenranken. Auf der Rückseite die Goldinschrift: Kaiser Franz I. von Oesterreich.*

Kothgasser-Becher, *um 1830, mit Bodenschliffborte und bis zur eingezogenen Gefäßmitte vergoldetem Fußwulst, oben mit Mäanderfries abgeschlossen. Im breiten Oberrand auf schwarzem Grund silbergelb geätzte Hochovalfelder mit goldgerahmten Querovalfeldern mit Tierkreiszeichen in Sepiamalerei, Goldbuchstaben und -zahlen. Vergoldeter Lippenrand.*

Mohn-Becher *in zylindrischer Form. In Transparentfarben bunt gemalte Ansicht von Dresden mit katholischer Hofkirche, Schloßturm, italienischem Dörfchen, Elbe mit Augustusbrücke und Staffagefiguren mit schwarzem Schriftzug betitelt. Unter dem Lippenrand ein Eichenlaubband.*

Kothgasser-Ranftbecher *um 1830. Silbergelb geätzter Bodenschliffstern, goldstaffierte Ranft-Rippen. Der Wiener Stephansdom in farbiger Transparentmalerei in silbergelb geätzter Rahmung mit Goldblattdekor. Am Lippenrand silbergelb geätzte Goldornamentbordüre. Goldbeschriftung auf der Rückseite: »Domkirche zu St. Stephan in Wien«.*

Oben und gegenüberliegende Seite:

Zugkarte aus dem frühen Wiener Biedermeier, Amor auf dem Boot einherschwimmend. Farbaquatinta, 7,3 × 10,5 cm.

Zieh an mein Kind,
es will dir Jemand
Gratuliren. –
– Und will
bey dir
Einloschi
ren

Phantasie, Ideenreichtum und eine souveräne Beherrschung der Kunst des Zeichnens und freien Komponierens unterschied die Wiener Glückwunschkarten in ihrer Qualität und Einzigartigkeit von den Erzeugnissen aus anderen Städten und Regionen.

stand. Zudem besitzen sie noch einen praktischen Wert: Angesichts der stets und überall schnüffelnden Zensur (→ *Postwesen*) wirken die kleinen, farbigen Boten unverfänglich, und das darauf Vorgedruckte wird durch einen handschriftlich hinzugefügten Satz, oft nur ein Wort, zum Schmuggler für den unerlaubten Meinungsaustausch.

Um 1830 artet die Glückwunschkarten-Manie zur Plage aus, denn Hausierer und caritative Vereine, selbst Bettler, bringen die Karten ungebeten ins Haus und verlangen, besonders von begüterten Bürgern, Geld dafür. Schließlich kommt es so weit, daß die Behörden einschreiten müssen, um das Unwesen einzudämmen.

Lit.: *Freundschafts- und Glückwunschkarten im Biedermeier*, hg. vom Historischen Museum der Stadt Wien. Dortmund 1979 (Die bibliophilen Tb., 134). – H. Egger, *Glückwunschkarten im Biedermeier. Höflichkeit und gesellschaftlicher Zwang*. Mchn. 1980.

Graphik

Die Biedermeierzeit entwickelt großes Gespür und reiche Vielfalt in der Anwendung altüberkommener graphischer Techniken. Die vielen reisenden Künstler (→ *Malerei*, → *Reisen*) führen Skizzenbücher bei sich und halten in feinem Bleistiftstrich, im Atelier dann oft aquarelliert oder mit Sepia übergangen, ihre Eindrücke fest – heute benutzen Reisende dazu einen Photoapparat – oder skizzieren nachträglich aus dem Gedächtnis mit der Feder.

Die Kinderbuchliteratur und ihre obligatorische Illustration provoziert den Stand des Gebrauchskünstlers, den auszuüben sich auch Meister der Zeichenkunst oft nicht zu schade sind. Das gilt auch für Mitarbeiter an → *Bilderbogen* und Journalen (→ *Karikatur*). In Deutschland sind Hauptmeister der Holzschnittillustration: → *Ludwig Richter* (1803–1884) mit Bildern zu G. O. Marbachs *Volksbüchern* (1838–1841), Musaeus' *Volksmärchen* (1842), *Ammen-Uhr* (1843), *Alte und neue Studentenlieder* (1844), Bechsteins *Märchenbuch* (1845), zum *ABC-Buch für große und kleine Leute* von Robert Reinick, zu Andersens *Märchen* (→ *Kinderbücher*) und für die *Sächsischen Volkskalender* Gustav Nieritz', dessen scharf konturierte, vielfigurige, gemütvolle Darstellungen in dieser Frühzeit (1842 ff.) noch nicht das bieder Spießbürgerliche des späten Richter an sich haben: auch Hugo Bürkner (1818–1897), der weniger eigenschöpferisch, sondern als kongenialer Formschneider der Illustrationen Richters, Rethels oder Schnorrs von Carolsfeld tätig ist, und Alfred Rethel (1816–1859) mit Holzschnitten zum *Nibelungenlied* und dem antirevolutionären, doch überaus realistischen *Auch ein Totentanz* (1848).

Um die Jahrhundertwende hatte der Engländer Thomas Bewick (1753–1828) die Technik des Holzstichs erfunden, bei der nicht nur die Kontur, die Linie der Vorzeichnung reproduziert, sondern auch Tonwerte herausgearbeitet werden, indem man, ähnlich wie beim Kupferstich, den Grabstichel für die feinere Behandlung der Holzoberfläche hinzuzieht. Diese Technik

»Wer die nach Tausenden zählenden Wunschkarten der Biedermeierzeit, namentlich die besten derselben aus der damals bedeutendsten Stadt, Wien, nicht kennengelernt hat, dem fehlt der Überblick über eines der erfreulichsten Gebiete aus jenen Tagen.«

Gustav Pazaurek

Sonntagsspaziergang *aus der Karikaturenfolge* Les Métamorphoses du jour *(Verwandlungen von heute) von Ignace Isidore Gérard, gen. Grandville. Zum ersten Mal erprobte der Karikaturist dabei seine spätere Spezialität, die Tier-Mensch-Karikatur. Die farbigen Lithographien machten den Künstler über Nacht berühmt. Grandvilles Erfolg beruhte auf seiner Fähigkeit, pedantisch exakt in immer neuen Variationen Tiere wie Menschen agieren zu lassen.*

macht sich der junge Adolph Menzel (1815–1905, → *Malerei*) mit einem gänzlich nicht-biedermeierlichen Thema zunutze: mit rund 400 Holzschnitten illustriert er Franz Kuglers (1808–1858) *Geschichte Friedrichs des Großen* (1841/42) in meist sehr dem Rokoko nachempfundenen Szenen, Kartuschen, Vignetten und Initialen.

Der Holzschnitt und -stich erlebt auch eine große Zeit in Frankreich: 1835 veröffentlicht Jean Gigoux (1806–1894) 600 Bildvignetten zum *Gil Blas*, ein Jahr später Tony Johannot (1803–1853) Illustrationen zum *Don Quichotte*. Ignace Isidore Gérard, der sich Grandville nennt (1803–1847; → *La Caricature*) debütiert 1829 mit dem *Staats- und Familienleben der Tiere*, einer satirischen Persiflage auf Bürgerleben und Politik seiner Zeit, in der Tiere statt Menschen im zeitgenössischen Habit und Habitus agieren.

Die Stichtechniken (Kupfer, Radierung) verlieren im beginnenden 19. Jh. ihre Bedeutung als Mittel der Reproduktion (wichtige Ausnahme: Francisco Goya; → *Malerei*). Erst nach der Mitte des Jahrhunderts gibt es wieder große Meister dieser Kunst: Um 1820 erfindet Charles Heath (1784–1848) den Stahlstich, er bleibt indessen ohne wesentliche Auswirkung auf die Epoche.

Anders die Lithographie, der Steindruck, zwischen 1796 und 1798 in → *München* von Aloys Senefelder (1771–1834) erfunden: Bei diesem Flachdruckverfahren nutzt man die Eigenschaft der Solnhofener Kalkschieferplatten, Fett und Wasser aufzunehmen, zeichnet mit fetthaltiger Kreide oder Tinte vor, überzieht die Platte mit Säure, die bewirkt, daß nur an der Zeichnung Druckerschwärze haften bleibt und sich auf das Papier überträgt. Dieses Verfahren ermöglicht eine wesentlich raschere Reproduktion als die alten graphischen Techniken. Senefelder publiziert 1818 sein *Lehrbuch der Steindruckerey,* hat jedoch in Deutschland zunächst nur geringen Erfolg. Wieder sind es vor allem die Franzosen, die sie benutzen; seit 1817 schon lithographiert Theódore Géricault (1791–1824), 1820 publiziert er die *Suite anglaise.* Eugène Delacroix (1798–1863) gibt um 1828 den Zyklus *Faust* heraus. Achille Dévéria (1800–1857) verwendet die Lithographie für Plakate und sonstige Gebrauchsgraphik (Modeillustrationen). Vor allem die großen satirischen Zeitschriften greifen die Neuheit begierig auf, Daumier und Grandville (→ *La Caricature,* → *Le Charivari*), die großen Meister dieser Epoche, entwickeln sich bald zu Virtuosen der Ausdruckskraft und Ausdrucksmöglichkeit durch lithographisches Verfahren.

Lit.: H. Hofstätter (Hg.), *Geschichte der Kunst und der künstlerischen Techniken.* Mchn. o. J.

Friedrich der Große. Holzschnitt nach einer Zeichnung von Adolph Menzel (1815–1905) aus Franz Kuglers Geschichte Friedrichs des Großen.

Franz Grillparzer

(* 15. 1. 1791 Wien; † 21. 1. 1872 Wien)

Grillparzer studiert zunächst die Rechte, wird 1811 Erzieher in einem gräflichen Hause und tritt 1813 bei der K. K. allgemeinen Hofkammer in den Staatsdienst. 1824 avanciert er zum Hofkonzipist, 1833 zum Archivdirektor bei der Hofkammer, läßt sich 1856 in den Ruhestand versetzen, wird zum Hofrat und 1861 zum lebenslänglichen Reichsrat ernannt. Bereits seit 1847 ist er Mitglied der Akademie der Wissenschaften. 1819 hat er Italien bereist, 1826 und 1847 besucht er Deutschland und 1843 die Türkei und Griechenland.

Oberflächlich besehen ein rechtes Biedermeier-Leben: gesichert, mit Titeln und Ehren versehen, ruhig und geordnet und ruhmgekrönt als erster Dichter der Burg. Nur – Grillparzer lebt unverheiratet und innerlich einsam. »*Er hat von Haus aus den Tod im Herzen gehabt und ist verschlossen auf der Sonnenseite*«, urteilt der Dichterkollege Heinrich Laube. »*Aber jede rauhe Berührung so peinlich empfinden wie er, vom ersten Schritt auf seinem Wege, trotz allem Erfolg und allen Triumphen, in falsches Licht gestellt sein wie er, immer mißverstanden, immer gebeugt werden unter ein unerträgliches Joch, das hieß für ihn ringen, dulden und endlich – verzichten*«, schreibt Marie von Ebner-Eschenbach (1830–1916). Und Grillparzer selber: »*Jeder Mensch kann glücklich sein, wenn er nur will! Ich aber weniger*

Unten: *Franz Grillparzer. Aquarell von Moritz Michael Daffinger (1790–1849) aus dem Jahr 1828. Als österreichischer Beamter brachte es Grillparzer bis zum Archivdirektor, als Dichter konnte er nach großen Erfolgen die Ablehnung seines Lustspiels* Weh' dem der lügt *nie verwinden. Zu spät entdeckte sein Land den eigentlichen Rang dieses verkannten Klassikers.*

Szenenbild aus Franz Grillparzers Sappho *mit Sophie Schröder als Sappho und dem Ehepaar Korn als Phaon – Melitta. Besetzung der Uraufführung am Burgtheater in Wien im Jahr 1818.*

als die meisten andern, da ein unabweisbares Gefühl mir sagt, ich sei nicht da, um es gut zu haben, sondern um tätig zu sein.«

Und dieses Tätigsein trägt reichlich Früchte. Sein Schauer- und Schicksalsdrama *Die Ahnfrau* hat 1817 im Theater an der Wien Erfolg; *Sappho* ein Jahr später am Burgtheater, die Trilogie *Das goldene Vlies* wird 1821 uraufgeführt, *König Ottokars Glück und Ende* 1825, *Ein treuer Diener seines Herrn* 1828, *Des Meeres und der Liebe Wellen* 1831 und 1834 *Der Traum ein Leben.* Das Lustspiel *Weh dem, der lügt* ist 1838 ein fürchterlicher Mißerfolg, das Publikum des Burgtheaters pfeift und buht und unterbricht die Vorstellung immer wieder durch Hohngelächter und Mißfallenskundgebungen. Der Dichter selber ist nicht anwesend, er bereitet in einer nahen Gastwirtschaft die Premierenfeier vor. Nach dem Desaster zeigt sich der Empfindliche über alle Maßen verbittert und schreibt fortan nur noch für die Schublade. Nach seinem Tod findet man im Nachlaß die Manuskripte der großen Dramen *Ein Bruderzwist im Hause Habsburg, Die Jüdin von Toledo* und *Libussa;* die Burg führt sie innerhalb von drei Jahren auf, und zwar mit Erfolg.

Den Grund, weshalb der Dichter so empfindlich wie mißtrauisch, trotz aller Schmeicheleien der Kritik und des Publikums schroff und abweisend ist, kennt ganz Wien. Es ist die unglückliche Verbindung mit Kathi Fröhlich, seiner »ewigen Braut«, in deren Haus er lebt, die er aber nie zur Ehefrau nimmt. »*Ich habe schon deshalb nicht heiraten können, weil ich den Gedanken nicht ertragen hätte, daß es einen Menschen gibt, der das Recht hat, wann immer es ihm beliebt in mein Zimmer zu kommen*«, gibt er als wenig galanten Kommentar dazu.

Neben den unveröffentlichten Dramen werden nach Grillparzers Ableben auch Liebesgedichte gefunden, die deutlich zeigen, daß er die kleine Kathi nicht nur gequält, sondern wirklich geliebt hat, wenn er z. B. schreibt:

»*Der Zweifel, der mir schwarz oft nachgestrebet:*
Ob Güte sei? – durch sie ward er erhellt.
Der Mensch ist gut, ich weiß es, denn sie lebet,
Ihr Herz ist Bürge mir für eine Welt.«

Lit.: A. Sauer u. R. Backmann (Hg.), *Werke in drei Bänden.* Wien 1909–1948.

Handwerk

Das Handwerk behauptet noch lange, parallel zur Industrialisierung (→ *Industrie*) der Biedermeierwelt, seinen unangefochtenen Platz und erhält auch in den Darstellungen der → *Bilderbogen* angemessenen Raum.

Ein *Orbis Pictus*, eine gemalte Weltgeschichte aus

dem Jahr 1838, hält in kolorierten Lithographien Gewerbe aus dem biedermeierlichen → *Alltag* in alphabetischer Reihung fest: Bergwerkarbeiter, Bierschenk, Branntweinbrenner, Buchbinder, Buchdrucker, Dachdecker, Drechsler, Feilenhauer, Fuhrmann, Harz-, Pech- und Teerbereitung, Kalk- und Gipsbrenner, Klempner, Köhler, Korbmacher und Strohhutflechter, Kupferdrukker (Lithograph), Kupferschmied, Leimsieder, Mechaniker, Obstweinbereiter, Organist, Papierhersteller, Prediger, Pulvermühle, Redner (Politiker), Rothgießer, Schmied, Stahlfertiger, Zinngießer. Ein anderer Bilderbogen aus der Zeit zeigt Abbildungen vom Dreschen und Holzhacken, eine Gerichtsverhandlung, Hauswirtschaft und Strafvollzug, also Häuslichkeit und → *Obrigkeit* in einem. In einer Bilderserie über den Verkauf verschiedener Waren symbolisieren: »Brot« einen Bäcker, »Blumen« den Floristen, »Krebse« den Fischhändler, »Leinwand« versinnbildlicht den Tuchhändler, »Obst« die Marktfrau und »Tauben« einen Geflügelhändler.

Die fortschreitende Technisierung der Welt allerdings schadet auf vielen Gebieten dem blühenden, traditionsbewußten H. Der Güterverkehr nimmt zu, damit wandelt sich die gewohnte Vorratshaltung im Haus (→ *Küche*), Fabrikware tritt in Konkurrenz mit Handgemachtem. Solange die Sitte besteht, sich für den familiären Bedarf mit gewissen Lebensmitteln selber zu versorgen, vor allem die Hausfrau für die Beschaffung der Vorräte verantwortlich ist (→ *Alltag*), braucht sie den Handwerker notwendig als technischen »Gehilfen«. Der Gärtner legt Hand an bei der Obstkultur, der Küfer wird bestellt, wenn Wein oder Most in die Fässer gefüllt oder abgelassen wird, oft übernimmt er die Besorgung des Weinkellers ganz allein und kommt nur einmal wöchentlich zur Überwachung. Hat die Hausfrau Kraut eingekauft, schickt sie es zum Krautschneider, ist das gemästete Schwein fett genug, kommt der Schlachter ins Haus. In landwirtschaftlichen Haushalten sind es vor allem Wagner, Schmied und Sattler, auf deren handwerkliches Geschick man angewiesen ist.

»Denn das Handwerk in der Stadt hat gegen die Ungunst der Zeit zu kämpfen. Einst waren die Tuchmacher und Strumpfwirker wohlhabende Innungen gewesen, sie webten und wirkten die blauen und weißen Röcke und die bunten Strümpfe für das Landvolk bis weit nach Polen hinein; aber der erschwerte Verkehr mit der Fremde und noch mehr der Beginn der Maschinenarbeit macht ihnen mit jedem Jahre den Verdienst geringer. Noch fehlt das Geld und die Kraft zum größeren Betriebe; die alte Zeit geht zu Ende, der Segen der neuen wird noch nicht sichtbar, es ist eine Periode des Rückganges und der ersten Versuche auf neuen Bahnen, in welche meine Kindheit fällt.«

Gustav Freytag

Industrialisierung und Technik bringen dies alles plötzlich in Gefahr. Mancher Handwerker muß seinen Beruf aufgeben und sich als Fabrikarbeiter in Lohn verdingen, hat nur die Wahl zwischen sicherem Ruin und Abhängigkeit vom Fabrikherrn. Unter der Handwerkerschaft macht sich Unmut breit gegen die Gewerbefreiheit, und der Ruf nach Schutz des H. gegen die Industrie wird laut. Die 1845 für Preußen erlassene »Allgemeine Gewerbeordnung« setzt sich nicht durch und findet keine Nachahmung. In jenen Jahren verliert das H. seinen sprichwörtlichen »goldenen Boden«. Ausnahmen gibt es auch hier; sie gelten für solche Gewerbe, die mit einem Laden verbunden und noch keine reinen Dienstleistungsunternehmen sind. Der Laden des Bäckers besteht nach zeitgenössischen Darstellungen noch immer aus einem schlichten Zimmer vor der Backstube, in dem auf hohen, offenen Regalen und in mächtigen Körben die Waren zum Verkauf stehen. Einfache Stühle oder Bänke laden zum Rasten und Probieren ein, durch die geöffnete Tür kann man den Straßenverkäufer mit hochbeladener Kiepe sehen; im Hintergrund schürt der Meister den Ofen, und zum offenen Fenster hinaus reicht die Bäckerin dem Bettler ein Stück Brot.

Um der Misere des wankenden handwerklichen Bodens zu entgehen, versucht, wie ein zeitgenössisches Blatt klagt, »jeder Schneider und Schuster seinen Sohn studieren zu lassen, um ihn im Dienste des Staates anstellen zu können«, und auf dem Lande gibt es keinen Bauern, »der den seinigen nicht in die Stadt geschickt hätte, damit er ein Handwerk erlerne«.

Lit.: M. Stürmer, *Herbst des alten Handwerks.* Mchn. 1979.

Heinrich Heine. Alabasterbüste für das Heinezimmer in der ehemaligen Landes- und Stadtbibliothek Düsseldorf (1906) von Adolf Schmieding (1873–1956).

Über den neuen König Friedrich Wilhelm IV. dichtete Heine – kein Freund Preußens – mit mildem Spott:
»Ich habe ein Faible für diesen König;
ich glaube wir sind uns ähnlich ein wenig.
Ein vornehmer Geist, hat viel Talent.
Auch ich, ich wäre ein schlechter Regent.

Heinrich Heine

(* 13. 12. 1797 Düsseldorf; † 17. 2. 1856 Paris)

Heine gehört zu den Dichtern, die zwar in der Biedermeierepoche leben und schreiben, jedoch dem Geist der Zeit vollkommen fernstehen. Er ist der aufmerksamste Chronist, der grimmigste Spötter, der geschliffenste Kritiker all der Merkmale, welche die Epoche zugleich liebenswert und restriktiv machen.

Heine absolviert zunächst eine Lehre als Bankkaufmann, 1818 richtet ihm sein Onkel, ein wohlhabender Bankier, in Hamburg ein eigenes Tuchwarengeschäft ein, aber es macht in kurzer Zeit Bankrott. So wird Heine in Bonn und Göttingen Student der Rechte; der Sohn jüdischer Eltern läßt sich nach dem juristischen Examen protestantisch taufen, unternimmt Reisen nach England, Italien, Norderney und Helgoland und publiziert 1827 bei Hoffmann und Campe in Hamburg sein erstes lyrisches Sammelwerk, das *Buch der Lieder*. Diese halb ironisch-kecken, halb sentimentalen Gedichte bringen ihm großen Erfolg; um die Finanzen steht es schlechter, seine Hoffnung auf eine Professur in → *München* zerschlägt sich – die Nachricht vom Ausbruch der Julirevolution 1830 treibt ihn nach Paris. 1831 wird er dort Korrespondent der Augsburger Allgemeinen Zeitung, und damit beginnt sein lebenslanges Exil. Heine schließt Bekanntschaft mit → *Karl Marx*, gehört zu den Wortführern des Jungen Deutschland (→ *Literatur*), seinem geschliffenen Verstand und Wort entgeht kein tatsächlicher oder vermeintlicher Mißstand der Zeit, kein König, kein Künstler oder Kollege ist vor seinem treffsicheren Witz gefeit; besonders scharf aber beobachtet und kommentiert Heine die Zustände in Deutschland und Frankreich. Nur heimlich und inkognito kann er es riskieren, die Heimat zu besuchen, seine Erfahrungen dokumentiert das satirische Versepos *Deutschland, ein Wintermärchen* (1844), das, obwohl indiziert und der Zensur (→ *Burschenschaften*) höchst verdächtig, wie alle anderen wichtigen Werke Heines bei Hoffmann und Campe erscheint.

Seit 1848 fesselt den Dichter eine latente Rückenmarkschwindsucht ans Bett, acht Jahre lebt er so, gelähmt, halb erblindet, stets in Geldschwierigkeiten, in seiner »Matratzengruft«, aber seine Beobachtungsgabe bleibt wach bis in die letzten lyrischen Arbeiten und Briefe hinein. – »*Fort ist meine Sehnsucht nach Ruhe. Ich weiß jetzt wieder, was ich will, was ich soll, was ich bin. Ich bin der Sohn der Revolution ... Ich bin ganz Freude und Gesang, ganz Schwert und Flamme!*« – solche emphatischen Gefühle begleiten Heines Aufbruch nach Frankreich. »*Denk ich an Deutschland in der Nacht, / Dann bin ich um den Schlaf gebracht. / Ich kann nicht mehr die Augen schließen, / Und meine heißen Tränen fließen*«, klagt er in Erinnerung.

Als er stirbt, ist dies zunächst kein Ereignis. »*Ein Stern erster Größe am Himmel der Poesie ist in der vergangenen Woche erloschen, ohne daß dies besonderes Aufsehen unter den Menschen erregt hätte. Die Welt hat zu viel andere Sorgen ... Im Beisein einiger weniger französischer und deutscher Dichter und Künstler setzte man ihn in einer provisorischen Gruft bei*«, schreibt sein Freund, der Dichter Theophile Gautier. Erst sehr viel später begreifen Freunde und auch Feinde in Europa, welch ein Korrektiv sie mit Heine verloren haben.

Lit.: K. Briegleb (Hg.), *Heinrich Heine. Sämtliche Schriften.* 6 Bde., Mchn. 1957 ff.

Buch der Lieder

von

H. Heine.

Hamburg
bei Hoffmann und Campe.
1827.

Buch der Lieder. *Titelblatt der Erstausgabe der von Heine selbst zusammengestellten Lyriksammlung, 1827 im Verlag Hoffmann und Campe, Hamburg, erschienen. Bereits zu Lebzeiten des Dichters erreichte diese erfolgreiche Gedichtsammlung dreizehn Auflagen.*

Ernst Theodor Amadeus Hoffmann

(* 24. 1. 1776 Königsberg; † 25. 6. 1822 Berlin)

Der Dichter, eine der vielseitigsten, schillerndsten und geistreichsten Gestalten seiner Epoche, studiert zunächst die Rechte; Stationen seiner Juristenlaufbahn sind Königsberg, Glogau, → *Berlin*, Posen, Plock in Ostpreußen. Von 1804 bis 1807 lebt er als Regierungsrat in Warschau, 1807/1808 hält er sich in Berlin auf, findet aber keine neue Anstellung. In den Jahren 1808 bis 1813 geht er als Kapellmeister, Theaterkomponist und Musiklehrer nach Bamberg, von 1813 bis 1814 als Kapellmeister nach → *Dresden* und Leipzig. 1814 kehrt er nach Berlin zurück, wo er 1816 Rat am Kammergericht und später Mitglied in mehreren juristischen Kommissionen wird.

Hinter den dürren biographischen Daten verbirgt sich ein äußerst turbulentes Leben, eine wechselvolle Tätigkeit als Dichter, Musiker, Komponist, Zeichner

Der Dichter E.T.A. Hoffmann (links) und der Schauspieler Ludwig Devrient (1784–1832) im Altberliner Weinhaus Lutter und Wegener, das durch die Zechgelage der beiden Freunde Berühmtheit erlangte.
Der Berliner Kammergerichtsrat, Dichter, Maler, Musiklehrer, Komponist und Dramaturg war ein musisches Universalgenie. Züge seiner exzentrischen, innerlich zerrissenen Persönlichkeit sind in vielen seiner literarischen Gestalten wiederzuerkennen. Wie sich sein Leben in Gegensätzen bewegte, so verband Hoffmann als Dichter außerordentlichen Wirklichkeitssinn mit übermäßiger romantischer Phantasie. Die realistische Alltagswelt und die unheimliche Geisterwelt gehen in seinen Novellen, Erzählungen und Märchen unvermittelt ineinander über.

und Theatermann. In seiner Warschauer Zeit ist Hoffmann aktiv und maßgebend an der Gründung der Musikalischen Akademie beteiligt. 1806 muß er sein Amt im preußischen Staatsdienst aufgeben, denn man entdeckt → *Karikaturen* preußischer Offiziere von seiner Hand, die in Umlauf gekommen sind. In Bamberg macht er die Bekanntschaft des Verlegers Carl Friedrich Kunze (1785–1849) und schließt mit ihm 1813 seinen ersten »Contract wegen Litteratur«. – »*Große Freude*«, vermerkt er im Tagebuch. Als seine früheste Publikation erscheinen 1814/1815 die *Phantasiestücke in Callot's Manier.*

Auf der Reise nach Dresden gerät Hoffmann in die Wirren der Napoleonischen Kriege. Ein preußischer Husar will ihn gefangennehmen, läßt ihn aber laufen, nachdem beide »*auf Friedrich Wilhelms Wohl geschnapst*« haben. In der sächsischen Metropole wird er Musikdirektor einer Schauspielgesellschaft und leitet die Truppe, die zwischen Dresden und Leipzig wechselt, zwei Jahre lang. Seine Dresdner Erlebnisse verarbeitet er in der Erzählung *Der goldene Topf.* In Berlin erscheint 1815 der Schauerroman mit psychologischem Tiefgang *Die Elixiere des Teufels.* Studien dazu betrieb der Dichter noch in Bamberg, im Kapuzinerkloster, wo fleißig diniert wurde. »*Herrliche patriarchalische Köpfe der Kapuziner*«, notiert er sich und gibt seinem Werk den Untertitel: »*Nachgelassene Papiere des Bruders Medardus, eines Kapuziners*«.

Als Komponist macht Hoffmann sich mit der Märchenoper *Undine*, nach einer Erzählung Friedrich de la Motte-Fouqués (1777–1843) bekannt; sie wird 1816 in Berlin gespielt. »*Tag und Nacht sehe und höre ich die liebliche Undine*«, schwärmt Hoffmann und: »*Ein Glücksstern leuchtet meinen musikalischen Bemühungen.*« In Berlin entwickelt Hoffmann sich zum »Gesellschaftslöwen«, wird Stammgast der Kneipe »Lutter und Wegener« und gründet dort die Tafelrunde der Serapionsbrüder. Er befreundet sich mit den Mitgliedern des → *Theaters*, vor allem mit dem genialen Schauspieler → *Ludwig Devrient*. Als jedoch 1817 das Schauspielhaus am Gendarmenmarkt, das die Berliner seiner Form wegen liebevoll-spöttisch »den Koffer« nennen, während einer Probe zu Schillers *Räubern* am hellichten Tag in Flammen aufgeht, ist er als Chronist mehr vom Skurrilen fasziniert als von der Gefahr überzeugt. Fröhlich spottet er: »*Unzelmanns Perücke aus dem Dorfbarbier mit einem langen Zopf, wie ein bedrohlicher feuriger Meteor über dem Bankgebäude schwebend, wurde, nachdem mehrer Spritzen vergeblich nach der ad alitor steigenden Perücke gerichtet wurden, durch einen kurageösen Gardejäger mit wohlgezieltem Büchsenschuß abgeschossen.*« Daneben versucht er sich als Frauenheld, der die Gemahlin seines Verlegers anschwärmt (sie schenkt ihm beim Abschied aus Bamberg eine Haarlocke), den Verlobten einer seiner Schülerinnen im Zustand totaler Trunkenheit ohrfeigt und seine Zechkumpane mit brillantem Hohn zur Verzweiflung treibt.

1818 bereits beginnt er zu kränkeln, muß sich bei seinem Verleger entschuldigen, weil er die Zweitauflage seiner *Phantasiestücke* nicht ordentlich betreut und witzelt dabei über sich selber: »*Nicht wortbrüchig ist ihr Freund, aber seit drei Wochen liegt er hart darnieder auf dem Rücken. Verhärtungen im Unterleib ... edelste Teile angegriffen ... zu viel gegessen.*« Der Arzt empfiehlt: »*Reitpferd anschaffen!*« Der Patient mokiert sich: »*Gott gerechter, wie wird das aussehen!*« und zeichnet eine Karikatur seiner Person als Reiter.

1821 erscheint Hoffmanns *Capriccio nach Jacob Callot*, die phantastische Erzählung *Prinzessin Brambilla*, in der die Commedia-dell-Arte-Figuren Jacques Callots (1592–1635) auftreten. Im März 1822 befällt den Dichter eine immer heftiger werdende Lähmung, er wird bettlägerig. Sein letztes Werk, der *Meister Floh*, »Märchen in sieben Abenteuern zweier Freunde« (1822), wird gerichtsnotorisch; eine satirische Episode gegen die Demagogenverfolgung muß gestrichen werden.

Lit.: L. Hirschberg (Hg.), *Hoffmanns Sämtliche Werke* in 14 Bdn. Bln. und Lpzg. 1922.

»... Nur Hoffmann trat als eine markierte Erscheinung aus dieser allgemeinen Familienähnlichkeit heraus. Er blieb, wie er von Hause aus war, fix und fertig in seiner phantastischen, musikalisch enthusiasmierten, fratzenhaft bizarren Natur, und nur in den wenigen seiner kleinen Erzählungen brachte er es zu einer Art Kunstform. Diese Erzählungen haben aber auch dann eine Fülle von lebenshaltigem Stoffe. In seinen Mären, Nacht- und Phantasiegemälden wimmelt es von Sandmännern, dämonischen Gestalten, zerrissenen Zerrbildern von Charakteren und den cartesianischen Teufelchen eines ergrimmten, höhnenden Humors. Hoffmann, diese in ihrer Wunderlichkeit echt deutsche Erscheinung, bildete sich in dieser Absonderlichkeit auf dem Wege des Mißbehagens aus, das er an der spießbürgerlichen Organisation der modernen Menschheit empfand. Mit seinem reinen Enthusiasmus sah er sich vereinzelt stehen, und aus Trotz schleuderte er die Hohnbilder seiner wüsten Elementar- und Nachtgeister ballenweise an die eiserne Stirn der entherzten gemeinen Wirklichkeit. Diesen oppositionären Charakter aus Hoffmanns Schriften herauszulesen, war den wenigsten möglich; alles las ihn des Vergnügens und der Verdauung wegen; niemand bedauerte ihn, niemand ahnte die tränenwerte Kluft, die zwischen dem enthusiasmierten Schriftsteller und dem ausgetrockneten Leser oder der gemütlichen Leserin lag, die sich doch auch einmal ›grauen‹ wollten....«

Hermann Marggraf

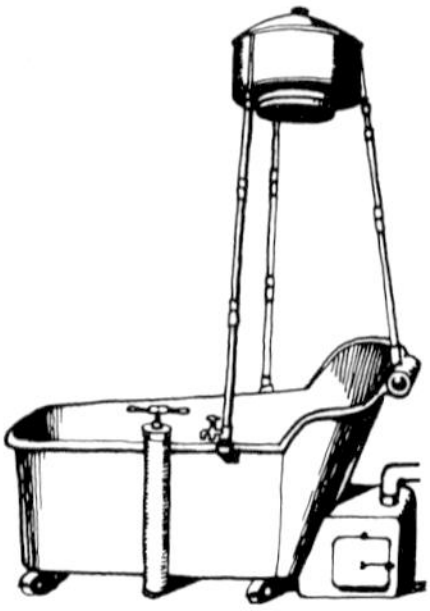

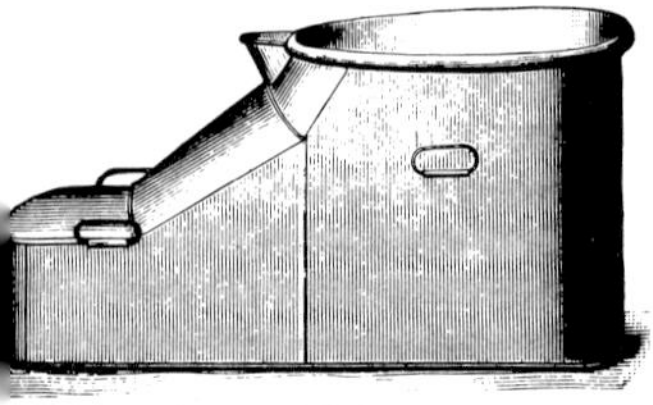

Die beiden Abbildungen zeigen (oben) eine beheizbare Badewanne mit Dusche aus England (Mitte des 19. Jh.s) und eine sog. »Stiefelbadewanne« (unten). In dieser Wanne bleiben nur Kopf und Schultern frei; durch die kleine Schnauze oben vorne kann Wasser zum Aufwärmen nachgegossen werden.

Hygiene

Im ersten Viertel des 19. Jh.s wird die Badekultur, es gibt sie bereits im Mittelalter und gab sie zu allen Zeiten, wieder populärer durch einen Aufsatz, den der Arzt Christoph Wilhelm Hufeland (1762–1836) im Jahr 1801 im »Journal des Luxus und der Moden« veröffentlicht. »*Nötige Erinnerung an die Bäder und ihre Wiedereinführung in Teutschland*«, heißt sein Thema, und er rät: »*Man bade Jahr aus Jahr ein jede Woche wenigstens einmal in lauem Wasser, wozu sehr nützlich noch eine Abkochung von 5 bis 6 Lot Seife gemischt werden kann.*«

Die Badewanne des Biedermeier ist meist aus Zink, es gibt sie aber auch noch aus Holz; vor allem bei den Ärmeren stirbt der Holzzuber noch lange nicht aus. Vornehme Leute baden in kupferverkleideten Holzwannen, reine Kupferwannen sind Luxus. Zinkwannen in Mahagonifassung besitzen nur die ganz Reichen. Mit kleinen Waschschüsseln müssen sich in der Regel die armen Leute begnügen, für Wannen sind ihre Wohnungen zu eng. In Fürstenhäusern dagegen engagiert man Künstler für den Entwurf einer Badezimmerausstattung. 1816 baut → *Karl Friedrich Schinkel* für das Palais des Preußenprinzen August eine Wanne, in die aus zwei Löwenköpfen heißes und kaltes Wasser fließt. Eigene Badezimmer in Privathäusern findet man noch höchst selten, die Badewanne wird meist in Form eines Möbelstücks verkleidet oder auf rollbare Tische gestellt, um sie nach Gebrauch wegfahren und in einem Abstellraum lagern zu können.

Mangelnde Reinlichkeit ist 1831 der Grund für den Ausbruch der großen Cholera-Epidemie in → *Berlin* (→ *Medizin*). Als die ersten Krankheitsfälle auftreten – es sind Schiffer auf einem in Charlottenburg liegenden Spreedampfer –, pilgern die Berliner in Scharen hinaus, um die interessanten Kranken zu sehen, und müssen von Wachen zurückgehalten werden. Rasch breitet sich dann die Seuche aus, Furcht und Entsetzen verdrängen die Neugier, und wer kann, flieht aus der Stadt. – Auch in großen Städten fließen die übelriechenden Abwässer in offenen Rinnsteinen durch die Straßen und verpesten die Luft; nirgends gibt es Wasserleitungen. Die Vorstellungen von Körperpflege ganz allgemein wie auch die öffentlichen Maßnahmen zur Gesundheitspflege liegen noch ziemlich im argen.

Private Brausebäder gibt es schon 1836; der Maler und Schriftsteller Wilhelm von Kügelgen (1802–1867) rühmt sich, er habe »*einen priviligierten Berliner Badeschrank*« gekauft, »*in den man nur einen Pferdeeimer voll Wasser oben einzugießen braucht und dann einen Kran umzudrehen, so erfolgt ein Staubregen, der mich von allen Seiten scharf umspritzt und solange anhält, als es mir beliebt, denn der Eimer reicht eine Viertelstunde*«. In den besseren Kreisen von Paris gibt es 1836 bereits 2 224 fest montierte Bäder; Wasserträger verkaufen das heiße Wasser, 1013 Personen haben eine Lizenz dafür. 1842 erst eröffnet in Liverpool die erste öffentliche Bade- und Waschanstalt.

Die Toilette, eine Erfindung des 19. Jh.s, besteht um 1820 noch aus einem simplen Holzkasten mit rundem Loch und passendem Deckel; die Kanalisation wird erst mit fortschreitendem Jahrhundert perfektioniert. Versuche mit in den Deckel eingebauten Sandstreudosen und Hebelzügen bleiben im Biedermeier in den Anfängen stecken und werden erst lange nach der Jahrhundertmitte weiterentwickelt.

Lit.: *Bäder, Duft und Seife. Kulturgeschichte der Hygiene.* Katalog des Kunstgewerbemuseums Köln. Köln 1976.

Industrie

Der Anbruch einer neuen Zeit der Umstellung auf die Maschinenarbeit, die Frühzeit der Industrialisierung gehören ins Bild des Biedermeier. Überall werden Fabriken gegründet, Arbeitergesetze beschlossen, Arbeiterrevolten niedergeschlagen, etablieren sich Gewerkschaften. Die Erfindung der Dampfmaschine im 18. und ihre Entwicklung im frühen 19. Jh. bringt der I. mächtigen Aufschwung, schafft zugleich aber auch eine Fülle neuartiger sozialer Probleme. In Sayn bei Neuwied am Rhein ist seit 1815 eine Eisengießerei in Betrieb; 1816/1817 gibt es in → *München* einen königlichen Kupferhammer, arbeiten zwei Eisenhämmer, eine Kattun- und Chintzfabrik, zwei Spitzenfabriken, drei Metallfabriken, zwei Papierfabriken, zwei Siegellackfabriken, drei Tabakfabriken, sechs Lederfabriken, sechs Büchsenmachereien, eine Baumwollmanufaktur, eine Handschuhfabrik und drei Hutfabriken. 1818 findet hier eine Industrieausstellung statt; es folgen 1824 → *Dresden*, 1827 → *Berlin* jeweils mit einer Schau der Erzeugnisse des Landes, 1842 Mainz als erste allgemeine deutsche Industrieausstellung, 1843 die britische Industriemetropole Manchester und 1844 Berlin mit der Ausstellung des preußischen Zollvereins.

Ein Unternehmen mit mehr als fünfzig Mitarbeitern gilt um 1820 bereits als Großbetrieb. 1819 wird in England der Zwölfstundentag und Arbeitsverbot für Kinder unter neun Jahren festgelegt, bleibt in der Praxis allerdings unwirksam; im selben Jahr kostet ein Aufstand in Manchester 40 Tote. Der französische Sozialist Graf Claude Henri de Saint-Simon (1760–1825) verfaßt 1823 einen polemischen Katechismus für Industrielle. Im Jahr 1824 werden in England Anti-Gewerkschaftsgesetze außer Kraft gesetzt, 1829 ist das Jahr der ersten Gewerkschaftsgründung.

Die Verwendung der Dampfkraft macht Fortschritte: 1830 gibt es im Königreich Preußen schon 245 Dampf-

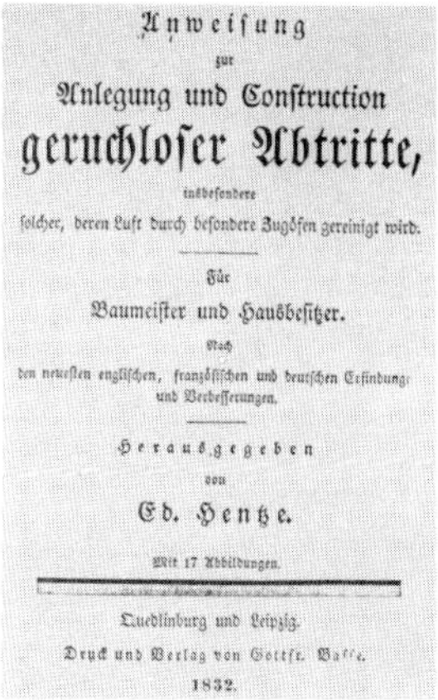
Anweisung
zur
Anlegung und Construction
geruchloser Abtritte,
insbesondere
solcher, deren Luft durch besondere Zugöfen gereinigt wird.

Für
Baumeister und Hausbesitzer.
Nach
den neuesten englischen, französischen und deutschen Erfindungen und Verbesserungen.

Herausgegeben
von
Ed. Hentze.

Mit 17 Abbildungen.

Quedlinburg und Leipzig.
Druck und Verlag von Gottfr. Basse.
1832.

Um private und öffentliche »Bedürfnisanstalten« war es, nicht nur des Geruchs wegen, noch schlecht bestellt bis zur Mitte des 19. Jh.s. Da Grund und Boden, ja sogar die Mauern der Häuser selbst im Laufe der Jahre durch Abtritte förmlich durchseucht, und Epidemien und erhöhte Sterblichkeitsziffern nachgewiesen wurden, waren für den Fortschritt auf dem Gebiet der Hygiene solche »Anweisungen« dringend notwendig.

Das Lendersdorfer Walzwerk, 1838, das Stammwerk der Unternehmerfamilie Hoesch, gemalt von Carl Schütz. Auf der linken Seite ein Hochofen (bzw. Kupolofen zum Umschmelzen angelieferten Roheisens), dessen Gebläse mit Wasserkraft angetrieben wird. Hier gewinnt man das Rohmaterial für den Eisenguß, während sich auf der rechten Seite unter den niedrigen Dächern Puddelöfen verbergen, deren Material zum Walzen benutzt wurde.

maschinen mit 4485 PS Leistung, davon 815 PS in der Schiffahrt und 2382 PS im Bergbau; der Rest wird zur Energieerzeugung in Getreide- und Papiermühlen sowie in der Textilindustrie verwendet. Ein Streik der Seidenweber in Lyon endet 1834 nach fünf Tagen blutiger Straßenkämpfe. Ein volles Jahr, von 1837–1838, dauern die Unruhen der Spinner in Glasgow, die sich gegen die Einführung neuer Techniken wehren, weil sie dadurch ihren Arbeitsplatz bedroht sehen. Ein zeitgenössisches Gedicht gegen »König Dampf« klagt:

»*Er hat einen Arm, einen eisernen Arm.*
Und obgleich er nur einen trägt,
In dem Arme steckt eine Zauberkraft,
Die Millionen erschlägt.«

In Preußen wird 1839 die Kinderarbeit eingeschränkt, zwar mit dem Hintergedanken, die Militärtauglichkeit der jungen Männer zu erhalten bzw. zu stärken, aber doch auch, weil sich Proteste dagegen erheben. Noch 1833 beschäftigen – laut Bericht einer Kommission – Fabrikanten Kinder von »*fünf, häufig sechs, sehr oft sieben, meist acht bis neun Jahren oft 15 bis 16 Stunden täglich*«, wobei es dem Aufsichtspersonal erlaubt ist, zu schlagen und zu mißhandeln. 1840 entstehen in Deutschland erste Arbeiterbildungsvereine. Ausgesprochen materielle Not und Mangel beherrschen zu dieser Zeit noch große Teile Europas. 1843 darben z. B.

die Kurhessen, denn englische und australische Wolllieferungen werden durch gegenseitige Konkurrenz blockiert, und die Spinnereien liegen brach. Die schlesische Leinwandweberei geht zurück, fehlende Absatzmärkte, schlechte Schiffahrtsgesetze, die den Überseeverkehr hemmen, die Absperrungsmaßnahmen Rußlands und natürlich die Konkurrenz der englischen Maschinenweberei sind die Ursachen; zahlreiche Arbeiter werden deshalb entlassen – und hungern. Statt Bargeld werden ihnen schlechte Lebensmittel aufgezwungen, die Unruhe wächst, Fabrikanten und Behörden nehmen den Unmut der Bevölkerung nicht ernst, und so bricht 1844 der Weberaufstand los. Maschinen werden gestürmt, Häuser zerstört und niedergebrannt, es kommt zum blutigen Eingreifen des Militärs. Gerhart Hauptmann (1862–1946) schildert den Aufstand in seinem Drama *Die Weber* (1892).

1845 stellt Johann Lorenz Schiedmayer in Stuttgart seinen Klavierbaubetrieb auf Maschinen um; 1846 gründet Carl Zeiss (1816–1888) in Jena die optischen Werke. Trotz solcher Aufschwünge arbeiten z. B. in Preußen nur vier Prozent aller Erwerbstätigen in der I. 1847 führt England den gesetzlichen Zehnstundentag ein. In Deutschland wird das Jahr 1847 entscheidend für den Fortschritt des Industriezeitalters: August Borsig (1804–1854) gründet in Moabit bei Berlin seine Maschinenbauanstalt und Eisengießerei, die bald an der Spitze des europäischen Lokomotivbaus steht. Im selben Jahr gründen Werner von Siemens (1816–1892) und Johann Georg Halske (1814–1890) in → *Berlin* die Telegraphenbauanstalt »Siemens & Halske«; bei Krupp in Essen – gegründet 1811 von Friedrich Krupp (1787–1826) – fertigt man Achsen, Räder und Federn aus Gußstahl. In England gründet William George Armstrong (1810–1900) eine Maschinen- und spätere Waffenfabrik.

Die Gründe für die → *Revolution* von 1848 sind ganz wesentlich in den sozial ungerechten Zuständen zu suchen, die damals in den Fabriken herrschten. Das *Kommunistische Manifest* (1848) von → *Karl Marx* (1818–1883) und Friedrich Engels (1820–1895) deckt sie auf und prangert sie an.

Lit.: R. H. Tilly (Hg.), *Deutsche Frühindustrialisierung*. Göttingen 1979.

Werner von Siemens (Daguerreotypie, um 1847). Der Ingenieur und Unternehmer machte grundlegende Erfindungen auf dem Gebiet der Elektrotechnik, entdeckte das dynamoelektrische Prinzip und wurde damit zum Begründer der Starkstromtechnik.

Justizwesen

Grundlage der Rechtsprechung der Zeit ist prinzipiell noch der französische *Code civil* von 1804 (1807–1814 *Code Napoléon*), der allen Bürgern Gleichheit vor dem Gesetz, Freiheit des Individuums und des Eigentums sowie Unabhängigkeit des Rechts von der Religion zusi-

Die Juristen: *Karikatur von Honoré Daumier (1808–1879) aus* Le Charivari *vom 27. 4. 1848. Die weinende Frau, das Taschentuch vor dem Gesicht, an der Hand ihren Sohn, ist gerade in einem Gerichtsprozeß unterlegen. Als selbstbewußter Sieger dagegen verläßt ihr Anwalt das Gericht. Er hat keinen Blick, kein Mitgefühl für seine Mandantin. Ihre Sache war nicht die seine. Er hat seine Schuldigkeit getan: Die Mandantin hat zwar den Prozeß verloren, hatte jedoch das Vergnügen, ihn plädieren zu hören.*

chert. Drei Bücher mit insgesamt 36 Titeln und 2 281 Artikeln regeln Personen- und Familienrecht (1), Besitzrecht (2) und Erb- und Schenkungsrecht (3). In Deutschland beginnt sich das Strafrecht seit 1838/1839 in Sachsen und Württemberg, 1848 – mit neuen Strafrechtsgesetzen – überhaupt zu wandeln. Schwurgerichte werden eingeführt, die Institution des Staatsanwalts (in Frankreich bereits mit dem Staatsprokurator im Amt) geschaffen, der sich allerdings ausschließlich der Strafverfahren annimmt. Die Nationalversammlung der Paulskirche (→ *Revolution*) hebt die Todesstrafe auf, dies gilt jedoch nur für Oldenburg, Anhalt und Bremen, und auch dort nur bis 1871.

Gelehrte und Philosophen der Zeit diskutieren das Recht theoretisch in komplizierten Schriften und Lehrmeinungen. Georg Wilhelm Friedrich Hegel (1770–1831) hält es noch mit dem Prinzip der bloßen Vergeltung. Friedrich Karl von Savigny (1779–1861), Jurist und preußischer Staatsmann, postuliert in seinem Buch *Vom Beruf unserer Zeit für Gesetzgebung und Rechtswissenschaft* (1815): »*Das Recht wird nicht gemacht, es ist und wird mit dem Volk.*« Paul Johann Anselm von Feuerbach (1775–1833), Jurist und Kriminalist, gilt als strikter Gegner des Vergeltungsstrafrechts und will nicht nur den Staat vor dem Verbrecher, sondern umgekehrt auch den Verbrecher vor willkürlichen Maßnahmen des Staates geschützt sehen. 1827 erscheint sein Werk *Merkwürdige Verbrechen.* Jakob Grimm (→ *Literatur*) gibt 1828 die *Deutschen Rechtsaltertümer* heraus, 1829 wendet sich der französische Dichter Victor Hugo (1802–1885) mit seinem Roman *Der letzte Tag eines Verurteilten* gegen die Todesstrafe. 1830 stellt der konservative Rechtsphilosoph Julius Stahl (1802–1861) in einer zweibändigen *Philosophie des Rechts* (bis 1837) fest: »*In der unverbrüchlichen Handhabung der Gerechtigkeit besteht vor allem die Majestät und Heiligkeit des Staates.*«

Von derart engagierten theoretischen Erörterungen und Schlußfolgerungen zeigt sich der Rechtsalltag der Biedermeierzeit noch weit entfernt, er hält es noch mit der bitteren Erkenntnis des Aufklärungsschriftstellers Georg Christoph Lichtenberg (1741–1799): »*Allein um mit Sicherheit Unrecht tun zu können, muß man die Rechte studieren!*« Das J. der Zeit ist noch völlig konservativ, restriktiv, zum Teil von kirchlichen Glaubensgrundsätzen diktiert. Die Kanzleisprache gibt sich steif und unverständlich, die Beamten (→ *Obrigkeit*) wirken einschüchternd und autoritär, die Rechtspflege hält nirgends Schritt mit dem Erfindungsreichtum oder revolutionären Geist der Zeit. Die Rechtsfindung ist kleinlich und schikanös, Hinrichtungen finden gelegentlich noch öffentlich vor gaffendem Publikum statt (in Spanien wird erst 1834 die Inquisition aufgehoben). Ob solch blutige Szenen abschreckend wirken, bleibt dahingestellt, jedenfalls aber manifestieren sie beim Volk das Schreckbild vom J. Der Bürger fürchtet das Gesetz, auch wenn sein Vergehen gering sein sollte. Politische Häftlinge behandelt man oft wie Kriminalverbrecher, vor allem nach den »Karlsbader Beschlüssen« (→ *Burschenschaften*).

Der Mundartdichter Fritz Reuter (1810–1874) erzählt in *Ut mine Festungstid* noch nach Jahrzehnten seiner Einkerkerung von 1833–1840 – durch humoristische Einschübe leicht abgeschwächt – über die unmenschlichen Zustände in deutschen Gefängnissen: »*Dort haben sie einmal um mein Lebensglück gespielt, und sie haben gewonnen!*« Resümee dieser Haft: »*Als wir eingesperrt wurden, waren wir noch keine Demokraten; als wir herauskamen, waren wir's alle.*« In den Zuchthäusern wird erbarmungslos geprügelt, den Gefangenen werden oft stundenlang Hände und Füße kreuzweise über den Rücken gefesselt. Die → *Obrigkeit* scheut sich häufig nicht, um einen Gesinnungstäter zu überführen, den »Agent provocateur« einzusetzen, der durch geheuchelte Teilnahme an den Problemen eines Verdächtigen gefährliche Bekenntnisse erlistet. Die Prozedur des Untersuchungsverfahrens gleicht sich, wie zahlreiche Zeugnisse aus persönlichem Erleben beweisen, der brutalen Härte des Strafvollzugs an.

»Mein Lieber, sei Du nur zufrieden! Du wirst Arzt – aber ich Staatsanwalt. Du mußt Talent haben, aber ich muß mich anständig benehmen. Und das ist eine verdammt harte Sache!«
Szene aus der Karikaturenfolge Pariser Studenten *von Paul Gavarni (eig. Hippolyte Chevalier, 1804–1866). Die Texte zu seinen Bildern stammen von Gavarni selbst, und nur das Zusammenspiel zwischen Text und Bild erzeugt jene Spannung, die Gavarnis Karikaturen nie langweilig erscheinen läßt, und gleichzeitig einen Teil der Mentalität der Epoche verdeutlicht.*

Mit dem J. ist nicht zu spaßen im Biedermeier; wer es sich leisten kann, meidet jeden Zusammenstoß mit den Organen des Rechts, lebt häuslich zurückgezogen, unauffällig, bescheiden, in freiwilliger »innerer Emigration«. Delikte wie Mord, Diebstahl, Totschlag, Raub geschehen meist aus Not (→ *Proletariat*). In Berlin sollen allein 3 000 Leute vom Rauben, Stehlen und Betrügen leben. Neben diesen »niederen Verbrechen« gibt es auch Hochstapler, Falschspieler und Erpresser, die durch ihren »Beruf« sozusagen auf Kosten der Gesellschaft leben. Die Straffälligkeit bei Frauen ist relativ hoch. 1831 kommt in Bremen vor rund 30 000 Zuschauern die Giftmischerin Gesche Gottfried öffentlich unter das Schwert; in München wird 1836 die Gastwirtstochter Maria Anna Birnbaum hingerichtet, die ein ihr anvertrautes Kind ermordet hat – beide »Schwestern« des Gretchen, dem das Theaterpublikum in Goethes *Faust* applaudiert.

In Europa insgesamt gesehen, kommen die fortschrittlichsten Initiativen aus England, allerdings ist dort auch die wirtschaftliche Not am größten. Und gerade Frankreich, die »Wiege der Revolution«, wächst sich zum Hort unredlicher Rechtsprechung aus. Der Karikaturist Honoré Daumier, Mitarbeiter an den Blättern → *Caricature* und → *Charivari*, zeichnet 1848 das zynische Bild eines Rechtsanwalts im Talar, der seine verzweifelte Mandantin kurz abfertigt: »*Sie haben zwar Ihren Prozeß verloren, dafür haben Sie aber das Vergnügen genießen können, mich plädieren zu hören.*«

Lit.: H. Fehr, *Deutsche Rechtsgeschichte*. Bln. 1948.

Kaffeehaus

Lieblingsaufenthaltsort von Herrn und Frau Biedermeier, wenn sie ihre eigene Häuslichkeit verlassen, ist weniger das → *Gasthaus* (dort kehrt man vor allem auf → *Reisen* ein) als das Kaffee, der Kaffeegarten, das Konzert- oder Tanzkaffee. In → *Berlin* geht man ins renommierte »Josty« oder zu »Stéhely«, beides alteingesessene Konditoreien mit gewaltigem Zulauf, oder zu »Jagor«. Berühmteste Neugründungen der Zeit sind 1817 das große Kaffeehaus an den »Berliner Hecken«, ein großzügiges, einstöckiges, zweiflügeliges Gebäude mit einladender Freitreppe. In → *Wien* avanciert um 1820 Neuners »Silbernes Kaffee« in der Spiegelgasse zur Institution, alle Getränke werden im silbernen Geschirr serviert, auch Accessoires wie z. B. Kleiderhaken sind aus Silber. Um das Jahr 1834 befindet es sich in der ersten Etage eines Hauses in der Plankengasse und gilt als *das* Literatenkaffee schlechthin. In zwei geräumigen Zimmern wird Billard oder Schach gespielt (→ *Geselligkeit*), nebenan, durch ein Spiegelglas getrennt, befin-

Ein Stimmungsbild aus einem typischen Wiener Kaffeegarten gibt Adalbert Stifter in *Wien und die Wiener* (Pest 1844):

»Wollen wir es denn einmal an einem schönen Sommermorgen besuchen! Da sitzen an den Tischen unter den Akazien und in den Pavillons eine Menge Kaffeeverehrer, fast durchaus unverheiratete Herren, die, statt sich zu Hause selbst die Finger mit dem heißen Kaffeesude abzubrühen oder sich in ein dumpfes, raucherfülltes Kaffeehauslokal in der Stadt zu setzen, es mit vollem Rechte vorziehen, im Freien ihr Frühstück zu genießen, wobei sie noch den dreifachen Vorteil eines lauen Sonnenscheins, der zwischen den grünen Zweigen herniederweht, einer hübschen Aussicht und einer ganz leidlichen Musik mit in den Kauf bekommen. – Und ich versichere dich aus Erfahrung, mein lieber Begleiter, es sitzt sich dort ganz gemütlich und behaglich. Man schlürft den braunen Mokkatrank in langsamen Zügen, raucht eine wohlduftende Havannazigarre dazu, schaukelt sich bequem im Sessel nach dem Takte der Musik und blickt mit bewaffneten Augen hinüber in die Hauptallee, wo die Wassertrinkenden bei jenem kleinen Hüttchen einen Becher nach dem andern aus den Händen der kredenzenden Hygiea in Empfang nehmen, ihn mit sauersüßen Mienen an die widerstrebenden Lippen setzen und endlich den heroischen Entschluß fassen, bei einem auffordernden Takte der Musik seinen Inhalt hinabzustürzen.«

det sich das »Damenzimmer«. Den Kaffee reicht man stark, schwarz und nur wenig gesüßt. Zu den Gästen gehören die Dichter Nikolaus Lenau (1802–1850; → *Literatur*), → *Franz Grillparzer* (1791–1872), Ernst von Feuchtersleben (1806–1849), der Komponist Otto Nicolai (1810–1849) und der Maler → *Moritz von Schwind*.

Gegen 1830 wird der Kaffeegarten »Zenner« in Treptow bei Berlin zur Geburtsstätte des »Familienkaffeekochens« aus Protest gegen eine Verfügung König Friedrich Wilhelms III. Er untersagt den »wilden« Kaffeewirtschaften vor den Toren, an die Städter Kaffee auszuschenken. So bringen die Ausflügler nun ihren gemahlenen Kaffee mit, und der Wirt verkauft ihnen das heiße Wasser.

In Leipzig, beim Grimma'schen Tor, öffnet 1835 das »Café français«, das vor allem von Messebesuchern bevorzugt wird; drei Jahre später der »Sommerwirt«, eine Kaffeewirtschaft im Leipziger »Rosental« und Lokalität für kleine Leute. Ebenfalls im Rosental, auf der »grünen Wiese«, etabliert der Schweizer Kintschy sein »Schweizerhäuschen« und macht es berühmt für Süßigkeiten wie Windbeutel, Pfannkuchen, »Napoleonskuchen« sowie besonders ausgezeichnete Liköre und Grog. Sein Kaffeemusik-Orchester ist die Hauptattraktion für jung und alt.

Wiener Kaffeehaus. *Kolorierter Holzstich nach einer Zeichnung von Ferdinand Wüst.*
Was wäre Wien ohne Kaffee und Kaffeehäuser? Dabei ist dieses »Kulturgut«, das man in Wien dem Vernehmen nach auf 24 verschiedene Arten zuzubereiten versteht, eigentlich eine Reminiszenz an die Türkenkriege. Mit dem »Beutekaffee« aus dem Türkenlager eröffnete der Wirt Kolschitzky im September 1683 das erste Wiener Kaffeehaus, das auch und gerade in der Epoche des Biedermeier zum wahren Kommunikationszentrum geworden ist.

Zur Bartfrage in Kurhessen. *Karikaturen aus dem* Kladderadatsch. »*Nach dem neuesten Befehl ist allen Beamten in Kurhessen das Tragen von Bärten aufs strengste untersagt worden.*«

»*Den Schnurrbart? Ich meinen Schnurrbart? Jamais! Eher verlass' ich den Staatsdienst!*«

Ein kurhessischer Muster-Beamter.
An ihm ist kein schlechtes Haar mehr.

Kaffee und Süßigkeiten serviert man natürlich auch in → *Gasthäusern* und kleineren Konditoreien in allen Städten und mittleren Ortschaften. Noch ist es nicht üblich, auszugehen, nur um zu speisen; das gilt noch als etwas Besonderes. Der französische Meisterkoch Brillat-Savarin (→ *Gasthaus*) bestaunt 1825 diese »*ganz neue Einrichtung*«, deren »*Effekt darin liegt, daß jeder für drei oder vier Goldstücke sofort, unfehlbar und mühelos, wenn er nur den Wunsch äußert, sich alle Genüsse schaffen kann, deren der Gaumen fähig ist*«.

Lit.: W. Jünger, *Herr Ober, ein' Kaffee!* Illustrierte Kulturgeschichte des Kaffeehauses. Mchn. 1955.

Karikatur

Die spöttische, kritische, anklagende oder sogar denunzierende Karikatur hat in der Biedermeierepoche ihre Wurzel und ist untrennbar mit dem → *Pressewesen* und – gleichsam als Gegenmittel – mit der, den freien Journalismus unterdrückenden Zensur verknüpft (→ *Burschenschaften*). K., verzerrte, Fehler oder Schwächen pointierende Zeichnungen öffentlicher, vor allem obrigkeitlicher Personen, signalisieren im Grad ihres Witzes, ihrer Schärfe die Stimmung eines Landes, einer Epoche.

Die K. ist eine scharfe Waffe im Kampf gegen die Überheblichkeit der Fürsten und die Anmaßung der Regierungen. Daneben karikieren sich Freunde untereinander, man porträtiert sich scherzhaft am Stammtisch, im → *Verein*, auf Grußadressen und → *Glückwunschkarten* oder als schwarzgeschnittene Silhouette (→ *Schattenrisse*).

Ernst und bitterböse gemeint sind dagegen die K. in den Journalen. Zwischen der Revolution von 1830 in Frankreich und der europäischen Revolution von 1848 entstehen allenthalben satirische Zeitschriften, deren wichtigstes Ausdrucksmittel die politische K. darstellt. Sie ist gleichsam »Zeichensprache« auf höherer Ebene, mit stärkerer Ausdruckskraft als das bloße Wort (→ *La Caricature*, → *Le Charivari*, → *Fliegende Blätter*, → *Kladderadatsch*). Um sie zu verstehen bedarf es genauer Kenntnis bestimmter politischer, religiöser und moralischer Standpunkte, Institutionen und Konstellationen. Ihre Wirkung besteht in der Schlichtheit des zeichnerischen Könnens, ihrem Reichtum an Phantasie und künstlerisch-schöpferischer Ausdruckskraft. Wirksamkeit oder Wirkungslosigkeit der politischen K. hängen also nicht nur von politischen Gegebenheiten ab, sondern auch von der gestalterischen Leistung und deren Treffsicherheit.

Lit.: F. Wendel, *Das Schellengeläut – kulturkritische Karikaturen des 19. Jh.s.* Bln. 1927.

KOERNER.
FRIESEN

Vorhergehende Seite:

Die Kranzwinderin. *Gemälde von Georg Friedrich Kersting. Zum Gedächtnis der gefallenen Freunde Körner, Friesen und Hartmann aus der Lützowschen Freischar malte Kersting 1815 dieses Bild, zu dem ihn das Gedicht* Leier und Schwert *von Theodor Körner inspiriert hatte. Stilistisch bewegt er sich an der Grenze zwischen Romantik und Biedermeier, was der zeitlich frühen Datierung vieler seiner Bilder entspricht.*

Georg Friedrich Kersting

(* 31. 10. 1785 Güstrow; † 1. 7. 1847 Meißen)

Bekannt geworden ist Kersting vor allem als liebevoll-detailbewußter Schilderer des Biedermeier-Interieurs. Ersten Mal- und Zeichenunterricht erhält er durch seinen Vater Georg Friedrich Kersting, Amtsmaler in Güstrow und seit 1785 dort ansässig, später bei J. Beutel, ebenfalls in Güstrow. Seit 1805 besucht er die Akademie in Kopenhagen, 1808 siedelt er nach → *Dresden* über und verkehrt freundschaftlich im Hause Caspar David Friedrichs und dessen Freundeskreis. 1810 wandern beide Maler gemeinsam durch das Riesengebirge. In den Napoleonischen Kriegen tritt Kersting 1813 in das Lützowsche Freikorps ein, wird zum Offizier befördert und mit dem Eisernen Kreuz ausgezeichnet. Nach dem Krieg lebt er von Aufträgen aus privater Hand. 1816 geht Kersting als fürstlicher Zeichenlehrer nach Warschau und malt vor allem Historienbilder. Zwei Jahre später erhält er einen Ruf an die Porzellanmanufaktur in Meißen (→ *Porzellan*) als Leiter der Malereiabteilung. Seine Bilder greifen jetzt Motive seines Familienlebens sowie Interieurs, auch religiöse Themen auf.

Der Maler, dessen Begabung darin liegt, in klaren, feinen, aber leuchtenden Farben den Menschen und den Raum harmonisch zueinander in Beziehung zu setzen, ist trotz seines zurückgezogenen Lebens zu seiner Zeit sehr gesucht und geschätzt. So werden z. B. durch die Vermittlung Goethes drei seiner Gemälde vom Weimarer Hof erworben. 1813 hatte Kersting bei einem Besuch in Weimar den Dichter persönlich kennengelernt. Tief beeindruckt berichtet er 1824 seiner Frau Agnes von einer zweiten Begegnung: »*Gute Seele, hättest Du doch in diesen Augenblicken den herrlichen Greis sehen können, der mich so freundlich mit seinen gewaltigen Augen ansah und wie er mir beim Fortgehen so herzlich noch die Hand drückte und mir ferner Glück und Zufriedenheit wünschte, Du würdest gewiß auch Freudentränen geweint haben wie ich.*«

Wichtigste Werke befinden sich in Hamburg (*Der Maler Caspar David Friedrich in seinem Atelier*, 1811), Dresden (*Der Geiger Niccolò Paganini, um 1830*), Kiel (*Vor dem Spiegel*, 1827), → *München* (*Junge Frau beim Schein einer Lampe nähend*, 1825) und Weimar (*Der elegante Leser*, 1812).

Lit.: K. Leonhardi, *Georg Friedrich Kersting, Bilder und Zeichnungen.* Bln. 1939.

Kinderbücher

Bilderbücher, Lesebücher, ABCs und Erbauungsbücher für Kinder und Jugendliche erscheinen im Biedermeier in zahlreichen Ausgaben und hohen Auflagen

Der Struwwelpeter *von Heinrich Hoffmann, 1845.*
»Sieh einmal, hier steht er,
Pfui, der Struwwelpeter!
An den Händen beiden
Ließ er sich nicht schneiden
Seine Nägel fast ein Jahr;
Kämmen ließ er nicht sein Haar.
Pfui! ruft da ein jeder:
Garst'ger Struwwelpeter!«

und sind für die Kinderstube so wichtig wie Puppe und Steckenpferd. In der Regel von belehrendem Inhalt, meist farbig illustriert, verbergen sie die didaktische Absicht nur selten, betonen sie vielmehr ausdrücklich in ihren langen, programmatischen Titeln und Untertiteln. Neben der Sprache ist das Bild bestimmendes Mittel bei der Gestaltung des Kinderbuchs. Schon das »Vorschulkind«, das noch nicht lesen kann, soll aus den anschaulichen bunten Bildern Nutzen ziehen. 1815 werden bei August Campe in Hamburg *Dichtungen aus der Kinderwelt*, altherkömmliche Lieder, Erzählungen, Lehren und Singspiele für Kinder von neuem herausgegeben, veröffentlicht. *Deutsche Sagen*, herausgegeben von den Brüdern Jakob (1785–1863) und Wilhelm (1786–1859) Grimm, erscheinen 1816 in Berlin und als »Geschenk für gute Kinder« 1817/1820 ein *Neues A,B,C, Buch* »Mit 24 illuminierten Kupfern, Blumen und Früchte darstellend« sowie 1817 die »phantasievolle, liebevoll aufs Kindergemüt eingehende« *Kinderheimat* von Friedrich Güll (1812–1879; → *Kinderlieder*). 1817 folgt *Robinson's Reise um die Welt*, »Ein unterhaltsames und belehrendes Lesebuch für die Jugend Amerikas«. Es ist keine Robinsonade, sondern ein »Erlebnisbericht« von »Oheim Robinson« als Erzähler; fremde Länder, ein ferner Kontinent gar, üben auf Biedermeier-Kinder eine besondere Faszination aus. 1818 erscheinen *Parabeln* von Dr.

»Lesen ist die Sprache für das Auge, so wie Sprechen für das Ohr, und »es kostet Kindern viel Zeit und Mühe, beide Sprachen zu erlernen. Man muß ihnen daher solche Bücher in die Hände geben, welche Vergnügen mit Belehrung verbinden, und so die Mühe der fortgesetzten Anstrengung belohnen, und die Arbeit versüßen ... Bei weiteren Fortschritten in der Sprachkunst, müssen den Zöglingen Bücher, sowohl in Prosa, als in Versen gegeben werden, die nicht nur zur Ausbildung der Seele, zum Unterricht in Sachkenntnissen, Moral und Religion, sondern auch zur Bildung des Geschmacks dienen.« (Christoph Wilhelm Hufeland, 1762–1836).

Bildfolge von kolorierten Kupfern aus: Deutsches Lesebuch *von Carl Straus, Hbg. 1838.*
Dieses Buch ist unter den im allgemeinen tristen Lesebüchern für die Volksschule eine Rarität. Den Auftakt bilden »44 Fabeln, Mährchen und Erzählungen«, denen »Beschreibungen aus der Natur-, Länder- und Völkerkunde« folgen.

Friedrich Adolph Rummacher, die 1839 bereits in siebenter Auflage vorgelegt werden. 1819/20 kommt *Das Buch der Maehrchen für Kindheit und Jugend* »nebst etzlichen Schnaken und Schnurren, anmuthig und lehrhaftig« von J. A. C. Löhr heraus und ebenfalls 1820 *Lina's Erstes Lesebuch*, »ein elementarisches Lesebuch zunächst für Mädchen« von Jakob Glatz. 1821 dann *Der Knaben Lustwald* von Heinrich Dittmar, das erste mehrbändig »literarisch« konzipierte Lesewerk, und im gleichen Jahr Ernst von Honwalds *Buch für Kinder gebildeter Stände*, »Schauspiele, Maerchen, Romanzen und Erzählungen«. 1822 wird das Bändchen *Bildende Erholungsstunden für fleißige und wohlerzogene Kinder*, »Eine Auswahl unterhaltender und lehrreicher Dichtungen vermischten Inhalts«, 1824 ein *Kunstbuch* »zum Nutzen und Vergnügen für die erwachsene Jugend«, und im Jahr 1828 als Periodikum *Feyerstunden der edleren Jugend*, »Erzählungen, Novellen und Skizzen zur Erheiterung und Belehrung« von J. S. Ebersberg, veröffentlicht. Bereits in zweiter Auflage erscheint, ebenfalls 1828, ein *Neues ABC* »Lese- und Unterhaltungsbuch zur Entwicklung der Seelenkräfte der Jugend beiderlei Geschlechts«. 1829 das Krebsbüchlein von W. E. Salzmann, das durch negative Beschreibung und Verhaltensweisen lehrhaft wirken soll, und 1830 von Amalia Schoppe *Der Bilder-Saal*, »Ein Geschenk für gute und fromme Kinder beiderlei Geschlechts . . . die durch Lehre und Beispiel immer besser und klüger und frömmer zu werden wünschen«. Oder: »Geist und Herz belebende gemüthliche Erzählungen für das zarteste Jugendalter«. *Christoph Schmid's sämtliche Volks- und Jugendschriften* (1834/35), wegen ihrer katholisch-moralisierenden Tendenz vielfach umstritten (Christoph von Schmid, 1768–1854, war Theologe und im Pfarr- und Schulbuchdienst tätig), dennoch in mehr als zwanzig Sprachen übersetzt, zählen zu den populärsten Kinderbüchern der Zeit. Seine kurzen Erzählungen sind bis ins 20. Jh. in Lesebüchern verbreitet, und einige seiner → *Kinderlieder*, »*Ihr Kinderlein kommet*«, »*Wie lieblich schallt/Durch Busch und Wald*«, bis heute bekannt. Die Brüder Grimm geben 1837 ihre *Kinder- und Hausmärchen* heraus, gesammelt nach mündlicher Überlieferung und Erzählung meist alter Menschen aus der Erinnerung; im selben Jahr erscheint in zweiter, vermehrter Auflage eine *Encyclopädie der sämtlichen Frauenkünste*, »Ein Lehrbuch zur sicheren Erwerbkunde und Rathgeber in allen Fällen des weiblichen Wirkungskreises für Mädchen und Frauen«, 1838 Gustav Schwabs große Sammlung *Die schönsten Sagen des klassischen Altertums* »Nach seinen Dichtern und Erzählern«. Ab 1838 veröffentlicht G. Oswald Marbach (1810–1890) seine *Volksbücher* mit frühen Illustrationen Ludwig Richters; eines der beliebtesten wird *Der wiedererstan-*

dene Eulenspiegel (1839), der achtzig Eulenspiegeleien erzählt. Der schwäbische Pfarrer Albert Knapp ist Autor der *Bilderbibel für die Jugend* »oder Geschichte des Alten und Neuen Testaments. Mit belehrenden und erbaulichen Anmerkungen«. (1841/42).

Eines der bekanntesten K., *Die Ammen-Uhr* aus dem Kinderlieder-Anhang zu *Des Knaben Wunderhorn*, erscheint 1843 »In Holzschnitten nach Zeichnungen von Dresdener Künstlern«. Die berühmtesten Illustratoren der Zeit bebildern die Verse dieses Bilderbuches:

Kolorierte Holzstichtafel aus Die Reise in's Meer, *Ein Aquarium für die wißbegierige Jugend von Julius Reymhold (Pseudonym für Adolf Glaßbrenner), illustriert von Carl Reinhardt.*

Die zehn bekanntesten und beliebtesten Kinderbücher der Zeit:

Dichtungen aus der Kinderwelt Altherkömmliche Lieder, Erzählungen, Lehren und Singspiele für Kinder von neuem herausgegeben.
Hamburg 1815

Brüder Grimm
Deutsche Sagen.
Berlin 1816

Robinsons Reise um die Welt Ein unterhaltendes und belehrendes Lesebuch für die Jugend. Amerika.
Nürnberg 1817

Neues A, B, C, Buch
Ein Geschenk für gute Kinder.
Zürich und Leipzig 1817/1820

Albert Ludwig Grimm
Mährchen der Tausend und Einen Nacht für Kinder.
Erster Band
Frankfurt 1820

Neue Bildergallerie für die Jugend II. Band. Enthaltend 9 erklärte Abbildungen wirklich vorhandener Gegenstände der Natur und Kunst in 12 Heften mit farbigem Umschlag.
Gotha 1829/30

Christoph Schmid
Christoph Schmids sämtliche Volks- und Jugendschriften
Erster bis dritter Band
Herisau 1834/35

Anton Benedict Reichenbach
Bildergallerie der Thierwelt oder Naturgeschichte des Thierreichs, in naturgetreuen Abbildungen mit ausführlicher Beschreibung.
Zwei Bände
Leipzig 1835

Gustav Schwab
Die schönsten Sagen des klassischen Alterthums
Nach seinen Dichtern und Erzählern.
Erster Theil
Stuttgart 1838

Heinrich Hoffmann
König Nußknacker und der arme Reinhold
Ein Kindermärchen in Bildern.
Frankfurt o. J.

Julius Hübner (1806–1862) *Der Mond, der scheint* . . .
Ludwig Richter (1803–1884) *Der Wind, der weht* . . .
Ernst Rietschel (1804–1861) *Das Huhn gagackt* . . .
Ernst Oehme (1797–1855) *Die Schwalbe lacht* . . .

1845 werden Ludwig Bechsteins (1801–1860) *Deutsches Märchenbuch* und das *ABC-Buch für kleine und große Leute* von Robert Reinick (1805–1852) veröffentlicht. Der praktische Arzt Heinrich Hoffmann (1809–1894) aus Frankfurt am Main dichtet und malt als Weihnachtsgeschenk (1844) für seinen Sohn eines der bis heute berühmtesten K. der Weltliteratur: *Der Struwwelpeter.* 1845 gibt Hoffmann auf Drängen seiner Freunde das Kinderbilderbuch in Druck, das wegen seiner drastischen Strafandrohungen und Bestrafung kindlicher Übeltaten schon kurz nach Erscheinen heftig diskutiert und kritisiert wird, obwohl es im Untertitel »lustige Geschichten und drollige Bilder« verspricht.

All diese Titel (nur eine Auswahl aus der großen Fülle der Kinderliteratur zwischen 1815 und 1848) zeigen genau, wie sehr das Programmatische im Biedermeier den Vorrang hat. Unterhaltung ist wohl auch dabei, doch der erhobene »Zeigefinger«, der Anspruch, das Kind habe lernbegierig, gut, fromm und allezeit voll bester Absichten zu sein, ist überdeutlich herauszuhören.

Eines der populären K. der Zeit, eine kleine Fibel mit *Fünfzig Fabeln für Kinder,* macht in bezug auf den didaktischen Anspruch in etwa eine Ausnahme. Es prahlt nicht, wie viele andere, mit der »Moral von der Geschicht« bereits auf dem Titel, sondern trennt säuberlich den kindlichen und elterlichen Empfänger der »wohlgemeinten Botschaft«. Der Theologe Wilhelm Hey (1789–1854) hat das Buch im Jahr 1833 publiziert, geschmückt mit Stichen des Hamburger Malers und Graphikers Otto Speckter (1807–1871). Inhaltlich gliedert es sich in zweizeilig gereimte, leicht vorlesbare und auswendig zu lernende Gedichte, vorwiegend über Tiere in Haus und Flur; jedes hat eine kleine Geschichte, eine kurze Handlung zum Thema, die am Schluß eine wohlverpackte Moral enthüllen. Wenn sich Hündchen streiten, der Vogel bittet, doch sein Nest unberührt zu lassen, der Fisch vor der Angel gewarnt und der Fuchs von der Ente gefoppt wird, erkennt man darin freundlich verbrämte Appelle an den kleinen Leser, doch immer friedlich, schonungsvoll, mitleidig und gut zu sein. Die fast durchweg benutzte Dialogform macht die Sache lebendig, das Kind fühlt sich angesprochen, miteinbezogen, als indirekter »Regisseur« der Miniatur-Balladen, die für den (die) Betroffenen immer gut ausgehen. Die Bilder zu den Versen sind anschaulich, anmutig, ganz spontan und natürlich, Speckter ist in seiner Frühzeit immerhin einer der Meister der Romantik. Im nicht illustrierten Anhang von Sinn- und Anlaßgedichten (*Am Geburtstag; Sonntag; Genesung* usw.) und besonders in einer *Nachschrift an die Eltern* eine didaktische Empfehlung: »*Das Buch ist ... für Kinder von vier bis sieben Jahren bestimmt*« und »*es soll für Sinn und Gemüth wahrhaft bildend werden*«.

Hey, Zeit seines Lebens ein großer Kinderfreund (mangels eigener hat er fremde Kinder in sein Haus aufgenommen und versorgt), läßt der kindlichen Lektüre selbst ganz die Unbefangenheit und klärt die Eltern über seine erzieherischen Absichten auf.

Lit.: H. Göbels, *Hundert alte Kinderbücher aus dem 19. Jh.* Dortmund 1979 (Die bibliophilen Tb., 123).

Kinderlieder

Biedermeierliche Kinderlieder werden nicht »akademisch« in Sing- und Musikstunden eingeübt und gelehrt, die Mutter, Großmutter, Amme oder Kinderfrau singen sie vor, in Melodien, die sie spontan erfinden oder von anderen Liedern kennen. So fehlen den meisten dieser Lieder die Noten, sie bestehen in aller Regel aus reinen Textfassungen. Und für sie gilt fast dasselbe Prinzip wie für Kinderbücher: Ansprechend illustriert, leicht erlernbar, handlich, für den Gebrauch bestimmt, also nicht unbedingt aufwendig ausgestattet und teuer. Der wichtigste Unterschied: Lieder für Kinder sind nicht immer neu gedichtet oder formuliert. Altvertrauten Melodien werden neue Verse, bekannten Gedichten und Reimen neue Melodien beigegeben, wobei mündlich Überliefertes sich mit großer Dichtung, platten Verschen oder einfachem Volksgut abwechselt. Oft noch werden den Liedern Gedichtchen, Sprüche, kleine Geschichten und Fabeln hinzugefügt; »Rätsel und Scherze« sind da sehr beliebt.

Bedeutende Illustratoren wie Pocci (→ *Fliegende Blätter*), → *Schwind* oder → *Richter* werden häufig für die Mitarbeit gewonnen. *Des Knaben Wunderhorn* (→ *Kinderbücher*), eine Sammlung von Texten alter Volksdichtung, die eigentlich für Erwachsene gedacht war, erhält einen eigenen Anhang *Kinderlieder*, der in zwei Richtungen nachwirkt: Stücke wie *Kinderpredigt, Das bucklige Männlein, Butzemann* oder *Schlaflied von den Schäfchen* beeinflussen die Kinderlieddichter des 19. Jh.s entscheidend; daneben regt er zur Sammlung vergessenen und verstreuten Liedgutes an. Als Sammler haben sich vor allem Friedrich Güll (→ *Kinderbücher*), Wilhelm Hey (→ *Kinderbücher*) und Pocci hervorgetan. Von Güll erscheint 1836 die *Kinderheimath in Bildern und Liedern*, Wilhelm Hey veröffentlicht 1833 *Funfzig Fabeln für Kinder*, ihnen folgen 1837 *Noch funfzig Fabeln.* Pocci, der seit Mitte der zwanziger Jahre eifrig schreibend und zeichnend tätig ist, widmet den Kindern 1838 das *Spruchbüchlein mit Bildern* und 1841 *Ge-*

Volkstümliche Kinderlied-Dichtung aus dem Biedermeier »mit Bildern nach Originalzeichnungen«.

Oben: Bruder Jakob, *nach einer Zeichnung von E. Neureuther (1806–1882).*

Unten: Der Schütz. *Zeichnung von Moritz von Schwind (1804–1871).*

Christkindlein
und St. Nicolaus.

Das Christkindlein bin ich genannt,
Den frommen Kindern wohl bekannt;
Die ihren Aeltern gehorsam sein,
Sich waschen und auch lernen fein,
Die früh aufstehn und beten gern,
Denen will ich alles Gute bescher'n.

Doch die den Aeltern nicht gehorchen,
Und die nicht beten und lernen am Morgen,
Die ihre lieben Schwestern schlagen
Und ihre kleinen Brüder plagen,

Kurz: die nicht brav und artig sein,
Steckt Nikolaus in den Sack hinein
Und trägt sie in den Wald hinaus.
Dort leert er alle Säcke aus
Den Bären und den Wölfen –
Kein Mensch kann da mehr helfen!

Nach der Kinder Lustfeld

schichten und Lieder mit Bildern. Von Karl Simrock (1802–1876), Professor der deutschen Sprache und Dichtung in Bonn, erscheint 1848 *Das deutsche Kinderbuch, Altherkömmliche Reime, Lieder, Erzählungen, Uebungen, Räthsel und Scherze für Kinder* – lange Zeit die bedeutendste Sammlung dieser Art. Kinderliederbücher des Biedermeier gelten als Vorgänger der Gute-Nacht-Bücher späterer Zeit, ein »Potpourri« für Erheiterung, Zerstreuung, Beruhigung und zum Einschlafen zusammengestellt. Hier fehlt das didaktische Element nahezu ganz, Spielerisches überwiegt.

Friedrich Fröbel (→ *Erziehung*), der »Vater der Kindergärten«, hat deshalb Musik, Singen und freie Bewegung nach Melodien als wesentliches Moment in sein Programm eingegliedert.

Lit.: G. Scherer, *Alte und neue Kinderlieder.* Dortmund 1978 (Die bibliophilen Tb., 65).

Kinderspielzeug

Mit der neuen Einstellung zum Kind und zur Kindheit wird im 19. Jh. das Spielzeug eines der wichtigsten Erziehungsmittel (→ *Erziehung*). Das Biedermeier kreiert eine Fülle von Kinderspielsachen in phantasiereichsten Formen und großer Vielfalt. Im frühen 19. Jh. werden geschnitzte und gedrechselte Holzpuppen hergestellt, seit 1818 sind die Puppenbälge aus Stoff, später auch aus Leder, die Köpfe aus Papiermaché, mit der Hand frei geformt und bearbeitet; erst nach 1820 gibt es vorgefertigte Formen, um die Masse hineinzudrücken. Um 1825–1830 existieren Trachtenpuppen, etwa als Bauer und Bäuerin. 1826 haben Puppen bereits Schlafaugen, 1827 können sie Mama und Papa sagen. Gegen 1830 kommen die ersten Porzellanköpfe für Spielpuppen auf, nach 1840 sind Köpfe aus glasiertem Porzellan, auf Holz-, Leder- oder Stoffkörper montiert, weit verbreitet. Die Frisuren (sowie auch der Hals mit Kragenschmuck) werden oft aufgemalt, manchmal angeschnitzt, häufig aber auch aus gesteiftem Flachs (später Echthaar) aufgeklebt. Die eigentliche Biedermeierpuppe mit Kleidung in der Mode der Zeit entsteht in den Jahren um 1830.

Aus England kommen um diese Zeit auch voll bekleidete bewegliche Modepuppen. Seit 1840 stellt man Puppen mit hohl gegossenen Wachsköpfen her; um 1843 präsentiert man »Puppen im Interieur«, vor dem Spinnrad oder im Besitz eines ganzen Puppen-Aussteuerschrankes mit Türen, Schubladen, Hutfächern, Haken zum Aufhängen der Kleider und komplettem Heiratstrousseau aus Kleidern, Wäsche, Hauben, Hüten usw. Ebenfalls 1843 wird in Paris die Puppenfabrik Pierre-François Jumeau gegründet; dort werden Puppen im Porzellanbrennofen mit fein gegossenen, schön bemalten Köpfen hergestellt, die Körper allerdings sind noch plump und lieblos gearbeitet. Auf der Gewerbeausstellung in → *Wien*, 1844, wird »Gulliver«, eine plastische Puppe aus Papiermaché, nur wenige Zentimeter groß und sehr liebevoll bemalt, gezeigt. Im selben Jahr werden auf der Gewerbeausstellung in → *Berlin* Wachspuppenköpfe und Wachspuppen, gefertigt von der Wachswarenfabrik W. Kraatz, vorgestellt. 1845 führt die Firma Lippert & Haas auf der Gewerbeausstellung in Wien Puppenköpfe aus Porzellan vor, um dieselbe Zeit kommt die Papiermaché-Brustkopfpuppe mit eingesetzten Emailleaugen, Stoffarmen und Holzkörper in den Handel.

Die Puppenstuben des Biedermeier sind oft Nachbildungen der realen Zimmereinrichtungen, manchmal bis hin zum kostbaren Kirschbaum- oder Mahagoniholz. Sie wirken jedoch nicht verspielt oder übertrieben reich ausgestattet, sondern schlicht, einfach, solide und zweckmäßig. Erst seit den vierziger Jahren werden sie aufwendiger, mit bodenlangen Fenstervorhängen, Teppichen, Bildern, Kleinklavier und üppigem Mobiliar bis hin zur Miniatur-Servante (→ *Möbel*), in der winzige Täßchen, Gläschen und Tellerchen, Karaffen und Porzellan im Stil der Zeit stehen. Dasselbe gilt für die Puppenküchen, Kaufläden und Putzmachergeschäfte, Jahrmarktverkaufsstände – alles gleicht den Dingen in der Erwachsenenwelt – sogar eine kleine Gärtnerei (um 1830) mit Gewächshaus, Blumentöpfen, Pflänzchen und einer angrenzenden Stube, in der der Gärtner wohnen kann.

Bevölkert werden diese Puppenstuben und alle vergleichbaren Spielzeugeinrichtungen mit bunten, holzgeschnitzten Figürchen. – Zu Hauptorten dieser Schnitzereien entwickeln sich Nürnberg, Sonneberg, Berchtesgaden, Oberammergau, Groden und vor allem Seiffen im Erzgebirge. Die Holzschnitzer liefern ganze Herden, Reitereien, Jagden, Menagerien, Nußknacker, kleine Kutschen, auch Vogelhäuschen usw. Die Tiere eines Bauernhofes z. B. sind teils bunt bemalt, teils aus blankem Holz geschnitzt; den Kontrast zum einheimischen Vieh bilden etwa Zoos oder komplette Miniaturdarstellungen der biblischen Arche samt Noah und seiner Frau mit exotischem Getier (um 1850).

Gegen die Jahrhundertmitte werden Burgen im gotischen Stil – aus Holz gebaut und bemalt –, mit Zinnen, Wällen und Türmen, naturgetreu dem Mittelalter nachgeahmt.

Schaukelpferde werden zunächst noch in bescheidener Ausstattung hergestellt, Kopf, Hals, Mähne und Schweif sind meist geschnitzt, die Beine auf den Querverstrebungen der Kufen aufgemalt. Noblere Pferde haben gelegentlich schon Mähne und Schweif aus Roßhaar.

Der Schnitzelmann von Nürnberg. *Radierung von Adrian Ludwig Richter (1803–1884).*
»Der Schnitzelmann von Nürenberg
Hat feil in seiner Buden.
Ei seht, da stehen Ries' und Zwerg,
Und Mohren, Türken, Juden!« . . .

Biedermeierpuppenstube um 1840. Die einfache, aber stilvolle Ausstattung strahlt Ruhe und Ordnung aus. Bürgerliche Puppenstuben dienten der spielerischen Eingewöhnung der kleinen Mädchen in die Rolle der verheirateten Frau und Mutter.

Als fahrbares S. gibt es im frühen 19. Jh. z. B. die dreiräderige Kinderkutsche mit Doppelgespann und hohen Hinterrädern; um 1830 kommen Kinder-Garten-Chaisen in Mode: Ein hölzerner Wagenkasten mit zwei gepolsterten Vis-à-vis-Sitzen und abnehmbarem, wachstuchbezogenem Dach ist fest auf ein hölzernes Fahrgestell montiert, das auf vier eisenbeschlagenen Rädern ruht. Bunt bemalt und lackiert findet die Chaise um 1830/1835 ihr Pendant im Kinder-Garten-Schlitten, einem hölzernen Kasten mit geschwungenen Seitenfronten auf eisenbeschlagenem Holzkufengestell und polsterbezogenem Sitzbänkchen für zwei Kinder. Um 1840 gibt es als Miniatur den vornehmen Zarenschlitten aus geschnitztem Holz samt Kutscher auf dem Bock sowie drei Pferden.

Besonders aparte Varianten des K.s sind z.B. (um 1820/1830) Papierausschneidepuppen in koloriertem Kupferstich mit mehreren Roben zum Wechseln (→

Vier deutsche Biedermeierpuppen. Bei ihnen allen ist der glasierte Porzellan-Schulterkopf auf den Körper aufgebunden. – Deutschland war im 19. Jh. das bedeutendste Spielwarenherstellerland geworden. Deutsches Spielzeug regte die Kinder vor allen Dingen zum Nachahmen der Erwachsenenwelt an; es sollte nicht nur zur Beschäftigung, sondern auch zur Selbständigkeit anleiten.

Papiertheater), um 1820 eine Spielzeugmarionette, die mittels eines in einer Schweinsblase eingebundenen Roßhaarknäuels im Oberkörper Laute ausstoßen kann, oder mechanisches Spielzeug: Hampelmänner oder bewegliche Figürchen, z. B. ein Scherenschleifer aus Oberammergau, holzgeschnitzt; eine winzige Kurbel seitlich am Schleiferkarren bewegt zugleich Schwungrad, Schleifstein und das Fußbrett des Schleifers.

Im frühen 19. Jh. sind Modelle von echten Schiffsfregatten, Gallionen oder Kriegsschiffen – aus Knochen oder Elfenbein – beliebt, allerdings sehr teuer. Karten-, Lege- und Steck- oder Vexierspiele, Back Gammon, kurz alle Gesellschaftsspiele, teilen sich Kinderzimmer und → *Salon*, sie sind auch bei den Erwachsenen sehr beliebt (→ *Geselligkeit*).

In den vierziger Jahren kommen die ersten Blechspielsachen, z. B. eine Laterna magica aus bemaltem Blech (1840), auf den Markt. 1844, auf der Allgemeinen deutschen Gewerbeausstellung, zeigt die Firma J. M. Issmayer allerlei Blechspielzeug und weist darauf hin, daß in Nürnberg und in Württemberg noch größere Blechspielsachen, z. B. Springbrunnen, Häuschen, Chaisen, hergestellt werden.

Die → *Eisenbahn* Nürnberg-Fürth beschäftigt natürlich auch die Phantasie der Spielwarenhersteller. Bald nach Eröffnung der Strecke gibt es Spielzeugeisenbahnen mit Trachtenpuppen als Staffage. Neben Schaukelpferd und Steckenpferd ist die Eisenbahn Spielzeug Nummer eins für die Buben. Versuche mit mechanischen Eisenbahnen gelingen erst nach der Jahrhundertmitte. 1848 beklagt sich ein Vater: »*Da jetzt die sogenannten Eisenbahnen aufkommen, versuchten wir mit Hilfe eines Klempners eine selbstbewegliche Lokomotive herzustellen. Es gelang leider nicht! So müssen die Kinder die Lokomotive mit dem Wagen leider immer noch schieben.*«

Lit.: K. Gröber und J. Metzger, *Kinderspielzeug aus alter Zeit.* Hbg. 1965.

David Kalisch, Mitte vorn, der Initiator des Kladderadatsch, *und sein erstes Redaktionsteam. Links Ernst Dohm, rechts Rudolf Loewenstein, hinter Kalisch der Zeichner Wilhelm Scholz.*

Kladderadatsch

Die Zeitschrift, eine Gründung »jenseits« des eigentlichen Biedermeier, wird nach der Märzrevolution, am 7. Mai 1848, als »Wochenkalender« und, wie die Unterzeile sagt, »Organ für und von Bummler« in → *Berlin* gegründet und erscheint bis 1944. Der lautmalerische Name bedeutet in norddeutscher Mundart »Geklirr«, Lärm, wenn etwa Geschirr fällt und zu Bruch geht; speziell die Berliner benutzen den Ausdruck »einen Kladderadatsch machen« im Sinne von Fenster oder Türen einwerfen, sich streiten, und genau dies hat der Gründer David Kalisch (1820–1872) beabsichtigt. Die erste Nummer stimmt, in Abwandlung eines Heine-Gedichtes, den Abgesang auf die Epoche der Beschaulichkeit an:

»*Berlin am 1. Mai:*
Im wunderschönen Monat Mai
Wo alle Blüthen sprangen: –
Da sind auch meiner Bummelei
Die Augen aufgegangen!«

Die Berliner, die im »tollen Jahr« 1848 manche Überraschung erleben, greifen interessiert zu, und bereits am Abend des Ersterscheinungstages sind 4 000 Exemplare verkauft. Berlin hat das beste Publikum, das ein Karikaturenblatt sich wünschen kann, es will lachen und zugleich kritisieren: die Regierung, die Polizei, das Parlament, Radikale, Liberale, Konservative und nicht zuletzt und zu wenig – sich selbst. Der K. erfüllt diesen Wunsch.

Allen prospektiven Abonnenten, »*dem richtigen Bürger, dem fleißigen Künstler, dem tapfern Krieger*« teilt das Blatt, programmatisch für die abgelaufene Epoche,

№ 1. Sonntag, den 7. Mai 1848.

Kladderadatsch.

Wochenkalender.

Montag den 8. Mai.
Von 1187 Wählern geben 1473 den Herren' **Thadden, Krausnick, Meding** und **Möllendorf** ihre Stimme für Frankfurt.

Dienstag den 9. Mai.
Man entdeckt auf dem Altar des Vaterlandes mehrere galvanoplastische Schmucksachen.

Mittwoch den 10. Mai.
Die Stumme von Portici wird **ohne** Dekorationen aufgeführt.

Wochenkalender.

Donnerstag den 11. Mai.
Demonstration der Berliner Säuglinge für **direkte** Mutterbrust gegen **indirekte** Lutschbeutelernährung.

Freitag den 12. Mai.
Wegen anhaltendem Regenwetter keine Weltgeschichte.

Sonnabend den 13. Mai.
Den Tag über ruhig. Gegen Abend erscheint plötzlich Kladderadatsch Nr. 2 mit der Biographie des Dr. Eilert. Große Aufregung!

Organ für und von Bummler.

Dieses Blatt erscheint täglich mit Ausnahme der Wochentage für den Preis von 1½ Sgr. Es kann jeden Sonnabend von fünf Uhr ab aus sämmtlichen Buchhandlungen abgeholt werden, und wird dem richtigen Bürger, dem fleißigen Künstler, dem tapfern Krieger Sonntags früh, überall, bis in die tiefsten Kellerwohnungen hinab, colportirt werden.

Die Redaktion.

Berlin, am ersten Mai.

Im wunderschönen Monat Mai
Wo alle Blüthen sprangen: —
Da sind auch meiner Bummelei
Die Augen aufgegangen!

Die Zeit ist umgefallen! Der Geist hat der Form ein Bein gestellt! Der Zorn Jehovahs brauset durch die Weltgeschichte! Die Preußische Allgemeine, die Vossische, die Spenersche, — Gesellschafter, Figaro und Fremdenblatt haben zu erscheinen aufgehort — Urwahlen haben begonnen, — Fürsten sind gestürzt — Throne gefallen — Schlösser geschleift, — Weiber verheert — Länder gemißbraucht — Juden geschändet — Jungfrauen geplündert — Priester zerstört — Barrikaden verhöhnt — Kladderadatsch!

Wer dürfte hiernach die Farbe, — die Tendenz — den Charakter unseres Blattes in Zweifel ziehen. Der klare Ausdruck unseres Bewußtseins wird uns Männer wie

Junius, Julius, Curtius, Gervinus, Ruppius und Nebenius; — Löwisohn, Löwenfeld, Löwenberg, Löwenthal, Löwenheim, Löwenstein, Löwenherz, Ledru-Rollin, D. A. Benda, Louis Blanc, von Bülow, Eylert und Lamartine, Thiele, Hecker, Eichhorn, Struve, Meding und Herwegh, Jacoby und Aegidi,

zu Mitarbeitern

gewinnen. Berliner! Räumt die Hindernisse weg, die dem Erscheinen dieses Journals im Wege stehen. — Entsendet Männer voll des ächten Berliner Geistes, die auf Kladderadatsch subscribiren!

Eure liebreiche Freundin, die Redaktion dieser Blätter, vereinigt ihre äußersten Bitten um baldiges Abonnement mit denen ihrer Mitarbeiter. —

auf der Titelseite mit: »*Die Zeit ist umgefallen!*« Darunter folgt in fetter Druckschrift eine lange Reihe namhafter Mitarbeiter. Die »Gelehrten«, wie der Volksmund sie bald ehrenvoll nennt, treten als Redaktionskollegium stets gemeinsam auf. Um ein einheitliches Bild des Blattes zu wahren, hat man sich von Anfang an dazu entschlossen, alle Artikel anonym erscheinen zu lassen.

Titelblatt der ersten Nummer des Kladderadatsch *vom 7. Mai 1848. Der Wochenkalender zu beiden Seiten des Titelkopfes ist stets allerlei Anspielungen auf politische Tagesereignisse vorbehalten.*

Wochenkalender des *Kladderadatsch* »No. 11. Sonntag, den 16. Juli 1848«

Montag den 17. Juli
Der erste Constabler wird sichtbar. Die Berliner Straßenjugend bewillkommt ihn herzlich.

Dienstag den 18. Juli
Die Ruhe in Europa und Berlin hat einen schrecklichen Grad erreicht. Die Voß'sche Zeitung erscheint in ¼ Bogen.

Mittwoch den 19. Juli
Frische holländische Häringe und *neue* Kartoffeln.

Donnerstag den 20. Juli
Die Befestigung der Ruhe übersteigt alle Gränzen. In der Zeitungshalle werden mehrere Menschen gefunden, die aus Langeweile umgekommen.

Freitag den 21. Juli
Der Polizeipräsident von Bardeleben verbietet dem Fräulein Viereck ferner als »Jungfrau« v. Orleans aufzutreten.

Sonnabend den 22. Juli
Kladderadatsch No. 12 wird mit Beschlag belegt. Der Verleger ersticht sich mit der Papierschere.

Kladderadatsch.

Unter diesem Stab wird der K. zur einflußreichsten und angesehensten Zeitschrift der zweiten Hälfte des 19. Jh.s, deren Inhalte Zeitgeschichte bald abenteuerlich und spannend, bald lebhaft und heiter, immer aber witzig und sprühend vor Leben präsentieren. K. lärmt im letzten Biedermeierjahr provozierend, lustig und treffend, ermutigend für die, die auf Erneuerung hoffen, ätzend-beleidigend für jeden, der an → *Restauration* und »Ruhe in Europa« denkt.

Das Blatt lebt zu einem nicht unerheblichen Teil von der Wortgewandtheit und Schlagfertigkeit berlinischer Provenienz, wobei in den Anfangsjahren der Anteil an Illustrationen weit zurückbleibt. Die Schultze-Müller-Gespräche, die von der 8. Nummer ab als feste Rubrik erscheinen, gehören bald zu den Favoriten der Leserschaft. Schultze und Müller, zwei der in Berlin populärsten Namen, treffen sich als typische Vertreter des Kleinbürgertums, die sich in jeder Lebenslage durch gesunden Menschenverstand und eine gute Portion Berliner Witz auszeichnen.

Im November 1848 läßt General Wrangel das »naseweise« Blatt zwei Meilen im Umkreis der Stadt verbieten. So weit ist es also her mit der »Preßfreiheit« (→ *Pressewesen*), die der König dem Volk versprochen hat. Friedrich Wilhelm IV. ist dem K. anscheinend nicht übel gesinnt, eine telegraphische Anweisung an seinen Minister Manteuffel beweist es, als das Blatt wieder einmal verboten werden soll: »*Kladderadatsch nichts zu Leide thun*«, heißt es darin. Aber das königliche Wohlwollen erweist sich als trügerisch, und die Ereignisse setzen sich über seine Unentschlossenheit hinweg.

In der Silvesternummer '48 spottet das Blatt über die Abschaffung der »roten Farbe« (gemeint ist natürlich die Farbe der → *Revolution*): »*Der Regenbogen enthält fortan nur fünf Farben*«, und alle Vögel haben »*bei Strafe sofortiger Einsperrung ihre roten Federn abzulegen*«; oder: »*Rotbärte und Rotköpfe sind einzufangen und abzuschneiden*«. – Bitterböse Metaphern in Wort und Bild, denn die → *Karikatur* steht diesem Artikel an Schärfe nicht nach; deutliche Winke für alle, die zustimmend oder betroffen zu lesen verstehen und Abschied nehmen vom Biedermeier.

Lit.: L. Hartenstein (Hg.), *Facsimile Querschnitt durch den Kladderadatsch.* Mchn./Bern/Wien 1965.

Kleinstadt

Die Kleinstadt der Epoche gibt sich so »kleinstädtisch« nicht, wenn man bedenkt, daß selbst in Metropolen wie → *Berlin* oder → *München* die Prachtstraßen oft noch in den Äckern der Vorstädte enden und die Stadttore bei Nacht unpassierbar sind, Stadt- und → *Straßenbe-*

Der abgefangene Liebesbrief. *Gemälde von Carl Spitzweg, Öl auf Leinwand. Spitzwegs Gestalten entstammen einer ewig gestrigen Welt, die er, ein Spätgeborener des Biedermeier und Augenzeuge umwälzender Veränderungen, in seinen Bildern als eine glückliche, friedliche und geruhsame Zeit in der Erinnerung bewahrt.*

leuchtung als technisches Wunderwerk bestaunt werden und Ladengeschäfte nicht selbstverständlich an jeder nächsten Ecke anzutreffen sind. Dennoch, die kleinen Städte haben etwas Skurriles, Verwinkeltes, Ungeplantes; konzeptionelle Städteplanung (→ *Architektur*), wie etwa im königlichen München, im kaiserlichen → *Wien*, in Berlin oder → *Dresden*, bilden die Ausnahme.

Im Biedermeier laufen die Straßen und Gassen in aller Regel willkürlich; wer Land besitzt, der baut selbst sein Haus und legt einen → *Garten* an, vergrößert oder reißt ab, ganz nach Belieben. Stadtmauern, oft auch noch -tore, umschließen den »Burgfrieden«, so verhält es sich in der großen und in der kleinen Stadt: wenn eine Residenz wie Dresden seine Mauern schleift, wird das allerorts als Besonderheit und einschneidende Veränderung bemerkt.

Als Bildchronist par excellence tritt → *Carl Spitzweg* hervor, der das Milieu der K. seiner Zeit treulich ausgemalt hat, nicht ohne Bosheit, jedoch charakteristisch in jedem Detail: die spitzgiebeligen Häuser mit den vielen Mansarden, Erkern, Toren und Kaminen; die gemütlichen Gasthäuser mit ihrem einladenden Schild; die Laterne an der Hausecke, den langen Klingelzug neben der Haustür und die Fenster mit massiven Holzläden; den Kirchturm mit der großen Uhr und den Nachtwäch-

Der Bettelmusikant. *Gemälde von Carl Spitzweg, Öl auf Malkarton. Mit der Hingabe des geduldigen Betrachters hat Spitzweg seine Milieu- und Charakterstudien in virtuoser Technik geschaffen. Im* Bettelmusikanten *zeigt der Maler ein Stück Hauswand, das durch Licht und Schatten zu bewegtem Leben gebracht wird. Ein Fenster hat sich geöffnet und ein braver Bürger mit Nachtmütze schaut heraus um sich zu vergewissern, daß er nicht träumte.*

ter, der saumselig auf dem Mäuerchen davor eingenickt ist; den Brunnen, Treffpunkt der Frauen und Mädchen und »Klatschbörse Nr. 1« im Städtchen. Die Kleidung (→ *Mode*), vor allem die Frauenkleidung, ist einfacher als in den Modejournalen der städtischen Dame, hat, regional verschieden, noch viel von der ländlichen Tracht und entspricht insbesondere dem bürgerlichen Repräsentationsstil des Biedermeier.

Die Natur spielt ganz ungezügelt mit: Lauben und Baumgruppen, Vorgärtchen oder das Grünzeug auf den Balkonen wuchern ungeschnitten, nicht rabattiert oder gezähmt, wie die adretten Gärten in den größeren Städten oder die dort streng nach Plan angelegten öffentlichen Gärten und Parks es tun. Ungeniert darf das Unkraut aus den Ritzen des Straßenpflasters sprießen.

Aus den offenen Fenstern hängt die Wäsche, schaut der Kater, der Hund, läßt der Liebhaber das Körbchen mit dem Brief ein Stockwerk tiefer zur Angebeteten schweben, befördert der Postbote, der Kaufmann, das Blumenmädchen seine Obliegenheiten, späht der Nachbar ins Nachbarhaus und der »Voyeur« zur Näherin gegenüber.

Dies alles sieht man zweifellos in der »Großstadt« fast ähnlich, die K. lebt nicht von der Mittelmäßigkeit, die Betonung liegt auf »klein«. Die Dinge rücken näher zusammen: Kirche und Wirtshaus, Friedhof und Marktplatz (→ *Markt*), Alt und Jung, Weiblein und Männlein scharen sich auf kleinem Raum, sind eng beieinander. Auf der Straße, vor der Ladentür (→ *Straßenleben*), wird geschlachtet, man kann dem Bäcker in die Backstube, dem Gelehrten auf den Schreibtisch, dem »Bücherwurm« in die Bibliothek, der Hausfrau in die → *Küche*, dem Kind ins Puppenstübchen und der Köchin in die Pfanne sehen. Daß dies nicht immer nur Idylle schafft, sondern auch Nährboden für böse Nachrede, Intrige, Neid und Kleinlichkeit, vor allem jedoch Eifersucht auf das Leben der Großstadt provoziert, hat der Dichter und Diplomat → *August von Kotzebue* (→ *Burschenschaften*) in seinem Bühnenstück *Die deutschen Kleinstädter*, einer zeitkritischen Komödie, beschrieben.

Die Beamten (→ *Obrigkeit*) aus der Großstadt, in deren Händen in aller Regel auch die Verwaltung der kleinen Städte liegt, benehmen sich in der K. noch hochfahrender, korrupter, autoritärer als in ihrem heimatlichen Amtsbereich. Und, ob nun Segen oder Fluch, die modernen Neuheiten der Technik, der → *Industrie*, → *Medizin* und → *Hygiene* kommen spät, sehr spät aus den Metropolen heraus. Die winkeligen, malerischen Häuser und ihre Bewohner bleiben lange noch über die Epoche hinaus verschlossen gegen mancherlei Annehmlichkeit für Küche, Häuslichkeit oder geselliges Beisammensein.

Leo von Klenze

(* 28.2. 1784 Schladern im Harz; † 27.1. 1864 München)

Klenze gilt als einer der Hauptmeister des Klassizismus in Deutschland. Ab 1800 studiert er zunächst Jura, dann Architektur in → *Berlin;* seine Lehrer sind Friedrich Gilly (1772–1800) und Adolf Hirt. 1803 geht er nach Paris und bildet sich weiter bei Jean Nicolas Durand (1760–1834), Charles Percier (1764–1838) und Pierre-François Fontaine (1762–1853), anschließend reist er durch Südfrankreich nach Genua. Von 1808 bis 1813 arbeitet Klenze als Hofarchitekt König Jerômes (1784–1860), Bruder → *Napoleons,* in Kassel. Nach dessen Sturz geht er nach Paris, dann nach Wien; bei einem Münchenaufenthalt macht er die Bekanntschaft des bayerischen Kronprinzen Ludwig. Zurück in Paris, trifft er 1815 Ludwig wieder und erhält den Ruf nach → *München* mit 24 000 Gulden Jahresgehalt; 1816 übersiedelt Klenze. Im Gefolge des Kronprinzen hält er sich 1818 in Rom auf, nach der Rückkehr, 1820, wird er Hofbauintendant in München (→ *Ludwig I.*). 1823/1824 bereist Klenze Italien und Sizilien, nach der Thronbesteigung Ludwigs im Jahr 1825 ernennt der König ihn zum Baurat. In den folgenden Jahren ist er fast immer auf Reisen: Italien, Frankreich, Rußland, England, Schweiz und im Auftrag des Königs in Griechenland, um griechi-

Oben: *Der Baumeister Leo von Klenze. Lithographie von A. Duncan.*

Unten: *Walhalla, »Tempel der Deutschen Ehren«, 1830–1842 von Ludwig I. von Bayern nach Entwürfen von Leo von Klenze erbaut. Radierung aus dem 19. Jh.*

sche Altertümer zu retten. Nach der Abdankung Ludwigs I. im Jahr 1848 bleibt Klenze als Chef der obersten Baubehörde im Amt.

Wie → *Schinkel* in Berlin, prägt Klenze das Stadtbild Münchens, und zwar in einem Stil, der Züge der griechischen Antike und der italienischen Renaissance vereinigt. Auf seinen unzähligen Reisen sammelt er Eindrükke und Ideen, die er in vielen Skizzenbüchern festhält. Er betätigt sich aber auch als Maler, insbesondere von Landschaften und Architekturbildern. Klenze ist ein urbaner, selbstbewußter Mann von Autorität, exakt in seinen Planungen und in aller Welt tätig, auch als Archäologe und Denkmalpfleger. Seinen fürstlichen Auftraggebern gegenüber tritt er entschieden, auch kompromißlos auf. So entgegnet er dem König von Bayern, als dieser für die Gebäude an der Münchner Ludwigstraße Tempelfronten verlangt, bündig und abschlägig: »*Majestät, die antiken Helden wohnten nicht in Stockwerken übereinander*«, und lehnt es ab, sich mit bürokratischen Verwaltungsdetails zu befassen: »*Man übergebe mir statt der kleinlichen Gegenstände der Baupolizei, statt meine Zeit mit dem Beiwohnen langer Diskussionen über Straßen- und Wasserbauten in Anspruch zu nehmen, als erstem Mitglied der Bausektion die ganze Sparte des Zivilbauwesens, soweit dessen Gegenstände von artistischer Wichtigkeit sind*«, fordert er vom König, und so geschieht es dann.

Zu Klenzes wichtigsten Bauten in München gehören: die Glyptothek (1816–1831), das Leuchtenbergpalais (1817–1821), die Hofgartenarkaden (1826–1831), der Königsbau der Residenz (1826–1835), die Pinakothek (1826–1836), Festsaalflügel und Apothekenflügel der Residenz (1832–1842), die Ruhmeshalle (1843–1854) und die Propyläen (1846–1860); außerhalb Münchens baute er: Theater und Schloß Wilhelmshöhe in Kassel (1812/1813), die Walhalla bei Regensburg (1830–1842), das Ministerium in Athen (1839), das Museum der schönen Künste in Petersburg (1839–1851) und die Befreiungshalle in Kelheim (1849–1863).

Lit.: O. Hederer, *Leo von Klenze – Persönlichkeit und Werk.* Mchn. 1964.

August von Kotzebue. Deutscher Dramatiker und Jurist, ab 1798 Hoftheaterdichter in Wien. Kupferstich von C. Ermer nach F. Jagemann.

August von Kotzebue

(* 3. 5. 1761 Weimar, † 23. 3. 1819 Mannheim)

Der vielseitige Diplomat, Bühnenschriftsteller (er verfaßte etwa 200 Stücke und 17 Opernlibretti), Autor von Erzählungen und Herausgeber von Zeitungen besucht das Gymnasium seiner Heimatstadt, studiert 1777 bis 1779 Jura in Duisburg und Jena und läßt sich 1780 als Advokat in Weimar nieder. Seit 1781 macht er erfolgreich Karriere als hoher Verwaltungsbeamter in russi-

Die Ermordung Kotzebues durch den Jenaer Burschenschafter Karl Ludwig Sand am 23. 3. 1819 in Mannheim. Zeitgenossische farbige Aquatinta-Radierung.

schen Staatsdiensten, er wird geadelt und geehrt, doch seine Liebe gehört dem Theater. Bereits als Student in Duisburg hatte er eine Liebhaberbühne eröffnet, 1789 erscheint sein erfolgreiches Schauspiel *Menschenhaß und Reue*, 1790 quittiert er seine Ämter und zieht sich 1795 auf seinen Landsitz »Friedenthal« bei Reval zurück, um dort zu schreiben.

1798 folgt er einem Ruf als Hoftheaterdichter nach → *Wien*, aber die Stellung ist unangenehm, Intrigen und Konkurrenzneid machen ihm das Leben schwer. Trotz guter Bezüge und der Aussicht auf eine hohe Pension fordert er zwei Jahre später die Entlassung und will nach Rußland zurückkehren. Er ist verwitwet, seine Söhne werden in einer russischen Kadettenanstalt erzogen, Kotzebue hat Besitz und Freunde im Land – aber im Frühjahr 1800 wird er an der Grenze verhaftet und als verdächtiger politischer Schriftsteller nach Sibirien geschickt. Nur ein glücklicher Zufall kommt ihm zu Hilfe. Sein Schauspiel *Der alte Leibkutscher Peters des Großen* (1799) erscheint in russischer Übersetzung als indirekte Laudatio auf den regierenden Zaren Paul I. (1754–1801; (→ *Alexander I.*)), und diese Übersetzung fällt dem Herrscher in die Hände. Sie gefällt ihm so gut, daß er den Dichter zurückholen läßt, gänzlich rehabilitiert und zum Direktor des deutschen Theaters in Petersburg ernennt; überdies erhält Kotzebue ein Krongut

Daß die Tat Sands auch außerhalb der Studentenschaft Sympathie und Zustimmung fand, bestätigt Karl Gutzkow in seinen *Erinnerungen aus der Knabenzeit:*

»An allen Bilderläden, hinter Fenstern und auf offener Straße hingen die Darstellungen der Ermordung Kotzebues, wiedergegeben in allen Einzelheiten, bald im Moment der Anmeldung Sands vor Kotzebues Wohnung in Mannheim, bald im Überfall und Niederwerfen des Schlachtopfers oder in der Gefangennahme des Mörders, wo sich dieser vergebens zu töten versucht hatte. Später gesellten sich noch alle Momente der Urteilsverkündung, die Fahrt zum Hochgericht und das ›Richten‹ selbst hinzu. Überall hing Sands Bildnis. Von hundert Rauchern hatte der vierte Teil gewiß einen Pfeifenkopf mit dem Abbild des Mörders . . .«

in Livland zum Geschenk und den Titel eines Hofrats obendrein. Seine sibirische Verbannung beschreibt er romanhaft in zwei Bänden, *Das merkwürdigste Jahr meines Lebens* (1801).

Nach dem Tod des Zaren kehrt Kotzebue wieder nach Deutschland zurück, zunächst nach Weimar, dann nach Jena; 1803 übersiedelt er nach → *Berlin,* wo er in die Akademie der Wissenschaften aufgenommen wird, bis er 1806 gemeinsam mit Garlieb Merkel die Zeitschrift *Der Freimütige* herausgibt und darin Partei gegen Goethe nimmt. Kotzebue geht auf Reisen, schreibt Stücke, geschichtliche Abhandlungen. 1806 zieht er sich nach Rußland zurück, denn seine öffentlich bekundete Gegnerschaft zu → *Napoleon* bringt ihn in Gefahr; bissig bekämpft er Frankreich mit den Zeitschriften »Die Biene« (1808–1810) und »Die Grille« (1811–1812), die wohlweislich im fernen Königsberg erscheinen.

Zum Staatsrat erhoben, folgt er 1813 dem russischen Hauptquartier nach Berlin, wird 1816 beim Departement des Auswärtigen in Petersburg angestellt und ein Jahr später mit einem Jahresgehalt von 15 000 Rubeln als polizeipolitischer Agent nach Deutschland geschickt. 1818 begründet er das »Literarische Wochenblatt« und verfolgt auf diesem Forum alle liberalen Ideen, das Verlangen nach Pressefreiheit (→ *Pressewesen*), Verfassung und Einheit der Völker mit Spott und Hohn.

Sicherheitshalber verlegt er seinen Wohnsitz vom »Wartburg-nahen« Weimar nach Mannheim, denn die Studenten- und Burschenschaftsbewegung ist sein natürlicher Feind. Umsonst, am 23. März 1819 wird ihm der Besuch eines jungen Mannes gemeldet, der vorgibt, aus Mietau im Kurländischen zu kommen. Es ist der Student → *Karl Ludwig Sand,* der in Wirklichkeit kommt, um an dem, so wird er später aussagen, »*Verräter Volksrache zu üben*« (→ *Burschenschaften*). Im Protokoll steht: »*Ich zog den Dolch aus dem linken Rockärmel, wo ich ihn in einer Scheide verwahrt hatte, und versetzte ihm einige Stiche in die linke Seite. Kotzebue hat während des Angriffs gar nicht gesprochen, sondern nur ein bloßes Gewimmer hervorgebracht, selbst da, als er schon sah, daß ich mit aufgehobenem Arm auf ihn loskam. Er hielt nur die Hände vor und fiel gleich am Eingange des Zimmers linker Hand zusammen.*«

Kotzebue gehört zu den schillerndsten Figuren des frühen Biedermeier. Als Dichter und Schriftsteller oft geschliffen und scharf in Sprache und Aussage, ein zeitkritischer Komödienschreiber *(Die deutschen Kleinstädter)* und über die Maßen produktiv; ein bis zur Bestechlichkeit listiger Diplomat, als Journalist polemisch und intolerant, in seiner oppositionellen Haltung gegen Goethe schließlich nicht ganz im Unrecht, denn der große Alte von Weimar und vor allem seine mediokren Anhänger dominieren die Epoche und verteilen den Lorbeer nach eigenem Gusto (»*Goethe hat ihn gelobt*«, nennt Heine als Indiz für einen *schlechten* Dichter).

»*Verschiedene Leute*«, erinnert sich später Willibald Alexis, »*bedauerten einst Kotzebues Tod aus keinem andern Grunde, als weil er noch recht viel unterhaltende Komödien hätte verfertigen können!*« aber: »*Kotzebue würde, so viele* Neuigkeiten *auch seine unerschöpfliche produktive Kraft noch liefern konnte, doch nichts* Neues *hervorgebracht haben.*« – Der »Kotzebue-Mord« erweist sich als Bumerang, denn er liefert eines der Hauptargumente für die Zensurbeschlüsse von Karlsbad und die damit verbundene Unterdrückung all jener Rechte, gegen die auch der Ermordete gekämpft hatte.

Lit.: *Sämtliche dramatische Werke.* Nachdr. d. Ausg. Lpzg. 1827/1829. 44 Bde. Ffm. o. J.

Franz Krüger

(* 10.9. 1797 Großbadegast bei Köthen; † 21.1. 1857 Berlin)

Franz Krüger ist Porträt- und Tiermaler und vor allem durch seine Pferde- und Kavalleriebilder so bekannt, daß er den Beinamen »Pferde-Krüger« erhält. Bereits während seiner Schulzeit in Dessau nimmt er Zeichenunterricht bei Karl Kolbe d. Ä. (1757–1835), bildet sich

Parade in Potsdam. *Kaiser Nikolaus führt sein Garde-Kavallerieregiment König Friedrich Wilhelm III. vor. Gemälde von Franz Krüger. Die zahlreichen Porträtstudien seiner Freunde im zuschauenden Publikum belegen, daß Krüger mehr deren Wiedererkennbarkeit am Herzen lag als die Apotheose von Preußens Glanz und Gloria.*

Franz Krüger, Selbstbildnis, Litho auf aufgewalztem China, Entstehungsjahr unbekannt. Neben eleganten Reiter- und Paradebildern schuf der Hauptmeister des Berliner Biedermeier Porträts der königlichen Familie, des Adels, des russischen Hofes, aber auch des Bürgertums.

aber vor allem autodidaktisch und beginnt erst spät, in Öl zu malen. Seit 1812 besucht er die Akademie in → *Berlin*, hat 1818 dort seine erste Ausstellung und wird 1825 Professor und preußischer Hofmaler.

Er erhält Aufträge von vielen europäischen Höfen, 1844 und 1850 reist er auf Einladung des Zaren Nikolaus I. nach Petersburg, 1846 hält er sich in Paris auf und lernt dort Eugène Delacroix kennen. Krüger schult sein Talent mit Vorliebe am lebendigen Objekt: in den königlichen Marställen, auf der Jagd, bei der Parade und in der freien Natur. Kriegs- und Jagdbilder, Pferdeställe und Pferdemarkt, der Ausritt feiner Herrschaften, Gäule vor dem Karren, edle Tiere beim Galopp auf der Berliner Rennbahn (→ *Sport*) entstehen nach Skizzen, Kompositions- und Detailstudien, die er in Skizzenbüchern sammelt, in lebhaften Lokalfarben. Daneben ist er ein bedeutender Porträtist, malt vor allem Fürsten mit ihrem Gefolge, zu Pferd in Lebensgröße, »Haupt- und Staatsaktionen« wie z. B. eine große preußische Parade mit mehr als hundert lebensechten Bildnissen (1842) oder die Darstellung der Huldigung von 1840, beide ehemals im königlichen Schloß Berlin. Am Hof in Petersburg und Hannover porträtiert er Mitglieder der Herrscherfamilien, viele Porträtzeichnungen werden erst nach seinem Tod als Kupferstiche oder Lithographien veröffentlicht. Sein bekanntestes Gemälde ist der *Ausritt des Prinzen Wilhelm in Begleitung des Künstlers* (1836), in der Berliner Nationalgalerie: Wilhelm ist der spätere König und Kaiser Wilhelm I.

Den hohen Rang Krügers als Bildnismaler beweist z. B. der Briefwechsel zwischen Goethe und seinem Freund, dem Direktor der Berliner Singakademie Friedrich Zelter (1758–1832). Krüger ist erst dreißig Jahre alt, da schreibt Zelter: »*Herr Krüger hatte sich versprochen, Dein Bild mitzubringen; hast Du ihm denn hergehalten? Er gilt hier für den sichersten Porträtierer und würde es schwer verschweigen, wenn Du ihm gesessen hättest.*« Goethes Antwort: »*Herrn Krüger habe* (ich) *ohnmöglich einige Stunden schenken können, ob er es gleich gar wohl verdient hätte, denn durch ein Bild des Prinzen Wilhelm hat er sich bei mir sehr in Kredit gesetzt.*«

Nach den Ereignissen der 48er Revolution in Berlin fühlt Krüger sich sehr betroffen und äußert sich nur zögernd zu seinem Freund Eduard Fitzau: »*Schon manches freundschaftliche Verhältnis haben politische Meinungsverschiedenheiten gelöst ... Deshalb kein Wort mehr darüber; denn es ist ein Gegenstand, den ich, wie Du weißt, nicht gern berühre. Vielleicht ändere ich auch einmal meine Gesinnung, wenn ich der Hoffnung Raum geben darf, daß aus dem jetzigen Treiben für die Menschheit etwas Gutes entsteht.*«

Lit.: W. Weidmann, *Franz Krüger. Der Mann und das Werk.* Bln. o. J. [1927].

Küche

Im Zentrum der Biedermeierküche steht der mächtige Herd, meist gemauert, mit offenen Feuerstellen und riesigem Rauchfang. Auf dem Rauchfangsims über dem Herd stehen, schnurgerade ausgerichtet, Töpfe, Teller, Kannen, Tiegel, Kellen und Krüge, daneben Küchenwaage und Küchenuhr; verschließbare Schränke findet man noch wenig und wenn, sind sie für seltene Eßwaren vorbehalten. Zur K. gehört ein angrenzender Verschlag für die Vorratshaltung, in dem die großen Vorratsgefäße wie Korb, Truhe, Faß oder Schaff untergebracht sind.

Der Boden ist gefliest, denn oft wird in der K. auch Geflügel geschlachtet: Der Hühnerstall befindet sich gleich nebenan. In einem Gabelkorb stapelt die Hausfrau das Brennholz für den Herd; Hackklotz und Beil stehen bereit. Drehspieß, Gewichte, Wassereimer, Teigmulde – alles steht in greifbarer Nähe bereit, in der Ecke auch der Besen. Insgesamt dient die Biedermeierküche als Geräte-, Vorrats-, Aufenthalts- und Arbeitsraum zugleich.

Vielfältig in Form, Material und Auswahl sind die kleineren Küchengeräte, die die Hausfrau für die Zubereitung all- und sonntäglicher Gerichte verwendet. Da gibt es kupferne Gebäck- und Süßspeisenformen, tongebrannte, oft auch glasierte Gebäckformen, langgestielte Löffel und Pfannen, Steinkrüge, irdene Behälter

Interieur einer Küche in der ersten Hälfte des 19. Jh.s. Gemälde von Martin Drolling d. Ä. So sah es in den deutschen bürgerlichen Küchen der Biedermeierzeit aus, als Heinrich Heine das Sauerkraut mit dem Vers »Sei mir gegrüßt mein Sauerkraut, Holdselig sind deine Gerüche!« besang. Er befaßte sich aber auch mit edleren Produkten, wenn er dichtete:
»Ich danke dem Schöpfer in der Höh',
Der durch sein großes Werde
Die Austern erschaffen in der See
Und den Rheinwein auf der Erde!«

Der Maler Carl Spitzweg war, wie es oft Junggesellen sind, ein Liebhaber der guten Küche; er notierte sich gern Rezepte und probierte sie selbst aus, zum Beispiel:

»Auf einen 12 Pfd-gen Schlegel ¼ Pfund Sardellen. Der Schlegel wird also mäßig mit Speck gespickt und mit dies ein viertel Pfd. Sardellen gleichenfalls. Und jetzt wird er dann zugesetzt wie jeder andere Schlegelbraten mit viel Zwiebel und Butter. Wenn der Braten halb, N. B. halb gebraten ist, so werden in der Fleischseite, nicht von unten hinein, wo der Knochen sitzt, zwei Schnitte gemacht bis in die Hälfte des Bratens (tüchtige Schnitte), und in diese Schnitte werden zwei Weingläser Arrak hineingegossen, dann wird der Braten wieder zugebunden und ausgebraten.«

für Butter und Brot, Fischformen aus getriebenem Kupfer. Aus Paris kommt 1816 die Kunstfertigkeit, Bleche durch Drücken auf der Drehbank zu formen, statt sie wie bisher mit dem Hammer auszutreiben. In Berlin gibt es 1824 Blechformer, die Küchengeräte, Hausrat, aber auch Röhren und Dachrinnen herstellen.

Neben dem reinen Kochgerät findet man im Biedermeierhaushalt auch feinere Nutzgeschirre: Mörser und Stößel aus Messing oder Bronze, Gewürzdosen, -mühlen und -schränkchen, Streubüchsen aus Silber, Kaffeemühlen und – eine Spezialität – Backmodel. Diese sogar mit besonderen Motiven für Kinder, wie Steckenpferd und Ball, Puppe oder Trompete, als Einzelmodel oder in mehreren Motivfeldern. Aus Basel ist ein besonders feines Rezept der Zeit für »Springerle« überliefert.

»*Nimm vom Mehl ein Pfund, siebe es fein und stelle es über Nacht ins Ofenloch. Nimm ein Pfund trockenen Zucker und vier Eier, aber große, zwei Eßlöffel ausgeblasenen Anis – wenn Du's fein haben willst, sollst Du ihn im Ofen blähen. Vom alten Baselbieter Kirsch zwei Eßlöffel (lupft sie gut und vertreibt den Eiergeschmack). Zucker, Eier und Anis laß vom ältesten Buben rühren, dann vom zweitältesten, dann vom dritten, zusammen wenigstens eine halbe Stunde, dann gib Chrisiwasser dazu, schaffe das Mehl darunter und wirke den Teig auf dem Walkbrett, bis er schön verbunden ist. Wälle den Teig auf, aber nicht zu dünn, und drücke mit Sorgsamkeit und Kraft die Model auf. Hernach alles auf mehlbestäubtem Brett 24 Stunden an die Wärme gestellt und bei schwacher Hitze backen. Um sie schön weiß zu haben, stäube vor dem Backen Mehl darauf und blase es nachher weg.*« Einblick in das damalige Hauswesen gibt noch ein Zusatz zum Rezept: »*Kriegen sie* [die Springerle] *keine Füßchen, so schimpfe die Buben aus oder die Stubenmagd: War schlecht gerührt oder Durchzug in der Stube. Springerli ohne Füßchen sind ein Ärgernuß.*«

Solche Leckereien gehören allerdings zur Ausnahme, gewöhnlich sind die Speisen des Biedermeier einfach: Mittags gibt es Fleisch, während der Woche aber nur Suppenfleisch und ausschließlich sonntags Braten, dazu Gemüse, möglichst aus dem eigenen → *Garten.* Die Hausfrau kocht selbst; abends serviert sie Geschlachtetes, an Schlachttagen (oft auf offener Straße) frisch, sonst eingemacht oder gepökelt. Festkuchen bereitet man im eigenen Hause zu und schickt sie dann dem Bäcker zum Backen; aus seiner Backstube liefert er Brot, Kringel, Zwieback. Das Frühstück besteht aus Weißbrot, geschmälzt mit Rinderfett oder Speck, bei Armen sogar mit Rüböl; mit Butter wird gespart. Auch wenn Besuch kommt wird dieser nicht unbedingt aufwendig bewirtet.

Kochbücher sind selten und meist schlecht. 1822 verfaßt der Kunsthistoriker und Schriftsteller Karl Friedrich von Rumohr (1785–1843) sein Werk *Vom Geist der Kochkunst* und verlangt darin Besinnung auf den Eigengeschmack der Speisen; das »Allzuviel« auch in der Mischung verwirft er. Ähnlich denkt 1825 sein französischer Kollege Brillat-Savarin (→ *Gasthaus*). Erst gegen Mitte des Jh.s kommt dann eine Fülle meist üppiger, aufwendiger Kochbücher auf den Markt.

Lit.: U. Klever, *Alte Küchengeräte. Backen und Kochen.* Mchn. 1979.

Künstlerleben

Soweit es ihnen gelingt, mit ihren Werken durch die Maschen der Zensur zu schlüpfen, Anerkennung zu finden (nicht etwa wie → *Spitzwegs Armer Poet* im kalten, ungemütlichen Dachkämmerchen zu hausen) und materiellen Wohlstand zu erlangen, leben die Künstler im Biedermeier fröhlich und gut. Das Mäzenatentum der Könige und Fürsten, eigener Grundbesitz, eventuell eine Professur, die feste Anstellung bei einer Bühne oder das Stipendium eines wohlhabenden Gönners oder Freundes erlauben ein Maximum an Freiheit. – Mißerfolg, wie ihn z. B. der Maler → *Schwind* lange Zeit hatte, bedeutet allerdings unweigerlich Hunger und blanke Not.

Caspar David Friedrich im Atelier. *Gemälde von Georg Friedrich Kersting. Kersting zeigt seinen Freund vor der Staffelei sitzend beim Malen. Der Raum ist nüchtern und karg möbliert. Außer der Staffelei, einem Stuhl, einem Arbeitstischchen und an der Wand hängenden Malutensilien kann nichts die Konzentration des Betrachters auf den Maler und das Malen stören. Kersting erreicht damit eine Bildintensität, die über eine einfache Milieuschilderung weit hinausgeht.*

Die Ateliers der Zeit sind eher karg eingerichtet; Staffelei, Palette, ein Ruhebett, der Stuhl für Porträtsitzungen, eventuell ein Schränkchen, um die Malutensilien wegzuschließen, gehören zum spärlichen Mobiliar; von den prunkvollen Räumen der späteren Makart- und Stuckzeit noch keine Spur. Künstlerfeste in solchem Rahmen präsentieren sich eher sparsam, man trifft sich lieber im → *Kaffeehaus*, im → *Gasthaus* oder zur → *musikalischen Soirée* als in der Malerstube. Anders verhält es sich indessen mit den »offiziellen« Künstlerfesten; dazu versammelt man sich aus einem gegebenen Anlaß: Jubiläum, Huldigungstag, auf Einladung und unter Patronage.

Berühmt ist das Abschiedsfest, das die deutschen Künstler in Rom (→ *Malerei*) dem damaligen Kronprinzen Ludwig von Bayern geben. Dieser hält sich 1818 und später noch mehrere Male in der Ewigen Stadt auf und lebt, feiert, trinkt und ißt, schwärmt und studiert dort mit ihnen fast als Gleicher unter Gleichen. Beim Lebewohl in der vor der Porta del Popolo gelegenen Villa Schultheis, zu dem die bayerischen Gäste mit den Künstlern und deren Damen in altdeutscher Tracht erscheinen, ist des Tafelns und Lebehochs im mit Transparenten, Girlanden, Blumenarrangements und üppig beladenen Tischen ausgestatteten Saal kein Ende. Die bedeutendsten Maler (Peter Cornelius, 1783–1867; Carl

Kronprinz Ludwig von Bayern in der spanischen Weinkneipe in Rom. Gemälde von Franz Catel (1768–1856) aus dem Jahr 1824. Ludwig, ganz hinten auf der Bank, winkt gerade dem Wirt Don Raffaele. Der Kronprinz befindet sich in Gesellschaft seiner Reisebegleiter und Künstler. Neben ihm auf der Bank Thorwaldsen und Graf Seinsheim, links vom Prinzen Klenze, Martin Wagner, Johann Veit, Johann Nepomuk Ringseis (mit erhobenem Glas), Julius Schnorr von Carolsfeld, Freiherr von Gumppenberg und Franz Catel, der Maler, selbst.

Philipp Fohr, 1795–1818; Franz Horny, 1798–1824; Joseph Anton Koch, 1768–1839; Friedrich Overbeck, 1789–1869; Johann Anton Ramboux, 1790–1866; Johann Christian Reinhart, 1761–1847; Wilhelm Schadow, 1788–1862; Julius Schnorr von Carolsfeld, 1794–1872; Wilhelm Wach, 1787–1845), Bildhauer (Konrad Eberhard, 1768–1859; Johann Leeb, 1790–1863; Christian Rauch, 1777–1857; Johann Nepomuk Schaller, 1777–1842; Bertel Thorvaldsen, 1770–1844; Johann Martin Wagner, 1777–1858) und Gelehrten sowie Diplomaten stehen auf der imposanten Gästeliste, und der Kronprinz gibt sich leutselig und zugleich wehmütig beim Adieu der Freunde. – Das bleibt so, auch als er König ist. 1840 findet in München das große Dürerfest statt, und → *Ludwig I.* begrüßt beim Eintreten die Anwesenden völlig unzeremoniell: »*Ich bin ja kein Gast, ich gehör' ja zu euch!*«

Das Stellen lebender Bilder, die Kostümierung nach Romanen – bei einer Maskerade in → *Dresden* im Jahr 1822 sind Figuren nach Romanen → *Walter Scotts* (→ *Trivialliteratur*) obligatorisch –, Theaterstücken, Gemälden ist auf Festen sehr beliebt. Die Dürerzeit behauptet lange die Favoritenstelle; man führt mittelalterliche Tänze und nachgestellte Turniere vor, die Verkleidung hat nichts Spontanes, Extemporiertes, sie ist maßgeschneidert und kostbar wie eine Ballrobe. Wo ein strenger Themenkodex vorgeschrieben ist, müssen sich nicht nur die einzelnen Festbesucher »spezialisieren«, sondern alle untereinander absprechen, wer als »was« kommt, um ein Malheur zu vermeiden, wie es in → *Berlin* auf einer Redoute im privaten Kreis geschehen ist. Thema des Abends: Schillers *Wallenstein*, und zur Verlegenheit der Damen erscheinen gleich mehrere Theklas und Gräfinnen Terzkys, zu ihrem Trost allerdings auch zahlreiche »Mäxe«, Oktavios und Senis.

Künstleranekdoten der Epoche sind Legion: Der Schauspieler → *Ludwig Devrient* spielt Shakespeares *Falstaff* und muß in der Rolle des großen Trunkenbolds »Sec«, spanischen Süßwein verlangen. Nach der Vorstellung geht er in seine Stammkneipe, setzt die Rolle fort und ruft dem Kellner zu: »Gib mir ein Glas Sec, Schurke! Ist keine Tugend mehr auf Erden?« Eilends bringt der Bedienstete das gewohnte Lieblingsgetränk des Künstlers, eine große Flasche Champagner, und damit ist der deutsche Name des französischen Schaumweins geboren.

Der Dichter → *E. T. A. Hoffmann*, Devrients Freund, ist zugleich sein strengster Kritiker und pflegt ihn nach jeder Vorstellung, beim Weintrinken in der Kneipe, stillschweigend zu kneifen: Heftig, wenn er gut, schwach, wenn er schlecht gespielt hat. Eines Tages nun, nach der umjubelten Premiere von Shakespeares *Heinrich IV.*, kneift Hoffmann überhaupt nicht. Der Schauspieler

Nach seiner Abreise aus Italien dankt der Kronprinz den Künstlern mit einem symbolischen Geschenk, einer Flasche Steinwein, Jahrgang 1631. Ludwigs Begleitverse dazu lauten:

Nehmet freundlich an, was ich euch gebe;
Wenig ist's, ich hab davon nicht mehr.
Wenn ihr trinket diesen Saft der Rebe,
Denket dessen, der sich trennte schwer,
Der euch nie und nimmer wird vergessen,
Der euch Lieb für Liebe wiedergibt;
Sie besitzen, wie er sie besessen,
Möcht er ewig, wie er selbst euch liebt.
Trinkt die alten Tropfen von dem Steine,
Ihr Erwecker alter teutscher Kunst,
Alte Kunst gehört zu altem Weine,
Voller Geist sind beide, sind kein Dunst . . .
Wie der Wein der Teutschen mit den Jahren
Seine Güte immer mehr bewährt,
So wird euer Ruhm sich fest bewahren,
Wird im Lauf der Zeiten noch vermehrt.

wird unruhig, läuft grimmig um den Tisch herum, stößt, schließlich ratlos, den Freund in die Rippen, darauf dieser: »Du hast gespielt wie ein Schwein.« Devrient packt ihn: »Satan! Ich zerreiße dich!« Hoffmann: »Setz dich und hör zu. Du hast den ersten Teil gespielt wie ein Gott; weil du aber den zweiten Teil ebenso gespielt hast, so hast du gespielt, wie ich gesagt habe. Bedenkst du denn nicht, daß Falstaff im ersten Teil meist der Gefoppte und Gehänselte ist, im zweiten Teil aber selber foppt und hänselt und da also ein ganz anderer Kerl sein muß? Das aber hast du nicht hervorgebracht, und darum hast du gespielt wie . . .« Devrient: »Zum Teufel, du hast recht.« Er geht seine Rolle nochmals durch und kann sich fortan vergnügt die »blauen Flecken« reiben.

Auch der Maler Friedrich Wasmann (1805–1886) bestätigt den wohltätigen Einfluß der Kunststadt München. Immer, wenn Maler zusammentrafen, floß der Wein »von den schönsten Namen des Rheins« in Strömen. »Gesundheiten wurden getrunken, des Königs, der Professoren, auf Vergessen allen Zwistes und Haders, wie sie unter Künstlern stattfinden. Man herzte, umarmte sich, bat um Verzeihung, brach in den lautesten Jubel oder in Tränen aus, je nachdem sich nach der Verschiedenheit des Landes und der Temperamente die Wirkung des Weines kundgab.«

Moritz von → *Schwind* verlobt sich mit einem überaus frommen Mädchen. Sie betet ununterbrochen, läßt keinen Kirchgang aus und verlangt schließlich vom lebensfrohen Künstler dasselbe. Der aber löst die Verbindung mit dem Ausruf: »Dann heirat' den Papst!«

Ferdinand → *Waldmüller* sitzt gemeinsam mit Franz Steinfeld in der Natur, beide malen. Der Kollege ist eben Professor an der Akademie geworden und entsprechend stolz. Nach kurzer Frist springt Waldmüller auf, der andere fragt: »Bist scho fertig? Zeig her, was du gemacht hast.« Nach einem kurzen Blick auf die Arbeit seufzt er: »Und ich bin Professor und soll den jungen Leuten zeigen, wie man Landschaften malt.«

Die Tänzerin Fanny Elßler gibt in Rom ein Gastspiel: der Erfolg ist überwältigend, man will ihr zum Dank eine silberne Krone schenken. Davon erfährt der Papst, er spottet: »Da hier der Kopf eine kleinere Rolle spielt, gebt ihr lieber silberne Pantoffeln.«

Heinrich Heine liegt auf dem Sterbebett; der Pfleger ermahnt ihn, sein turbulentes Leben demütig zu beschließen und Gott um Vergebung aller irdischen Sünden zu bitten. Darauf der Dichter: »Dieu me pardonnera, c'est son métier« (Gott wird mir verzeihen, das ist sein Beruf).

Ferdinand von Freiligrath verlobt sich und schreibt seinem Freund Wolfgang von Königswinter zur Übersendung der Verlobungskarte: »Die inliegende Karte ist das Neueste, was ich habe drucken lassen und – ich meine das Beste!«

Der Karikaturist des Berliner Volkslebens, Theodor Hosemann (1807–1875), erteilt einem einflußreichen Mann Zeichenunterricht und wird von diesem unentwegt als »Herr Professor« angesprochen; der Künstler schließlich bescheiden: »Ich bin kein Professor.« Darauf der andere: »Das ist ein Fehler, der sofort korrigiert werden soll!« Kurz danach erhält Hosemann die Professur und mit dem Titel 500 Taler jährlich.

Lit.: T. Kellen (Hg.), *Anekdotenbibliothek*. Stg. 1909.

Omnibus mit Druckfederlagerung. Die in den Weltstädten schon im frühen 19. Jh. sprunghaft ansteigende Bevölkerungszahl erforderte neue leistungsfähige Verkehrsmittel. Ein eigenständiger Omnibusfahrzeugtypus entstand erst in den dreißiger Jahren. – Das Wageninnere war über einen geschweiften Eisenauftritt von hinten her zu besteigen; vor Sonne schützten leichte grüne Stores.

Kutschen und Wagen

Für Ausflüge mit dem Wagen, zum Picknick oder für die Landpartie bestellen die Biedermeiers den Lohnkutscher, in → *Wien* und auch in → *München* Fiaker genannt. Für die → *Reise* benutzt man die → *Postkutsche*, über eigene W. verfügen in der Regel nur → *Adel* und Fürstlichkeiten. Äußere Eleganz und Schönheit, verbunden mit einem Maximum an Bequemlichkeit und Nützlichkeit kennzeichnen die K. und W. der Biedermeierzeit – in ihrer Art oft kleine Kunstwerke.

Da gibt es das geschlossene Coupé als Stadt- und Reisewagen für die kalte Jahreszeit, bei längeren Fahrten oder Reisen mit einem Rolleau versehen; den Landauer, ein für kleine Ausfahrten bevorzugtes Fahrzeug, dessen Verdeck bei schönem Wetter zurückgeschlagen werden kann; die elegante Kalesche, einen leichten, vierrädrigen Wagen mit zurückklappbarem, halbem oder ohne Verdeck; die Pritschka, den robusteren, massiveren Typ der Kalesche, auch als Post- oder Transportfahrzeug verwendet; die Phaetons, vierrädrige Fuhrwerke mit kurzem Gestell und hoch aufgehängtem Kasten, zweisitzig und bei jungen, sportlichen Selbstfahrern sehr beliebt wie auch das offene Cabriolet – ebenfalls zum Selbstkutschieren gedacht –, das in Frankreich und England sehr in Mode war, in Deutschland aber nur wenige Liebhaber fand.

Die Fahrzeuge sind mit Druckfederanlage, einem meist beleuchteten Kutschbock, gepolsterten Sitzen und Speichenrädern (hinten höher, vorne niedrig) ausgestattet. Nach denselben Prinzipien werden auch die W. für den Pferdeomnibus, den Postwagen, den Lei-

Aus der »Fiaker-Ordnung für die Haupt- und Residenzstadt München«: Zum »Fiakern« sind alleine konzessionierte Lohnkutscher und andere »angesessene Einwohner« zugelassen; das tariflich geregelte Gewerbe wird mit »guten« lizensierten zweispännigen Wagen, »verläßigen Pferden und brauchbaren Geschirren« ausgeübt, was beides auch »öfters untersucht« wird. Als Standplätze sind der Schrannen-(heutiger Marien-)Platz sowie das Schwabinger-, Karls- und Sendlinger Tor vorgesehen, wo die viersitzigen Fiaker täglich zwölf, zur Sommerszeit dreizehn Stunden zur Verfügung stehen müssen.

chenwagen und die pferdebespannte → *Eisenbahn* gebaut. Coupé, Landauer, Cabriolet gibt es auch als Schlittenmodelle, »welche in der Schönheit und Zeichnung, dem richtigen Verhältnisse und Ebenmaaß aller Theile, dem Geschmack und dem Reichthume der Ausstattung, der Leichtigkeit und Festigkeit des Baues unübertreffbar« sein sollen. (J. Chr. Ginzrot, Kgl. Bayer. Wagenbauinspektor). W. und Schlitten en miniature sind auch als → *Spielzeug* sehr beliebt.

Lit.: J. Dinkel, *Wagenmoden im Biedermeier. Stadtwagen, Reisewagen und Sportfahrzeuge zwischen 1830 und 1840.* Dortmund 1981 (Die bibliophilen Tb., 239).

Josef Lanner

(* 11. 4. 1801 Wien; † 14. 4. 1843 Oberdöbling bei Wien)

Schon als ganz junger Mann schließt Lanner sich mit einigen Altersgenossen zu einem Streichquintett zusammen und komponiert und arrangiert seine Musik dafür. Im Laufe der Zeit entwickelt sich daraus ein komplettes Orchester, das Lanner führt und mit seinen Tanzweisen populär macht. Er wird zum Kapellmeister des zweiten Bürgerregiments und zum Ehrenbürger von → *Wien* ernannt und macht in seiner Heimatstadt den → *Walzer* berühmt und gesellschaftsfähig. In öffentlichen Ballsälen spielt er zum Tanz auf, sein gefährlichster Rivale, zeitweilig auch sein Partner, ist → *Johann Strauß Vater*. Manches Gasthaus besucht man nicht eigentlich in der Absicht, um dort zu speisen, sondern die Kapelle von Josef Lanner zu hören und zu ihrer Musik zu tanzen.

Josef Lanner. Lithographie von Kriehuber. Bereits 1824 ist Lanner Leiter eines eigenen, überaus erfolgreichen Orchesters, in dem auch Johann Strauß Vater, der Schöpfer des Wiener Walzers, spielt. Lanners Kompositionen, darunter 208 Märsche, werden vom Publikum begeistert aufgenommen.

Die kollegiale Eifersucht zwischen Lanner und Strauß geht schließlich so weit, daß es zu einer handgreiflichen Auseinandersetzung im Saal kommt. Lanner komponiert daraufhin einen *Trennungswalzer*. Aber schon 1826 treten beide wieder zusammen bei Veranstaltungen auf. Lanners berühmteste Walzer sind *Die Schönbrunner* und *Die Werber*. Außerdem schreibt er Galopps, Quadrillen, Märsche, Potpourris, eine Ouvertüre zu dem Zaubermärchen *Der Preis einer Lebensstunde* und die Musik zu einer Pantomime. Die Zahl seiner gedruckten Kompositionen beläuft sich auf mehr als zweihundert.

Lit.: F. Lange, *Joseph Lanner und Johann Strauß. Ihre Zeit, ihr Leben, ihr Werk.* o. O. 1919.

Literatur

Die Mehrschichtigkeit und Vielbödigkeit des Biedermeier erweist sich vielleicht am deutlichsten in der Literatur und dem Umfeld, in dem sie entsteht. Die wichtigsten literarischen Werke der Zeit haben mit den Stilmerkmalen des Biedermeier überhaupt nichts zu tun. Es ist noch Goethezeit; der große Alte, der Olympier von Weimar, stirbt 1832, auf der Höhe einer Epoche, die eben den Wirrnissen der revolutionären dreißiger Jahre noch einmal entkommen ist. Und Goethes Protektor, Carl August von Sachsen-Weimar (1757–1828), gibt freiwillig, was andere Fürsten später, und nur unter Druck gewähren: 1816 hat sein Land als erstes in Deutschland eine Verfassung.

Bis 1843 sitzt im Turm am Neckarufer in Tübingen der schwäbische Griechenlandsänger und -seher Hölderlin in totaler geistiger Umnachtung. Unvereinbar stehen der düster-visionäre Georg Büchner, die im Mittelalter wurzelnden Romantiker, die liberalen Jungdeutschen – eine lose verbundene Gruppe, die durch ihre Dichtung politisch wirken will und der → *Heine,* Gutzkow, Heinrich Laube (1806–1884), Ludolf Wienbarg (1802–1872) und Georg Herwegh (1817–1875) angehören –, Dichter wie der behutsame → *Mörike,* der die Welt noch einmal harmonisieren möchte, funkelnde Spötter wie → *E.T.A. Hoffmann,* dekadente Nachromantiker wie der Sonett-Künstler von Platen oder der empfindsame Rückert, die gemütvolle Dichtergruppe der Schwaben um Uhland, Justinus Kerner und Gustav Schwab in einer Zeit nebeneinander, die im Grunde ganz anders denkt und fühlt, als sie alle miteinander, und die sich an gefühlvollen Stammbuchversen (→ *Stammbuch*), kecken Possen und sentimentalen Poesien ergötzt (→ *Trivialliteratur*).

Die Dichter Ludwig Uhland (1782–1862, rechts) und Gustav Schwab (1792–1850, Mitte) bei Justinus Kerner (1786–1862, links) in Weinsberg. (Nach dem Steindruck von Breitschwert).

Und erst 1825 stirbt Jean Paul (Friedrich Richter, geb. 1763), der poetisch beredte Prosaist und Erzähler, fast schon ein »Relikt« aus der Epoche der Empfindsamkeit des 18. Jh.s (erst zwei Jahre nach des Dichters Tod erscheint *Selina oder Über die Unsterblichkeit der Seele).* Die ganz Großen des erzählerischen Realismus, → *Stifter* und Gotthelf, die Droste-Hülshoff und Balzac, beginnen mit ihren ersten Werken, Wissenschaftler wie die Brüder Grimm, nähern sich der Sprache gliedernd und analytisch, fast gleichzeitig bringt Tieck das Œeuvre Shakespeares endgültig in die deutschsprachige Literatur ein.

Es gibt also kaum typische Biedermeierliteratur, wohl aber eine biedermeierliche Lese-*Kultur.* Man liest allenthalben, in der → *Familie,* in gesellschaftlichen Zirkeln, im → *Salon,* sogar die → *Kinderbücher* haben ihre eigene Blüte. In der → *Küche* macht sich das »Kochbuch« breit, man erfreut sich an Almanachen, Erbauungsbüchern, Kalendern, Journalen. Bereits einige Zeit vor dem Biedermeier berichtet der Dichter Heinrich von Kleist (1777–1811), wie er in einer Würzburger Leihbibliothek vergeblich nach den Werken Lessings, Goethes und Schillers fragt. Man zeigt ihm gewaltige Regale voll L., und zwar sind es Rittergeschichten. Ihre Einteilung, so sagt man ihm, ist sehr einfach: rechter

Hand Rittergeschichten *mit* Gespenstern, auf der linken Seite solche *ohne* Gespenster.

Beliebt sind Reiseerzählungen, Schauerromane, auch schlüpfrige erotische Romane, die allerdings unter dem Tisch gehandelt werden, daneben Lexika, Reiseführer, Gesundheitsbücher. Lyrik, von oft selbstgereimten Stammbuchversen abgesehen, hat einen geringen Stellenwert.

Bücher werden häufig ausgeliehen, im Freundeskreis, aber auch in Leihbibliotheken, die wiederum dem Buchhandel Probleme schaffen. Man nimmt sie mit auf → *Reisen*, zum Picknick, und deswegen sind Taschenbücher in winzigen Formaten beliebt. Der Literaturkritiker Hermann Marggraf (1809–1864) moniert um 1840 erbost: »*Damit der Leser es weiß: wir befinden uns jetzt auf dem Tanzboden der Zeit, wo die Taschenbuchmacher ... den Reigen der Literatur anführten. Die bare, nackte und frevelhafteste Mittelmäßigkeit hatte mit ihrem Fett- und Wasserbauche auf dem Lotterbett der schönen Literatur und den Dielen der Bühne Platz genommen. Da dehnte sie sich und blinzelte mit den Augen und fertigte aus dem allerweichsten Wachs der Sprache kleine zärtliche Figuren mit küßlichen Lippen und sammetnen Wangen, zierlichen Wädchen und angenehmen Beinchen, die bis zum Strumpfband zu sehen waren ... Die Mittelmäßigkeit aber übt auf die mittelmäßige Menge eine große Gewalt aus, wenn nicht eine schwere Not der Zeit, oder eine Zeit der schweren Not vorhanden ist und die Weltgeschichte durch laute Mahnungen nicht zum Ernst und zur männlichen Würde auffordert. Alles nahm eine Taschenbuchnatur an ...*«

Zur Biedermeierzeit schreiben und erscheinen:

1815 von Joseph von Eichendorff (1788–1857) der Roman *Ahnung und Gegenwart;* die erste Gesamtausgabe der Werke Friedrich Schillers (1759–1805) durch Gottfried Körner (1756–1831), in 12 Bänden (seit 1812); Friedrich Schlegels (1772–1829) zweibändige *Geschichte der alten und neuen Literatur;* von Gustav Schwab (1792–1850) ein *Neues deutsches allgemeines Commers- und Liederbuch;* → *August von Kotzebues* (1761–1819) *Geschichte des deutschen Reiches (→ Burschenschaften);* von Ludwig Uhland (1787–1862) der Band *Gedichte.*

Joseph Freiherr von Eichendorff. Zeichnung von Franz Kugler (1808–1858). Der deutsche Lyriker und Erzähler wurde vor allem durch seine vielfach vertonten volksliedhaften Gedichte zum Vollender der deutschen Romantik. Sein Roman Ahnung und Gegenwart *gilt als Prototyp des romantischen Romans.*

1816: Johann Wolfgang von Goethe (1749–1832) *Die italienische Reise; Deutsche Sagen* von Jakob (1785–1863) und Wilhelm Grimm (1786–1859); → *E.T.A. Hoffmanns* (1776–1822) Roman *Die Elixiere des Teufels;* von Ludwig Tieck (1773–1853) *Phantasus*, eine Sammlung verschiedener Dichtungen und Märchen; George Noël Lord Byrons (1788–1824) Verserzählung *Die Belagerung von Korinth.*

1817: Achim von Arnims (1781–1831) historischer Roman *Die Kronenwächter;* Byrons dramatisches Ge-

Kalligraphischer Schmuck für die Erstausgabe von Goethes lyrischem Alterszyklus West-östlicher Divan. *Nach einem Entwurf von Goethe von C. Ermer, 1818. Goethes großes lyrisches Spätwerk ist Zeugnis seiner Beschäftigung mit der altpersischen Dichtung (seit 1814) und der Begegnung mit der ehemaligen Balletttänzerin Marianne von Willemer.* Der Divan *ist – über das lyrische Dokument einer Liebe hinaus – von Weltanschauungsdichtung bestimmt und enthält naturwissenschaftliche, theologische und ästhetische Spruchdichtung.*

dicht *Manfred;* E.T.A. Hoffmanns Erzählungen *Nachtstücke;* von → *Franz Grillparzer* (1791–1872) das Trauerspiel *Die Ahnfrau.*

1818: Clemens Brentanos (1778–1842) Erzählung *Die Geschichte vom braven Kasperl und dem schönen Annerl;* Grillparzers Schauspiel *Sappho;* Uhlands Drama *Ernst Herzog von Schwaben.*

1819: Byrons *Don Juan* (bis 1824); Goethes Lyriksammlung *West-östlicher Divan;* Eichendorffs Roman *Das Marmorbild;* von Jakob Grimm, eine *Deutsche Grammatik* (vier Bände bis 1834), eine Grundlage der modernen deutschen Sprachlehre; Hoffmanns Märchen *Klein Zaches.*

1820: Arnims Erzählung *Die Majoratsherren;* Hoffmanns *Lebensansichten des Katers Murr nebst fragmentarischer Biographie des Kapellmeisters Johannes Kreisler;* von → *Walter Scott* (1771–1832) der Roman *Ivanhoe;* Alexander Puschkins (1799–1837) Verserzählung *Ruslan und Ludmilla.*

1821: von Hoffmann *Die Serapionsbrüder* in vier Bänden (seit 1819); Heinrich von Kleists (1777–1811) *Hermannsschlacht* und *Prinz Friedrich von Homburg,* postum von Ludwig Tieck herausgegeben.

1822: Grillparzers Trauerspiel-Trilogie *Das goldene Vlies;* Hoffmanns Märchen *Meister Floh;* von Karl Immermann (1796–1840) *Gedichte.*

Oben: *Illustration zu Joseph von Eichendorffs Novelle* Aus dem Leben eines Taugenichts.

Unten: *Karl Leberecht Immermann (1796–1840). Immermanns Dichtung steht am Übergang vom Idealismus zum Realismus im 19. Jh.; er selbst empfand sich als Epigone von Klassik und Romantik.*

1823: Goethes *Marienbader Elegie* (→ *Bad*); Friedrich Rückerts (1788–1866; → *Gartenlaube*) Gedichte *Liebesfrühling.*

1824: → *Heinrich Heines* (1797–1856) *Harzreise.*

1825: Grillparzers Schauspiel *König Ottokars Glück und Ende;* von Alessandro Manzoni (1785–1873) der Roman *Die Verlobten;* Wilhelm Müllers (1794–1827) *Neugriechische Volkslieder;* August Graf von Platens (1796–1835) *Sonette aus Venedig;* Puschkins erste russische Tragödie *Boris Godunow.*

1826: Eichendorffs Novelle *Aus dem Leben eines Taugenichts;* von Wilhelm Hauff (1802–1827) *Mitteilungen aus den Memoiren des Satans* und der Roman *Lichtenstein;* Uhland und Schwab geben Friedrich Hölderlins (1770–1843) *Gedichte* heraus.

1827: Christian Dietrich Grabbes (1801–1836) Lustspiel *Scherz, Satire, Ironie und tiefere Bedeutung;* Hauffs historischer Roman *Jud Süß;* Heines *Buch der Lieder;* Scotts Roman *Das Leben Napoleons.*

1828: der Briefwechsel *Goethe-Schiller;* die Posse *Der Alpenkönig und der Menschenfeind* von → *Ferdinand Raimund* (1790–1836).

1829: Goethes *Wilhelm Meisters Wanderjahre;* von Honoré de Balzac (1799–1850) *Die Menschliche Komödie*, ein Zyklus von Sittenromanen in 40 Bdn.; Grabbes Schauspiel *Don Juan und Faust;* Wilhelm Grimms *Die deutsche Heldensage.*

1830: Stendhals Roman *Rot und Schwarz;* Balzacs *Tolldreiste Geschichten*, erotische Erzählungen im Barockstil; Immermanns Märchen *Tulifäntchen.*

1831: Adelbert von Chamissos Gedichtzyklus *Frauenliebe und -leben;* Balzacs Roman *Die Frau von dreißig Jahren;* Goethes *Gesammelte Werke letzter Hand* (40 Bände, seit 1827); Anastasius Grüns (1806–1876) *Spaziergänge eines Wiener Poeten*, Gedichte gegen → *Metternich (→Wiener Kongreß);* Grabbes Schauspiel *Napoleon oder die Hundert Tage;* Heines (er übersiedelt nach Paris) *Reisebilder;* von Victor Hugo (1802–1885) der historische Roman *Der Glöckner von Notre Dame.*

1832: Goethes *Faust*, zweiter Teil; Immermanns dramatisches Gedicht *Merlin;* Nikolaus Lenaus (1802–1850) *Gedichte;* Eduard Mörikes (1804–1875) Roman *Maler Nolten;* Puschkins Schauspiel *Mozart und Salieri.*

1833: Eichendorffs Lustspiel *Die Freier;* von Ludwig und Dorothea (1799–1841) Tieck und Wolf Graf Baudissin (1789–1878) die Edition der Werke Shakespeares (9 Bände, seit 1825, als Ergänzung der Übersetzung von August Wilhelm Schlegel, 1797–1810).

1834: Balzacs Roman *Vater Goriot;* von Edward Lytton Bulwer (1803–1873) der historische Roman *Die letzten Tage von Pompeji;* Grillparzers Märchendrama

Der Traum ein Leben; Puschkins Novelle *Pique Dame;* Wienbargs *Ästhetische Feldzüge* (sie formulieren das Programm des liberalen »Jungen Deutschland«).

1835: Hans Christian Andersens (1805–1875) *Märchen und Geschichten* (bis 1872); → *Bettina von Arnims* (1785–1959; → *Emanzipation*) autobiographischer Roman *Goethes Briefwechsel mit einem Kinde;* Karl Gutzkows (1811–1878) Frauenroman *Wally die Zweiflerin;* Georg Büchners (1813–1837; → *Obrigkeit*) Drama der großen Französischen Revolution (1789), *Dantons Tod.*

1836: von Charles Dickens (1812–1870) der Roman *Die Pickwickier* (bis 1837); Johann Peter Eckermanns (1792–1854) *Gespräche mit Goethe in den letzten Jahren seines Lebens* (1823–1832); Nikolai Gogols (1809–1852) Bestechungskomödie *Der Revisor; Die Romantische Schule* von Heine; Immermanns zeitkritischer Roman *Die Epigonen;* Lenaus dramatisches Gedicht *Faust.*

1837: Büchners Tragödie *Woyzek* (Wozzeck) (handschriftlich hinterlassen); Dickens sozialkritischer Roman *Oliver Twist* (bis 1839); Eichendorffs Gedichtsammlung *Das Schloß Durande.*

1838: Brentanos Märchen *Gockel, Hinkel und Gackeleia;* Annette von Droste-Hülshoffs (1797–1848) *Gedichte;* Immermanns Roman *Münchhausen;* Mörikes *Gedichte; Die schönsten Sagen des klassischen Altertums* von Schwab.

1839: Ferdinand Freiligraths (1810–1876) *Gedichte;* Rückerts Lehrgedicht *Die Weisheit des Brahmanen;* Stendhals Roman *Die Kartause von Parma;*

1840: die Erzählung *Der Mantel* von Gogol; Grillparzers Trauerspiel *Des Meeres und der Liebe Wellen* und sein Lustspiel *Weh' dem, der lügt;* August Heinrich Hoffmann von Fallerslebens (1798–1874) *Unpolitische Lieder;* Friedrich Hebbels (1813–1863) Schauspiel *Judith;* der psychologische Roman *Ein Held unserer Zeit* von Michael Lermontow (1814–1841).

1841: James Coopers (1789–1851) Indianererzählungen *Lederstrumpf* (seit 1823); Jeremias Gotthelfs (1797–1854) Erziehungsroman *Uli der Knecht;* von Edgar Allan Poe (1809–1849) *Der Mord in der Rue Morgue* und andere Kriminalgeschichten; Eichendorffs Novelle *Die Glücksritter.*

1842: Droste-Hülshoffs Erzählung *Die Judenbuche;* Gogols Roman *Die toten Seelen;* → *Johann Nestroys* (1801–1862) Posse *Einen Jux will er sich machen;* von Eugène Scribe (1791–1861) das politisch-satirische Lustspiel *Ein Glas Wasser.*

1843: Gotthelfs Erzählung *Geld und Geist;* Hebbels Trauerspiel *Genoveva;* Lenaus fragmentarisch gebliebenes dramatisches Gedicht *Don Juan.*

Annette Freiin von Droste-Hülshoff. Gemälde von J. Sprick aus dem Jahr 1838. Die Dichterin entstammte einem altwestfälischen, streng katholischen Geschlecht und lebte seit 1841 häufig auf Schloß Meersburg am Bodensee. Ihre Novelle Die Judenbuche *(entstanden 1837–1841, erschienen 1842) gehört in Darstellung und Analyse schuldhafter Verstrikkung zu den besten deutschen realistischen Erzählungen.*

Der russische Dichter Fjodor Michailowitsch Dostojewski. Gemälde von Ilja Repin. Charakteristisch für Dostojewskis Werke ist die christliche, soziale und politische Problematik. Als Schöpfer des psychologischen Romans hatte er bedeutenden Einfluß auf die Weltliteratur.

1844: von Alexandre Dumas dem Älteren (1802–1870) der achtbändige Roman *Die drei Musketiere;* Hebbels bürgerliches Trauerspiel *Maria Magdalena;* Heines politisch-satirische Dichtung *Deutschland, ein Wintermärchen* und *Neue Gedichte;* Adalbert Stifters (1805–1868) Novellen *Studien* in sechs Bänden (bis 1850); Uhlands *Alte hoch- und niederdeutsche Volkslieder.*

1845: Dumas' d. Ä. zwölfbändiger Roman *Der Graf von Monte Cristo.*

1846: von Willibald Alexis (1798–1871) der Roman *Die Hosen des Herrn von Bredow;* Andersens' Autobiographie *Das Märchen meines Lebens* in deutscher Sprache (dänisch erst 1855); Fedor Dostojewskis (1821–1881) Roman *Der Doppelgänger;* Freiligraths liberale Gedichtsammlung *Mein Glaubensbekenntnis.*

1847: Brentanos *Märchen* (postum); Dickens' *Weihnachtsgeschichten* (seit 1843); Heines satirische Dichtung *Atta Troll.*

1848: von Alexandre Dumas dem Jüngeren (1824–1895) der Roman *Die Kameliendame;* Freiligraths revolutionäre Gedichte *Die Revolution* und *Februarklänge;* Emanuel Geibels (1815–1884) *Juniuslieder* gegen das »Junge Deutschland«; Grillparzers Novelle *Der arme Spielmann;* Jakob Grimms *Geschichte der deutschen Sprache;* von William Thackeray (1811–1863) der Roman *Jahrmarkt der Eitelkeiten.*

Zur *Formenlehre der Biedermeierliteratur* schreibt Friedrich Sengle: »*Mit Störungen der Ordnung rechnet der Biedermeierdichter von vornherein, sie dürfen nur nicht absolut erscheinen, sondern müssen am Ende zurückgenommen werden . . . Aus der Universalpoesie wird oft genug die leichter zu realisierende und wirksamere Mischpoesie . . . Nicht so sehr die Idylle als das Idyllische liebt die nachromantische Zeit. Es kommt während des Biedermeiers zu einer idyllischen Überformung aller Gattungen, der Lyrik, des Kleindramas und ganz besonders der epischen Formen.*«

Lit.: F. Sengle, *Biedermeierzeit. Deutsche Literatur im Spannungsfeld zwischen Restauration und Revolution 1815–1848.* 2 Bde., Stg. 1971–1972.

Albert Lortzing

(* 23.10. 1801 Berlin; † 21.1. 1851 Berlin)

Der Komponist ist Sohn eines Schauspielers und tritt seit 1812 auf Bühnen süddeutscher Städte neben seinen Eltern in Kinderrollen auf. 1819 bis 1822 spielt er in Düsseldorf und Aachen, bis 1826 in Köln als jugendlicher Liebhaber und Tenorbuffo. 1824 hat in Köln seine erste Oper *Ali Pascha von Janina* Uraufführung, daraufhin wird er ans Hoftheater in Detmold verpflichtet. 1832

Der Komponist Albert Lortzing. Gemälde von M. V. Liel. Lortzing wurde zum Begründer eines eigenen Typus der volkstümlichen deutschen Spieloper, in die er – ein großer Mozart-Verehrer – die Traditionen der deutschen Opernklassik einbrachte, sich aber auch an französischen und italienischen Repertoire-Erfahrungen orientierte. Bei der textlichen und dramaturgischen Arbeit kam ihm seine große Theatererfahrung sehr zustatten.

werden hier zwei Liederspiele Lortzings, *Szenen aus Mozarts Leben* und *Der Pole und sein Kind*, erstmals gespielt und machen seinen Namen bekannt. 1833 kommt er an das Stadttheater in Leipzig, wo 1837 die Premiere seiner zweiten Oper stattfindet: *Die beiden Schützen.* Besonderen Erfolg hat im selben Jahr *Zar und Zimmermann;* zu beiden Opern und auch für die meisten anderen schreibt der Komponist die Libretti selbst. 1839 erscheint *Caramo oder das Fischerstechen,* 1840 *Hans Sachs,* 1841 *Casanova,* 1842 *Der Wildschütz.* Im Jahr 1844 wird Lortzing Kapellmeister am Leipziger Stadttheater, nach einem Jahr tritt er von diesem Posten wieder zurück. Seine Märchenoper *Undine* hat an verschiedenen Theatern großen Erfolg. 1846 inszeniert er in → *Wien,* am Theater an der Wien, den *Waffenschmied.*

»*Ich bin jetzt ungefähr 15 Monate hier*«, beklagt er sich, »*kann mich aber in dem sogenannten schönen Wien noch nicht recht heimisch fühlen. Kommt es daher ..., daß man älter wird und sich schwerer anschließt – genug, ich fühle mich nicht behaglich wie in Leipzig. Der Musikgeschmack ist der verdorbenste, den man finden kann, trotzdem daß Mozart, Haydn, Beethoven, Gluck etc. hier gelebt haben. Nur Mozart wird noch gesungen, die anderen kommen gar nicht vor, und bei Spohr und Marschner, welche das Kärntnertor im vergangenen Jahre ehrenhalber einmal vorgeführt hat, langweilt sich das Publikum*

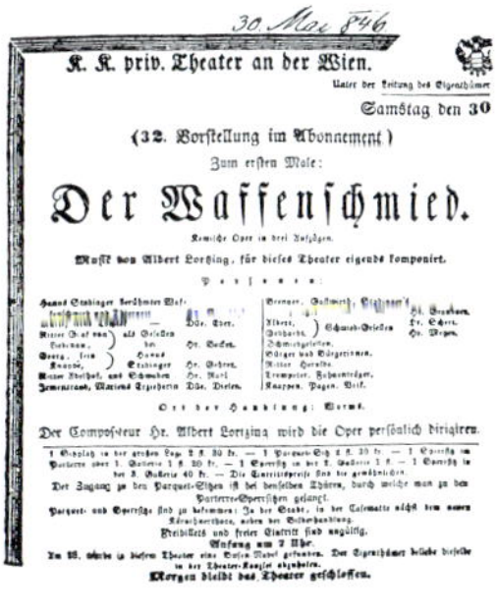
30. Mai 846

K. K. priv. Theater an der Wien.

Samstag den 30

(32. Vorstellung im Abonnement)

Zum ersten Male:

Der Waffenschmied.

Komische Oper in drei Aufzügen.

Musik von Albert Lortzing, für dieses Theater eigends komponirt.

Der Compositeur Hr. Albert Lortzing wird die Oper persönlich dirigiren.

Freibillets und freier Eintritt sind ungültig.

Anfang um 7 Uhr.

Morgen bleibt das Theater geschlossen.

Der Waffenschmied. *Komische Oper in drei Aufzügen. Musik von Albert Lortzing. Theaterzettel der Uraufführung im Theater an der Wien am 30. Mai 1846.*

fürchterlich. Ich bin aber fest überzeugt, daß die guten Wiener lieber einen Strauß'schen Walzer oder eine Oper vom berühmten Meister Verdi hören.«

Lortzing wird auch an dieser Bühne Kapellmeister. 1848, im Revolutionsjahr, wird das Theaterunternehmen aufgelöst, Lortzing kehrt nach Leipzig zurück, wo schon Ende 1847 seine Oper *Zwei Großadmirale* uraufgeführt wurde. Eine neue Anstellung als Kapellmeister lehnt der Komponist ab, die Folge sind bedrängte materielle Verhältnisse, und so geht er wieder als Schauspieler mit Gastrollen an kleinere Theater. Die vielköpfige Familie Lortzing kommt in immer größere Not; 1850 nimmt er zwar eine Kapellmeisterstelle an dem neuen Friedrich-Wilhelmstädtischen Theater in → *Berlin* an, er erholt sich aber finanziell nicht mehr und jammert, wie »*wenig [mir] meine Vaterstadt eigentlich behagt mit der kahlen Gegend und dem ekelhaften Dialekt*«.

Lit.: H. Ch. Worbs (Hg.), *Albert Lortzing in Selbstzeugnissen und Bilddokumenten.* Reinbek o. J.

Louis-Philippe (Ludwig XIX.), der »Bürgerkönig« von Frankreich. Kupferstich von Rossässler. Der betonte Zivilist, der sich seinen Mitbürgern lieber mit Regenschirm und Hut als mit Zepter und Krone zeigte, hatte zahlreiche Attentate und Verschwörungen zu bestehen.

Louis-Philippe

(* 6. 10. 1773 Paris; † 26. 8. 1850 Claremont bei Windsor), König von Frankreich (1830–1848).

Der spätere »Bürgerkönig« ist der älteste Sohn des Herzogs Louis-Philippe von Orléans (1747–1793) und erhält bereits bei der Geburt den Titel eines Herzogs von Valois; 1785 wird er Herzog von Chartres.

Beim Ausbruch der Französischen Revolution tritt Louis-Philippe der Nationalgarde bei und wird 1790 Mitglied des Jakobinerclubs. Im Mai 1792 wird er zum Marschall ernannt und befehligt eine Kavalleriebrigade; im Herbst desselben Jahres ist er bei der Kanonade von Valmy dabei und gewinnt in der Armee des Generals Charles-François Dumouriez (1739–1823) mit diesem zusammen die Schlacht bei Jemappes. Im Verlauf der Revolution legt der Prinz seinen Titel ab (wie auch sein Vater) und wählt den Namen Egalité. Der Konvent verlangt die Verbannung aller Bourbonen, aber Vater und Sohn »Egalité« erheben Einspruch und verlangen Ausnahmen für sich. 1793 geht die Schlacht bei Neerwinden verloren, ein Haftbefehl wird ausgeschrieben, Louis-Philippe muß fliehen, zunächst nach Österreich, später in die Schweiz, wo er sich als Lehrer durchschlägt.

Nach der Hinrichtung seines Vaters lebt er unter fremden Namen, muß aber auf Wunsch des Direktoriums Europa verlassen und schifft sich 1796 nach Philadelphia ein. Gemeinsam mit seinen Brüdern bereist er die Vereinigten Staaten, 1800 begeben sie sich nach England und leben dort sieben Jahre lang in einem Dorf bei London. Nach dem Tod der Brüder reist Louis-Philippe nach Sizilien und nimmt Zuflucht am Hof König Ferdinands I. (1751–1825). Dieser sendet ihn gemeinsam

mit Prinz Leopold von Salerno an die spanische Küste, um die Sache der Bourbonen gegen den Bruder → *Napoleons*, Joseph Bonaparte, zu führen. Bei der Landung auf Gibraltar wird Leopold auf Veranlassung Englands festgenommen, Louis-Philippe 1808 nach London gebracht und darf schließlich wieder nach Palermo zurückkehren. Dort heiratet er die zweite Tochter Ferdinands, Marie Amélie. 1809 wird er von der Junta in Sevilla nach Spanien gerufen und soll an die Spitze des Revolutionsheeres gesetzt werden; das Unternehmen zerschlägt sich. Nach dem Sturz Napoleons kehrt er nach Paris zurück und wird von Ludwig XVIII. voll rehabilitiert, 1814 zum Generaloberst der Husaren ernannt. In den Wirren der Restaurationszeit muß Louis-Philippe erneut nach England emigrieren. 1817 ist er wieder in Frankreich und lebt dort ein unpolitisches Leben. 1830 wird ihm überraschend die Regentschaft als Generalleutnant des Reiches angetragen. Jetzt schlägt sich Louis-Philippe auf die Seite der → *Revolution*, beschwört die Charte (Französ. Verfassung) und wird am 7. August König von Frankreich.

Bevor er den Thron besteigt, sieht man den »Philipp Egalité« oft, wie → *Heinrich Heine* (→ *Literatur*) aus Paris berichtet, »*mit rundem Hut und Regenschirm durch die Straßen von Paris wandern*«. Gegenüber einigen jungen Republikanern äußert er, »*die goldene Krone sei zu*

Louis-Philippe zieht am 31.7. 1830 als Herzog von Orléans vom Palais Royal zum Hôtel de Ville Nach dem Orlginalgemälde von J. Vernet.
Nach anfänglich liberaler Regierung erhielt die Politik des »Bürgerkönigs« eine zunehmend konservative Orientierung. Seine reaktionäre Innen- und Außenpolitik entfremdete den König dem Bürgertum und führte schließlich in der Februarrevolution von 1848 zu seinem Sturz.

kalt im Winter und zu heiß im Sommer, ein Szepter sei zu stumpf, um es als Waffe und zu kurz, um es als Stütze zu brauchen, und ein runder Filzhut und ein guter Regenschirm sei in jetziger Zeit viel nützlicher«. Als König legt Louis-Philippe Wert auf Volkstümlichkeit, er nennt sich und läßt sich »Bürgerkönig« nennen.

Die Innenpolitik gestaltet sich schwierig, die Parteien sind zerstritten, sogar Attentate und Verschwörungen bedrohen des Königs Leben. 1842 stirbt der Thronerbe, die Verwaltung des Ministeriums François-Pierre Guizot (1787–1874) verweigert Reformen, in allen Ministerien herrscht Korruption. Als der König bei der Kammereröffnung 1847 sich gegen jede Reformbestrebung ausspricht, kommt es zu Demonstrationen gegen ihn. Die Faszination des Julikönigtums ist rasch vergangen, das Volk macht sich über seinen Herrscher bald lustig. Böse Karikaturen (→ *La Caricature*), satirische Leitartikel erscheinen in den Zeitungen. Wieder berichtet Heinrich Heine: »*Wie herrlich leuchtete dieser Mann im Glanze der Juliussonne, die sein Haupt wie mit einer Glorie umstrahlte und selbst auf seine Fehler so viel heiteres Licht streute, daß sie noch mehr als seine Tugenden blendeten ... Jetzt sagt man, Ludwig Philipp habe damals nichts anderes gelernt als faire bonne mine au mauvais jeu und allzu große Schätzung des Geldes. Die Glorie seines Hauptes ist verschwunden, und der Unmut erblickt darin nur eine Birne.*«

Heines spöttische Feder ließ sich keine Gelegenheit entgehen, den »Bürgerkönig« kritisch zu attackieren; so in seiner Aufsatz-Sammlung *Französische Zustände:*

»Was Ludwig Philipp betrifft, so spielt er noch immer seinen roi-citoyen und trägt noch immer das dazugehörige Bürgerkostüm; unter seinem bescheidenen Filzhute trägt er jedoch, wie männiglich weiß, eine ganz unmaßgebliche Krone von gewöhnlichem Zuschnitte, und unter seinem Regenschirme verbirgt er das absoluteste Zepter ... Er steht auf einem sehr unsichern Boden. Er hat durch eigene Schuld seine beste Stütze verloren. Er beging den gewöhnlichen Mißgriff zagender Menschen, die mit ihren Feinden gar gut stehen wollen und es daher mit ihren Freunden verderben. Er kajolierte die Aristokratie, die ihn haßt, und beleidigte das Volk, das seine beste Stütze war.«

Die Revolution von 1848 beendet Louis-Philippes Regierungszeit. Etwa 1500 Barrikaden werden errichtet, in den Straßen schreit man »*A bas Louis-Philippe et son famille*«, bewaffnete Scharen setzen sich gegen die Tuilerien in Marsch. Da legt der König die Krone nieder und flieht zu Fuß in schwarzem Frack und Zylinder durch einen unterirdischen Gang aus dem Schloß. Auf der Place de la Concorde wird er erkannt, man läßt ihn aber hohnlachend wieder laufen. Bald liest man an der Fassade der Tuilerien: »*Grande boutique à louer pour cessation de commerce.*« (»Großer Kramladen wegen Geschäftsaufgabe zu vermieten.«)

Louis-Philippe und seine Gemahlin fliehen wieder nach England. Dort nimmt er den Titel eines Grafen von Neuilly an und wohnt bis zu seinem Tode auf Claremont, einer Besitzung des Königs von Belgien.

Lit.: Louis Philippe, *Mémoires*. Paris 1973.

Gegenüberliegende Seite:

Ludwig I., König von Bayern, im Krönungsornat. Gemälde von Joseph Stieler. Der vielseitig talentierte, ja in mancher Hinsicht genialische Monarch verband das Bewußtsein seiner erlauchten Geburt mit der Überzeugung, auch durch seine persönlichen Leistungen weit über seine Untertanen und seine Zeit hinauszuragen.

Ludwig I.

(* 25. 8. 1786 Straßburg; † 29. 2. 1868 Nizza), König von Bayern (1825–1848)

Der spätere König von Bayern ist der älteste Sohn und Nachfolger König Maximilians I. Joseph (1756–1825) und seiner ersten Gemahlin Marie Wilhelmine Auguste, Prinzessin von Hessen-Darmstadt. Lud-

Heinrich Heine, der einmal in München Professor werden wollte und Ludwig nie verzieh, daß er ihm diesen Wunsch nicht erfüllte, widmete der »Schönheitengalerie« des Königs diese Verse:

»Da ist Herr Ludwig von Bayerland,
Desgleichen gibt es wenig;
Das Volk der Bayern verehrt in ihm
Den angestammten König.
Er liebt die Kunst und die schönsten Fraun,
Die läßt er porträtieren; er geht in diesem gemalten Serail
Als Kunst-Eunuch spazieren . . .
Herr Ludwig ist ein großer Poet,
Und singt er, so stürzt Apollo
Vor ihm auf das Knie und bittet und fleht:
›Halt ein, ich werde sonst toll, o! . . .‹«

wig besucht die Universitäten Landshut und Göttingen, kommandiert im französischen Heer 1807 gegen Preußen, 1809 gegen Österreich und in Tirol eine bayerische Division und heiratet 1810 die Prinzessin Therese von Sachsen-Hildburghausen (→ *München*).

Nach der Thronbesteigung macht er die bayerische Metropole zu einem Zentrum der Kunst und Gelehrsamkeit, beruft berühmte Professoren an die Universität und läßt von → *Klenze* und Gärtner großzügige Straßen, Plätze und öffentliche Bauten errichten. Als Kronprinz bereits, in den Jahren 1805 und 1818, reist er nach Italien und lebt, feiert und dichtet mit den dort arbeitenden deutschen Künstlern (→ *Künstlerleben*). 1829 erwirbt er die Villa Malta als Refugium. »*Hier, hier lebt der Mensch*«, seufzt er und schreibt an Goethe, endlich könne er »*von des Thrones Kette für einige Zeit befreit als Privatmann glücklich leben*«. 1829 veröffentlicht Ludwig auch seine eigenen Gedichte, die allerdings bei vielen Lesern eher Spott als Begeisterung erwecken. Sein siebzehnjähriger Sohn Otto (1815–1867) wird 1832 von der griechischen Nationalversammlung zum König von Griechenland erhoben, im Dezember bricht der junge König in sein künftiges Reich auf; 1836/1837 reist Ludwig zu Besuch nach Griechenland. – Ludwig I. ist vorerst ein liberaler König, in Bayern greifen die Beschlüsse von Karlsbad (→ *Burschenschaften*) zunächst noch nicht. Erst seit der Ernennung des Ministers Karl von Abel (1788–1859) ins Innenressort (1837) macht sich die Reaktion in kirchlichen und politischen Belangen stark.

1846 kommt Lola Montez (1820–1861), die sich als spanische Tänzerin ausgibt, nach München und gewinnt die Gunst des Königs. Er schenkt ihr eine hübsche Stadtvilla, erhebt sie zur Gräfin Landsfeld und läßt sie für seine berühmt-berüchtigte Schönheitengalerie in Schloß Nymphenburg durch den Hofmaler → *Stieler* porträtieren (→ *Malerei*). Der Meister geht nicht eben begeistert zur Sache. »*Das Bild erregte keinesfalls das Wohlgefallen Ludwigs*«, berichtet Josephine zu Leiningen-Westerburg, »*der Künstler mußte sich sagen lassen: ›Stieler, ihr Pinsel wird alt!‹ Stumm nahm der Künstler das Bild und ging. Nach vierzehn Tagen brachte er es wieder, ohne einen Strich daran verbessert zu haben. Der König, dem es inzwischen leid getan hatte, seinen alten Hofmaler gekränkt zu haben: ›Jetzt ist es schön, Stieler!‹ Dieser aber sagte trocken: ›Für einen alten Pinsel ist es wenigstens schön genug.‹ Ludwig lachte von Herzen und schlug dem Künstler mit den Worten auf die Schulter: ›Das hat Er mir gut gegeben.‹*«

Lola führt ein offenes Haus, in dem vor allem junge Leute und Studenten der Universität aus- und eingehen. Aber des alten Königs Verhältnis mit der aparten Tänzerin erregt auch Spott und Opposition. Heine z. B., Ludwigs Dichtungen karikierend, reimt: »*Ludwig Wittels-*

Lola Montez (eig. Maria Dolores Eliza Rosanne Gilbert). Gemälde von Joseph Stieler. Die Tänzerin, Tochter eines schottischen Offiziers und einer Kreolin, gab sich als Spanierin aus. Sie stand in der Gunst Ludwigs, der von allen Seiten bedrängt wurde, sie des Landes zu verweisen, und brachte durch ihren Mätressenehrgeiz den König zu Fall.
In dieser Affäre setzte das Biedermeier seine bürgerlichen Moralbegriffe gegen eine provokante Außenseiterin erfolgreich durch.

bacher an seinen Stammverwandten Bruder an der Spree [Friedrich Wilhelm]:
Stammverwandter Hohenzoller
Sei dem Wittelsbach kein Groller,
Grolle nicht um Lola Montez,
Selber habend nie gekonnt es!«

Anfang Februar 1848 kommt es zu unruhigen Auftritten vor Lolas Haus, die Universität muß geschlossen werden. Dagegen protestiert die Bevölkerung Münchens, Ludwig läßt die Hochschule wieder öffnen. Lola Montez wird mit Schimpf und Schande vertrieben.

Am 20. März 1848 dankt der König zugunsten seines ältesten Sohnes Maximilian II. (1811–1864) ab und lebt fortan als Privatier. An seinen Sohn Otto in Griechenland schreibt er: »*Es war am 19. März, als ich um ein Uhr nachmittags alle volljährigen Prinzen um mich versammelte, ihnen meinen Entschluß eröffnete ... Es war höchst ergreifend, innigst rührend, laut weinen hörte ich um mich. Max kniete nieder, bat um meinen Segen. Nie gewahrte ich an ihm solche Kindlichkeit, als nachdem er König geworden.*«

Als »Privatmann« kann Ludwig die Sympathie für seine Person im Volk wiedergewinnen, seine Bedeutung als »Beschützer der Künste« wird vielen erst nachträglich bewußt. Böse Nachreden, der König hätte den Hausschatz und die Juwelen des Staates an sich ge-

Von 1846 bis 1848 dauerte das Abenteuer des Königs mit der Tänzerin, von der er schließlich sagte: »Hätt' ich doch nie und nimmer dich gesehen!« – Die Karikatur zeichnet ihn als alten Schwerenöter, der sich einer hergelaufenen Tänzerin in die Arme wirft.

bracht, verstummen. Viele Bauten, von ihm noch initiiert (Ruhmeshalle mit der Bavaria in München, das Siegestor an der nördlichen Stadtgrenze Münchens, die Befreiungshalle in Kelheim), werden vollendet und von den Zeitgenossen bewundert. An seinen Sohn Otto schreibt der abgedankte Monarch: »*Vernahm man habe auf den Straßen geweint, als meine Thronentsagung bekannt geworden ... In München bin ich jetzt so wohl der fröhlichste Mensch, obgleich zu regieren mir Freude, Genuß, Besorgung meiner Berufsgeschäfte war.*«

Lit.: *Deutsche Künstler um Ludwig I. in Rom.* Katalog der Ausstellung der Staatlichen Graphischen Sammlung (in der Neuen Pinakothek) in Mchn. Mchn. 1981.

Malerei

Ludwig Richter, einer der populärsten Maler der Epoche, schreibt rückblickend in seinem Tagebuch:

»Ist es nicht schön und verdienstlich, auch in malerischer Form die Schönheit des Lebens und seiner Erscheinungen auch in den kleinsten und gewöhnlichsten Gegenständen aufzudecken? Die Liebe macht ja alles bedeutend und wirft einen Himmelsschimmer auf alles, was sie betrachtet. Was sie anrührt, wird Gold.«

Mehr noch als → *Musik* und → *Literatur* führt die Malerei im Biedermeier eine Art »Doppelleben«, im Gegensatz zur Ausstattungskunst (→ *Möbel*, → *Porzellan*) findet sie jedoch zu keiner formalen Einheit. Es ist *noch* die Blütezeit der Romantik, die Italienbegeisterung steht auf ihrem Höhepunkt. In Scharen pilgern deutsche Künstler nach dem Süden (→ *Ludwig I. von Bayern*, → *Künstlerleben*), um dort, frei von den Zwängen der Akademie, zu studieren und zu malen. Mitglieder der Nazarenerschule in Rom – einer deutschen Gruppe, gegründet von Friedrich Overbeck (1789–1869) und Franz Pforr (1788–1812), die den Geist der Renaissance neu beleben will und bis 1830 existiert – schmücken die römische Casa Bartholdy mit ihrem Hauptwerk, Fresken aus der *Josephslegende* (1816/1817). An dieser Gemeinschaftsarbeit beteiligen sich außer Overbeck selbst Wilhelm von Schadow (1788–1862), Peter Cornelius (1783–1867) und Philipp Veit (1793–1877). Der junge Heidelberger Carl Philipp Fohr (1795–1818) malt 1817 sein einziges Ölbild, *Landschaft bei Tivoli.* Aus demselben Jahr datieren die Gemälde *Italienische Landschaft* des klassizistischen Baumeisters → *Schinkel* (→ *Architektur*) und *Die Familie des Johannes* von Julius Schnorr von Carolsfeld (1784–1872).

Zur gleichen Zeit arbeitet in Madrid der spanische Hofmaler Francisco Goya (1746–1828) neben den offiziellen Aufträgen an einer Radierungsfolge, welche die Invasion der Truppen → *Napoleons* (1808–1814) und die Hungersnot in Madrid im Winter 1811/1812 zum Gegenstand hat; 1810–1820 entstehen diese *Desastres de la guerra* (Die Schrecken des Krieges), 82 gespenstisch-realistische Blätter, die erst 1863 vollständig veröffentlicht werden. 1819 entfesselt Théodore Géricault (1791–1824) mit seinem dramatischen Gemälde *Das Floß der Medusa* Skandal: es schildert das Überleben Schiffbrüchiger nach einer wahren zeitgenössischen Begebenheit.

Bildnis des Notars Dr. Josef August Eltz mit seiner Gattin Caroline und seinen acht Kindern in Ischl, 1835. Gemälde von Ferdinand Georg Waldmüller. In seinem feinen, Natur und Wirklichkeit des täglichen Lebens schildernden Realismus ist Waldmüller der bedeutendste Meister des Wiener Biedermeier.

Meister der romantischen Landschaftsmalerei in Deutschland ist Caspar David Friedrich (1774–1840); vor allem seine Kunst, Lichteffekte und Stimmungen der Jahreszeiten, Herbst, Winter, Nebel, Mondschein und einzelne Naturgegenstände wie Bäume, Felsen- und Wolkenformationen malerisch umzusetzen, begründet seinen Ruhm. Friedrichs Hauptwerke dieser Epoche sind *Der Hafen von Greifswald* (1815); *Zwei Männer den Mond betrachtend* und *Die Frau am Fenster* (1818); *Der Mondaufgang am Meer* (1822); *Vor Sonnenaufgang im Gebirge* (1824); *Die Wiesen bei Greifswald* (1830). – Im Jahre 1831 malt Eugène Delacroix (1798–1863) sein emphatisch bewegtes Bild *Die Freiheit führt das Volk auf die Barrikaden.* – Bereits um

Porträts berühmter Maler von berühmten Malern: Das Aquarell von Jakob Alt (1789–1872, oben*) zeigt seinen Sohn Rudolf von Alt (1812–1905) »in jungen Jahren«. Josef Danhauser (1805–1845) zeichnete seinen Künstlerfreund Peter Fendi (1796–1842,* unten*).*

1834 wird die → *Industrie* zum Thema der Kunst mit Karl Blechens (1798–1840) *Walzwerk bei Eberswalde.* – Peter Cornelius, seit 1819 im Dienst Ludwigs I., vollendet 1838 sein gewaltiges Fresko *Das Jüngste Gericht* in der Münchner Ludwigskirche, an dem er seit 1836 malt. Er zieht sich damit allerdings die Ungnade des Königs zu (»Mein Lieber, Sie können nicht malen«, rügt Ludwig) und folgt deshalb einem Ruf König Friedrich Wilhelms IV. nach Preußen. – 1839 stirbt Joseph Anton Koch (geb. 1768), der »Vater der Romantiker«, damit schließt diese Epoche.

Im romantischen Märchenstil beginnt → *Moritz von Schwind* (1804–1871) und schließt als Maler monumentaler Fresken und Historien, doch weisen einige seiner Bilder typisch biedermeierliche Charakterzüge auf, so *Der Besuch* (um 1855), *Die Hochzeitsreise* (1867), *Die Morgenstunde* (1858) und *Der Hochzeitsmorgen* (1847). Mitten in der Biedermeierepoche entstehen aber auch seine Märchenkompositionen für den Tieck-Saal in der Münchner Residenz (1834) und das poesievoll aufgefaßte Gemälde *Der Sängerkrieg auf der Wartburg* (1844, noch *vor* der Uraufführung von → *Wagners Tannhäuser*).

1847 malt Adolph von Menzel (1815–1905) die *Berlin-Potsdamer Bahn* in einer weiten Landschaft vor der Stadtsilhouette → *Berlins* in fast vorimpressionistischer Manier. Die → *Revolution* in Berlin 1848 dokumentiert er mit seinem anklagenden Bild *Die Aufbahrung der Märzgefallenen.* – Im Gegenzug erscheint 1849 Alfred Rethels (1816–1859) antirevolutionäre sechsteilige Holzschnittserie *Auch ein Totentanz.*

Eine Kategorie für sich innerhalb der Zeit bildet die Landschaftsmalerei; einer ihrer wichtigsten Vertreter ist Johann Georg von Dillis (1759–1841), der sich zunächst an den Romantikern orientiert, um 1834 aber Mittelpunkt der sogenannten »Dachauer Schule« wird, einer Künstlerkolonie von Landschaftern, die sich vor allem Naturstudien widmen. Auch Dillis begibt sich in bayerisch-königliche Dienste, 1822 wird er »Central-Gallerie-Direktor«, zwei Jahre später veröffentlicht er einen der ersten Museumskataloge der Kunstgeschichte, *Verzeichnis der kgl. Bildergalerie in München nach der neuesten Einrichtung.* – Wilhelm von Kobell (1766–1853) ist ebenfalls Landschaftsmaler und bringt, vor allem in Kostümstudien und der Kostümierung seiner Staffagefiguren, manches biedermeierliche Detail in das Œuvre ein. Berühmt wird er jedoch durch Schlachtenbilder, Reiter- und Jagdszenen, Gemälde mit Offizieren und Soldaten im Gefecht, als eine Art malender Kriegsberichterstatter aus den Freiheitskriegen.

All diese Künstler, obwohl Zeitgenossen, unterscheiden sich völlig in Themenwahl und Stil, verbinden sich kaum oder nur in geringem Maß mit dem Begriff Biedermeier. Hier nennt man eher → *Adrian Ludwig Richter* (1803–1884), den Maler der beschaulichen *Überfahrt am Schreckenstein bei Aussig* (1837), des *Bergsees im Riesengebirge* (1839), von *Genoveva* (1841) oder *Der Brautzug im Frühling* (1847); daneben → *Carl Spitzweg* (1808–1885), den Darsteller verkauzt-liebenswürdiger Sonderlinge und gemütlicher Genreszenen, an denen er noch festhält, als die Epoche zu Ende geht und er ihr »postumer« Chronist bleibt. Sein erstes bekanntgewordenes Bild ist *Der arme Poet* (1839). Typisch biedermeierlich in Sujet und Stil folgen *Der Sonntagsspaziergang* (1841) und *Der Kaktusfreund* (1845). – Vor allem als Porträtist gesucht und als Hofmaler Ludwigs I. von Bayern berühmt wird → *Karl Stieler* (1781–1858). Im Auftrag des Königs malt er (1827–1850) die berühmte *Schönheitengalerie* für Schloß Nymphenburg – 36 Frauenbildnisse, welche das Mädchen, die Dame des Biedermeier in Typ, Tracht (→ *Mode*) und → *Frisur* aufs feinste widerspiegeln. – Meister des Porträt- und Gruppenbildes, des Genres und ganz besonders der Landschaft ist → *Ferdinand Waldmüller* aus → *Wien*. Er fordert energisch die Reform des akademischen Kunstunterrichts; das Studium der Natur gilt ihm als Grundlage allen künstlerischen Schaffens *(»Die Natur ist so reich, so mannigfaltig und unerschöpflich, daß nichts weiter als das Auge eines talentvollen Künstlers dazu gehört, diesen Schatz zu entdecken, diese Fülle auszubeuten.«)*. – Eduard Gärtner (1801–1877) ist ein Berliner Maler, der sich mit Bildern aus dem Straßenleben seiner Vaterstadt, Stadtansichten und Architekturbildern einen Namen macht. Mit freundlicher Palette und in anmutiger Darstellungsweise verklärt er selbst noch offenkundiges Elend. – Schließlich sei Georg Friedrich Kersting (1785–1847) erwähnt, der zunächst ebenfalls noch zur romantischen Schule tendiert, später aber das biedermeierliche Interieur und den biedermeierlichen Menschen als Staffage im Innenraum darstellt: Lesende, Schreibende, Stickerinnen, meist als Porträt. – Darsteller von Interieurs ist auch Julius Oldach (1804–1830), ein detailverliebter Künstler (er überliefert nicht nur den Innenraum, sondern oft sogar noch das Buch im Regal und die Kaffeetasse im Sammlerschrank), der im Grunde mehr Zeichner und Graphiker als Maler ist. – Ein »Kuriosum« der Zeit, der Wiener Peter Fendi (1796–1842), nimmt neben volkstümlichen Szenen aus dem Alltagsleben (*Gewitter*, 1837; *Das Abendgebet*, 1839) und offiziellen (sehr gesuchten) Kinderporträts sowie Aufträgen des Kaiserhauses auch drastisch erotische Aquarelle in sein Repertoire auf.

Das Biedermeier ist eine bilderfrohe Zeit; neben den Bekannten, Berühmten malen zahllose Lokalgrößen. Königshöfe, Adelige, Bürger vor allem, bestellen Bilder. Das Biedermeierbild ist meist Auftragsbild und nur in

Die obere Abbildung zeigt ein Selbstbildnis von Moritz Michael Daffinger (1790–1849); darunter: *Selbstbildnis von Josef Danhauser. Die beiden Maler des Biedermeier waren auch als Porträtisten gefragt, denn vor dem Aufkommen der Photographie war es selbstverständlich, »Bildnisse nach der Natur« zu schaffen.*

zweiter Linie fürs Museum bestimmt. Hauptgegenstände sind Porträt- und Familienbildnisse, Interieur und Landschaft. Das Biedermeiergemälde hängt schlicht gerahmt in der guten Stube (→ *Wohnkultur*); den privaten Räumen entsprechend werden dann die Bildformate klein gehalten; nur »offizielle« Gemälde, die sich an ein zahlreicheres Betrachterpublikum wenden, sind größer.

Lit.: W. Geismeier, *Die Malerei des Biedermeier.* Lpzg. 1973. – W. Hofmann, *Das irdische Paradies. Motive und Ideen des 19. Jh.s.* Mchn. 1974.

Markt

Einen besonderen Stellenwert hat im Biedermeier noch der Marktplatz. Geschäfte und Läden sind nicht sehr zahlreich, der Hausierer und Straßenhändler kommt unregelmäßig und mit beschränktem oder einseitig zusammengestelltem Sortiment, der Markt hingegen bietet fast alles. Neben den Jahr- und Krammärkten, die in den Städten jährlich an bestimmten Tagen abgehalten werden, gibt es den Wochenmarkt. Auf den Krammärkten werden auch Stoffe, Schuhwerk, Hausgerät, Geschirr, kurz Handwerkswaren aller Art feilgeboten; der wöchentliche Markt bietet vor allem Dinge des täglichen Bedarfs, die Viktualien, an: Alle Eßwaren, Gemüse, Milch, Fleisch und Fisch. Für die Vorratshaltung der Hausfrau, deren Möglichkeiten, Speisen frisch zu erhalten, äußerst beschränkt sind, ist es wichtig zu wissen: Am Markttag kann alles ergänzt, neu beschafft, muß der Küchenzettel für die kommende Woche geplant werden (→ *Alltag*, → *Küche*). Außerdem gilt der Markt, der seit alters her auf dem zentralen Platz vor der Kirche oder dem Rathaus abgehalten wird, als idealer Ort der Kommunikation. Man trifft sich, klatscht ein bißchen, redet über Preise, das Dienstpersonal (denn in der Regel kauft die Hausfrau selber ein, läßt sich vom Mädchen allenfalls begleiten oder schickt es eventuell mit einem sehr dezidierten Einkaufszettel allein zum M.), kleine Lokalereignisse.

Streng beaufsichtigt die Marktpolizei das bunte Treiben und die Einhaltung der Marktordnung. So werden z. B. die Zwischenhändler vom Markt ferngehalten; die zugelassenen Händler dürfen während des laufenden Markttages ihre Preise nicht erhöhen und nicht vor Schluß des Marktes weggehen. Mancherorts ist es auch untersagt, die nichtverkaufte Ware wieder mitzunehmen – eine Verordnung, die vor allem den Armen (→ *Proletariat*) sehr zustatten kommt, denn gegen Abend wird der Rest billig verschleudert. Mit Strafe muß ein Verkäufer rechnen, der verdorbene Lebensmittel anbietet oder Maße und Gewichte manipuliert. Zusätzlich zu den Jahr- und Wochenmärkten finden Sondermärkte wie z. B. Vieh- und Getreidemärkte, Woll- und Flachs-

Gegenüberliegende Seite:

Hamburger Käse-Frau Anfang des 19. Jh.s. Mit den wachsenden Bevölkerungszahlen in den großen Städten nimmt im 19. Jh. auch die Zahl der berufsmäßigen Händler, der Höker, in der Lebensmittelversorgung zu. Käse- und Butterhöker in Hamburg verkaufen ihre – meist per Schiff aus Nordfriesland eintreffende Ware – an Standplätzen auf den Wochenmärkten.

märkte und die großen Messen, etwa in Frankfurt am Main oder Leipzig statt. Die erste große Zentralmarkt-Halle steht seit 1811 in Paris, Berlin eröffnet erst nach der Jahrhundertmitte.

Auf manchen Märkten findet sich noch die alte, aus dem 18. Jh. überkommene Sitte, Güte, Art, Menge und Preis der Ware laut anzupreisen und auszurufen. Die »Händlerrufe« und »Kaufrufe« der Hausierer, die ihr Sortiment in Kiepen und gewaltigen Körben ambulant durch die Straßen und über die Marktplätze tragen, oft auch auf dem Kopf balancieren oder auf Rollwägelchen schieben, sind bis nach 1820 gelegentlich noch Thema der → *Bilderbogen.* Als Faktotum des M.s präsentiert sich auch damals schon die Marktfrau: geschäftstüchtig, sachkundig, schlagfertig, humorvoll und – trotz des gelegentlich sehr rauhen Umgangstones – gerne mit guten Ratschlägen für Haus und → *Küche* zur Stelle.

Weihnachtsmärkte sind zwar keine »Erfindung« des Biedermeier, die ältesten in → *München* und Nürnberg wurden bereits im 15. und 16. Jh. abgehalten, aber die Erfindung der Stearinkerze und die aufblühende Spielzeugindustrie (→ *Kinderspielzeug*) geben ihnen ganz

neue Impulse. Berühmt wird der Berliner Weihnachtsmarkt mit Buden um den Schloßplatz und die große Breite Straße. Dort drängen sich vierzehn Tage vor dem Heiligen Abend Arm und Reich, »*keine elegante Dame wird es versäumen, sich bei schönem Wetter hier wenigstens einige Male zu zeigen*«, berichtet eine zeitgenössische Chronik, aber auch »*die ärmsten Familien würden sich nicht glücklich fühlen, machten sie sich dies Vergnügen nicht wenigstens ein Mal*«. Und, so heißt es anzüglich weiter: »*Abends ist der Weihnachtsmarkt auch ein Tummelplatz der Verliebten*«, denn zwischen den Ständen ist es dunkel und eng, ein Vorteil, der auch der → *Moral* der Zeit sehr entgegenkommt.

Lit.: H. J. Jaeck, *Der Markt im Wandel der Jahrtausende.* Entwicklungsgeschichte städtischer Geschäftszentren. Bln. 1979.

Karl Marx

(* 5. 5. 1818 Trier; † 14. 3. 1883 London)

Der Philosoph und Publizist besucht bis 1835 das Gymnasium seiner Heimatstadt, studiert zunächst Jura in Bonn und wechselt 1836 an die Berliner Universität, wo er sich vor allem mit der Lehre Hegels (→ *Berlin*) auseinandersetzt und die juristischen Vorlesungen bald herzlich verwünscht. »*In Berlin angekommen*«, schreibt er dem Vater, »*brach ich alle bis dahin bestehenden Verbindungen ab, machte mit Unlust seltene Besuche und suchte in Wissenschaft und Kunst zu versinken. Nun durfte und sollte die Poesie nur Begleitung sein; ich mußte Jurisprudenz studieren und fühlte vor allem den Drang, mit der Philosophie zu ringen.*«

Manifest

der

Kommunistischen Partei.

Veröffentlicht im Februar 1848.

Proletarier aller Länder vereinigt Euch!

London.

Gedruckt in der Office der „Bildungs-Gesellschaft für Arbeiter“

Manifest der Kommunistischen Partei. *Titelseite, London 1848. Diese unmittelbar vor der Märzrevolution anonym erschienene Schrift von Karl Marx und Friedrich Engels wurde zum Ausgangspunkt der marxistisch-leninistischen Weltbewegung.*

1841 tritt Marx in Köln in die Redaktion der *Rheinischen Zeitung* ein. Er übernimmt 1842 die Leitung des Blattes und lernt im selben Jahr Friedrich Engels (→ *Vormärz*) kennen. 1843 geht er nach Paris und beschäftigt sich vor allem mit wirtschaftlichen und sozialen Fragen, er schließt Bekanntschaft mit → *Heinrich Heine* und veröffentlicht 1844, gemeinsam mit dem Publizisten Arnold Ruge (1802–1880), eine *Kritische Revision der Hegelschen Rechtsphilosophie.* Auf Verlangen der preußischen Regierung wird Marx 1845 aus Frankreich ausgewiesen und geht zunächst nach Brüssel. Bei Ausbruch der 48er Revolution eilt er nach Paris, von dort wechselt er nach Köln, wo er die *Neue Rheinische Zeitung* (→ *Pressewesen*) gründet. 1849 erreicht ihn wegen des 1847 auf einem internationalen Arbeiterkongreß vereinbarten und 1848 zusammen mit Engels veröffentlichten *Manifests der kommunistischen Partei* ein Haftbefehl, Marx emigriert nach England. In London treibt er gründliche ökonomische Studien; eine 1850 gegründete Monatsschrift, die in Hamburg gedruckt wird, stellt ihr Erscheinen ein Jahr später wieder ein. 1859 veröffentlicht Marx seine Schrift *Zur Kritik der politischen*

Karl Marx als Chefredakteur der »Rheinischen Zeitung«, 1842/43. Pastellzeichnung von Ernst Schaumann.

Ökonomie, einen Vorläufer des dreibändigen Hauptwerkes *Das Kapital* (1867 ff.), das er unvollendet hinterläßt.

In der seit 1864 bestehenden »Internationalen Arbeiterassoziation« nimmt er eine führende Stellung ein. Marx' Freundschaft und Zusammenarbeit mit Engels ist eine der wichtigsten Quellen seines Werkes: Engels lebt in London und engagiert sich stark für die Verbesserung der Situation des → *Proletariats*. Mit wissenschaftlicher Gründlichkeit beschreibt er die Lage der Arbeiter in den englischen Fabriken und ihr elendes berufliches und häusliches Dasein, denn er ist Teilhaber einer Fabrik in der Industriestadt Manchester und sieht diese Probleme hautnah (→ *Industrie*). Engels ist Marx' erste Anlaufstation in der Emigration, sein »Ansprechpartner«, der ihm deutlich Einblick in die Dinge gibt – und außerdem auch eine anständige Rente.

So scharfsinnig und genau Marx die ökonomischen Zusammenhänge im Großen erkennen und beschreiben kann, in seiner privaten Existenz hat er Schwierigkeiten im Umgang mit Geld. Von Hause aus großzügig erzogen (der Vater war ein wohlhabender Jurist), geht er sorglos damit um. So schreibt er z. B. nach einem Besuch in Trier: »*Meine Mutter, bei der von barem Gelde nicht die Rede ist, die aber rasch ihrer Auflösung entgegengeht, hat einige frühere Schuldscheine, die ich ausge-*

stellt, vernichtet. Das war ein ganz angenehmes Resultat der zwei Tage, die ich bei ihr zubrachte.« Seinen drei Töchtern ist der Theoretiker des Kommunismus ein despotischer Vater, zwei von ihnen verüben Selbstmord. Und auch in einer Familiensache muß Engels ihm beispringen. Marx betrügt seine Frau Jenny mit der Haushälterin, der Freund erklärt sich bereit, die Vaterschaft eines Sohnes auf sich zu nehmen.

Marx hat auf die Biedermeierepoche kaum, das *Manifest* überhaupt nicht mehr gewirkt; wohl aber sind die Mißstände, die Probleme des beginnenden Industriezeitalters, die Verschiebungen des Verhältnisses von Stadt und Land und die krassen Unterschiede zwischen Arm und Reich → *Bürgertum* und → *Proletariat*, die in der Zeit immer deutlicher werden, Anstoß für die Abfassung der Schrift gewesen.

Lit.: W. Banning, *Karl Marx, Lehre und Bedeutung*. Mchn. 1966. – F. J. Raddatz, *Karl Marx*. Eine politische Biographie. Hbg. 1975.

»Patient beim Zahnziehen«. Karikatur aus Geschichte der Zahnheilkunde *von Louis Leopold Bouilly (1761–1845).*

Medizin

Gegen Krankheit, Übel und Siechtum zieht man im Biedermeier mit den altherkömmlichen Hausmitteln aus Heilkräutern zu Felde, oder unterzieht sich den Roßkuren, mit denen Quacksalber und Wunderdoktoren ihr »Handwerk« betreiben oder nach eigenem Gutdünken »curieren«. Gegen die Cholera z. B. empfiehlt und verkauft man Präservative, Dampfapparate, Desinfektionsmittel wie Räucherung mit Chlor oder Bernstein, Essigsprengungen im ganzen Haus, Knoblauch- und Kampferkompressen auf den Magen und den immerhin nützlichen Rat, kein unabgekochtes Wasser zu trinken.

Zähne läßt man beim Bader ziehen, der zur Linderung so mancher Übel auch Blutegel ansetzt, in besseren Kreisen kommt der Zahnarzt bis 1830 noch mit seinem Besteck ins Haus. Arzneien werden vom Apotheker und seinem Gehilfen noch selbst hergestellt.

Krankenhäuser gibt es noch kaum, die Fürsorge und Pflege mittelloser Kranker, Armer oder Alter obliegt privater oder kirchlicher Mildtätigkeit; ärztliche Hilfe erfährt noch keine Unterstützung öffentlicher Stellen. Folgen einseitiger Ernährung und mißlicher Wohnverhältnisse sind Bleichsucht, Blutarmut und Tuberkulose. Die Säuglingssterblichkeit ist hoch, die Lebenserwartung liegt meist unter fünfzig Jahren. Seuchen grassieren, im Winter 1816/17 sterben vor allem in Schlesien und Westfalen die Menschen am Hungertyphus. In → *Berlin* zählt man 1831 insgesamt 1426 Cholera-Opfer (→ *Hygiene*).

Obwohl die medizinische Wissenschaft der Epoche nicht von Erfahrung oder exakter Forschung ausgeht,

Der Quacksalber. »Ich bin der Doktor Eisenbart . . .«. Kolorierter Holzschnitt von Ludwig Richter. Aussichtslos abergläubische Vorstellungen bestimmten die Behandlung aller möglichen Gebrechen, wenn die Kunst des Baaders versagte. Heimlich hielt man sich an sogen. »weise Frauen«, die sich u. a. darauf verstanden, Zahnschmerzen in Bäume zu vernageln oder Ausschläge, Geschwülste und Geschwüre durch Bestreichen mit einer Totenhand zu heilen.

sondern auf philosophischer oder theologischer Erkenntnis beruht, wird das Biedermeier eine Zeit großer medizinischer Entdeckungen und Entwicklungen. 1815 verkündet Franz Mesmer (1734–1815) die Theorie des »Tierischen Magnetismus«; seit 1818 verwendet man Jod bei der Kropfbehandlung. Théophile René Laennec (1781–1826) legt 1819 durch die Auskultation mit dem Stethoskop die Grundlage zur exakten Diagnostik von Herz- und Lungenerkrankungen. Im gleichen Jahr wird in Stuttgart mit dem Bau des Katharinenhospitals (bis 1828) begonnen.

1820 entdecken der Pariser Apotheker Pierre Joseph Pelletier (1788–1842) und Joseph Bienaimé Caventon (1795–1877) das Chinin. Samuel Hahnemann (1755–1834), Chemiker, Arzt, Psychiater und Pharmazeut, Begründer der Homöopathie, tritt 1821 mit seiner Theorie hervor, die vorsieht, kleine, gezielte Dosen desjenigen Arzneimittels (zur Bekämpfung einer Krankheit) anzuwenden, das »eine andere, möglichst ähnliche Krankheit zu erregen imstande ist«. In Leipzig versammeln sich 1822 unter der Leitung von Lorenz Oken (1779–1857) erstmals deutsche Naturforscher und Ärzte.

1826 gründet der Bauer Vinzenz Prießnitz (1799–1851) seine Kaltwasserheilanstalt; der Landwirt Johann Schroth (1800–1856) entwickelt seine Trocken-

Portrait eines Cholera-Präservativ-Mannes, oder Strenge Diät, wie sie heutiges Tages leicht zu halten wäre:

Ein Mensch, mit allen Präservativen versehen, muß folgendermaßen einhergehen. Um dem Leib erst eine Haut von Gummi Elasticum, darüber ein großes Pechpflaster, über diesem eine Binde von 6 Ellen Flanell. Auf der Herzgrube einen kupfernen Teller. Auf der Brust einen großen Sack mit warmen Sand. Um den Hals eine doppelte Binde, gefüllt mit Wacholderbeeren und Pfefferkörnern, in den Ohren zwei Stück Baumwolle mit Campher, an der Nase hat er eine Riechflasche von Vinaigre des quatro voleurs hängen, und in dem Munde eine Cigarre. Über den Binden ein Hemd in Chlorkalk, darüber eine baumwollne Jacke, darüber einen heißen Ziegel, und endlich eine Weste mit Chlorkalk, flanellene Unterbeinkleider, Zwirnstrümpfe in Essig gekocht, und Schafwollstrümpfe darüber mit Campher eingerieben. Sodann zwei Kupferflaschen-Sohlen mit heißem Wasser gefüllt und Oberschuh darüber. Hinter den Waden hat er zwei Wasserkrüge hangen. Sodann einen großen Überrock aus Schafwolle mit Chlor, und über den ganzen Anzug einen Mantel aus Wachsleinwand und einen dito Hut. In der rechten Tasche trägt er ein Pfundt Brechwurzel und ein halbes Pfundt Salbey, in der linken Tasche ein Pfundt Melissenthee und ein Pfundt Eberwurzel. In der Westentasche eine Flasche mit Kamillenöl, und eine Flasche mit Campheräther.... Hinter sich an den Leib gegürtet schleppt er einen Karren nach sich; auf welchen sich eine Badewanne, 15 Ellen Flanell, ein Dampfbad-Apparat, eine Räucherungs-Maschine & Frottir Bürsten, 18 Ziegel, zwei Pelze, ein Bequemlichkeits-Stuhl und ein Nachtgeschirr befinden. So ausgerüstet und so versehen ist man sicher, die Cholera – am ersten zu bekommen.

Flugblatt von Moritz Saphir, 1831

diät. Ebenfalls 1826 wird Johann Nepomuk Ringseis (1785–1880) Professor in → *München.* Der Leibarzt → *Ludwigs I.* lehnt die reine Naturwissenschaft ab und verbindet Medizin mit dem Transzendenten. Ein Jahr später benutzt der Darmstädter Arzt A. Neuner die erste Injektionsspritze, eine feine Kanüle, durch die zur Wegbahnung ein Stilett vorgeschoben wird.

Der Chemiker Justus von Liebig (1803–1873) erfindet 1831 gemeinsam mit Subeiran das Chloroform; im selben Jahr rafft die erste europäische Cholera-Epidemie Scharen von Menschen hinweg, darunter die preußischen Generäle Clausewitz und Gneisenau (→ *Adel*) und den Philosophen Hegel (→ *Berlin*, → *Universitätsleben*). 1835 wird ein preußisches Medizinalgesetz mit Anerkennung der Zahnheilkunde beschlossen, 1837 entdeckt der französiche Hämatologe Alfred Donnée (1801–1878) die Infektion durch Trichomonaden.

Karl Adolph von Basedow (1799–1854) veröffentlicht 1840 in *Caspers Wochenschrift für die gesamte Heilkunde* seine Theorie der nach ihm benannten »Glotzaugenkrankheit«: *Exophthalmus durch Hypertrophie des Zellgewebes.* Im selben Jahr bekräftigt ein Zahnarzt die Eidesformel (die auch für alle anderen Ärzte gilt): »... *keinen anderen Teil der Medizin oder Chirurgie, zu welchem Sie nicht besonders befugt sind*«, auszuüben und »*den Reichen sowie den Armen mit allem Fleiß Hilfe zu leisten*«. Der britische Chirurg James Braid (1795–1860) entdeckt 1841 die Hypnose, 1844 publiziert der Chirurg für plastische Chirurgie Johann Friedrich Dieffenbach (1792–1847) die *Operative Chirurgie*, 1847 *Der Äther gegen den Schmerz.*

1845 stellt der Psychiater Wilhelm Griesinger (1817–1886, ab 1864 Leiter der psychiatrischen Abteilung der Charité in Berlin) erstmals die These auf, daß Geisteskrankheiten Gehirnkrankheiten sind; 1847 stellt der Gynäkologe Ignaz Philipp Semmelweis (1818–1865) das Leichengift bei durch Sektionen infizierten Ärzten als Ursache des Kindbettfiebers fest. In seiner Klinik in → *Wien* muß fortan jeder Student oder Arzt seine Hände in Chlorwasser waschen, bevor er sich einer Gebärenden nähert; zwei Jahre später ist die Zahl der Wochenbettoten von 449 auf 45 gesunken. Die Anerkennung bleibt Semmelweis dennoch versagt.

Der amerikanische Zahnarzt William Morton und der Chemiker Charles Jackson entdecken 1846 unabhängig voneinander die Äthernarkose; der englische Gynäkologe James Young Simpson (1811–1870) benutzt ein Jahr später erstmals Chloroform zur Schmerzbekämpfung bei einer Geburt. 1848 wird die erste Blinddarmoperation vorgenommen, beschließt man in England das erste Gesundheitsgesetz gegen die Cholera, wird Europa zum zweiten Mal von einer Cholera-Epidemie heimgesucht.

Da und dort erscheinen schon belehrende Aufsätze oder Bücher als Gesundheitsratgeber. Ein Herr von Kathlor in Wien verbreitet sich 1822 *Über die zweckmäßige Anwendung der Haus- und Flußbäder zur Erhaltung der Gesundheit, Jugend und Schönheit.* 1843 veröffentlicht Fuchs aus Göttingen die Aufzeichnungen der *Ältesten Schriftsteller über die Lustseuche in Deutschland von 1495 bis 1510.* Im Taschenbuch für vaterländische Geschichte liest man 1844 schon *Monatliche Gesundheitsregeln.* Fast zum »Bestseller« wird ein Handbuch, *Beste Hausarzneimittel gegen alle Krankheiten der Menschen* (1844), »Anweisung, wie man ein gesundes und langes Leben erhält, und wie man einen schwachen Magen stärken kann«.

Lit.: R. Fülöp – Miller, *Kampf gegen Schmerz und Tod. Kulturgeschichte der Heilkunde.* Bln. 1938.

Clemens Wenzeslaus Fürst von Metternich – Winneburg

(* 15. 5. 1773 Koblenz; † 11. 6. 1859 Wien)

Metternich ist österreichischer Staatskanzler, »Vater« der → *Restauration,* Architekt des → *Wiener Kongresses* und die Graue Eminenz der Biedermeierepoche in allen politischen Belangen und Verflechtungen. Von 1788–1790 studiert er in Straßburg, vertritt das Westfäli-

Metternich, einer der konsequentesten und beharrlichsten Verfechter der Restauration, wurde als Architekt des neuen Europa in der Nach-Napoleonischen Epoche gefürchtet und zugleich hoch geachtet. Gemälde von Leopold Kupelwieser (1796–1862).

Der Philosoph Friedrich Wilhelm Schelling beschreibt sein Zusammentreffen mit dem großen Staatsmann:
»Die für mich merkwürdige Bekanntschaft war die des Fürsten Metternich, der, spätabends angekommen, mich am andern Morgen durch seinen Leibarzt vom Brunnen weg einladen ließ und der noch im Gespräch mit mir verweilte, während unten die Postpferde längst angespannt waren und eine Menge Einheimischer und Fremder umherstanden, den berühmten Staatsmann beim Abfahren zu sehen. Wäre das hier geschehen, so wäre das Geklatsche davon bereits in allen Zeitungen und mein Zusammenhang mit den Häuptern der regressiven Bestrebungen für alle Maulaffen aufs unzweifelhafteste begründet. Mich, von allem Nebeninteresse und Eigennutz entfernt, erfreut es immer, irgendeinen Mann zu finden, den ich aufrichtig verehren kann, der von seinem Gegenstand erfüllt, dem es mit seiner Überzeugung Ernst und dem es nur um die Sache zu tun ist, die er für die rechte hält. Ich konnte erwarten, daß der mächtige Mann mir einige Artigkeiten sagen, mich nach dem Erfolg meiner Kur fragen würde oder warum ich noch nie nach Wien gekommen usw. Nichts von alldem, sondern gleich medias in res, und zwar in das, was er als uns Gemeinschaftliches voraussetzte, und mit dem Vertrauen, als kennten wir uns seit 40 Jahren. Dieses Großartige hat meine Bewunderung erregt, weil wir es sonst nicht gewohnt und meist Staatsmänner, je höher gestellt, desto zugeknüpfter sich darstellen. – – –«

sche Grafenkollegium bei der Kaiserkrönung Leopolds II. (1747–1792) in Frankfurt am Main, nimmt dann seine Studien in Mainz wieder auf und kommt 1774 nach → *Wien;* 1795 heiratet er die Enkelin des Staatskanzlers Graf Kaunitz, Marie Eleonore.

Auf dem Friedenskongreß in Rastatt 1797–1799, fungiert er als Gesandter des Westfälischen Reichsgrafenkollegiums, 1801 wird er Gesandter in → *Dresden,* 1803 in → *Berlin,* 1806–1809 in Paris. Nach der Niederlage der Österreicher bei Wagram tritt der Außenminister Johann Philipp Graf von Stadion (1763–1824) zurück, Metternich wird zunächst provisorisch, dann (1809) offiziell Staats- und Konferenzminister und Leiter des Auswärtigen. 1813, nach der siegreichen Schlacht bei Lützen, zieht → *Napoleon* in Dresden ein, und dort hat Metternich, ein geschworener Gegner des Franzosenkaisers, die berühmte achtstündige Unterredung mit ihm und demütigt den Kaiser tief. Der Staatskanzler berichtet in seinem Nachlaß, wie Napoleon versucht hat, Österreich von den Verbündeten zu trennen, und zwar unter Hinweis auf seine neue Armee. »*Ich habe*«, entgegnet Metternich, »*Ihre Soldaten gesehen, sie sind Kinder.*« Wütend wirft der Kaiser auf diese Worte hin seinen Hut in die Zimmerecke, muß sich aber gleich selber danach bücken, denn sein Gegenüber macht keine Miene, ihn aufzuheben. 1821 erfolgt Metternichs Ernennung zum Haus-, Hof- und Staatskanzler und 1826 zum Präsidenten der Ministerialkonferenzen; alle Ämter behält er bis 1848, sie machen ihn praktisch allmächtig, er kann alle Dinge, die in Europa geschehen, beeinflussen, steuern. Nach dem Tode Kaiser → *Franz I.* 1835 hält Metternich auch unter seinem Nachfolger Ferdinand I. (1793–1875) seine Position. Erst die → *Revolution* 1848 zwingt ihn, alle Ämter niederzulegen und nach England zu emigrieren. Bereits 1849 kehrt er auf den Kontinent zurück, zuerst nach Brüssel, 1851 nach Johannisberg im Rheingau, 1859 nach Wien, wo er als Berater Kaiser Franz Josephs I. (1830–1916; Kaiser seit 1848) noch einmal politischen Einfluß ausübt.

Metternichs Nachruhm ist zwiespältiger, oft negativer Art. Er tritt auf als Wächter der Restauration, der Zensur, Gegner der Französischen Revolution, Napoleons Feind, wichtigster Mann bei der Neuordnung Europas, Mitbegründer der »Heiligen Allianz« zwischen Österreich, Preußen und Rußland und zugleich Verfechter des »gerechten Gleichgewichts« der Mitte, also Österreichs und Preußens als Mittelstaaten. Presse und Publizisten, Dichter und Denker, Studenten, → *Burschenschaften,* alle Liberalen, die nach den Wirren der Befreiungskriege auf geistige Freiheit rechnen, sehen in Metternich ihren entschlossenen Antipoden. Sein Name wird Synonym für Unfreiheit, seine Person verantwortlich gemacht für jeden staatlichen Übergriff;

sie alle sind empört, müssen es sein, wenn sie aus der Feder des Kanzlers lesen: »*Die Konferenzen zu Karlsbad und die daselbst verbreiteten Beschlüsse haben mächtiger und wohltätiger gewirkt, als wir im Gefühl der noch fortdauernden Bedürfnisse vielleicht selbst zu glauben geneigt sind.*«

Sicher ist, daß Metternich mit zunehmender Macht auch machthungrig, mindestens doch sehr machtbewußt wird und vor ihrem Mißbrauch nicht gefeit ist. Nur: als 1814/15 in Wien das von Kriegen zerrüttete, durch Napoleons Eroberungen und seinen Sturz verunsicherte Europa wieder befestigt, in Ordnung gebracht werden soll, da geht es zunächst um Sicherung, um Wiederherstellung, damit nur ganz natürlich auch um Zementierung, denn »Freiheit« war eine Losung der Französischen Revolution und in der Folgezeit des Terrors, den die siegreichen Revolutionäre ausübten. »*Die Zeit schreitet in Stürmen vorwärts*«, schreibt Metternich. »*Ihren ungestümen Gang gewaltsam aufhalten zu wollen, wäre ein eitles Unternehmen. Nur durch Festigkeit, Mäßigung und Weisheit, durch vereinte und in der Vereinigung wohlberechnete Kraft, seine verheerende Wirkungen zu mildern: das allein ist den Beschützern und Freunden der Ordnung noch übrig geblieben. Dieses Ziel läßt sich sehr einfach bezeichnen, es ist heute nichts mehr und nichts minder als die Erhaltung des Bestehenden.*« Aus diesen Zeilen spricht noch ein im guten Verständnis Konservativer. Bis zum Wiener Kongreß, vielleicht sogar noch bis zum Wartburgfest, ist eine ordnende Hand in Europa wohl notwendig, denn die Befreiungskriege hatten die Länder ins Chaos gestürzt. Metternich hätte nur loslassen brauchen, lockern, Liberalität geben – aber dies erlauben später sein Ehrgeiz und die Lust an der Macht nicht mehr.

Seine Abdankung 1848 geschieht fast nüchtern, während der Staatskonferenz, und wird durch Zuruf von der Grafenbank gefordert. Darauf der Kanzler: »*Es ist die Aufgabe meines Lebens gewesen, für das Heil der Monarchie von meinem Standpunkte zu wirken; glaubt man, daß das Verbleiben auf solchem dieses Heil gefährde, so kann es für mich kein Opfer sein, meinen Posten zu verlassen.*« Ein alter Bürgeroffizier erwidert: »*Durchlaucht, wir haben nichts gegen Ihre Person, aber alles gegen Ihr System, und darum müssen wir wiederholen: nur durch Ihre Abdankung retten Sie den Thron und die Monarchie.*«

Nach Metternichs Tod schreibt Grillparzer, der als Dramatiker die Auswirkungen der Zensur (→ *Pressewesen*) oft erfahren mußte, eine grimmige *Grabschrift auf den Fürsten Metternich:*

»*Hier liegt, für seinen Ruhm zu spät,*
der Don Quixote der Legitimität.
Der Falsch und Wahr nach seinem Sinne bog,

Metternichs Überzeugung, die er in vielen Äußerungen – kaum variiert – wiederholte, scheint für unsere Zeit aktueller zu sein als damals:

»Soziale Revolutionen, einen gewaltsamen Umsturz der bestehenden Regierungsformen und deren Ersatz durch unbekannte Größen wünscht heutzutage niemand, denn die heutige Welt ist viel zu erpicht auf materiellen Genuß und industriellen Gewinn, um diese Güter schalen Theorien zuliebe auf's Spiel zu setzen. Im Gegenteil: was man mit Bestimmtheit und allgemein will, ist ein versöhnender, ruhiger, bequemer Friedenszustand, und wer ihn den Völkern verbürgt, ist ihnen – bei der, wir können es uns nicht verbergen, ziemlich allgemein vorherrschenden Gleichgültigkeit gegen höhere Prinzipien – willkommen.«

zuerst die andern, dann sich selbst belog;
vom Schelm zum Toren ward bei grauem Haupte,
weil er zuletzt die eignen Lügen glaubte.«

Lit.: F. Berglar, *Metternich. Kutscher Europas – Arzt der Revolutionen.* Göttingen 1973.

Militär

Nach den Schrecken und Wirren der Kriege → *Napoleons* hat zunächst kein Mann in Europa wirklich Sehnsucht nach Uniform und klingendem Spiel. Nicht einmal die Aussicht auf den Erfolg, der sich damit bei den Mädchen machen ließe, und der Aufzug in prächtigen Paraden zu Pferd lockt die jungen Leute. Aber bereits 1816 schreibt der Militärwissenschaftler und spätere Direktor der Allgemeinen Kriegsschule Karl von Clausewitz (1780–1831) in seinem Buch *Vom Kriege: »Der Krieg ist nichts als eine Fortsetzung der Politik mit anderen Mitteln.*« Und seit 1814 herrscht allgemeine Wehrpflicht in Preußen. Jeder *»körperlich tüchtige, moralisch nicht unwürdige Mann*« vom zwanzigsten bis vierzigsten Lebensjahr ist dienstpflichtig. Befreit ist nur, wer entehrende Strafen verbüßen mußte oder z.B. als *»einziger Ernährer für alte, arbeitsunfähige Eltern*« aufkommen muß.

Die preußische Kriegsmacht teilt sich in zwei Sektionen, das »stehende Heer« mit fünfjähriger Dienstzeit vom 20. bis 25. Lebensjahr (wovon die ersten drei aktiv, die restlichen in Reserve geleistet werden) und die zur Zeit des Krieges und der Manöver versammelte Landwehr. Diese Landwehr ruft im ersten Aufgebot Männer zwischen 25 und 30 Jahren, im zweiten vom 32. bis 40. Lebensjahr zu den Waffen. Im Ernstfall ist das stehende Heer für den Kriegseinsatz bestimmt, die erste Landwehrsektion soll nur im äußersten Notfall außerhalb der Landesgrenzen eingesetzt, die zweite zur Besetzung von Festungen verwendet werden.

All diese Zweckbestimmungen bleiben im Biedermeier ungenutzt, wodurch sich der gänzlich unheroische Charakter der Epoche bestätigt. Lediglich als in Griechenland der Krieg gegen die Türken ausbricht (→ *München*), schickt König → *Ludwig I.* von Bayern seinem Sohn, König Otto I. von Griechenland (1815–1867) als Schützenhilfe einige Kavallerie (1833).

Dagegen werden die Truppen bei inneren Unruhen eingesetzt, und die gibt es reichlich: 1830 brechen die gesamten 14 000 Mann starken Garderegimenter den Aufstand der Bevölkerung; in Sachsen stellen Bürgerwehr, Schützenvereine und Kommunalgarden »Ruhe und Ordnung« wieder her; die Revolte im Großherzogtum Hessen-Darmstadt wird durch Einsatz aller verfügbaren Truppen niedergeschlagen; in Braunschweig weigern sich die Offiziere der Wachen, gegen das Volk vor-

Wilhelm Hauff
Soldatenliebe

Steh' ich in finstrer Mitternacht
So einsam auf der stillen Wacht,
So denk' ich an mein fernes Lieb,
Ob mir's auch treu und hold verblieb.

Als ich zur Fahne fortgemüßt,
Hat sie so herzlich mich geküßt.
Mit Bändern meinen Hut geschmückt
Und weinend mich ans Herz gedrückt!

Sie liebt mich noch, sie ist mir gut,
Drum bin ich froh und wohlgemuth,
Mein Herz schlägt warm in kalter Nacht,
Wenn es ans ferne Lieb gedacht.

Jetzt bei der Lampe mildem Schein
Gehst du wohl in dein Kämmerlein
Und schickst dein Nachtgebet zum Herrn
Auch für den Liebsten in der Fern'!

Doch wenn du traurig bist und weinst,
Mich von Gefahr umrungen meinst –
Sei ruhig, bin in Gottes Hut!
Er liebt ein treu Soldatenblut.

Die Glocke schlägt, bald naht die Rund'
Und löst mich ab zu dieser Stund';
Schlaf wohl im stillen Kämmerlein
Und denk in deinen Träumen mein!

1824

zugehen; der Frankfurter Wachensturm (→ *Burschenschaften*) wird durch Einsatz des Militärs beendet. Im selben Jahr, nach dem Ausbruch der gegen das holländische Regime gerichteten Revolution in Brüssel, besetzen holländische Truppen die Stadt, werden aber nach drei Tagen wieder vertrieben. Ebenfalls 1830 veröffentlicht Johann Benedict Wunder (geb. 1786) in Nürnberg einen → *Bilderbogen*, der aufständische Bürger und Soldaten mit belgischen Fahnen im Kampf zeigt. – Szenerien aus dem Soldatenleben wie z. B. »Soldaten-Liebe« oder »Soldaten-Abschied« werden von Bilderbogen gerne aufgegriffen und in populärer Graphik teils mit sentimentalem Pathos, häufig aber auch sehr humorvoll dargestellt.

Allgemein absolvieren die Soldaten monoton ihre Exerzierübungen und hören mit Neugier die Aufschneidereien, das Bramarbasieren der Veteranen, die mit Heldentaten prahlen und die Greuel des Krieges bald zu heroischen Fabeln verklären. Napoleon wird beinahe wieder zum Idol. Ein Bilderbogen aus Epinal, 1830/1835,

Links: *Die Landwehr des Königreichs Bayern: Hoboisten, Regimentstambour und Musikmeister.*

Rechts: *Kaiserreich Österreich: Marineinfanterie-Offizier, Linienschiffskapitän, Geniekorps-Offizier, Artillerieoffizier.*

stellt *Les Adieux de Fontainbleau* dar: Ein hoher Offizier umarmt den Kaiser, Grenadiere der Alten Garde in ihren Bärenfellmützen und weitere Offiziere stehen ergriffen bei diesem Abschied vor der Verbannung nach Elba am 20. April 1814 (→ *Wiener Kongreß*). Das Elend der Invaliden, die oft als Bettler oder Hausierer ein armseliges Dasein fristen müssen, ist dagegen weniger ruhmvoll. Fast sehnt man sich schon wieder nach Heldentaten. Der österreichische Offizier Graf Bigot de St. Quentin klagt 1850 rückschauend in seinem Werk *Unsere Armee*, der Krieg erscheine ihm »*fast wie ein Märchen aus grauer Vorzeit*« und murrt: »*Der Friede und seine Folgen lasteten schwer auf uns, unser Besseres drohte stumpf zu werden mit unserer Waffe, Verweichlichung und kaum zu erschwingender Luxus entnervten den kekken Mut, den bedürfnislosen, leichten Soldatensinn ... Jahr um Jahr schleppte sich der kampfscheue und doch bis an die Zähne bewaffnete Friede fort in kläglicher Verdrossenheit.*«

Am Militär interessierte die Menschen der Biedermeierzeit lange noch vor allem die schmucke Uniform und die Gloriole der Helden der Befreiungskriege. Hermann Marggraff berichtet in seiner Schrift *Deutschlands jüngste Literatur- und Kulturepoche* (Lpzg. 1839):
»Im ganzen war, gleich nach dem Befreiungskriege und trotz dem Wiener Kongresse, der das Territorialsystem der modernen Politik hauptsächlich im Auge behielt, ein munteres Leben in Deutschland. Die gebliebenen Helden prangten auf den Erinnerungstafeln in den Kirchen, die verstümmelten trugen Eiserne Kreuze und wurden auch sonst wohl durch Anstellungen möglichst bedacht; die gesunden kehrten munter zurück, voll Lebenslust und Beimischungen französischer Heiterkeit; man hatte gegenseitig viel zu erzählen, und viele Heiraten zwischen den deutschen Heldenmädchen und Heldenjünglingen gingen vor sich; die Männer drängten sich unter den Tschako und die Mädchen unter die Haube.«

Dabei ist vor allem der preußische → *Adel* streng auf seine Stellung in der Armee bedacht. Das M. gilt gleichsam als Versorgungsanstalt des Adels, der darauf achtet, daß bei der Besetzung der Offiziersposten mit Bürgerlichen zumindest ein Gleichgewicht, wenn nicht eine Bevorzugung des eigenen Standes gewahrt bleibt. Die höheren Chargen mit Befehlsgewalt bleiben jedoch vor allem Domäne des Adels. Der Dichter Karl Gutzkow sieht es etwas anders: »*Es ist nicht würdig, wenn Appell, Wache, Exerzieren, Parade, Manöver, Revision der Armatur Hunderttausende Seelen als die alleinigen Fragen der Welt und des Lebens erfüllen*« – er meint gewiß nicht den Krieg als Alternative dazu.

Um wenigstens die schönen, bunten Uniformen, die im Biedermeier alle recht unkriegerisch aussehen, nicht in Vergessenheit geraten zu lassen, erscheint von 1835 bis 1843 ein monumentales, auf sechs Bände angelegtes Bildwerk, *Sämtliche Truppen von Europa in charakteristischen Gruppen dargestellt*, entworfen und nach dem Leben gezeichnet von H. A. Eckert & D. Monten, in Würzburg.

Lit.: H. Meier-Welcher (Hg.), Handbuch zur deutschen Militärgeschichte 1648–1939. Ffm. 1964 ff. – Heinrich Ambros Eckert/ Dietrich Monten, *Das deutsche Bundesheer*, 5 Bde., Dortmund 1981 (Die bibliophilen Tb., 235, 244, 251, 258, 264, 269).

Möbel

Die bedeutendsten Leistungen des Biedermeier entstehen auf dem Gebiet der Möbelkunst, und in diesem Zusammenhang wird der Name »Biedermeier« auch erstmals als Stilbezeichnung eingeführt. Da die biedermeierliche Kultur in erster Linie vom Bürgertum ausgeht und getragen wird, aber auch aus Gründen der Sparsamkeit (zu der man sich nach den Wirren der Napoleonischen Kriege gezwungen sieht), entwickelt sich ein Stil, der von ursprünglicher Schlichtheit – auch des Materials – geprägt ist. Biedermeiermöbel sind ganz aufs Nützliche, die Bequemlichkeit, den Gebrauch zugeschnitten (→ *Wohnkultur*) und von zweckentsprechender Unauffälligkeit. Man verzichtet auf dekoratives, nur schmückendes Beiwerk oder übertriebene Kostbarkeit in der Wahl der Hölzer und Stoffe, wie sie noch das Rokoko liebte; die kleineren Proportionen der Wohnräume bürgerlicher Familien setzen den Maßstab. Kommoden und Schränke zeigen glatte, schlichte Formen, allerdings schön furniert und intarsiert; meist wird dunkles oder helles Birkenholz, Esche oder Kirschbaum verarbeitet und unter geschickter Nutzung der Maserung sorgfältig poliert. Schlichter in Verarbeitung und Material gestaltet man auch die Möbelbeschläge. Sie werden nur gepreßt oder aus Messing gestanzt, nicht mehr gegossen oder sogar vergoldet.

Hauptgruppe des Raumes bildet das Sofa an der Wand mit bequemer, tiefer Polsterung, davor der runde oder ovale Eßtisch – nach Gebrauch platzsparend zusammenklappbar –, um den mehrere, leicht und freundlich wirkende Stühle mit durchbrochener Lehne, geschweiften Beinen, roßhaargepolstert und mit gestreiften oder geblümten Stoffen überzogen, gruppiert sind. Die Lampe schließt mit ihrem Lichtkreis das Ensemble ein – die »Runde« hat sinnbildliche Bedeutung: Die Kriege → *Napoleons* haben Familien auseinandergerissen, Freundeskreise getrennt, jetzt schätzt man familiäre Häuslichkeit um so höher. Nahe zum Eßtisch werden kleine Beistelltischchen gerückt, ebenfalls mit Klappen zum Vergrößern oder Verkleinern, je nach Bedarf. Musikinstrumente – vor allem das Klavier – gehören fast selbstverständlich zur Ausstattung biedermeierlicher Wohnräume, großes musisches Interesse und häusliche → *Geselligkeit* machen sie unentbehrlich.

Biedermeier ist eine mitteilsame Epoche; das Schreiben von Briefen, kleinen Billetten innerhalb des Freundes- oder Familienkreises (→ *Stammbuch*) gehört zu den wichtigsten Alltagstätigkeiten. Entsprechende Bedeutung hat der Sekretär, der »Schreibschrank« mit den breiten Sockelschubladen, der großen Platte, die unzählige kleine Schublädchen verbirgt, wenn sie, nicht benutzt, zurückgeklappt wird und das ausladende Möbelstück sehr vorteilhaft verkleinert.

In keinem zeitgenössischen Wohnzimmer fehlt die Servante, eine dreiseitig verglaste, an ihrer Rückwand verspiegelte Vitrine, in der all die schönen Gläser, Tassen, Figuren, Andenken, das ganze »Sammelsurium«, das der Bürger jener Epoche hoch schätzt, ausgestellt wird. Dieses Möbelstück samt Inhalt ist nicht nur hübsch anzusehen, sondern auch praktisch. Nichts

Das schlicht gerahmte Bild und der funktionale, mit feinen Seidenstoffen gepolsterte Stuhl sind typisch für die Zimmereinrichtung und Wohnkultur der Epoche.

Links: *Sofa, Kirschbaum geschnitzt, Süddeutschland um 1830. Eine hohe, gerade Zarge schwingt nach unten in die geschweiften Füße, nach oben in die Stützen der ausladenden Seitenlehnen aus. Das gebogene Kopfstück der gepolsterten Rückenlehne ziert in der Mitte eine geschnitzte Palmette zwischen Blattzweigen.*

Mitte links: *Polsterstuhl in Kirschbaumholz mit durchgestecktem Spitzbogengitterwerk. Münchner Arbeit um 1815.*

Mitte rechts: *Nähtischchen mit reicher Näheinteilung. Corpus Birnbaum furniert, Fuß massiv Birnbaum. Süddeutsch um 1835.*

Unten links und rechts: *Bodenstandspiegel, Kirschbaum um 1820/30. Die beiden hochgeschweiften Bügelfüße auf Rollen sind durch zwei Stege mit gekreuztem Stabwerkmuster verbunden. Die Rückseite in Temperamalerei zeigt ein Mädchen an einer Quelle; dahinter, in Wolken, Amor.*

Gegenüberliegende Seite

Oben: *Im Biedermeier-Wohnzimmer spiegelt sich eine Zeit, in der Schönheit, Zweckmäßigkeit und Behaglichkeit des Interieurs das Heim zum Mittelpunkt des Lebens werden ließen.*

Unten links: *Kleiderschrank, Nußbaum, um 1820/30. Zweitüriger Schrank auf kantigen verjüngten Füßen mit profiliertem Sockelrahmen, Kranzgesims und Dreiecksgiebel sowie vorgesetzten Halbsäulen.*

Unten rechts: *Sekretär, Kirschbaum, um 1820. Vier Klauenfüße tragen das hochrechteckige Schreibmöbel mit zweitürigem Schrankunterteil. Das hohe Schreibfach mit Klappdeckel ist von Säulen flankiert, die die Deckplatte und den Aufsatz tragen. Im Schreibfach, von korinthischen Säulen eingefaßt, eine Korbbogennische mit Spiegelrückwand.*

Gegenüberliegende Seite:

Frack und Rüschenkleid waren für die Mode der Zeit exemplarisch.

Links: *ein Frack aus mittelblauem Tuch, die Hose aus weißem Nanking, eine Krawatte aus karierter Leinwand, dazu der in Locken aufgebürstete Schopf.*
Rechts: *ein langärmeliges graues Kleid mit weißem Fichuleibchen, Hut mit Spitzen- und Schleifenschmuck. Das Kind trägt ein Kleidchen mit Zierborten und Volants und ein Barett.*

kann verstauben, angestoßen und zerbrochen oder – was nach den bitteren Erfahrungen, die man während der Kriegsjahre mit marodierenden Soldaten gemacht hat, besonders wichtig ist – gestohlen werden.

Im frühen Biedermeier orientiert sich der Möbelbau noch gelegentlich am eleganten Empire. In der Mitte der Epoche werden Form und Gestaltung reicher, und gegen die vierziger Jahre sind dann Stuhlbeine und -lehnen stärker geschweift, nach 1840 treten an Sockeln und Beinen Volutenformen auf, die Hölzer werden durchbrochen und in dekorativer Weise angeordnet. Etwa ab Mitte der dreißiger Jahre kommen eiserne Möbel in Mode: Bettstellen, Stühle, Jardinièren. Kurioserweise rühmt man als ihren Vorzug, daß mit diesen Eisenkonstruktionen jede Holzart perfekt imitiert werden kann.

Herstellernamen biedermeierlichen Wohnmobiliars bleiben – mit wenigen Ausnahmen – meist unbekannt. Die Wiener Möbelfabrik Danhauser besteht von 1804 bis 1838 und stellt M. und Interieurs in reicher Vielfalt und auch serienmäßig her. Viele Entwürfe kommen aus der Werkstatt des Malers Joseph Danhauser (1805–1845), der als Sohn des Gründers nach dessen Tod die Fabrik leitete. In → *Wien* stellen zu Beginn der zwanziger Jahre etwa 900 Kunsttischler Biedermeiermöbel in handwerklicher Vollendung her; mit vergleichsweise niedriger Produktion arbeiten in München etwa 40 und in Augsburg ca. 50 Kunstschreiner. Bekannt geblieben sind auch die Bugholzmöbel von Michael Thonet (1796–1871), der sich, aus dem Rheinland kommend, 1842 in Wien niederläßt und dort eine Produktion aufbaut. Der einfache Thonet-Stuhl aus Bugholz wird im 19. Jh. zum beliebten Mobiliar von Cafés.

Das Mobiliar des Biedermeier, der warme Ton der Hölzer und die gefällige, freundliche Wohnraumausstattung wecken oft auch das Interesse der Maler. Der Norddeutsche → *Georg Friedrich Kersting* (1785–1847) spezialisiert sich fast ausschließlich auf die Interieurdarstellung, Menschen im Zimmer dienen lediglich als Staffage. Als berühmtestes Bild eines Biedermeierzimmers (mit Alkoven) gilt → *Schwinds* Gemälde *Die Morgenstunde*, erst um 1860 entstanden, das in seiner Möblierung typisch für den Zeitgeschmack dieser Epoche ist.

Lit.: L. L. Dewiel, *Möbel-Stilkunde. Europäische Möbel aus acht Jahrhunderten.* Mchn. 1980.

Mode

Jahrhundertealte höfische Lebensform wird im Biedermeier abgelöst durch einen bürgerlichen Repräsentationsstil, der sich neben der → *Wohnkultur* am überzeugendsten in der Mode spiegelt. Die Damenmode des Empire bevorzugt noch langfließende Kleider mit hoher

Taille – meist in der Lieblingsfarbe weiß – und farbiger Seiden- oder Weißstickerei am unteren Rocksaum. Ab 1820 wird das Kleid kürzer, röhrenförmig, gerade geschnitten, aber reich verziert mit Rüschenvolants und Schleifen, bauschigen Ärmeln, Falbelreihen. Die Taille rückt bis unter die Schulter, der Hals wird fest mit dem Halskrausen-Kragen aus steifem Mull umschlossen. Kleine Kugelärmel, an die lange röhrenförmige Ärmel angesetzt werden, betonen die Schulterpartie. Leichter geschnitten zeigt sich das Tanz- und Gesellschaftskleid, es hat oft nur Puffärmelchen, lange Leder- oder Stoffhandschuhe ergänzen das modische Ensemble. Ein hoher, in Abstimmung zum Kleid ebenfalls röhrenförmi-

ger Hut mit breitem, rüschenbesetztem Rand und zierliche, spitze Stoffschuhe, absatzlos, um Knöchel und Fußgelenk mit schmalen Bändern gebunden, ergänzen die Garderobe.

1822 kehrt man zum Korsett zurück, der Umschwung ist vollkommen und bringt ein ganz neues Modebild. Die Taille rückt wieder an ihre natürliche Stelle, sie wirkt zierlich, zerbrechlich und wird durch Schnürkorsetts, über dem Unterrock getragen und hüfttief ausgeschnitten, betont und verlängert. Die Einschnürung der Hüften wird durch die mit Gaze versteiften Flügelvolants der Ärmel – »Hammelkeulen« und »Elefanten« genannt –, die Anfang der dreißiger Jahre ihren größten Umfang erreichen, noch betont. Allmählich kommt jedoch aus London der engere, um den Ellenbogen gebauschte Ärmel in Mode, der am Unterarm gekraust wird oder halb offen herabfällt. Bis 1840 verliert er immer mehr an Umfang und wird um diese Zeit ganz eng, von der Schulter bis zum Handgelenk, gehalten. Die Röcke erweitern sich allmählich trichterförmig nach unten, nehmen an Umfang zu, werden aus gemusterten, meist geblümten Stoffen in Falten gelegt, lassen den Fuß frei und gehen erst 1836/37 wieder bis zum Boden. Die Schuhe bleiben noch ohne Absatz, Stiefeletten kommen in Mode.

Um 1840 tragen die Damen die Krinoline, einen Reifrock über fünf bis sechs Unterröcken. Sie soll den Rock des Kleides, der oft mit drei bis vier übereinanderliegenden Volantschichten verziert und deshalb sehr schwer ist, stützen. Über die Anatomie der Krinoline kann man bei Max von Boehn nachlesen: »*Über einen Unterrock von Flanell zog man einen mit Roßhaar gepolsterten, diesem folgte ein solcher von Perkal mit einem Gerüst von Stricken, dann ein Rad von Roßhaar in dicken Falten, über welches ein gestärkter Jupon von Mousseline zu liegen kam, dann erst das Kleid.*«

Als Kopfbedeckung bleibt der Schutenhut mit breitem Rand und reicher Blumen- und Bandgarnierung fast vierzig Jahre unverändert in Mode; in den zwanziger Jahren wird der Rand breiter und flacher, der Kopf höher, wodurch das Gesicht freier und weniger eingeschlossen erscheint. Bei schlechter Witterung schützt man die Schultern durch einen Kaschmirschal, das Dekolleté bedeckt die »Bayadère«, ein langer, schmaler Schal aus Seiden- oder Spitzenstoff, oder, um 1830, die lange Boa aus Straußenfedern. Da die gewaltigen Ärmel das Tragen von Mänteln unmöglich machen, benutzt man an ihrer Stelle Umhänge wie z.B. Pelerinen und Mantillen. Die Stoffe sind zunächst einfach, Seide ist selten, bevorzugt werden Baumwolle, Kattun (für Schürzen), Musselin, Tüll, Organdy und Batist; helle Farben dominieren. Erst als um die Mitte der dreißiger Jahre die Röcke wieder an Umfang und Länge zuneh-

Liefern Sie mir bitte über die Buchhandlung:

Datum: Unterschrift:

Land

(D = Deutschland, CH = Schweiz,
A = Österreich etc.)
Absender bitte »computergerecht« in Blockschrift eintragen.
Ein Kästchen = ein Buchstabe.

PLZ Ort

Zuname

Vorname

Herr Frau Firma

Straße, Hausnummer

Bitte als Postkarte frankieren

ECON Taschenbuch Verlag
Postfach 9229
D-4000 Düsseldorf 1

men, nicht mehr glatt fallen, sondern drapiert werden, kommen mit diesen Kleidern auch die schweren Stoffe zurück. Man trägt gerne Samt und Moiré, auch durchsichtige Stoffe über bunter Seide oder bevorzugt Brokat.

Während die Mode der Damen aus Paris diktiert wird, kommen die Gesetze der Herrenmode aus England. Die Beinkleider bleiben eng und lang (meist werden dafür Trikotstoffe verarbeitet), oft bedecken sie sogar noch einen Teil des Fußes und müssen am Spann entsprechend ausgeschnitten werden. Ein unter dem Schuh durchlaufender Steg sorgt dann für straffen Sitz. Darüber trägt der Herr den zweireihigen, bis zur Hüfte über der kurzen Weste geschlossenen Schoßrock mit hohem Kragen, dazu bei schlechtem Wetter oder im Winter den sehr langen, hinten faltig geschnittenen Garrick-Mantel mit zahlreichen Schulter-Volants. In Anlehnung an die Damenmode werden die Schöße eine Zeitlang sehr weit und glockenförmig getragen, auch die Ärmel sind wie Puffärmel geschnitten und werden – wie bei den Damen – in den dreißiger Jahren wieder glatt gehalten.

Der blaue oder braune Frack oder der langschoßige Überrock, der bei den Herren in diesem Zeitabschnitt Mode ist, zeigt breite Aufschläge und vorne bogig oder eckig geschnittene Schöße. Er wird über einer buntgeblümten Weste getragen, im Halsausschnitt die Seidenkrawatte oder ein geblümtes Tuch. Häufig ist die Weste auch über einem weiß gefältelten Hemd tief ausgeschnitten. Überhaupt treiben die Herren den größten Aufwand mit Westen verschiedenster Machart, Farbe, Musterung und den Halsbinden. Bevorzugt man für erstere zwar in der Regel Samt, so werden sie doch auch aus Pikee, Kaschmir, Seide oder weißem, mit bunter Seide ausgesticktem Atlas – bei Gesellschaften – getragen.

Krawatten und Halsbinden sind während der ganzen Biedermeierzeit vieldiskutiertes Modethema. Am Abend trägt man sie in Weiß, am Tag ist es meist eine schwarze Krawatte, Masche oder Tuch. In den zwanziger Jahren werden die Kragen immer höher und steifer und stützen um 1830 als »Vatermörder« mit hochstehenden Spitzen das Kinn. Erst in den vierziger Jahren pflegt man den Kragen über die Krawatte umzuschlagen. Als Kopfbedeckung trägt Herr Biedermeier den elegant geschweiften Zylinderhut; der allmählich aufkommende weiche Filzhut gilt zunächst als Zeichen von Freigeistern und Revolutionären.

Im Gegensatz zu früheren Epochen, in denen Kinder wie »kleine Erwachsene« ausstaffiert wurden, ist die Kindermode im Biedermeier nicht mehr so streng der Tracht der Erwachsenen nachempfunden. Babys und Kleinkinder tragen weiße, weit und bequem fallende

Gegenüberliegende und rechte Seite von oben nach unten:

Dekorative Hüte komplettierten die Garderobe der Biedermeierdame: ein weißer Reisstrohhut mit Spitzen und Kaktusblüten; ein weißer Reisstrohhut mit Blumenschmuck; ein Satinhäubchen mit Blumengarnitur.

Die Dame des Biedermeier trägt unter dem enganliegenden Kleid das Schnürkorsett über einem weitgebauschten Unterrock. Zeitgenössisches Gemälde.

Kleidchen mit kurzen Ärmeln, losen Kragen, beinfrei und brauchen in warmen Jahreszeiten weder Strumpf noch Schuh. Knaben gehen in langen Röhrenhosen, darüber ein langschoßiger, gegürteter Schnürrock, auf dem Kopf, an die Uniform angelehnt, eine Schirmmütze. Für Mädchen gibt es das fußfreie Volantkleid, darunter tragen sie lange, weiße, an den Knöcheln gekrauste Spitzenhöschen und auf dem Kopf breitgekrempte Schutenhäubchen.

Angefertigt wird das alles entweder in Hausschneiderei oder von der Putzmacherin, die gelegentlich bereits einen eigenen Laden oder innerhalb ihrer Wohnung einen besonderen Arbeitsraum hat. Zur Abrundung des Erscheinungsbildes biedermeierlich gekleideter Damen und Herren gehören die modischen Zutaten, die Accessoires. Der Schirm, für Damen auch der Sonnenschirm mit abknickbarem Dach, ist zierlich und leicht, hat einen langen Stiel und kleine, fein gedrechselte Griffe. Der Dichter Augustin-Eugène Scribe (1791–1861) widmet dem nützlichen Gerät, das lange als unelegant gilt, eine *Ode an den Regenschirm:*

»*Ein seltner Freund bist du von neuer Art.*
Verschwindest still an unsern schönen Tagen,
In trüben aber hast du Treu' bewahrt.
Das läßt sich selten nur von Freunden sagen!«

Nach 1830 gehört der Pelzmuff im Winter zum Erscheinungsbild der modebewußten Dame, besonders elegant mit Fuchsschwänzen, die in Höhe der Handgelenke beidseits herunterbaumeln. Fächer aus Elfenbein mit Gouache- oder Deckfarbenmalerei, auch Silber- und Goldverzierungen, sind winzig und werden fast nur in geschlossenen Räumen benutzt.

Der Herr trägt den häufig gedrechselten, mit knopf- oder T-förmigem Knauf aus Holz, Silber, Porzellan oder Elfenbein geschmückten Spazierstock, dünn und gertenartig, eher ein »Stöckchen«, als wirklich zur Stütze geeignet.

Lit.: M. v. Boehn, M. Fischel, *Die Mode, Menschen und Moden im 19. Jh.* 2 Bde. Mchn. 1905

Moral

Die Moral der Epoche ist Ehemoral, Wächter der Moral die Zensur (→ *Pressewesen*), Gehilfe der Zensur die → *Obrigkeit.* Aus dieser Allianz zu entkommen, ist kaum möglich, alles Nicht-Moralische bleibt im Untergrund verborgen und kursiert unter der Hand. Eines der Konversationslexika (→ *Salon*) bescheidet den Lesern unter dem Stichwort *Prostitution* bündig: »*Die Geschichte der P. beweist hinlänglich, daß die letztere ein in der menschlichen Gesellschaft und in den Verhältnissen ihrer Kultur tief begründetes Übel ist, welches wohl durch zweckmäßige Maßnahmen eingeschränkt, aber nie gewaltsam unterdrückt und ausgerottet werden kann, und welches um so schwerer und eingreifender das Wohl der Gesamtheit schädigt, je heimlicher und verborgener es auftritt.*«

Sicher ist, auch Herr Biedermeier besucht das Bordell (1839 zählt man z. B. in → *Berlin* 33 öffentliche Häuser, »*sämtlich an der Königsmauer, also unweit des Schlosses gelegen*«, die 1844, nachdem man 240 Bewohnerinnen registriert, aufgehoben werden) und die Prostituierte. Treffpunkt für derartige Schäferstündchen sind der Badekarren, bestimmte Kaffeehäuser, die obskure Vorstadtgasse und -kneipe, »*wo der Wirt hübsche und kecke Mädchen hält*«, die Hinterbühne des → *Theaters*, wo die »kleinen Mädchen« des Corps de Ballett warten, jede Stätte der → *Volksbelustigung*, Prater wie Wiesn, Dult und Karneval – nur man spricht nicht oder nur hinter vorgehaltener Hand darüber.

Wer Pornographie malt, tarnt sich mit braven Familien- oder Kinderporträts (→ *Malerei*), wer Verfängliches dichtet, tut gut daran, nebenbei als fromm-katholischer Poet zu gelten, wie etwa Friedrich von Schlegel (1772–1829; → *Literatur*), der 1825 als Sonett reimt:

»*Ich trat zu Mädchen unversehns von hinten,*
Sprach sanft sie an und spielte den Zeloten.
Dann fragt' ich plötzlich, wann sie denn den roten

Ignaz Franz Castelli, ein Kenner und Chronist des Wiener Nachtlebens, benennt gewisse »Vorstadtbeiseln«, »wo der Wirt hübsche und kecke Mädchen hielt ... Man kann sich nichts Appetitlicheres denken als den Anzug eines solchen Mädchens. Sie trugen schneeweiße, feine Strümpfe und rosenfarbige oder hellblaue Schuhe, ein Röckchen von weißem Barchent, oft auch von farbigem Seidenstoff, welches so kurz war, daß man die bunten Strumpfbänder unter dem Knie noch erblikken konnte, ein enganliegendes Korsettchen, meistens schwarz, welches die Arme bis oben bloß ließ, und rückwärts eine Art von Büschelchen, genannt Schößerl, emporstreckte, dazu ein kleines, seidenes Busentüchlein, welches seinen Inhalt nur halb verdeckte, und auf dem Kopfe, über von beiden Seiten in Locken geringelten Haaren, eine glänzende emporragende Goldhaube.«

Gewaltherrn hätten und wie lang sie minnten.
Sie sehn verdrehten Auges auf den Stecken,
Der ihnen doch galant entgegensteht.
Ich hebe Röcke, sie darauf zu stülpsen,
Zuerst wollt' würgen, schreien sie und rülpsen,
Dann fließt die Lust und alles Weh vergeht.
Bis sie zu tief gekitzelt drauf verrecken.«

Der Dichter ist 1808 zum Katholizismus übergetreten, Teilnehmer an den Beratungen des → *Wiener Kongresses*, 1820–1823 in Wien Herausgeber der konservativen Zeitschrift »Concordia«, allerdings auch Autor des emanzipatorischen Romans *Lucinde* (→ *Emanzipation*) – deutlicher kann die M. der Zeit nicht vorgeführt werden.

Lit.: *Bilderlexikon der Kulturgeschichte. Ein Nachschlagewerk für die Begriffe und Erscheinungen auf dem Gebiete der Kulturgeschichte, Sittengeschichte, Folklore, Ethnographie, des Kultwesens, Gesellschaftslebens, der Cronique Scandaleuse, für Zeitdokumente und Biographien, ein Sammelwerk sittengeschichtlicher Bilddokumente aller Völker und Zeiten.* Wien und Lpzg. 1928.

Der Dichter Eduard Mörike war mit einem Teil seines lyrischen Œvres ein typischer Vertreter biedermeierlicher Beschaulichkeit. Aquarell von Luise Walther, 1874.

Eduard Mörike

(* 8. 9. 1804 Ludwigsburg; † 4. 6. 1875 Stuttgart)

Der schwäbische Pfarrer und Dichter lebt in der Biedermeierepoche und führt äußerlich auch ein Biedermeierdasein par excellence. Er besucht die Lateinschule in seiner Heimatstadt, wird 1818 Student am Seminar in Urach und schließt Freundschaft mit dem Dichter Wilhelm Waiblinger (1804–1830), ab 1822 ist er Student am berühmten Tübinger Stift; der geisteskranke Hölderlin, der in seinem Turm am Neckarufer lebt (→ *Literatur*), erschüttert ihn zutiefst. 1826 erhält Mörike eine Vikarsstelle in Nürtingen, darauf folgen weitere Vikariate in Kleinstädten und Gemeinden. »*Zu Cleversulzbach im Unterland*« (so beginnt Mörikes berühmtes Gedicht vom *Alten Turmhahn*) wird er 1834 schließlich bestallter Pfarrer, liebevoll versorgt von Mutter und Schwester und in freundschaftlichem Umgang mit dem Lyriker Justinus Kerner (1786–1862). Die Verlobung mit der Pastorentochter Luise Rau zerbricht ein Jahr zuvor. Kränklichkeit zwingt Mörike 1843, sich vorzeitig pensionieren zu lassen. Doch nimmt er Ämter als Lehrer an, so z. B. am renommierten Katharinenstift für Mädchen in Stuttgart. Seine 1851 geschlossene Ehe mit Margarethe von Speeth, Kind einer Offiziersfamilie, endet mit Trennung. Mörike wird 1855 zum Hofrat, 1856 zum Professor ernannt und beschließt sein von Krankheit und oft auch finanziellen Problemen überschattetes Leben zurückgezogen, aber in Kontakt und reger Korrespondenz mit einem großen Freundeskreis, zu dem auch Friedrich Hebbel (1813–1863), Theodor Storm

(1817–1888) oder Friedrich Theodor Vischer (1807–1887) gehören. – Den »*Sohn des Horaz und einer feinen Schwäbin*« nennt Hebbel den Freund, der zeitlebens große Liebe zur Antike, besonders zu dem Lyriker Anakreon, pflegte.

Weniger Mörikes Romane (*Maler Nolten*, 1832) oder sogar die Märchen (*Das Stuttgarter Hutzelmännlein*, 1853) und Erzählungen (*Mozart auf der Reise nach Prag*, 1856) haben den Dichter populär gemacht, als vor allem seine Gedichte, die bereits zeitgenössische Komponisten zu Meisterwerken des Liedes inspirieren (*Das verlassene Mägdlein:* Schumann). – »*Man sah durch diese Gedichte wie durch Zaubergläser in das Leben des Dichters selber hinein*«, so charakterisiert sie Storm, und tatsächlich ist da nur selten ein »Biedermeier« zu erblikken. Während der Tübinger Stiftszeit erlebt Mörike eine dramatische Liaison mit dem Schenkmädchen Maria Meyer, von der niemand wußte, woher sie kam und wohin sie ging. »Peregrina«, die »Fremde«, in seinen Gedichten das »heilige Nachtbild«, läßt den Dichter verletzt, verwirrt, für sein ganzes weiteres Leben erschüttert zurück, und wenn er im vielzitierten *Gebet* (Erstdruck 1847) bittet:

»*Wollest mit Freuden*
Und wollest mit Leiden
Mich nicht überschütten!
Doch in der Mitten
liegt holdes Bescheiden.«

dann trifft dies vielleicht den Nerv der Biedermeierepoche. Aber erst viel später wird verstanden, was dem Dichter, mitten *in* der Zeit geschrieben (1821–1832), ernst war, allerdings *auf* sie keinen Bezug haben konnte: *Peregrina*

»*In diese Nacht des Blickes mich zu tauchen,*
Unwissend Kind, du selber ladst mich ein –
Willst, ich soll kecklich mich und dich entzünden,
Reichst lächelnd mir den Tod im Kelch der Sünden!«

Lit.: E. Mörike, *Sämtliche Werke.* Mchn. 1964

München

Die bayerische Metropole wird im Gegensatz zu anderen »Biedermeierstädten« nie ganz ein »Kind ihrer Zeit«, weder so musisch wie → *Dresden*, noch so elegant und heiter wie → *Berlin* oder so beschwingt und kosmopolitisch wie → *Wien.* M. steht im Zeichen des Klassizismus, den Geist der Stadt und ihr Gesicht prägt der Hof und ganz deutlich die Persönlichkeit König → *Ludwigs I.* Kunst und Wissenschaft (→ *Architektur*, → *Malerei*, → *Musik*) regieren bis in den → *Alltag* hinein, der Bürger und vollends die Belange der Armen geraten da oft ins Hintertreffen. »*Die vorherrschende Lei-*

Der Dichter besaß *auch* Talent zu satirischem, das Spießbürgerliche gemütvoll verspottendem Humor, so im Gedicht von 1837

An meinen Vetter

Lieber Vetter! Er ist eine
Von den freundlichen Naturen,
Die ich Sommerwesten nenne.
Denn sie haben wirklich etwas
Sonniges in ihrem Wesen.
Es sind weltliche Beamte,
Rechnungsräte, Revisoren
Oder Kameralverwalter,
Auch wohl manchmal Herrn vom Handel,
Aber meist vom ältern Schlage,
Keineswegs Petit-maîtres,
Haben manchmal hübsche Bäuche,
Und ihr Vaterland ist Schwaben.

Neulich auf der Reise traf ich
Auch mit einer Sommerweste
In der Post zu Besigheim
Eben zu Mittag zusammen.
Und wir speisten eine Suppe,
Darin rote Krebse schwammen,
Rindfleisch mit französ'schem Senfe,
Dazu liebliche Radieschen,
Dann Gemüse und so weiter;
Schwatzten von der neuesten Zeitung,
Und daß es an manchen Orten
Stark gewittert habe.
Drüber zieht der wackre Herr ein
Silbern Büchslein aus der Tasche,
Sich die Zähne auszustochern;
Endlich stopft er sich zum schwarzen
Kaffee seine Meerschaumpfeife,
Dampft und diskuriert und schaut
inmittelst einmal nach den Pferden.

Und ich sah ihm so von hinten
Nach und dachte: Ach, daß diese
Lieben, hellen Sommerwesten,
Die bequemen, angenehmen,
Endlich doch auch sterben
müssen!

Nicht unbedingt eine typische »Biedermeier«-Stadt, nahm die bayerische Metropole schon früh an den modernen Errungenschaften der Zeit teil und richtete 1833 einen Kinderhort ein:
»Ein . . . ebenso zweckmäßiges als wohltätiges Institut trat in diesem Jahr dahier ins Leben: eine ›Kleinkinder-Bewahranstalt‹ wurde von mehreren edlen Menschenfreunden gegründet. Zweck dieser Anstalt ist, Kindern von zwei bis sechs Jahren, für deren erste Erziehung Eltern und andere Angehörige entweder selbst nicht sorgen können oder wollen, sicheren Aufenthalt, Pflege und Gewöhnung zum Guten angedeihen zu lassen. In dieser Anstalt sollte alles dasjenige für die Kleinen geschehen, was man bei einer guten häuslichen Erziehung von seite der Eltern zu erwarten berechtigt ist. Es wird in ihr kein eigentlicher Unterricht erteilt, im Gegenteile ist es verboten, die Geisteskräfte der Kleinen auf eine unzweckmäßige Art anzustrengen und der Schule vorzugreifen . . . Die Kinder können darin teils nur einzelne Stunden, teils den ganzen Tag über verbleiben und ist Fürsorge getroffen, daß sie . . . auf Verlangen auch ihre Verköstigung finden. Die Verköstigung eines Kindes ward auf 4 Kreuzer täglich festgesetzt. Die Anstalt selbst ist unter die Aufsicht der Lokalbehörden gestellt und wird von einem eigenen Ausschusse geleitet.«

denschaft für die Kunst«, sorgt sich der Gelehrte Friedrich von Thiersch (1784–1860), »*besticht mich nicht, ja sie macht mir bange aus mehr als einem Grunde. Wie viel gehört davon der Eitelkeit an! Und wie gering ist die Wirkung der Kunst für Bildung und Beglückung eines Volkes, das seit Jahrhunderten gewohnt ist, bei häßlichen Klötzen und Heiligenfratzen Trost und Hilfe zu suchen.*«

Schon der Kronprinz Ludwig schwärmt für Griechenland und Italien (→ *Künstlerleben*), feiert mit den Künstlern und reimt holpernde Hexameter. Als König beruft er für die Aufträge des Hofes Künstler, die unzeitgemäß oder zumindest nicht-zeitgemäß sind. Peter Cornelius (1785–1867; → *Malerei*) malt für die Ludwigskirche ein riesiges Fresko in Anlehnung an das *Jüngste Gericht* Michelangelos im Vatikan. Karl Rottmann (1798–1850) schmückt 1829 die Hofgartenarkaden mit Fresken italienischer Landschaften. Ludwig selbst erwirbt 1827 für die Alte Pinakothek die kostbare Sammlung altdeutscher Gemälde der Brüder Johann Sulpiz (1783–1853) und Melchior (1786–1851) Boisserée, die aus Kölner Kirchen ausgerissen und vernichtet werden sollten. Aber ein Talent wie Dillis (→ *Malerei*)

München. Gesamtansicht der Stadt im 19. Jh. Kolorierte Lithographie von G. Kraus, 1837

verausgabt sich vornehmlich in Verwaltungsaufgaben, → *Schwind* lebt lange in bitterster Armut, → *Stieler* bleibt Auftragsmaler, → *Spitzweg* erntet den Spott der Akademie und all seiner etablierten Kollegen.

Auch das → *Universitätsleben* verharrt, nachdem die Hochschule 1826 von Landshut nach M. verlegt wurde, im konservativen Geist. Heinrich → *Heine* macht sich vergebens Hoffnung auf eine Professur, doch der Theologe Ignaz Döllinger (1799–1890), der Mediziner Johann Nepomuk von Ringseis (1785–1880; → *Medizin*) oder der Philosoph Friedrich Wilhelm von Schelling (1775–1854) werden berufen. Einige wichtige Erfindungen (→ *Varia*) stammen aus M.s Biedermeierzeit: 1819 die »Redezeichenkunst«, die Stenographie von Franz Xaver Gabelsberger (1789–1849); 1826 erfindet Alois Senefelder (1771–1840; → *Druckgraphik*) die Farblithographie; 1837 unternimmt der Physiker August Steinheil (1801–1870) zwischen der Alten Akademie und der Sternwarte in Bogenhausen Fernsprechversuche.

Ludwig I., ein geborener König, verfolgte fanatisch das eine Ziel, »aus München eine Stadt zu machen, die Teutschland so zur Ehre gereichen soll, daß keiner sagen kann, er kenne Teutschland, der München nicht gesehen hat.«

Kaum in Ansätzen zeigt sich die → *Industrie*, die moderne Zeit bleibt lange außerhalb des Münchner Burgfriedens. 1815 baut der Ingenieur Karl Friedrich von

Ansicht der Residenz in München: Westseite und Blick auf das Hofgartentor. Zeichnung von Joseph Weiß, Mitte 19. Jh.

Der Königsplatz mit Blick auf Leo von Klenzes Propyläen, erbaut 1846–1862.

Leo von Klenzes Glyptothek am Königsplatz, 1816–1830.

Wiebeking (1762–1842) die Schleusenwerke für die Floßfahrt auf der Isar; 1826 experimentiert Oberstbergrat Joseph von Baader (1763–1835) an einer → *Eisenbahn,* einer, wie er dem König schreibt, »*leicht zu konstruierenden, sehr wirksamen Dampfmaschine ohne Ventile, Hähne und Steuerung mit einer unmittelbaren, ganz gleichförmigen Radbewegung und ohne Kurbel und ohne Schwungrad*« – eine Idee, die jeden anderen königlichen Mäzen hätte aufhorchen lassen, Ludwig von Bayern nicht. Die erste Eisenbahn fährt dann zwar in seinem Lande, doch nicht in seiner Residenz. Dort tritt erst 1840 die erste Lokomotive ihre Fahrt auf der Teilstrecke M.–Augsburg an, die Maffei-Lok »München« macht sich ein Jahr später auf den Weg. Der König mißtraut der Moderne und klagt: »*Ein schnelles Beförderungsmittel ist die Eisenbahn, um von einem Ort in den anderen versetzt zu werden, aber das Innere der Städte umgeht sie, als wenn sie nicht beständen, und vom Genuß der schönen Natur kann nicht mehr die Rede sein ... einer eingepackten willenlosen Ware gleich schießt durch die schönsten Naturschönheiten der Mensch, Länder lernt er keine mehr kennen.*« 1847 beginnt Friedrich Bürklein (1813–1872) mit dem Bau des Hauptbahnhofs.

Bayerns König baut, er will aus seiner Stadt ein Schmuckkästchen machen und sich selbst darin verwirklicht sehen. »*Münchens Kunstausstellungen such du nie in den Sälen/Der Ausstellung selbst./Schaue du München dir an!*« dichtet er und erteilt → *Leo von Klenze* (→ *Architektur*) den Auftrag zur Gestaltung dieser baukünstlerischen »Ausstellung«. Klenze darf zunächst noch lange nicht freischaffend »loslegen« wie der Kollege → *Schinkel* in → *Berlin;* in Friedrich Gärtner (1792–1847) findet sich zunächst ein Mitstreiter, später ein Rivale: Die Bautätigkeit beider Architekten liegt sich wie ein atemloser Wettlauf durch M.s Baugeschichte:

1816: Baubeginn der Glyptothek (Klenze);
1817: Baubeginn am Leuchtenbergpalais (Klenze);
1818: Fertigstellung des Hofgartentors (Klenze);
1821: Vollendung des Leuchtenbergpalais' (Klenze);
1822: Reitschule und Bazar am Hofgarten (Klenze, letzterer unter Beihilfe des Architekten Johann von Himbsel (1787–1860) fertiggestellt;
1826: Grundsteinlegung zum Odeon, der Alten Pinakothek, dem Königsbau der Residenz und der Allerheiligenhofkirche (Klenze);
1829: Baubeginn an der Ludwigskirche (Gärtner);
1830: Herzog-Max-Palais und Kriegsministerium an der Ludwigstraße (Klenze);
1831: Glyptothek vollendet (Klenze);
1832: Grundsteinlegung zur Staatsbibliothek und zum Blindeninstitut (Gärtner);
1835: Baubeginn an der Universität (Gärtner);

1841: Baubeginn an der Feldherrnhalle (Gärtner);
1843: Baubeginn an der Ruhmeshalle (Klenze) und dem Siegestor (Gärtner);
1846: Baubeginn an den Propyläen (Klenze) und einer Villa für Königin Therese an der Leopoldstraße (Gärtner) ... man könnte so fortfahren, hier der eine, dort der andere, nur – Klenze wird der »Star«, der seine Bedingungen diktiert, sich nicht, wie Schinkel in Berlin, mit Entwürfen, Umarbeitungen, Zutaten aufhält, sondern M.s Stadtbild nach seinen Imaginationen formt.

Auf dem Gebiet der → *Plastik* ereignet sich Gigantisches: 1837 erhält Ludwig Schwanthaler (1802–1848) den Auftrag, ein gewaltiges Standbild der »Bavaria« zu modellieren, erst 1850 wird das kolossale Monument, ein Wunder- und Meisterwerk der Erzgießerkunst, auf der Theresienwiese enthüllt. Es kosten: 46 000 Mark das Modell ohne Standsockel, 197 000 Mark das Metall, 12 600 Mark die Hebemaschinen, 106 000 Mark das Material für die Gußarbeit, 6 000 Mark die Werkzeuge, 18 000 Mark der Anbau, 83 000 Mark die Löhne.

Natürlich lieben die Münchner auch ihr → *Theater*, wenn auch vielleicht nicht mit so großem Enthusiasmus wie die Berliner und die Wiener. 1818 wird das durch Karl von Fischer (1782–1820) erbaute Hoftheater eingeweiht, und, so vermerkt die Chronik, »*dieses neue Theater wird vorzüglich dadurch gebaut, daß sich diejenigen, welche bleibende Logen haben wollen, diese Logen um einige tausend Gulden kaufen, und zwar als erbliches Eigentum für sich und ihre Familie*«. Schon fünf Jahre später brennt während einer Aufführung der komischen Oper *Die beiden Füchse* von Étienne Méhul (1763–1817) das Haus ab; Stiftungen der Münchner Bürgerschaft ermöglichen den Wiederaufbau. 1824 wird Johann Nepomuk Poißl (1783–1865) Hofintendant, 1825 ist Wiedereröffnung.

Münchens Biedermeiergemütlichkeit endet, wie überall, mit der → *Revolution* von 1848. Unruhen gab es bereits in früheren Jahren: 1817 während der großen Teuerung z.B. und 1830, als die Studenten meutern, oder 1837, während die Cholera wütet. 1844, bei den Vermählungsfeierlichkeiten für die Tochter Ludwigs, Prinzessin Hildegard (1825–1864), und den Erzherzog Albrecht von Österreich (1817–1895) erschüttern erneut Teuerungskrawalle die Stadt. 1847 richtet sich der Protest ganz gezielt gegen die Person des Königs und sein Verhältnis mit der schönen Lola Montez (1820–1861; → *Fliegende Blätter*, → *Ludwig I.*), einer Tänzerin, die sich als Spanierin ausgibt. Jetzt empören sich die Bürger – nicht weil Brot und Bier zu teuer oder soziale Zustände in Unordnung sind, sondern weil die moralische Qualität des Königs, der das Klima M.s so über alle Maßen beeinflußte, dahin ist. Ludwig muß abdanken. 1848 bre-

Die Alte Pinakothek, 1816 von Leo von Klenze begonnen.

Das Siegestor, von Schwabing aus gesehen, 1843 von Friedrich Gärtner begonnen. Ansicht Mitte des 19. Jh.s.

Die Bavaria vor der Ruhmeshalle auf der Theresienhöhe, Entwurf von Ludwig Schwanthaler, 1837/1850.

chen Studentenunruhen aus, die Universität wird geschlossen, Lola mit Schande aus der Stadt vertrieben, das Zeughaus gestürmt. Mitten in solch tumultuösen Zeiten erhält Bayern mit Maximilian II. (1811–1864) einen neuen König. Resigniert schreibt Ludwig an seinen Sohn Otto (1815–1867), der seit 1836 als König in Griechenland herrscht: »*Eine moralische Cholera hat heuer die Teutschen ergriffen, nicht Freiheit waltet, Willkür tyrannisiert; während von Freiheit aller geschrien wird, werden Fürsten geknechtet.*«

Lit.: L. Schrott, *Biedermeier in München.* Dokumente einer schöpferischen Zeit. Mchn. 1963

Den Eifer, mit dem zum Beispiel in München der Museumsbau betrieben wurde, glossiert der Altphilologe Friedrich von Thiersch; in einem Brief an seinen Kollegen Adolf Gottlob Lange mokiert er sich 1826:

»Nachdem zur Glyptothek nun noch eine Pinakothek gekommen ist oder kommen wird, ist das hiesige Publikum über die Theken in heitere Laune geraten, hat das neue Stadtgefängnis die Kleptothek [Diebesbehältnis] genannt und meint, die der Glyptothek gegenüber kommende Kirche zu den zwölf Aposteln werde die Dodekapostolothek genannt werden; und weil ich und Klenze für die Urheber alles Griechischen hier gehalten werden, fand ich noch spät am Abend des Tages, an dem zur Pinakothek der Grundstein war gelegt worden, als ich mit meiner Frau aus einer Gesellschaft gegen Mitternacht nachhause kam, an der Haustüre, noch feucht, also frisch angeklebt, ein Papier mit großen griechischen Buchstaben »Nepiotheke« [Narrenbehältnis] beschrieben. Den Morgen darauf ritt ich an Klenzes Hause vorbei, und siehe! von der stattlichen Tür desselben schimmerte mir das gleiche Papier, von derselben Hand mit diesem Worte beschrieben, entgegen. Ich ließ es von einem eben Vorübergehenden mir abnehmen und brachte es ihm nach dem Spazierritt zum Geschenk. Wir haben uns über die Nepiothek sehr belustigt, auch der König, dem Klenze sie noch desselben Tages mitgeteilt hat. Dieser hat übrigens seine Neigung für das Griechische beibehalten.«

Museen

Zu Beginn des 19. Jh.s übernehmen Museen mehr und mehr die Aufgabe, die noch im 18. Jh. fürstliche Sammler, Liebhaber und Mäzene innehatten: Die Betreuung und den Ankauf von Gemälden, Plastiken und Graphiken. Der Staat tritt an die Stelle der privaten Kunstförderer, es entstehen öffentlich geförderte, aber meist noch von großzügigen Gönnern gestiftete Museumsbauten.

Die große Ausnahme macht König → *Ludwig I.* in Bayern, er versteht sich als engagierter Schutzherr der Künste (→ *Architektur*, → *Malerei*, → *München*), vergibt Aufträge und setzt einen großen Etat aus. »*Wenn man das Geld im Spiel verliert oder für Pferde ausgibt*«, empört er sich, »*meinen die Leute, es wäre recht, es muß so sein, wenn man es aber für die Kunst verwendet, sprechen sie von Verschwendung.*« 1816 beginnt → *Klenze* in München mit dem Bau der Antikensammlung, der Glyptothek – 1831 erst ist sie vollendet –, in der 1827 die »Ägineten«, der Figurenfries des Tempels auf der griechischen Insel Ägina, als spektakulärste Erwerbung aufgestellt wird; 1826 findet die Grundsteinlegung der Alten Pinakothek statt, sie wird zehn Jahre später eröffnet. 1847 feiert man das Richtfest für die Neue Pinakothek.

Als frühe Stiftung wird das Städelsche Kunstinstitut in Frankfurt am Main durch Johann Friedrich Städel (1728–1816) ins Leben gerufen, aber erst 1833 der Öffentlichkeit übergeben. Auf der Basis der Sammlung Ferdinand Franz Wallraffs (1748–1824) wird in Köln das nach dem Sammler benannte Museum gegründet. Von 1823–1847 baut in London Sir Robert Smirke (1781–1867) am Britischen Museum, 1824 wird die Londoner National Gallery gegründet. In der Zeit von 1825–1830 entsteht → *Schinkels* Altes Museum in → *Berlin*, seit 1843 baut sein Schüler Friedrich August Stüler (1800–1865) das Neue Museum. In Paris wird 1842 das kulturhistorische Musée Cluny eröffnet, von 1838 bis 1843 baut man an der Stuttgarter Staatsgalerie, seit 1848 gibt es das Leipziger Museum.

Das Musikzimmer in der Residenz, um 1800/1810.

Viele dieser Museumsgründungen gehen aus Kunstvereinen hervor, die in dieser Zeit zahlreich entstehen, so 1822 der Hamburger, 1823 der Münchner, 1827 in Stuttgart der Württembergische, 1828 der Dresdner Kunstverein und relativ spät, 1841, der Verein Berliner Künstler.

Diese Kunstvereine kombinieren einen ideellen mit einem nützlichen Zweck: Sie veranstalten Ausstellungen, um die Namen der Künstler bekannt zu machen, gleichzeitig (und im Gegensatz zu den Museen) verkaufen sie deren Arbeiten auch. Für einen festgesetzten Jahresbeitrag erhalten die Mitglieder eine Aktie, die bei der alljährlichen Verlosung der Kunstwerke, die von der Summe der Beiträge angekauft werden, als Los gilt. Wer eine »Niete« zieht, bekommt zum Trost ein kupfergestochenes »Vereinsblatt«.

Lit.: V. Scherer, *Deutsche Museen. Entstehung und kulturgeschichtliche Bedeutung unserer öffentlichen Kunstsammlungen.* Jena 1913.

Musik

Die Musik ist eine der schöpferischen Lebensquellen des Biedermeier. In vielen → *Familien* kommt man regelmäßig zur Hausmusik (→ *Erziehung*) zusammen, im privaten → *Salon* trifft man sich zur → *Musikalischen*

Otto Bähr schreibt in seiner kulturhistorischen Darstellung *Eine deutsche Stadt vor 60 Jahren* (Lpzg. 1884) über Gepflogenheiten der Hausmusik:
»Die Gitarre war allerdings ein klägliches Instrument, wenn sie für sich allein auftrat. Einen Virtuosen auf der Gitarre zu hören – denn auch deren gab es – war ein sehr zweifelhafter Kunstgenuß. Sie war aber ein durchaus anmutiges Instrument als Begleiterin des Gesanges. Junge Mädchen, die etwas Stimme hatten und gern ein Liedchen vortrugen oder auch eine sentimentale Stunde sich verkürzen wollten, lernten deshalb Gitarre, was binnen weniger Monate zu erreichen war. Eine solche Sängerin, die ihren Gesang mit der Gitarre begleitete, sah ebenso hübsch aus, als sie sich gut anhörte. Auch Studenten sangen ihre Lieder gern zur Gitarre und zogen mit ihr von Haus zu Haus. Das alles setzte aber Lieder voraus, die ihre Schönheit in der einfachen Melodie fanden, und für welche deshalb die wenigen Akkorde, welche die Gitarre naturgemäß darbietet, ausreichten. Solche Lieder bildeten um jene Zeit noch die Regel. Es gehört dahin z. B. das schöne Lied von Reichardt ›Freudvoll und leidvoll‹.«

Soirée, eine besondere Pflege findet das Volkslied, das gerne in geselliger Runde (→ *Geselligkeit*) gesungen wird, Musiktheater und Oper erleben erneut eine große Zeit.

In der ersten Hälfte des 19. Jh.s übernimmt die Deutsche Oper die Führung (→ *Beethoven*, Marschner, → *Weber*, Spohr, → *Wagner*); → *Lortzing*, Nicolai, Flotow komponieren die leichtere Gattung der Spieloper. In Italien entwickelt sich der feinere, raffiniertere Opernstil (Rossini, Donizetti). Paris bringt »große« Opern, opulente Ausstattungsstücke von Auber oder Meyerbeer oder Spielopern von Adam, Auber oder Boieldieu. – In der Orchestermusik ist mit Beethoven noch der letzte Klassiker, sind mit Weber, Schumann, → *Schubert* und Mendelssohn-Bartholdy bereits die großen Romantiker tätig. – Das Lied (auch der Liederzyklus) und die Ballade erleben ihre Blütezeit (Schubert, Beethoven, Loewe). Daneben gibt es einige für die Entwicklung der Musik wichtige Erfindungen, so 1815 das Metronom von Johann Nepomuk Mälzel (1772–1838), mit dem musikalische Tempi objektiv festzulegen sind, 1823 das moderne Pianoforte mit Repetitionsmechanik von Sébastien Erard (1752–1831) oder 1841 das Saxophon von Antoine (gen. Adolphe) Sax (1814–1894), das zunächst in der englischen und französischen Militärmusik eingesetzt wird.

Der → *Walzer* (→ *Strauß*) wird populär, seit 1842 ist auch die Polka gesellschaftsfähig. – Große Solisten machen Furore, z. B. der »Teufelsgeiger« Niccolò Paganini (1782–1840), die komponierenden Klaviervirtuosen Frédéric Chopin (1810–1849) und Franz Liszt (1811–1886) oder die Bühnen- und Konzertsopranistin Jenny Lind (1820–1887), die als »schwedische Nachtigall« gefeiert wird.

Als wichtigste musikalische Werke der Zeit und deren Komponisten sind zu nennen:

1815: Franz Schubert (1797–1828), *Wanderers Nachtlied* und das *Heideröslein* nach Gedichten von Goethe sowie die *3. Sinfonie d-Dur.*

1816: → *E. T. A. Hoffmann* (1776–1822), die Märchenoper *Undine* am Berliner Hoftheater mit Dekorationen von → *Schinkel;* von Gioacchino Rossini (1792–1868) die Opern *Der Barbier von Sevilla* und *Othello;* Schubert, *4. Sinfonie c-Moll* (die »Tragische«) und *5. Sinfonie B-Dur;* die Oper *Faust* von Louis Spohr (1784–1859) wird unter Carl Maria von Weber (1786–1826) in Prag uraufgeführt.

1818: Carl Loewe (1796–1869) komponiert nach Goethes Versen die Ballade *Erlkönig;* Schubert, *6. Sinfonie C-Dur;* Weber, *Jubelouvertüre.*

1819: Schubert, *Quintett A-Dur* (»Forellenquintett«).

1821: Webers romantische Oper *Der Freischütz* wird in Dekorationen von → *Schinkel* am Alten Schauspiel-

haus in → *Berlin* mit großem Erfolg uraufgeführt und beginnt seinen Siegeszug um die Welt.

1822: Felix Mendelssohn-Bartholdy (1809–1847), *Sinfonie D-Dur* (erst 1959 uraufgeführt); Schubert, *8. Sinfonie h-Moll* in zwei Sätzen (die »Unvollendete«).

1823: Beethoven, *9. Sinfonie d-Moll* mit dem Schlußchor »An die Freude« nach dem Gedicht Friedrich Schillers; Schubert, Musik zu *Rosamunde* und der Liederzyklus *Die schöne Müllerin;* C. M. v. Webers Oper *Euryanthe.*

1824: Beethoven, *Missa Solemnis* und letzte Streichquartette op. 127, 130, 131, 135; Schubert, *Quartett a-Moll.*

1825: Beethoven, *Große Fuge B-Dur; Die weiße Dame,* Oper von François Boieldieu (1775–1834); der italienische Opernkomponist Antonio Salieri (geb. 1750), der große Gegner Mozarts, stirbt. Johann Strauß (Sohn, → *Walzer)* wird geboren.

1826: Mendelssohn-Bartholdy, Ouvertüre zu Shakespeares *Sommernachtstraum;* Schubert, *Streichquartett d-Moll, Der Tod und das Mädchen;* Webers Oper *Oberon,* der Komponist stirbt im selben Jahr.

1827: Tod Beethovens; Lorenzo Da Ponte (1749–1838), Librettist der Mozartopern *Figaro* und *Don Giovanni,* gibt seine vierbändigen Memoiren heraus; Schubert komponiert den Liederzyklus *Die Winterreise.*

Die Königin der Nacht. Dekoration zu Wolfgang Amadeus Mozarts Oper Die Zauberflöte *(1. Akt, 4. Szene). Farbige Lithographie von Thiele nach der Zeichnung von Schinkel zur Aufführung in Berlin 1816.*

Der Komponist und Klaviervirtuose Franz Liszt in ungarischem Galakleid. Ölgemälde von Miklós Barabás, 1847.

1828: *Die Stumme von Portici*, Oper von Daniel-François Auber (1782–1871); Schubert, *7. Sinfonie C-Dur*, der Komponist stirbt im selben Jahr.

1829: *Die Matthäuspassion* von Johann Sebastian Bach (1685–1750) wird durch die Berliner Singakademie unter Mendelssohn-Bartholdys Leitung wieder aufgeführt (Uraufführung war Karfreitag 1729 in der Thomaskirche zu Leipzig); Rossinis Oper *Wilhelm Tell.*

1830: Die Oper *Fra Diavolo* von Aubert; Mendelssohn-Bartholdys *Reformations-Sinfonie* und die Konzertouvertüre *Die Hebriden.*

1831: Vincenzo Bellinis (1801–1835) Oper *Norma;* Giacomo Meyerbeers (1791–1864) Oper *Robert der Teufel;* Robert Schumanns (1810–1856) Klavierstücke *Papillons.*

1832: Hector Berlioz (1803–1869), *Synphonie Phantastique; Der Liebestrank*, Oper von Gaetano Donizetti (1797–1848); Karl Friedrich Zelter (geb. 1758), Freund Goethes, Liederkomponist und Gründer der ersten Liedertafel in Berlin (1809), stirbt.

1833: Mendelssohn-Bartholdy, *Sinfonie Nr. 4 (*die »Italienische«); Chopin, *12 Etuden op. 10* (vollendet), *Klavierkonzert e-Moll op. 11;* Heinrich Marschners Oper *Hans Heiling.*

1834: Boieldieu stirbt; *Das Nachtlager von Granada*, Oper von Konradin Kreutzer (1780–1849).

1835: Donizettis Oper *Lucia di Lammermoor;* Jacques Halévys (1799–1862) Oper *Die Jüdin;* Mendelssohn-Bartholdys Oratorium *Paulus.*

1836: Adolphe Adam (1803–1856) komponiert die Oper *Der Postillon von Lonjoumeau;* Michail Glinka (1804–1857), *Das Leben für den Zaren*, die erste russische Nationaloper; Meyerbeers Oper *Die Hugenotten.*

1837: *Zar und Zimmermann*, Oper von Albert Lortzing (1801–1851).

1838: Berlioz, sinfonische Dichtung *Benvenuto Cellini* mit der Ouvertüre »Römischer Karneval«; Schumanns Klavierstücke *Kinderszenen.*

1839: Berlioz, dramatische Sinfonie *Romeo und Julia;* Chopin, *Préludes op. 28* für Klavier; Schumann, *Nachtstücke op. 23* für Klavier.

1840: Chopin, *Valse op. 42*, Nocturnes, Polonaisen für Klavier; Donizettis Oper *Die Regimentstochter;* Robert Schumann heiratet die Pianistin Clara Wieck (1819–1896), die sein Werk populär macht.

1841: Rossini, *Stabat Mater;* Schumann, *1. Sinfonie B-Dur*, die *Frühlingssinfonie.*

1842: Glinkas Oper *Ruslan und Ludmilla;* Meyerbeer wird Generalmusikdirektor der Berliner Oper; Lortzings Oper *Der Wildschütz;* Richard Wagners (1813–1883) Oper *Rienzi.*

1843: Donizettis Oper *Don Pasquale;* Mendelssohn-Bartholdy, Schauspielmusik zu Shakespeares *Sommernachtstraum;* Wagners *Fliegender Holländer.*

1844: Friedrich von Flotows Oper *Alessandro Stradella;* Giuseppe Verdis (1813–1901) Oper *Ernani.*

1845: Lortzings Oper *Undine;* Mendelssohn-Bartholdy, *Violinkonzert e-Moll*; Wagners Oper *Tannhäuser und der Sängerkrieg auf Wartburg.*

1846: Mendelssohn-Bartholdys Oratorium *Elias;* Lortzings Oper *Der Waffenschmied.*

1847: Berlioz' Oratorium *Fausts Verdammnis;* Flotows Oper *Martha;* Mendelssohn-Bartholdy stirbt; Verdis Oper *Macbeth.*

1848: Donizetti stirbt; Schumanns Oper *Genoveva.*

Von den großen musikalischen Ereignissen auf Bühnen und Podien abgesehen, die vor allem das gebildete, wohlhabende Publikum interessieren, ist M. im Biedermeier vor allem Alltagsvergnügen der Kleinbürger. Manche bedeutende Komposition wird fürs Pianoforte umgeschrieben, Opernnummern werden für die weniger perfekt geschulte Stimme transponiert; manche Arien und Chöre hört man bald nach der Uraufführung allenthalben als Gassenhauer, was manchen Kunstliebhaber in Rage versetzt. »*Haben Sie*«, schreibt z.B. → *Heine* 1828, »*noch nicht Maria von Webers ›Freischütz‹ gehört? Nein? Unglücklicher Mann! Aber haben Sie nicht wenigstens aus dieser Oper ›Das Lied der Brautjungfern‹ oder den ›Jungfernkranz‹ gehört? Nein? Glücklicher Mann! Bin ich mit noch so guter Laune des Morgens aufgestanden, so wird doch gleich alle meine Heiterkeit fortgeärgert, wenn schon früh die Schuljugend, den ›Jungfernkranz‹ zwitschernd, bei meinem Fenster vorbeizieht. Es dauert keine Stunde, und die Tochter meiner Wirtin steht auf mit ihrem ›Jungfernkranz‹. Ich höre meinen Barbier den ›Jungfernkranz‹ die Treppe heraufsingen. Die kleine Wäscherin kommt mit ›Lavendel, Myrt' und Thymian‹.*« Der erzürnte Dichter eilt zur Geliebten, und: »*Die Türe fliegt auf. Die Holde sitzt am Pianoforte und empfängt mich mit einem süßen: ›Wo bleibt der schmucke Freiersmann, ich kann es kaum erwarten ...‹ – ›Sie singen wie ein Engel!‹ ruf' ich mit krampfhafter Freundlichkeit. ›Ich will noch mal von vorne anfangen‹, lispelt die Gütige, und sie windet wieder ihren ›Jungfernkranz‹ und windet und windet, bis ich selbst vor unsäglichen Qualen mich winde, bis ich vor Seelenangst ausrufe: ›Hilf, Samiel!‹* «

Daneben etabliert sich schon die eigens für den Hausgebrauch komponierte sogenannte »Salonmusik«; Chopin, Liszt, Paganini und Mendelssohn komponieren dergleichen gelegentlich, vor allem aber zeigen sich Henri Herz (1803–1888), Franz von Hünten (1793–1878) oder Henri Rosellen (1811–1876) als Meister solcher Vorläufer der späteren Schlager.

Die Sängerin Jenny Lind wurde auf allen Bühnen Europas als die »schwedische Nachtigall« gefeiert und gleichermaßen ihrer Schönheit und ihrer Stimme wegen verehrt. Zeitgenössisches Ölgemälde.

Die allgemeine Einstellung, das Zeitempfinden gegenüber der Musik und musikalischen Ereignissen beschreibt wieder Otto Bähr:

»Die musikalischen Zustände der damaligen Zeit in ihrer inneren Gestaltung lassen sich mit den literarischen in eine gewisse Parallele stellen. So wie Lessing, Schiller und Goethe es waren, welche unsre Literatur schufen, so haben Haydn, Mozart und Beethoven unsre moderne Musik geschaffen. Mozart war, wie Schiller, früh gestorben. Dennoch lebte er weit mehr im Herzen des Volkes als Beethoven, welcher erst im Jahre 1827 aus dem Leben schied. Der alternde Beethoven wurde in seinen Kompositionen immer schwerer verständlich, das Zeitalter aber immer weniger befähigt, tiefere Schöpfungen zu verstehen ... So gab das Zeitalter sich mehr und mehr der Freude an dem bloßen Virtuosentum und dem sinnenreizenden Klingklang in der Musik hin. Das Virtuosentum, welches sich heutzutage auf Gesang, Klavier und Streichinstrumente zu beschränken pflegt, machte sich damals noch in weit größerem Umfange geltend. Es gab reisende Künstler, welche auf der Flöte, dem Fagott, dem Waldhorn, der Posaune, ja selbst auf der Mundharmonika Konzerte gaben. Besondrer, von Mitleid gemischter Gunst erfreuten sich blinde Flötenspieler. Bravoursängerinnen trugen mit Vorliebe Variationen über ein beliebtes Thema (z. B. »Mich fliehen alle Freuden«) vor. Auf dem Gebiete der Klaviermusik waren Czerni, Cramer, Dussek, Field, Kalkbrenner, Henri Herz usw. an der Tagesordnung. Sehr beliebt waren auch »Potpourris«, Zusammenstellungen von Opernstückchen, die in eine notdürftige musikalische Verbindung gebracht waren.«

Zur Zeit des Biedermeier entstehen zahlreiche uns heute als »Volkslied« geläufige Melodien und Gesänge, oft nach Texten zeitgenössischer Dichter, die so rasch variiert und integriert werden, daß ihre ursprüngliche Herkunft vom Kunstlied oder aus der Literatur in Vergessenheit gerät. Es sind z.B. 1816: *Winter ade,* in diesem Jahr aufgezeichnet, Melodie und Text anonym; 1818: *Freiheit, die ich meine,* Melodie von Karl Groos, Text 1813 von Max von Schenkendorf; um 1820: *Du, du liegst mir im Herzen,* süddeutsch, Melodie und Text anonym; 1821: *Im Krug zum grünen Kranze,* ältere Melodie anonym, Text von Wilhelm Müller; 1822: *Kommt a Vogerl geflogen,* Melodie von Wenzel Müller (1767–1835), Text 1820 von Adolf Bäuerle (1786–1859); *Am Brunnen vor dem Tore,* Melodie ursprünglich von Franz Schubert, Text von Wilhelm Müller; 1824: *Morgenrot,* ältere Melodie anonym, Text von Wilhelm Hauff; 1825: *Ännchen von Tharau,* Melodie von Friedrich Silcher (1789–1860), Text 1637 von Simon Dach (1605–1659); 1827: *Im Wald und auf der Heide,* ältere Melodie anonym, Text von Wilhelm Bornemann (1767–1851); 1831: *Morgen muß ich fort von hier,* Melodie von Friedrich Silcher, Text anonym; 1833: *Wem Gott will rechte Gunst erweisen,* Melodie von Theodor Fröhlich, Text von Joseph von Eichendorff; 1839: *Ich weiß nicht, was soll es bedeuten,* Melodie von Friedrich Silcher, Text von Heinrich Heine; 1841: *Es wollt' ein Jägerlein jagen,* in diesem Jahr aufgezeichnet, Melodie und Text anonym; 1842: *Grad aus dem Wirtshaus komm ich,* Melodie ursprünglich spanisches Tanzlied, Text von Heinrich von Mühler (1813–1874); 1845: *Wenn alle Brünnlein fließen,* schwäbisch, in diesem Jahr aufgezeichnet, Melodie und Text anonym; 1848: *Ade nun zur guten Nacht,* sächsisch nach einer älteren, anonymen Melodie.

All diese eingängigen, oft heiteren Lieder eignen sich vor allem für den gemeinsamen Gesang, den Chor, und bereichern deshalb insbesondere das Repertoire der Liedertafeln, Chor- und Gesangsvereine, die im Biedermeier reichen Zulauf von Bürgern aller Stände und Berufe finden (→ *Verein*) und ein Hauptbestandteil der in vielerlei Formen ausgeprägten → *Geselligkeit* jenes Zeitalters sind.

Im Biedermeier entstehen auch viele Konzertgesellschaften, z. B. 1826 die Philharmonische Gesellschaft in Berlin; 1827: Konzertgesellschaft Köln; 1828: Societé des Concerts du Conservatoire, Paris; ebenso Singakademien, so der Oratorienchor Liederkranz in Bamberg, 1835; die Singakademie in Recklinghausen, 1816; Frankfurt am Main, 1818; Hamburg, 1819; Breslau 1825; → *Dresden,* 1848 – zur Pflege der Musik, des Gesanges, biedermeierlicher Geselligkeit.

Lit.: C. Dahlhaus, *Die Musik des 19. Jh.s.* Wiesbaden 1980 (Neues Handbuch der Musikwissenschaft, Bd. 6).

Musikalische Soirée

Im Rahmen der musikalisch umrahmten geselligen Veranstaltungen der Epoche hat die musikalische Soirée einen völlig anderen Stellenwert als etwa die Hausmusik (→ *Erziehung*), die in der → *Familie* gepflegt wird. Im privaten → *Salon* trifft man sich in eleganter Kleidung, um möglichst professionell zu musizieren, und nur geladene Teilnehmer haben Zutritt zu diesen Konzerten. Aus Stolz und Ehrgeiz sind die Einladenden bemüht, Sänger der Oper, bedeutende Virtuosen und Komponisten (→ *Musik*), berühmte Durchreisende zu ihren Gästen zu zählen und diese zu veranlassen, Proben ihrer Kunst zu geben.

Manche »Uraufführung« findet bei Soiréen statt; vor allem kleine Kompositionen, Impromptus, Lieder, Balladen, in denen sich unbehelligt von der Zensur die Gemütsverfassung der Menschen des Biedermeier ausdrückt, werden hier erstmals vorgetragen. Vor allem in → *Wien* haben → *Musik* und Gesang fruchtbaren Boden; berühmt sind die Wiener »Schubertiaden«. Um den Komponisten → *Franz Schubert* schart sich alles, was künstlerischen Rang und Namen hat (→ *Vereine*), auch Maler, Dichter, Schauspieler oder Mitglieder des → *Balletts* und der Oper. Bekannte Lieder Schuberts, so der *Erlkönig* (1815) nach Goethes Ballade, oder Proben aus der *Schönen Müllerin* (1823) und der *Winterreise*

Musikalische Soiréen gab es zur Biedermeierzeit in allen größeren Städten. Berühmt wurden in Wien die »Schubertiaden«. Ein Schubert-Abend bei Joseph von Spaun. Ölskizze von Moritz von Schwind.

(1827; → *Musik*), nach Texten von Wilhelm Müller (1794–1827) haben hier Premiere. Ganz im Zeichen biedermeierlichen Frohsinns treffen sich die »Schubertianer« nicht nur, um gemeinsam zu musizieren, sondern auch zum geselligen Spiel, zu Ausflügen und Vergnügungen im Freien.

Einen ähnlichen abendlichen Privatzirkel schart z. B. auch der schwäbische Dichter Ludwig Uhland (1787–1862; → *Literatur*) um sich. Schubert ist allerdings der exklusivste Gastgeber dieser Art und der einzige, der die Veranstaltung mit seinem Namen verbunden hat.

Lit.: O. Weigmann, *Schwind. Des Meisters Werke.* Stg./Lpzg. 1906 (Klassiker der Kunst).

Napoleon I.

(* 15. 8. 1769 Ajaccio/Korsika; † 5. 5. 1821 St. Helena), Kaiser von Frankreich 1804–1814/15.

1779 wird der zweite Sohn des korsischen Patriziers Carlo Buonaparte Schüler der Militärschule von Brienne, 1784 der königlichen Kriegsschule in Paris, ein Jahr später Leutnant im Artillerieregiment La Fère in Valence. Rasch macht er eine gute Offizierskarriere, 1793, nach der Einnahme von Toulons, erreicht er den Rang eines Brigadegenerals. 1794 wird Bonaparte nach dem Sturz Robespierres (1758–1794) vorübergehend verhaftet, im Jahr darauf wirft er einen royalistischen Aufstand nieder, 1796 zieht er als Kommandant der Italienarmee in den Kampf; im selben Jahr heiratet er Josephine Beauharnais (1763–1814). Er bleibt bis 1799 aus, schlägt die großen Schlachten bei Mailand, Rivoli, den ägyptischen Pyramiden und die Seeschlacht bei Abukir. Noch im Jahr seiner Rückkehr wird Napoleon nach dem Staatsstreich vom 18. Brumaire (9. 11. 1799) Erster Konsul. 1800 bricht er zum zweiten Italienfeldzug auf, 1802 wird er Konsul auf Lebenszeit.

In den nächsten Jahren bedrohen Verschwörungen und Attentatsversuche den unbestritten ersten Mann im Staat, Napoleon ergreift harte Gegenmaßnahmen, einen Justizmord inbegriffen (der junge Herzog von Enghien wird schuldlos hingerichtet). Sein stärkstes Interesse richtet er auf größtmögliche innenpolitische Sicherheit und außenpolitische Macht. 1800 überquert er mit seinem Heer die Alpen, besiegt die Österreicher bei Marengo, zugleich kämpft er in Italien und am Rhein; 1803 beendet der Reichsdeputationshauptschluß die Existenz des deutschen Reiches, ergeht die Kriegserklärung an England. 1804 greift er nach der Kaiserkrone. Der Papst, Pius VII. (1742–1823), soll in der Kathedrale von Notre Dame in Paris die Krönung vornehmen; Napoleon nimmt ihm am Altar die Krone aus den Händen und setzt sie eigenhändig erst sich selbst, dann seiner

Der Vertraute des abgedankten Kaisers, General Graf Montholon, berichtet am 17. März 1821 von Sankt Helena an die Prinzessin Pauline Borghese:
»Gnädige Frau, der Kaiser beauftragt mich, Eure Hoheit von dem beklagenswerten Zustande seiner Gesundheit in Kenntnis zu setzen. Die ihn seit mehreren Jahren quälende Leberkrankheit [Napoleon starb in Wirklichkeit an Magenkrebs], welche auf Sankt Helena endemisch und tödlich ist, hat seit einem halben Jahre erschreckende Fortschritte gemacht. Die Linderung, die sich nach der Behandlung des Doktors Antommarchi einstellte, ist nicht von Dauer gewesen. Seit Mitte vorigen Jahres hat der Kaiser mehrere Rückfälle gehabt, und er verfällt körperlich immer mehr. Er ist außerordentlich schwach; kaum kann er eine halbstündige Spazierfahrt im Schritt aushalten, und im Zimmer kann er nicht ohne Unterstützung gehen. Zu seiner Leberkrankheit gesellt sich noch eine andere, ebenfalls auf dieser Insel endemische Krankheit: Die Eingeweide sind ernstlich angegriffen! Es findet keinerlei Verdauungsverrichtung mehr statt, und der Magen behält nichts, was er empfängt. Seit langem schon kann der Kaiser weder Fleisch noch Brot noch Gemüse essen. Er nährt sich nur von Suppen und Sülzen.
Im September schrieb der Graf Bertrand an Lord Liverpool, um ihn zu bitten, daß der Kaiser das Klima wechseln dürfe, sowie um ihm mitzuteilen, daß der Kaiser unbedingt Mineralquellen gebrauchen müsse. Mit diesem Befehl beauftragte ich Herrn Buonavita. Der Gouverneur, Sir Hudson Lowe, hatte sich unter dem eitlen Vorwande, daß man Seiner Majestät in diesem Briefe den Titel ›Kaiser‹ beilege, geweigert, ihn seiner Regierung zukommen zu lassen.«

Gemahlin auf. 1805 wird er in Mailand zum König von Italien gekrönt. Im selben Jahr beginnt der Krieg gegen Österreich und Rußland, französische Truppen überqueren den Rhein, die Seeschlacht bei Trafalgar geht verloren, die Franzosen ziehen in → *Wien* ein, der Dreikaiserschlacht von Austerlitz folgt der Friede von Preßburg. 1806 wird der Rheinbund begründet, der Krieg gegen Preußen erklärt, die Schlacht bei Jena und Auerstädt gewonnen, Napoleon reitet in → *Berlin* triumphierend durch das Brandenburger Tor, er verkündet die Kontinentalsperre und nimmt Warschau ein.

Der Kaiser führt Krieg um Krieg, eilt durch ganz Europa, nimmt Städte und Länder ein, schließt Verträge und bricht sie wieder. Mitglieder seiner großen Familie sitzen als Könige auf den Thronen; er selbst hält seine Herrschaft für endgültig, es fehlt ihm ein Erbe. 1809 läßt er sich von Josephine scheiden und heiratet, gegen den Willen der Braut, 1810 Marie Louise von Österreich, ein Jahr später wird ihm ein Sohn (Napoleon II., ab 1817 Herzog von Reichstadt), der »König von Rom«, geboren. 1812 wendet sich Napoleons Glück. Auf dem Marsch nach Moskau siegt er zunächst, aber als er vor der russischen Hauptstadt ankommt, steht die Metropole in Brand. In einem vernichtenden Wintermarsch muß die erschöpfte Grande Armée den Rückzug antreten, Hunger und Frost töten Tausende von Soldaten, der

Napoleon krönte, zum Entsetzen Papst Pius' VII., der eigens aus Rom gekommen war, seine Gemahlin Josephine am 2. Juli 1804 in der gotischen Kathedrale Notre Dame de Paris selbst. Ölgemälde von Jacques-Louis David (1748–1825).

Napoleon in Uniform. Skizze von Jaques-Louis David.
Selbst die erniedrigende Behandlung durch die Engländer auf St. Helena nutzte Napoleon noch zu einem dramatischen Effekt:

»Auch das Unglück hat seinen Heroismus und seinen Ruhm. In meiner Laufbahn gab es kein Mißgeschick. Wenn ich auf dem Thron gestorben wäre in den Wolken meiner Allmacht, wäre ich für viele Menschen unvollkommen geblieben. Heute kann man mich, dank des Unglücks, beurteilen, so wie ich wirklich bin.«

Übergang an der Beresina wird zwar erkämpft, aber mit weiteren Verlusten bezahlt. Geschlagen kehrt Napoleon mit dem Rest seines Heeres nach Paris zurück.

Das ist der Beginn der Wende, in Österreich und Preußen, England, Spanien und Italien rüstet man zu Napoleons Sturz, beginnt man, an ein Europa ohne ihn zu denken; Europa ist kriegsmüde. Zwar folgen 1813 noch die großen Schlachten bei → *Dresden*, die Völkerschlacht bei Leipzig, Blücher überquert 1814 den Rhein, bei Laon und Arcis sur Aube wird gekämpft. Am 31. März sind die Alliierten in Paris, am 4. April 1814 dankt der Kaiser zu Fontainebleau ab und wird, nach einem Selbstmordversuch, auf die Insel Elba verbannt. Von dort bricht er 1815 noch einmal auf, landet in Frankreich, wird schließlich im Triumph in Paris empfangen, dann aber in der Schlacht bei Belle-Alliance (Waterloo) 1815 endgültig geschlagen (→ *Wiener Kongreß*). Ein englisches Schiff bringt Napoleon auf die Insel St. Helena, wo er bis zu seinem Tod bleibt.

Napoleon der Befreier, der Europäer, der Usurpator, der Schlachtenlenker, der Tyrann, der weitblickende Staatsmann – all das ist über ihn gesagt worden, ist richtig und falsch zugleich. Als seine Idee vom großen, europabeherrschenden Frankreich scheitert, hinterläßt er ein Chaos. »*Soldaten, ihr habt nichts gelernt, solange euch noch etwas zu tun übrig bleibt*«, ruft er in einer Proklamation am Beginn seiner Karriere. »*Die Schwäche der obersten Gewalt ist das gräßlichste Unglück der Völker*«, konstatiert er 1804, und vier Jahre später: »*Die Weisheit und die Politik verlangen, daß man tut, was das Geschick bestimmt, und dahin geht, wo der unwiderstehliche Gang der Ereignisse uns hinführt.*« Nach der napoleonischen Ära jedenfalls führt dieser Gang der Ereignisse in die Restauration.

Lit.: *Ich der Kaiser. Eine Autobiographie*, hg. und kommentiert von K. Klinger. Mchn. 1978.

Johann Nepomuk Nestroy

(* 7. 12. 1801 Wien; † 25. 5. 1862 Graz)

Der Komiker und Lustspieldichter besucht das Gymnasium, studiert zuerst Jura, wendet sich aber bald dem → *Theater* zu und erhält 1822 ein Engagement am Hofoperntheater in → *Wien*. Der Sarastro in Mozarts *Zauberflöte* ist seine erste Rolle. 1823 wird er erster Bassist in Amsterdam, 1824 in Brünn und 1826 in Graz. Bereits in Brünn spielt Nestroy auch komische Rollen, in Graz widmet er sich fast ausschließlich diesem Fach und hat damit gewaltigen Erfolg. 1831 wird er an das »Carltheater« an der Wien engagiert und als Schauspieler und Possenschreiber bald zum Rivalen → *Ferdinand Raimunds* und Bühnenliebling des Publikums.

Der Dichter Johann Nepomuk Nestroy trat oft und gern in seinen eigenen Stücken auf. Hier als Baldrian Zwickl in Hutmacher und Strumpfwirker *(links der Schauspieler Scholz als Cyprian Dekel). Aquarell, 1841.*

Nestroy ist ein produktiver Theaterdichter, seine Stücke erlauben Improvisation und haben so auch Raum, um die Zensur zu unterlaufen. Satire, Spott, Märchenhaftes und heiteres Volksvergnügen bilden eine Symbiose, und Nestroy scheut auch nicht handfeste Witze, Parodistisches, Pointen, die das Publikum lauthals zum Lachen bringen sollen und sonst gar nichts. Eduard Devrient beschreibt sein Auftreten auf der Bühne: »*Nestroy war von großer, hagerer Gestalt und etwas strengen Gesichtszügen ... Indessen sein Humor, seine sarkastische Schalkheit, hatte so viel Energie, er verstand alle komischen Momente mit solcher Sicherheit und Schärfe wirken zu lassen, im Couplet so unfehlbar zu pointieren, daß er seine Zuschauer beherrschte und mit seinen komischen Erfindungen fortriß. Das Publikum ergötzte sich an dem, was der Humorist Nestroy* meinte, *wenn auch der Schauspieler Nestroy zuzeiten dahinter zurückblieb.*«

Nach dem Tod des Direktors Carl (eig. Carl von Bernbrunn, 1789–1854) ist Nestroy sechs Jahre lang sein Amtsnachfolger und gibt nur noch einzelne Gastspiele. Er zieht sich schließlich nach Ischl und Graz in den Ruhestand zurück.

Die berühmtesten der insgesamt 83 Werke des Dichters sind *Der böse Geist Lumpazivagabundus*, 1835; *Der Talisman*, 1843; *Liebesgeschichten und Heiratssachen*,

1843; *Einen Jux will er sich machen*, 1844; *Der Zerrissene*, 1845; *Das Mädl aus der Vorstadt*, 1845.

Lit.: O. Rommel, *Johann Nestroy, der Satiriker auf der Alt-Wiener Komödienbühne*. Wien 1948.

Obrigkeit

»Sei untertan der Obrigkeit, die Gewalt über dich hat« – diese Weisheit der Bibel könnte über dem Beamtentum der ganzen Biedermeierepoche stehen. Die Furcht vor dem langen Arm des Staates treibt manchen Bürger erst in die Zurückgezogenheit seines Wohnzimmers und viele aufmüpfige Poeten außer Landes. Die Beamten, durch ihren Status an den Amtseid gebunden, haben in einer Zeit, in der Zoll und Zensur (→ *Burschenschaften*, → *Pressewesen*) Demagogenverfolgung und Briefkontrolle (→ *Postwesen*) üblich sind, nur geringen Spielraum für Großzügigkeit im eigenen Ermessen, für Toleranz. Ihre Amtsgewalt erstreckt sich über die Amtsstuben hinaus in jede Sphäre. Der Beamte soll pflichtgetreu und gerecht, pünktlich und unparteiisch, nur dem Gesetz verantwortlich und unbestechlich sein. Der Beamte der Restaurationszeit ist von all dem das Gegenteil: Faul, stur, profitgierig, karrierebesessen, duckmäuserisch nach oben, sadistisch tretend nach unten.

Die höheren Chargen der O. leisten sich gelegentliche Nonchalance. Männer wie → *Metternich* (→ *Wiener Kongreß*) tanzen in einem Vorstadtbeisl Wiens schon einmal den verpönten → *Walzer* mit; der Diplomat → *Friedrich von Gentz* flirtet mit der Tänzerin Fanny Elßler (→ *Ballett*) und bittet seine Freundin → *Rahel Varnhagen* um Diskretion in der Korrespondenz. Der Durchschnittsbeamte tut, was Herr Biedermeier privat macht: Er verschanzt sich. Das Dienstzimmer, Aktenberge, sein »Bureau«, die Paragraphen und deren engstmögliche Auslegung sind sein Credo.

Die Polizei darf einschreiten, wann und wo sie will, auch auf bloßen Verdacht hin. Der Dichter → *Franz Grillparzer*, hochangesehener Theaterautor (→ *Theater*; → *Vereine*) der Zeit, erzählt in seinen *Briefen und Tagebüchern* beinahe erschreckend gleichmütig: »... *morgens um 6 Uhr, da ich, spät zu Bette gegangen, noch im Schlafe lag, wurde ich von drei Polizisten überfallen, die mich aufstehen und alle meine Schriften zur Einsicht vorlegen ließen.*« Der Schriftsteller Alfred Meissner (1822–1885) erinnert sich in seinen *Memoiren* einer fast grotesken Szene: Sein Vater stürmt mit bedruckten Papieren die Treppe herauf, stopft sie hastig in die Flammen des Küchenherdes, auf dem eben der Sonntagsbraten bruzzelt. Auf seinem Fuße folgt »... *ein sogenannter ›Grenzgänger‹ mit Militärkappe und Gewehr und springt auf den Ofen los, um die hineingeworfenen Papierstöße hervorzuziehen*«. Der Polizist greift in die Flammen,

Die Obrigkeit verkörperte sich durch alle Instanzen bis hinauf zu »allerhöchster Majestät«, und dies ließ sich die kritische Feder zeitgenössischer Poeten nicht entgehen. So dichtete Ludwig Pfau:

Das Lied von der deutschen Treue

Es klingt ein Lied wie Orgelton,
Das rühmen alle Kenner;
Das krähn im Mutterleibe schon
Die deutschen Biedermänner;
Und wo ein Dichter Verse schmied't,
Da singt er stets aufs neue
Das alte Lied, das schöne Lied,
Das Lied von der deutschen Treue.

Der König lehrt uns Politik
Ganz gnädig mit dem Kantschu,
Wir beugen selig das Genick
Und küssen ihm den Handschuh.
O gib uns einen Tritt dazu,
Daß unser Herz sich freue:
Solch schöne Strophe füge du
Zum Lied von der deutschen Treue.

zieht »*beide Hände schrecklich verbrannt zurück*«, und jetzt verarztet der eben noch Verfolgte seinen Verfolger auf das sorgfältigste; dann läuft dieser »*mit den verbrannten, eingewickelten Händen jammernd davon*«.

Ebenso gefürchtet wie der Zensor und seine Gehilfen bei Personen von Geist, ist der Gerichtsvollzieher bei den kleinen Leuten. Zustellungen, Ladungen, vor allem Vollstreckungen führt er unerbittlich aus, und er klebt nicht bloß einen »Kuckuck« auf Gepfändetes, er nimmt mit – und zwar alles, was irgend von Wert sein könnte. Einschränkungen, »Unpfändbares« aus billiger Notwendigkeit kennt die O. nicht. Nur: Anprangern, sich zur Wehr setzen, sei es auch nur verbal, ist Privileg derjenigen, die sich gewandt artikulieren können. In ihrer sozialen Anklageschrift *Dies Buch gehört dem König* provoziert → *Bettina von Arnim* (→ *Emanzipation*) 1843 den Herrscher Preußens, Friedrich Wilhelm IV. und fordert in ungeschminkten Worten die Abschaffung jeglicher Vorrechte des Beamtentums.

»*Man mache alle Staatsämter zu Ehrenämtern ohne Gehalt. Man lasse sich nur von solchen Männern regieren, gegen welche man die Verpflichtung der Dankbarkeit hat*«, träumt Karl Gutzkow in seiner *Appellation an den gesunden Menschenverstand*. »Weiter unten« liest sich die Einschätzung der O. anders: 1848 reimt J. Schwarz unter dem Titel *Was ist ein Beamter?*:

»Die Kinder mit Kartoffeln füttern,
Die spielen im zerrissenen Hemd;
Vor jedem Glockenzuge zittern,
Ob nicht etwa ein Gläub'ger kömmt;
Und doch den gnäd'gen Herrn bedeuten,
Den man doch spielen muß zum Schein,
Das nenn ich eine Stell' bekleiden,
Das heiß' ich ein Beamter sein!«

Lit.: H. H. Houben, *Polizei und Zensur*. Bln. 1926. (Nachdruck unter dem Titel *Der ewige Zensor*, Kronberg 1978.)

Papiertheater

Als Vorläufer des Papiertheaters kennt man Guckkasten-Dioramen (→ *Daguerre*), in die Tiefe gegliederte Bühnenräume aus Papier und Pappe, in denen, filigran geschnitten, jedoch noch ohne Bewegung, Bilder und Figuren aus Geschichte, Märchen oder Sage stehen. Erfinder dieser szenischen Darstellungen aus Papier im 18. Jh. ist der Augsburger Martin Engelbrecht. Im 19. Jh. werden Guckkästen zur Attraktion auf Jahrmärkten (→ *Volksbelustigung*), besonders für Kinder, wenn der Ausrufer lockt:

»Kommt her, liebe Kinder, gar köstliche Sachen
Wird euch hier mein Kasten recht anschaulich machen!
Für Große und Kleine Ergötzung und Lehre,
Ich weiß, daß euch's Vater und Mutter nicht wehre!«

Der Dichter Georg Büchner wurde seiner revolutionären Gesinnung und seiner engagierten Schriften wegen von der Obrigkeit verfolgt. Hier sein Steckbrief vom 13. Juni 1835.

2493. Steckbrief.

Der hierunter signalisirte Georg Büchner, Student der Medizin aus Darmstadt, hat sich der gerichtlichen Untersuchung seiner indicirten Theilnahme an staatsverrätherischen Handlungen durch die Entfernung aus dem Vaterlande entzogen. Man ersucht deshalb die öffentlichen Behörden des In- und Auslandes, denselben im Betretungsfalle festnehmen und wohlverwahrt an die unterzeichnete Stelle abliefern zu lassen.

Darmstadt, den 13. Juni 1835.

Der von Großh. Hess. Hofgericht der Provinz Oberhessen bestellte Untersuchungs-Richter, Hofgerichtsrath
Georgi.

Personal-Beschreibung.
Alter: 21 Jahre,
Größe: 6 Schuh, 9 Zoll neuen Hessischen Maases,
Haare: blond,
Stirne: sehr gewölbt,
Augenbraunen: blond,
Augen: grau,
Nase: stark,
Mund: klein,
Bart: blond,
Kinn: rund,
Angesicht: oval,
Gesichtsfarbe: frisch,
Statur: kräftig, schlank,
Besondere Kennzeichen: Kurzsichtigkeit.

Die neue Technik der Photographie, die in ihrer Frühzeit vor allem dem Porträt galt, löste die bisherigen Möglichkeiten der Bildniskunst ab. Otto Bähr berichtet:

»Der Wunsch der Menschen, das eigne Bildnis oder das eines teueren Angehörigen zu besitzen, war damals nicht minder rege als jetzt. Aber es fehlte das Mittel, welches heute in so wunderbarer Weise diesen Wunsch befriedigt, die Photographie. Wer ein Bildnis von sich haben wollte, mußte einen Künstler angehen. Und dabei war es noch immer zweifelhaft, in welchem Maße das Bild gelang. Die unvollkommenste Form für die Befriedigung jenes Bedürfnisses bot die aus dem vorigen Jahrhundert überkommene Silhouette. Dennoch war sie, da sie wenig kostete und zugleich einer leichten Vervielfältigung fähig war, in einzelnen Kreisen beliebt. So bei Studenten, welche in großer Zahl Silhouetten austauschten, so wie man jetzt Photographien austauscht. Manche Studenten hatten mit solchen Bildern eine ganze Wand ihres Zimmers geschmückt. . . .
In diese ganzen Verhältnisse hat die Photographie einen ungeheuren Umschwung gebracht. Die ersten Erzeugnisse dieser Kunst, welche man Daguerreotypien nannte und welche gegen Ende der 1830er Jahre die Welt in Erstaunen setzten, waren noch glänzende Metallplatten, welche man hin und her wenden mußte, um das auf ihnen gleichsam im Anfluge niedergeschlagene Bild richtig zu erkennen. In welcher Weise seitdem diese Kunst mehr und mehr sich vervollkommnet hat, wie heute auch der Geringste die Freude haben kann, für weniges Geld ein sprechend ähnliches Bild von sich zu erlangen . . .: das bedarf hier keiner näheren Darlegung. Heute ist es schwer, sich in eine Zeit zurückzudenken, wo dies alles noch fehlte. Und doch besitzen wir die Kunst, welche diese Entwicklung genommen hat, in ihrer heutigen Bedeutung kaum seit einem Menschenalter.«

Neben Jagd-, Markt- oder Kriegsszenen führt der öffentliche »Guckkästner« außer aktuellen Ereignissen gern auch fingierte Naturkatastrophen vor. Zwei deutsche Beispiele des 19. Jh.s: Das *Bairamsfest in Constantinopel*, eine Szene mit orientalischem Publikum in einer tiefen Straßenflucht vor Palästen und Moscheen; um 1830 wird der *Ludwigskanal* zur Erinnerung an den 1836–1845 gebauten Schiffahrtsweg gezeigt.

P. sind Figuren und Bühnenbilder in Tischtheaterformat, auf Papierbogen gedruckt und koloriert. Kinder kleben sie auf Karton, schneiden sie aus und können nun selber Stücke aufführen. Nach Erfindung der Lithographie (1833) haben P. ihre große Zeit. Sie sind allerdings ein teures Spielzeug und deshalb nur als Zeitvertreib für Kinder wohlhabender Eltern zu erwerben.

Das P. kommt ursprünglich aus England, ungefähr seit 1805 werden in Berlin von der Firma Iffland und Brühl Bogen für P. gedruckt. In →*Wien* gibt 1822 der Verleger Joseph Trentsensky *Ball- und Theatercostumes zum Nachzeichnen für Kinder* heraus, 1825 legt H. F. Müller am Wiener Kohlmarkt ein *Figurentheater für Kinder* auf. Deutsche Blätter für P. bringen um 1830 in Nürnberg J. Raab, die Brüder Schmitt und Karl Schramm heraus. Im Gegensatz zum englischen Vorbild haben die deutschen P. Allzweckkulissen. Häuser, Burgen, Häfen, Gebirgszüge kann man variabel für mehrere Spiele verwenden, die Figuren werden nicht von der Seite eingeschoben, sondern an Drähten von oben bewegt. Frankreich bietet in der ersten Hälfte des 19. Jh.s eine Variante mit Holzbühne und Figürchen aus plastischem Porzellan. 1833 nimmt der berühmteste Verlag für Theaterbilderbogen, Josef Scholz in Mainz, seine Produktion auf und wird im weiteren Verlauf des Jh.s zum größten Produzenten für Kinder-Papiertheater.

Lit.: *Papiertheater*, Katalog der Puppentheatersammlung im Münchner Stadtmuseum. Mchn. 1977.

Photographie

Zwei Franzosen, Joseph Nicéphore Niépce (1765–1833) und → *Louis Jacques Mandé Daguerre* (1787–1851) machen im ersten Drittel des 19. Jh.s unabhängig voneinander Versuche mit der Photographie. Niépce, Lehrer, Offizier und Erfinder, läßt sich von der Lithographie Alois Senefelders (→ *Graphik*) beeinflussen; anstelle des lithographischen Schiefers verwendet er Metallplatten und überzieht sie mit lichtempfindlichen Schichten. 1816 kann er mit Hilfe dieses von ihm »Heliographie« genannten Verfahrens ätzbare Druckplatten herstellen. 1822 gelingt es ihm, auf lichtempfindliche Schichten einen Bildeindruck nach sonnenbeschienenen Objekten in der Camera obscura zu bannen, die Belichtungszeit dauert allerdings viele Stunden.

Die Erfindung der Photographie durch den Franzosen Daguerre war eine der aufsehenerregendsten Neuheiten der Epoche. Kastenkamera für »Daguerreotypien« von Bourquin, um 1845.

Der Landschafts- und Theatermaler Daguerre, der 1822 das Diorama (→ *Papiertheater*) erfunden hat, arbeitet bei seinen Versuchen mit lichtempfindlichen Silbersalzen auf Metallplatten. In einem geschlossenen Kasten setzt er eine polierte versilberte Kupferplatte Joddämpfen aus, so bildet sich eine dünne lichtempfindliche Jod-Silber-Schicht. Sein Verfahren wird später »Daguerreotypie« genannt.

1839 meldet sich aus England der Privatgelehrte William Henry Fox Talbot (1800–1877), der das Lichtbild auf Papier, die »Talbotypie« entwickelt. Er streitet sich mit Daguerre über die Priorität der Erfindung. 1844 veröffentlicht Talbot die erste Papierbildersammlung, sein Buch *The Pencil of Nature* (1845) ist das erste mit Photographien illustrierte Werk.

Photographische Ateliers entstehen erst nach der Jahrhundertmitte.

Lit.: E. Stengler, *Die Photographie in Kultur und Technik*. Lpzg. 1938.

Plastik

Die Skulpturenkunst der Epoche kann ebenso wie die → *Architektur* nicht als charakteristisch angesehen und noch weniger als diese mit dem Namen Biedermeier in Verbindung gebracht werden. Große monumentale Arbeiten der Zeit sind dem Klassizismus, allenfalls dem romantischen Spätklassizismus zuzuordnen; Spuren biedermeierlicher Gesinnung finden sich höchstens bei der Kleinplastik, den Figurengruppen der Porzellanmanufakturen (→ *Porzellan*), einigen wenigen Beispielen der Porträtplastik und gelegentlich auch bei Grabmonumenten.

Der Berliner Gottfried Schadow (1764–1850), der bedeutendste Bildhauer Deutschlands in seiner Zeit, leitet nach Studienjahren in Rom seit 1788 die Berliner Hofbildhauerwerkstatt und wird 1815 zum Direktor der Akademie ernannt. Zur Zeit des Biedermeier entstehen seine Werke: Das *Luther-Denkmal* in Wittenberg (1821), die Porträtplastik *Friedrich der Große und seine Windspiele* (ebenfalls 1821) und ein Bronzeakt *Die Ruhende* (1826).

Christian Daniel Rauch (1777–1857), ein Schadow-Schüler, arbeitet ebenfalls in Berlin; sein Werk umfaßt Sarkophage, Standbilder und Porträtbüsten. 1815 vollendet er das *Marmor-Grabmal* der Preußenkönigin Luise für das Charlottenburger Mausoleum, 1821 modelliert er die Büste *Goethes*, 1823 die *Friedrich Wilhelms III. von Preußen.* Ab 1830 arbeitet er in Nürnberg am *Dürer-Denkmal*, dem ersten, einem Künstler gewidmeten Denkmal, das erst 1840, zur Dürerfeier, vollendet ist. 1839 beginnt er mit dem Reiterdenkmal *Friedrich der Große* (1851 vollendet).

Christian Daniel Rauch gehörte zu den besten Porträtplastikern des Biedermeier, arbeitete jedoch ganz im Geist des Klassizismus. Sein Reiterdenkmal für König Friedrich II. von Preußen, den »Alten Fritz«, schuf er für das Stadtschloß in Potsdam.

Der dänische Bildhauer Bertel Thorwaldsen (1768–1844) geht 1797 zu Studienzwecken nach Rom und kehrt erst 1838 wieder nach Kopenhagen zurück, wo für seine Werke 1840 ein eigenes Museum gebaut wird. Seine Arbeiten umfassen vor allem Bildnisbüsten, Reliefs und Grabmäler, so z. B. die Reliefmedaillons allegorischer Gestalten von *Tag* und *Nacht* (1815), den überlebensgroßen *Segnenden Christus* (1821) und die Plastik *Adonis* (1831).

Lit.: *Geschichte der deutschen Plastik*, hg. von E. Steingräber u.v.a. 7 Bde., Königstein 1976.

Porzellan

Alle europäischen Porzellanmanufakturen leiden als Folge der Napoleonischen Kriege im frühen 19. Jh. an Auftragsmangel. Mit dem Rückgang der höfischen Kultur nimmt auch die Prozellanherstellung, bisher eine wesentliche Angelegenheit der Fürstenhöfe, ab; denn die Fürsten, Mäzene der Manufakturen, ziehen sich mehr und mehr von dieser Aufgabe zurück. Dazu kommt die Konkurrenz des englischen Steinguts aus einer mehr fabrikmäßigen Herstellung und deshalb natürlich viel preiswerter. 1828, nach Gründung des Zollvereins, und 1834, nach Aufhebung der Binnenzölle (→ *Wirtschaft*), kann sich der freie Handel wieder entfalten,

die Manufakturen jedoch verharren im »Historismus«, im Rückgriff auf alte Formen und Dekore.

1814 begründet der Porzellanmaler Carl Magnus Hutschenreuther in Hohenberg an der Eger eine der ersten privaten Porzellanmanufakturen Deutschlands.

Meißen, 1710 von August dem Starken (1694–1733) als erste europäische Porzellanmanufaktur gegründet, erprobt in den Jahren von 1814 bis 1830 technische Neuerungen. 1814 wird Heinrich Gottlob Kühn (1788–1870) zum Leiter der Manufaktur und als Vorsteher des technischen Betriebes bestellt. Er führt den Etagenofen ein, der die Brennkapazitäten nahezu auf das Vierfache steigert und erheblich rationeller arbeitet. 1817 erfindet er das Chromgrün als neue Unterglasurfarbe, so entsteht das klassische Biedermeierdekor »Weinlaub«. Kühn wird 1827 auch Schöpfer der Glanzvergoldung, die glänzend aus dem Brand kommt, das aufwendige Polieren erspart und es auch möglich macht, starke oder ungleichmäßige Reliefs zu vergolden. Auf unglasiertem P. fällt Glanzgold matt aus, und so kann die Manufaktur ganz neue Effekte erzielen, indem sie abwechselnd mit glänzenden und matten Partien des Dekors arbeitet. 1818 bewirbt sich → *Georg Friedrich Kersting* (1785–1847) und wird zum Vorsteher der Maler berufen. Er bemalt nur wenig P. eigenhändig, aber sein künstlerischer Einfluß ist groß. Von 1828 bis 1835 arbeitet →

Feine Porzellane, Services und Einzelstücke, waren der Stolz der Hausfrau und die Freude des Sammlers

Links: *eine Kaffeekanne der Manufaktur Fürstenberg, die allerdings noch aus dem Rokoko stammt, mit der Darstellung einer allegorischen Landschaft und der Inschrift: »Dir, Freundschaft, weihe ich diese Rosen«, um 1800.*

Rechts: *eine Rosettenhenkelvase der Königlich Preußischen Manufaktur mit Golddekor und dem Jagdschloß Grunewald, 1820/1830.*

»Dichter Reliefdekor charakterisiert Meißener Porzellan der 1840er und 50er Jahre. Stilistisch variierte man Ornamente von der Neugotik bis zu Renaissance und Barock, nicht in chronologischer Reihenfolge, sondern oft gleichzeitig und nebeneinander auf verschiedenen Geschirren.
Damit wurde Meißen zu Beginn des Historismus jeder Geschmacksrichtung gerecht. Eine gewisse Vorrangstellung genoß seit dem frühen 19. Jahrhundert der Dekor mit naturalistischem Weinlaub, für das man auch im Relief vielfache Nuancen entwickelte.
Den größten Umsatz machte Meißen jedoch mit Neuausformungen beliebter Modelle des 18. Jahrhunderts. Nicht selten wurden sie den veränderten Ansprüchen angepaßt . . .«

H. Jedding, *Meißener Porzellan des 19. und 20. Jh.s.* Mchn. 1981.

Ludwig Richter (→ *Malerei*) als Zeichenlehrer in Meißen, sein Stil findet keinen Niederschlag in den Dekors der Manufaktur.

Doch trotz der Produktionssteigerungen und Versuchen mit neuen Techniken und Mustern kommt Meißen in Schwierigkeiten. 1830 wird die Königliche Manufaktur in eine »Staatliche« umgewandelt, ein Jahr später steht sie mangels Absatz kurz vor der Schließung. Ab 1833 ist Kühn dann »Chef« der gesamten Administration, 1839 läßt er die Öfen von Holz- auf Kohlefeuerung umstellen, und erst 1853 ersetzt die Dampfmaschine den Goepelantrieb.

Gebrauchsporzellan, für das Bürgertum des Biedermeier hergestellt, ist sehr einfach, in schlichter Umrißführung und das Streumuster aus kleinen Blumen als Dekor auf Tellern und Tassen sehr beliebt. Für den Adel orientiert man sich am aufwendigen Empirestil, bei figürlichen Darstellungen greift man aufs Rokoko zurück. Die farbigen Kleinplastiken stellen Szenen aus dem Landleben und Bürgertum dar. Doch die Porzellanherstellung bleibt nicht auf Meißen beschränkt. 1717 bereits folgt die Gründung einer Manufaktur in → *Wien* – Josef Nigg (1782–1863) zählt dort zu den berühmtesten Porzellanmalern aus der Biedermeierzeit –, danach eine ganze Reihe deutscher Manufakturen: Höchster P., Frankenthaler P., Ludwigsburger P. (1758 gegründet, wird die Manufaktur 1824, völlig verfallen, geschlossen), Berliner P., Fürstenberger P. und Nymphenburger P.

Die bayerische Porzellanmanufaktur Nymphenburg, 1747 gegründet, verdankt ihren Ruhm den anmutigen Figuren von Franz Anton Bustelli (1723–1763). Nach dessen Tod stagniert die Produktion, erhält aber durch den Bildhauer und Porzellanmodelleur Johann Peter Melchior (1747–1825), der von 1797–1822 als Modellmeister und Inspektor der Manufaktur tätig ist, und vor allem, nachdem die »Konkurrenz« in Frankenthal 1799 schließen muß, noch einmal großen Aufschwung, besonders in der Herstellung von Gebrauchsporzellan, aber auch von Schnupftabaksdosen, Kerzenhaltern, Spiegelrahmen und Weihwasserbecken.

König → *Ludwig I.* (→ *München*) protegiert das Unternehmen, und eben dies führt zu seinem nächsten Konjunktureinbruch; denn jetzt werden statt Servicen vor allem Prunkvasen und Luxusgeschirr angefertigt. Nach der Abdankung des Monarchen steht die Manufaktur deshalb fast vor dem Ruin, denn die Aufträge bleiben aus. Auch ein Könner wie der Maler und Zeichner Eugen Napoleon Neureuther (1806–1882), der 1848 als neuer Direktor berufen wird, kann nicht mehr viel ausrichten.

Die kostbaren P. erhalten bald aus England unliebsame Konkurrenz: Der Töpfer Josiah Wedgwood II.

(1769–1843), Sohn und Partner des Firmengründers Josiah I. (1730–1795), stellt bis 1822 sog. »Knochenporzellan«, d.h. Hartporzellan her, dem bis zu 40 Prozent Knochenasche beigefügt werden darf und das entsprechend billiger produziert werden kann. Zugleich experimentiert die Firma Wedgwood seit 1816 mit sogenannter »Jasperware«, einem harten, leicht durchscheinenden Steinzeug, das als Konkurrenzprodukt dem Porzellanmarkt der Zeit noch gefährlicher wird.

Lit.: E. Biedrzynski, *Porzellan-Lexikon.* 2 Bde., Mchn. 1979.

Postwesen

Als Inbegriff der biedermeierlichen Gemütlichkeit wird oft die Postkutsche bezeichnet, mit dem blasenden Postillion auf dem Bock als Hort der Pünktlichkeit und des Wohls der ihm anvertrauten Fahrgäste. Die Aufregungen um die ersten → *Eisenbahnen* haben gewiß auch manchem Zeitgenossen das altvertraute Beförderungsmittel in verklärtes Licht gesetzt. In Wirklichkeit reist man höchst ungemütlich, umständlich und vor allem langwierig mit der Post. Der Dichter Ludwig Börne (→ *Literatur*), der 1821 von Frankfurt nach Paris fährt, verfaßt erbost eine Satire, *Monographie der deutschen Postschnecke, ein Beitrag zur Geschichte der Mollusken und Testazeen* samt einer *Stillstandslehre.* Fazit dieser Reise: Für die Strecke Frankfurt–Stuttgart brauchte er 46 Stunden, davon allein 15 Stunden für die Rastpausen »*auf denen er 12 Schoppen Wein getrunken und noch einige mehr für den Kutscher bezahlt hatte*«.

Obwohl Eisenbahn und Dampfschiff bereits stark in Konkurrenz traten, hatten Postkutsche und Postwesen ihren festen Platz in der Biedermeierepoche. Postsekretär, Briefträger und Postillion der Thurn- und Taxisschen Post im Fürstentum Reuss; Aquarell von Gustav Mueller, 1847.

Trotz Vierer- oder Sechsergespannen fahren die → *Kutschen,* etwa der Hochfürstlichen Thurn und Taxisschen Post, langsam; Klagen über profitgierige Posthalter und überteuerte Preise, unsympathische Mitreisende in engster Nähe, den Postillion, der die Fahrgäste und die Tiere schikaniert, hört man nicht selten. Die Pferde lahmen, die Straßen sind in miserablem Zustand, Unfälle häufig, und an den Schlagbäumen des Vielstaaten-Deutschland wird jedesmal reichlich Zoll oder Chausseegebühr erhoben. »*Des Schwagers Gäule sind eben keine Rennpferde, er und seine Genossen keine Fahrkünstler. Das Gegenteil wohl!*« seufzt 1831 der Biedermeierreisende und: »*Die Fahrzeuge, auf welche man zuweilen geladen wird, gleichen auf ein Haar einem Armesünderkarren.*«

Die den Poststationen angeschlossenen → *Gasthäuser* sind alle gleich angelegt und haben (oder sollten haben) große Gasträume, eine präsente, »kurze« Küche, die zur Zeit des Pferdewechsels leistungsfähig sein muß, denn der Reisende will während des Umschirrens rasch bedient werden. Natürlich nutzen sie in punkto Preis und Qualität ihr Monopol auch weidlich aus.

Johann Gottfried Seume aus Sachsen stellt seinem Reisebericht *Spaziergang nach Syrakus* folgendes Bekenntnis zum Gehen voraus:

»Wer geht, sieht mehr, als wer fährt. – Überfeine und unfeine Leute mögen ihre Glossen darüber machen nach Belieben; es ist mir ziemlich gleichgültig. Ich halte den Gang für das Ehrenvollste und Selbständigste in dem Manne und bin der Meinung, daß alles besser gehen würde, wenn man mehr ginge. Man kann fast überall bloß deswegen nicht recht auf die Beine kommen und auf den Beinen bleiben, weil man zu viel fährt . . .«

Die Betten sind oft hart, unsauber und voll Ungeziefer, Wanzen und Kakerlaken. Lasten befördern pferdebespannte überdeckte Planwagen, aber auch sie kommen häufig in miserablem Zustand an das Ziel ihrer Bestimmung.

Die andere Seite des P., die Briefbeförderung, liegt lange im argen. Seit 1826 verfügt → *Berlin* zwar über die erste Stadtpost, und 1831 haben 61 Berliner Kaufleute »Briefsammlungen« eingerichtet, die sechsmal täglich Briefe entgegennehmen und binnen weniger Stunden befördern. In den zur Bequemlichkeit der Reisenden eingerichteten »Passagierstuben« liegen sogar »Passagierbeschwerdebücher« auf. Aber das alles bleibt leere Geste, denn die Postbeamten sind Sklaven der Zensur (→ *Burschenschaften*, → *Pressewesen*). Briefe werden beliebig geöffnet, kontrolliert, der Inhalt gegebenenfalls notiert und gegen Absender oder Adressat verwendet, von Postgeheimnis keine Spur. Vorsichtige Briefschreiber geben ihre Mitteilungen deshalb Privatreisenden mit. Der Publizist und Diplomat in österreichischen Diensten → *Friedrich von Gentz* (1764–1832), ein Gesinnungsfreund → *Metternichs* (→ *Wiener Kongreß*), gibt seiner Brieffreundin → *Rahel Varnhagen* (→ *Emanzipation*) den unverblümten und von großem Mißtrauen zeugenden Rat: »*Der Post ist ja durchaus nicht zu trauen; und ich bitte Sie, mir, wenn es nicht ganz gleichgültige Dinge betrifft, nie anders als durch unsere Gesandtschaft zu schreiben.*«

Man liebt es natürlich auch, die Behörden mit fingierten Briefen zu foppen und auf falsche Fährten zu lenken. – 1840 gibt es die ersten Briefmarken in England; als erster deutscher Staat führt 1849 Bayern die sogenannten »Wapperl« ein.

Lit.: E. E. Pauls, *Von der Postkutsche zum Flugzeug*. Lübeck 1926.

Presse- und Zeitungswesen

Biedermeier ist die Epoche der Zeitungsgründungen, die große Zeit der Presse und zugleich deren Verfolgung. Vor 1815 erscheinen die Journale vor allem als Sprachrohr der Regierungen und Herrscher. Ludwig XVIII. von Frankreich (1755–1824) gibt nach Napoleons Sturz relative Pressefreiheit. Die technische Entwicklung der Druckpresse zur Schnellpresse und die neue Liberalität bringen zahlreiche französische Journale hervor, die meinungsbildend wirken, z. B. *Le Constitutionnel* (1815), *Le Globe*, die Stimme der Saint-Simonisten (1824), *Le National* (1830), gegründet von Adolphe Thiers (1797–1877) und François Auguste Mignet (1796–1884). Alle Zensurversuche und Maßregelungen hemmen den Aufschwung der Presse zunächst nicht. Erst 1826 beginnt in Frankreich die Restriktion. 1830,

Gegenüberliegende Seite:

Zeitungen, überhaupt alle Presseorgane, sahen sich dem starken Druck der allgegenwärtigen Zensur ausgesetzt. Der Eiertanz der Presse, *eine Karikatur aus der Wiener Theaterzeitung, schildert satirisch die Situation der zeitgenössischen Journale.*

Satyrisches Bild.

Der journalistische Eiertanz

oder

Redacteure, die keine Caution erlegen wollen, der Politik ausweichen müßen

Wien, im Bureau des oesterr. Couriers, Rauhensteingasse

mit dem Bürgerkönigtum, endet sie, um sich dann mit wechselnden Methoden immer wieder durchzusetzen. Die Presse vollzieht den Schritt zur Tagespresse. Inserate werden aufgenommen, Zeitungen veröffentlichen Romane in Fortsetzung, und berühmte Autoren wie Alexandre Dumas (1802–1870; → *Literatur*) oder Honoré de Balzac (1799–1850; → *La Caricature*, → *Literatur)* gehören zu den ersten, die in Tageszeitungen publizieren.

Anders in Deutschland, wo die »Karlsbader Beschlüsse« (→ Burschenschaften) lähmend auf die Entwicklung des P. wirken; die Zeitungsgründungen nehmen jedoch zu, je weiter das Jh. fortschreitet. Ärgerlich knurrt z. B. Fürst Blücher (→ *Adel*), der alte »Marschall Vorwärts« der Befreiungskriege und martialische Held von Waterloo: »*Was die Schwerter uns erwerben, laßt die Feder nicht verderben!*« Als Redakteure der Zeitungen arbeiten meist Dichter, bekannte Publizisten, Männer, die das Gewicht ihrer Persönlichkeit den Zensoren entgegenzusetzen versuchen. Gleich zu Beginn des Biedermeier steht 1816 das Verbot des erst seit 1814 von Johann Joseph von Görres (1776–1848) herausgegebenen *Rheinischen Merkurs*, von Napoleon die »*Fünfte Großmacht*« genannt, einer politischen Tageszeitung von gemäßigt-liberaler Tendenz. Seit 1817 gibt Friedrich Wilhelm Gubitz (1786–1870) die belletristische Zeitschrift *Der Gesellschafter oder Blätter für Geist und Herz* heraus. Die *Blätter für literarische Unterhaltung*, 1818 von → *August von Kotzebue* (→ *Burschenschaften*) als literarisches Wochenblatt in Weimar gegründet, 1820 von F. A. Brockhaus in Leipzig übernommen, erscheinen seit 1826. 1819 ist die *Allgemeine preußische Staatszeitung* amtliches Blatt der preußischen Regierung. Von 1822–1823 erlebt die *Zeitschrift für die Wissenschaft des Judentums*, herausgegeben von L. Zunz, eine kurze Blüte. 1827–1829 erscheint das *Berliner Konversationsblatt für Poesie, Literatur und Kritik*, herausgegeben von Friedrich Christoph Förster (1791–1868) und Willibald Alexis (1798–1871).

1834 gibt Georg Büchner (→ *Literatur*) den revolutionär-sozialistischen *Hessischen Landboten* heraus und muß 1835 deshalb ins Ausland fliehen. 1838 werden in München durch Guido Görres (1805–1852) die *Historisch-Politischen Blätter* gegründet, ein katholisch-konservatives Kampfblatt gegen die Auswirkungen der Juli-Revolution.

Seit dem Jahr 1841 erscheint in England das satirische Witzblatt *Punch*, ab 1843 die liberale Wirtschaftszeitschrift *The Economist*. Im selben Jahr wird in Leipzig die *Illustrierte Zeitung* und in Frankreich *L'Illustration* gegründet, zwei Wochenzeitungen, die wesentlichen Einfluß auf das politische und gesellschaftliche Denken ihrer Länder nehmen. Mit der Zeitschrift *Vorwärts! Pari-*

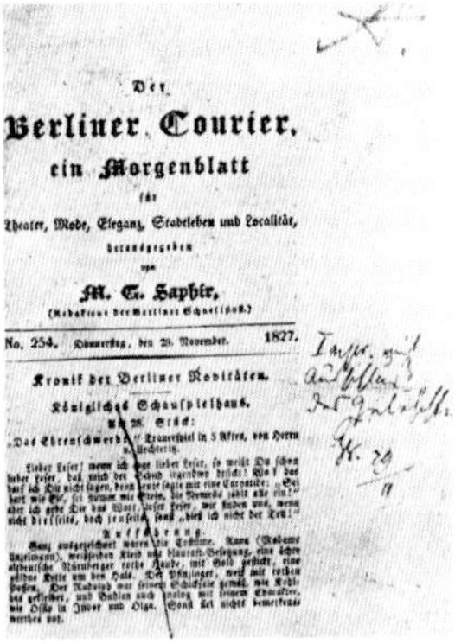

Der
Berliner Courier,
ein Morgenblatt
für
Theater, Mode, Eleganz, Stadtleben und Localität,
herausgegeben
von
M. G. Saphir,
No. 254. Donnerstag, den 29. November. 1827.
Kronik der Berliner Novitäten.
Königliches Schauspielhaus.

Der äußerst kritisch und provokativ die Zeitereignisse kommentierende Dichter und Schriftsteller Moritz Gottlieb Saphir war Herausgeber des Berliner Couriers.

ser Signale aus Kunst, Wissenschaft, Theater, Musik und geselligem Leben gründet Heinrich Börnstein (1805–1892) 1844 in Paris eine Art Theater- und Reklameblatt mit politischer Tendenz. Im selben Jahr gibt Robert von Mohl (1799–1875) die *Zeitschrift für die gesamte Staatswissenschaft* heraus. 1846 erscheint erstmals die liberale englische Tageszeitung *Daily News*, als deren Herausgeber Charles Dickens (1812–1870) zeichnet. Im Revolutionsjahr 1848 gründet Karl Marx die *Neue Rheinische Zeitung*, Otto von Bismarck die konservative *Neue Preußische Zeitung*, Hale and Bernett richten eine Nachrichtenagentur ein, die spätere *Associated Press*, New York.

Die meisten Presseorgane verfolgt der Druck der Zensur, die 1819 mit den »Karlsbader Beschlüssen« weitgreifende Macht erlangt hat.

Die Prüfung des Inhalts einer Zeitung vor Drucklegung macht ein offenes Wort unmöglich, hohe Kautionen, die von den Verlegern gefordert werden, belasten die Unternehmer, sog. »Stempelsteuern« erhöhen den Preis des Abonnements und erschweren die Verbreitung. Die politischen Zeitungen Deutschlands werden in jeder Weise in ihrer freien Meinungsbildung gehindert und müssen, was Verbreitung und Einflußnahme betrifft, weit hinter den Blättern Frankreichs zurückstehen.

Der liberale Publizist Karl August Varnhagen von Ense (→ *Salon*) notiert 1822 in sein Tagebuch: »*Herr von Cotta hat für die Allgemeine Zeitung bei sonstiger größter Freiheit die bestimmte Instruktion gegeben, in Betreff Preußens gar nichts über Stände und Konstitutionen, in Betreff Österreichs niemals etwas über Papiergeld zu sagen, die Redaktion könne über beide Gegenstände nur das aufnehmen, was von den betreffenden Regierungen selbst eingesandt oder veranlaßt worden ist*« – und so, mit verschiedenen austauschbaren Tabu-Themen, sieht es fast in allen Redaktionen aus.

Lit.: K. Koszyk, *Deutsche Presse im 19. Jh.* Bln. o.J.

Die Macht- und Bedeutungslosigkeit der Presse im Zeichen der Zensur verspottet der Dichter Heinrich Hoffmann von Fallersleben:

Wie ist doch die Zeitung interessant! (28. Mai 1841)

Wie ist doch die Zeitung interessant
Für unser liebes Vaterland!
Was haben wir heute nicht alles vernommen!
Die Fürstin ist gestern niedergekommen
Und morgen wird der Herzog kommen,
Hier ist der König heimgekommen,
Dort ist der Kaiser durchgekommen –
Bald werden sie alle zusammenkommen –
Wie interessant! wie interessant!
Gott segne das liebe Vaterland!

Wie ist doch die Zeitung interessant
Für unser liebes Vaterland!
Was ist uns nicht alles berichtet worden!
Ein Portepeefähnrich ist Leutnant geworden,
Ein Oberhofprediger erhielt einen Orden,
Die Lakaien erhielten silberne Borden,
Die höchsten Herrschaften gehen nach Norden,
Und zeitig ist es Frühling geworden –
Wie interessant! wie interessant!
Gott segne das liebe Vaterland!

Proletariat

Das Biedermeier stellt seine Armen, die Angehörigen des »Vierten Standes«, relativ poetisch dar, soweit diese in der Kunst oder auch auf → *Bilderbogen* gezeigt werden. Selbst die Bilder bettelnder Kinder, von Invaliden (die es als Folge der Befreiungskriege in großer Zahl gibt), Blinden, Clochards, Waisen- und Armenanstalten werden idyllisch verbrämt, die Lumpen malerisch drapiert, das Gebrechen ist auf erträgliches Maß reduziert, der Mangel verharmlost. Realistische Schilderung der Not des P. gibt es erst nach der → *Revolution* von 1848, und auch sie ist in erster Linie der Aufstand des → *Bürgertums*.

Die technische Entwicklung, der industrielle Auftrieb in den Fabriken bringt durch die Menschenmassen, die vor allem vom Land in die Städte strömen, billige Arbeitskräfte, die aber immer noch schwere körperliche Arbeit verrichten müssen. Besonders Frauen finden in den Spinnereien, Spitzenmanufakturen, Webereien zwar ihr Brot, aber auch die schlimmsten Arbeitsbedingungen. Kinder haben einen 14–16 Stundentag und arbeiten um Hungerlohn; zu Beginn des Frühkapitalismus fehlt jede gesetzliche Vorschrift bezüglich Arbeitsstunden und -bedingungen, diese sind noch gänzlich der Willkür der Fabrikanten überlassen, die das oft genug ausnutzen. Der industrielle Fortschritt wird zunächst durch unvorstellbares menschliches Elend erkauft.

Auszüge aus einem Artikel der »Illustrierten Zeitung«, herausgegeben in Leipzig, vom 5. Oktober 1844, zur Lage der Industriearbeiterschaft und insbesondere zur Kinderarbeit.

»Die Kohlenbergwerke. Die Zahl der Kinder und der Halberwachsenen, welche hier beschäftigt werden, übersteigt alle Begriffe . . . Wenn ein Bergwerk in gutem Betrieb ist, so beträgt die Arbeitszeit der Kinder in wenigen Fällen 11, in den meisten 12–13 und in einigen 14 Stunden täglich. Metallarbeiten. In den großen Werkstätten werden die Kinder menschlich behandelt, in den kleineren aber mit Peitschen, Kantschuen, Stöcken, Hämmern, Feilen oder was sonst eben zur Hand liegt, auch mit der geballten Faust geschlagen oder mit Füßen getreten.

Spitzenmanufaktur. . . . haben die Kinder . . . das sechste Jahr erreicht, so arbeiten sie 14 bis 15 Stunden täglich. Bei den Maschinen dauert die Arbeit stets 16–18, bisweilen 20 Stunden. . . . Hunderte reifen auf diese Weise dem frühen Tod entgegen. . . .«

Die ersten Fabriken sind in alten Schuppen, verlassenen Häusern, aufgelassenen Klöstern oder baufälligen Stallungen eingerichtet, in deren engen, düsteren, stikkigen, verwinkelten Räumen – oft auch Kellern – die Arbeit verrichtet wird. Es gibt keine Sicherheitsvorschriften, keine Ventilation, kaum Heizung; gegessen wird während der Arbeit, Pausen sind kurz, Schmutz, Dampf, Lärm, Staub, Hitze oder Kälte der Alltag der Proletarier.

Ihre Wohnungen können sich an Größe und Ausstattung nicht im entferntesten mit der → *Wohnkultur* der Epoche vergleichen. Die Steuern für Brot, Salz, Fleisch und Bier steigen mancherorts zwischen 1820 und 1830 um das Doppelte, ohne daß auch der Lohn erhöht worden wäre. Der schmale Lohn hat minderwertiges Essen zur Folge. Die → *Küche* des Fabrikarbeiters ist karg bestellt, oft muß er sich von kaum genießbaren oder bereits verdorbenen Speisen ernähren: Schlechte Kartoffeln, welkes Gemüse, angegorener Käse, ranziger Speck, zähes Fleisch. So gering die Qualität, so dürftig auch die Quantität: Zweimal wöchentlich Fleisch, viel Brot, Kartoffeln, Hafermehlbrei, dünne Milch. Ist der Wochenlohn verzehrt, gibt es, besonders in kinderreichen Familien wohl auch Kartoffelschalen und Gemüseabfall, oder man hungert. Armut und mangelnde Zukunftsaussichten zwingen immer mehr Menschen zur Auswanderung nach Übersee; neben der sozialen Not treiben auch die Zensur und politischer Druck (→ *Pressewesen*) vor allem Schriftsteller und Künstler außer Landes. 1844 zählt man 43 000 Emigranten, deren Zahl 1845 auf 67 000, 1846 auf 107 000 und 1847 auf 110 000 ansteigt.

Das P. kann sich selber, jedenfalls in der Frühzeit, nicht artikulieren, findet jedoch seine Anwälte z. B. in dem französischen Philosophen und Publizisten Pierre Leroux (1797–1871), der 1832 den Begriff »Sozialismus« prägt, und in Friedrich Engels (1820–1895), dessen Schrift *Die Lage der arbeitenden Klasse in England*

Nur zögernd stellte sich die Armut des Proletariats in Kunst und Belletristik dar. Theodor Hosemann, ein kritischer Berliner Maler und Zeichner (1807–1875), illustrierte mit Farblithographien die Erzählungen und Novellen für die weibliche Jugend, Maiblumen, *von Rosalie Koch. Hier die Korbflechterfamilie zu der Erzählung* Angelika.

(1842) die soziale Situation in England (die zu großen Teilen auch für den Kontinent und Amerika gilt) analysiert. Sie gibt → *Karl Marx* (1818–1883) Anregung zum *Kapital* (1867). 1848 publizieren Marx und Engels gemeinsam das *Kommunistische Manifest*. Das Buch beeinflußt zwar nicht mehr die 48er Revolution, aber es verkündet mit dem Appell »*Proletarier aller Länder, vereinigt euch!*« zum ersten Mal die Macht und Solidarität der benachteiligten Minderheit.

Lit.: O. Rühle, *Illustrierte Kultur- und Sittengeschichte des Proletariats.* Bln. 1930.

Ferdinand Raimund

(* 1. 6. 1790 Wien; † 5. 9. 1836 Pottenstein)

Der Bühnendichter und Schauspieler gilt als Begründer der humoristisch-gemütlichen Wiener Volksposse. Er lernt zunächst das Konditoreihandwerk und verkauft in den Theaterpausen Zuckerwerk; bald zieht ihn das → *Theater* unwiderstehlich an, er läuft davon und geht zur Bühne. Erste Auftritte hat er in Preßburg und seit 1809 in Ödenburg und Raab. 1814 erhält er ein Engagement am Theater in der Josefstadt als Darsteller komischer Rollen lokaler Färbung, 1817 wechelt er ans Leopoldstädter Theater und wird allmählich zum populärsten Komiker der Wiener Volksbühne. 1823 beginnt er selber

Der Dichter Heinrich Hoffmann von Fallersleben geißelt die Zustände im »vierten Stand« in einem satirischen Gedicht:

Dort wie hier

Ich wollt', es wäre Schlafenszeit
Und alles schon vorbei.
Wir werden von der Fronarbeit
Doch nun und nimmer frei.
Zur Arbeit sind wir hier allein,
Dort wird es auch nicht anders sein.

Der Pfarrer hört's und tröstet sie:
»Ihr lieben Kinder mein,
So etwas gibt's im Himmel nie,
Da wird nur Freude sein.
In unsers Herren Himmelreich
Ist einer nur dem andern gleich.«

Herr Pfarr, was Ihr vom Himmel sprecht,
Wenn Ihr's gewiß auch wißt,
Ganz gleich, das glaub' ich doch nicht recht,
Ich weiß schon, wie es ist:
Die andern trinken Wein und Bier,
Und unterdessen donnern wir.

Auch Ferdinand Raimund spielte in seinen eigenen Stücken mit. Joseph Nikolaus Kriehuber lithographierte ihn als Aschenmann in Das Mädchen aus der Feenwelt oder Der Bauer als Millionär (oben). *Vom selben Künstler stammt das Porträt des Dichters, eine Steinzeichnung* (unten).

zu dichten, sein erstes Stück ist das Zauberspiel *Der Barometermacher auf der Zauberinsel.* In rascher Folge erscheinen seine berühmten Possen *Der Diamant des Geisterkönigs*, 1824; *Der Bauer als Millionär*, 1826; *Moisasurs Zauberfluch*, 1827; *Die gefesselte Phantasie*, 1828; *Der Alpenkönig und der Menschenfeind*, ebenfalls 1828, und 1829 die Tragikomödie *Die unheilbringende Zauberkette.*

Ab 1828 ist er Direktor des Leopoldstädter Theaters, 1830 löst er das Engagement und begibt sich Anfang 1831 auf Gastspielreisen nach → *München* und Hamburg, 1832 nach → *Berlin* und Hamburg. Raimund inszeniert seine Stücke selbst und tritt in den Hauptrollen auf. 1833 schreibt er sein letztes Werk *Der Verschwender*, wieder für das Josefstädter Theater. Er kauft sich ein Landhaus bei Gutenstein und spielt sechs Monate lang wieder an seiner alten Bühne. 1835 und 1836 gastiert er dann noch einmal in München und Hamburg und in Prag.

Raimund ist sein Leben lang ein chaotischer Mensch, in Händel und Skandale und Liebesabenteuer verstrickt (so erscheint er z. B. nicht zur angesetzten Trauung mit der Schauspielerin Luise Gleich und wird durch einen Boykott des Publikums zu der Ehe gezwungen). Bald handgreiflich gewalttätig, bald melancholisch gestimmt, hat er stets den Wunsch, lieber tragische Rollen zu spielen; er grämt sich über die Erfolge seines »Rivalen« → *Nestroy*, der ihm den Ruhm als unangefochtener Klassiker des Wiener Volksstücks streitig zu machen beginnt. Beide sind Schauspieler im Rollenfach Komiker, beide, wenn auch kurzfristig, Theaterleiter, beide schreiben erfolgreiche Stücke desselben Genres und treten selber darin auf; nur ist Nestroy unkomplizierter, wohl auch nicht so ehrgeizig, er will sein Publikum unterhalten; Raimund schriebe am liebsten für das Burgtheater, hat selbst bei seinen Possen Ernsthaftes im Sinn und meidet alle Auswüchse ins Derbe, die sonst in → *Wien* beliebte Hanswurstiade. »*Das alte Kasperletheater in der Leopoldstadt*«, schreibt Eduard Devrient, »*wurde durch Raimund auf eine poetische Höhe gehoben und blieb sich dennoch treu in seiner Volkstümlichkeit.*«

Devrient gibt auch ein sehr anschauliches Bild des Darstellers und Menschen Raimund: »*Bei einem durch nichts ausgezeichneten Körper zeigte sein Gesicht, seine Sprache und Gebärde die ausgeprägteste Individualität, die sich auch nie verleugnen ließ. Bei der Heftigkeit seiner Gebärde, dem Herumwerfen der Hände und des Kopfes, dem Rollen der großen, lebhaften Augen, bei der mit vorgeschobenem Unterkiefer herausgestoßenen Rede hätte man ihm einen fortwährenden Ingrimm zutrauen sollen, wenn nicht in alledem sich zugleich ein tiefes und weiches Gemüt kundgetan hätte. Sein phantastisch fahriges Wesen, seine grimmige Manier wurde durch einen unverkennbaren Zug geheimer Wehmut gemildert; es war, als ob er tiefen Schmerz empfände über die menschliche Verkehrtheit und Lächerlichkeit, die er darstellte.«*

In einem Anfall von Hypochondrie (ein Hund hat ihn gebissen, und nun hält Raimund sich für tollwütig) versucht er, sich mit einem »Terzerol« zu töten; acht Tage später stirbt er. Grillparzer schreibt in einem Nachruf: »*Der Geist der Masse war es, in dem seine halb unbewußte Gabe wurzelte, und hätte der unverständige Eifer gutmeinender Freunde ihn nicht aus seinem mütterlichen Boden losgerissen, wir hätten noch immer, was wir hatten und ganz Deutschland fehlt, ein eigentlich volksmäßiges Theater im besten Sinn des Wortes.*«

Lit.: *Sämtliche Werke.* Nachdr. d. Ausg. 1924–1934. 7 Bde., o.O. 1974.

Reisen

Die Erfindung und Verbreitung von → *Dampfschiff* und → *Eisenbahn* begünstigen den Verkehr, und damit erfährt auch die Reiselust einen sprunghaften Auftrieb. Bildungsreisen und die R. ins → *Bad* (Bäderreisen dienen der Zerstreuung, dem »Sehen und Gesehenwerden« ebenso sehr wie der angegriffenen Gesundheit) unternimmt man bereits im frühen 19. und sogar schon im 18. Jh. Jeder junge Künstler, der etwas auf sich hält,

Das Reisen wurde in der Epoche immer beliebter, Dampfschiff und Eisenbahn verdrängten jedoch noch lange nicht die mehrspännige Kutsche. The Cambridge Telegraph, *Stich nach einem Aquarell von James Pollard, um 1830.*

sucht vom kalten Norden aus Italien und pilgert zu Fuß, allein oder mit Freunden, in die südlichen Regionen (→ *Malerei*).

Rom wird das Mekka der Romantiker (→ *Künstlerleben*), Griechenland, vor allem seit es im Freiheitskampf die dichterische Jugend engagiert (der englische Romantiker Georg Gordon Lord Byron, 1788–1824, zieht selbst in den Krieg), zum Fanal. Wer Geld besitzt, wie z. B. der Geheime Rat von Goethe, reist in der privaten Kutsche und anonym. Das gewöhnliche Volk fährt mit der Postkutsche (→ *Kutschen*) – mühevoll dahinrumpelndes Fahrzeug, in dem sich die Reisenden pferchen und die Krinolinen der Damen Schaden nehmen – auf unbefestigten oder mit groben Steinen aufgeschütteten Straßen. – Die Romantik der Postkutsche ist wohl eine Erfindung späterer Generationen.

Der 1824 von Italien nach Berlin reisende Architekt Friedrich von Schinkel klagte seiner Frau über »die entsetzlich schlechten halb gefrorenen Chausseen in Baiern, die weit schrecklicheren Wege von Bamberg über den Thüringer Wald nach Weimar, welche bei Tag schon mit Gefahr, alles Wagenzeug zu zerbrechen und zu zerreißen, zu passieren sind«. Analoge Klagen über Stoppelfeldern vergleichbare Verkehrswege, über »unsagbar schlechte und holprige Chausseen« sind noch in zahlreichen Reisebeschreibungen und Briefstellen von Zeitgenossen Schinkels zu finden.

Je nach Wagengattung verfügen die → *Kutschen* über vier bis neun Sitzplätze, die genau eingehalten werden müssen. Das Reisegepäck, das eine Stunde vor der Abfahrt abzugeben ist, darf aus nicht mehr als einem »Felleisen, Mantelsäcken etc., oder in einer Pakkung von nicht zu großem Umfange« bestehen. Hunde können nicht mit in den Wagen genommen werden; das Tabakrauchen (→ *Tabak*) ist nur mit Zustimmung aller Reisenden erlaubt.

Etwa ab Mitte der zwanziger Jahre erfolgt in Bayern der Ausbau des Überland-Haupt-Straßennetzes; es soll in erster Linie dem neuen, von Fürst Karl Alexander von Thurn und Taxis 1808 an den bayerischen Staat abgetretenen öffentlichen →*Postwesen* dienen.

Immerhin, wer 1830 über den Gotthard will, kann schon die Straße wählen, sie ist für den Wagenverkehr geöffnet. Die erste Kutsche fährt hier bereits 1775. Seit 1839 nimmt der Reiseverkehr allenthalben deutlich zu. 1841 arrangiert Thomas Cooke (1808–1892) die erste verbilligte Gesellschaftsreise – allerdings für begrenztes Publikum, einen Mäßigkeitsverein; sein Reisebüro in Leicester, 1854 gegründet, mit Agenturen und Filialen in der ganzen Welt, ist das erste seiner Art. 1842 veröffentlicht Karl Baedeker (1801–1859) – er besitzt in Koblenz den 1827 gegründeten größten Verlag für Reisehandbücher – sein *Handbuch für Reisende durch Deutschland und das Österreichische Kaiserreich* und kreiert damit eine völlig neue Disziplin des Buches, den Führer zu und für Sehenswürdigkeiten, den Leitfaden der Bildung für jedermann, der an fremde Orte reisen und sich über ihre »Eigenthümlichkeiten« informieren will. In Sachen »Trinkgeld« gibt er folgenden guten Rat und Warnung: »*Das Trinkgeld ist festgelegt; es ist gebräuchlich, wenigstens das Doppelte zu bezahlen. Wird der Postillion nicht zufriedengestellt, so fährt er langsam, und man hat mehr Schaden durch Verlust an Zeit und vermehrte Ausgaben in Gasthäusern.*«

Mit dem R. kommt auch der vielbestaunte, belächelte Typ des Engländers »in Mode«, der kein Wort der fremden Sprache versteht und oft um Geld geprellt und überteuert bewirtet wird, der aber auch zur Blüte des Gaststätten- und Hotelwesens beiträgt.

Lit.: E. E. Pauls, *Von der Postkutsche zum Flugzeug*. Lübeck 1926.

Religiöses Leben

Die religiöse Grundstimmung der Zeit ist romantisch-katholisierend und konservativ. Im Gegensatz zu den revolutionären Strömungen und technischen Neuerungen greift der Bürger gern zu den beruhigenden Versicherungen der Kirche. Viele Künstler konvertieren, wohl auch als Reaktion auf die Nüchternheit der Aufklärung des 18. Jh.s, zum Katholizismus, so die Dichter Friedrich Schlegel (→ *Literatur*) und Zacharias Werner oder die Maler Wilhelm von Schadow oder Friedrich Overbeck (→ *Malerei*). Der Protestantismus verzichtet auf übertriebene Erbaulichkeit oder gar Mystizismus in den Lehrmeinungen, die Pastoren verhalten sich sachlich nüchtern, gänzlich diesseitsbezogen, der sonntägliche Kirchgang der Familie ist selbstverständlich, oft sogar gesellschaftliche Routine.

Religion und Religionsgrundsätze werden als Thema

Ludwig Richter (1803–1884), berühmter Maler und Kinderbuchillustrator, traf mit seinen Holzschnitten genau das religiöse Gefühl der Zeit. Das Vaterunser in Bildern *(hier die dritte Bitte:* Dein Reich komme*) entstand allerdings erst 1856.*

Gemütvoll verspottete Ludwig Richter in seiner Karikatur die fröhlichen Seiten des Mönchtums und damit die Auswüchse der katholischen Kirche.

in der Politik und im öffentlichen Leben diskutiert; Vertreter beider Konfessionen geben zahlreiche Schriften heraus, Publizisten wie Adam von Müller (1779–1829) oder Karl Ludwig von Haller (1768–1854; → *Restauration*), beide Konvertiten, versuchen, katholische Religion in die Politik einzubringen.

Im Jahre 1815 wird der Kirchenstaat wiederhergestellt und in Basel die evangelische Missionsgesellschaft gegründet, 1816 tritt der Münsteraner Schulrat Bernhard Overberg (1754–1826) für die katholische Lehrerbildung ein. Ein Jahr später verkündet König → *Friedrich Wilhelm III.* die »Union« der Lutheraner und Reformierten für Preußen.

Friedrich Schleiermacher (1768–1834), der versucht, Theologie und idealistische Philosophie zu verbinden, veröffentlicht 1821 *Der christliche Glaube nach den Grundsätzen der evangelischen Kirche.* 1823 wird Leo XII. Papst (bis 1829), er stärkt die Stellung des Papsttums, fördert die Jesuiten und bekämpft konsequent Bibelgesellschaften und Freimaurerei. In Berlin wird 1824 die evangelische Missionsgesellschaft, 1828 die evangelische Rheinische Missionsgesellschaft gegründet. Die Katholiken Englands erhalten 1829 das Recht, öffentliche Gottesdienste zu halten.

Papst Gregor XVI. (bis 1846), auf Betreiben → *Metternichs* (→ *Wiener Kongreß*) gewählt, wird 1831 inthronisiert; 1832 veröffentlicht er seine Enzyklika gegen Gewissens- und Pressefreiheit. Im selben Jahr wird der »Gustav-Adolf-Verein« zur Förderung verstreuter evangelischer Gemeinden ins Leben gerufen, 1833 die deutsche evangelische »Innere Mission« durch Johann Hinrich Wichern (→ *Erziehung*). Die »Altlutheraner« sammeln sich 1834 in Preußen im Protest gegen die staatlich geförderte »Union«; in Spanien erfolgt die Aufhebung der Inquisition.

Mit scharfer Kritik an der Bibel erscheint 1835 *Das Leben Jesu, kritisch bearbeitet* von David Friedrich Strauß (1808–1874), 1836 das Werk *Vom Leben nach dem Tode* von G. Th. Fechner. Theodor Fliedner (1800–1864) gründet, ebenfalls 1836, das erste Diakonissen-Mutterhaus in Kaiserswerth. Von 1837 bis 1842 erhebt sich der sogenannte »Kölner Kirchenstreit« zwischen der preußischen Regierung und der katholischen Kirche, vertreten durch den Kölner Erzbischof Klemens zu Droste-Vischering (1838 abgesetzt). Die Kirche setzt durch, daß sie keine Mischehen zwischen Protestanten und Katholiken dulden muß. Der konservative Publizist Joseph von Görres (→ *Pressewesen*) veröffentlicht 1838 seine Schrift *Athanasius* und ergreift damit Stellung gegen Preußen in diesem Kirchenstreit.

1841 erscheint Ludwig Feuerbachs (1804–1872) *Wesen des Christentums*, ein Jahr später, vierbändig (seit 1836) Görres' *Christliche Mystik.* 1846 begründet Adolf

Kolping (1813–1865) den ersten katholischen Gesellenverein. Pius IX., mit streng antiliberaler Einstellung, wird Papst (bis 1878); in London konstituiert sich die »Evangelische Allianz«, eine Vereinigung evangelischer Christen aller Länder. 1848 wird durch Wichern der »Central-Ausschuß für die Innere Mission der deutschen evangelischen Kirche« gegründet; in Mainz findet der erste deutsche Katholikentag statt.

Das Sektenwesen blüht: In Massen wandern die Chiliasten 1817 und 1818 aus Württemberg nach Südrußland aus, um dort das Tausendjährige Reich zu erwarten; 1830 predigen die Mormonen, 1831 gründet in Amerika der Baptistenprediger W. Miller (1782–1849) die Sekte der Adventisten. Von Hamburg aus verbreiten 1834 die Neutäufer ihre Lehre; 1846 entstehen in Königsberg und Halle erste deutsche Freireligiöse Gemeinden.

In Dichtung und Kunst sind religiöse Themen begehrt. Die Nazarenerschule (→ *Malerei*) greift christliche Motive auf, die Dichtungen der Romantik sind von tiefer Gläubigkeit erfüllt, Illustratoren zeichnen gern erbauliche Andachtsbildchen, → *Kinderbücher* und auch → *Bilderbogen* weisen eine eher zweckgebunden-didaktische Frömmigkeit auf, ebenso einschlägige Artikel in den Journalen. Auch die traditionelle Volksfrömmigkeit erfährt im Biedermeier eine Wiederbelebung. Als exemplarisches Beispiel sei Bayern erwähnt, wo → *Ludwig I.* z. B. das Wallfahrten als religiösen Volksbrauch (und damit verbunden auch das Geschäft der Andenkenhändler) neu aufleben läßt und sogar einige der während der Säkularisation aufgehobenen Klöster als religiöse und kulturelle Zentren wieder begründet.

Geistliche beider Konfessionen stehen unter dem besonderen Schutz der restaurativen Epoche (→ *Restauration*). Sie dürfen nicht öffentlich angegriffen, nicht kritisiert werden und sind beinahe so sakrosankt wie Polizei und → *Obrigkeit*. Und eben deshalb werden sie oft – fast ebenso wie der Zensor oder der »Bureaukrat« – in ihren menschlichen Schwächen gesehen und karikiert (→ *Karikatur*): Weintrinkend, mit der Pfarrköchin scherzend, über die Karriere nachdenkend, bestechlich. Man amüsiert sich z. B. über ein satirisches Blatt Daumiers im → *Charivari*: Hochwürden, feist und angetrunken, meditiert im Sessel über die nächste Sonntagspredigt: »*Ja, meine Brüder, übt Enthaltsamkeit, bringt eure freiwillige Spende mit. Ach, hol' noch ein Fläschchen, Jeanette* . . .« Gern, wenn auch nur hinter vorgehaltener Hand, zitiert man im → *Salon* ein frivoles Verslein des großen Aufklärers Gotthold Ephraim Lessing als »Kronzeuge«:

»*Ein Hurenhaus geriet um Mitternacht in Brand.*
Schnell sprang zum Löschen oder Retten
Ein Dutzend Mönche aus den Betten.

Wo waren die? Sie waren – bei der Hand.
Ein Hurenhaus geriet in Brand!«

Lit.: G. Krüger, *Die Religion der Goethezeit.* Tübingen 1931.

Karl Ludwig von Haller, Staatswissenschaftler und Philosoph, setzte sich mit großer Entschiedenheit für Restauration und Privilegien des Königtums ein und verfocht diese Meinung konsequent in all seinen Schriften.

Restauration

Als Restaurationszeit bezeichnet man das ganze europäische Zeitalter von 1815–1848, dessen politische Hauptfigur → *Metternich* repräsentiert. Der Name »Restauration«, also Wiederherstellung, leitet sich von dem sechsbändigen Werk des konservativen katholischen Publizisten Karl Ludwig von Haller (1768–1854; → *Religiöses Leben*) *Restauration der Staatswissenschaft* (1816–1825) ab. Der Autor plädiert darin für das Recht des Herrschers, das Verhältnis zu seinen Untertanen sozusagen auf »*privatrechtlicher Ebene*«, nicht staatsrechtlich zu regeln. Einen Eid auf eine Verfassung, den man ihm »*abgenötigt*« hat, braucht er nicht zu halten. Solche Auffassung ist den europäischen Monarchen und deren Ministern hoch willkommen. In der Schlußakte des → *Wiener Kongresses* wird die Wiederherstellung der alten Ordnung, das Gleichgewicht der fünf europäischen Großmächte England, Österreich, Preußen, Rußland und Frankreich beschlossen. Die ins Schwanken geratenen Machtpositionen des Beamtentums und der Kirche gewinnen wieder Halt. Polizei (→ *Obrigkeit*) und Zensur (→ *Burschenschaften*, → *Pressewesen*) helfen kräftig nach, wo sich Opposition gegen Restriktion erheben will. Vergessen sind die Opfer, der Einsatz der Kriegsfreiwilligen; die Regenten nehmen den Ruhm des Sieges über → *Napoleon* und die Befreiung des Vaterlandes für sich in Anspruch. Der Politiker → *Friedrich von Gentz* schwärmt denn auch: »*Ohne die Gegenwart der Monarchen, ihre begeisternde Tätigkeit, ihre wundervolle Eintracht, ihre kühnen und weisen Operationspläne säße Napoleon noch jetzt auf seinem Thron.*«

Von den seit nahezu einem Menschenalter Europa erschütternden Kriegen sind Grundbesitz und Wohlstand vernichtet, Handel und Gewerbe gelähmt, die Bevölkerung dezimiert und kriegsmüde; endlich will man Frieden, Ruhe und Ordnung. Frieden bringen die Fürsten ja, aber innere Ruhe – nein. Geprellt durch die Politik der R. sehen sich vor allem die jungen Leute. Die Studenten und die Ehemaligen der Freicorps rebellieren, formieren Widerstand (Wartburg, Hambacher Fest), verlangen Rechte und Verfassung sowie die Verwirklichung der Ideale von Freiheit und Menschenrechten. Viele Mittelstaaten geben nach: 1816 erhält Sachsen-Weimar, 1817 Württemberg, 1818 Baden und Bayern, 1819 Hannover eine Verfassung. 1820 bereits wird sie in → *Wien* widerrufen. Preußen zögert sein im Jahr 1815 gegebenes Versprechen hinaus, Sachsen folgt erst 1831 nach revolutionären Unruhen (→ *Dresden*). Trotz aller Gegnerschaft zum bürgerlichen Liberalismus kann der allmähliche Aufstieg des → *Bürgertums* und das Erstarken eines Nationalgefühls nicht mehr aufgehalten werden.

Lit.: A. v. Gleichen-Rußwurm, *Das Kulturbild des 19. Jh.s: Die geistige Entwicklung des modernen Europa.* Bln. 1920.

Revolution

Das Fanal der Revolution von 1848 beendet die Biedermeierzeit. Als die Juli-Revolution 1830 in Frankreich der Herrschaft der Bourbonen ein Ende setzt (Karl X. muß wegen Verletzung politischer Rechte abdanken) und den Bürgerkönig → *Louis Philippe* (1773–1850) auf den Thron hebt, machen sich die Erschütterungen wohl auch über den Rhein bemerkbar, vor allem die Studenten (→ *Burschenschaften*) werden unruhig, und die Literaten des Jungen Deutschland (→ *Literatur*) engagieren sich. In Göttingen, → *München*, Braunschweig, Sachsen und Kurhessen kommt es zu Unruhen, die Polen lehnen sich vergeblich gegen Rußland auf, die Iren erheben sich. Aber der Umschwung der Juli-Revolution von 1830 hält sich in Grenzen und erschüttert die politische Landschaft nicht grundsätzlich.

Revolution auch im heiter-biedermeierlichen Wien: Andreas Ziegler (1815–1893) malte eine Barrikade auf dem Michaelerplatz fast mit Volksfest-Charakter, obwohl der Sturm revolutionärer Gewalt auch die kaiserliche Metropole bedrohlich erschütterte

Anders 1848. Wieder von Paris ausgehend, breitet sich die R. wie eine Epidemie über die Ländergrenzen aus, sie ist eine »bürgerliche« R. und nicht, wie oft behauptet wird, von → *Marx'* und Engels' *Kommunistischem Manifest* (→ *Pressewesen*) beeinflußt (es erscheint erst im Februar 1848, als die französische Erhebung bereits im Gange ist). Die Februar-Revolution in Paris führt zur Abdankung des Bürgerkönigs, Frankreich wird (2.) Republik, an deren Spitze Prinz Ludwig Napoleon (1808–1873), ein Neffe → *Napoleons I.*, als Präsident steht. Nach den revolutionären Unruhen in Frankreich kommt es vom 13.–15. März zu Aufständen in → *Wien* (→ *Metternich* tritt zurück und muß nach England fliehen), → *Berlin*, bald auch in → *München* (→ *Ludwig I.* verzichtet auf den Thron). Die März-Revolution in Deutschland und Österreich verfolgt das Ziel einer demokratischen Verfassung und die Aufhebung der »Karlsbader Beschlüsse« von 1819 (→ *Burschenschaften*). In Österreich dankt am Ende des Revolutionsjahres Kaiser Ferdinand I. (1793–1875; Kaiser seit 1835) zugunsten von Franz Joseph I. (1830–1916) ab. In Berlin, wo Friedrich Wilhelm IV. (1795–1861; König seit 1840) die Erhebung blutig unterdrücken läßt, brechen Barrikadenkämpfe aus, der König muß sich vor den »Märzgefallenen« verbeugen und stellt sich an die Spitze des »Gesamtvaterlandes«, um die »deutsche Nation« zu retten.

In allen Städten forderte die Revolution Tote oder bedrohte die Aufständischen mit dem Tod. Flugblätter, Zeitschriften (obwohl durch die Zensur beschränkt), Bücher dokumentierten die Erschütterungen der Zeit durch drastische Darstellungen.

Am 18. Mai konstituiert sich in der Paulskirche zu Frankfurt am Main das erste deutsche Parlament, die »Deutsche Nationalversammlung«. Sie zählt 586 Mitglieder – Erzherzog Johann von Österreich (1782–1859, → *Wien*) wird zum Reichsverweser gewählt –, darunter viele geistig führende Männer der Zeit, Professoren und Kapazitäten, die zwar viel von ihrem Fach, wenig aber von der Politik verstehen. Ihr Ziel ist es, eine Verfassung zu erarbeiten, die all die sozialen Unruhen, die Aufregungen der jüngsten Zeit, aber auch die großen industriellen, emanzipatorischen, durch Erfindungen und Veränderungen der bürgerlichen Ansprüche gewachsenen Spannungen, kanalisieren und ordnen solle.

In der allgemeinen Diskussion um Groß- oder Kleindeutschland, Kaisertum und Republik, Hohenzollern und Habsburg, erkennen nur wenige, daß das wesentliche Problem die soziale Frage ist.

Lit.: *Kunst der bürgerlichen Revolution von 1830 bis 1848/49.* Katalog der Ausstellung, Neue Gesellschaft für bildende Kunst, Bln. 1972.

Ludwig Richter

(* 28. 9. 1803 Dresden; † 19. 6. 1884 Dresden)

Der Maler, Zeichner und Illustrator ist Schüler seines Vaters Carl August Richter (1770–1848) und der Dresdner Akademie. 1820/1821 begleitet er den Fürsten Narischkin als Vedutenzeichner auf einer Reise nach Südfrankreich; von 1823 bis 1826 lebt er mit einem Stipendium des Buchhändlers und Verlegers Christoph Arnold in Rom und schließt sich den Nazarenern (→ *Malerei*) an. Joseph Anton Koch wird sein Lehrer; Julius Schnorr von Carolsfeld, Heinrich Reinhold (1788–1825), → *Moritz von Schwind*, vor allem der junge Ernst Fries (1801–1833) sind seine Malerfreunde, mit denen er am fröhlichen Leben der »Künstlerrepublik«, wie sie Rom übermütig nennen (→ *Künstlerleben*), teilnimmt. Man skizziert und zeichnet in der freien Natur des Albaner- und Sabinergebirges und pflegt → *Geselligkeit* in Cafés und Tavernen.

1827 kehrt Richter schweren Herzens nach Hause zurück, er trennt sich nur ungern von seinen romantischen Ambitionen, → *Dresden* erscheint ihm nach dem ungebundenen römischen Aufenthalt wenig verlockend. *»Als ich einmal kurz vor der Rückkehr nach Deutschland gegen Schnorr meine Besorgnis vor dem Kunstleben in der Heimat aussprach, sagte er, es sei ihm leid, das nicht früher gewußt zu haben. Während der Anwesenheit des Kronprinzen Ludwig von Bayern in Rom hätte sich vielleicht etwas tun lassen, mich nach München zu ziehen. Wie ganz anders würde dann mein Lebensgang geworden sein! Wahrscheinlich hätte ich mich der Freskenmalerei*

Überfahrt über die Elbe am Schreckenstein bei Aussig *nannte Ludwig Richter dieses 1837 entstandene echte Stimmungsbild deutschester Prägung. Bei einer Wanderung durch das Elbtal und das böhmische Mittelgebirge entdeckte der Maler die Schönheit der mitteldeutschen Landschaft. So entstanden insgesamt vier Bilder vom »Schreckenstein«, worin sich Landschaft und Genrebild verbinden.*

Adrian Ludwig Richter war, als er begann, mehr als der betuliche Holzschnitt-Meister, der später so berühmt wurde. Seine Wandlung vom italienbegeisterten Romantiker zum biedermeierlichen Idylliker vollzog sich ganz allmählich. Das Ölporträt stammt von Wilhelm von Kügelgen (1802–1867).

zugewendet, die Holzschnittätigkeit wäre verloren gewesen«, resümiert er rückblickend. Nun wird er 1828 Lehrer an der Zeichenschule der Porzellanmanufaktur in Meißen, die → *Georg Friedrich Kersting* leitet: im Jahr davor heiratete er seine Braut Auguste Freudenberg und genießt »*die liebsten Stunden, die ich bei ihr zubringen durfte in dem Blumengärtchen hinter dem kleinen Hause, oder mit ihr durch die Felder nach den Höhen von Räcknitz gehend, von wo man die Stadt und das ganze freundliche Elbtal übersieht*«. Richter wird 1836 Lehrer an der Dresdner Akademie, die ihn 1841 zum Professor für Landschaftsmalerei beruft. Seit 1836 arbeitet er eng mit dem Leipziger Verleger Wiegand zusammen und liefert ihm laufend volkstümliche Zeichnungen zu Holzschnitten – so wird er Wegbereiter für die Buchillustration des 19. Jh. s und populär als liebevoll dem Detail verhafteter Schilderer einer frommen, kleinbürgerlichen Welt.

Die größte Sammlung seiner Gemälde besitzt Dresden mit 12 Katalognummern, darunter der *Morgen bei Palestrina im Apenningebirge*, 1829; *Überfahrt über die Elbe am Schreckenstein bei Aussig*, 1837; *Brautzug im Frühling*, 1847.

Lit.: K. J. Friedrich, *Ludwig Richter und sein Kreis.* Lpzg. 1956.

Salon

Salons im Biedermeier haben verschiedene Couleur. Treffpunkt interessanter und geistreicher Persönlichkeiten ist der literarische S. (→ *Emanzipation*), meist von klugen und gebildeten Damen geführt, der eine bedeutende Institution für das geistige Leben darstellt. Im S. der → *Rahel Varnhagen* in → *Berlin* verkehren Gelehrte, Literaten und Künstler, wie z. B. die Brüder Humboldt, die Historiker Leopold von Ranke (1795–1886) und Karl Otto von Raumer (1805–1859), die Philosophen Hegel und Victor Cousin (1792–1867), → *Heine* (→ *Literatur*), → *E. T. A. Hoffmann* oder der erste »Welttourist der Literatur«, Fürst Pückler-Muskau (→ *Garten*). Ihre sympathische Bescheidenheit, ihre bodenständigen Ansichten und vielseitigen Interessen bezeugen ihre zahlreichen Briefe, die wichtige Dokumente der Zeit sind. Die Unterhaltungen gestalten sich intensiv, nicht selten wird auch Politik geschmiedet, wenn etwa der preußische Prinz Louis Ferdinand (1772–1806) oder hohe Staats- und Hofbeamten zu Gast sind. Rahels Mann, der Diplomat Karl August Varnhagen von Ense (1785–1858), schildert eine typische Szene: »... *der lebhafte rasche Disput war wie ein improvisiertes Schauspiel, nur einige Male rief Frau von Varnhagen Zwischenworte hinein, um das Gespräch in gutem Geleise zu halten.*«

Daneben gibt es in den Bürgerhäusern den kleinen S., den regelmäßig abgehaltenen Zirkel in der guten Stube. Man trifft sich zu alltäglichem Klatsch, trinkt Kaffee, plaudert bei Likör oder Bowle über die letzte Theateraufführung, die neueste → *Mode*, den eben erschienenen Roman, den »man« gelesen haben muß; die Damen gruppieren sich um den Biedermeiertisch (→ *Möbel*, → *Wohnkultur*), die Herren versammeln sich im Rauchzimmer (→ *Tabak)*, bei schönem Wetter hält man sich im → *Garten* auf. Solche Zusammenkünfte sind zwanglos, man führt keine gehobene Unterhaltung, sondern übt sich, wie man es heute nennen würde, im »small talk«.

Allerdings macht sich auch auf diesem Gebiet bald der Wunsch bemerkbar, etwas mehr zu wissen, klüger, gebildeter zu sein als andere: Biedermeier ist die große Blütezeit der umfangreichen, vielbändigen Konversationslexika. Der Erfolg dieser Bücher ist enorm, sie erreichen hohe Auflagen. Das Lexikon der Firma Brockhaus, *Allgemeine deutsche Realenzyklopädie für die gebildeten Stände*, 1808 in dieser Form gegründet, geht um 1819/1820 bereits in die 5. Auflage; das *Große Konversationslexikon* von Joseph Meyer (seit 1840) umfaßt 1852 bereits 52 Bände. Im Besitz dieser »enzyklopädischen Gelehrtheit« fühlt man sich nicht nur selbst als gebildeter Mensch, die Anwendung des damit erworbe-

Bettina von Arnim, die Schwester des romantischen Dichters Clemens Brentano und Ehefrau des Schriftstellers der Romantik, Achim von Arnim, führte in Berlin einen großen Salon, den sämtliche Berühmtheiten der Zeit oft und gern besuchten: Poeten, Gelehrte, Politiker und Theaterleute versammelten sich bei ihr. Das Aquarell Quartettabend bei Bettina *malte Carl Johann Arnold (1829–1916).*

nen Wissens verhilft auch am kleinbürgerlichen Stammtisch zu höchstem gesellschaftlichen Ansehen.

Lit.: J. Drewitz, *Berliner Salons.* Gesellschaft und Literatur zwischen Aufklärung und Industriezeitalter. Bln. 1965.

Karl Ludwig Sand, der Mörder des Diplomaten und Bühnenschriftstellers August von Kotzebue, galt als idealistischer junger Mann, der nach seinem Tod durch das Schwert wie ein Märtyrer gefeiert wurde, obwohl sein Opfer nicht reaktionärer, nicht schuldiger war als andere Repräsentanten der Epoche. Der Kupferstich mit seinem Porträt ist von Johann Friedrich Bolt (1769–1836).

Karl Ludwig Sand

(* 5. 10. 1795 Wunsiedel; † 20. 5. 1820 Mannheim)

Der Student K. L. Sand ist der Mörder des Diplomaten und Dichters → *Kotzebue.* Seit 1814 studiert er in Tübingen Theologie und kommt 1815 als Kadett zu den bayerischen Jägern, allerdings ohne ins Gefecht zu geraten. Nach den Befreiungskriegen setzt er seine Studien in Erlangen fort, wird später Mitglied der Jenaer → *Burschenschaft* und gehört 1817 zu den Organisatoren und Ordnern des Wartburgfestes.

Sein Entschluß, den antiliberalen Kotzebue zu töten, beruht auf einem Irrtum: eine Schrift gegen die akademische Freiheit wird ihm zugeschrieben, sie stammt aber von einem Autor namens Stourzdas. Am 19. März 1819 verläßt Sand Jena, am 23. kommt er in Mannheim an, nachmittags sucht er unter falschem Namen Kotzebue in dessen Wohnung auf und stößt ihm mit dem Ausruf: »*Hier, du Verräter des Vaterlands!*« einen Dolch in den Leib. »*Ich habe gerade zugestochen*«, gibt Sand später zu Protokoll, »*weder von unten noch von oben. Kotzebue fiel zum Sitz zusammen, dann sah ich ihm noch einmal in die Augen, um zu sehen, wie es mit ihm stehe. Ich wollte wissen, was mein Angriff für Folgen gehabt habe, und ihm überhaupt noch einmal ins Gesicht sehen. Ich glaube, er hat noch mit den Augenwimpern immer gezwinkert . . .*« Auf seiner Flucht aus dem Mordzimmer begegnet Sand der Köchin und der Stubenmagd, die laut um Hilfe schreien, »*daß man den Mörder festhalte*«. Bei der Arretierung gesteht er den Umstehenden: »*Ja, ich habe es getan, so müssen alle Verräter sterben*«, und ruft: »*Hoch lebe mein deutsches Vaterland, und im deutschen Volk alle, die den Zustand reiner Menschlichkeit zu fördern streben!*« Sand kniet nieder und betet: »*Ich danke dir, Gott, für diesen Sieg*«, dann will er sich eigenhändig erdolchen, wird verletzt »*auf einer Tragbahre in das allgemeine Krankenhaus gebracht*«, wie der Polizeibericht meldet.

Am 5. April kommt er ins Zuchthaus. Unfähig zu sprechen, gibt er seine ersten Erklärungen schriftlich und leugnet jede Mittäterschaft anderer standhaft ab; am 5. Mai wird sein Todesurteil gesprochen. Unter ärztlicher Betreuung, aber von schrecklichen Schmerzen gequält, lebt Sand noch ein Jahr lang in Gefangenschaft; sein Kerker wird Wallfahrtsort großer Volksmassen: Eltern, Geschwister und Freunde des Inhaftierten stilisieren sein Bild zum Freiheitshelden und edlen Tyrannenmörder. 1820 schließlich bestätigt der Heidelberger Chirurg Max Josef von Chelius, daß der Delinquent »*nun die Hinrichtung aushalten könne*«. Am 20. Mai, früh halb sechs, wird er mit dem Schwert enthauptet.

Nach der Hinrichtung strömen die Zuschauer zum Schafott, tauchen Tücher in das Blut des Delinquenten, zerschlagen den Richtstuhl und verteilen Stücke davon als Reliquien. Sands Grab wird mit Blumen geschmückt, und die Richtstätte heißt im Volksmund bald »Sands Himmelfahrtswiese«. Ein wahrer Sand-Kult bricht aus: Maler stellen seine letzte Stunde verklärt dar, ein Marmorepitaph wird gemeißelt, Gedichte, Balladen kursieren.

»*Die Folgen von Sands Tat sind unabsehbar und ungeheuer, und der Weltgeist, der im ewigen Fortschreiten begriffen ist, wird sie zum Guten wenden*«, schreibt begeistert ein Kommilitone. Nur der erste Teil seines Satzes ist richtig, der Kotzebue-Mord wird Anlaß und Vorwand für die Karlsbader Beschlüsse und alle restriktiven Maßnahmen der Zensur.

Lit.: K. A. v. Müller, *Karl Ludwig Sand.* Mchn. 1924.

Schattenrisse

»Erfinder« der Schattenrisse (im 18. Jh.) ist der Bankier Étienne de Silhouette (1709–1767), im Jahr 1759 Finanzminister König Ludwigs XV., der aus Sparmaßnahmen den Bürgern empfahl, teure Geschenkminiaturen durch diese billigen Papierschnitte zu ersetzen.

Das Verfahren ist sehr einfach. Man zieht den mittels einer starken Lichtquelle erzeugten Schatten der zu porträtierenden Person in seinen Umrissen auf weißem Papier nach und schwärzt den Kopf oder die ganze Figur mit Tusche. Wichtigstes Gerät ist der »Storchschnabel«, ein im Jahr 1603 von dem deutschen Jesuiten Christoph Schreiner erfundenes Instrument, mit dem sich eine Zeichnung maßstabgerecht verkleinern oder vergrößern läßt.

Als diffizilere Variante kennt man den Scherenschnitt, den freien Schnitt, aus mehrfach gefaltetem Papier, der Augenmaß, Geschicklichkeit, Phantasie und Fingerspitzengefühl erfordert, besonders bei den zierlichen Spitzenbildchen. Sch. und Scherenschnitt werden gerne als Geschenk gegeben und schmücken den biedermeierlichen Wohnraum (→ *Wohnkultur*). Hauptmeisterin des Scherenschneidens ist die Schwäbin Christiane Luise Duttenhofer (1776–1829), eine weitgereiste, gebildete Dame, die besonders den figürlichen, den Bildnisscherenschnitt entwickelt und pflegt.

Nach der Erfindung der Lithographie kommt im Biedermeier ebenfalls der Druck der »Schwarzen Schatten« (auch als Holzschnitt) auf. Silhouette und Scheren-

Franz Graf Poccis (1807–1876) große Zeit am Münchner Puppentheater liegt ein gutes Stück hinter der Biedermeierepoche. In der Zeit ist die Kunst des Scherenschneidens jedoch auf der Höhe, und Poccis Meisterschaft darin ist in den Jahren vor 1848 begründet. Auf dem Bild unten *zeigt sich der Meister der Lithographie zugleich als Virtuose der Schwarzlithographie.*

Schattenrisse und Scherenschnitte ersetzten vor der Erfindung der Daguerreotypie als Vorläuferin der Photographie das wahrheitsgetreue Porträt. Johann Strauß der Jüngere (1825–1899), in seiner großen Zeit ein Genie des Nach-Biedermeier, wurde von Otto Böhler karikiert.

schnitt existieren ja als Unikate; erst das lithographische Verfahren erlaubt hohe Auflagen. Schattenlithographie erweist sich als Spezialität der Münchner → *Bilderbogen.* Vor allem der »Kasperlgraf« Franz Pocci (→ *Fliegende Blätter,* → *Volksbelustigung*) aus → *München* variiert die schwarzen, in der Gebärde sehr ausdrucksstarken Figurenreihen, Vorläufer der »comic strips«, immer aufs neue. Die Schwarzlithographien zeigen Szenen aus dem → *Alltag,* vor allem aber »Curiosa« – Zirkus, Fremdländisches, Akrobaten, Soldaten, technische Errungenschaften, daneben Bilder aus dem, nach damaligem Verständnis, »heilen« Kinderleben in Stadt und Land.

Lit.: E. Biesalski, *Scherenschnitt und Schattenriß. Kleine Geschichte der Silhouettenkunst.* Mchn. 1964.

Karl Friedrich von Schinkel

(* 13. 3. 1781 Neuruppin; † 9. 10. 1841 Berlin)

Der Baumeister gilt als einer der Hauptvertreter des Klassizismus in Deutschland. 1797 verläßt er, obwohl ihm seine Verwandten und Freunde davon abraten, kurzerhand das Gymnasium, um → *Architektur* zu studieren: er hatte die Entwürfe Friedrich Gillys (1772–1800) für ein Denkmal Friedrichs des Großen gesehen, jetzt erhält er von dem verehrten Meister die erste Ausbil-

Karl Friedrich von Schinkel prägte mit seinen Architekturentwürfen das Gesicht Berlins. Zugleich war er aber auch ein visionärer Maler, der in seinen Bildern das malerische Element mit dem architektonischen verbinden wollte. Franz Catel (1778–1856) porträtierte ihn in seinem Zimmer in Neapel, 1842.

dung, studiert an der 1799 gegründeten Bauakademie und ist dort der beste Schüler.

Von 1803 bis 1805 reist er über Prag, → *Wien* und Rom bis nach Sizilien, heimwärts über Paris. 1810 tritt er in den Staatsdienst, wird Oberbauassessor, 1815 Oberbaurat und 1839 Oberbaudirektor. Seit 1815 beschäftigt sich Schinkel mit der Denkmalpflege, 1816 reist er an den Rhein zu den Brüdern Boisserée und verhandelt mit ihnen wegen des Ankaufs ihrer Sammlung altdeutscher Gemälde für Preußen; vergebens, die Bilder gehen später nach → *München.* 1826 unternimmt er eine Reise nach England und sieht sein Gastland mit sehr wachem, kritischem Verstand; nicht nur die künstlerischen Belange interessieren ihn, sondern auch das Alltägliche, und da begegnet ihm viel Elend. »*Man ist sehr im Zweifel*«, schreibt er, »*was aus diesem furchtbaren Zustande der Dinge werden soll.*« Aber auch: »*England ist seit fünfzig Jahren, also so lange die Maschinen eigentlich ihr Wesen treiben, um das Doppelte und an vielen Orten um das Drei- und Vierfache in sich vergrößert und verschönert worden.*«

Schinkels Stil ist streng, sachlich, ausgewogen und an antiken Säulenbauten orientiert, vor allem das Stadtbild → *Berlins* wurde durch ihn maßgeblich geprägt. Einer romantischen Neigung folgend, baut er auch einige im gotischen Stil entworfene Kirchen, Denkmäler (z. B.

Schmuck aus Eisen ist ein »Kind« der Epoche, denn damals gab man bereits in patriotischer Anwandlung »Gold für Eisen« (oben). *Trauerringe bargen in einem glatten, aufklappbaren Reif Haare des Verstorbenen und die Gravur seines Namens* (unten).

das Berliner Kreuzbergdenkmal zur Erinnerung an die Befreiungskriege, 1818–1821), malt zwischen 1816 und 1822 effektvolle Bühnenbilder (→ *Musik*) und große, schön komponierte Landschaftsbilder in warmen, satten Farben und visionäre, gewaltige gotische Dome über mittelalterlichen Städten.

In Berlin baut Schinkel die Neue Wache, 1817/1818; das Neue Schauspielhaus, 1818–1821; das Alte Museum, 1822–1830; die Werdersche Kirche, 1821–1830; Schloß Tegel für Wilhelm von Humboldt, 1822; die Nikolaikirche in Potsdam, 1830–1837; Schloß Babelsberg, 1834; Singakademie und Bauakademie. Außerhalb Berlins zählt die Burg Stolzenfels am Rhein (1836) zu seinen Werken. Das Schinkelmuseum der Berliner Nationalgalerie bewahrt Gemälde, Theaterdekorationen und Entwürfe, Zeichnungen und Graphiken des großen Baumeisters auf. Bis 1816 malt der Künstler auch Dioramen (→ *Papiertheater*) und Schaubilder.

Lit.: *Karl Friedrich Schinkel. Das Lebenswerk*, hg. von der Akademie des Bauwesens unter Leitung von P. O. Rave, seit 1938. – *Karl Friedrich Schinkel. Architektur, Malerei, Kunstgewerbe.* Katalog der Ausstellung. Bln. 1981.

Schmuck

Biedermeier-Schmuck bevorzugt zierliche Formen, Blumen- oder Tiermotive, in der Ausstattung eher bescheiden, Halbedelsteine wie Amethyst und Topas, Türkis und Aquamarin sind Favoriten. Um 1821 empfiehlt eine französische Zeitschrift für junge Mädchen um zwanzig Perlenketten, älteren Damen Diamanten, jüngeren, verheirateten Frauen Smaragde sowie die sehr beliebten schlangenförmigen Ketten und Reifen, kleinen Mädchen Granatschmuck, Bernstein fürs Dienstpersonal und Imitate allenfalls für Schauspielerinnen.

Eine englische Gazette schlägt vor: Elfenbein, Korallen oder Halbedelsteine zur Morgentoilette, Gold und edleren Schmuck für offizielle Anlässe, das große Kollier und besonders kostbare Steine für Ball und großen Empfang. Die elegante Dame der zwanziger Jahre steckt neben Kamm und Nadeln ein Diadem ins Haar, schmückt den Hals mit einem Kollier, trägt Armbänder über den Ärmeln, Ringe über den Handschuhen, lange Ohrringe, eine Brosche am Kleid und oft auch noch eine kostbare Schließe am Gürtel. – Ein Jahrzehnt später ist dies alles bereits verpönt, Kolliers und Broschen verschwinden, nur im Haar noch ist es der Dame erlaubt, Juwelen zu tragen.

Im allgemeinen liebt man so aparte Dinge wie Freundschafts- und Liebesringe mit eingravierten Gedenkworten und -daten oder Widmungen; auch Trauerringe mit Sterbedatum und Symbolen des Todes wie Grab, Urne oder Trauerweide werden von den Freunden eines Verstorbenen getragen. Aus geflochtenem Haar besonders geliebter oder bereits verstorbener Personen wird »Haarschmuck«, z.B. als Armreif mit Edelmetallschließe, Medaillon, Anhänger, Ring oder als kunstvolles Gesteck, hergestellt. Beliebt sind Schmuckstücke aus naturalistisch nachgestalteten Blüten, Blättern oder Schmetterlingen (um 1820 eine Brillantbrosche in Form eines Blütensträußchens) und Kameen aus Halbedelstein.

Als Besonderheit fertigt 1815 die Eisenhütte in Sayn noch (bis nach 1820) den spartanischen Eisenschmuck aus der Zeit der Befreiungskriege, als man noch »Gold für Eisen« gab und dafür eisengeschmiedete Schmucksachen zurückbekam: in filigranen Formen, mit Pflanzen- oder Tiermotiven als feine Reliefarbeit, Eisengitter oder -gespinst.

Lit.: L.-L. Dewiel, *Schmuck. Vom Klassizismus bis zum Art Deco.* Mchn. 1979.

Franz Schubert

(* 31.1.1797 Wien; † 19.11.1828 Wien)

Der Komponist, dessen Werk so gänzlich der Romantik verhaftet ist, führt sein kurzes Leben lang trotz verschiedener Widerwärtigkeiten ein »Biedermeierdasein« par excellence. Der Sohn eines Lehrers hat als

Franz Schubert war eigentlich ein romantischer Komponist, stand aber mit einem großen Teil seines Werkes und Lebens exemplarisch in der Biedermeierzeit. Leopold Kupelwieser (1796–1862) porträtierte ihn auf dem 1821 entstandenen Aquarell im Kreis seiner Freunde beim Paradiesspiel in Atzenbrugg.

Franz Grillparzer:
Franz Schubert

Schubert heiß' ich, Schubert bin ich,
Und als solchen geb' ich mich,
Was die Besten je geleistet,
Ich erkenn' es, ich verehr' es,
Immer doch bleibt's außer mir.
Selbst die Kunst, die Kränze windet,
Blumen sammelt, wählt und bindet,
Ich kann ihr nur Blumen bieten,
Sichtet sie und – wählet ihr.
Lobt ihr mich, es soll mich freuen,
Schmäht ihr mich, ich muß es dulden,
Schubert heiß' ich, Schubert bin ich,
Mag nicht hindern, kann nicht laden,
Geht ihr gern auf meinen Pfaden,
Nun wohlan, so folget mir.

1841

Kind die schönste Sopranstimme und wird deshalb 1808 Hofkapellknabe. Ersten Unterricht im Geigen- und Klavierspiel erhält er beim Vater und dann während des fünfjährigen Aufenthalts im kaiserlichen Konvikt. 1813 verläßt er die Anstalt, in der er bereits das Orchester geleitet hatte, und wird bis 1817 Gehilfe des Vaters an der Lichtentaler Schule, eine Aufgabe, die ihm viel Muße zu eigenen Kompositionen (→ *Musik*) läßt. Seit 1817 lebt er als freier Künstler, allerdings in sehr dürftigen Verhältnissen; Bemühungen um eine Kapellmeisterstelle scheitern, erst 1818 wird er Musiklehrer auf dem ungarischen Gut des Grafen Esterhazy. »*Wie freue ich mich des Lebens, meiner Jugend*«, schwärmt er. »*Jetzt ist die glücklichste Zeit da. Der Gedanke, daß sie so bald verschwindet, ist trübe und wird immer härter.*« Nur die Sommermonate bringt er (bis 1824) in Ungarn zu, das restliche Jahr über lebt er ungebunden, komponiert, sammelt Freunde um sich (→ *Musikalische Soirée*, → *Salon*, → *Verein*), hält die bald weit renommierten »Schubertiaden« in → *Wien* ab, bei denen berühmte Künstler musizieren, und freut sich der Unterstützung durch Mäzene.

Aber Schubert beginnt bald zu kränkeln, er stirbt 32jährig, doch durchaus im Bewußtsein seines Ansehens; auf dem Sterbebett gibt er den deutlichen Hinweis, er wünsche an der Seite → *Beethovens* bestattet zu werden. »*Lieber Franz, sei ruhig, glaube doch deinem Bruder Ferdinand*«, tröstet ihn der Ältere der Geschwister, »*du bist in dem Zimmer, in dem du immer warst, und liegst in deinem Bett.*« Darauf Franz: »*Nein, ist nicht wahr, hier liegt Beethoven nicht.*«

Sein Leben lang leidet Schubert unter seinem Äußeren, er ist klein, gedrungen, kurzsichtig, macht dies aber mit jenem Charme wett, der seine Umgebung so bezaubert. Nach seinem Tod ist die Trauer im Freundeskreis groß, alle wissen jedoch, daß hier ein »Frühvollendeter« starb. »*Ich habe um ihn geweint wie um einen meiner Brüder*«, schreibt → *Schwind* aus München, »*jetzt aber gönn' ich ihm's, daß er in seiner Größe gestorben ist.*«

Lit.: O. E. Deutsch (Hg.), *Schubert. Die Dokumente seines Lebens*. Kassel 1964.

Schulwesen

Vorläufer und Vordenker eines geordneten Schulwesens ist der Schweizer Pädagoge Johann Heinrich Pestalozzi (1746–1827; → *Erziehung*). Er lebt und wirkt noch, wenn auch bereits resigniert, im Biedermeier, und seine Lehre hat Einfluß auf die neuen Erziehungsbestrebungen der Zeit. Pestalozzis Erziehungsheim in Stanz scheitert am Geldmangel, sein Erziehungsziel (Verbes-

serung der häuslichen → *Erziehung*, sozialer Aufstieg der ärmeren Volksklassen durch Erziehung und Unterricht, Begründung einer einfachen, der Entwicklung des jugendlichen Geistes angemessenen Unterrichtsform) am Zeitgeist, der reines Sachwissen, Drill, Prügel und absolute Lehrerautorität zum Prinzip erhebt.

Mit Beginn des 19. Jh.s werden die aus früheren Zeiten bestehenden Lateinschulen allmählich in Bürgerschulen umgewandelt, der Schulzwang eingeführt. 1815 wird bei → *München* das Nymphenburger Erziehungsinstitut gegründet. Seit 1816 tritt Preußen an die Spitze der Schulreform, seine Schulverfassung ist allgemeines Vorbild. 1822 begründet August Gottlieb Spilleke (1778–1841) in → *Berlin* das moderne Realschulwesen. Seit 1837 gilt an preußischen Gymnasien ein Lehrplan für sechs Jahre, die Klassenbezeichnungen gehen von der »Sexta« bis zur »Prima«. Als Vorbereitung für die Universitätsstudien sind Wilhelm von Humboldts (1767–1835) liberale, wissenschaftliche Prinzipien für eine humanistische Bildung verbindlich, Voraussetzungen für geistige Berufe, die dann allerdings an Zensur (→ *Burschenschaften*, → *Pressewesen*) und → *Obrigkeit* scheitern müssen.

Das Sch. strahlt in »kleinerer Münze« zurück auf das Elternhaus, → *Kinderbücher* sind häufig begleitende Materialien zu Lehrstoff und moralischer Ausrichtung

Das Schul- und Erziehungswesen der Epoche stand noch an der Schwelle zu einer pädagogisch liberaleren Gesinnung. Nach einem Gemälde von Albert Anker (1831–1910) entstand der Holzstich Das Dorfschulexamen.

des Unterrichts, Lehrer und Vater (→ *Familie*) sich ergänzende Autoritäten.

Lit.: D. K. Müller, *Spezialstruktur und Schulsystem.* Aspekte zum Strukturwandel des Schulwesens im 19. Jh. Göttingen 1977.

Moritz von Schwind

(† 21. 1. 1804 Wien; † 8. 2. 1871 Niederpöcking/Starnberger See)

Der Maler, Zeichner und Graphiker gilt als typisches Beispiel für einen Künstler, der als Romantiker beginnt, als Historienmaler endet und in seinem Werk eine »Biedermeier-Enklave« einschließt, die das Liebenswürdige, Verträumte, auch das Bürgernahe der Epoche auf das Schönste ausweist. Er wird beeinflußt von den römischen Nazarenern, vor allem von Peter Cornelius (→ *Malerei*); Szenen aus dem deutschen Mittelalter mit Rittern und Minnesängern, aber auch Märchenmotive werden seine Hauptthemen.

Schwind ist der Sohn eines hohen Beamten des Wiener Hofes; ab 1813 besucht er das Gymnasium des Schottenklosters in seiner Geburtsstadt, studiert bis 1821 Philosophie und wechselt dann an die Kunstakademie. Zu seinem großen geselligen Freundeskreis gehören die Dichter Eduard von Bauernfeld (→ *Theater*), → *Franz Grillparzer* und Franz Schober sowie der von Schwind fast schwärmerisch verehrte Komponist → *Franz Schubert.*

1827 lernt er in → *München* durch Empfehlung Grillparzers Peter Cornelius kennen und siedelt ein Jahr später in die bayerische Residenz über. 1832 malt er im Königssaal der Residenz das Bibliothekszimmer der Königin mit Fresken aus Tiecks *Phantasus* aus. Trotz allem äußerlichen Erfolg ist es eine Zeit bitterster Armut für den Künstler; er verwünscht den königlichen Gönner → *Ludwig I.* und auch die Protektion durch Cornelius, erinnert sich sehnsüchtig der Tage im fröhlichen Wiener Freundeskreis und seufzt: »*Verloren und verstoßen, wie ich mich fühle, arbeite ich mit der größten Anstrengung und ohne Freude.*« Oder er droht den Zurückgelassenen: »*Ich bin bis in die tiefste Seele verwundet, geängstigt und der Vernichtung nahe . . . Ich habe nicht mehr weit zu dem schrecklichsten aller Schritte!*«

1835 wendet sich alles zum Guten. Gemeinsam mit Cornelius reist Schwind nach Rom und findet herzliche Aufnahme bei den dort arbeitenden deutschen Künstlern. Kaum angekommen, wünscht sich der Anhängliche schon seine Münchner Freunde herbei, z. B. den Bildhauer Ludwig Schaller (1777–1842), dem er schreibt: »*O dio, wäre nur einer von Euch da, der Wein ist so famos gut, daß es um jede Flasche schad' ist, die nicht von ordentlichen Leuten getrunken wird!*«

Über München als königlich privilegiertes Dorado der akademischen Malerei beklagte Moritz von Schwind sich in einem Brief an den Reproduktionsstecher Julius Cäsar Thäter:

»Hier hatscht die Kunst ihren Weg, daß es ein Jammer ist. Immer noch die abgedroschenen Redensarten von Historie und Genre; immer noch der Dideldum von Farbengebung und solchen Lumpereien. Mir fallen immer die Lebensgeschichten der Maler des vorigen Jahrhunderts ein: geboren da und da, ging anno soundso viel nach Rom, studierte den und den und malte lieber auf Blech als auf Holz . . .«

Seit 1848 malte Schwind an einer Gemäldeserie Reisebilder. *Hier studieren zwei Damen eine Landkarte, die an der Wand aufgehängt ist. 1855 vollendete der Maler dieses Bild und nannte es* Der Besuch.

Zurück in München, arbeitet Schwind gemeinsam mit Schnorr von Carolsfeld und dem alten Wiener Freund Friedrich Olivier an den Wandbildern im Festsaalbau der Residenz. Von 1840 bis 1844 lebt er in Karlsruhe, malt Fresken im Treppenhaus der Kunsthalle und heiratet 1842 Louise Sachs, eine Nachfahrin des Schuster-Poeten aus Nürnberg. 1844 übersiedelt er nach Frankfurt am Main und macht die Bekanntschaft der Monumentalmaler Eduard Steinle und Alfred Rethel. Drei Jahre später wird er Professor der Münchner Kunstakademie, von 1854 bis 1855 arbeitet er an den Wartburgfresken mit einem Zyklus aus dem *Leben der heiligen Elisabeth von Thüringen* und dem großen Wandbild vom *Sängerkrieg* (ein themengleiches Ölgemälde der Dresdner Galerie, 1847, ist im Zweiten Weltkrieg verbrannt).

Nach seiner Rückkehr nach München kauft sich Schwind am Starnberger See ein Bauernhaus und lebt nun jenes behagliche, biedermeierlich-wohlsituierte Leben mit Weib und Kind. »*Mei Vermögele, wie die Frau sagt, mehrt sich, wenn auch langsam*«, spottet er über sich selber; jetzt ist er angesehen, etabliert, gesucht, aber jedenfalls doch kein Duckmäuser. Als z. B. König Ludwig I. sich befremdet zeigt, weil auf einer Allegorie des Vaters Rhein der alte Flußgott die Fiedel streicht, statt »standesgemäß« die Lyra zu schlagen, entgegnet der Maler nach kurzer Debatte: »*Wollen Majestät vielleicht, daß er Klavier spielt?*«

Ende der fünfziger Jahre macht Schwind die Bekanntschaft Barons von Schack, der zahlreiche Gemälde bei ihm bestellt. Von 1863 bis 1867 malt er Fresken im Foyer des Opernhauses seiner Heimatstadt → *Wien*, nach der es ihm »*manchmal auch das Herz abdrücken will vor Sehnsucht*«.

Wichtigste Werke Schwinds befinden sich in der Münchner Schackgalerie (fast 30 Exponate), darunter *Der Traum des Gefangenen* (1836), *Morgenstunde* (1860) oder die Szenen zu *Des Knaben Wunderhorn, Im Walde* (um 1848); außerdem in Berlin (*Der Hochzeitsmorgen*, 1847), Leipzig (*Der Ritt des Falkensteiners*, 1843) oder in der Neuen Pinakothek in München (*Der Spielmann bei einem Einsiedler*, um 1846).

Lit.: O. Weigmann, *Schwind. Des Meisters Werke (Klassiker der Kunst)*. Stg. u. Lpzg. 1906.

Der Maler Moritz von Schwind als junger Mann. Zeichnung von Joseph Nikolaus Kriehuber.

Sir Walter Scott

(* 15. 8. 1771 Edinburgh, † 21. 9. 1832 Abbotsford)

Der schottische Dichter gehört zu den meistgelesenen Autoren der Biedermeierzeit, besonders die Damenwelt verschlingt seine Romane, von denen fast alljährlich neue Titel erscheinen (→ *Trivialliteratur*). Seine Jugend verbringt Scott auf dem Lande, besucht später die High-School in Edinburgh und beginnt dort mit dem Studium der Rechte und arbeitet 21 Jahre lang als Advokat.

Bildnis des schottischen Romanciers Sir Walter Scott. Stahlstich von Franz Xaver Stöber (1795–1858) nach einem Gemälde von Thomas Lawrence (1769–1830).

Bevor Scott zu dichten beginnt, ist er als Übersetzer tätig: 1796 Bürgers Ballade *Leonore*, 1799 Goethes *Götz von Berlichingen*. Im Jahr 1797 heiratet er und bezieht ein Cottage in Laßwade. 1799 wird er zum Sheriff von Selkirkshire ernannt und erhält ein Einkommen von 300 Pfund; 1802 erscheint in drei Bänden *Minstrelsy of the Scottish border*, volkstümliche schottische Balladen des Grenzlandes mit ausführlichen Erläuterungen, die mit großem Beifall aufgenommen werden. 1805 veröffentlicht er sein erstes größeres Gedicht, *The lady of the last minstrel*, der gewaltige Erfolg veranlaßt ihn, seine juristische Praxis gänzlich aufzugeben. Im Jahr darauf erhält er eine der ersten und wohldotierten Clerk-Stellen am Edinburgher Gerichtshof. 1808 erscheint *Marmion, a tale of Floddenfield*, eine Rittererzählung in Versen, 1810 *The lady of the lake* mit den eindrucksvollen Schilderungen der Natur des Hochlands und macht den Dichter endgültig berühmt.

In den folgenden Jahren, bis 1817, veröffentlicht Scott zahlreiche Gedichte, erst als der Erfolg nachläßt, wendet er sich der Prosa zu. Er ist jetzt ein wohlhabender Mann und kauft sich das Gut Abbotsford, romantisch gelegen am Ufer des Tweed nahe bei Melrose, ein kleines Anwesen, das er in den nächsten Jahren ausbaut und vergrößert. 1814 vollendet er den bereits 1805 begonnenen Roman *Waverley* und publiziert ihn ohne Nennung seines Namens. Von da an arbeitet Scott unerhört produktiv: 1815 erscheint *Guy Mannering;* 1816 *The antiquary;* 1817, als erste Serie der *Tales of my landlord, The black dwarf* und *Old mortality;* 1817 *Rob Roy;* 1818 als zweite Serie *The heart of Mid-Lothian;* 1819 als dritte Serie der *Tales The bride of Lammermoor* und *Legends of Montrose* sowie *Ivanhoe;* 1820 *The monastery* und *The abbot;* 1821 *Kenilworth* und *The pirate;* 1822 *The fortunes of Nigel;* 1823 *Peveril of the park, Quentin Durward* und *St. Ronan's well;* 1824 *Redgauntlet;* 1825 *Tales of the crusaders;* 1826 *Woodstock;* 1827 und 1828 *Chronicles of the canongate;* 1829 *Anna of Geierstein;* 1831 in der vierten Reihe der *Tales Count Robert of Paris* und *Castle dangerous.*

Das Besondere all dieser Romane und Erzählungen ist die Rolle, die Scotts Vaterland dabei spielt, die Natur- und Geschichtsschilderungen. 1820 wird der Dichter zum Baronet erhoben, 1825 falliert ein Geschäftshaus, an dem er beteiligt ist, Scott hat plötzlich hohe Schulden, auch dies ein Grund für seine rastlose Tätigkeit. Seit 1830 treten Lähmungserscheinungen auf, Scott reist 1831/1832 nach Italien, das Übel bessert sich jedoch nicht und führt schließlich zum tödlichen Schlaganfall. Die Romane des Dichters sind in fast alle Weltsprachen übersetzt worden.

Scotts Anwesen Abbotsford glich ganz den romantischen Schlössern, die Schauplatz vieler seiner Romane sind. Stahlstich aus der Mitte des 19. Jh.s. nach C. Reiss.

Gottfried Semper

(* 29. 11. 1803 Hamburg; † 15. 5. 1879 Rom)

Der Baumeister studiert zunächst Mathematik und Militärwissenschaften in Göttingen. Ab 1825 lebt er in → *München* und arbeitet einige Zeit in Regensburg bei der Herausgabe des Domwerks. Ein Duell zwingt ihn, die Stadt zu verlassen, er begibt sich nach Paris, um seine Architekturstudien bei Franz Christian Gau (1790–1853) zu vollenden. 1830 tritt er eine Studienreise nach Italien, Sizilien und Griechenland an und kommt dort zu seiner Theorie von der Polychromie in der griechischen Kunst: Semper ist überzeugt, daß die antiken Tempel nicht, wie bisher angenommen, weiß, sondern farbig bemalt waren. 1832 läßt er sich in → *Berlin* nieder und schließt Bekanntschaft und Freundschaft mit → *Schinkel.* 1834 folgt er als Professor der Architektur einem Ruf der Dresdner Akademie.

Nach Sempers Überzeugung muß ein Bauwerk ganz aus seiner Zweckbestimmung heraus gestaltet werden, und so vereinigt er antike Elemente mit denen der italienischen Renaissance zu ihrem Nutzen entsprechenden, harmonischen Bauten. Seit 1839 baut er am Hoftheater in → *Dresden*; daneben entstehen Palais und Villen für

Der Baumeister Gottfried Semper wurde mit seinen Bauten in Dresden, dem Museum im Zwinger und der Oper, weltberühmt, mußte aber als aktiver Revolutionär fliehen. Lithographie von Karl Friedrich Irminger (1813–1863).

Das alte Dresdner Opernhaus von Gottfried Semper brannte 1869 nieder. Hier wurden Richard Wagners Opern Rienzi, Der fliegende Holländer *und* Tannhäuser *uraufgeführt. Kolorierter Stahlstich aus der Mitte des 19. Jh.s.*

Privatleute. Von 1846 an beschäftigt ihn als Hauptwerk der Neubau des Dresdner Museums, welches Semper als Abschluß der noch unverbundenen Hauptanlagen des Zwingers plant.

Seine Beteiligung am Maiaufstand 1849 macht alle Pläne zunichte. Semper, ein überzeugter Republikaner, wird beim Barrikadenbau in Dresdens Straßen gesehen und muß fliehen. Der Schriftsteller Gustav Nieritz (1795–1876) berichtet: »*Der Hofbaumeister Semper, welcher früher gegen mich ganz unverhohlen seine Unzufriedenheit ausgesprochen hatte, daß er vom Könige nicht reich genug belohnt worden sei, hatte bei dem Aufbau der Barrikaden mit seinen baumeisterlichen Erfahrungen geholfen. Semper war für den gefertigten Riß zum neuen Schauspielhause vom König mit 2 000 Talern, mit dem Ritterkreuz und zwei alltäglich gültigen Freibilletts fürs Parkett belohnt worden, und solches war dem Baumeister nicht genug.*« Semper rettet sich zunächst nach Straßburg, in der Absicht, nach Amerika weiterzureisen, und wendet sich dann aber nach Paris. 1850 wird ihm die Mitarbeit an der englischen Akademie zu Marlboroughhouse angeboten. Seit 1851 wirkt er bei der englischen Reform der höheren Gewerbe und der Anlage des Kensington Museums mit; im selben Jahr erscheint seine Schrift *Über die vier Elemente der Baukunst.* 1853 erhält Semper einen Ruf an das neu geschaffene Polytechnikum in Zürich, er ist als Architekt für den Bau dieser Anstalt verantwortlich und wird dort zugleich Lehrer. Der Plan, in München ein großes Theater für die Musikdramen Richard Wagners zu bauen, zerschlägt sich; doch erhält Semper den Auftrag, an der Stelle seines am 21. September 1869 abgebrannten → *Theaters* in Dresden ein neues, größeres zu errichten. 1877 ist es fertig. Bereits im Jahr 1869 wurde Semper als Hauptleiter der Hof- und Museumsbauten nach → *Wien* eingeladen, 1871 übersiedelt er und baut dort die Kunstmuseen. Die letzten Jahre seines Lebens verbringt er in Italien.

Lit.: *Gottfried Semper und die Mitte des 19. Jh.s*, hg. von E. Börsch-Supan u. v. a. Basel 1976. – *Gottfried Semper zum 100. Todestag*. Katalog der Ausstellung im Albertinum Dresden. Dresden 1979.

Spießbürgertum

Spießbürger sind im Mittelalter nichtberittene, arme Leute, die, nur mit Spießen bewaffnet, als Fußsoldaten Kriegsdienst leisten.

Im Biedermeier versteht man darunter einen muffigen, intoleranten, nörgelsüchtigen Zeitgenossen, der sich und seine vier Wände zum Nabel der Welt und zur Meßlatte jeglichen Verhaltens als Mensch und Mitbürger macht.

Den »Staatshämorrhoidarius«, das Inbild eines beamteten Spießbürgers, erfand und zeichnete der Münchner Franz Graf Pocci.

Carl Spitzweg

(* 5. 2. 1808 München; † 23. 9. 1885 München)

Spitzweg gehört zu den Malern und Zeichnern, welche in ihren Werken die Biedermeierepoche noch zu einem Zeitpunkt festhalten und schildern, zu dem sie bereits vorbei ist; die meisten seiner Bilder spiegeln Kleinstadtmilieu (→ *Kleinstadt*), schlichte Bürger, auch → *Spießbürger*, liebenswerte Käuze, Menschen in einfachen Verhältnissen.

Der Künstler ist gelernter Apotheker, Provisor in Straubing und → *München*. Erst 1832, während einer Italienreise, entschließt er sich umzusatteln; er bildet sich vor allem autodidaktisch und beginnt in der Alten Pinakothek Bilder der alten Niederländer zu kopieren. Spitzweg schließt Freundschaft mit den Münchner Landschaftsmalern Eduard Schleich (1812–1874) und Christian Morgenstern (1805–1867), arbeitet als Illustrator (seit 1844) an den → *Fliegenden Blättern* mit. 1850 reist er nach Venedig, 1851 nach Paris (er schult sich dort an der Farbpalette Eugène Delacroix' und den Meistern der Schule von Barbizon), London und Brüssel. In München lebt er, seit 1855 kränkelnd, zurückgezogen als Junggeselle, in freundschaftlichem Verkehr mit wenigen »Kollegen« wie → *Schwind* und Schleich, dem

Spitzwegs Gemälde Der Kakteenliebhaber *zeigt ein Motiv, das der Maler vor allem liebte – den versponnenen Sonderling in seiner kleinen, abgeschlossenen Welt.*

Wie das »personifizierte Biedermeier« sah der Maler Carl Spitzweg aus. Er schilderte im größten Teil seines Œuvres die Epoche retrospektiv. Das Ölbildnis malte Philipp Sporrer (1829–1899).

»Kasperlgrafen« Franz Pocci (→ *Schattenrisse*, → *Volksbelustigung*) oder Eduard Grützner (1846–1925), dem Maler vergnügter, weintrinkender Mönche. 1868 wird er zwar Ehrenmitglied der Akademie, aber offizielle Anerkennung als Künstler findet er nicht; als »eine Art Moos oder Flechtengewächs am großen Stamme der Kunst« verspottet Peter Cornelius (→ *Ludwig I.*, → *Malerei*) Spitzweg, und dieser möchte manchmal selber schier verzweifeln, wenn er seine ersten Arbeiten mit denen der Arrivierten vergleicht: »*Da bleibt dir der Verstand stehen, wie der arbeitet!*« klagt er seinem Bruder. »*Wie das gemacht ist! Da ist das Deinige offenbar alles Mist dagegen! Umsonst suchst du unter deinen Studien etwas zu finden, was dir gefallen könnte – alles Mist!*« Später nimmt er es gelassener; ein kleiner Dialogreim zwischen ihm und Schwind z. B. bezeugt das: »*Ich: O Himmel, ist die Kunst doch schwer! / Die Göttin spröd, die dralle! / Schwind: Ja, Lieber, wenn so leicht es wär, / Die Luder malten alle!*«

Aber das Publikum liebt diese kleinformatigen, humorvollen Genres (wobei nur wenige begreifen, daß sein Humor oft bitter und resignierend ist), es finden sich auch bald schon Fälscher und schlechte Nachahmer. Der Löwenanteil des Spitzwegschen Œuvres kommt erst nach seinem Tod an die Öffentlichkeit. Sein berühmtestes Gemälde, das zur Biedermeierzeit entsteht, *Der arme Poet* (in der Münchner Neuen Pinakothek), fällt 1839 bei der Ausstellung im Kunstverein durch. Weitere »zeitgenössische« Bilder befinden sich in München (*Der Rabe*, um 1840/1845), Prag (*Schlafender Wachposten*, 1848), Salzburg (*Der Sonntagsspaziergang*, 1841), Stuttgart (*Der Sonntagsjäger*, um 1845), Wien (*Der Hagestolz*, um 1845) oder Wiesbaden (*Der Schmetterlingsfänger*, um 1840).

Von den vielen Reisen des Malers existieren zahlreiche Skizzenbücher. Spitzweg ist einer der ersten Künstler, der den beginnenden Tourismus (→ *Reisen*) karikiert. Das Aquarell *Engländer in der Campagna* (um 1845) in Berlin zeigt modisch aufgeputzte Damen und Herren in Zylinder, Schute, Frack und Spitzenrock, mit Brille und Reiseführer in den Händen auf einem italienischen Ruinenfeld.

Lit.: M. Albrecht, *Carl Spitzwegs Malerparadies*. Mchn. 1974.

Sport

Bereits im Jahr 1811 gründet Friedrich Ludwig Jahn (1778–1852), der rauschebärtige, wenig obrigkeitsfromme »Turnvater« und Erfinder von Reck und Barren, in der Hasenheide bei → *Berlin* einen Sportplatz; 1816 veröffentlicht er sein Buch über *Die deutsche Turnkunst*. 1819 wird er »wegen vaterländischer Umtriebe« verhaftet, unter Polizeiaufsicht gestellt und der Turnplatz geschlossen. »*Jahn mußte immer rumoren*«, bestätigt Karl Immermann (→ *Literatur*). »*Er macht aus einem harmlosen Tummeln in der Hasenheide eine Propaganda, einen Staat im Staate ...*« 1820 ergeht ein allgemeines Turnverbot, diese »Turnersperre« dauert bis 1842, in Deutschland weicht man auf Geräteturnen in geschlossenen Hallen aus. Begründer des Schulturnens ist Adolph Spieß (1810–1858), dessen *Turnbuch für Schulen* 1846 erscheint.

Nach den Freiheitskriegen verbreitet sich der Bergsport zunächst in den schweizerischen, später auch in den bayerischen Alpen; der Wirt Martin Bürgi eröffnet 1816 das erste Gasthaus auf dem Rigi. 1819–1822 beginnt der Sturm auf den Monte Rosa, 1820 wird die Zugspitze zum ersten Mal bezwungen. Der erste, dem die Expedition gelingt, Josef Naus, Leutnant aus München, schreibt: »... *ich aber wagte einen abermaligen Versuch, der endlich nach mehrfachen Lebensgefahren und außerordentlichen Mühen gelang. Nach $1\frac{3}{4}$ Stunden erreichten wir ... um $\frac{3}{4}$ 12 Uhr die höchste Spitze des noch von keinem Menschen bestiegenen, so verschrieenen Zugspitzes. Mangel an Zeit und Material verhinderten uns, eine Pyramide zu errichten, nur ein kurzer Bergstock mit einem daran befestigten Sacktuch diente zum Beweise, daß wir dagewesen.*«

Der rauschebärtige »Turnvater« Friedrich Jahn, ein unbequemer, aber in vielem aufgeklärt denkender Mann, »erfand« die Sportbewegung, die bald als demagogisch verboten wurde. Zeitgenössischer Stich.

Schlittenfahren und Schlittschuhlaufen gehörte zu den beliebtesten Wintersportarten der Biedermeierzeit. Der Maler Friedrich Preller d. Ä. (1804–1878) porträtierte sich und seine Freunde um 1830 auf dem Schwanensee in Weimar.

Die Bergausrüstungen sind noch improvisiert, man benutzt zusammengeknotete Stricke statt des Seils und ein Küchenbeil anstelle des Eispickels. 1830 veröffentlicht der Schweizer Franz Joseph Hugi eine *Naturhistorische Alpenreise*. Zur Biedermeierzeit werden Alpenstraßen und Alpenwege gebaut, abgelegene Bergtäler erschlossen, Gipfel zugänglich gemacht: Der systematische Alpinismus beginnt. In Bayern etabliert sich unter König → *Ludwig I.* die Disziplin der »Alpenmalerei«, Hauptmeister sind Eduard Schleich (1812–1874), Christian Morgenstern (1805–1867) und Carl Rottmann (1797–1850).

Aus England kommt die Leichtathletik, die sich dort seit 1835 entwickelt. 1838 unternehmen Birminghamer Studenten den ersten Querfeldeinlauf. 1844 werden Studentenwettläufe in Dublin, 1845 am noblen Eaton College ausgetragen.

Schwimmen im Freien, überhaupt in gemischter Gesellschaft, ist weithin noch lange verpönt und gilt als schamlos. 1817 wird in Berlin die Pfuelsche Badeanstalt gegründet, im gleichen Jahr veröffentlicht der Gründer, Ernst von Pfuel (1772–1866) sein Buch *Über das Schwimmen*. Zwischen Bellevue und Moabiter Brücke in Berlin wird 1832 eine Badeanstalt eröffnet. 1843 gibt es das erste Hallenbad in Liverpool verbunden mit einer (ein Jahr jüngeren) öffentlichen Waschanstalt (→ *Hygiene*). 1842 entsteht die Schwimmhalle in → *Wien*.

Schlittenfahren als Sportart kommt um 1815 im Erzgebirge auf und entwickelt sich vom Sport weg zum geselligen Vergnügen; gegen 1820 sind Fahrten mit Hörnerschlitten beliebt. Ab 1840 etwa gibt es im Park des Prinzen Albrecht in Berlin, 1844 im Park Bellevue Eis-Rutschbahnen. – Eislauf, in früheren Zeiten populäres Winteramüsement, wächst sich Anfang bis Mitte des 19. Jh.s fast zum Breitensport auf Binnenseen und Flüssen aus. 1817 veröffentlicht F. E. Eger *Das Schlittschuhfahren, eine praktische Anleitung zum schnellen und richtigen Selbsterlernen dieser Kunst.* Als erster Verein etabliert sich in England der »Edinburgh Skating Club«, 1842. – Der Rudersport verbreitet sich nur zögernd, 1835 wird in Hamburg der erste deutsche Ruderclub, 1844 der Regattaverein »Allgemeiner Alster-Club« gegründet.

Reiten bleibt lange Zeit dem → *Militär* vorbehalten, 1817 gibt es die erste Militärreitschule (ab 1820 »Lehrakademie«) in → *Berlin.* 1844 veröffentlicht L. Seeger ein *System der Reitkunst.* Erst nach der Jahrhundertmitte wird Reiten allgemein üblich; bei Hofe allerdings hält und reitet man schon immer Pferde. Die Pferdemalerei entwickelt sich als eine besondere Sparte der Kunst (»hunting-painter« in England), in Deutschland wird besonders → *Franz Krüger* (1797–1857), der »Pferdekrüger«, bekannt. Seit ungefähr 1830 beginnen auch die Damen zu reiten, dem entspricht die → *Mode* mit eleganten Reitkleidern. Auf der Wiener Praterallee, im großen Garten in → *Dresden,* im Berliner Tiergarten, überall sieht man bald elegante Damen zu Pferde. Pferderennen werden rasch zum Massenvergnügen; 1828 wird in Berlin die erste deutsche Renngesellschaft, der »Verein für Pferderennen und Pferdedressur«, gegründet; 1830 findet das erste Berliner Pferderennen statt, ab 1846 werden die Rennstatuten von der preußischen Regierung gesetzlich geregelt.

Fast ausschließlich der adeligen Schicht ist vor 1848 privates Jagdrecht vorbehalten. Mit der Revolution erst bricht die Jagdlust bei Bürgern und Bauern aus und dezimiert drastisch die Wildbestände. Im selben Jahr wird deshalb die Jagdliebhaberei per Gesetz eingeschränkt. 1822–1827 veröffentlicht F. M. Bechstein *Die Jagdwissenschaft in allen ihren Teilen* (4 Bände).

Lit.: G. A. E. Bogeng (Hg.), *Geschichte des Sports aller Völker und Zeiten.* Lpzg. 1926.

Friedrich Gentz schrieb am 15. Dezember 1818 unwillig an Adam Müller:

»So wie jetzt kann es doch nicht bleiben. Fürs erste muß das Turnen wieder aus der Welt; dies sehe ich wie eine Art von Eiterbeule an, die geradezu weggeschafft werden muß, ehe man zur gründlichen Kur schreitet.«

Ständewesen

Die aus dem Mittelalter überkommene Ständehierarchie (Geistlichkeit, → *Adel,* → *Bürgertum*) wird im beginnenden 19. Jh. abgelöst, eine Folge der Französischen Revolution, welche die ständische Ordnung durch die moderne Gesellschaft gleichberechtigter Staatsbürger ersetzen will.

Mit Beginn und Fortschreiten des Industriezeitalters (→ *Industrie*) bilden sich jedoch neue »Stände« heraus. Galt vor der Revolution von 1789 noch der »Dritte Stand«, die Bourgeoisie, als unterprivilegiert, so gliedert sich jetzt, als Fortsetzung nach unten, der »Vierte Stand« an, die Arbeiterschaft, das → *Proletariat.* Bis

1848 bleiben Adel und Geistlichkeit, mindestens in Preußen und Österreich. Dem Bürgertum gehört die Zeit, besonders die kurze Spanne des Biedermeier, und die → *Revolution* von 1848 ist vor allem eine bürgerliche Erhebung.

Die preußischen »Provinzialstände«, Vertreter des Volkes in den Provinzen, im Zeitalter des Absolutismus untergegangen, werden 1823 auf das Versprechen des Königs hin wieder einberufen und mit beschränkter Zuständigkeit ausgestattet. Sie tagen aber unter Ausschluß der Öffentlichkeit und repräsentieren nicht die wirkliche Volksmeinung. 1847 versammeln sie sich als »Vereinigter Landtag« in → *Berlin*, sind jedoch von Friedrich Wilhelm IV. enttäuscht, der in seiner Eröffnungsrede erklärt, ». . . *daß es keiner Macht der Erde je gelingen soll, mich zu bewegen, das natürliche, gerade bei uns durch seine Wahrheit so mächtig machende Verhältnis zwischen Fürst und Volk in ein konventionelles konstitutionelles zu wandeln.*«

Lit.: L. v. Wiese, *Gesellschaftliche Stände und Klassen.* Mchn. 1950.

Karl Joseph Stieler

(* 1.11.1781 Mainz; † 9.4.1858 München)

Der später vor allem als Porträtist bekannt gewordene Maler beginnt mit Bildnisminiaturen; sein erster Lehrer ist Christoph Fesel (1737–1805) in Würzburg, dann Friedrich Heinrich Füger (1751–1818) an der Wiener Akademie, anschließend François Gérard (1770–1837) in Paris. 1810 reist Stieler nach Italien, arbeitet in Mailand im Auftrag des Vizekönigs, 1811/1812 hält er sich in Rom auf und fährt dann über Mailand nach → *München.* Dort zieht er rasch die Aufmerksamkeit des Hofes auf sich. Mit Ausnahme der vier Jahre (1816 bis 1820), die er in → *Wien* verbringt und in denen u. a. das berühmte *Bildnis Ludwig van Beethovens* entsteht, nimmt der Künstler seinen endgültigen Wohnsitz in der bayerischen Residenz. König → *Ludwig I.*, ein Bewunderer schöner Damen, beauftragt ihn, für sein Schloß Nymphenburg die *Schönheitengalerie* zu malen (→ *Malerei*): 36 Porträts von Frauen und Mädchen aller Stände, von der Bürgerlichen bis zur Prinzessin, die das Wohlgefallen des königlichen Auftraggebers erregt haben, entstehen zwischen 1827 und 1850; zwar sind sie künstlerisch nicht unbedingt allerersten Ranges, oft zu glatt in der Pinselführung, aber als Dokumente der Biedermeierepoche exemplarisch, vor allem in ihrem Querschnitt durch die Frisuren- und Kleidermode der Zeit. Für die Galerie gemalt zu werden, ist nicht für alle »Auserwählten« ein Vergnügen, und schon gar nicht für deren oft eifersüchtige Männer. So beklagt sich z. B. 1830 Fritz von Schintling, der Vetter und Verlobte der Ober-

Die Gefühle König Ludwigs I. den Dargestellten seiner *Schönheitengalerie* gegenüber, drückt am besten das folgende seiner Gedichte aus:

Dein Bild betrachtend mir die
Worte fehlen,
Die reiche deutsche Sprache
ist zu arm
Für die Gefühle, welche mich
beseelen.
Von denen mir das Herz so voll,
so warm.
Bist nicht gemalt, du bist es selbst,
du lebest,
Die Augen, liebesschwimmend,
sehn mich an,
Du neigest dich zu mir, du nahest,
schwebest,
Die Arme dehn ich aus, dich zu
umfahn.«

Der bayerische Hofmaler Karl Joseph Stieler reiste mit einem Entréebillett König Ludwigs I. zu Goethe nach Weimar und malte 1828 eines der berühmtesten Bildnisse des alten Dichters.

stentochter Amalia von Schintling: »*Ich muß ein Opfer bringen, das unerhörteste. Amalia wird gemalen, und mein Widerstand hat die größten Szenen hervorgebracht; als heute wollte ich abreisen, die gräßlichste in meinem Leben gesehene Szene hält mich fest!*«

1828 besucht Stieler mit einem Empfehlungsschreiben Ludwigs I. Goethe in Weimar, um den Dichter zu porträtieren. Das berühmte *Altersbildnis* entsteht noch im selben Jahr (München, Neue Pinakothek). Goethe lobt den Maler: »*Der Himmel hat Ihnen ein glückliches Talent verliehen; nebst der treuen Darstellung der Menschen verleihen Sie ihnen auch Schönheit und Liebenswürdigkeiten, die gewiß oft mehr in Ihnen als in den Originalen zu finden sind.*«

Lit.: U. v. Hase, *Joseph Stieler, 1781–1858.* Mchn. 1971.

Adalbert Stifter

(* 23. 10. 1805 Oberplan/Böhmen; † 28. 1. 1868 Linz)

Stifter gehört zu den Dichtern, die oft und fälschlicherweise für das Biedermeier in Anspruch genommen werden; er beginnt jedoch erst gegen Ausgang der Epoche zu publizieren und beschäftigt sich in seinen Hauptwerken nur rückschauend mit ihren Phänomenen und Problemen.

Adalbert Stifter beschrieb in seinen Novellen und Romanen die Epoche hauptsächlich in der Rückschau. Die Aquarell-Miniatur malte Moritz Michael Daffinger (1790–1849) im Jahr 1846.

Unten: *Den Novellenband* Bunte Steine *veröffentlichte Stifter 1853; die berühmteste Erzählung daraus ist* Bergkristall.

Stifter wächst in seinem Heimatort unter Obhut der Großeltern auf, erhält vom Pfarrer ersten Unterricht und kommt 1818 als Zögling in die Benediktinerabtei Kremsmünster. Von 1826 bis 1839 studiert er an der Universität Wien, zunächst die Rechte; bald wendet er sich den Staatswissenschaften, später der Philosophie und Geschichte, schließlich der Mathematik und den Naturwissenschaften zu. Ohne sein Studium abzuschließen, wird er Hauslehrer in Wiener Adelshäusern. Als Folge der Revolutionswirren geht Stifter nach Linz und arbeitet als Schulrat und Inspektor für das Volksschulwesen Oberösterreichs. Er kränkelt, sein Gemüt umdüstert sich, seit 1865 lebt er als Hofrat im Ruhestand; dennoch ist seine finanzielle Lage prekär. Der unerfüllte Lebenswunsch Stifters, Maler zu werden, quält ihn bis zuletzt. In tiefer Depression nimmt er sich das Leben.

Stifter gilt als Bewahrer und Erbe der deutschen Klassik, vor allem Jean Pauls (→ *Literatur*) und Goethes, die er bewundert und denen er sich wesensgleich fühlt. *(»Ich bin zwar kein Goethe, aber einer aus seiner Verwandtschaft, und der Same des Reinen, Hochgesinnten, Einfachen geht auch aus meinen Schriften in die Herzen . . .«)* Ruhe, Gleichmaß, Liebe zur Natur und deren oft fast epische Beschreibung, daneben aber auch die mit Anstrengung gebändigten Mächte des Tragischen, Bedrohlichen, charakterisieren seine Werke, besonders die großen Spätromane *Der Nachsommer* (1857) und *Witiko* (1865–1867). In der Vorrede zur Novellensammlung *Bunte Steine* (1853) findet sich die große Auseinandersetzung des Dichters mit dem *»sanften Gesetz«*, unter das sich alle wesentlichen Dinge des Lebens stellen sollten. In einem Brief an seinen Verleger äußert St. die Überzeugung, daß *». . . alle Kraft, alle Begabung, selbst der schärfste Verstand nichts ist gegenüber der Einfalt sittlicher Größe und Güte. Dieses letztere ist der höchste Glanz und die höchste Berechtigung des menschlichen Geschlechtes.«*

In Stifters Lebenswirklichkeit siegen die Kräfte des Düsteren, die ihn selbstmörderisch zum Messer greifen lassen. Seine ersten Arbeiten als Dichter, später in den sechs Bänden *Studien* (1840 ff.) zusammengefaßt, veröffentlicht er mit großem Erfolg in Zeitschriften, Almanachen und Taschenbüchern. Manche von ihnen spielen im biedermeierlichen → *Wien* (z.B. *Der Condor* oder *Das alte Siegel*). Die Atmosphäre der Stadt und ihrer Bewohner spiegeln die Skizzen *Wien und die Wiener aus dem Leben* (1844).

Lit.: A. Doppler/ W. Frühwald (Hg.), *Werke und Briefe. Historisch-kritische Gesamtausgabe.* Stg. 1978 ff. – A. Kunisch, *A. S., Mensch u. Wirklichkeit. Studien zu seinem klassischen Stil,* Bln. 1950.

Die Einführung der Straßenbeleuchtung mittels Gas war eine vielbestaunte und bahnbrechende Neuheit der Zeit; die Tücken der Errungenschaft boten Anlaß zu boshaften Karikaturen in den Zeitungen.

Straßenbeleuchtung

Eine entscheidende Neuerung der Zeit ist die Illuminierung der Straßen mit Gaslaternen, Lampen, die durch brennbares Gas gespeist werden. Die neue Art der S. kommt aus England: F. A. Windsor, ihr Erfinder, richtet bereits 1807 in den Gärten von Carlton Park Gasbeleuchtung ein, bis 1815 sind auch die meisten Hauptstraßen und -plätze Londons beleuchtet.

Auf dem Kontinent verbreitet sich die Neuheit erst später, beargwöhnt von vielen Gegnern, die befürchten, das Gas könnte giftig sein. 1816 gründet der Chemiker Wilhelm August Lampadius (1772–1842) in Freiberg/ Erzgebirge im königlichen Amalgamierwerk, 1817 der Technologe Johann Josef von Prechtl (1778–1858) im Polytechnischen Institut in → *Wien* eine Gasanstalt. Doch die ersten Gas-Straßenbeleuchtungen in Deutschland liefert die britische »Imperial Continental Gas Association«: 1825 wird Gasbeleuchtung in Hannover, 1826 in der Straße Unter den Linden in → *Berlin* eingeführt, doch die Berliner begegnen den ersten Gaslaternen äußerst skeptisch, denn gleich beim ersten Versuch mit der neuen S. platzen alle Laternengläser. Auch in Stuttgart gibt es zunächst Pannen mit der neuen Beleuchtung. So meldet z. B. das Stuttgarter Tagblatt im Dezember 1845: »*Seit vorgestern sind wir wieder ohne Gas. Nachts, 10 Uhr, ging den Gaslampen plötzlich der*

Die Begeisterung, mit der die neue Art, nachts die öffentlichen Straßen zu beleuchten, aufgenommen wurde, spiegelt ein Bericht der Stuttgarter *Schwäbischen Chronik* von 1845:

»Die am 26. November in einigen Straßen begonnene Gasbeleuchtung ist nun beinahe über den ganzen oberen Teil der Stadt verbreitet. Man ist mit der neuen Einrichtung allgemein zufrieden. Die schönen, hellen Gasflammen gewähren gegenüber den bisherigen Öllampen eine bedeutend größere Helle; so sehr, daß einer, der sich nachts von einer der benachbarten Höhen der Stadt nähert, schon von ferne die bisher ungewohnte Lichtstärke bemerkt. In den ersten Abenden lockte das neue Schauspiel jedesmal Hunderte von Zuschauern auf die Straßen, und eine große Schar von Kindern folgte dem Anzünder mit großem Freudengeschrei. Seit zwei Abenden bereits ist das reiche Spielwarenlager der Herren Gebrüder Spring an der Königstraße mit Gas hell beleuchtet, was bei den geschmackvollen, mattgeschliffenen Lampen einen sehr angenehmen und dabei dem Auge wohltätigen Anblick gewährt.«

Brennstoff aus, wie man hört durch Zerplatzen eines Kessels in der Fabrik. Abends auf der Straße wandelten manche eben gemütlich in der schönen Helle nach Haus. Aber urplötzlich von dicker Finsternis umgeben, rannten sie wie betäubt an die Häuser an. Gestern brannten wieder überall die alten Öllaternen und verbreiteten ihr spärliches Licht.« Mit der Einführung der Gasbeleuchtung kommt auch der Beruf des Laternenanzünders auf und wird zum beliebten Objekt humorvoller → *Karikaturen.* Erst ab 1828, mit Karl Justus Blochmanns (1786–1855) Gasanstalt in → *Dresden,* nimmt die Verbreitung der S. weiter zu.

Erstaunlich sind die Bedenken des Chronisten einer süddeutschen Stadt; er sorgt sich: »*Ein Nachteil ist die Einführung des Nachtlebens in Handel und Wandel. Die Gasbeleuchtung veranlaßt überall, wo sie eingeführt wird, zunächst einige, dann alle Detailhändler, ihre Läden bis in die späte Nacht zu beleuchten und dem Publikum offenzulassen, weshalb sie und ihre jungen Leute genötigt sind, sich ihrem Geschäft auch in den Abendstunden zu widmen, statt wie seither der Ruhe, der geselligen Erholung und der Lektüre zu obliegen*« – Jugendschutz und Ladenschlußgesetz also bereits zur Zeit des Biedermeier.

Straßenszenen

Vom Leben der Zeit, des biedermeierlichen → *Alltags,* spielt sich viel auf der Straße ab: Hier wird geschlachtet, preisen Kleinhändler ihre Waren mit Kaufrufen (→ *Markt*) an, spielen Kinder, wird Holz gesägt und mit der Nachbarin getratscht, man promeniert, kauft ein, Pferdewagen und Postkutschen (→ *Postwesen*) rumpeln über das holperige Pflaster.

Als Ersatz für Kanalisation und Toilette (→ *Hygiene*) ist die Straße keineswegs sauber; noch um die Jahrhundertwende gossen die Bürger Frankreichs nach dreimaliger Warnung »*Garde l'eau!*« (Vorsicht Wasser!) ihren Nachttopf aus dem Fenster. Oft eine Art »Fortsetzung« von → *Garten* und Häuslichkeit, führt die Straße ihr buntes Eigenleben: Leierkastenmänner mit der Drehorgel, einem kleinen tragbaren Kurbelinstrument mit bestifteten Musikwalzen, dudeln monoton, was sonst in bürgerlicher → *Geselligkeit* gern gesungen wird, oft auch unterstützt und begleitet von den Hofsängern der Hinterhöfe.

Der Nachtwächter geht seine Runden und ruft die Stunden aus; die Stadttore werden noch immer nächtens geschlossen, der Verspätete, der draußen warten muß, hört ihn mit Ungeduld. Im Jahr 1836 erst führt z. B. die Stadt Hamburg statt des völligen Torschlusses die Torsperre ein: gegen Gebühr kann man nun auch nachts passieren.

Hausierer und Bettler, häufig sind es Veteranen, Invalide aus den Freiheitskriegen gegen → *Napoleon*, die den Anschluß an die Friedensjahre nicht mehr finden konnten, halten die Passanten an.

Straßen in der Umgebung der → *Märkte* werden oft in den eigentlichen Marktbereich mit einbezogen, Straßenleben und Kommerz gehen so eine besonders feste Bindung ein, die den Straßen vor allem zur Zeit des Weihnachtsmarktes besonderen Glanz verleiht.

Zunächst beargwöhnt als gefährliches Teufelszeug wie die → *Eisenbahn*, wird auch die erste → *Straßenbeleuchtung* durch Gas.

Vor allem in den Großstädten herrschte buntes, emsiges Leben auf den Hauptstraßen. Wilhelm Brücke (um 1800–1870) malte die Szene vor dem alten Berlinischen Rathaus im Jahr 1840.

Johann Strauß

(* 14. 3. 1804 Wien; † 25. 9. 1849 Wien)

Strauß, der ursprünglich das Handwerk eines Buchbinders erlernt hatte, schlägt sich lange mit erfolglosen Kompositionen und in ärmlichen Verhältnissen durch, bis sich der erste Ruhm einstellt und der → *Walzer* durch ihn seinen Siegeszug antritt. Zusammen mit → *Joseph Lanner* bildet er ein Orchester, das sehr beliebt wird. Lange Zeit werden beide Namen, Lanner und Strauß, gemeinsam genannt, und beider Kompositionen gespielt. Aber dann beginnt Johann Strauß' Talent das des Gefährten zu überflügeln, sie werden mehr und

Oben: *Johann Strauß d. Ä. galt im biedermeierlichen Wien als unbestrittener Walzerkönig, der die Zuhörer begeisterte und mitriß.*

Unten: *Ein karikierender Umrißstich von A. Geiger aus dem Jahr 1839 zeigt die* Große Galoppade *der Straußschen Kapelle.*

mehr zu Rivalen, es kommt zu Streit und während eines Konzerts sogar zu Schlägereien im Publikum. 1824 macht sich Strauß selbständig.

Auf dem Höhepunkt seines Ruhms, in den späten zwanziger Jahren, bringt Strauß bei einem einzigen Konzert Tausende von Zuhörern auf die Beine, und als junger Geiger ist er eine unglaublich fesselnde Persönlichkeit, wenn er – so ein Chronist – »*mit raschen Schritten durch den Saal zum Podium lief, hinaufsprang, die Geige ergriff und wie vom Teufel befallen zu spielen begann*«. Dann tobt das Publikum vor Begeisterung und das Orchester wird »*von dieser dämonischen Kraft ergriffen*«, die Leute im Saal oder Garten werden »*zu einem einzigen Wesen, das nichts hörte als diesen Rhythmus, diesen Klang, und nichts sah als diesen wunderlichen Hexenmeister*«.

Von 1833 bis 1837 unternimmt er mit seiner eigenen Kapelle Konzertreisen durch ganz Europa, 1835 wird er Wiener Hofballdirektor.

Auch seine Söhne Johann, Josef und Eduard werden Musiker, und zwar zunächst gegen den entschiedenen Willen des Vaters. Wie er selbst einst Lanner, so stellt jetzt der Sohn Johann den Vater fast völlig in den Schatten. Der Stern des jüngeren Strauß, der im nach-biedermeierlichen Europa als Walzerkönig gefeiert wird, geht in → *Wien* auf und überstrahlt die 150 Walzer, die Qua-

drillen, Polkas, Galopps, die Märsche des Vaters, sogar der berühmte *Radetzkymarsch* wird schließlich Johann d. J. zugeschrieben.

Lit.: H. E. Jacob, *Johann Strauß und das 19. Jh.* Wien 1937.

Tabak und Rauchen

Bis 1830 ist das Rauchen gänzlich verpönt; allenfalls eine Prise Schnupftabak gilt als erlaubt, und die langstielige Tabakpfeife des Gelehrten wird toleriert. Dann aber breitet sich diese Mode epidemisch aus und wird allgemein zur Gewohnheit. Wer über entsprechenden Platz verfügt, richtet in der Wohnung ein spezielles Rauchzimmer ein, in das sich nur die Herren zurückziehen. Staatliche Verordnungen, Verbote, Reglementierungen (in Preußen ist es zunächst untersagt, auf der Straße Zigarren zu rauchen, dann wird es zwar gestattet, aber wegen Brandgefahr muß die Zigarre in einem Drahtgestell verwahrt werden) richten nichts aus.

Die Choleraepidemie (→ *Medizin*) von 1831 bringt dem passionierten Raucher Vorteile: die strengen Bedingungen werden gelockert, denn man glaubt, der Rauch hätte antiseptische Wirkung. Ein anderer Gesichtspunkt läßt die → *Obrigkeit* großzügig ein Auge zudrücken: Der wachsende Tabakverbrauch bringt Geld in ihre Kassen, denn der Tabak ist mit hoher Einfuhrsteuer belegt.

1834 publiziert Friedrich Sternberg (1806–1868) als engagierter Befürworter des »blauen Dunstes« ein Tabakbrevier, ein *»notwendiges und höchst nützliches Taschenbuch für jeden Tabakraucher, dem seine Gesundheit lieb ist und der eine angenehme Unterhaltung wünscht«: Knasterkopfs Annehmlichkeiten und Freuden.* Er nimmt darin auch *»lächerliche alte obrigkeitliche Verbote«* aufs Korn. 1844 erscheint bereits ein Raucherbrevier, zu dem ein so renommierter Künstler wie → *Moritz von Schwind* die (oft karikierenden) Illustrationen geschaffen hat. Aber noch 1848 müssen Raucher beim Passieren einer Schildwache Zigarre oder Pfeife aus dem Mund nehmen, auf Zuwiderhandlung steht Arrest.

Kleine Kunstwerke sind die Schnupftabaksdosen der Firma Stobwasser in Braunschweig: flache, meist runde Behälter von ca. 9,5 cm Größe, aus Pappmaché oder Blech, mit kleinen Stadtveduten, Landschaften, Schlachtenszenen, Kopien nach Gemälden alter Meister in Lackmalerei verziert.

Vor den Toren der Städte entstehen »Tabagien«, kleine Gastwirtschaften, in denen sich die Handwerker mit ihren → *Familien* zum Rauchen einfinden. Oft ist der Wirtschaft ein kleiner Garten angeschlossen, als Getränke werden höchstens Weißbier oder Kaffee ausgeschenkt.

Eine gemütliche Runde im Kreise der Raucher gehörte zu den beliebtesten Abendunterhaltungen von Herrn Biedermeier. Die Zusammenkunft der Raucher *malte 1828 W. F. Bendz.*

Die konservative »Neue Preußische Staatszeitung« befürchtete, daß das uneingeschränkte Rauchen die allgemeine Disziplin untergrabe:

»Die Cigarre ist das Scepter der Ungenirtheit. Mit der Cigarre im Munde sagt und wagt ein junges Individuum ganz andere Dinge, als es ohne Cigarre sagen und wagen würde. Die Subordination des Soldaten läßt sich mit der Cigarre im Munde dem Offizier gegenüber nicht behaupten, und jede feinere Subordination, deren Grade bekanntlich im Verkehr mit Menschen aller Rangstufen unzählig sind, wird mehr und minder niedergetreten oder verabsäumt durch diese Schenkensitte . . .«

Ernst Freiherr von Feuchtersleben (1806–1849) reimt auf das Bild einer zigarrerauchenden Emanzipierten und ihren Galan mit der Pfeife:
»*Nun bedenkt mir, eitle Narren,*
Die an Raucherhaß ihr krankt,
Welches Glück man oft Zigarren,
Schwer entzündlichen, verdankt!«

Lit.: A. H. Dunhill, *Die edle Kunst des Rauchens.* Mchn. 1982.

Theater

Der Besuch des Theaters gehört im Biedermeier zu den künstlerischen und gesellschaftlichen Ereignissen (→ *Geselligkeit*); man hat im besseren Fall eine Loge, führt Frack und Robe (→ *Mode*) aus, plaudert ein wenig im Foyer und diskutiert Stücke und Aufführungen engagiert im → *Salon.* Fast ebenso wichtig wie die Aufführung, das Schauspiel oder die Oper (→ *Musik*) selbst sind Schauspieler, Sänger, Virtuosen. Gastspiele werden als wichtige Saisonereignisse im Doppelsinn des Wortes »beklatscht«.

Oft geht man nicht mehr ins Th., um ein bestimmtes Stück, sondern die darin auftretende Berühmtheit zu sehen. Als unumstrittener Favorit der Zeit wird der schwärmerisch-melancholische → *Ludwig Devrient* gefeiert, der an den Schauspielhäusern in Dessau, Breslau und vor allem in der Biedermeierepoche und bis zu seinem Tod am Königlichen Schauspielhaus in → *Berlin* auftritt. Angeschwärmte Heroine und, wie z. B. König → *Ludwig I.* von Bayern formuliert, »*Deutschlands größte Tragödin*«, Darstellerin der Heldinnen Schillers und → *Grillparzers,* ist Sophie Schröder (1781–1868). Im schweren Heldenfach und als Heldenvater brilliert Heinrich Anschütz (1785–1865), seit 1821 Mitglied des Wiener Burgtheaters.

Die letzten großen Klassiker werden uraufgeführt oder, wie die Werke Shakespeares, wiederentdeckt und übersetzt, die Realisten schreiben bereits, und auch die Romantiker sprechen als Dichter und Theaterleiter ein Wort mit. Nach den Befreiungskriegen nehmen die Bühnen eine wichtige Stellung im Organismus der Städte ein. – Die Maßnahmen zur Sicherheit sind noch unzureichend, Th. brennen ab, so das Schauspielhaus in → *Berlin* (1817) und die Oper in → *München* (1818); sie werden schöner und repräsentativer wiederaufgebaut. Daneben entwickeln sich Privatinitiativen: 1834 wird z. B. das Hamburger Thalia-Theater von Privatleuten gebaut. Die Intendanten und Interpreten entwickeln neues Verständnis ihrer Aufgaben; Posten werden nicht nur verwaltet, sondern künstlerisch aktiv gestaltet. In Berlin ist August Wilhelm Iffland (1759–1814) Theaterleiter und Darsteller zugleich.

Über die Zustände an einer der bedeutendsten Bühnen Wiens berichtet Willibald Alexis in seinen *Wiener Bildern* (Lpzg. 1833):

»Das Wiener Burgtheater hat matte Dekorationen, keinen brillanten Kronleuchter, nicht ausgezeichnet schöne Kostüme, es liegt in einem Winkel der kaiserlichen Burg und es wird darauf weder gesungen noch gesprungen. Außerdem herrscht noch manches Veraltete, zum Beispiel, daß die Schauspieler ihre Rollen lernen, die Stücke, ehe sie gegeben, einstudiert werden, und das Publikum auch Konversationsstücken Aufmerksamkeit zollt.
Es ließe sich ein dickes Buch über diese Mißbräuche schreiben, die wohl mit der Zeit ihren Anforderungen weichen werden. Jetzt ist es aber noch buchstäblich so, und was diesen abnormen Zustand noch abnormer macht, ist, daß das Theater fast keiner Zuschüsse bedarf, vielmehr sich durch seine Einnahme, ohne Kunststücke, hält und so hält, daß Wien nicht allein durch die bedeutendste Gage die bedeutendsten Schauspieler anzieht, sondern auch selbst die deutschen Dichter anständig honoriert.
Sage ich noch, daß die Generalintendanten und Direktoren dieses Theaters immer wenigstens etwas von ihrem Geschäft verstanden und es mit Eifer und Liebe betrieben haben und betreiben, so, fürchte ich, meint man, ich schreibe ein persisches Märchen.«

Aber auch auf der Bühne spricht die allmächtige, allgegenwärtige Zensur ihr Wort mit. In Berlin werden z. B. Aufführungen von *Egmont*, *Wilhelm Tell* und *Die Räuber* untersagt, weil die »Helden« Aufrührer und Rebellen gegen die Obrigkeit sind; ebenso der *Prinz von Homburg*, denn ein Offizier darf den Tod nicht fürchten. Neue Stücke sollen harmlos sein, nicht an Fragen der Gegenwart rühren, keine Beamten, Geistlichen, Fürstlichkeiten kritisieren, selbst die Verkleidung Komödie und Satire wird verboten, so daß die Lustspiele – etwa des begabten Dichters Eduard von Bauernfeld (1801–1890) – flach und langweilig wirken und ein renommierter Dichter wie Grillparzer von der Polizei auf der Suche nach Manuskripten bis in sein Schlafzimmer verfolgt wird (⟶ *Obrigkeit)*. Die österreichische Zensur gibt sich besonders unerbittlich und bis zur Lächerlichkeit streng. Uneheliche Kinder dürfen nicht auf der Bühne vorkommen, Familienzwistigkeiten gelten als tabu (weshalb in *Kabale und Liebe* der Präsident und der Major von Walter nicht Vater und Sohn sind, sondern das verdutzte Publikum den Ferdinand sprechen hört: »*Ich habe einen Fleck in meinem Herzen, wo der Name ›Onkel‹* – bei Schiller: »Vater« – *noch nie hingedrungen ist.*«). Geistliche Personen werden kurzerhand in weltliche verwandelt, wobei natürlich ein Stück wie Lessings *Nathan der Weise* nicht mehr oder zur grotes-

Eine bedeutende Wiener Bühne war die »Burg«, das Alte Hoftheater am Michaeler Platz neben der Spanischen Reitschule. Der kolorierte Aquatinta-Stich von C. Postl nach einem Gemälde von Schütz zeigt es 1783 in einer Ansicht, die auch zur Biedermeierzeit wenig verändert war.

ken Klamotte degradiert wird, denn das Gespräch zwischen Patriarch und Klosterbruder ist eine Schlüsselszene des ganzen Werkes. Mit ingrimmigem Humor berichtet z. B. Grillparzer, wie er zur Wiener Zensurstelle geht, um sich zu erkundigen, weshalb denn sein *König Ottokar* schon zwei Jahre lang dort liege: »*Herr Hofrat, was haben S' denn an dem Stück Gefährliches g'funden?*« Der Beamte wiegt nachdenklich seinen Kopf und erwidert: »*Gar nichts. Aber sehen S': man kann halt nie wissen.*«

1815 wird Karl Graf Brühl Generalintendant der Schauspiele in Berlin; Goethes, anläßlich des Sieges über → *Napoleon* geschriebenes Festspiel *Des Epimenides Erwachen* hat Uraufführung am Berliner Schauspielhaus; Brühl bringt Zacharias Werners (1768–1823) *Der vierundzwanzigste Februar* ebenfalls in Berlin auf die Bühne.

1817 wird am Theater an der Wieden in → *Wien* Grillparzers *Ahnfrau* mit Sophie Schröder und Joseph Lange in den Hauptrollen uraufgeführt und das Berliner Schauspielhaus durch einen Brand vernichtet; → *Schinkel* entwirft die Bühnenbilder für die Berliner Inszenierung von Schillers *Jungfrau von Orleans*.

1818 ist am Wiener Burgtheater Uraufführung von Grillparzers Schauspiel *Sappho*.

1819 führt ein Liebhabertheater des Fürsten Radziwill in Schloß Monbijou einige Szenen aus Goethes *Faust* auf, die szenische Leitung liegt bei Moritz Graf von Brühl.

Wilhelmine Schröder, die umschwärmte Heroine der Zeit, war die weibliche Hauptdarstellerin vieler Werke Franz Grillparzers. Moritz Michael Daffinger malte sie 1837 als Medea *in der gleichnamigen Tragödie.*

1821 findet am Wiener Burgtheater postum die Uraufführung von Heinrich von Kleists (1777–1811) *Prinz Friedrich von Homburg* unter dem Titel *Die Schlacht bei Fehrbellin* statt; ebenfalls an der Burg wird Grillparzers *Goldenes Vlies* uraufgeführt.

1822 erhält Karl Friedrich Cerf (1771–1845) die Konzession zur Errichtung eines privaten Volkstheaters, des »Königsstädtischen Theaters« in Berlin.

1824 wird im Wiener Theater in der Leopoldstadt → *Raimunds Der Diamant des Geisterkönigs* uraufgeführt, ein Jahr später spielt man am Burgtheater zum ersten Mal Grillparzers *König Ottokars Glück und Ende* und William Shakespeares (1564–1616) *Hamlet* in der Übersetzung August Wilhelm Schlegels (→ *Universitäten*).

1826 hat Raimunds *Der Bauer als Millionär* Uraufführung, Ludwig Tieck (1773–1853) veröffentlicht seine *Dramaturgischen Blätter*.

1827 hat Christian Dietrich Grabbes (1801–1836) Lustspiel *Scherz, Satire, Ironie und tiefere Bedeutung* Uraufführung sowie, an der Burg, Shakespeares *Kaufmann von Venedig* in Schlegels Bühnenbearbeitung.

1828 werden am Theater in der Leopoldstadt Raimunds *Alpenkönig und Menschenfeind* und an der Burg

Das Neue Schauspielhaus am Gendarmenmarkt in Berlin, 1818–1821 von Friedrich von Schinkel erbaut. Aquatinta von Jügel nach Schinkel, um 1820.

Grillparzers *Ein treuer Diener seines Herrn* erstmals aufgeführt. In Berlin reicht Graf Brühl seine Entlassung ein.

1829 bringt August Klingemann (1777–1831) am Braunschweiger Nationaltheater Goethes *Faust. Der Tragödie erster Teil* zum ersten Mal auf die Bühne.

1831 findet am Burgtheater die Uraufführung von Grillparzers Tragödie *Des Meeres und der Liebe Wellen* statt.

1832 wird Joseph Schreyvogel (1768–1832) aus seinem Amt als künstlerischer Leiter des Burgtheaters entlassen.

1833 werden → *Nestroys Der böse Geist Lumpazivagabundus* und Joseph von Eichendorffs (1788–1857) Lustspiel *Die Freier* uraufgeführt.

Von 1834–1837 leitet Karl Immermann (1796–1840; → *Literatur*) das Düsseldorfer Theater, 1834 ist auch Uraufführungsjahr von Grillparzers *Der Traum ein Leben* am Burgtheater und Raimunds *Der Verschwender* im Theater in der Josefsstadt, mit dem Dichter selbst als Valentin.

1835 erscheint Georg Büchners *Dantons Tod* (→ *Literatur*), Uraufführung ist erst 1910.

1836 kommt Nikolaus Lenaus *Faust* heraus, Grabbe vollendet seinen *Hannibal* und stirbt im selben Jahr.

1837 veröffentlicht Franz Dingelstedt (1814–1887) seine *Dramaturgischen Feldzüge;* Büchner schreibt am *Woyzeck* – der Dichter stirbt in diesem Jahr; Heines Aufsatz *Über die französische Bühne* erscheint.

1838 Uraufführung am Burgtheater von Grillparzers *Weh dem, der lügt.*

1840 werden Friedrich Hebbels (1813–1863) *Judith* und Eugène Scribes (1791–1861) *Das Glas Wasser* erstmals aufgeführt, Eduard Devrient (1801–1877) veröffentlicht seine Schrift *Über Theaterschulen.*

Die königliche Bühne, Schauspielerinnen, Sänger, Tänzerinnen, waren den Berlinern wichtiger als volksvertretende Stände oder auswärtige Angelegenheiten. Der Schriftsteller Friedrich Arnold Steinmann beschreibt diese »heiligste Angelegenheit des Berliner Publikums«:

». . . Die Vapeurs einer Schauspielerin erfüllen die ganze Stadt mit Schrecken; der Husten eines Sängers ist ein Unglück, das die ganze Stadt niederbeugt; die glückliche Entbindung einer Bühnengöttin ein Ereignis, darob ganz Berlin jubelt, als sei es selbst in die Wochen gekommen; und der Tag, an welchem ein Mime nach langer Abwesenheit oder Krankheit zum erstenmal wieder die Bretter betritt, ein Fest-, Ehr- und Jubeltag . . .«

1841 wird Ludwig Tieck an das Berliner Königliche Theater berufen.

1844 findet in Wien die Uraufführung von Nestroys *Der Zerrissene* statt.

1847 erscheinen Robert Prutz' (1816–1872) *Vorlesungen über die Geschichte des deutschen Theaters,* im folgenden Jahr Band I bis III der *Geschichte der deutschen Schauspielkunst* von Eduard Devrient.

Das Publikum des Biedermeier stellt neue und hohe Anforderungen an das Th., an Ausstattung, Regie und Schauspielkunst. Die Illusion muß vollkommen sein, man will sich einfangen und hinübertragen lassen in die Welt des Irrealen.

Lit.: E. Devrient, *Geschichte der deutschen Schauspielkunst.* 2 Bde., neue Ausg. Bln. 1967.

Trivialliteratur

Wie sehr die Biedermeierepoche sich als »Enklave« zwischen Klassik und Romantik, großem geistigem und entdeckerischem Aufschwung und bürgerlicher Bescheidung darstellt, zeigt sich besonders deutlich am Beispiel ihrer → *Literatur.* Denn – Herr und Frau Jedermann lesen weder Goethe noch Eichendorff, nicht → *Hoffmann* und auch nicht unbedingt Dickens oder Balzac – jedenfalls nicht im Durchschnitt. Man liest oder besser gesagt »verschlingt« die Romane des Schotten → *Sir Walter Scott* (1771–1832), die beinahe alljährlich erscheinen und dem → *Salon* der Damen das Mittelalter in romantischen Farben schildern: Burgen und Schloßfräulein, Troubadoure und finstere Klöster, düstere Landschaft, Intrigen und Edelmut stehen da nebeneinander, eingebettet in dramatische Historie und lassen angenehm mit-leiden, mit-lieben und auch gehörig gruseln. 1816 erscheint *Der Antiquar;* 1817 *Rob Roy;* 1818 *Die Legende von Montrose;* 1819 *Die Braut von Lammermoor; Ivanhoe;* 1820 *Der Pirat* …

Großer Beliebtheit erfreuen sich auch die sentimentalen, unterschwellig »lüsternen« Romane Heinrich Claurens (1771–1854), vor allem die süßliche, erotische Geschichte von *Mimili* (1816); ebenso die mehrbändigen historischen Romane Henriette von Paalzows (1788–1847) wie *Godwie Castle* (1836) oder *St. Roche* (1839) oder, ebenfalls im historischen Gewand, die Romane und Erzählungen Karl Spindlers (1796–1855), z. B. *Der Bastard* (1826), *Der Jude* (vierbändig, 1827) oder *Der Invalide* (fünfbändig, 1831).

Die heitere Seite der alltäglichen Lektüre bestreitet der Berliner Journalist und humoristische Satiriker Adolf Glassbrenner (1810–1876), der im Berliner Dialekt auch schon mal Zeitkritik riskiert: *Berlin, wie es ist – und trinkt* (ab 1832); *Leben und Treiben der feinen Welt* (1834); *Bilder und Träume aus Wien* (1836). Er schreibt

Vor allem in der Küche und in den Gesindestuben sang man gern triviale Liedchen, »Schnulzen« der Biedermeierzeit:

Die Verlassenen

Mariechen saß weinend im Garten,
Im Grase lag schlummernd ihr Kind,
Mit ihren schwarzbraunen Lokken
Spielt leise der Abendwind.
Sie saß so still, so träumend,
So einsam und so bleich,
Und dunkle Wolken zogen,
In Wellen schlug der Teich.

Der Geier steigt über die Berge,
Die Möwe zieht stolz einher.
Es weht ein Wind von ferne,
Schon fallen die Tropfen schwer.
Schwer von Mariens Wangen
Eine heiße Träne rinnt:
Sie hält in ihren Armen
Ein kleines, schlummerndes Kind.

Dein Vater lebt herrlich, in Freuden;
Gott lass' es ihm wohlergehn!
Er gedenkt nicht an uns beide,
Will mich und dich nicht sehn.
Drum wollen wir beide
Hier stürzen in die See;
Dann bleiben wir verborgen
Vor Kummer, Ach und Weh!«

Da öffnet das Kind die Augen,
Blickt freundlich sie an und lacht;
Die Mutter, vor Freuden sie weinet.
Drückt's an ihr Herz mit Macht.
»Nein, nein, wir wollen leben,
Wir beide, du und ich!
Dem Vater sei's vergeben:
Wie glücklich machst du mich!«

im besten Sinne Hintertreppenliteratur aus dem Milieu der kleinen Leute und Handwerker, Dienstmädchen und Arbeiter.

Die nordische Heldensaga wiederzubeleben ist Anliegen des Romantikers Friedrich de La Motte Fouqué (1777–1843) mit dem Roman *Die Fahrten Thiodolfs des Isländers* (1815) und der Erzählung *Die Sage von dem Gunlaugur* (1826).

Auf dem Gebiet der Lyrik erfreut man sich an den gefühlvollen Versen von Johann Mayerhofer (1787–1836), Friedrich Mathisson (1761–1831), Friedrich Rückert (1788–1866; → *Gartenlaube*), des Freiherrn Johann von Salis-Sewis (1762–1834), von Johann Gabriel Seidl (1804–1875) oder Christoph August Tiedge (1752–1841), die zum Teil auch durch die Liedvertonungen → *Schuberts*, → *Beethovens*, Schumanns (→ *Musik*) in aller Munde sind.

Lit.: H. Kunze, *Lieblingsbücher von dazumal. Eine Blütenlese aus den erfolgreichsten Büchern von 1750–1850*. Bln. 1959.

Universitätsleben

Beinahe als Trotzreaktion auf die strenge Zensur und Überwachung, denen die »Karlsbader Beschlüsse« (1819) die deutschen Hochschulen unterwerfen, werden zwischen 1815 und 1847 zahlreiche Universitäten und verwandte Institute gegründet oder bereits bestehende reformiert. 1815: Technische Hochschule, → *Wien;* 1818: Universität Bonn; 1822: Polytechnische Schule, → *München;* 1825: Technische Hochschule, Karlsruhe; 1826: Verlegung der Bayerischen Landesuniversität von Landshut nach München; 1828: Technische Hochschule, → *Dresden;* 1829: Kunst- und Gewerbeschule, Stuttgart; 1836: Technische Hochschule, Darmstadt; 1840: Polytechnische Schule, Stuttgart; 1825 verzichtet man auf Latein als Vorlesungs- und Prüfungssprache an der Universität → *Berlin;* ein Jahr zuvor entstehen in Dänemark die ersten Volkshochschulen.

Universitäten bleiben Nährboden für Protest und Widerstand, in den Augen der → *Obrigkeit* gefährliche Brutnester der → *Revolution*. Dabei unterrichten an den Hochschulen die vorzüglichsten Gelehrten der Zeit, so der Philosoph Hegel oder der Rechtswissenschaftler Friedrich Karl von Savigny in Berlin, der Sprachforscher August Wilhelm von Schlegel (1767–1845; → *Theater*) und der Publizist und Schriftsteller Ernst Moritz Arndt (1769–1860) in Bonn, der Historiker und Publizist Joseph von Görres (1776–1848; → *Pressewesen*), der Naturforscher und Philosoph Franz von Baader (1779–1851) oder der Philosoph Friedrich Wilhelm von Schelling (1775–1854) in München, um nur einige zu nennen. Viele von ihnen sind denselben Reglementierungen und Verfolgungen ausgesetzt wie ihre

Barrikadenlied.
Aufruf gegen die Tyrannei

Frisch auf! Frisch auf! Ihr Kameraden!
Frisch auf! verfertigt Barrikaden!
Wir dulden keine Knechtschaft mehr!
Bringt Bretter und auch Balken her!
Nur nieder mit Aristokraten!
Bringt Schaufeln her und scharfe Spaten!
Wir geh'n nicht mehr am Gängelband!
Seid auch mit Hacken schnell zur Hand!
Wir wollen uns zum Kampf vereinen!
Heran! heran! mit Ziegeln, Steinen!
Verderben den politischen Katzen!
Bringt Pölster her und auch Matratzen!
Jetzt muß es werden mit Einmal besser!
Bringt zur Verstärkung her auch Fässer!
Die Tyrannei nun weichen muß!
Jetzt bringt auch Wasser noch zum Schluß!
Nun jauchzet auf ihr Kameraden!
Verfertigt sind die Barrikaden!
Jetzt seid auch frisch zum Kampf bereit!
Bis wir vom Drucke sind befreit!
Bis ist befreit jedwede Nation!
Bis fest besteht die Studenten-Legion!
Wer sonst verläßt die Barrikaden!
Den nehme Gott nicht auf in Gnaden!
Und wer da kämpft mit tapf'rer Hand!
Der sei mit Ehren stets genannt.

Barrikadenlied des Studenten Adolf Buchheim vom 26. Mai 1848.

Studenten führten im Biedermeier nicht nur ein fröhliches Leben auf dem Pauk- und Fechtboden, sie wurden vor allem von Metternichs Behörden als Demagogen beargwöhnt. Friedrich Kaiser hielt um 1830 Scenen aus dem Studentenleben *in einer Farblithographie fest.*

Schüler (→ *Burschenschaften*). 1820 wird Ernst Moritz Arndt wegen seiner liberalen Gesinnung als Professor der U. Bonn amtsenthoben und erst 1840 wieder rehabilitiert.

In Deutschland gibt es zur Biedermeierzeit 19 Universitäten: Berlin, Bonn, Breslau, Erlangen, Freiburg, Gießen, Göttingen, Greifswald, Halle, Heidelberg, Jena, Kiel, Königsberg, Leipzig, Marburg, München, Rostock, Tübingen und Würzburg. – Der Student führt, wenn er sich nicht in Raufhändel oder revolutionäre Umtriebe verwickelt, ein behagliches Leben und muß (Stipendien gibt es nicht) über einige Geldmittel verfügen. Es gelten Anordnungen, daß jeder Studiosus einen »eigenen Stiefelknecht« zur Bedienung haben muß, die Zimmerwirtin ist nicht billig, die Uniform ebenfalls nicht, und selten ist man sparsam beim Kneipen. Dafür sprechen die vielen Kommers- und Singbücher für Studenten, die von Künstlern wie → *Ludwig Richter* (→ *Graphik*, → *Malerei*) Pocci (→ *Fliegende Blätter*), Hübner oder E. Marschner illustriert sind; und diese Holzschnitte dokumentieren unter anderem eine merkwürdige Sitte der Studenten der Zeit: sie kleiden sich »altdeutsch« mit langen Locken, Barett, hängendem Kittel und engen Strumpfhosen.

Genügsam allerdings gibt sich der Durchschnittsstudent bei Tisch. Der Dichter Emanuel Geibel (1815–1884;

→ *Literatur*) beschreibt 1835 seiner Mutter sein Mittags- und Abendmenü in Bonn: »*Ziemlich dünne Fleischsuppe, Fleisch, das fast nur aus Fasern und Sehnen besteht, gehacktes Gras mit Essig und Zucker und Kartoffeln ... bilden die gewöhnlichen Gerichte*«, ab und zu »*Mehlspeise oder Geräuchertes*«, am Abend »*ein paar mächtige Butterbrote und ein Glas Bier*«. Essen aufzutischen bzw. es nicht aufzutragen ist ein Disziplinierungsmittel der Wirtin, wenn der Logiergast lärmt, raucht, nächtens verspätet heimkehrt oder sich sonst ungebührlich beträgt. Heinrich → *Heine*, ebenfalls Student in Bonn, berichtet später, wie er sich mit knurrendem Magen nach langem, geduldigem Warten auf seine Vermieterin stürzt und sie anbrüllt: »*Ungeheuer! Warum hast du keine Suppe gebracht?!*« Er mußte daraufhin sein Quartier sehr rasch wechseln.

Lit.: E. Anricht (Hg.), *Die Idee der deutschen Universität. Die fünf Grundschriften aus der Zeit ihrer Neubegründung durch klassischen Idealismus und romantischen Realismus.* Darmstadt 1956.

Varia

Die Epoche ist vor allem auch eine große Zeit der Erfindungen, Entdeckungen oder Wiederentdeckungen und Forschungen mannigfachster Art. Mancher Gelehrte findet das Ergebnis der Bemühungen seines Vorgängers, ein anderer legt den »Grundstein«, auf dem ein Späterer seine Forschung aufbaut. Vieles, was das häusliche Leben erleichtert (→ *Wohnkultur*), vor allem aber technische, chemische und physikalische Neuheiten sind zu verzeichnen.

1815: Analyse der alkoholischen Gärung durch den französischen Chemiker und Physiker Louis Gay-Lussac (1778–1850).

1816: Der deutsche Physiker Heinrich Wilhelm Brandes (1777–1834) veröffentlicht die erste Wetterkarte.

1817: Der britische Physiker Louis David Brewster (1781–1868) erfindet das Kaleidoskop, der deutsche Ingenieur Carl Friedrich von Drais (1785–1851) das Laufrad, die »Draisine«.

1819: Der britische Seemann William Parry (1790–1855) erforscht die arktische Inselwelt.

1820: Der französische Physiker André-Marie Ampère (1775–1836) entdeckt die Kraftwirkung zwischen elektrischen Strömen, sein dänischer Kollege Hans Christian Örsted (1777–1851) das Magnetfeld elektrischer Ströme.

1821: Gay-Lussac erfindet das Elektromagnet, der englische Physiker Michael Faraday (1794–1867) die Grundlage des Elektromotors, Ernst Wilhelm Arnoldi (1778–1841) gründet die Gothaer Feuerversicherung.

Ernst Curtius berichtet seiner Freundin Victorine Boissonet in einem Brief vom 4. November 1835, wie ganz anders sich das Studentenleben nach den Karlsbader Beschlüssen und im Zeitalter der Restauration gestaltete:

»Beim Universitätsgebäude werden täglich neue Wiedersehen gefeiert; was lange getrennt war, sieht sich hier plötzlich vereint, und tausend alte Erinnerungen werden neu. Alles nimmt sich freilich hier anders aus, alles Burschikose fehlt. Statt der früheren bärtigen Gestalten mit transparenten Flausröcken, mit Mützen und langen Pfeifen, sieht man hier feine Herren mit hohen Hüten, zierlichen Stutzbärtchen und kleinen Spazierstöckchen, voll Ernst und Ehrbarkeit einherschreitend. Kaum noch bilden sich nach geschlossenen Kollegien muntere Gruppen. Jeder eilt rasch vom Auditorium wieder an den Arbeitstisch und kümmert sich wenig um seinen Nächsten. Oder stellen sich auch wohl alte Bekannte zusammen, so geht's so sittsam und ruhig her, daß man nicht junge Studenten, sondern bejahrte Geschäftsmänner zu sehen glaubt. Für uns ist Sang und Klang vorbei – scheint jeder zu fühlen und mit mehr oder weniger Resignation dem frischen Jugendleben zu entsagen. Wer aber recht sang- und klangliebend ist, der empfindet's schwer, und dem erscheint dies sittsame, artige Wesen, das der gute König von seinen Fenstern aus mit stillem Wohlgefallen betrachten mag, als ein erzwungenes, unnatürliches und ungesundes Wesen.«

Der Gelehrte und Forscher Alexander von Humboldt gehört zu den ersten Reisenden der Epoche, die in wissenschaftlichem Auftrag ferne Länder und Erdteile durchquerten. Friedrich Weitsch (1758–1828) malte den Naturwissenschaftler und Geographen, 23 Jahre bevor er zu einer großen Sibirienreise aufbrach, vor der Küste des italienischen Mittelmeers.

1822: Der französische Archäologe Jean-François Champollion (1790–1832) entziffert auf dem Stein von Rosette, aufgefunden im Jahr 1799, die Hieroglyphen.

1823: Der deutsche Chemiker Johann Wolfgang Döbereiner (1780–1849) erfindet das Wasserstoff-Platin-Feuerzeug, der Chemiker und Industrielle Ernst August Geitner (1783–1852) die Nickel-Legierung; Faraday verflüssigt Chlor und andere Gase.

1825: Der Franzose Louis Braille (1809–1852) veröffentlicht die Blinden-Punktschrift, die Blaue Grotte von Capri wird wiederentdeckt, in Leipzig der Börsenverein des deutschen Buchhandels gegründet.

1827: Der Physiker Georg Simon Ohm (1787–1854) findet sein Gesetz für elektrische Ströme; Anton Löhner erfindet die Rollschuhe, Joseph Ressel (1793–1857) die Schiffsschraube (→ *Dampfschiff*).

1828: Josua Heilman (1796–1848) erfindet die Strickmaschine; in Nürnberg wird ein ungefähr 16–18jähriger junger Mann aufgegriffen, der sich Kaspar Hauser nennt, zwar lesen und schreiben kann, aber jahrelang in Haft gehalten und von adeliger Herkunft ist – 1833 wird er ermordet.

1829: Der optische Telegraph Berlin-Koblenz wird in Betrieb genommen, Alexander von Humboldt unternimmt im Auftrag des Zaren eine Forschungsreise durch Sibirien, in Rom wird das Deutsche Archäologische Institut gegründet.

1830: Beginn der amtlichen Wetteraufzeichnungen in Berlin, der Österreicher Joseph Madersperger (1768–1850) erfindet die Nähmaschine, der englische Botaniker Robert Brown (1773–1858) entdeckt den Zellkern.

1831: Goethe stellt die Vermutung auf, der Mensch stamme vom Tier ab.

1832: Charles Darwin (1809–1882) unternimmt bis 1836 eine Weltreise und erforscht u. a. die Koralleninseln; John Ross (1777–1856) entdeckt im Nordpolargebiet den nördlichen magnetischen Pol, Jenks erfindet die Ringspinnmaschine.

1834: Mc Cormick erfindet die Erntemaschine, Moritz Hermann Jacobi (1801–1874) den Elektromotor.

1835: Der amerikanische Ingenieur Samuel Colt (1814–1862) erfindet den Revolver; der durch den englischen Astrologen und Mathematiker Edmund Halley (1656–1742) 1682 zwischen Paris und Calais entdeckte Komet kehrt, wie bereits vorausberechnet, wieder und erweckt große Furcht vor dem Weltuntergang.

1836: Penzold erfindet die Zentrifuge, Theodor Schwann (1810–1882) entdeckt das eiweißverdauende Ferment Pepsin.

1837: Samuel Morse (1791–1872) erfindet den Schreibtelegraphen.

1839: Charles Goodyear (1800–1860) entwickelt die Kautschukvulkanisation, J. L. Stephens entdeckt die Kultur der Mayas.

1840: Morse entwickelt das Telegraphenalphabet, der Mathematiker Karl Gauß (1777–1855) veröffentlicht den Atlas des Erdmagnetismus.

1841: Friedrich Wilhelm Bessel (1784–1846) bestimmt die genaue Gestalt der Erde; in Deutschland leben 33 Millionen Einwohner, die erste Dreschmaschine wird in Deutschland eingeführt; in Hamburg auf dem Jungfernstieg singen Turnerschaft und Liedertafel zu Ehren des geflüchteten Liberalen Professor Welcker zum ersten Mal das Deutschlandlied Heinrich Hoffmann von Fallerslebens.

1842: Der Chemiker Christian Friedrich Schönbein (1799–1868) entdeckt das Ozon, König Friedrich Wilhelm IV. von Preußen stiftet die Friedensklasse des »Pour-le-merite«-Ordens für Wissenschaft und Künste.

1843: Die 1000-Jahr-Feier des Deutschen Reiches wird festlich begangen.

1845: Der englische Archäologe Austen Henry Layard (1817–1894) entdeckt Ninive und gräbt es aus.

1846: Der englische Ingenieur Sir William George Armstrong (1810–1900) erfindet den hydraulischen Kran,

Am 20. November 1817 richtet Alois Senefelder an König Max I. von Bayern das folgende Privilegiumsgesuch:

»Ich habe vor einigen Monaten eine neue Art von Druckpressen erdacht, welche die englischen Kopiermaschinen insoferne übertreffen, als man durch sie einen Brief, eine Zeitung etc. nicht bloß einmal, sondern mehrere hundertmal vervielfältigen kann. Ich habe dabei zugleich anstatt der Steine verschiedene Metallkompositionen in Anwendung gebracht, weil ich fand, daß besonders der sogenannte Überdruck, wo mit der chemischen Tinte auf Papier geschrieben und das Geschriebene sodann auf die Druckplatte transportiert wird, bei den Metallplatten viel leichter und geschwinder vonstatten geht.«

der Amerikaner Elias Howe (1819–1862) läßt die Doppelstichnähmaschine patentieren.
1848: Der deutsche Nationalbuchdruckverein wird gegründet.

Lit.: Ch. Richert, *Die Herrschaft der Wissenschaft, 1789–1914*. Bd. II zu *Allgemeiner kulturgeschichtlicher Versuch einer Geschichte der Menschheit von den ältesten Tagen bis zur Gegenwart*. Mchn. u. Bln. 1920.

Rahel Varnhagen von Enses Salon in Berlin war in der Biedermeierzeit ein Hauptanziehungspunkt und Hort geistigen Lebens in der preußischen Metropole. Der zeitgenössische Kupferstich nach einer Zeichnung von Franz Krüger aus dem Jahr 1817 zeigt ein Porträt der Vielumschwärmten.

Rahel Varnhagen von Ense

(* 26. 5. 1771 Berlin; † 7. 3. 1833 Berlin)

Rahel Varnhagen wird wegen ihrer literarischen → *Salons* als Mittelpunkt der Berliner → *Geselligkeit* der Zeit weit berühmt. Sie ist die Tochter des jüdischen Kaufmanns Markus Levin und Schwester des Dichters Ludwig Robert. 1795 schließt sie Bekanntschaft, später Freundschaft mit Goethe und wird auch Beraterin und Vertraute des vielgeliebten Preußenprinzen Louis Ferdinand (geb. 1772), der 1806 in der Schlacht bei Jena und Auerstädt fällt. Seit 1806 reist sie viel, wechselt Aufenthalte und Wohnsitze, fährt nach Paris und Frankfurt am Main, Prag und Holland. Bereits 1808 lernt sie ihren späteren Mann, den Diplomaten und Schriftsteller Karl August Varnhagen von Ense (1785–1858) kennen, aber erst 1814 heiratet sie ihn, nachdem sie zum Christentum konvertiert ist.

Im selben Jahr reist Varnhagen in der Delegation des Staatskanzlers von Hardenberg zum → *Wiener Kongreß*, Rahel begleitet ihn, und hier, wie auch zwei Jahre später in Karlsruhe (ihr Mann wird dort preußischer Gesandter), steht sie alsbald mit den ausgezeichnetsten Männern und Frauen, Gelehrten, Künstlern, Literaten, Dichtern und Angehörigen der → *Theater* in Verbindung.

Varnhagen wird 1819 wegen seiner liberalen Gesinnung aus dem Amt abberufen, das Ehepaar kehrt zurück nach → *Berlin*, und hier beginnt Rahels große Zeit. Kein Fremder von Rang und Namen besucht die preußische Hauptstadt, der ihr nicht Aufwartung macht (→ *Emanzipation*). Wer in der Metropole lebt und irgend lehrt oder forscht, schreibt, dichtet, malt, singt, an der Bühne auftritt oder Politik betreibt, kommt zu ihrem Zirkel. Vor allem die Romantiker und die Anhänger des literarischen »Jungen Deutschland« (→ *Literatur*) suchen sie auf, mancher Gast ihres ersten Salons bis 1806 kehrt 1819 wieder. Ein wahrer Rahel-Kult, ein Huldigungsrausch ohnegleichen bricht aus, denn sie ist nicht nur geistreich, diplomatisch und klug, sondern natürlich, gutmütig, wahrheitsliebend und – mit großen Mandelaugen, dunklen Locken und einem mokanten Zug um die feinen Lippen eine aparte Frau.

Nur, wenn sie so bei Tee und gerösteten Mandeln mit

den großen und kleinen Berühmtheiten diskutiert und flirtet, mit den Damen ein wenig klatscht und die Begeisterung der Herren mäßigt, sieht ihr niemand an, was sie wirklich fühlt. »*Daß mich mein ganzer Kreis nicht kennt, ist eine alte, herbe, verhärtete Privation. Alle Tage sehe ich es mehr. O! und dürft' ich's sagen*«, klagt sie zwei Jahre vor ihrem Tod, ». . . *es weiß keiner aus ihm, daß es eine solche Person gibt, wie ich eine bin. Nicht von Geist, oder Güte, oder Talenten und Verstand: aber von solchem Zusammenhange, in Gemüt und Überzeugung. Das entgeht ihnen allen so, daß ich sie ennuyiere.*«

Mit scharfem Verstand erforscht sie die Zeichen der Zeit; 1819, im Jahr des Sturzes von Karl Varnhagen und der Beschlüsse von Karlsbad (→ *Burschenschaften*), notiert sie ketzerisch und empört in ihr Tagebuch: »*Es wird eine Zeit kommen, wo Nationalstolz ebenso angesehen werden wird wie Eigenliebe und andere Eitelkeit; und Krieg wie Schlägerei. Der jetzige Zustand widerspricht unserer Religion. Um diesen Widerspruch nicht einzugestehen, werden die entsetzlichen, langweiligen Lügen gesagt, gedruckt und dramatisiert.*« Und schließlich denkt Rahel als emanzipierte Person schon früh sehr »umwelt-bewußt«, wenn sie sich 1816 aufregt: »*Ist denn der Jammer, der Skandal, das Unglück wahr, daß man an der Seite der Häuser, Unter den Linden, eine Reihe Bäume weghauen will??? damit die Leute besser aus den Fenstern sehen können? das leidet der König?*«

Ein Jahr nach ihrem Tod, den der ganze Kreis um sie verzweifelt beklagt, gibt ihr Mann eine Auswahl von Schriften aus Rahels Nachlaß heraus: *Rahel. Ein Buch des Andenkens für ihre Freunde* in drei Bänden. Im Briefwechsel mit Karl August hatte sie im Jahr 1808 über ihre Umgebung gelästert: ». . .. *wie ekelhaft, herabziehend, ärgerlich, beleidigend, unsinnig, niedrig*«, und wütend resümiert: »*Das Kroppzeug braucht mich nur!*« Dieser Brief ist im Andenkenbuch nicht enthalten.

Lit.: H. Arendt, *Rahel Varnhagen. Lebensgeschichte einer deutschen Jüdin aus der Romantik.* Mchn. 1959.

Kritisch sieht Freundin Therese Devrient das Ehepaar Varnhagen in ihren *Jugenderinnerungen* (Stg. 1905):

»An Rahel liebte ich den tiefen, ausdrucksvollen Blick ihrer Augen und den wohltuenden Ton ihrer Stimme. Die Wirtschaft aber, die ihr Mann mit ihr machte, widerte mich an. Oft wenn wir im großen Gartensaal bei Mendelssohns munter plaudernd mit der Arbeit saßen, meldete der Diener Herrn und Frau von Varnhagen; dann tat sich die Tür auf, und Herr von Varnhagen trat groß und vornehm herein, die kleine, breite, mühsam gehende Frau feierlich am Arm führend. Zwischen den Fingerspitzen trug er zierlich ein buntgesticktes Kissen. Der Diener mit zwei anderen lief voraus und schob einen Lehnstuhl zurecht. Herr von Varnhagen ließ seine Gattin, die auf dem Wege dahin freundlich grüßte, in den Sessel nieder, nahm dem Diener die Kissen ab, schob eines unter ihre Füße und legte das andere hinter ihren Rücken. Ein liebevoller Blick von ihr lohnte seine Bemühung. Dann trat der verehrerische Gatte hinter ihren Stuhl und zog leise ein Taschenbuch hervor, um jede ihrer Reden gleich niederzuschreiben. Als das Gespräch mit anderen ihn einmal von der Stelle fortgelockt hatte und er in ihrer Nähe sprechen und lachen hörte, stürmte er eiligst herzu mit dem Rufe: ›Was hat sie gesagt? – was hat Rahel gesagt?‹«

Vereine

Biedermeierzeit – hohe Zeit der Vereinsgründungen; nicht umsonst stammt der Spottname »Vereinsmeier« aus dieser Epoche. Bürger gehen zum Stammtisch, zum Gesangs- oder Kegelverein, zur Liedertafel, zum Sport-, Schach- oder Billardklub; man versammelt sich im häuslichen Rahmen (→ *Geselligkeit*).

Eine besondere Rolle spielen die Künstlervereinigungen, zu denen gelegentlich auch »gewöhnliche Sterbliche« Zutritt finden. 1817 wird im → *Theater* an der Wien das dramatische Märchen *Ludlamshöhle* des dänischen Dichters Gottlob Oehlenschläger (1779–1850) aufgeführt; mit diesem Namen benennt sich die Tafelrunde

Literarische Gesellschaften erfreuten sich im vormärzlichen Deutschland großer Beliebtheit. Die Abbildung zeigt das Diplom des Vereins »Tunnel über der Spree«, zu dessen prominenten Mitgliedern ab September 1844 auch Theodor Fontane (1819–1898) gehörte.

aus Theaterfreunden, unter ihnen der Bühnenschriftsteller Ignaz Franz Castelli (1781–1862), Johann Ludwig Ritter von Deinhardstein (1794–1859), der spätere Vizedirektor der Hofbühne Friedrich Joseph Kornreuter (1779–1829) und der Autor. Dichter, Literaten, Musiker, Schauspieler, Maler gesellen sich dazu, aber auch Kaufleute und Beamte – künstlerische und bürgerliche Elemente vereinen sich zu gemeinsamem Gesang selbstgedichteter und -komponierter Lieder und Chöre. Themen wie Politik und Handel sind verboten. Zeitweilig gehören → *Grillparzer*, Rückert und → *Carl Maria von Weber* zur Runde. Man verfaßt Zeitungen für die Gesellschaft, so die *Fliegenden Blätter für Magen und Herz* oder *Der Kellersitzer*. 1826 wird die »Ludlamshöhle« polizeilich aufgelöst, bei den Mitgliedern Hausdurchsuchungen vorgenommen. Der Grund: bei einem rußlandreisenden »Ludlamiten« hatte sich der scherzhaft ausgestellte Mitgliedspaß gefunden und setzte die Diplomatie und die Behörden → *Metternichs* in Bewegung.

In → *Berlin* sammelt sich im Weinhaus »Lutter und Wegener« an der Charlottenstraße eine gesellige Runde um den brillanten Dichter → *E. T. A. Hoffmann* und den besinnlicheren Schauspieler und Schriftsteller → *Ludwig Devrient* (→ *Theater*). Weitere Namen sind nicht überliefert, doch gehören Offiziere und Schauspieler zum Kreis. Der berühmte »Keller« des Lokals wird erst nach Hoffmanns Tod, 1822, Mitte der zwanziger Jahre zum Andenken des Dichters eingerichtet. Von 1819–1826 finden im Gasthof zur Ungarischen Krone an der Wiener Himmelspfortgasse die »Kanevas-Abende« im Freundeskreis → *Franz Schuberts* statt. Dazu gehören → *Schwind*, Schnorr von Carolsfeld (→ *Malerei*), die Dichter Michael Senn und Eduard von Bauernfeld (→ *Theater*). Bei jeder Vorstellung eines Neulings erkundigt sich Schubert: »Kann er was?« – daher der Name.

1826 wird in Berlin die »Literarische Mittwochsgesellschaft« gegründet, der ein Jahr später die Berliner Gesellschaft »Tunnel über der Spree« folgt. Ihre Mitglieder – Studenten, junge Kaufleute, angehende Musiker und Maler – versammeln sich in einem verqualmten Kaffeelokal, später wird der »Tunnel« durch prominente Gäste wie Paul Heyse (1830–1914), Theodor Storm (1817–1888) oder die kleine »malende Exzellenz« Adolph von Menzel (1815–1905) berühmt.

In Frankfurt konstituiert sich auf Anregung Heinrich Hoffmanns, dem »Vater« des Struwwelpeter (→ *Kinderbücher*), die Stammtischrunde »Tutti frutti«. Neben eigenen Werken der Mitglieder werden auch fremde Dichtungen vorgelesen; um Standesunterschiede zu verwischen, erhält jeder Anwesende den Namen einer Frucht. Ferdinand von Freiligrath, Franz von Dingelstedt, Georg Herwegh, Karl Gutzkow, alle Dichter des verfolgten »Jungen Deutschland« (→ *Literatur*) gehören zu diesem Kreis und ebenso der romantische Maler Wilhelm von Schadow (1789–1862).

Lit.: Th. Nipperdey, H. Heimpel u. a., *Geschichtswissenschaft und Vereinswesen im 19. Jh.* Göttingen o. J.

Volksbelustigung

Das Bedürfnis nach Spektakel, Abwechslung und zum Feiern ist groß, die Gelegenheiten sind zahlreich, und so entwickeln sich die Volksfeste des Biedermeier als derbere kommerzialisierte Form der → *Geselligkeit*. Anlässe geben oft »Stichtage« wie Königs Geburtstag, Fasching, Silvester, altüberkommene Handwerkssitten; vieles ist Relikt aus höfischer Zeit, als Parks und Gärten abgegrenzte Reviere der höheren Stände waren, die später, teilweise oder ganz, der Öffentlichkeit freigegeben werden.

So entsteht im 15. Jh. in → *Wien* der Prater (italienisch *prato* = Wiese) als Naturpark des Hofes; ab 1776 wird er der Allgemeinheit zugänglich gemacht, im Biedermeier ist er Rummelplatz mit Buden und Schaustellern und – »allerneueste Neuigkeit« – einem pferdegezogenen Karussell, die Erfindung des Schusters Engelbert Zirnkilton aus Passau, das sich mit Apfelschimmeln und Rappen 1830 auf einer Maidult zum ersten Mal

Ludwig Richter memoriert in den *Lebenserinnerungen eines deutschen Malers* »einen der tiefsten Eindrücke religiöser Art«, den er in Dresden durch das alte Puppenspiel vom *Doktor Faustus* empfing. Unvergeßlich blieb ihm, wie »der Herr Doktor verschiedene böse Geister zitiert und einen nach dem andern über seine Fähigkeiten und Kräfte examiniert. Zuletzt erscheint zappelnd und schlotternd ein kleines Teufelchen mit dem hübschen Namen Vitzli-Putzli; es wird von Faust gefragt, ob es wohl zuweilen ein Verlangen nach der ewigen Seligkeit spüre, und antwortet zitternd: ›Herr Doktor, wenn eine Leiter von der Erde bis zum Himmel hinaufführte und ihre Sprossen wären lauter scharfe Schermesser, ich würde nicht ablassen, sie zu erklimmen, und wenn ich in Stükke zerschnitten hinaufgelangen sollte.‹ Dieser drastische Ausdruck ließ mich die Wichtigkeit der Sache, um die es sich hier handelte, vollkommen nachempfinden ...«

Ludwig Eichler und Ludwig Lenz sehen in ihrem Buch *Berlin und die Berliner* die Vergnügungen recht pessimistisch:
»Im Grunde bieten die Tanzenden einen recht trostlosen, für den Liebhaber charakteristischer Volksbelustigung betrübenden Anblick dar. Alles will hier fein sein, eine törichte Nachäffung anständiger, vornehmer Manieren gibt sich durchweg kund, niemand möchte seinen Stand verraten, eine echte berlinische Bestrebung.
Die roten, starken Hände des Dienstmädchens sind in enge Gehäuse von Glacéleder gepreßt, die naturwüchsigen Leiber durch Schnürleiber und Schnebbentaillen so bedrängt, daß die Haken, mit welchen die Ballkleider hinten zusammengehalten werden, zu springen drohen, die Bewegung der Arme, vermöge des ungewohnten Kleiderschnittes, so ungraziös als irgend möglich, und nun gar diese Sammetspenzer, die schönste, kleidsamste Tracht für feine, elegische Gestalten von vornehmer Turnüre, sie sehn bis zum Ekel zweifelhaft aus an diesen Mädchen, die freilich zu sehr großen Teilen ins Zweideutige hinüberschillern.
Der jungen naiven Mädchen aus den Bürgerständen, welche mit Familie anwesend sind, gibt es leider gar nicht viele, da diese nur ab und zu eines solchen Vergnügens teilhaftig werden, während der größere Teil der tanzenden Damen als Stammgäste des Kolosseums zu betrachten sind. ...
Der Habitué des Kolosseums tanzt selten, er verhält sich beobachtend und unterhaltend, in den Zwischenpausen bewährt sich seine eigentliche Tätigkeit. Er ist gewöhnlich reicher Student oder Referendarius, häufig von Adel, auch wohl Leutnant oder Fähnrich, jedenfalls aber ein Roué, der sein Bedürfnis, erfolgreiche Bekanntschaften unter dem weiblichen Geschlechte zu machen, hier aufs angenehmste befriedigen kann, und selten geht er nach Hause, ohne einige neue Adressen sich notiert zu haben.«

dreht. Der Prater und ähnliche öffentliche Vergnügungsplätze sind zugleich immer auch Schauplatz der Promenade, der ungenierten Zusammenkunft sämtlicher Volksschichten, Jahrmarkt der Eitelkeit in Sachen → *Mode*, Treffpunkt für Klatsch und Geselligkeit außer Haus: so in → *München* die »Wies'n«, das erste Oktoberfest, 1810 anläßlich der Vermählung des Thronfolgers Ludwig mit der Prinzessin Therese von Sachsen-Hildburghausen, mit Pferderennen (→ *Sport*) und öffentlicher Belustigung gestiftet; 1818 findet in Stuttgart erstmals das »Landwirtschaftliche Hauptfest«, der »Wasen« am Neckarufer statt. 1823 halten die Kölner den ersten »Rosenmontagszug« ab, einen Umgang maskierter Narren (der Name des Zuges ist nicht von der Blume, sondern von dem Wort »rasen« = rasender Montag vor dem Karnevalsdienstag, abgeleitet).

Kirmesfeste im Herbst haben ihre Wurzel in dem alten christlichen Brauch der Kirchweihe, einer Einweihung und Lesung der ersten Messe in der neuerbauten Kirche, mit Bischofssegen und feierlichem Umzug um das Gotteshaus. – Im frühen Sommer werden Schützenfeste, im Herbst Verkaufsdulten abgehalten (→ *Markt*). Bei all diesen öffentlichen Belustigungen treten Seiltänzer, Bärenführer oder Dresseure anderer, oft verkleideter Tiere (Affen, Hunde) oder Besitzer eines Hippodroms auf, aber auch Akrobaten, Bänkelsänger, die »von der Bank« herab Zeitereignisse und Sensationen vortragen, Moritatensänger mit ihren Schautafeln, auf denen aktuelles Geschehen, leicht verständlich und in einzelnen Szenen dargestellt, öffentlich kommentiert wird, indem sie mit dem Stock Bild um Bild »abfahren« und erklären. Lieblingsthemen solcher oft grobschlächtig und holpernd gereimten Zeitballaden sind noch immer die Freiheitskriege mit Blut und Brand, aber auch schon – man ist da flink – die dramatische Seeschlacht bei Navarino 1827, der griechisch-türkische und russisch-türkische Krieg von 1828/1829, die neuesten → *Revolutionen* 1830, der verheerende Brand von Hamburg 1842, außerdem Mord- und Straftaten samt grausiger Exekution als gerechte Strafe (→ *Justizwesen*).

Ähnliche Funktionen erfüllt der Guckkästner (→ *Papiertheater*), der, in statischen Bildern dargestellt, Geschehnisse und Stätten der Bibel, Ansichten berühmter Bauwerke, Katastrophen wie Schiffsuntergänge oder Naturschauspiele wie Vulkanausbruch, Überschwemmung, Brand, Sturm und Flut, lebendig erklärt und vorstellt. Die »freundlichere« Form der Darbietung solcher Vorgänge exerziert der Leierkastenmann (→ *Straßenszenen*). Er besingt, was gewesen ist, zum stereotypen Gedudel seiner Geräte in wiederkehrendem Refrain.

Vielbesuchte Attraktion wird das Panorama, ein Rundgemälde, das in einem halbdunklen Raum an der Wand ringsherum aufgestellt wird und die Darstellung

Das »Tivoli« in Wien, ein Vergnügungspark, in dem auch Johann Strauß Vater mit seiner berühmten Kapelle häufig auftrat, gehörte zu den Attraktionen der Epoche. Die farbige Lithographie entstand im Jahr 1831.

fremder Gegenden, Flüsse, Gebirge in täuschender Ähnlichkeit wiedergibt. Der Beschauer befindet sich in der Mitte, Beleuchtung fällt von oben ein, die Lichtquelle bleibt aber unsichtbar. Durch perspektivische Zeichnung, naturgetreue Farbgebung und Abstufung der Lichtquellen von Vorder-, Hinter- und Mittelgrund und teilweise plastische Gestaltung erweckt das Schaubild die Illusion der Wirklichkeit.

Der Zirkus im festen Zelt mit festem Standplatz kommt in Deutschland erst um 1850 in → *Berlin* auf, doch auf dem Rummel unter freiem Himmel zeigen Wanderzirkusse bereits dressierte Tiere, Reitkünste, artistische Meisterstücke, aber auch monströse »Wunder« der Anatomie wie Riesen, Zwerge und Verwachsene. In Frankreich dagegen gibt es bereits 1835 am Carré Marigny in Paris einen etablierten Zirkus mit akrobatischen Darbietungen. Er muß 1842 wieder schließen, aber ein Jahr später eröffnet bereits der *Cirque d'Été*, der nach Plänen des Architekten der Champs-Elysées, Jacques Hittorf (1793–1867), gebaut wurde.

V. in geschlossenen Räumen bietet der Besuch von Tanzlokalen wie des Berliner Kolosseums oder Vorstadtbeisln in Wien: nicht der rasch höfisch gewordene → *Walzer* ist hier Favorit, ausgelassen tanzt man die Mazurka, den zärtlich-gravitätischen Kotillon, die alte Française und die neue, derbe Polka.

Eine für diese spiel- und bewegungsfrohe Zeit seltsame Vakanz herrscht auf dem althergebrachten Gebiet der Marionettenkunst. Puppen-, Papier-, Schatten- und Kasperltheater sind Theaterlust für die Kinder (→ *Spielzeug*) zu Hause. Die gelenkigen Marionetten, 1806 von B. Mahlmann mit seinen anonym erschienenen burlesk-ironischen Satiren *Marionettentheater* für Deutschland publik gemacht und 1810 durch einen Aufsatz des Dichters Heinrich von Kleist (→ *Literatur*) tiefsinnig reflektiert, brauchen noch lange Zeit bis zu ihrer wirklichen Entfaltung. 1822, mitten in der Epoche, wird im bayerischen Amberg jener legendäre Josef Leonhard Schmid (gest. 1912) geboren, der als »Papa Schmid« 1858 in München die erste feste Marionettenbühne baut. Sein wichtigster Autor (53 Puppenkomödien), der »Kasperlgraf« Pocci (→ *Fliegende Blätter*, → *Schattenrisse*), Hofmusikintendant und ehemaliger Zeremonienmeister → *Ludwigs I.*, lebt bereits als echtes Kind seiner Zeit und Begründer typisch münchnerischen Gesellschaften wie »Zu den drei Schilden« oder »Alt Anglia«.

Eine für die Biedermeierzeit exemplarische, wenn auch schon etablierte öffentliche Festlichkeit ist der alljährlich stattfindende »Stralauer Fischzug« in Berlin. Er geht auf die Zeit zurück, als Berlin und Coelln noch Fischerdörfer waren, und wird jährlich am 24. August gefeiert. Man fängt Aale aus der Spree, hält Picknick, vergnügt sich beim Kahnfahren, bedient sich an den Buden und Restaurationen, die eigens für dieses Fest aufgestellt werden, drängt sich durch die Tabagien und Glücksbuden, die von Würfelnden und Zuschauern umringt sind – und trinkt vor allem wacker. Der »Fischzug« wird noch bis nach der Jahrhundertmitte gefeiert, steht aber um 1830 auf dem Höhepunkt seiner Ausgelassenheit und Popularität.

Lit.: *Hereinspaziert! Hereinspaziert! Jahrmarktsgraphik aus drei Jahrhunderten.* Katalog der Ausstellung der Puppentheatersammlung im Münchner Stadtmuseum. Mchn. 1976.

Vormärz

Die Vorstellung vom unpolitischen Biedermeiermenschen trifft für die Zeit bis 1830 wohl weitgehend zu. Im Vormärz aber – so nennt man die Jahre vor der revolutionären Erhebung im März 1848 – ist eine zunehmende Politisierung zu beobachten. Ob → *Theater* oder → *Salon*, Universität und Publizistik, Wissenschaft, Lyrik, Epik, Dramatik und Roman, die Stimmung auf den → *Märkten* und in den Fabriken, alles wird grundsätzlich politisiert und folglich zum Politikum. 1847 brechen Wirtschaftskrisen und Tumulte in Deutschland aus. »*Das deutsche Volk verläßt sich auf seine Regierungen und tut nichts, aber die Regierungen sind durch den Libe-*

Gleichsam als »Wiegenlied für eine schlafende Generation« schrieb Georg Herwegh (1817–1875) die folgenden Zeilen:

»Laß jede Freiheit dir rauben,
Setze dich nicht zur Wehr,
Du behältst ja den christlichen Glauben:
Schlafe, was willst du mehr?
Und ob man dir alles verböte,
Doch gräme dich nicht zu sehr,
Du hast ja Schiller und Goethe:
Schlafe, was willst du mehr?
Kein Kind läuft ohne Höschen
Am Rhein, dem freien, umher:
Mein Deutschland, mein Dornröschen,
Schlafe, was willst du mehr?«

ralismus (den Vorläufer des Radikalismus, wie die Hühnersterbe der Cholera vorangeht) geschwächt und werden die Folgen ihrer eigenen Nachlässigkeit auf sich nehmen müssen«, klagt der König von Preußen im Winter der Königin Victoria von England sein Leid. Und die »Illustrierte Sylvesterzeitung« in → *Berlin* spottet noch zur Jahreswende: »*'s wird viel gesprochen, doch will nichts geschehen –/ Nun, im neuen Jahr wird's wohl besser gehen.*«

Bereits am 22. Februar 1848 beginnt die → *Revolution* in Paris, am 13. März ist die Volkserhebung in → *Wien*, → *Metternich* wird gestürzt und flüchtet. Am 18. März erheben sich die Arbeiter in Berlin, der König muß nachgeben. Strenggenommen ist die Biedermeierzeit im Herbst 1847 zu Ende.

Bezeichnend für den V. ist ein Irrtum der Regierenden, die glauben, den Auswirkungen des neu erwachten politischen Bewußtseins mit staatlichen Polizeimaßnahmen begegnen zu können. Doch mit der Februarrevolution in Frankreich und den Ereignissen vom März 1848 in Deutschland wird dieser Irrglaube zerstört. Allerdings, mit den Gefallenen der Revolution werden auch der Geist und die Idylle des Biedermeier zu Grabe getragen.

Lit.: T. Klein (Hg.), *1848. Der Vorkampf deutscher Einheit und Freiheit. Erinnerungen, Urkunden, Berichte, Briefe.* Lpzg. 1914.

Der Vormärz, die Zeit vor der Revolution, rief bereits die Opposition auf den Plan. Jahrelang mußte sie sich Zensur und Restauration beugen. Johann Michael Voltz' (1784–1858) farbige Karikatur Der Anti-Zeitgeist *nahm schon 1819 das Jahr 1848 vorweg.*

Richard Wagner schrieb nicht nur für seine Zeit revolutionäre Opernmusik, er beteiligte sich in Dresden aktiv an revolutionären Umtrieben und mußte deshalb fliehen. Der Weg zum berühmten etablierten Herrn von Bayreuth war noch weit. Franz von Lenbach (1836–1904) malte den Komponisten im Dezember 1871.

Richard Wagner

(* 22. 5. 1813 Leipzig; † 13. 2. 1883 Venedig)

Der Komponist der Romantik, Schöpfer des Musikdramas und des theatralischen Gesamtkunstwerks spielt vor allem im biedermeierlichen → *Dresden* eine Rolle. Er ist Schüler der Kreuzschule, später der Thomasschule in Leipzig, und studiert seit 1831 bei dem Komponisten und Organisten Theodor Weinlig. 1834 wird Wagner Musikdirektor in Magdeburg, wo zwei Jahre später die Uraufführung seiner Oper *Das Liebesverbot* stattfindet. Weitere Stationen als Kapellmeister sind Königsberg und Riga, anschließend London und Paris. In Paris vollendet er den *Rienzi*, lernt Franz Liszt, seinen späteren Schwiegervater, und den Dichter → *Heinrich Heine* (→ *Literatur*) kennen. In Heines Romanfragment *Aus den Memoiren des Herrn von Schnabelewopski* steht die abenteuerliche Sage vom verfluchten Seemann, der ruhelos über die Meere ziehen muß, bis ihn ein treues Weib erlöst; nach diesem Stoff komponiert Wagner seine Oper *Der fliegende Holländer*. 1842 verläßt er Paris, kehrt nach Dresden zurück, erlebt dort noch im selben Jahr die erfolgreiche Uraufführung des *Rienzi* (unter des Komponisten eigener Leitung) und wird Kapellmeister des Hoftheaters.

Der *Holländer* hat in Dresden (1844) gefeierte Premiere und auch *Tannhäuser und der Sängerkrieg auf Wartburg* (1845). Wagner verkehrt freundschaftlich mit der Witwe → *Carl Maria von Webers*, engagiert sich an seine Theaterarbeit, komponiert seine Märchenoper *Lohengrin*, aber er ist ein unbequemer Mann, er setzt sich für Kollegen ein, die in Ungnade oder Armut gefallen sind, macht Schulden, ist im biedermeier-behaglichen Dresden unwillkommen, wenn er laut über Zensur und → *Restauration* nachdenkt. Sein *Lohengrin* soll von der Intendanz boykottiert und nicht uraufgeführt werden. »*Bei mir – Bruch beschlossen*«, notiert er lakonisch im Tagebuch, und bei der in Dresden 1849 verspätet ausgebrochenen → *Revolution* ist Wagner auf der Seite der Aufständischen. Wieder muß er fliehen, er wendet sich nach Paris und macht später die große Karriere durch großzügiges Mäzenatentum des bayerischen Königs Ludwig II.

Ähnlich wie Goethe in Weimar »Dichterfürst« und Maler wie Lenbach und Kaulbach »Malerfürsten« in → *München* werden, nimmt Wagner schließlich diesen Rang in Bayreuth ein. *Lohengrin* (Uraufführung 1850 in Weimar), *Tristan und Isolde* (München, 1865), *Die Meistersinger von Nürnberg* (1868 in München), *Rheingold* (1869 in München), *Die Walküre* (1870 in München), 1876 der gesamte *Ring des Nibelungen (Rheingold, Walküre, Siegfried, Götterdämmerung)* bei den ersten Bayreuther Festspielen, das »Bühnenweihe-Festspiel« *Parsifal* (1882 während der zweiten Festspiele in Bayreuth) führen den Komponisten weit weg von den stürmischen ersten Jahren und der Zeit in Dresden, als er aus Motiven der *Euryanthe* die Trauermusik zur Beisetzung der Asche des Komponisten Carl Maria von Weber zusammenstellt und die erste Sängerin seiner Opern, Wilhelmine Schröder-Devrient (1804–1860), nach Augenzeugenberichten »*schreiend aus einem Fenster eines am Altmarkt gelegenen Hauses das Volk zur blutigen Rache gegen den König und die Regierung*« aufforderte, weil mehrere Revolutionäre durch einen Kartätschenschuß zu Tode gekommen waren.

»*Richard Wagner und Gottfried Semper*«, notiert der volkstümliche Schriftsteller Gustav Nieritz nach den Dresdner Aufständen, »*sind in ihrer Kunst berühmte Männer, allein in den Augen der Rechtschaffenen schwärzt der Undank selbst den hellsten Glanz.*« Wagner selbst berichtet in seiner Autobiographie, daß vor allem der Anblick des in Brand gesteckten Opernhauses eine revolutionäre Wut befördert habe – ähnliches gilt wohl auch für den Architekten des Bauwerks, → *Gottfried Semper*.

Lit.: M. Gregor-Dellin, *Richard Wagner. Sein Leben. Sein Werk. Sein Jahrhundert*. Mchn. 1980.

Ferdinand Waldmüller

(* 14. 1. 1793 Wien; † 23. 8. 1865 Wien)

Der Maler ist einer der bedeutendsten Porträtisten und Landschafter der Biedermeierzeit. Waldmüller kommt aus kleinbürgerlichem Milieu und beginnt als Blumenmaler und Kolorist von Kupferstichen, geht dann an die Wiener Akademie und lernt bei Hubert Maurer (1783–1818) und Johann Baptist Lampi (1751–1830) und malt dann Bildnisminiaturen. Ab 1811 arbeitet er als Zeichenlehrer im Hause des ungarischen Grafen Ignaz Gyulay in Agram und zugleich als Dekorationsmaler am dortigen Stadttheater. 1814 heiratet er die Sängerin Katharina Weidner. Diese Verbindung schafft ihm finanzielle Freizügigkeit, er vervollständigt seine Ausbildung und kehrt 1817 nach → *Wien* zurück, wo seine Frau Hofsängerin wird. Waldmüller kopiert alte Meister und malt das *Bildnis des Kaisers Franz.* 1825 reist er nach Italien, 1826/1827 nach → *Dresden*, 1830 nach Paris und 1856 nach London, wo er großen Erfolg mit einer Verkaufsausstellung hat. 1829 bereits wird er Kustos der Graf-Lambergschen-Sammlung, die an die Akademie der Schönen Künste angeschlossen ist. Waldmüller hat seinen Stil zum realistischen Genrebild entwickelt – 1820 schon malt er *Türkische Pfeifenhändler im Kaffeehaus* und hat damit großen Erfolg –, typische Themen sind Kinder, Familienbilder, aber auch Bettler, Bauern, Dorfschulen, Erntebilder, Kirchenszenen. Seine große Zeit hat er zwischen 1830 und 1850.

Ferdinand Waldmüller gilt mit seinen feinen Porträts und stimmungsvollen Landschaften als typischer Biedermeiermaler, aber er machte sich als schwieriger, anspruchsvoller Kollege unbeliebt an der Wiener Akademie. Das Selbstbildnis stammt aus dem Jahr 1828.

1825 fuhr Waldmüller zum ersten Mal nach Italien und wiederholte diese Reise Sommer für Sommer, neunzehn Jahre hindurch. Über diese Aufenthalte schrieb er:

»Das Anschauen der zahllosen, in dem schönen Italien gehäuften Werke der größten Meister erschloß meinem Sinn die ganze Größe, Herrlichkeit und Bedeutsamkeit der Kunst. Im regsten Kampfe meines Innern fühlte ich mich bei dieser Erkenntniß entmuthigt und begeistert zu gleicher Zeit. Entmuthigt, weil ich eben im Anschauen solcher Werke die gänzliche Mangelhaftigkeit alles bisher von mir Geleisteten erkannte, und es mir sehr problematisch erscheinen mußte, ob ich in einem Alter von 35 Jahren noch hoffen dürfe, einen Standpunkt zu erreichen, wo ich den Anforderungen, wie ich sie im Sinne der jetzigen Entwicklung meiner Ansichten und Begriffe als künstlerische Leistungen stellen mußte, entsprechen könne. Begeistert hingegen fühlte ich mich eben zu dem Vorsatz, mit aller Kraft nach dem Höchsten zu ringen und nur der Wahrheit und Natur zu huldigen, wie jene großen Meister thaten, deren unsterbliche Werke vor meinen Blicken glänzten.«

Waldmüller gerät in Konflikt mit den Lehrmethoden der Akademie und veröffentlicht 1845 seine polemische Schrift *Das Bedürfnis eines zweckmäßigen Unterrichts in der Malerei und plastischen Kunst.* Schon der Titel fordert die Kollegen heraus, ihre Pedanterie wird scharf angegriffen, und der Autor seinerseits erhält heftige Gegenkritik. »*Ich darf mir daher um so mehr ein Urteil über diese Unterrichtsmethode erlauben, da ich selbst jene Irrwege und Umwege beschritten habe, welche uns als die rechte Bahn zum ersehnten Ziele gewiesen wurden, bis endlich, freilich nach einem unersetzlichen Zeitverlust vieler Jahre, mir (und so manchem andern) es durch Zufall klar wurde, wie weit wir von dem richtigen Wege uns entfernt hatten*«, hält er dagegen und macht sich sämtliche Kollegen zu offenen Feinden. Eine Zeitlang streicht man ihm die Hälfte seines Gehalts, dann verliert er sein Amt und wird 1857 zwangspensioniert. Mit der Entlassung bleiben die Aufträge aus Wien aus, er kommt in äußerste finanzielle Bedrängnis, die auch seine späte Rehabilitierung 1864 nicht mehr ändern kann.

Waldmüllers wichtigste Werke befinden sich in Berlin (*Nach der Schule*, 1841), Dresden (*Damenbildnis*, 1837), Hamburg (*Alte Ulmen im Prater*, 1831), Köln (*Der Geburtstagstisch*, 1840), → *München* (*Bildnis einer Dame mittleren Alters*, 1828; *Waldmüllers Sohn Ferdinand mit Hund*, 1836; *Junge Bäuerin mit drei Kindern am Fenster*, 1840). Die bedeutendste Sammlung besitzt die Österreichische Galerie in Wien (*Bildnis der Mutter des Künstlers*, 1830; *Der Bettelknabe auf der hohen Brücke*, 1830).

Lit.: M. Buchsbaum, *Ferdinand Georg Waldmüller*. Salzburg 1976.

Unter der euphorischen Wirkung der Walzerklänge beschreibt Heinrich Laube (1806–1884) den Garten Sperls in der Leopoldstadt:

»Unter erleuchteten Bäumen und offenen Arkaden . . . sitzt Männlein bei Weiblein an zahllosen Tischen und ißt und trinkt und schwätzt und lacht und horcht. In der Mitte des Gartens nämlich ist das Orchester, von welchem jene verführerischen Sirenentöne kommen, die neuen Walzer, . . . welche gleich dem Tarantelstich das junge Blut in Aufruhr bringen. In der Mitte des Gartens, auf jenem Orchester, steht der moderne Held Österreichs: Napoléon autrichien – der Musikdirektor Johannes Strauß.«

Walzer

Walzer, ein paarweiser Rundtanz im Dreivierteltakt mit punktiertem Rhythmus oder als Zweischrittanz, bei dem sich das Paar um sich selbst dreht und gleichzeitig rund um den Saal bewegt: dieser Gesellschaftstanz entwickelte sich aus dem Ländler oder Dreher, zunächst von Kirche und → *Obrigkeit* verfolgt und verboten (wer ihn tanzt, soll »alsbald gefänglich eingezogen und um zwanzig Groschen bestraft werden«), tritt er seit den dreißiger Jahren seinen Siegeszug von → *Wien* aus um die Welt an.

»Der Kongreß tanzt« schon 1814/1815, Staatsoberhäupter, Fürsten und Minister »walzen«; auf Bällen der Hofburg wird er hoffähig, auf → *Volksbelustigungen* der Vorstädte und Bürgerredouten populär; es entstehen große Ballsäle in Wien, z. B. das »Sperl« oder das »Schwender«.

Mozart, → *Beethoven*, → *Schubert* oder → *Carl Maria von Weber*, später Schumann, Brahms und Chopin, komponieren konzertante W. Seine eigentlichen Väter aber sind → *Joseph Lanner* (1801–1843) und → *Johann Strauß* der Ältere (1804–1849), zugleich Rivalen und lange Zeit auch Freunde. Lanners rund 200 Walzerkompositionen, darunter die *Werber* und die *Schönbrunner*, und Strauß' mehr als 150 W. werden ungeheuer beliebt. Ihr großes Walzerorchester wächst auf über 200 Mann an; eine Saalschlacht des Publikums, als Strauß zum »Walzerkönig« ausgerufen wird, macht sie zu Feinden. Entthront wird Strauß durch seinen eigenen Sohn, Johann den Jüngeren (1825–1899), dessen *Schöne blaue Donau* (1867) als inoffizielle Hymne Wiens gilt. Seine berühmtesten W. sind neben vielen anderen Repertoirestücken der Gattung der *Kaiserwalzer, G'schichten aus dem Wiener Wald, Wiener Blut, Rosen aus dem Süden, Wein, Weib und Gesang*.

Der W. bleibt der beliebteste Tanz der Epoche, Menschen werden ohnmächtig oder gar wahnsinnig, weil sie, einem zeitgenössischen Bericht zufolge, *»über eine Woche ganze Tage und Nächte durchwalzt hatten«*. Die Popularität des Tanzes währt bis in die Gegenwart; Varianten des klassischen »Wiener Walzers« sind English-Waltz und Boston.

Lit.: M. Schönherr/J. Ziegler, *Aus der Zeit des Wiener Walzers. Titelblätter zu Tanzkompositionen der Walzerfamilie Strauß*. Dortmund 1981 (Die bibliophilen Tb., 285).

Johann Strauß der Jüngere übertrumpfte an Berühmtheit und an Vielseitigkeit seiner Musik sogar den Vater, den großen Walzerkönig. Noch am Ende der Biedermeierzeit ging seine Karriere steil bergan. Theo Zasche (1862–1922) hielt 1893 in einer kolorierten Zeichnung Strauß' ersten Auftritt als Dirigent eigener Kompositionen in Domayers Kasino in Wien am 15. Oktober 1844 fest.

Carl Maria von Webers romantische Oper Der Freischütz *hatte bei der Uraufführung gewaltigen Erfolg. Der Stahlstich von A. H. Payne (1812–1902) nach Karl Christian Vogel von Vogelstein (1788–1868) zeigt ein Porträt des Komponisten, umrandet von Szenen aus dem* Freischütz.

Carl Maria von Weber

(* 18. 11. 1786 Eutin; † 5. 6. 1826 London)

Weber erhält 1797/98 und 1801–1803 seine musikalische Ausbildung in Salzburg durch Michael Haydn (1737–1806), den Sohn des großen klassischen Komponisten. Vom zwölften bis zum vierzehnten Lebensjahr ist er in → *München* Schüler des Hoforganisten Johann Nepomuk Kalcher und studiert nebenbei Gesang und die Kunst der Notenlithographie. 1803 kommt er nach → *Wien* und studiert bei Abt Georg Joseph Vogler ein Jahr lang Klavier. Vogler verschafft ihm die Stelle eines Musikdirektors in Breslau, die er im Herbst 1804 antritt. 1806 geht er auf Einladung des kunstliebenden Prinzen Eugen von Württemberg als Kapellmeister nach Carlsruhe in Oberschlesien.

Durch die Wirren der Napoleonischen Kriege und den Zusammenbruch Preußens im Jahr 1806 wird das Orchester aufgelöst, Weber folgt einem Ruf an den Hof des Herzogs Ludwig von Württemberg nach Stuttgart als dessen Sekretär. Der Aufenthalt dort ist mit einem wilden, liederlichen Leben verbunden, Weber vernachlässigt die Musik, macht Schulden, Ende Februar 1810 wird er mit seinem Vater, der ihm zu Hilfe gekommen war, außer Landes gewiesen. Er zieht nach Darmstadt, wo sein Lehrer Vogler jetzt lebt, und nimmt seine Studien wieder auf. Im November 1810 lebt Weber in Mannheim und schreibt die Oper *Abu Hassan* (1813 in → *München* uraufgeführt), in der er seine Stuttgarter Erlebnisse (drängende Gläubiger und geplagte Schuldner) aufarbeitet. Von Ostern 1813 bis Oktober 1816 leitet er die Oper in Prag. 1814 entstehen die *Kriegslieder* zu Theodor Körners Gedichten, nach der Schlacht bei Waterloo (→ *Wiener Kongreß*) die große Kantate *Kampf und Sieg.*

Nachdem Weber seine Prager Stelle aufgegeben hat, lebt er 1816 vorübergehend in → *Berlin.* Am Ende dieses Jahres kommt er nach → *Dresden* und wird dort Kapellmeister an der im Entstehen begriffenen Deutschen Oper. Mühsam muß sich Weber hier erst gegen das vom Hof begünstigte italienische Repertoire durchsetzen.

Auch in Dresden läßt sichs Weber wohl sein, aber dem allzu lockeren Leben schiebt seine resolute Frau Karoline den Riegel vor. Weber ist ein Frühaufsteher und heftiger Arbeiter, liebt aber ausführliche Gastereien am Abend. Zeitgenossen sehen ihn in einem kleinen Laden in der Wilsdruffergasse schlemmen bei »Salami di Verona, Trüffelwürsten, Pommerschen Bayonner Schinken, Lachsen, Haufen von Südfrüchten, Kaviarfäßchen und gewaltigen grünen Käseglocken«: Es ist der Laden des Italieners Chiappone, zu dem das gesamte Literatur- und Kunstleben Dresdens in Beziehung steht.

Anfang 1817 beginnt die Zusammenarbeit mit dem Librettisten Johann Friedrich Kind (1768–1843). Am 18. Juni 1821 wird *Der Freischütz* am Königlichen Schauspielhaus in Berlin (→ *Musik*, → *Schinkel*) mit gewaltigem Erfolg uraufgeführt und beginnt seinen Siegeszug um die Welt; 1822 erhält Weber den Auftrag, für Wien eine neue große Oper zu schreiben. In seinem Bestreben, etwas gänzlich anderes als den *Freischütz* auf die Bühne zu bringen, schreibt er die Märchenoper *Euryanthe* und leitet selbst die Uraufführung (1823). Der Freischütz-Erfolg läßt sich jedoch nicht wiederholen. Anfang 1824 erhält Weber von London den Auftrag zu einer Oper und komponiert den *Oberon*. Im Februar 1826 reist er – schon krank – nach London, leitet im Frühjahr noch die Uraufführung, die lebhaft beklatscht wird und stirbt bald darauf an der Schwindsucht. Webers Beisetzung findet in der Paulskathedrale in London statt, erst 1844 kommt die Urne mit der Asche nach Dresden zurück. Richard → *Wagner* ist einer der Organisatoren des Trauerakts und hält auf dem katholischen Friedhof in Friedrichstadt die Grabrede: »*Hier ruhe denn! Hier sei die prunklose Stätte, die uns deine teure Hülle bewahre! Und hätte sie dort in Fürstengrüften geprangt, im stolzesten Münster einer stolzen Nation, wir wagten doch zu hoffen, daß du ein bescheidenes Grab in deutschem Boden dir lieber zur letzten Ruhestatt erwählt!*«

Lit.: *Carl Maria von Weber in seinen Schriften und in zeitgenössischen Dokumenten.* Zürich 1973.

Neben Opern schrieb Weber auch viele konzertante Musikstücke. Zu den bekanntesten gehört das Rondo Aufforderung zum Tanz. *Titel eines frühen Notendrucks bei A. M. Schlesinger mit gestochenen Noten.*

Weihnachten

Die Epoche der → *Geselligkeit*, des Zirkels, → des *Salons* und der ausgelassenen Volksfeste (→ *Volksbelustigung*) begeht auch mit besonderer Hingabe ihre Familienfeste und die Feiertage des Jahres.

W. besonders ist ein Hauptereignis für Kinder, und selbst die ärmsten Eltern sind liebevoll bestrebt, kleine Geschenke, Konfekt und ein neues Kleidchen herbeizuschaffen. Der Dichter → *E. T. A. Hoffmann* (→ *Literatur*) schildert in seinem Märchen *Nußknacker und Mäusekönig* einen gutbürgerlichen Weihnachtsabend, an dem der heilige Christ den Kindern die wunderbarsten Dinge beschert, wenn sie das ganze Jahr über besonders artig und fromm gewesen sind. Der große Tannenbaum in der Mitte des Zimmers trägt viele silberne und goldene Äpfel, und wie Knospen und Blüten keimen Zuckermandeln und Bonbons und was es noch für schönes Naschwerk gibt, aus allen Ästen. An seinen Zweigen funkeln hundert kleine Lichter wie Sterne und laden freundlich ein, seine Blüten und Früchte zu pflücken. Um den Baum umher glänzt alles sehr bunt und herrlich. Da liegen für die Mädchen die zierlichsten Puppen,

Die Geschichte des Weihnachtsbaums erzählen im 19. Jh. die Reklamebildchen der Firma Liebig.

allerlei saubere, kleine Gerätschaften und, das Schönste von allem, ein seidenes Kleidchen mit bunten Bändern geschmückt. Buben bekommen ein neues Steckenpferd, eine Schwadron Husaren, prächtig in Rot und Gold gekleidet mit silbernen Waffen und auf weißglänzenden Pferden; für alle Kinder sind die Bilderbücher, in denen schöne Blumen, bunte Menschen und spielende Kinder abgebildet sind. Das Allerschönste aber ist ein herrliches Schloß mit vielen Spiegelfenstern und goldenen Türmen auf einem grünen, mit bunten Blumen geschmückten Rasenplatz.

So ähnlich dürfte es in den Weihnachtszimmern der wohlhabenden Bürger ausgesehen haben. Der Christbaum kommt zu neuen Ehren (während der Kriegsjahre hatte man ihn als Symbol des Widerstandes und der Hoffnung angesehen) und löst seit 1830 die Lichterpyramide ab. Der Grund ist sehr prosaisch: mit der Erfindung der Stearinkerze (→ *Wohnkultur*) wird es nicht mehr so teuer, den Lichterglanz zu entzünden.

Auch der gemeinsame Gesang der Familienmitglieder gehört zum Fest, einige der bekanntesten Weihnachtslieder entstehen im Biedermeier: In der Kirche des Vikars Joseph Mohr (1792–1848) aus Oberndorf im Salzburgischen ist ausgerechnet in der Vorweihnachtszeit 1818 die Orgel defekt. Er schreibt die Verse *Stille Nacht, heilige Nacht* ... nieder und bringt sie zu seinem

Stille Nacht, heilige Nacht!
Alles schläft, einsam wacht
nur das traute, heilige Paar.
Holder Knab im lockigen Haar:
Schlafe in himmlischer Ruh!
Schlafe in himmlischer Ruh!

Stille Nacht, heilige Nacht!
Gottes Sohn, o wie lacht
Lieb aus deinem göttlichen Mund,
da uns schlägt die rettende Stund:
Jesus, in deiner Geburt!
Jesus, in deiner Geburt!

Stille Nacht, heilige Nacht!
Hirten erst kundgemacht;
durch der Engel Halleluja
tönt es laut bei ferne und nah:
Jesus der Retter ist da!
Jesus der Retter ist da!

Freund, dem Schulmeister Franz Gruber (1787–1863), der dazu die weltberühmte Melodie für zwei Singstimmen, Chor und Gitarrenbegleitung komponiert. Im selben Jahr verfaßt der Schriftsteller und Pädagoge Johannes Falk (1768–1826) den Text des Liedes *O du fröhliche, o du selige, gnadenbringende Weihnachtszeit* zur Melodie einer alten sizilianischen Fischerweise. 1824 dichtet der Magister Ernst Anschütz auf die Melodie eines alten Landsknechtliedes das Weihnachtslied *O Tannenbaum.* 1846 entwirft John C. Horseley die erste illustrierte Weihnachtskarte.

Lit.: U. Riemerschmidt, *Weihnachten, Kult und Brauchtum einst und jetzt.* Hbg. 1962.

Christkindl-Märkte zur Weihnachtszeit haben jahrhundertelange Tradition, waren aber im Biedermeier besonders gern besuchte Attraktion in den großen Städten. Eine Spielzeugbude vom Nürnberger Markt; anonymer Stich um 1820.

Wien

Von den Städten, die im Biedermeier als Weltzentrum Geltung haben, ist Wien die heiterste und vielschichtigste. Nicht so geistreich wie → *Berlin*, weniger introvertiert als → *Dresden*, gänzlich ohne großangelegte Bautätigkeit wie → *München*, ist die Stadt zu Beginn der Epoche vor allem ein politisches Zentrum.

Hier tagt 1814/1815 der Kongreß, der Europa neu ordnet. Ein dreiviertel Jahr sehen die Einwohner die Monarchen von Rußland, Preußen, Dänemark, Württemberg, Baden, Hessen-Kassel und eine Menge anderer Fürsten oder deren Abordnungen in ihren Mauern, daneben weltberühmte Staatsmänner wie → *Metternich*, Englands Kriegs- und Außenminister Lord Castlereagh, den preußischen Staatskanzler Hardenberg (→ *Adel*) oder den französischen Außenminister Talleyrand (→ *Wiener Kongreß*). Sie alle und ihre Begleitung bringen außerdem Festlichkeit, → *Geselligkeit*, nicht nur in die Hofburg, in der → *Kaiser Franz I.* (1768–1835) großzügiger Gastgeber ist. Auch die großen und kleinen Kneipen und → *Kaffeehäuser*, Balllokale und Vorstadtbeisln haben Konjunktur, und natürlich werden auch die Wiener Mad'ln und die Damen der Halbwelt umworben, denn Männer sind überzählig.

Der Kongreß selber bleibt zunächst fast Nebensache. Halb belustigt, halb verlegen erzählt man sich auf diplomatischem Parkett, wie der österreichische Herrscher an einem stürmischen, naßkalten Novembermorgen eine halbe Stunde lang vergebens auf den Beginn der anberaumten Sitzung warten mußte und sich schließlich resigniert an einen Hofrat wandte: »*Wenn i net der Kaiser von Österreich wär', glauben S', i wär' bei dem Sauwetter 'kommen?*« – Erst die Flucht Napoleons von Elba macht die Sache dringlicher. Morgen für Morgen schlagen die aus ihrer Gemütlichkeit aufgescheuchten Wiener die Pariser Gazetten auf und lesen z. B. entsetzt im regierungstreuen *Moniteur* den Fortgang des Geschehens:

Das aufgeputzte Treiben auf dem Wiener Graben beschreibt der Berliner Dichter Adolf Glassbrenner:

Von dem Stephansplatz hinunter,
Winden sich zu einem Kranz
Bunte Läden, bunt behangen
Von der Mode Wechselglanz.

Und wie dort die Mode wechselt,
Wechseln de Gestalten hier;
Bunte Leute ziehn vorüber,
In dem bunten Schaurevier.

Von den feingeputzten Herren
Lassen sich die schönen Frau'n,
Wie sie auch die Blicke werfen,
Doch am liebsten selbst beschau'n.

Und es geizen diese Herren,
wandelnd hin und her, zurück,
Wie sie auch die Zeit verschwenden,
Doch um einen Augen-Blick.

Diese Majestät des Wuchses!
Diese Kleider reich und fein!
Diese kostbaren Brillanten!
Das muß eine Fürstin sein!

Fehlgeschossen! Jenem reichen
Kaufmann mit dem dicken Bauch,
Dem gewährt sie Unterhaltung,
Und er unterhält sie auch.

9. März 1815: »*Die Bestie hat ihre Höhle verlassen.*« – 10. März: »*Ganz Frankreich verabscheut den Moloch.*« – 11. März: »*Das korsische Ungeheuer hat französischen Boden betreten.*« – 13. März: »*Der Peiniger übernachtete in Grenoble.*« – 18. März: »*Der Tyrann auf dem Vormarsch nach Dijon.*« – 19. März: »*Bonaparte will Paris erobern, aber er wird elendiglich scheitern.*« – 20. März: »*Der Kaiser steht bereits in Fontainebleau.*« – 21. März: »*Der Befreier pocht an die Tore der Hauptstadt.*« – 22. März: »*Seine kaiserliche Majestät ist heute in Paris eingezogen. Vive L'Empereur!*«

Das macht auch den Kongreßteilnehmern Beine, aber die Einwohner der österreichischen Metropole haben vor allem Grund zu höchstem Alarm: Ihre Habsburgerprinzessin Marie-Louise (1791–1847) war Gemahlin → *Napoleons* und verließ ihn, als er gescheitert war. Jetzt lebt mit beider Sohn, Franz Joseph Herzog von Reichsstadt (1811–1832), der in Schönbrunn vor W. erzogen wird, eine Geisel gefährlich nahe der Stadt, und Napoleon verlangt natürlich sofort seinen Erben. Eine Verschwörung will Franz Joseph mit Gewalt entführen, und so wird er in der Hofburg in Sicherheit gebracht. Das alles bewegt die Gemüter; und als der blasse, schöne junge Mann, der schon bei seiner Geburt den Titel »König von Rom« erhielt, gut ein Jahrzehnt später in der Wiener Gesellschaft Furore macht und mit »Vivat le Roi« umjubelt wird, entscheidet Metternich bündig: »*Ein für allemal ausgeschlossen von allen Thronen!*«

Napoleons »hundert Tage« enden mit der Niederlage durch Blücher und Wellington bei Belle-Alliance (Waterloo) und neuer, endgültiger Verbannung. Wer aber in W. geglaubt hat, nun ginge es weiter mit Fest und Gala, Schmausen, Klatsch und Tratsch, der irrt. Im Juni wird die Schlußakte unterzeichnet, 1819 ist noch einmal Ministerkonferenz, im selben Jahr treten die »Karlsbader Beschlüsse« (→ *Burschenschaften*) in Kraft, der Hauch von der ganz großen Welt, der mit den zahlreichen ausländischen Staatsgästen selbst eine Kaiserstadt wie W. verändert hat, ist dahin.

Harte Maßnahmen (Österreich legt vor allem seinen Bühnen strenge Fesseln an) verleiden jedermann die Freude am → *Theater*, am Lesen, sogar am – im Biedermeier so beliebten – Briefeschreiben und -empfangen, denn all das unterliegt nun der Überwachung durch die Zensur (→ *Pressewesen*). Fremde Journale bleiben aus. Die Stadt zieht sich zurück auf's Volkstheater, die Posse, das Vaudeville in den Vorstädten, das noch Freiräume bietet, auch für Satire und Persiflage. Man retiriert in die → *Salons*, zu anmutigen kleinen Hauskonzerten und Soiréen (→ *Musikalische Soirée*) und allenfalls in die Oper. Anzüglich flüstert man sich eine Anekdote über → *Albert Lortzing* von Ohr zu Ohr: Ihm hatte ein Zensor namens Demut besonders zugesetzt, und als er

eines Abends in seiner eigenen Oper *Zar und Zimmermann* mitspielt und ein Lebehoch auf den Herrscher »aller Reußen« ausbringen soll, unterbricht er sich, verneigt sich gespielt devot und ruft ins Publikum: *»Hier muß ich schweigen – Demut gebietet mir's!«*

Großen Zulauf haben die Vergnügungsstätten, der Prater (→ *Volksbelustigung*), der Vernügungspark Tivoli, der um 1830 aufblüht und die erste Rutschbahn präsentiert, daneben, am Musikantenpult, auch Johann Strauß Vater (→ *Walzer*).

Nirgends treibt man in der → *Mode* derartigen Aufwand wie in W., man zieht sich täglich mehrmals um, behängt sich reichlich mit Schmuck (bereits 1772 erfand Josef von Strasser den »Diamanten aus Glas«, den »Straß«-Stein, das macht die Sache erschwinglich), besitzt zahllose Accessoires, Hüte, Umhänge, Capes – denn Stadt und Umgebung, der Hof, die großzügig angelegten Plätze W., die Promenade in den breiten Straßen und kleinen Gassen bieten ein hervorragendes Forum, um den ganzen Staat auch vorzuführen. Die vielen Besuche, die man sich gegenseitig macht, die Visiten und Levers, Kaffeestunden und Gartenplauschs (→ *Geselligkeit*) fordern auch einen gewissen Vorrat an Hauskleidung, Morgenmänteln, Überwürfen oder Schuhwerk. Der Häuslichkeit wendet man überhaupt besondere Liebe zu. Die → *Möbel* in W. sind, obgleich von

In den Jahren nach der Biedermeierepoche hat sich die Silhouette der österreichischen Metropole nicht wesentlich verändert. Das Aquarell aus dem Wiener Stadtpark stammt von Franz Alt (1821–1914) und wurde 1868 gemalt

schlichter Formgebung, auffallend schön im Holz, elegant in der Ausführung, abwechslungsreich im Dessin des Überzugs. Möbelschreinerei erhebt sich fast aus dem Bereich des Handwerks in jenen der Kunst; Kirschbaumholz ist besonders beliebt und eine Spezialität der »Aufwärter«, ein sich von unten nach oben verbreiterndes Tischchen aus mehreren offenen Etagen, zum Ausstellen von → *Porzellan* oder → *Glas* ebenso gut geeignet wie zum Beistellen oder Servieren. Der Glaskunst widmet man sich in W. mit besonderem Eifer, ebenso der → *Malerei.* Es sind nicht die großen Namen der Kunstgeschichte, die hier genannt werden, aber mit die feinsten Genre-, Interieur- und Kleinmaler der Zeit: Joseph Danhauser (1805–1845; → *Möbel*) mit humorvollen Genres; Leopold Kupelwieser (1796–1862), der Akademieprofessor und Historienmaler; der Porträtist Johann Nepomuk Ender (1793–1854); der Miniaturist Moritz Michael Daffinger (1790–1849), der fast alle Teilnehmer des → *Wiener Kongresses* im Bild festhält; und Peter Fendi (1796–1842; → *Malerei*), der als »Bildberichterstatter« des Kaiserhauses in Ansehen steht, auch als Kinderporträtist sehr gesucht ist und heimlich vergnügte Pornoszenen aquarelliert.

Infolge der strengen Gesetze der öffentlichen Ordnung und der Zensur des geistigen Lebens bietet W. im Biedermeier ein seltsam unkonturiertes, facettenreiches, amorphes Bild. Ludwig van → *Beethoven*, → *Schubert*, → *Grillparzer* sind die letzten großen Persönlichkeiten; Metternich lastet als gewaltiger Schatten

Die barocke Gestalt Wiens blieb bis 1870/80 unverändert, besonders der berühmte »Graben«. Carl Schütz (1745–1800) malte 1781 die Ansicht gegen den Kohlmarkt.

über allem, niemand wagt sich zu profilieren, und so präsentiert sich die Stadt als lebendig quirlende, bunte Menge, die es sich wohl sein läßt. Universität und Akademie, → *Museen* und → *Industrie* spielen noch nicht die große Rolle wie nach der Jahrhundertmitte, Bibliothek und Reitschule, die Palais des → *Adels* und des reichen → *Bürgertums* stammen aus früherer Zeit. Nur in den Vorstädten entstehen neue, anmutige, zweckdienliche Bürgerhäuser (→ *Architektur*), sonst stagniert auf dem Gebiet der Stadtentfaltung alles. In den Napoleonischen Kriegen war W. zwar besetzt gewesen, doch hat es keinen Schaden genommen, der neue, intensive Bautätigkeit provoziert hätte. Zwei Eisenbahnlinien, deren Schienenstränge später mit ihren weitverzweigten Verästelungen alle Teile der Monarchie verbinden werden, münden allerdings schon in W. ein: seit 1836 die Kaiser-Ferdinands-Nordbahn und seit 1841 die Südbahn. Für den Personen- und Frachtverkehr zu Wasser besteht seit 1835 die Donaudampfschiffahrtsgesellschaft (→ *Dampfschiffahrt*).

Klassengegensätze wie in den stärker industrialisierten Städten, London oder Berlin z. B., soziales Gefälle etwa zwischen Adel und Bürgertum, beschweren die Wiener kaum. Dennoch bricht in ihre halb erzwungene, halb träge gewollte Idylle die → *Revolution* von 1848 mit besonderer Gewalt ein. Zeitungen werden plötzlich aufmüpfig, die Polizei verstärkt den Druck, Metternich gilt als der große »Buhmann«, und im Februar erhebt sich mitten in der Innenstadt Protest. Studenten, Arbeiter, Soldaten und Polizisten stehen sich gegenüber, lautstark verlangt man Pressefreiheit (→ *Pressewesen*), Freiheit der Religionsausübung, Lehr- und Lernfreiheit (→ *Universitätsleben*), Volksvertretung, Verfassung; es wird geschossen, Metternich verläßt die Stadt, der Kaiser bleibt, er wird verschont und erklärt im Gegensatz zu seinem königlichen Kollegen in Berlin, seinen Ministern standhaft: »*Ich lasse auf meine Wiener nicht schießen!*«

Demonstrativ fährt er in offener → *Kutsche*, den Thronfolger auf dem Rücksitz, durch die Menge, bringt sich dann aber samt dem Hof doch lieber nach Olmütz in Sicherheit.

Zu einer der volkstümlichsten und zugleich »modernsten« Gestalten des Nachbiedermeier in Österreich wird Erzherzog Johann von Österreich (→ *Revolution*), geboren am 20. Januar 1782 in Florenz, gestorben am 10. Mai 1859 in Graz. Der Sohn des späteren Kaisers Leopold II. erhält seine Erziehung in Florenz und W., schlägt dann, mehr gezwungen als freiwillig, eine militärische Karriere ein, muß in den Napoleonischen Kriegen manche herbe Niederlage hinnehmen und träumt nach Friedensschluß einen romantischen Traum von der Bewaffnung des Volkes nach dem Vorbild der

Adalbert Stifter gibt in seinem Werk *Wien und die Wiener* (Pest 1844) eine Schilderung der Lebensfreude in der Metropole:

»Ein Hauptzug im Charakter des Wieners ist Lust am Lebensgenusse. Der Vers Schillers: ›Immer dreht sich am Herde der Spieß‹ – findet bei uns Wienern völlige Anwendung. Das ganze liebe Jahr hindurch gibt es öffentliche Unterhaltungen, Schmausereien, Musik und Tanz. Daher mag es kommen, daß der Karneval sich von der übrigen Zeit des Jahres höchstens durch die größere Anzahl der öffentlichen Anschlagzettel unterscheidet, die da an allen Straßenecken hangen und mit riesengroßen Lettern all die Herrlichkeiten des heutigen oder morgenden Abends im verlockendsten Stile anpreisen und verkünden. ...
Nun laßt aber erst den Frühling anrücken! – Heiliger Saturnus! – welche Sündflut von Annoncen ließest du über unsere bedauernswerten Häuser kommen! – Wer durch dieses chaotische Meer dringt, ohne einen Kompaß um Rat gefragt zu haben – der ist ein zweiter Kolumbus – wenn er auch dabei entdeckt, daß es nichts Neues unter der Sonne und im Fasching gebe. Hier Bälle – dort Bälle – überall Bälle!
Sämtliche Lokalitäten sind geöffnet! Brillante Beleuchtung! – Treffliches, wohlbesetztes Orchester! Für Erfrischung ist bestens gesorgt! – Herr Kapellmeister X wird heute seine »Unsterblichen« das erstemal vorzutragen die Ehre haben! – Herr Tanzmeister Y wird die Tänze arrangieren! und so fort mit Grazie in infinitum!«

Erzherzog Johann von Österreich als Generalgeniedirektor. Bevor der beliebte Habsburger Politiker wurde, brachte er eine wechselvolle militärische Karriere hinter sich. 1804 malte ihn Teodoro Matteini (1754–1831) in Uniform.

Schweiz und des Landes Tirol. Mit derart unkonventionellen Ideen macht er sich in der Hofburg nur unbeliebt.

Die Polizei → *Metternichs* treibt ihn schließlich zur Flucht, er läßt sich in der Steiermark nieder, heiratet dort die Postmeistertochter Anna Plochl und betreibt auf seinem Gut Brandhof Landwirtschaft im Stil eines genossenschaftlichen Betriebes. In Graz begründet er eine naturwissenschaftlich orientierte Hochschule, das »Johanneum« und honoriert selbst die berufenen Professoren. Nach der → *Revolution* wird der Erzherzog von der Nationalversammlung in der Frankfurter Paulskirche zum »Reichsverweser« gewählt, aber trotz großem Engagement bleibt sein Wirkungsfeld beschränkt, kann er kaum eine seiner Ideen von Fortschritt und Zukunft realisieren. Enttäuscht zieht er sich wieder in die Abgelegenheit der Bergwelt zurück und wird dort zu einer fast schon zu Lebzeiten legendären Gestalt im steiermärkischen »G'wand« aus grauem Loden, mit dem riesigen runden Krempenhut, den die Hahnenfeder schmückt, der Jäger und Sänger des »einfachen Lebens«, der in einem Gedicht schreibt:

»Laß andere nach Reichtum streben,
Ihn nimmt und gibt der Zufall nur.
Mir ist ein Baum und Bach gegeben,
Und diese hat nur die Natur.

Biedermeier in W. endet mit der Erstürmung der Stadt durch die kaiserlichen Truppen unter Alfred Fürst von Windischgräz (1787–1862) im Oktober 1848.

Lit.: F. Endler, *Wien im Biedermeier*. Wien 1978.

Wiener Kongreß

Der Kongreß tagt vom 16. September 1814 bis zum 9. Juni 1815, jäh unterbrochen durch die Flucht → *Napoleons* von Elba, seine triumphale Rückkehr nach Paris im März 1815 und die hunderttägige Herrschaft.

Zweck und Aufgabe des Kongresses ist es, Napoleons Erbe zu ordnen, die politischen Grenzen Europas neu zu bestimmen, begangenes Unrecht wiedergutzumachen und die Voraussetzung für einen dauerhaften Frieden zu schaffen. Wortführer und prominenteste Teilnehmer sind der österreichische Staatskanzler → *Klemens Wenzel Lothar Fürst von Metternich* (1773–1859), → *Franz I.*, Kaiser von Österreich (1768–1835), der Gastgeber, → *Alexander I.*, Zar von Rußland (1777–1825) und → *Friedrich Wilhelm III.*, König von Preußen (1770–1840), begleitet vom preußischen Staatskanzler Karl August Fürst von Hardenberg (1750–1822), der englische Außenminister Lord Castlereagh (1769–1822) sowie Charles Maurice Herzog von Talleyrand (1754–1838), Frankreichs diplomatischer Außenminister, der bereits Napoleon gedient hatte.

Die polnisch-sächsische Frage führt an den Rand des Krieges; um die Erhaltung des europäischen Gleichgewichts besorgt, wenden sich Metternich und Castlereagh gegen die Annexion Polens durch Rußland, Sachsens durch Preußen. Talleyrand nutzt diese Krise zur Aufwertung des politischen Ansehens Frankreichs, das dem englisch österreichischen Geheimabkommen gegen Rußland und Preußen im Januar 1815 beitritt. Durch die Vermittlung Metternichs, vor allem aber wegen der Hiobsbotschaft von der Rückkehr Napoleons aus Elba, einigt man sich auf einen Kompromiß.

Bevor das »Ungeheuer« Elba verläßt, ist der Kongreß in erster Linie gesellschaftliches Ereignis (→ *Wien*). In der Gesellschaft Wiens ißt man im allgemeinen erst um sechs Uhr abends zu Mittag, gegen acht Uhr ziehen sich die Gäste zurück. Nach zehn Uhr öffnen sich die → *Salons*, in denen man L'hombre oder Whist spielt und plaudert. Der österreichische Feldmarschall und Diplomat Charles Joseph Fürst von Ligne (1735–1814) spottet: »*Der Kongreß tanzt, aber er kommt nicht vom Fleck.*« Durch die plötzlich veränderte Lage in Frankreich wird diese ironische Behauptung jäh außer Kraft gesetzt, die gefährliche Situation drängt zu schnellen Entscheidungen. Am 9. Juni 1815 wird die Schlußakte unterzeichnet. Das »legitime« Europa soll restauriert und gebietsmäßig stark verändert werden. (Die Heere des englischen

Der Wiener Kongreß hatte es sich zur Aufgabe gesetzt, das von Napoleons Kriegen zerrissene Europa neu zu ordnen. Auf einer Sitzung der Bevollmächtigten der acht Signatarmächte des Pariser Vertrages sieht man im Vordergrund von links nach rechts die einflußreichsten Teilnehmer: Hardenberg (Preußen), stehend Metternich (Österreich), Castlereagh (England), Talleyrand (Frankreich) und Stackelberg (Rußland).

Drei der wichtigsten Kongreßteilnehmer beim gemeinsamen Ausritt: Kaiser Alexander I. von Rußland, Kaiser Franz I. von Österreich, König Friedrich Wilhelm III. von Preußen (v. l. n. r.). Johann Georg Mansfeld (1764–1817) und Johann Adam Klein (1792–1875) malten das Aquarell.

Der kritische Poet Hoffmann von Fallersleben (1798–1874) spottet auf den deutschen Zollverein:

»Pfefferkuchen, Lumpen, Trichter,
Nüsse, Tabak, Gläser, Flachs,
Leder, Salz, Schmalz, Puppen, Lichter,
Rettich, Rips, Raps, Schnaps, Lachs, Wachs!
Und ihr andern deutschen Sachen,
Tausend Dank sei euch gebracht!
Was kein Geist je konnte machen,
Ei, das habet ihr gemacht:
Denn ihr habt ein Band gewunden
Um das deutsche Vaterland,
Und die Herzen hat verbunden
Mehr als unser Bund dies Band!«

Herzogs von Wellington (1769–1852) und des preußischen Feldherrn Blücher (→ *Adel*) besiegen Napoleon am 18. Juni 1815 in der Schlacht von Belle-Alliance (Waterloo); er wird gefangengenommen und auf die Insel St. Helena verbannt. Dort stirbt er 1821.

Das Mächtefünfeck des späten 18. Jh.s, bestehend aus Österreich, Rußland, Preußen, England und Frankreich, wird bestätigt, die ersteren drei bilden die konservative »Heilige Allianz« und gründen (gemeinsam mit 33 weiteren souveränen Fürsten und vier freien Städten) unter Vorsitz Österreichs anstelle des bisherigen Reiches den »Deutschen Bund«.

Lit.: H. Spiel (Hg.), *Der Wiener Kongreß in Augenzeugenberichten.* Mchn. 1978.

Wirtschaft

Biedermeier präsentiert sich als eine Zeit wirtschaftlicher Erholung nach Jahren des Krieges, der Konsolidierung, Industrialisierung (→ *Industrie*), allerdings auch voll Problematik, denn der Fortschritt in Wissenschaft, → *Medizin* und Technik (→ *Varia*), Komfort und Ansprüche haben starke soziale Spannungen zur Folge (→ *Proletariat*), die schließlich zu revolutionärer Explosion führen (→ *Revolution*).

Bestrebungen, die Wirtschaft auf solide und funktionierende Grundlagen zu stellen, beginnen früh. 1819 wird in Frankfurt am Main auf Initiative des Volkswirtes Friedrich List (1789–1846; → *Eisenbahn*) ein allgemeiner deutscher Handels- und Gewerbeverein gegründet, der »Verein deutscher Kaufleute und Fabrikanten«; sein Ziel ist es, für die Zolleinigung in Deutschland, das damals über 24 Millionen Menschen zählt, zu werben.

1828 wird der mitteldeutsche Handelsverein zwischen Hannover, Kurhessen, Sachsen, Sachsen-Braunschweig, Nassau, Frankfurt am Main, Bremen und den Thüringischen Kleinstaaten gegen Preußen geschlossen, im selben Jahr gründen Preußen und Hessen-Darmstadt sowie die süddeutschen Staaten Bayern und Württemberg einen Zollverein. 1833 konstituiert Preußen unter Vereinigung des Süddeutschen Zoll- und des Mitteldeutschen Handels-Vereins den deutschen Zollverein – Österreich ist ausgeschlossen –, durch den der größte Teil Deutschlands wirtschaftlich geeint ist.

Lit.: W. Treue, *Wirtschaftsgeschichte der Neuzeit.* Bd. I, 18. und 19. Jh. 3. Aufl. Stg. 1973.

Wohnkultur

Der Stil von Raumausstattung und Möblierung richtet sich ganz nach den alltäglichen Bedürfnissen des → *Bürgertums;* alles ist schlicht bemessen und zweckmäßig, gediegen und harmonisch in der Ausführung.

Die Räume haben in der Regel mindestens zwei nicht sehr breite und hohe Fenster, drapiert mit duftigen Mullgardinen oder gerafften Vorhängen aus Musselin. Zwischen ihnen hängt der einfach und gerade gerahmte Spiegel, wie die → *Möbel* mit schönen Hölzern furniert, gelegentlich auch intarsiert (am Außenfenster häufig der aus zwei Spiegelscheiben zusammengesetzte »Spion«, der einen diskreten Blick auf die Vorgänge in der Straße erlaubt). Ein weißer oder pastellfarbener Anstrich oder gestreifte, selten auch geblümte Tapeten schmücken die Wände; die Fußböden bestehen aus braunen oder braun lackierten Dielenbrettern, manchmal noch weiß gescheuert und mit Sand bestreut. Vornehme Leute leisten sich Eichenholzparkett mit Fischgrätmuster. Teppiche in Bürgerhäusern gibt es noch wenige, sie sind handgefertigt, solide, keinesfalls elegant. Üblich sind handbestickte Klingelzüge. Die Bilder, meist Porträts, Stiche oder Silhouetten (→ *Schattenrisse*), zeigen schlichte Rahmen wie die Spiegel. Farblich ist alles dezent und zurückhaltend. Die Öfen, vierkantig oder rund, sind aus weißen Kacheln aufgemauert, mit blanken Messingtürchen versehen, haben ein offenes »Rohr«, in dem der Teekessel warmgesetzt wird. Als Beleuchtung dienen Wachskerzen, Lampen werden mit Rüböl gefüllt, Kronleuchter sind aus → *Glas*, → *Porzellan* oder Metall mit Prismenbehang.

Ein »Damenzimmer« mit erlesenem Parkett, zahllosen, schlichtgerahmten Bildern und den typischen Kleinmöbeln der Zeit malte 1843 Matthias Grösser in Aquarell.

Nadelstichbildchen, kunstvoll gestickte Kompositionen aus farbigem Garn, Seide oder Petit-Point, gehörten zu den bevorzugten Handarbeiten der Biedermeierdame und zum Schmuck ihrer Häuslichkeit.

Nachmittägliche Besuchs- oder Kaffeevisiten, »ästhetische Tees«, jede Art von → *Geselligkeit* ist Anlaß, sich reichlich Geschirr, zahlreiche Gläser und Service anzuschaffen und diese, obwohl Gebrauchsgegenstände, sind vor allem im späteren Biedermeier schön geformt, dekorativ bemalt, zierlich geschliffen – Grund genug, um sie im »Museumsschrank des Bürgertums«, der Servante auszustellen.

Die W. der Zeit wirkt ausgesprochen behaglich: Zu den obligatorischen Möbeln (Sofa, Schreibschrank, Kommode, großer Tisch) kommen kleine Arbeitstischchen am Fenster für die Frauen, Nähkästchen mit bunten Zwirnrollen, das Piano (→ *Erziehung*), Hyazinthen in Treibgläsern auf der Fensterbank, der Vogel im Messingbauer, runde Lampen, manchmal auch Schirmlampen auf den Tischen, der Lichtschirm aus Mahagoni und fein bemalter Seide, die Pendule (vergoldete Uhr mit Holzgehäuse) und die silberne Teemaschine. Der Rückzug in den privaten Bereich schafft sich eine friedliche Atmosphäre der Geborgenheit.

Zu den Ergebnissen des »Nähkästchen«-Eifers gehören die vielverbreiteten Stickmustertücher, gestickte Sprüche »für Haus und Küche« mit guten Wünschen, Maximen, Bildern, Buchstaben, Reimen, die im ausgehenden Jh. und nach der Jahrhundertwende ihre wahre Hochblüte erleben. Ihre Anfänge um 1820/30 verewigen sich vor allem in Kreuzstichmustern, später durch Stepp-, Gobelin-, Satin-, Hexen-, Spann- und Schrägstich auf Leinen. Als Stickmaterial verwendet man farbige Seidenfäden, Wollfäden in unterschiedlichen Stärken und Nuancen, Leinengarn, Weißgarn und bunte Seidenbänder. »Petit point« gilt als vorzüglich kunstvolle Variante; Themen dieser Stickerei sind das Alphabet, Blumen, Tiere, Jahreszahlen und Namen, Sprüche, auch Häuser, Reiter, Pferdchen, Schiffe oder kurze Sinnsprüche und Lebensregeln. Zu Beginn der Epoche bemüht man sich noch um feine Muster und dezente Farbgebung, später wird alles sehr bunt und etwas derber in Ausführung und Material. Fast schon künstlerische Begabung braucht man für die Stichmalerei oder Nadelstichkunst, bei der mit fein und raffiniert abgestuften farbigen Garnen ganze Bilder gestickt werden: Figuren, Blumen, Ranken, Zweige in phantasievollen Kombinationen der Muster und Kolorierung.

Um Frau Biedermeier ihr »Hobby« Handarbeiten abwechslungsreich zu gestalten, erscheinen seit 1843 Hefte mit der *Anweisung zur Kunst-Strickerei: »Eine Sammlung der neuesten, sowohl schwierig als auch leicht ausführbaren, schönen und eleganten Strickarbeiten, als Strumpfbänder, Spitzen, Manschetten, Uhrbänder, Mützen, Jacken und Handschuhe, mittelst der Stricknadeln, nach eigener Erfahrung und Erfindung zusammengestellt«.*

Das Biedermeier richtete sich gefällig ein, oft auch elegant, nie aber übertrieben und üppig: Sogar in den Adelspalais (hier ein Aquarell des Interieurs Auersperg von Franz Barbarini, um 1840) blieb man zweckbezogen und anmutig schlicht.

In der Kinderstube findet man nicht nur Wiegen und Wägelchen für die Puppen (→ *Kinderspielzeug*), sondern oft bereits Möbel, die der kindlichen Körpergröße angemessen sind: Tische, Bänke, Hocker, Kinderstühle. Jedoch sind Kinderzimmer und -möbel noch keineswegs Selbstverständlichkeit; in ärmeren Familien reicht der Platz oft nur für kleine Spielecken. Auch liegen die Räume für die Kinder nicht immer im Zentrum der Wohnung, sondern häufig nach hinten zum Hof hin, weit ab von den anderen Zimmern.

In ausgesprochen dürftigen Wohnverhältnissen leben die Proletarier (→ *Proletariat*). Ihre Wohnungen bestehen aus der zweifenstrigen Stube, in der für Kommode, Sofa, Tisch, Stühle, oft auch für den Herd – Koch-

Wie der Vorhang am Beginn und am Ende einer Epoche öffnet und schließt sich der Fächer der Biedermeier-Dame. Hier ein fröhliches Treiben auf dem Glacis nahe dem Getreidemarkt in Wien, eine Gouache aus dem Jahr 1815.

stelle und Heizung zugleich – Platz sein muß, und der einfenstrigen Kammer mit den Bettgestellen, die sich manchmal mehrere Personen teilen müssen.

Das Biedermeier bringt allerdings auch manche Erfindung, die das häusliche Leben und Wohnen erleichtert, angenehmer macht. 1818 werden Stearinkerzen, 1825 Schwefelzündhölzer (davor benutzte man noch mühsam den Feuerstein zum Lichtschlagen), 1830 die Nähmaschine und Paraffin, 1832 Phosphorstreichhölzer, 1839 die Gasfeuerung, 1840 das Harmonium, 1846 die erste Doppelstich-Nähmaschine und 1847 der Fleischextrakt erfunden.

Lit.: E. Meier-Obrist, *Kulturgeschichte des Wohnens im abendländischen Raum.* Hbg. 1956. – L. Niethammer (Hg.), *Wohnen im Wandel. Beiträge zur Geschichte des Alltags in der bürgerlichen Gesellschaft.* Wuppertal 1979.

Zeittafel

1814 Napoleon, Kaiser der Franzosen und Usurpator Europas, wird auf die Insel Elba verbannt.
Beginn des Wiener Kongresses von Kaisern, Königen, Fürsten, Staatsmännern und beratenden Diplomaten aller Völker Europas, um die europäische Ordnung nach den Wirren der Napoleonischen Kriege wiederherzustellen.

1815 Wiener Kongreß; Napoleon flieht aus Elba und wird nach seinen »Hundert Tagen« bei Belle-Alliance (Waterloo) geschlagen.
Zweiter Pariser Frieden; Napoleon wird auf die Insel St. Helena verbannt; England gewinnt die Vorherrschaft zur See durch Erwerbung von Ceylon, Helgoland, Kapland, Malta und Mauritius.
Das Königreich Polen fällt an Rußland.
Rußland, Österreich und Preußen, schließen die »Heilige Allianz« als Bündnis, um die »Vorschriften der heiligen Religion, die Vorschriften der Gerechtigkeit, Liebe und Friedseligkeit« zu bewahren.

1816 Der Deutsche Bund unter Führung Österreichs und mit Bundestag in Frankfurt am Main wird gegründet.
Sachsen-Weimar erhält durch Großherzog Karl August die erste Verfassung in Deutschland.
Frankreich verbietet den Sklavenhandel.
Die Unabhängigkeit Argentiniens wird proklamiert.
Eine Flotte Englands greift Algier an, christliche Sklaven werden freigelassen.

1817 Verfassung für das Königreich Württemberg. Friedrich Wilhelm III., König von Preußen, gründet die evangelische Union der lutherischen und reformierten Kirche.
Die deutschen Burschenschaften begehen das »Wartburgfest« zur gemeinsamen Feier der Universitäten als Andenken des 300. Jahrestags der Reformation.
James Monroe wird amerikanischer Präsident und fördert den Anschluß des Westens und die Schaffung neuer Bundesstaaten.

1818 Aachener Kongreß.
Frankreich wird von Besatzungstruppen geräumt und in den Rat der Großmächte aufgenommen.
Verfassungen für das Königreich Bayern und das Großherzogtum Baden.
Bauernunruhen in Rußland (bis 1830).
England ist beherrschende Kolonialmacht in Indien.

1819 Hannover erhält eine Verfassung.
Die Beschlüsse von Karlsbad dekretieren Überwachung der Universitäten, Zensur der Presse, Verbot der Turnbewegung, die sogenannte »Demagogenverfolgung«, und Aufhebung der Burschenschaften in Preußen und Österreich.
Blutige Arbeiterdemonstrationen in Manchester, Presse- und Versammlungsfreiheit in England wird eingeschränkt.
Georg IV. wird König von Großbritannien.

1820 Wiener Schlußakte zur Verfassung des Deutschen Bundes 1820/21.
Revolutionen in Spanien, Neapel und Sardinien.
In Amerika wird nördlich des 36. Breitengrades die Sklaverei verboten.
Mexiko proklamiert seine Unabhängigkeit.

1821 Napoleon stirbt auf St. Helena.
Die Konferenz in Laibach unter Metternichs Einfluß sanktioniert Interventionen der Großmächte bei europäischen Konflikten.

1822 Griechenland erklärt seine Unabhängigkeit von der Türkei.
Freigelassene amerikanische Neger gründen an der afrikanischen Westküste den Staat Liberia.
Der romantische Dichter E. T. A. Hoffmann stirbt.

1823 Preußen beruft an der Stelle der 1815 versprochenen Verfassung nur Provinzialstände.
Revolution in Spanien wird von Frankreich niedergeschlagen.
Die amerikanische »Monroe-Doktrin« bremst die Einmischung anderer Länder in innere Angelegenheiten der USA und umgekehrt: »Amerika den Amerikanern!«

1824 Thronbesteigung des reaktionären Königs Karl X. von Frankreich.
Das englische Parlament stimmt der Gründung von Gewerkschaften zu.
Simon Bolivar siegt in Peru und sichert die Unabhängigkeit ganz Südamerikas.

1825 Nikolaus I. wird Zar von Rußland und treibt als »Gendarm Europas« entschlossen reaktionäre Politik.
Bolivien erklärt seine Unabhängigkeit.
Ende der spanischen Kolonialherrschaft in Südamerika.
Aufstand mohammedanischer Einwohner Ostturkestans gegen die chinesische Herrschaft.
Tod des Dichters Jean Paul.

1826 Truppen Ägyptens und der Türkei schlagen bei Missolunghi den griechischen Aufstand nieder.
Tod des Komponisten Karl Maria von Weber.
1827 Die europäischen Mächte greifen in den Freiheitskampf Griechenlands ein.
Französische Schiffe blockieren Algerien.
Ludwig van Beethoven stirbt.
1828 Bis 1829 Abschluß eines Zollvertrags zwischen Preußen, Bayern, Württemberg und Hessen.
Russisch-türkischer Krieg (bis 1829).
Franz Schubert stirbt.
1829 Friede von Adrianopel.
Rußland gewinnt das Donaudelta und das Durchfahrtsrecht durch die Meerengen.
Griechenland wird unabhängig.
Tod des Dichters Friedrich Schlegel.
1830 Wilhelm IV. wird König von Großbritannien.
Die Londoner Konferenz bestätigt Griechenlands Unabhängigkeit.
Die Franzosen besetzen Algier.
Julirevolution in Frankreich, Karl X. dankt ab, Louis-Philippe, der »Bürgerkönig«, wird inthronisiert.
In der Folge Unruhen in Belgien, Polen, Italien, Kurhessen, Braunschweig und Göttingen.
Das Königreich Sachsen gewährt eine landständische Verfassung, Baden Zugeständnisse der Pressefreiheit.
1831 Der Dichter der Romantik Achim von Arnim stirbt.
1832 Eine Kundgebung auf Schloß Hambach in Baden führt zum Verbot politischer Vereine und öffentlicher Kundgebungen durch den Bundestag.
Parlamentsreform in England.
Goethe stirbt.
1833 In Frankfurt am Main wird eine Zentraluntersuchungskommission zur Verfolgung revolutionärer Umtriebe eingesetzt.
Einschränkung der Kinderarbeit und Arbeit Jugendlicher sowie verschärftes Armenrecht in England.
Erstmals Studienrecht für Frauen an nordamerikanischen Universitäten.
Tod Rahel Varnhagens.
1834 Der deutsche Zollverein wird gegründet.
China schließt seine Häfen für den europäischen Handel.
1835 Zwischen Nürnberg und Fürth verkehrt die erste deutsche Eisenbahn.
Die Bücher der literarischen Gruppe »Junges Deutschland« werden verboten.
1836 Louis Napoleon, der Neffe des Kaisers, unternimmt von Straßburg aus einen Staatsstreichversuch zur Wiederherstellung des napoleonischen Kaisertums und wird nach Amerika ausgewiesen.
Der Dichter Christian Dietrich Grabbe stirbt.
1837 Die Personalunion zwischen England und Hannover endet; Ernst August wird König von Hannover; die »Göttinger Sieben«, Professoren der Universität, protestieren gegen die Aufhebung der Verfassung; sie werden daraufhin aus ihren Ämtern entlassen.
Viktoria wird Königin von England (bis 1901).
Anbruch des streng konservativen »Viktorianischen Zeitalters«.
Beginn der großen Auswandererbewegung in Irland. Aufstände für die Unabhängigkeit Kanadas.
Tod des Dichters Georg Büchner und des Schriftstellers Ludwig Börne.
1838 Großbritannien beginnt den »Opiumkrieg« gegen China zum Schutz seines Opiumhandels.
Die Franzosen blockieren Argentinien.
Der Dichter Adelbert von Chamisso stirbt.
1839 In Preußen wird die Kinderarbeit verboten.
Friedrich Fröbel gründet den ersten Kindergarten in Deutschland.
1840 Friedrich Wilhelm IV., der letzte »Romantiker auf dem Thron«, wird König von Preußen und versucht, das mittelalterliche Gottesgnadentum zu restituieren.
Zweiter Staatsstreichversuch durch Louis Napoleon.
Kanada erhält innenpolitische Autonomie.
Tod des Malers der Romantik Caspar David Friedrich und des Violinvirtuosen Niccolò Paganini.
1841 Der »Dardanellen-Vertrag« verschließt nichttürkischen Kriegsschiffen die Meerenge.
Erstes Gesetz zur Beschränkung der Kinderarbeit in Frankreich.
1842 Luxemburg tritt dem deutschen Zollverein bei.
Bürgerkrieg in Peru.
China öffnet seine Häfen dem Handel mit dem Westen.
Der romantische Dichter Clemens Brentano stirbt.
1843 Beginn der Besiedlung des amerikanischen Mittelwestens.
Friedrich Hölderlin stirbt nach jahrelanger geistiger Umnachtung.
1844 Weberaufstände in Schlesien.
Die griechische Nationalversammlung nimmt eine neue Verfassung an.
Französisch-marokkanischer Krieg.
Tod des klassizistischen Bildhauers Bertel Thorwaldsen.

1845 Preußen beschließt die allgemeine Gewerbeordnung.
Beginn der irischen Einwanderungswelle nach USA.
Amerika annektiert Texas.

1846 Bis 1848 Krieg der USA in Mexiko.

1847 In Preußen wird, allerdings mit nur geringen Befugnissen, der »Vereinigte Landtag« berufen und bald wieder aufgelöst.
Der Baumeister Friedrich Gärtner stirbt.

1848 Revolutionäre Bewegungen in ganz Europa, ausgehend von Frankreich, verbreiten sich in Deutschland, Italien, Ungarn, Böhmen, den Niederlanden und der Walachei;

Goldfunde in Kalifornien entfesseln Auswanderungswellen und »Goldrausch« in Amerika.
Die Schweiz organisiert sich nach amerikanischem Vorbild als Bundesstaat.
Kalifornien wird Bundesstaat der USA.
In der Paulskirche in Frankfurt am Main tritt die Deutsche Nationalversammlung zusammen (600 bürgerliche Abgeordnete).
Die Dichterin Annette von Droste-Hülshoff und der französische Romantiker François-René Chateaubriand sowie der italienische Opernkomponist Gaëtano Donizetti sterben.

Bibliographie

I. Quellen

Autoren, die in der Biedermeierzeit gelebt und sie in Gegenwart oder Rückschau kommentiert haben.

Willibald Alexis, *Erinnerungen*. Bln. 1905.
Ders., *Wiener Bilder*. Lpzg. 1833.

Ernst Moritz Arndt, *Erinnerungen aus dem äußeren Leben*. O. O. 1840.

Bettina von Arnim, *Dies Buch gehört dem König*. Bln. 1843.

Per Daniel Amadeus Atterbom, *Menschen und Städte, 1817–1819*. Hbg. o. J.

Otto Bähr, *Eine deutsche Stadt vor 60 Jahren*. 2. Aufl. Lpzg. 1886.

Karoline Bauer, *Aus meinem Bühnenleben*. Weimar 1917.

Eduard von Bauernfeld, *Wiener Biedermeier*. Wien 1960.

Beurmann, *Vertraute Briefe über Preußens Hauptstadt*. Stg. 1837.

Ludwig Börne, *Gesammelte Schriften*. Hbg./Ffm. 1862.

Clemens Brentano, *Der Philister vor, in und nach der Geschichte*. Gesammelte Schriften. Ffm. 1852.

Paula v. Bülow, *Aus verklungenen Zeiten. Lebenserinnerungen 1833–1920*. Lpzg. 1924.

Ignaz Franz Castelli, *Wiener Lebensbilder*. Wien 1835.

Sebastian Daxenberger (Karl Fernau), *Münchner Hundert und Eins*. Mchn. 1840/41.

Franz Dingelstedt, *Drei neue Stücklein mit alten Weisen I: Lieder eines kosmopolitischen Nachtwächters*. Hbg. 1842.

Ernst Dronke, *Berlin*. Ffm. 1846.

Felix Eberty, *Jugenderinnerungen eines alten Berliners*. Bln. 1876.

Theodor Fontane, *Von Zwanzig bis Dreißig. Autobiographisches*. Bln. 1898.

Gustav Freytag, *Erinnerungen aus meinem Leben*. Lpzg. 1847.

Friedrich Gentz, *Briefwechsel mit Rahel Varnhagen*. In: *Rahel Varnhagen im Umgang mit ihren Freunden*. Mchn. 1967.

Adolf Glassbrenner, *Bilder und Träume aus Wien*. Lpzg. 1836.
Ders., *Berliner Volksleben*. Lpzg. 1847.

Karl Gutzkow, *Vergangenheit und Gegenwart*. Ffm. 1839.

Heinrich Heine, *Briefe aus Berlin*. Hbg. 1822.
Ders., *Französische Zustände*. Hbg. 1833.

Karl von Holtei, *Vierzig Jahre Berlin*. Bln. 1844.

Karl Immermann, *Memorabilien*. Hbg. 1843.

Joel Jacobi, *Bilder und Zustände aus Berlin*. Altenburg 1833.

Friedrich Ludwig Jahn, *Denknisse eines Deutschen oder Fahrten des Alten im Bart*. Schleusingen 1835.
Ders., *Das deutsche Volksthum*. Dresden 1928.

Ludwig Kalisch, *Das Buch der Narrheit*. Mainz 1845.

Wenzel Kremer, *Erinnerungen eines alten Lützower Jägers (1779–1819)*. O. O. u. J.

Wilhelm von Kügelgen, *Erinnerungen*. Bd. I: *Jugenderinnerungen eines alten Mannes 1802–1820*. Bd. II: *Zwischen Jugend und Reife des alten Mannes 1820–1840*. Bd. III: *Lebenserinnerungen des alten Mannes in Briefen an seinen Bruder Gerhard 1840–1867*. Lpzg. 1925.

Adolf Kußmaul, *Jugenderinnerungen eines alten Arztes*. Stg. 1922.

C. E. Langer u. v. a., *Wien und die Wiener in Bildern aus dem Leben*. Mit Beiträgen von Adalbert Stifter. Pesth 1844.

Heinrich Laube, *Neue Reisenovellen*. Mannheim 1837.

Ludwig Lenz u. Ludwig Eichler, *Berlin und die Berliner*. Bln. 1840.

Fanny Lewald, *Erinnerungen aus dem Jahre 1848*. Braunschweig 1850.
Dies., *Meine Lebensgeschichte*. Bln. 1871.

Garlieb Merkel, *Skizzen aus meinem Erinnerungsbuche*. Riga/Dorpat 1824.

Alexander Meyer, *Aus guter alter Zeit*. Stg./Lpzg. 1909.

Karl Nauwerck, *Deutsche Jahrbücher*. O. O. 1842.

Adam Ohlenschläger, *Briefe in die Heimat auf einer Reise durch Deutschland und Frankreich*. Altona 1820.

Alexander Pagenstecher, *Als Student und Burschenschaftler in Heidelberg von 1816–1819*. Lpzg. 1913.

Gustav Parthey, *Jugenderinnerungen*. Bln. 1907.

Ludwig Richter, *Lebenserinnerungen eines deutschen Malers*. Mchn. 1885.

Emilie Ringseis, *Erinnerungen des Doktor Johann Nepomuk von Ringseis*. Regensburg 1886–1891.

Joseph Rossi, *Denkbuch für Fürst und Vaterland*. Wien 1814.

Moritz Gottlieb Saphir, *Dumme Briefe, Bilder und Chargen, Cypressen, Literatur- und Humoral-Briefe*. Mchn. 1834.

Adolph von Schaden, *Berlins Licht- und Schattenseiten*. Dessau 1822.

Ludolf Wienbarg, *Ästhetische Feldzüge*. Hbg. 1834.

II. Sekundärliteratur

Arbeiten, die jeweils beim Stichwort aufgeführt wurden, sind hier nicht wiederholt genannt.

M. Bachmann, *Das große Puppenbuch.* Tübingen 1971.

E. v. Benesch, *Das Beleuchtungswesen vom Mittelalter bis zur Mitte des 19. Jh.s.* Wien 1905.

G. Betz, *Glückliches Biedermeier.* Braunschweig o. J. [1964].

W. Bietak, *Das Lebensgefühl des Biedermeier in der österreichischen Dichtung.* Wien 1931.

G. Böhmer, *Die Welt des Biedermeier.* Mchn. 1968.
Ders., *Sei glücklich und vergiß mein nicht. Stammbuchblätter und Glückwunschkarten.* Mchn. 1973.

M. v. Boehn, *Das Beiwerk der Mode.* Mchn. 1928.
Ders., *Deutschland von 1815–1847.* 3. Aufl. Mchn. 1923.
Ders., *Menschen und Mode im 19. Jh.* 6. Aufl. Mchn. 1964.
Ders., *Die Mode, 19. Jh., 1818–1842.* 6. Aufl. Mchn. 1964.
Ders., *Puppen und Puppenspiele.* Mchn. 1929.

F. Böttger, *Vormärz 1830–1848.* Bln. 1972.

W. Brückner, *Populäre Druckgraphik Europas. Deutschland vom 15. bis 20. Jh.* Mchn. 1969.

M. Bucherer, *Spitzenbilder, Papierschnitte und Porträtsilhouetten.* Mchn. 1920.

C. le Corbeiller, *Das Beiwerk der Mode.* Mchn. 1928.

C. Dahlhaus (Hg.), *Studien zur Trivialmusik des 19. Jh.s.* Regensburg 1967.

L. Dewiel, *Biedermeier.* 3. Aufl. Mchn. 1977.

W. Drexel, *Deutsches Handwerksgut.* Bln. 1939.

R. Feuchtmüller u. W. Mrazek, *Biedermeier in Österreich.* Wien/Hannover/Bern 1963.

A. Feulner, *Kunstgeschichte des Möbels.* 2. Aufl. Bln. 1927.

A. Fiedler, *Vom Stammbuch zum Poesiealbum.* Weimar 1960.

J. Folnesics, *Innenräume und Hausrat der Empire- und Biedermeierzeit in Österreich-Ungarn.* Wien 1922.

A. Fraser, *Spielzeug.* Oldenburg/Hbg. 1966.

D. Gentsch, *Biedermeier.* Lpzg. 1976.

K. Gläser, *Das Bildnis im Berliner Biedermeier.* Bln. 1932.

P. Goldammer (Hg.), *Dichter über Dichter. Literarische Porträts von Goethe bis Fontane.* Mchn. 1976.

M. Greiner, *Zwischen Biedermeier und Bourgeoisie.* Göttingen 1953.

A. Hauser, *Sozialgeschichte der Kunst und Literatur.* Bd. 2, Mchn. 1953.

J. Hermand, *Der deutsche Vormärz.* Stg. 1967.

G. Hermann, *Das Biedermeier im Spiegel seiner Zeit. Briefe, Tagebücher, Memoiren, Volksszenen und ähnliche Dokumente.* Bln. 1913.

H. Houben, *Der gefesselte Biedermeier.* Lpzg. 1924.

B. Hürlimann, *Europäische Kinderbücher.* Zürich/Freiburg 1963.

B. Kaiser, *Die Achtundvierziger. Ein Lesebuch für unsere Zeit.* Weimar 1973.

E. Kalkschmidt, *Biedermeiers Glück und Ende.* Mchn. o. J.

R. u. R. Keil, *Die deutschen Stammbücher des 16. bis 19. Jh.s.* O. O. 1893.

H. Kohlhaussen, *Geschichte des deutschen Kunsthandwerks.* Mchn. 1955.

H. Kretschmer, *Biedermeier.* Mchn. 1980.

R. Krüger, Biedermeier. *Eine Lebenshaltung zwischen 1815 und 1848.* Lpzg./Wien 1979.

H. Kunze, *Gelesen und Geliebt. Aus erfolgreichen Büchern 1750–1850.* Bln. 1959.

A. T. Leitich, *Wiener Biedermeier. Kultur, Kunst und Leben der alten Kaiserstadt vom Wiener Kongreß bis zum Sturmjahr 1848.* Bielefeld/Lpzg. 1941.

F. Luthmer, *Bürgerliche Möbel aus dem ersten Drittel des 19. Jh.s.* Ffm. 1904.

S. Müller-Christensen, *Alte Möbel vom Mittelalter bis zum Biedermeier.* Mchn. 1950.

B. Mundt, *Historismus. Kunstgeschichte zwischen Biedermeier und Jugendstil.* Mchn. 1981.

E. E. Pauls, *Der Beginn der bürgerlichen Zeit.* Lübeck 1928.

G. E. Pazaurek, *Biedermeier-Wünsche.* Stg. 1908.
Ders., *Gläser der Empire- und Biedermeierzeit.* Lpzg. 1923.

O. Rommel. *Die Alt-Wiener Volkskomödie.* Wien 1952.

K. Rosner, *Das deutsche Zimmer im 19. Jh.* Mchn. 1899.

G. Schade, *Deutsches Glas von den Anfängen bis zum Biedermeier.* Lpzg. 1968.
Ders., *Deutsche Möbel aus sieben Jh.* Lpzg. 1966.

P. E. Schramm, *Hamburger Biedermeier.* Hbg. 1962.

D. Sternberg, *Panorama oder Ansichten vom 19. Jh.* Hbg. 1955.

J. M. Volz, *Bilder aus dem Biedermeier.* Baden-Baden 1957.

G. Wernitz, *Historische Möbel und Innenräume.* Bln. 1956.

G. Wietek, *Altes Gerät für Feuer und Licht.* Hbg. 1964.

III. Aufsätze

K. Simon, *Biedermeier in der bildenden Kunst.* In: »Deutsche Vierteljahresschrift für Literaturwissenschaft und Geistesgeschichte«, 13, 1935.

P. Kluckhohn, *Biedermeier als literarische Epochenbezeichnung.* In: »Deutsche Vierteljahres-

schrift für Literaturwissenschaft und Geistesgeschichte«, 13, 1935.
H. Funck, *Musikalisches Biedermeier.* In: »Deutsche Vierteljahresschrift für Literaturwissenschaft und Geistesgeschichte«, 14, 1936.
K. K. Eberlein, *Wer war Biedermeier?* In: »Die Weltkunst«, 11, 1937.
H. Seiler, *Biedermeier.* In: *Reallexikon zur deutschen Kunstgeschichte.* Bd. II, Stg. 1948.

IV. Ausstellungskataloge

150 Jahre Wiener Kongreß. Wien 1965.
Alltag und Festbrauch im Biedermeier. Gemälde und Aquarelle aus den Sammlungen des Niederösterreichischen Landesmuseums. Altonaer Museum Hbg., 1966.
Der frühe Realismus in Deutschland 1800–1850. Gemälde und Zeichnungen aus der Sammlung Georg Schäfer. Schweinfurt 1967.
Berliner Biedermeier von Blechen bis Menzel. Kunsthalle Bremen, 1967.
Vom Biedermeier zum Expressionismus. Österreichische Meisterwerke aus Privatbesitz. Residenzgalerie Salzburg, 1967.
Mähren. Malerische Ansichten aus Romantik und Biedermeier. Adalbert Stifter Verein Mchn., 1976.
Karikatur und Satire in Biedermeier und Vormärz. Historisches Museum der Stadt Wien, 1978.
Berlin zwischen 1789 und 1848. Facetten einer Epoche. Akademie der Künste Bln., 1981.
Menschen der Biedermeierzeit 1815–1848. Mchn. 1982.

Bildnachweis

Archiv für Kunst und Geschichte, Berlin: Seite 10, 11, 12, 17, 25 unten, 26, 32, 37, 39, 43, 45, 49, 50, 55, 58, 59, 60, 63, 69, 80, 82, 105, 107, 109, 123, 124, 125, 128, 129, 132, 136, 140 oben, 143, 144, 145, 147, 149 oben, 156, 158, 159, 178/79, 183, 185, 189, 192, 199, 201, 204, 207, 209, 211, 212, 218, 219, 220, 221, 222, 223, 225, 227, 229, 230, 231, 232, 234, 236, 239, 244 unten, 247, 249, 256, 263, 267, 268, 269, 270, 273, 277. Erika Drave, München: Seite 79. Elke Dröscher, Hamburg: Seite 116, 117. Goethe-Museum, Düsseldorf: Seite 139. Heinrich Heine-Institut, Düsseldorf: Seite 94. Landesbildstelle Württemberg, Stuttgart: Seite 137. Münchner Stadtmuseum: Seite 167, 168, 169 oben, Mitte links, unten. Museen der Stadt Wien: Seite 15, 23, 27, 46/47, 261, 279 (auch Schutzumschlag Rückseite), 281, 282 (auch Schutzumschlag Rückseite). Neumeister Münchener Kunstauktionshaus (Foto Himpsl, München): Seite 86. Werner Neumeister, München: Seite 19. Österreichische Galerie, Wien: Seite 151. Österreichische Nationalbibliothek, Wien: Seite 92. Bildarchiv Preußischer Kulturbesitz, Berlin: Seite 28/29 (Foto: Braun), 141 (Foto: J. Remmer), 157, 191, 208 unten, 254. Schlapka KG, München: Seite 169 Mitte rechts.
Alle übrigen Aufnahmen stammen aus dem Verlagsarchiv.